HEYNE <

Das Buch

Eigentlich hatte Stella Harrison gehofft, am malerischen Sunrise Lake in den Bergen der Sierra Nevada ein neues Leben zu beginnen. Über das dunkle Geheimnis, das sie mit sich herumträgt, spricht sie mit niemandem – nicht einmal mit Sam, dem aufmerksamen und fürsorglichen Mann, in den sie sich zaghaft verliebt hat. Dann wird Stella von ihrer Vergangenheit eingeholt: düstere Vorahnungen und Albträume zeigen ihr die grausamen Bilder eines Mordes, der noch nicht geschehen ist. Doch er wird geschehen, dessen ist Stella sich sicher. So ist es bisher noch jedes Mal gewesen. Entschlossen, den Mörder zu fassen, bevor er seine schreckliche Tat begehen kann, kommt Stella im Laufe ihrer Ermittlungen nicht umhin, sich zu fragen, wie gut sie Sam eigentlich kennt …

Die Autorin

Christine Feehan wurde in Kalifornien geboren, wo sie heute noch mit ihrem Mann und ihren elf Kindern lebt. Sie begann bereits als Kind zu schreiben und hat seit 1999 weit über siebzig Romane veröffentlicht, die in den USA mit zahlreichen Literaturpreisen ausgezeichnet wurden und regelmäßig auf den Bestsellerlisten stehen. Auch in Deutschland ist sie mit den *Drake-Schwestern*, der *Sea Haven-Saga,* der *Highway-Serie*, der *Schattengänger-Serie*, der *Leopardenmenschen-Saga* und der *Shadows-Serie* äußerst erfolgreich. Mit *Sunrise Lake* legt Christine Feehan ihren ersten Mystery-Thriller vor.

CHRISTINE
FEEHAN
SUNRISE LAKE

Mystery-Thriller

Aus dem Amerikanischen übersetzt
von Ruth Sander

WILHELM HEYNE VERLAG
MÜNCHEN

Titel der amerikanischen Originalausgabe
MURDER AT SUNRISE LAKE

FSC
www.fsc.org
MIX
Papier aus verantwortungsvollen Quellen
FSC® C014496

Penguin Random House Verlagsgruppe FSC® N001967

Deutsche Erstausgabe 11/2022
Redaktion: Sabine Kranzow

Printed in Germany
Umschlaggestaltung: Nele Schütz Design, München
Satz: Leingärtner, Nabburg
Druck und Bindung: GGP Media GmbH, Pößneck
ISBN: 978-3-453-32249-3

www.heyne.de

Für Abbie Thomason,
eine echte Inspiration für diese Geschichte.
Herzlichen Glückwunsch zum Geburtstag!

1

M*ami, Daddy tut wieder etwas Schlimmes.*

Die Kinderstimme sagte ganz genau das, was sie zu ihrer Mutter gesagt hatte, als sie vier war. Und fünf. Und sieben.

Stella Harrison wusste, dass sie träumte, konnte den Traum aber dennoch nicht abschütteln. Dies war die fünfte Nacht in Folge, in der sie ihn hatte, und jedes Mal hatte die Kameralinse sich ein wenig weiter geöffnet und ihr etwas mehr von dem Schreckensszenario gezeigt, das sie nicht aufhalten konnte. Von dem Angler. Mit der Jeanslatzhose, der olivfarbenen Wathose und der blauen Kappe, die er tief in die Stirn gezogen hatte, sodass sie sein Gesicht nicht sehen konnte. Er war zwischen den Felsen im dichten Schilf hindurch in den See hinausgewatet, um dem Schatten mehrerer Bäume zu entkommen.

Sie versuchte, ihn zu warnen. Ihm etwas zuzurufen. Zu schreien. *Nein, werfen Sie die Angel nicht aus.* Doch jeden Abend sah sie, wie die Schnur an genau der gleichen Stelle eintauchte. In dem etwas dunkleren kleinen Kreis, wo das Wasser sich so verlockend kräuselte. Wie ein programmierter Roboter machte der Angler immer dasselbe. Er trat vor, warf die Schnur aus und ließ den Köder mitten in dem tintenschwarzen Loch in der Tiefe verschwinden.

Dann veränderte sich der Blickwinkel, und die Kamera zeigte ihr Aufnahmen unter Wasser. Dort hätte es ruhig und friedlich sein müssen. Mit Fischen, die umherschwammen. Nicht mit einem Mann im Taucheranzug, der auf diesen Haken wartete, um den Angler in ein furchtbares Spiel zu verwickeln. Den Kampf um den Fisch zu einem echten Kampf auf Leben und Tod zu machen, bei dem der Angler immer weiter vom sicheren Ufer fort in das dichte Röhricht gelockt wurde – näher an die Bedrohung, die unter Wasser lauerte.

Der angebliche Fisch leistete Widerstand. Er schien groß zu sein und das erschöpfende Ringen wert. Während er den Fisch einholte und glaubte, einen preiswürdigen Fang an Land zu ziehen, achtete der Angler immer weniger auf seine Umgebung.

Plötzlich richtete sich der Mann unter Wasser vor dem arglosen Petrijünger auf und stieß ihm so fest vor die Brust, dass er hintenüberfiel, mit dem Kopf auf einem Stein aufschlug und unterging. Sofort zog der Taucher ihn weiter unter Wasser und hielt ihn dort fest, obwohl der benommene Angler sich heftig wehrte.

Stella konnte nur entsetzt zusehen, wie der Mörder die Tat ruhig beendete, indem er die Leiche einen Moment an die Wasseroberfläche kommen ließ, um sie mit dem unteren Teil der Wathose über einen Felsen zu zerren. Dann tauchte er die Leiche des Anglers wieder unter Wasser und verwickelte sie mit dessen eigener Angelschnur direkt unter der Wasserlinie im Schilf und den ufernahen Pflanzen. Schließlich schwamm der Mörder in aller Ruhe davon, als wäre nichts gewesen.

Danach schnappte die Kameralinse wieder zu, und alles wurde schwarz.

Als Stella in zerwühlten Bettdecken erwachte, schwitzte sie so stark, dass ihr Haar feucht war. Abrupt setzte sie sich auf, drückte die Handballen gegen die Augen und rieb sich immer wieder übers Gesicht, um den Albtraum loszuwerden. Nicht schon wieder. Das war Jahre her. *Jahre.* Sie hatte ein neues Leben. Neue Freunde. Ein neues Zuhause. Eine Heimat.

Und nun fingen diese Albträume wieder an. Das war das fünfte Mal gewesen. *Fünf* Mal hintereinander. Und es war nicht mehr so, als lebte sie in einer großen Stadt. In einer kleinen Gemeinde wie dieser würde normalerweise jeder von einem Mord erfahren. Aber der Killer war brillant. Absolut genial, deshalb käme er wohl damit davon – es sei denn, sie würde die Polizei auf seine Verbrechen aufmerksam machen. Doch selbst dann war nicht sicher, dass er gefasst werden würde.

Sie hatte nicht gemerkt, wie sie sich vor und zurück wiegte, um sich zu beruhigen, und zwang sich, damit aufzuhören. Auch das hatte sie seit Jahren nicht mehr getan. All diese schrecklichen Sachen, die sie sich als Kind angewöhnt hatte, die ihr als Teenager wieder zu schaffen gemacht hatten und die sie überwunden zu haben glaubte, schlichen sich wieder bei ihr ein.

Sie würde keine Ruhe mehr finden, obwohl es draußen noch dunkel war. Dabei hatte sie sich vorgenommen, länger zu schlafen. Sie hatte nur wenig Freizeit, doch die Saison ging langsam zu Ende. Das Sunrise Lake Resort gehörte ihr nun schon seit mehreren Jahren, und sie hatte es von einer tristen, schlecht laufenden Ferienanlage in ein Touristikziel verwandelt, das nicht nur großen Gewinn abwarf, sondern auch die örtlichen Unternehmen auf Erfolgskurs gebracht hatte. Sie liebte dieses Resort, alles daran, sogar die harte Arbeit. Die ganz besonders. Sie blühte auf, wenn sie Probleme lösen musste, und hier gab es jede Stunde ein neues, sodass sie ständig reagieren musste. Sie brauchte das, und als Managerin und später Besitzerin von Sunrise Lake bekam sie es.

Als der vorherige Besitzer vor vier Jahren beschlossen hatte, es sei an der Zeit, sich zurückzuziehen, hatte er ihr die Anlage verkauft. Sie hatten die Übernahme unter der Hand gehalten, und er hatte das erste Jahr so weitergemacht, als würde noch alles ihm gehören. Doch im Laufe der Zeit waren seine Besuche immer seltener geworden. Stella hatte das Haupthaus renoviert, aber für ihn für diese Fälle eine besondere Hütte bereitgehalten.

Das Anwesen war wunderschön, hoch in den Bergen und um einen recht großen Uferabschnitt des Sunrise Lake gelegen. Knightly, die nächste Stadt, erreichte man in einer Stunde über eine ziemlich kurvige Straße talabwärts. Der Ort war klein, und die Gemeinschaft daher umso enger ver bunden.

Stella hatte dort gute Freunde gefunden. Es gefiel ihr, in der Provinz zu leben. Da fühlte sie sich geerdet, verbunden, lebendig. Und es gab sehr viele Freizeitmöglichkeiten, von Skilaufen über Wandern bis hin zum Klettern. Sie passte in diese Gegend. Und sie würde das alles nicht wegen ein paar Albträumen wegwerfen. Das wäre zu dumm. Das Problem war nur, dass die Träume so lebhaft waren und immer detaillierter wiederkehrten.

Es war ja auch nicht so, als gäbe es einen Toten – bislang jedenfalls nicht. Ihr schauderte. Aber es würde einen geben. Sie wusste es. Mit absoluter Sicherheit. Irgendwo würde in den nächsten zwei Tagen ein Angler ermordet werden. Doch man würde keinen Beweis für einen Mord finden. Sie musste aufhören, darüber nachzudenken, sonst wurde sie verrückt.

Sie stieg aus dem Bett und ging unter die Dusche. Sie hatte bei der Renovierung besondere Aufmerksamkeit auf das Bad und die Küche gelegt. Sie kochte sehr gern, aber vor allem wollte sie nach einem langen Arbeitstag genug heißes Wasser zum Duschen und Baden haben. Entsprechend war ihr großes Bad eine wahre Wucht.

Die frei stehende Badewanne war tief und die Dusche viel geräumiger als üblich. Es gefiel ihr, so viel Platz zu haben und Düsen auf allen Seiten, weil sie oftmals von der Arbeit oder ihren Freizeitaktivitäten Muskelkater hatte. Oder weil sie die ganze Nacht mit ihren Freundinnen durchgetanzt hatte. Deshalb passte ihre Dusche perfekt für sie.

Sie hatte das Haus für zwei Personen eingerichtet, obwohl sie nicht glaubte, dass sie jemals eine bessere Hälfte haben würde. Sie war zu distanziert. Sie erzählte niemandem von ihrer Vergangenheit, nicht einmal ihren engsten Freunden. Und sie verabredete sich nicht. Sobald ihr jemand zu nahe kam, zog sie sich zurück.

Das heiße Wasser rann über ihr dichtes blondes Haar. Darauf war sie ein wenig stolz, auch wenn sie es nur selten offen trug. Dank der finnischen Großeltern auf der mütterlichen Seite war es fast silbern, und sie hatte dieses sehr helle Haar zusammen mit den leuchtend blauen Augen wohl von ihnen geerbt. Die Dicke ihres Haars und die dunkleren Wimpern waren eine Gabe von der anderen Seite. Ihr Vater stammte aus einer wohlhabenden Familie in Argentinien und hatte ihre Mutter auf dem College in San Diego kennengelernt. Bei der Verteilung der Gene hatte Stella Glück gehabt.

Das heiße Wasser wusch die letzten Erinnerungen an den Albtraum fort und half gegen die Übelkeit in der Magengegend. Leider wollte dennoch jenes ungute Gefühl nicht weggehen. Sie wusste nicht, was sie tun sollte. Sie hatte solche Albträume erst zweimal gehabt, und beide Male war die Realität noch schlimmer gewesen als die Träume. Seufzend drückte sie sich das Wasser aus dem Haar, schlang ein Handtuch darum und trocknete sich mit einem warmen Duschtuch ab.

Dann zog sie ihre Lieblingsjeans und ein bequemes T-Shirt an, streifte ein Sweatshirt über und stieg in ihre Stiefel, ehe sie sich das Haar flocht. Normalerweise föhnte sie es nicht, und da sie meist auch kein Make-up trug oder sich schick machte, wenn sie einen Tag freihatte, war sie schnell fertig.

»Bailey, ich kann nicht glauben, dass du immer noch schläfst. Steh auf, du fauler Hund.« Sie stemmte die Hände in die Hüften und versuchte, ihren Airedale, der nach wie vor in seinem Körbchen neben ihrem Bett lag, streng zu mustern.

Der Hund öffnete die Augen, schaute sie an und sah sich dann im dunklen Zimmer um, als wollte er sie fragen, ob sie verrückt sei, so früh aufzustehen. Dann erhob er sich mit einem schweren Stöhnen und folgte ihr durch das große Haus zur Tür. Draußen auf der Veranda zögerte Stella. Vor einer Weile hatte sie aufgehört, die Haustür abzuschließen und die Alarmanlage anzustellen, doch in letzter Zeit kroch ihr wieder öfter ein unangenehmer Schauer über den Rücken, und auch das Rumoren in der Magengegend war zurück. Geduldig wartete Bailey darauf, dass sie sich entschied.

Stella wusste, dass es lächerlich war, wie ein Schaf vor ihrer Tür zu stehen. Sie traf doch andauernd Entscheidungen. Es war nur so, dass es ihr wie ein Rückschritt vorkam, ihren Ängsten nachzugeben, und sie hatte sich selber versprochen, das nicht mehr zu tun. Noch eine volle Minute stand sie unschlüssig da und blickte auf die dicke, geschnitzte Tür, ehe sie etwas unternahm.

Wütend auf sich selber, dass sie sich den Albträumen und dem gnadenlosen Terror beugte, der sie im Schlaf quälte, stellte sie die Alarmanlage an und verschloss die Tür. Manchmal überkamen ihre Ängste sie unversehens und übernahmen langsam, aber sicher ihr Denken, bis sie sich wieder mit Dingen beschäftigte, die sie besser ruhen lassen sollte. Wenn sie wirklich behaupten wollte, dass in ihrer geliebten Sierra ein Mord geschehen würde, würde ihr diesmal bei ihren Nachforschungen niemand helfen. Der Killer hatte vor, den Mord wie einen Unfall aussehen zu lassen. Und da sie so etwas nur träumte, wenn es sich um einen Serienkiller handelte, hieß das, dass er weiter töten würde. Schließlich kam es in den Bergen ständig zu Unfällen.

Es würde keine Gerüchte, keine hinter vorgehaltener Hand geäußerten Verdächtigungen geben. Früher hatte sie es gehasst, wenn überall, wo sie hinging, Mord zum Gesprächsthema geworden war. Jetzt musste sie wohl selber damit anfangen, Fragen zu stellen, wenn sie den Killer aufhalten wollte. Einige ihrer Freunde waren bei der Bergrettung, und sie kannte immerhin die Gerichtsmedizinerin. Vielleicht konnte sie unter irgendeinem Vorwand die richtigen Fragen stellen, um Zweifel an einem Unfall aufkommen zu lassen.

Im Dunkeln ging sie am Bootshafen vorbei zur privaten Anlegestelle, die der frühere Besitzer nie für sein Boot genutzt hatte. Der Steg war eher dazu da, die Sonne beim Auf- und Untergehen zu bewundern, so wie sie es jetzt vorhatte.

Der Platz war perfekt geeignet, um die Schönheit der Berge zu genießen, die sich im See spiegelten. Von diesem Anblick konnte sie niemals genug haben.

Sie war mit dem Grundstück so vertraut, dass sie die Taschenlampe für den schmalen Weg vorbei an dem kleinen Lebensmittelgeschäft, dem Angelladen, den Hütten und den Spielplätzen für Kinder und Erwachsene kaum brauchte.

Er brachte sie hinter den Campingplätzen entlang zu einem noch schmaleren Pfad, der durch eine Reihe von Felsen in ein sehr baumreiches Gebiet führte. Doch wenn man einmal durch den Wald hindurch war, gelangte man wieder ans Ufer. Dort war eigentlich nicht der richtige Platz, um einen Steg zu bauen, aber sie liebte den Frieden, den er verströmte, wenn sie ihn dringend brauchte – so wie jetzt. Die Touristen wussten nichts von diesem Steg, und das bedeutete wertvolle Ruhe, wenn sie einmal ein paar Stunden oder einen Tag freihatte.

Der Herbst war gekommen und mit ihm die großartigen Farben, mit denen nur die Sierra aufwarten konnte. Sie liebte jede Jahreszeit in den Bergen, aber der Herbst war definitiv ihr Favorit. Nach der Sommerhitze war das kühlere Wetter stets hochwillkommen. Man konnte noch fischen, und es kamen nach wie vor Touristen, doch es wurde immer ruhiger, sodass sie Atem schöpfen konnte. Auch Klettern war noch möglich, und das machte sie sehr gern.

Dann ergötzte sie sich einfach an der reinen Schönheit der leuchtenden Farben. Den Rottönen der Blätter, die von Blutrot bis hin zu einem fahleren, fast purpurnen Rot reichten. Bei den Orangetönen war es genauso. Bis sie in die Sierra Nevada gekommen war, hatte sie nicht gewusst, dass es so viele Schattierungen gab, zartes bis strahlendes Orange, Gold und Gelb, die sich zwischen dem letzten Grün an den Bäumen gegenseitig an Strahlkraft überboten.

Hinter dem See erhoben sich die Berge mit Bäumen, die so eng beieinanderstanden, dass man sie aus der Entfernung für undurchdringlich halten konnte. Meilenweit erstreckte sich diese Landschaft aus Schluchten und Flüssen, wunderschönen Wäldern und zerklüfteten, auffallenden Felsformationen, die es nirgendwo sonst gab. Es war eine sagenhafte Landschaft mit ständig wechselndem Gesicht, und sie hatte sie lieben gelernt.

Reglos saß Stella auf den dicken Planken und blickte über den eisigen See. Der von Gebirgsbächen aus Schmelzwasser gespeiste Sunrise Lake war ein riesiges Becken mit tiefem, saphirblauem Wasser. Eine leichte Brise kräuselte die Oberfläche, doch der größte Teil glänzte wie Glas. Manchmal stockte ihr der Atem angesichts dieser einzigartigen Schönheit. Der See und die umgebenden Berge wirkten zu jeder Jahreszeit sehr elegant und majestätisch.

Wie immer, wenn sie so auf dem Steg saß, schmiegte ihr Hund sich eng an sie. Dann schlief er direkt wieder ein, weil er nie wusste, wie lange sie dort bleiben und auf die Sonne warten wollte. Schade, dass er nicht sprechen konnte, dann hätte sie wenigstens mit ihm über so wichtige Dinge wie zum Beispiel Mord reden können, doch als sie es versucht hatte, hatte er sie nur angesehen, als hätte sie den Verstand verloren und dann den Kopf auf ihren Schoß gelegt, damit sie ihn kraulte. Schamlos die Situation ausgenutzt. So war er, ihr geliebter Bailey.

Plötzlich fasste eine Hand nach ihrer Schulter, und sie wäre vor Schreck fast in den See gefallen. Bailey blickte nicht einmal auf und gab keinerlei Laut von sich. Die Hand hielt sie fest, ehe sie ins Wasser stürzen konnte. Stella wandte den Kopf und schaute zu dem Mann auf, der hinter ihr stand. Sam Rossi konnte sich völlig geräuschlos bewegen, was sie manchmal, so wie jetzt, wahnsinnig machte. Sein Gesicht war zu grob, um schön zu sein, aber maskulin kantig. Und er hatte immer einen dunklen Dreitagebart, der sich nie zu einem richtigen Bart auswuchs, aber auch nie abrasiert wurde. Außerdem lächelte er praktisch nie, und wenn, erreichte dieses Lächeln ganz sicher nicht seine eiskalten Augen.

Doch körperlich war er gut in Form. Breite Schultern. Muskulöse Brust. Überhaupt viele Muskeln. Insgesamt sehr stark. Das wusste sie, weil sie ihn als »Mädchen für alles« eingestellt hatte und er alle möglichen Arbeiten erledigen musste, zu denen man unglaublich viel Kraft brauchte. Zudem musste er sich mit Booten, Schreinerei, Fischen, Klettern und den meisten Freiluftaktivitäten auskennen, und bislang hatte er sie nicht einziges Mal enttäuscht.

Außerdem hatte er Narben. Viele davon. Er zog sein Hemd aus, wenn es zu heiß war und er draußen arbeiten musste. Meist nur, wenn außer ihr niemand da war oder die anderen weit genug entfernt, aber sie hatte die Narben gesehen, und sie waren nicht schön. Es waren auch nicht solche, wie man sie sich bei einem Autounfall zuzog. Es sah eher so aus, als wäre er ausgepeitscht worden. Zudem war er wohl mehr als einmal angeschossen worden, und ein paar Narben von Stichwunden hatte er ganz sicher auch. Sie hatte nicht näher hingeschaut. Absichtlich nicht, obwohl sie es gern getan hätte. Sie hatte ihn auch nie danach gefragt, und er hatte von sich aus nie eine Erklärung angeboten.

»Hör auf, dich an mich anzuschleichen«, blaffte sie gereizt

und griff nach dem Becher mit Kaffee, den er offensichtlich für sie mitgebracht hatte.

Doch er zog ihn ihr weg, setzte sich auf Baileys andere Seite und ignorierte ihre ausgestreckte Hand.

»Sam.« Sie knurrte es praktisch. Er konnte doch nicht mit ihrem duftenden Lieblingsgetränk ankommen und es ihr dann verwehren.

Er lüpfte eine Augenbraue. Offensichtlich war er anderer Ansicht. Er stellte den Becher auf der von ihr abgewandten Seite ab, sodass sie nicht über den Hund hinweg an ihn herankommen konnte. Dann trank er stumm von seinem Kaffee und blickte über den See. Bailey hätte ihn wenigstens mal anknurren können, aber auch der kam ihr nicht zu Hilfe.

»Bist du nur hier rausgekommen, um mich zu ärgern?«, fragte Stella.

Sam antwortete nicht. Sie wusste, dass er dieses Schweigen ewig durchhalten konnte. Es war genauso ärgerlich wie dieser *dämliche* Spitzname für sie. Er nannte sie manchmal mit affektierter Stimme *Satine* – nach der Hauptdarstellerin im Film *Moulin Rouge!* Also, nicht dass er eine affektierte Stimme gehabt hätte, eher eine sehr leise, fast hypnotische, die sie verdammt sexy fand. Glücklicherweise benutzte er diesen Namen nicht vor anderen. Er sprach ohnehin nicht viel, deshalb stellte sich das Problem nicht, wenn ihre Freundinnen da waren.

Ihr war nichts so schnell peinlich, nicht einmal, wenn sie in einer lächerlichen Situation erwischt wurde, doch da sie ein ganz klein wenig in Sam verliebt war, schämte sie sich für Sachen, über die sie sonst wohl lachen würde.

Sie liebte *Moulin Rouge!* Das war ihr Film. Den sie immer schaute, wenn sie bedrückt war und Mitleid mit sich hatte.

Das kam nicht oft vor, aber in diesen seltenen Fällen guckte sie diesen Film und weinte sich die Augen aus. Wenn sie etwas brauchte, das sie wieder in Schwung brachte, ließ sie *Moulin Rouge!* laufen, aß Popcorn und heulte und lachte.

Sie wusste gar nicht mehr, wie es passiert war, dass Sam bei einer solchen Aufmunterungsparty hereingekommen war, aber so war es. Er hatte sich einfach dazugesetzt und den Film mit ihr geschaut. Danach hatte er das häufiger gemacht, allerdings hatte sie den Eindruck gehabt, dass er mehr auf sie als auf den Fernseher achtete. Wie üblich sagte er dabei nichts, schüttelte nur hin und wieder den Kopf, als wäre sie ein wenig durcheinander, und ging schließlich wieder. Sie wusste nicht einmal, ob er den Film mochte, aber wenn nicht, hatte er kein Herz, das hatte sie ihm hinterhergerufen. Doch er hatte sich nicht umgedreht.

Sie kannte jedes Lied auswendig, und jeden Morgen, wenn sie ihre Übungen machte, spielte sie die Songs ab und sang und tanzte dazu. Auch abends machte sie ihr Sportprogramm dazu, mitsamt einer kleinen Showeinlage hin und wieder. Natürlich war Sam einmal in genau dem Moment hereingekommen, als sie ein Bein über einen Stuhl schwingen wollte, es aber nicht ganz schaffte und auf dem Po landete. Das war das erste Mal gewesen.

Sie machte auch gern Vertikaltuchakrobatik, um fit zu bleiben. Weil das Haus zweistöckig war und einen offenen Grundriss hatte, hatte sie dafür eine eigene Aufhängung, an der sie manchmal trainierte. Und als sie sich einmal kurz in den Tüchern verfangen hatte und kopfüber hängend bei lauter Musik versuchte, ihren Fuß freizubekommen, war Sam natürlich wieder hereinspaziert.

Und das dritte Mal, als sie gerade sehr cool und aufreizend

(wenn man sich nicht selber lobte) mit dem Po auf und ab gewackelt hatte, hatte er am Türrahmen gelehnt, die Arme vor der Brust verschränkt, und sie mit seinen dunklen Augen beobachtet. Doch sie konnte nie sagen, was er dachte, weil seine Miene stets unergründlich war.

Bei den Gelegenheiten, wenn er sie mit seiner leisen, sonoren Schauspielerstimme *Satine* nannte, wollte sie ihn böse ansehen, fing stattdessen aber immer wieder an zu lachen. Er lachte nicht mit, doch manchmal wurden seine dunklen Augen weich, und in ihrem Bauch kribbelte es so seltsam, dass sie Angst bekam.

»Ernsthaft, Bailey, was für ein Wachhund bist du denn?« Seufzend schob sie die Finger ins lockige Fell ihres Hundes. Dennoch kam sie nicht darum herum, dass sie jetzt, wo Kaffee in Reichweite war, unbedingt einen Schluck haben wollte. »Danke, dass du mir Kaffee gebracht hast, Sam. Das weiß ich *wirklich* zu schätzen.«

Da sie sich tatsächlich darüber freute, fiel es ihr leicht, einen sarkastischen Unterton zu vermeiden, obwohl sie eigentlich ganz gern sarkastisch geklungen hätte. Vielleicht sollte sie ihn einfach in den eiskalten See schubsen. Doch er brächte es bestimmt fertig, sie mitzureißen, also wäre das wohl keine echte Genugtuung.

Ohne ein Wort reichte Sam ihr den Becher. Dankbar trank Stella den ersten Schluck, während sie beide zusahen, wie die leichte Brise mit dem Wasser spielte. Verstohlen schaute sie zu Sam hinüber. Glücklicherweise reagierte er nie mit irgendeinem süffisanten Grinsen. Er war ein Mensch, der in sich ruhte und nie etwas von ihr verlangte. Manchmal war sie am Ende des Tages so erschöpft, dass sie nicht einmal mehr ein kleines bisschen von sich mit irgendjemandem teilen mochte.

An solchen Tagen stand Sam meist auf ihrer Veranda und grillte Gemüse und Fleisch oder irgendetwas anderes, als wüsste er, dass sie einen schrecklichen Tag gehabt hatte und nicht reden wollte. Dann deutete er stumm auf die Kühlbox mit dem kalten Bier, und sie nahm sich eins, reichte ihm auch eins und setzte sich dann in ihren Lieblingshängesessel, der an der Überdachung der Veranda angebracht war. Sam bat sie nie um etwas. Und sie ihn auch nicht. Das war das Beste an ihrer seltsamen Beziehung. Er schien intuitiv zu wissen, wenn es bei ihr gerade schlecht lief. Aber sie fragte ihn nicht, warum er auftauchte und ihr das Leben leichter machte oder woher er eigentlich wusste, dass sie gerade ein wenig Zuwendung brauchte.

Sie seufzte und nahm noch einen Schluck Kaffee, während sie Bailey streichelte. Sie hatte ein paar Dinge gefunden, die das Leben schön machten. Diesen wunderbaren Ort. Ihren Hund. Kaffee. Ihre fünf Freundinnen. Den besten Film aller Zeiten und vielleicht Sam Rossi. Sie war nicht sicher, in welche Kategorie sie ihn einordnen sollte. Eine Beziehung hatten sie eigentlich nicht. Aber er ging mit niemand anders aus. Und sie genauso wenig. Sie hatten beide zu viele Geheimnisse.

Die Blätter an den Bäumen, die dem Steg am nächsten standen und ihn zu beiden Seiten rahmten, waren gelb, rot und orange und schaukelten im Wind. Viele davon waren bereits auf die Felsen am Ufer gefallen, an denen das Wasser leckte. Auf dem Steg, wo die Brise sie kreiselnd übers Holz jagte, hatten sie die Planken in einen leuchtend bunten Teppich verwandelt.

Als die Sonne mit ihrem Aufstieg begann, veränderten sich die Farben ganz langsam. Immer mehr Strahlen fielen auf den See, zuerst in einem niedrigen Winkel. Dann erschien ein goldener Halbkreis, der sich im tiefen, dunkelblauen Wasser kaum spiegelte. Der Anblick war großartig, der Grund, warum Stella an diesem Ort geblieben war. Hier fühlte sie sich mit der realen Welt verbunden. Klein vor der großartigen Natur. Als der goldene Ball sich weiter erhob, sahen die Bäume plötzlich ganz anders aus. Der Ball schien im Wasser zu wachsen und ließ es schimmern, als wäre darin ein Goldschatz verborgen.

Wie gebannt sah Stella zu. Der Ball schien sich zu bewegen wie ein lebendiges Wesen. Jeder Sonnenaufgang war anders. Die Farben und die Art, wie sie im Wasser wirkten. Es war pure Magie. Sie konnte nicht immer zu ihrem Lieblingsplatz gehen, um dieses dramatische Ereignis zu beobachten, aber sie versuchte es. Die Geräusche des Morgens begleiteten den Sonnenaufgang. Die Gesänge der frühen Vögel. Einige davon Männchen, die ihr Revier absteckten. Manche hatten großartige Stimmen, andere klangen eher heiser.

Hingerissen lauschte Stella dem Konzert. Der eine Sänger endete auf einer hohen Note, der andere ließ die Stimme fallen. Es gab auch welche, die nur einen einzelnen rauen Ruf ausstießen, wie eine Art Gruß oder ein *Ich bin hier*. Sie genoss dieses Alleinsein früh am Morgen, bevor die Sonne ganz aufgegangen war und sie sehen konnte, welche Vögel schon mit ihr wach waren.

Das Ganze wurde untermalt vom Summen der allgegenwärtigen Bienen und Insekten und dem Rascheln der Eidechsen im Laub. All das gehörte zur Natur, auf die sie sich hier in der Sierra verlassen konnte. Unabhängig von der Jahreszeit fand sie hier immer etwas, das für die Erdung sorgte, die sie so brauchte; als Gegenentwurf zu der wahnsinnig gewordenen anderen Welt, die sie nicht mehr verstehen konnte und in die sie anscheinend nicht mehr passte.

»Wirst du heute noch mit mir sprechen?«

Ihr Magen hatte sich völlig verkrampft. Mit irgendjemandem musste sie reden. Und eigentlich würde sie sich Sam dafür aussuchen, aber was sollte sie ihm sagen? Unter den Wimpern hervor blickte sie ihn an und hoffte, dass er so die Angst in ihren Augen nicht sah. Aber das war das Problem bei ihm. Er war viel zu aufmerksam und bemerkte alles. Auch Details, die anderen entgingen.

Sie war nicht besonders redselig. Was wusste sie eigentlich von ihm? Sie würde ihm gern vertrauen. Schließlich war er der einzige Mann, der in ihrem Haus ein und aus ging, aber sie kannte ihn nicht. Sie wusste rein gar nichts von ihm. Nicht einmal, ob er verheiratet war oder Kinder hatte. Oder ob er vor der Polizei weglief, doch so, wie er aussah, wusste sie instinktiv, dass er sich, falls er auf der Flucht war, nicht vor etwas so Banalem wie den Cops versteckte. Eher wegen eines internationalen Verbrechens, von dem nur die CIA oder der Heimatschutz wussten – und sonst keiner.

In der Regel wusste sie alles Nötige über ihre Angestellten, aber nicht über Sam. Als sie ihn gebeten hatte, für sie zu arbeiten, hatte er etwas gezögert. Am Ende hatte er dann gemeint, dass er nur für Bargeld arbeiten würde. Unter dem Tisch ausgezahlt. Normalerweise ließ sie sich auf so etwas nicht ein. Bei ihr lief alles strikt legal ab, aber sie hatte dringend einen richtig guten Arbeiter gebraucht, der all das konnte, was Sam konnte. Damals war fast jede Hütte renovierungsbedürftig gewesen. Mit bröckelnden Mauern und veralteten Stromkabeln und Rohrleitungen. Unglaublich viel

Arbeit. Dazu kamen die Bootsmotoren. Sie brauchte ihn mehr als er sie. Als sie ihn eingestellt hatte, hatte sie angenommen, es sei nur für kurze Zeit. Doch daraus waren inzwischen zwei Jahre geworden.

Sie hielt den Mund, nahm noch einen Schluck Kaffee und blickte weiter über den See. Was sollte sie auch sagen, was sie nicht so aussehen ließ, als würde sie den Verstand verlieren? Nichts. Sie konnte ihn nicht einweihen. Selbst wenn sie ihm ihre Vergangenheit enthüllte und das sorgfältig errichtete Kartenhaus ihres neuen Lebens zerstörte, was würde es bringen? Sie hatte keine Beweise, und sie bezweifelte, dass sie ihm klarmachen konnte, dass diese Unfälle keine waren und ein Serienmörder in der Sierra herumlief. Bis zu diesem Zeitpunkt war ja noch nicht einmal der Angler tot aufgefunden worden, weil noch kein Verbrechen geschehen war – doch es war nur eine Frage der Zeit. Der Killer würde in zwei Tagen zuschlagen. Sie musste unbedingt den See entlangfahren und das Ufer nach dem Tatort absuchen.

»Ich bin jetzt über zwei Jahre hier, Stella. In der Zeit hast du deine Haustür nicht ein einziges Mal abgeschlossen. Und du blaffst sonst auch nicht deine Mitarbeiter an, auch wenn sie einen Fehler machen. Das ist nicht deine Art.«

Stella mied seinen Blick und schaute weiter über den See. Das ruhige Wasser war so tief, dass zahllose Leichen darin versenkt werden konnten. Und über dem See ragten die Berge mit all den wunderschönen Bäumen auf. Es gab zahllose Möglichkeiten, Tote so zu verstecken, dass sie nie gefunden wurden. Und dann noch die Thermalquellen. Manche waren so heiß, dass eine Leiche darin zersetzt werden würde.

Unwillkürlich presste sie eine Hand auf den Mund, wie sie es als Kind getan hatte, um nichts auszuplappern, das sie nicht sagen sollte. Eine schlechte Angewohnheit, die sie sich mühsam aberzogen hatte, und jetzt war sie wieder da. Einfach so. Ihre Finger zitterten derart, dass sie sich am liebsten draufgesetzt hätte. Sie hoffte, dass es Sam nicht auffiel, aber er sah alles. Das wusste sie. Sam war so ein Typ. Rasch vergrub sie die Hand wieder in Baileys Fell.

»*Satine*, wenn du Hilfe brauchst, ich bin da, aber du musst mit mir reden. Nur raus mit der Sprache.«

»Hab ich das wirklich getan? Jemanden angeblafft, weil er einen Fehler gemacht hat?« Nun wandte sie den Kopf und sah ihn an. »Etwa dir gegenüber, Sam?«

Seine harten Züge wurden weicher. Der samtene Blick seiner dunklen Augen, der über ihr Gesicht glitt, verunsicherte sie. »Nein, mit Bernice am Bootsverleih neulich.«

Stella presste einen Handballen gegen ihre Stirn. Er hatte recht. Sie hatte nicht geschrien, war aber recht barsch gewesen. Okay. Mehr als das. Dabei behandelte sie ihre Angestellten nie so. Bernice Fulton war schon etwas älter und arbeitete seit mehr als fünf Jahren für sie. Die Frau würde sich das zu Herzen nehmen. »Ich werde mit ihr reden.«

An dem Tag war es ungewöhnlich heiß gewesen, obwohl alle schon mit dem kühleren Herbstwetter gerechnet hatten. Deshalb waren die Gäste im Resort zu den Booten geeilt, weil sie auf den See hinauswollten. Leider waren dabei auch Leute gewesen, die nicht die geringste Ahnung hatten, wie man ein Boot lenkte. Sam und sie hatten die meiste Zeit damit verbracht, sturzbetrunkene Partygruppen zu retten, sowie eine alleinerziehende Mutter mit ihren beiden sehr kleinen Kindern, die Gott sei Dank Schwimmwesten getragen hatten.

Die Angler dagegen hatten sich den ganzen Tag bei ihr

beklagt. Es war ein endloser Strom aus mürrischen, gereizten oder ernsthaft wütenden Menschen, hauptsächlich Männern, gewesen, die glaubten, alles besser zu wissen, obwohl die meisten sie inzwischen kannten. Im Laufe der Jahre hatte sie sich Respekt bei ihnen verschafft. Leider aber waren auch die Angler nicht immun gewesen gegen die überraschend hohen Temperaturen und die starke Luftfeuchtigkeit, wo doch sonst gewöhnlich trockene Hitze herrschte. Und schon gar nicht gegen all die verrückten Touristen, die sich nicht darum scherten, welche Regeln für den Bootsverkehr galten, und sich auch nicht richtig benahmen, wenn es darum ging, sich den See mit den Anglern zu teilen.

Stella war immer wieder angeschrien, beschimpft und beleidigt worden, meist was ihren IQ oder ihre Fähigkeit betraf, ein Anglercamp zu leiten – was Sunrise Lake ja gar nicht mehr war, aber sie hatte niemanden korrigiert. Sie hatte an ihrem höflichen Lächeln festgehalten, sich jede Sorge und Beschwerde angehört und allen versichert, dass man sich darum kümmern würde – es sei denn, jemand ging zu weit.

Vor langer Zeit, als sie als Managerin im Resort angefangen hatte, hatte Stella gelernt, dass sie sich behaupten musste, wenn sie sich den Respekt der Angler verdienen wollte. Deshalb wurde sie nicht schrill und schrie auch nie, sondern blickte selbst dem ältesten und erfahrensten fest ins Auge, wenn sie mit ihm sprach. Sie kannte sich im Thema aus und kämpfte für die Rechte der Angler, ließ sich aber nicht von ihnen gängeln, ganz egal, wie empört sie daherkamen.

Dennoch war sie am Ende eines sehr langen, anstrengenden Tages, nachdem sie ein Boot nach dem anderen in den Hafen zurückgeholt hatten, weil die meist betrunkenen

Insassen nicht einmal wussten, wie man damit anlegte, nicht in der besten Stimmung gewesen und hatte Bernice Fulton angeblafft. Sam hatte recht. So etwas machte sie normalerweise nicht. Er jedenfalls war ruhig geblieben – wie immer. So wie er ohnehin kaum etwas redete, schnauzte er auch nie jemanden an. Das hatte er gar nicht nötig. Er sah nur jeden, der ihm dumm kam, mit einem durchdringenden Blick an, dann gab derjenige sofort klein bei.

Als Sam an Bord eines Partybootes mit fünf Frauen in Bikinis gestiegen war, die sich ihm allesamt an den Hals warfen, hatte er sie kaum angesehen, nur das Boot zurückgebracht, es vertäut und war nicht einmal so galant gewesen, den beschwipsten Damen auf den Steg zu helfen. Er war einfach gegangen und hatte sie Bernice überlassen. Das wusste Stella, weil sie es beobachtet hatte, und es war das Einzige, was sie an diesem Tag zum Lachen gebracht hatte.

Sie hatte inzwischen jede Nacht Albträume. Danach lag sie immer wach, das hieß, dass sie nur sehr wenig Schlaf bekam, was sicherlich zu ihrer zunehmenden Launenhaftigkeit beitrug. Und mit niemandem über ihre Sorgen und Ängste sprechen zu können, verstärkte ihre Reizbarkeit noch. Sie wusste einfach nicht, was sie tun sollte, um ihre Freunde und Bekannten zu schützen.

»Bernice wird sich freuen, wenn du reinen Tisch machst, aber damit hast du mir noch nicht erklärt, was dich umtreibt. Was ist los, Stella?«

Sie nahm noch einen Schluck Kaffee und betrachtete die funkelnde Wasseroberfläche, dann erschauderte sie. Sie durfte mit niemandem darüber reden. Nicht einmal mit Sam. Sie musste allein damit fertigwerden, zumindest so lange, bis sie wusste, dass er nichts damit zu tun hatte. Er war erst zwei

Jahre hier und ein absoluter Einzelgänger. Womöglich packte er eines Tages einfach seine Sachen und verschwand.

Er war sehr sportlich und außergewöhnlich kräftig. Und er hatte am ganzen Körper Narben, die darauf hindeuteten, dass ihm irgendwann in seinem Leben etwas Fürchterliches zugestoßen war. Was machte das psychisch mit einem Menschen? Sie hatte versucht, über das Internet etwas über ihn herauszufinden, aber vergeblich. Sie konnte sich zwar nicht vorstellen, dass er unschuldige Menschen ermordete, aber sie musste mehr über ihn wissen, ehe sie sich ihm anvertraute.

Sie fühlte seinen Blick auf sich ruhen und wusste, dass er nicht lockerlassen würde. Sie benahm sich auch wirklich anders als sonst.

»Was hat dich darauf gebracht, mir heute Morgen Kaffee zu holen, Sam?«

Das tat er nämlich nicht regelmäßig. So wie er auch nicht jeden Abend für sie kochte oder alle Tage vorbeikam, um mit ihr einen Film anzuschauen. Sie lud ihn auch nie ein, er tauchte einfach auf. Er hatte noch nie etwas von ihr gewollt. Nie. War ihr nicht ein einziges Mal zu nahe gekommen, nicht einmal für so etwas wie einen flüchtigen Kuss. Sie dagegen war mehr als einmal versucht gewesen, ihn zu küssen, hatte diese Linie aber auch nie überschritten. Sie hatte zu viel Angst davor, dass er einfach wieder gehen würde, und sie wollte ihn bei sich haben, ganz egal wie.

Sam liebte Bouldern und traditionelles Bergsteigen. Deshalb war er – wie so viele andere – in die Gegend hier gekommen. Er hatte in seinem Geländewagen mit all seinen Besitztümern darin auf einem der Campinglätze in der Stadt gelebt, niemanden um irgendetwas gebeten und sich im Wesentlichen wohl selber versorgt, aber er scheute sich nicht vor

Arbeit und war bei fast allem geschickt. Auf einer Baustelle von Carl Montgomery, dem örtlichen Bauunternehmer – okay, dem einzig anständigen –, war er ihr sofort aufgefallen. Wenn Carl den Mann eingestellt hatte, musste er gut sein.

Es war unmöglich, Sam nicht zu bemerken. Außerdem hatte sie ein Auge für Menschen und für Details, deshalb war sie ja so gut in ihrem Job. Sam hielt sich abseits, selbst auf einer geschäftigen Baustelle. Doch das hielt ihn nicht davon ab, wortlos alle Arbeiten zu verrichten, die ihm aufgetragen wurden. Schließlich beschloss sie, dass er genau der richtige Mann für die vielfältigen Aufgaben in ihrem Resort war. Er konnte praktisch alles an Arbeiten erledigen, die bei ihr anfielen.

Sie bot ihm ein gutes Gehalt, eine eigene Hütte und ein besseres Auto. Dennoch hatte er die Chance nicht sofort ergriffen. Er hatte sich Zeit genommen und gut darüber nachgedacht. Er war sogar ins Resort hochgekommen, um es sich anzusehen, ehe er eine Entscheidung traf. Das hatte ihn ihr nur noch sympathischer gemacht. Sie hatte die Entscheidung, ihn einzustellen, nicht ein einziges Mal bereut, auch wenn seine Schweigsamkeit sie hin und wieder gehörig nervte.

Sie begegnete seinem dunklen, fordernden Blick. Das war nicht leicht. Ihm in die Augen zu schauen, fiel ihr niemals leicht. Manchmal fühlte es sich an, als blickte sie in einen Abgrund.

»Ich kann in zwei Minuten weg sein, wenn du willst, Stella.«

Er sagte das so ruhig, dass es am Anfang gar nicht richtig zu ihr durchdrang. Doch dann ließ ihr Körper sie fast im Stich. Hastig wandte sie das Gesicht ab, damit er die aufsteigenden Tränen nicht bemerkte. Oder die Panik, die sie erfasste.

»Warum sagst du das, Sam?« Sie konnte kaum sprechen, die Frage kaum herausbringen. »Was habe ich dir getan? Was ist los?« Sie wollte aufstehen und ihn auf dem Steg sitzen lassen, doch sie fürchtete, dann würde er tatsächlich seine Sachen packen und gehen, und sie würde ihn nie wiedersehen.

Sam war noch zurückhaltender als sie. Möglicherweise empfand er für niemanden etwas. Bedeutete sie ihm wirklich so wenig? Das konnte sein. Sie hatte sich ihm angenähert, weil sie jemanden brauchte; er dagegen genügte sich selbst. Das hatte sie von sich auch geglaubt, doch in Wahrheit brauchte sie das Resort, ihre Freunde und *ihn*. Sie brauchte Sam. Die Vorstellung, ohne ihn zu sein, zerriss ihr das Herz. Vielleicht war sie wegen der Albträume und ihrer Unsicherheit im Moment besonders verletzlich. Weil sie so viel Angst um alle hatte.

»Manchmal, wenn Leute mir wichtig sind, spüre ich, wie es ihnen geht. Und da du mir wichtig bist, weiß ich, dass du dich schrecklich fühlst.«

Stellas Finger schlossen sich fester um ihren Kaffeebecher. Das war das Letzte, was sie von ihm erwartet hatte. Sein Tonfall war unverändert, doch das leise Eingeständnis ging ihr unter die Haut und traf sie tief im Innern. Menschen, die niemals aus unerklärlichen Beweggründen handelten, mochten seine Erklärung albern finden, doch für sie klang sie völlig vernünftig.

Es war das erste Mal, dass Sam irgendetwas gesagt hatte, das ihn verwundbar machen konnte. Er hatte praktisch angedeutet, eine besondere psychische Gabe oder zumindest eine sehr starke Intuition zu haben. Sie wollte sich gern damit revanchieren, selbst etwas von sich preiszugeben. Das war nur fair. Ein wirklicher Austausch.

»Ich habe manchmal Albträume. Schlimme Albträume. Es sind immer mehrere hintereinander. Dann kann ich nicht mehr schlafen. Dagegen hilft nichts.« Und genauso war es ja auch. Stella trank noch etwas Kaffee und ließ die freie Hand auf Baileys Fell liegen.

Sam schwieg eine lange Weile. Als sie es wagte, zu ihm hinüberzuschauen, betrachtete er die Berge. Die Strahlen der Sonne durchzogen die Bäume und den geisterhaften Nebel mit leuchtenden Streifen. Der Anblick rührte sie jedes Mal.

»Weshalb hast du diese Träume? Worum geht es darin?«

Das waren gute Fragen. Sie hätte damit rechnen sollen, dass er nachhaken würde. Er war nicht nur intelligent, sondern ging Probleme gerne an, um sie zu lösen.

»Um Tote, die im See treiben«, platzte sie heraus. Das war nur die halbe Wahrheit. Und sie kam auch nur gepresst heraus, weil ein Teil von ihr das Gefühl hatte, dass sie ihn anlog, während er sich ihr geöffnet hatte und ihr nach zwei Jahren, in denen sie umeinander herumgeschlichen waren, Macht über ihn gegeben hatte. Er hatte sich ihr ausgeliefert, und sie blieb immer noch distanziert. Aber er war scharfsinnig. Er wusste, dass sie ihm etwas vorenthielt, und das musste schmerzen. Sie wäre jedenfalls gekränkt.

Sie zwang sich, ihn anzuschauen, denn zumindest das war sie ihm schuldig. Seine dunklen Augen musterten ihr Gesicht sehr sorgfältig, und sie sahen zu viel. Sie wusste, dass sie Schatten unter den Augen hatte. Aber was konnte sie ihm erzählen? Es gab keine Leiche. Bisher noch nicht einmal den Hinweis auf einen Unfall. Sie musste ihren freien Tag unbedingt nutzen, um den See abzusuchen, in der Hoffnung, dass sie die Stelle fand, wo der Angler getötet werden würde, wenn sie das nicht verhindern konnte. Das Schlimmste daran war, dass es in der Gegend mehrere Seen gab, die bei Anglern beliebt waren. Dennoch war sie sicher, dass der Mord an ihrem geliebten See passieren würde.

»Stella, du bist die ruhigste, vernünftigste Frau, die mir je begegnet ist. Ich weiß, dass du in Schwierigkeit steckst.« Er zuckte die Achseln. »Aber ich möchte dich nicht bedrängen. Ich selber mag es nicht, wenn man mir Fragen stellt, also werde ich nicht darauf bestehen, dass du mit mir redest, wenn du es nicht möchtest. Sobald du nicht mehr so durcheinander bist, tust du das, was du immer machst, du gehst Schritt für Schritt vor und packst ein Problem nach dem anderen an. Du wirst das schon schaffen. Du schaffst es immer.«

Dass er sich dessen so sicher war, beruhigte sie und gab ihr Selbstvertrauen. Er hatte recht. Sie war kein Kind mehr, und der Killer befand sich auf ihrem Terrain. In ihrer geliebten Sierra. Außerdem hatte er keine Ahnung, dass sie ihm bereits auf der Spur war und ihn kriegen würde.

2

Danke, Sam. Wenn ich nachts wach liege, geht es mir nicht gut. Du scheinst einen leichten Schlaf zu haben und mit nur wenigen Stunden auszukommen, aber ich schlafe tief und fest und brauche gute acht Stunden, sonst habe ich schlechte Laune.«

Das Lächeln, das über Sams Gesicht glitt, war für sie ebenso schön wie der Sonnenaufgang. Obwohl sie nicht glaubte, dass es seine Augen erreicht hatte, oder wenn, dann nur so kurz, dass es ihr entgangen war. Sie sah es nur selten, denn meist war sein Gesicht von tief in die rauen Züge geschnittenen harten Linien geprägt.

»Du hast noch nie schlechte Laune gehabt, Stella, erst in letzter Zeit. Ich würde sagen, das ist eher auf die Albträume zurückzuführen als auf einen Mangel an Schlaf.«

»Kann sein, aber dass du mich daran erinnerst, dass ich einen klugen Kopf auf den Schultern habe, hilft mir. Das ist sehr nett. Ich bin dankbar dafür, dass ich heute einen freien Tag habe.«

»Du arbeitest zu hart, aber es scheint dir gut zu bekommen.«

»Ich liebe diesen Ort. Hier fühle ich mich wie geborgen«, gestand Stella. Das hatte sie noch nie gehabt. Alles an der östlichen Sierra Nevada gefiel ihr. »Manchmal sitze ich draußen auf der Veranda, schaue mich einfach nur um und bin glücklich, am Leben zu sein. Ich möchte nirgendwo anders hin.«

»Ich finde es schön, dass man hier nachts die Sterne sehen kann«, sagte Sam zu ihrer Überraschung. »In den meisten Nächten schlafe ich draußen. Ich mag es, auf einer Pritsche zu liegen und in den Himmel zu gucken. Heutzutage sind die Sterne längst nicht mehr überall zu sehen. Aber hier leuchten sie so hell, dass man sich ihnen ganz nah fühlt.«

Da Sam normalerweise nicht viel redete, war schon diese kleine Enthüllung wie ein Geschenk. Stella wusste, dass er oftmals nachts auf dem Gelände des Resorts patrouillierte und alles überprüfte. Er war genauso schlimm wie die beiden Wachmänner und nahm es vielleicht sogar viel genauer, weil er auch noch zusätzliche Runden drehte.

Sie hatte mitbekommen, dass Patrick Sorsey, einer der Wachmänner, gelegentlich bei der Arbeit einschlief. Er war vierundvierzig, hatte drei Kinder, und seine Frau war mit dem vierten schwanger. Eine Überraschung, mit der niemand gerechnet hatte. Er hatte sich zwei Jobs aufgehalst, und offenbar deckte Sam ihn. Doch Patrick war im Grunde ein guter Mann, lediglich überarbeitet.

»Ich bin nur etwas erstaunt, dass eine Wasserleiche dich so nervös macht. Es ist ja nicht so, als hättest du nicht schon öfter mit Toten, der Polizei und der Gerichtsmedizinerin zu tun gehabt, und soweit ich weiß, hat dich das noch nie aus der Ruhe gebracht.«

Das stimmte. Seit sie an diesem Ort war und das Resort leitete, hatte sie es mit allem Möglichen zu tun bekommen, angefangen bei Herzattacken bis hin zu echten Unfällen. Meistens Tod durch Ertrinken aufgrund zu hohen Alkoholkonsums. Bei keinem dieser Vorfälle hatte sie Probleme gehabt, die Lage zu bewältigen. Sie wusste, was zu tun war und wen sie anrufen musste. Mehrere ihrer Freunde und Bekannten, einschließlich Sam, gehörten der Bergwacht an. Vienna Mortenson, eine ihrer Freundinnen, war sogar die Leiterin der Rettungsmannschaft in ihrem Bezirk. Sie redeten oft über ihre Arbeit, und nach jedem Einsatz trafen sich die meisten, die dabei gewesen waren, im *Grill*, um sich darüber auszutauschen, was passiert war. So lernten sie aus jeder Erfahrung.

Stella war nicht sicher, was sie Sam antworten sollte, denn er hatte wieder einmal recht. Er kannte sie so gut. Es gab nur wenig, was sie umwarf, und Tote gehörten nicht dazu – aber dass ein Serienmörder anfing, in ihrem wunderschönen Stück vom Paradies sein Unwesen zu treiben, schon. Immerhin konnte sie ihm zuvorkommen. Sie musste sich nur konzentrieren und durfte sich nicht ablenken lassen. Schließlich war sie kein Kind mehr, und auch kein Teenager. Im Laufe der Jahre hatte sie viel trainiert und viel dazugelernt.

Sie stellte den Kaffeebecher auf den Steg und rieb sich die Schläfen. »Ich brauche nur etwas Schlaf. Ich habe ein paar Tage frei. Das sollte helfen. Ich versuche, mit Bernice zu sprechen, ehe ich mich mit Harlow und Shabina treffe. Ich finde es echt gut, dass du mich darauf hingewiesen hast, dass ich sie angeblafft habe. Das hat sie nicht verdient, nur weil ich unausgeschlafen bin.«

»Nein, sie hatte es verdient, weil sie Boote an Leute vermietet hat, denen sie keins hätte geben sollen, aber so schroff reagierst du sonst nicht«, korrigierte er sie. »Ich muss mich jetzt um die Klimaanlage in Hütte H kümmern.«

»Du meinst die Honigwaben-Hütte?« Stella benutzte den offiziellen Namen der etwas größeren rustikalen Hütte, die nach der Renovierung praktisch ständig vermietet war, mit voller Absicht. Am Abend zuvor war das Paar, das dort gewohnt hatte, abgereist, sodass ihnen ein Tag blieb, ehe die nächsten Bewohner eintrafen. Das war sehr selten bei dieser besonderen, sehr beliebten Hütte.

Sam antwortete nicht, sondern sah sie einfach nur ausdruckslos an.

»Du zuckst jedes Mal zusammen, wenn ich *Honigwabe* sage.« Sie konnte sich den Ansatz eines Kicherns nicht verkneifen. Sam redete immer von den Hütten A, B oder C.

»Ich weiß nicht, warum du darauf bestehst, normalen Hütten lächerliche Namen zu geben.«

»Wir müssen sie doch für unsere Gäste irgendwie herausheben. Schließlich sind sie nicht mit den Angelhütten, den Wohnmobilen oder den Zelten auf dem Campingplatz zu vergleichen. Sie ziehen eine andere Kundschaft an.« Mit einem sehr hohen Einkommen. Diese Hütten brachten das ganze Jahr über Geld. Die Wintersportarten – Snowboarden, Ski- und Motorschlittenfahren – waren äußerst beliebt, und ihr Resort war das Tor zu dem Berg über ihnen.

»Hast du genug Zeit zum Reparieren, ehe die nächsten Gäste eintreffen?«

»Wenn nicht, kann ich ja eine neue Klimaanlage einbauen und die andere später in Ordnung bringen.« Sam stand auf. »Es gefällt mir nicht, dass du diese Albträume hast, Stella. Wenn das nicht aufhört, schlafe ich in deiner Nähe, damit ich da bin, falls du mich brauchst.«

Er ging auf seine leise Art um den Airedale herum, blieb kurz hinter ihr stehen und strich ihr ganz langsam hauchzart übers Haar, dennoch fühlte es sich an, als durchzuckte sie ein Blitz, und ein erregender Schauer rieselte über ihren Rücken. Alle Nervenenden waren sensibilisiert. So etwas machte er normalerweise nicht. Und Sam überließ nichts dem Zufall. Er tat nichts Unüberlegtes.

»Ich will nur noch eins sagen, Stella. Ich habe gewisse Fähigkeiten. Ich hab zwar geschworen, sie nie wieder zu nutzen, egal, was passiert, aber ich bin jetzt etwas mehr als zwei Jahre hier und habe dich kennengelernt. Wenn du in Schwierigkeiten bist und mich brauchst, sag es mir einfach.«

Stella runzelte die Stirn und verdrehte den Hals, um zu ihm aufzuschauen, doch er entfernte sich bereits, ohne sich umzusehen. Sein Gang schien etwas Raubtierhaftes bekommen zu haben, aber vielleicht bildete sie sich das auch nur ein, weil ihre Träume sie so verstört hatten. Was meinte er mit *gewissen Fähigkeiten* und dass er geschworen hatte, sie auf keinen Fall wieder einzusetzen? Plötzlich benahm auch er sich nicht mehr so wie sonst. Sie hatte sich auf ihn verlassen, ohne es zu bemerken, und nun stellte sie fest, dass sie ein wenig Angst vor ihm hatte.

Sie schaute auf ihren Hund hinunter. Er schlief schon wieder und war alles andere als wachsam. »Weißt du, Bailey, du solltest mich nicht nur begleiten, sondern eigentlich auch beschützen. Weißt du nicht mehr, dass ich dir das erklärt habe, als du noch klein warst?« Sie tätschelte seinen Kopf. Der Hund war in ihrem Leben eine genauso zuverlässige Konstante wie ihre geliebte Sierra.

Sie musste mit ihrer Welt verbunden bleiben. Alles um sie herum änderte sich zu schnell. Es war, als würde sie den Boden unter den Füßen verlieren. In der Sierra ging ein Mörder um. Jedes Mal, wenn sie die kühle Morgenluft einatmete, wurde es ihr bewusster. Sie hatte nie Albträume, es sei denn, ein Serienmörder war in der Nähe. Falls es nach dem alten Muster weiterging, würde in ein oder zwei Tagen eine Leiche gefunden werden. Gewöhnlich nach zwei Tagen. Aber nicht immer. Das war ein sehr kleines Zeitfenster, um einen Killer zu stoppen.

Stella zog die Beine an und rieb das Kinn an den Knien, während sie über den See blickte. Der Nebel, der immer noch einen rötlichen Schein hatte, war mit schimmernden Fingern bis an den Ufersaum herangekrochen. Stella weigerte sich, ihn anders als wunderschön zu finden. Sam hatte recht. Sie neigte nicht zu Fantastereien, sondern hielt sich an die Realität, und die würde sie auch zu diesem Killer führen. Sie würde sich jetzt nicht in ein verängstigtes Kind verwandeln. Der erste Punkt auf ihrer Liste war, den Ort zu finden, an dem der Mord stattfinden sollte. Das war eine große Aufgabe, denn es gab mehrere Seen, nicht nur den Sunrise, zu denen viele Angler frühmorgens aufbrachen, um zu fischen.

»Okay, Bailey, wir haben zu tun.«

Der Hund hob den Kopf, legte ihn schräg und schaute sie an, als wolle er fragen, ob es ihr jetzt besser gehe. Sie kraulte ihm das Fell. »Mir geht's gut. Dem Sonnenaufgang zuzusehen, bringt mich immer wieder ins Lot. Ganz egal, wie schlecht die Lage ist, sobald die Sonne über den Horizont steigt, ist alles wieder gut. Dann fühle ich mich wie ein neuer Mensch. Wir kriegen das hin. Wenn ich mit Shabina und Harlow Kaffee getrunken habe, gucke ich, ob ich noch ein Mittagessen mit Zahra einschieben kann.«

Zahra Metcalf war ihre Seelenverwandte. Stella hatte nie damit gerechnet, einmal jemanden zu haben, mit dem sie sich so eng verbunden fühlte wie mit Zahra. Mit den anderen Frauen war sie befreundet. Sie mochte sie alle. Und tauschte sich mit ihnen aus. Aber sie waren nicht wie Zahra. Das war eine Beziehung auf einer anderen Ebene. Wenn es auf der

Welt einen Menschen gab, dem Stella vertraute, dann war es Zahra.

Für den Rückweg zum Haus nahm Stella sich Zeit. Glücklicherweise war außer ihr noch niemand wach. Nur sehr wenige Gäste mochten aufstehen, wenn der Morgen dämmerte, es sei denn, sie wollten angeln gehen. Oft hätte sie ihren Gästen gern gesagt, dass sie die Schönheit ihrer Umgebung besser begreifen würden, wenn sie einfach nur auf die Veranden oder Balkone der Hütten hinausträten und dem Sonnenauf- oder -untergang zusähen. Doch nur wenige Urlauber verstanden das. Die meisten waren gekommen, um der Stadt zu entfliehen, brachten sie aber mit, weil sie es nicht schafften, ihre elektronischen Geräte zurückzulassen.

Stella ließ Bailey die breite umlaufende Veranda zuerst betreten und achtete darauf, ob der Hund irgendwie anzeigte, dass ein Fremder sich dem Haus genähert hatte. Es gab Zufahrtstore, durch die man musste, um auf diese Seite des Anwesens zu gelangen, und normalerweise wachten die Sicherheitsleute wie »Drachen« darüber, dass niemand hereinkam, der keine Verabredung mit ihr hatte. Das hieß aber nicht, dass es nicht viele andere Wege gab, um auf diesen Teil des Geländes zu kommen.

Da Bailey nicht beunruhigt wirkte, öffnete sie die Haustür mit neu gewonnener Selbstsicherheit. Ihre Malutensilien befanden sich im Atelier oben. Sie liebte den Raum mit der Aussicht über den See. Eine Seite bestand fast vollständig aus Glas und hatte eine schwere Schiebetür, durch die sie auf den Balkon gehen konnte, wo sie einen Großteil des Jahres einen bequemen Stuhl und einen kleinen Tisch stehen hatte. Nur im Winter, wenn Schnee sich ankündigte, brachte sie die Möbel ins Haus.

Das Atelier war hell und sonnig, mit perfektem Licht zum Malen und Zeichnen. Es war nicht so, als wäre sie überaus talentiert, aber sie bildete sich gern ein, recht gut zu sein. Trotzdem würde sie ihre Werke niemals verkaufen. Das Malen entspannte sie einfach, so wie auch ihre Vertikaltuchakrobatik und das Bouldern. Im College hatte sie neben den betriebswirtschaftlichen Seminaren auch etliche Malkurse belegt.

Das Tagebuch und die Skizzenbücher, in denen sie alles über ihre Albträume festhielt, holte sie auf dem Weg ins Atelier aus einer verschlossenen Schublade neben ihrem Bett, wo sie sie stets aufbewahrte. Sie wollte nicht, dass irgendjemand sie fand. Der Inhalt war zu schrecklich. Die älteren Einträge und Zeichnungen schaute sie sich gar nicht mehr an. Eigentlich begann sie mit ihren Aufzeichnungen auch jetzt in der Absicht, ihren Geist von ihren Eindrücken zu befreien, so wie sie es sich beigebracht hatte. Sie stellte sich ihr Gehirn wie eine Kreidetafel vor, die sie so lange immer wieder sauber wischte, bis sie ganz leer blieb. Sie rief sich zunächst die genauen Details des Albtraums ins Gedächtnis. Die Felsen. Die Pflanzen. Das Schilf. Jede Kleinigkeit, an die sie sich erinnern konnte. Sie schaute sich den Himmel an. Den Boden. Den Verlauf des Seeufers. Versuchte, an dem Angler vorbeizusehen, an ihrer Angst vor dem, was geschehen würde, damit sie sich auf die Einzelheiten konzentrieren und ihren Blickwinkel erweitern konnte. Selbst die Umrisse der Felsen im Wasser und die Algen, die sie bedeckten, gaben ihr womöglich Hinweise darauf, wo die Szene sich abspielte.

Als sie alle möglichen Details der Umgebung festgehalten hatte, konzentrierte sie sich auf den Angler und versuchte, sich so viel von ihm zu vergegenwärtigen, wie sie konnte.

Seine Kleidung. Seine Figur. Seine Größe. Das, was trotz der tief sitzenden Kappe von seinen Haaren zu sehen gewesen war. Die Hände an der Angel. Die Rute selbst. Sie schrieb alles nieder, was ihr einfiel, und sie war eine sehr gute Beobachterin.

Dann kam der See an die Reihe. Jedes kleine bisschen, das sie noch von der Oberfläche, der Form und den Farben und sogar dem, was unter Wasser gewesen war, wusste. Als Letztes dann alles über den Mörder. Die Art, wie er sich bewegt hatte. Sein Körperbau. Seine Kraft. Wie er durchs Wasser geglitten war. Sein Taucheranzug. Seine Handschuhe. Den mit verschiedenen Waffen bestückten Gürtel um seine Taille.

Nachdem sie alles in ihr Tagebuch geschrieben hatte, holte sie ihren Skizzenblock und fing an, jede einzelne Szene zu zeichnen, bis ins Kleinste genau so, wie sie es sich aufgeschrieben hatte. Sie beeilte sich nicht, weil sie alles richtig machen wollte. Als sie sich schließlich mit leicht schmerzendem Rücken aufrichtete, stellte sie zufrieden fest, dass sie den potenziellen Tatort nicht besser hätte reproduzieren können.

Sie blätterte zurück zur ersten Zeichnung von vor fünf Tagen, um sie mit der neuen zu vergleichen. In der ersten gab es nicht viele Details, weil der Eindruck noch undeutlich gewesen war und die Kameralinse so weit geschlossen, dass sie nur einen winzigen Teil des sich anbahnenden Schreckensszenarios zu sehen bekommen hatte.

Ihr Handy gab ein paar Takte eines Jazz-Songs von sich und riss sie aus ihrer tiefen Versunkenheit. Sie zog es aus der Tasche und sah es mit gerunzelter Stirn schuldbewusst an.

»Harlow. Tut mir schrecklich leid. Ich weiß. Ich weiß. Ich habe dich und Shabina versetzt. Ich bin aufgehalten worden …« Sie verstummte, denn sie wusste, dass Harlow ihr nicht böse sein würde.

Harlow Frye war in einer Politikerfamilie aufgewachsen und daran gewöhnt, sich der jeweiligen Situation anzupassen. Sie nahm alles »wie es kam«, ging graziös und elegant durchs Leben und regte sich niemals über Kleinigkeiten auf, schon gar nicht, wenn sie annahm, dass Stella damit beschäftigt war, ein Problem im Resort zu lösen.

»Dann versuchen wir, uns ein andermal zu verabreden. Ich hoffe, dass ich heute Abend in die Stadt kommen kann. Vielleicht kann ich dir dann eine Nachricht schicken, ob du Zeit hast«, bot Stella an, weil sie wusste, dass beide Freundinnen tagsüber arbeiten mussten. Deshalb hatten sie sich zum Frühstück verabredet.

»Ich hab heute Nachtschicht und Shabina auch«, erwiderte Harlow. »Aber irgendwann klappt es mit uns, keine Sorge.«

Stella fühlte sich schrecklich. So fing es an. Damit, dass man seine Freunde anlog. Und Sam verdächtigte, nur weil ihr sein geschmeidiger Raubtiergang auffiel. Misstraute sie ihm wirklich? Eigentlich nicht, doch sie konnte einfach nicht ausschließen, dass er imstande wäre, einen Mord zu begehen. Aber waren das nicht alle Menschen? Nein, das glaubte sie nicht. Nicht jeder.

Nachdem sie sich noch einmal entschuldigt hatte, legte sie auf und schrieb Zahra, um sie zu fragen, ob sie Zeit zum Mittagessen hätte. Zahra Metcalf arbeitete als Verwaltungschefin im Krankenhaus, deshalb verbrachte sie die meiste Zeit mit Meetings, in denen es darum ging, wofür man das Geld ausgeben sollte, das sie mühsam beschafft hatte. Stella wusste, dass Fördergelder ungeheuer wichtig für das Krankenhaus waren. Zuschüsse, Spenden und Sammlungen finanzierten die neuesten Geräte und stellten sicher, dass es sowohl für die Notaufnahme wie auch für alle anderen Stationen genug Ärzte und Krankenschwestern gab. Das Krankenhaus war zwar klein, aber sehr gut ausgestattet. Und das musste es auch sein, denn sie waren ein gutes Stück von jeder anderen Hilfe entfernt. Zahra war sehr clever und unglaublich gut darin, Fördergelder aufzutreiben und für ihr Haus zu sichern. Außerdem verstand sie es bestens, Wohltätigkeitsveranstaltungen zu organisieren und dabei den gesamten Landkreis einzubeziehen.

Harlow half ihr bei diesen Veranstaltungen, auch wenn es zwischen Zahra und Harlow etwas gab, wovon keine der beiden Frauen jemals sprach. Sie gingen stets freundlich miteinander um, standen sich aber nicht besonders nahe, was eigentlich unverständlich war. Immerhin hatte Harlow Zahra geholfen, vor einer arrangierten Heirat aus ihrem Heimatland zu flüchten. Harlows Mutter hatte Zahra ein Visum und einen guten Job besorgt, und am Ende auch die amerikanische Staatsangehörigkeit. Zahra sprach niemals über Probleme mit Harlow und Harlow ihrerseits nie über welche mit Zahra, und Stella hatte zu viele eigene Geheimnisse, um neugierige Fragen zu stellen.

Zahra konnte sie zum Mittagessen treffen. Das war perfekt. Stella blickte auf ihre Uhr. Sie hatte reichlich Zeit, noch um den See zu fahren und nach Stellen Ausschau zu halten, die ihrer Zeichnung vielleicht ähnelten. Sie hatte den Sunrise Lake schon oft umrundet, aber es handelte sich um einen großen See, daher war es unmöglich, sich jeden einzelnen Uferabschnitt zu merken.

Wenn der Schnee schmolz, speiste er die Flüsse und Bäche, die in den See mündeten, deshalb war das Wasser so kalt. Die schmale Hauptstraße, die um den Sunrise herumführte, war zweispurig und asphaltiert, aber das ganze Jahr über voller Schlaglöcher. Schnee und Eis verhinderten, dass der Belag glatt blieb. Ganz gleich, was unternommen wurde, um ihn zu schützen, die Straße wurde immer wieder zu einer holprigen Matschpiste.

Stella warf ein paar Wasserflaschen in ihren 4Runner, öffnete die Heckklappe, wartete, bis Bailey hineingesprungen war, und ging dann zur Fahrerseite. Ihr Auto war ein für jedes Wetter geeignetes Arbeitsgerät. Sie hatte genug Geld, um sicherzustellen, dass ihr fahrbarer Untersatz unter allen Bedingungen funktionierte.

Sie nahm ihren Skizzenblock mit, obwohl sie ziemlich sicher war, dass ihr der Tatort so tief ins Hirn gebrannt war, dass sie das Bild nie wieder loswerden würde. Von der Hauptstraße zweigten zahlreiche schmale Waldwege ab, die zum Ufer hinunterführten, und sie wollte sich die ersten paar näher ansehen. Falls der Angler in ihrem Resort wohnte, blieb er vielleicht nah am Gelände, doch wenn er aus der Gegend war oder einer von den Stammgästen, die öfter kamen und in verschiedenen Seen angelten, konnte man nicht wissen, wo seine Lieblingsstellen waren.

Sie bog in die erste Schlammpiste ein. Sie war voller Buckel und nicht sehr bekannt. Nur die Einheimischen benutzten diesen Weg, wenn sie angeln gehen wollten. Brombeeren überwucherten ihn, doch sie sah Reifenspuren im Matsch. Hier war kürzlich jemand hergefahren, auch wenn das nichts bedeutete. Falls ihre Albträume sich an das alte Muster hielten, hatte sie einen, vielleicht zwei Tage, ehe der Mörder zuschlug. Was nicht hieß, dass der Killer nicht genau in diesem Augenblick sein Opfer auskundschaftete.

Sie hielt den Wagen mitten auf dem engen, unbefestigten Weg an, öffnete das verborgene Fach zwischen den Vordersitzen und nahm ihre Glock heraus. Sie hatte einen Waffenschein, nur zur Sicherheit, und sie war eine sehr gute Schützin.

»Alles klar, Bailey, wir sind so weit«, sagte sie leise und betrachtete ihren Hund im Rückspiegel. »Bist du bereit?«

Als sie die Waffe hervorgeholt und geladen hatte, war der Hund wachsam geworden. Stella legte den ersten Gang ein und fuhr langsam weiter in Richtung See. Vor ihr lag eine leichte Kurve, und als sie hindurchfuhr, sah sie direkt vor sich zwei Autos – einen dunkelgrün-grauen Truck und einen dreckigen, marineblauen SUV. Sie kannte beide.

Erst als sie den Atem ausstieß, merkte Stella, dass sie die Luft angehalten hatte. Ihre Lunge fühlte sich wund an und brannte, und ihre Hände umklammerten das Lenkrad so fest, dass ihre Knöchel weiß wurden, als sie durch die Windschutzscheibe die beiden Angler anstarrte. Sie gehörten zu ihrem Freundeskreis – den Leuten, mit denen sie sich traf, wenn es ihr gelang, sich einen Abend freizunehmen.

Bruce Akins, ein Mann mit einem dunklen Bart und einem stets finsteren Blick, der überhaupt nicht zu seinem Charakter passte, war einer der ersten Geschäftsleute gewesen, mit denen sie einen Deal abgeschlossen hatte. Ihm gehörte die örtliche Brauerei, mit der er durch die Beschäftigung von Ortsansässigen in einer Stadt, in der es nicht viel Arbeit gab, die Wirtschaft am Laufen hielt.

Sie hatte sich mit ihm zusammengesetzt und ihn davon überzeugt, dass sie imstande war, das Resort aus der Krise zu führen und so zugleich auch den lokalen Geschäften zu helfen. Sie schenkte sein Bier aus, pries es als etwas Besonderes an, entwarf eine Broschüre und brachte ihn schließlich dazu, exklusive Besichtigungstouren in seiner Brauerei anzubieten, für die einige ihrer solventen Kunden ordentlich bezahlten. Und sein Bier war tatsächlich gut. Wenn nicht, hätte sie sich nicht so ins Zeug gelegt.

Viele von denen, die anreisten, um klettern zu gehen, Ski zu fahren oder zu wandern, kamen aus dem Großraum Los Angeles und waren wohlhabend. Wenn sie Bruce' Bier probiert hatten, wollten sie mehr davon haben, und nicht nur im Resort oder in den umliegenden Städten. So war es Bruce gelungen, Lieferverträge mit einigen sehr privaten Clubs in Los Angeles abzuschließen, und das hieß, dass er dabei einen hohen Preis für sein Bier veranschlagen konnte. So war sie für ihn zu einer guten Freundin geworden.

Mit Dr. Denver Dawson war Bruce schon seit Jahren eng befreundet, zumindest so lange, wie sie in der Gegend lebte. Denver war ein Frischluftfanatiker. Er jagte, fischte und kletterte gern, egal auf welche Weise. Er behauptete, die Wintersportarten nicht zu mögen, doch sie wusste, dass er mehr als einmal losgegangen war, um Tote aus dem Schnee zu bergen, und Lawinen auslöste, wenn ein Schneebrett zu gefährlich wurde, um es hängen zu lassen. Er scheute sich nicht vor harter Arbeit und half stets aus, wenn er gebraucht wurde, oftmals auch bei Zahras Veranstaltungen.

Denver war ein guter Mann, und sie mochte ihn sehr. Den meisten in der Stadt ging es ebenso. Wenn er jagte, teilte er das Fleisch mit den Menschen, die ohne Hilfe nicht durch den Winter kommen würden. Mit den gefangenen Fischen machte er es genauso. Er war großzügig, ohne viel darüber zu reden. Soweit sie wusste, war Denver Sams einziger Freund, wenn er überhaupt einen hatte, bei allen anderen war Sam nur höflich distanziert.

Bruce war verliebt in Zahra. Sie war sehr zierlich, hatte einen überaus niedlichen Akzent, tiefdunkle Augen und einen perfekt geschwungenen Mund. Er dagegen war ein Bär von einem Mann, der sie weit überragte und fast doppelt so breit war wie sie. Bei allen anderen war er absolut selbstsicher, doch in Zahras Nähe brachte er kaum ein vernünftiges Wort heraus. Er hatte guten Grund für sein Selbstvertrauen. Er war fast zwei Meter groß mit breiten Schultern und hielt sich gut in Form. Sein finsterer Gesichtsausdruck ließ ihn einschüchternd wirken, doch mit seinen blauen Augen und dem hübschen Gesicht zog er alle Frauen magnetisch an – nur die eine nicht, die er wollte.

Sein »bester Freund« Denver saß bei fast allen Gelegenheiten, zu denen sie sich trafen, neben Stella. Dann amüsierten sie sich am Ende meist darüber, wie ihre beiden Freunde umeinander herumtanzten. Sie mochte Denver sehr. Er war nicht so geschmeidig und charmant wie einige andere Männer aus ihrem Bekanntenkreis, aber man konnte sich auf ihn verlassen. Er war loyal und hatte einen großartigen Humor. Das war ihr wichtig.

Sie parkte ihren Wagen und betrachtete die Farben, die die Sonne über den See warf. Der Nebel, der durch die Bäume waberte, verlieh dem Himmel einen Silberglanz, der die Gold- und Orangetöne auf dem Wasser verstärkte. Sie wünschte sich immer, sie könne die richtigen Farben finden, um dieses Bild auf eine Leinwand zu bannen. Sie hatte es mit verschiedenen Techniken versucht, doch es war ihr nie richtig gelungen, dieses Naturschauspiel einzufangen.

Stella ließ Bailey aus dem Auto. Er kannte beide Männer, aber noch wichtiger war, dass er wusste, wie man sich benahm, wenn jemand angelte. Der Hund hatte bessere Manieren als die meisten Touristen, die zu ihr kamen. Sie hatte dieses Thema schon mit Roy Fulton besprochen, dem Mann, der seit Jahren in ihrem Angelshop arbeitete, und mit ihm zusammen eine Liste mit allgemeinen Verhaltensregeln aufgestellt, die nun in jeder Hütte hingen. Sie hatte Denver gefragt, ob er irgendetwas hinzuzufügen hätte, während sie beide wieder einmal an der Bar die vorsichtige Annäherung zwischen Zahra und Bruce beobachtet hatten.

Die zwei Männer standen ein gutes Stück voneinander entfernt und hatten beide Leinen im Wasser. Stella konnte verstehen, warum sie diese Stelle mochten, besonders am Morgen. Die Bäume reichten bis fast ans Ufer heran und sorgten für Ungestörtheit und an heißeren Tagen auch für Schutz vor der gnadenlosen Sonne. Im Wasser lagen die unvermeidlichen Granitfelsen, glatt geschliffen von den Wellen, die seit Jahren an ihnen leckten und sie wie zu rund geformte Eier aussehen ließen. Am Ufer wuchs hohes Schilf aus dem See, das sich in der leichten Brise wiegte.

Diese beiden Männer waren ihre Freunde. Sie spielten eine große Rolle im Leben der Stadt, und nun waren sie in Gefahr. Damit hatte sie nicht gerechnet. Als diese Erkenntnis sie traf, rang sie einen Moment lang nach Luft. Erschrocken lehnte sie sich an die Fahrertür und beobachtete die zwei Freunde, die friedlich im See angelten. Er wirkte so wunderschön mit den Farben der Sonne und den Spiegelungen auf dem Wasser. Dem schimmernden Silber der Nebelschwaden und den herbstlich in Orange, Rot und Grün leuchtenden Blättern an den Bäumen. Diese zwei würden nie, niemals vermuten, dass unter der Wasseroberfläche eine Gefahr lauerte.

Ihre Sicht trübte sich. Bailey drückte seinen Kopf an ihre Hüfte, und sie schob ihre Finger in sein Fell und hielt sich mit der anderen Hand an der Autotür fest. Was zum Teufel ging mit ihr vor? Sollte das jetzt eine ausgewachsene Panikattacke werden? So etwas hatte sie doch schon seit Jahren nicht mehr gehabt. Es war wie mit dem Mundzuhalten und dem Sich-selber-hin-und-her-Wiegen. Offenbar fiel sie in ihre Kindheit zurück, mit all den alten Angewohnheiten, aber die Vorstellung, dass diese beiden echt guten Kerle in Gefahr schweben könnten, war einfach entsetzlich. Sam angelte auch. So wie die meisten Männer in ihrem Bekanntenkreis.

»Hallo, Stella. Komm her, Kleines. Setz dich erst mal. Du musst Luft holen.« Denver legte einen Arm um sie und führte sie zu einem Campingstuhl.

Als sie hineinsank, atmete Stella erschaudernd tief ein und schaffte es, frischc Luft in ihre gequälte Lunge zu saugen. »Es geht schon, Denver.«

Anscheinend hatte er seine Angelrute fallen lassen und war zu ihr gelaufen. Das sähe ihm ähnlich, sofort zu bemerken, wenn jemand in Schwierigkeiten steckte. Er war der Anästhesiologe der Klinik. Dr. Denver Dawson, der netteste Mann auf der Welt, auch wenn sein raues Äußeres viele verschreckte. Vor allem Frauen. Sie hatte es unzählige Male gesehen. Dumme Frauen wollten immer die aalglatten Charmeure, die Aufreißer, und wenn sie ihnen dann das Herz gebrochen hatten, heulten sie.

Denver hockte sich neben ihren Stuhl, tätschelte mit einer Hand automatisch Bailey und fühlte mit der anderen ihren Puls. Das war noch etwas Schönes an Denver. Selbst wenn er ganz Profi war, ließ er ein Tier nie unbeachtet. Beim Jagen und Angeln tötete er zwar auch welche, aber stets nur, um sie zu essen.

»Du hast doch hoffentlich nicht meinetwegen deine Angel

verloren, oder?« Stella schaute ihn fragend an. »Hast du zufällig Kaffee da? Sicher war ich nur wegen dem Koffeinmangel ein bisschen wacklig auf den Beinen. Ich sollte Kaffee wohl besser intravenös zu mir nehmen.«

»Ich lass doch nicht zu, dass ich meine Lieblingsangel verliere«, erwiderte Denver, erhob sich und zerzauste ihr das Haar, als wäre sie fünf. »Du trinkst viel zu viel Kaffee, und ich sollte diese Sucht wirklich nicht auch noch unterstützen.«

»Ohne Koffein kriege ich schlechte Laune. Dann mag nicht mal Bailey mich.« Stella wollte nicht, dass er zu viel über ihre Panikattacke nachdachte oder ihr Fragen stellte. Denn das würde er. Anders als Sam, der kein Problem mit langem Stillschweigen hatte und sich nur selten einmischte, würde Denver seine Nase in ihre Angelegenheiten stecken. Er schien die Barrieren, die sie aufbaute, nie zu bemerken, aber bei anderen war er genauso. Sie war sicher, dass er nicht ganz gesund war – ein brillanter Kopf, aber auch ein Autist, sehr wahrscheinlich mit Asperger-Syndrom, auch wenn er gut funktionierte.

Denver grinste sie an und lief zu dem grau-grünen Truck. Mit gerunzelter Stirn sah Stella ihm nach. Er war sehr muskulös, wie viele Männer, die in der Gegend wohnten und arbeiteten. Sie waren Naturburschen, Kletterer, Wanderer und Skifahrer und hielten sich notgedrungen in Form, um das tun zu können, was sie liebten. Denver hatte einen tollen, athletischen Körper. Das hatte sie schon früher bemerkt, doch aus irgendeinem Grund fiel es ihr jetzt ganz besonders auf. Dennoch würde selbst dieser Körperbau ihn nicht vor dem Killer unter Wasser retten.

Sie strich sich mit einer Hand übers Gesicht und versuchte nachzudenken. Sollte sie die beiden Männer bitten, ein paar

Tage nicht angeln zu gehen, weil sie einen schlechten Traum gehabt hatte? Das würde sich anhören, als wäre sie verrückt geworden. Wie konnte sie ihre Freunde schützen? Ihre Gedanken überschlugen sich, und ihr Magen schmerzte. Bailey drückte sich an sie. Ihr Hund spürte es, wenn sie nervös war.

Denver kam mit einem Becher Kaffee und einem anderen Campingstuhl unter dem Arm zu ihr zurück. »Ich habe Bruce seinen Stuhl gestohlen. Ich glaube, er hat gar nicht mitbekommen, dass du da bist. Wenn er angelt, könnte neben ihm eine Bombe hochgehen, und er würde es nicht merken.«

Stella legte die Hände um den warmen Becher, auf dem ein Elch mit breitem Geweih abgebildet war. »Es ist ein wunderschöner Morgen, nicht wahr?«

Denver schaute zum Himmel empor und ließ den Blick dann langsam über den See schweifen. »Oh ja. Das gibt es sonst nirgendwo.«

Stella lächelte ihn an. »Ganz meine Meinung.« Sie legte den Kopf in den Nacken und schloss kurz die Augen. »Es ist jetzt anderthalb Jahre her, dass du Suzy verloren hast, Denver. Warum hast du dir noch keinen neuen Hund zugelegt? Du hast doch immer einen gehabt.« Die Pause dehnte sich so lang, dass sie schon fürchtete, zu weit gegangen zu sein. Sie schlug die Augen wieder auf und schaute zu Denver hinüber.

Er blickte mit leicht verlorener Miene über den See. Das war noch etwas Besonderes an ihm. In Sams Gesicht konnte sie nicht lesen, aber Denver war wie ein offenes Buch. Wenn er sich ärgerte, sah man es ihm an. Und wenn er traurig war auch. Er machte sich nicht die Mühe, sich zu verstellen. Wenn er jemanden nicht mochte, ließ er es ihn wissen. Er fackelte nicht lang. Er wurde nicht laut, das war nicht seine Art, er schaute denjenigen, der sich schlecht benahm, einfach voller

Verachtung an und ließ ihn dann stehen. Daher hatte er einen gewissen Ruf, und die meisten Betrunkenen in der Bar ließen ihn in Ruhe.

»Tut mir leid, Denver.« Tröstend legte Stella eine Hand auf seinen Arm. »Ich hätte nicht fragen sollen. Unsere Hunde waren nur so gute Freunde. Als ich Bailey vorhin aus dem Auto gelassen habe, habe ich irgendwie erwartet, dass Suzy uns entgegengelaufen kommt, um uns zu begrüßen. Und als mir wieder einfiel, dass sie ja tot ist, habe ich mich gefragt, warum du dir noch keinen neuen Hund geholt hast, aber ich hätte nicht davon anfangen sollen.«

Denver zuckte mit den Schultern. »Ich denke die ganze Zeit darüber nach. Es ist nur so, dass ich Suzy schon als Welpen bekommen habe. Das war wunderbar. Aber jetzt bin ich sehr beschäftigt und überlege hin und her, ob es fair wäre, mir einen neuen Hund anzuschaffen. Ich könnte ihn überallhin mitnehmen, nur nicht ins Krankenhaus, wo ich die meiste Zeit bin, und dann wäre er einsam. Die Vorstellung, dass er den ganzen Tag allein in seinem Körbchen sitzt, behagt mir nicht.«

Stella nickte verständnisvoll, während Bailey, dieser schamlos Aufmerksamkeit heischende Hund, sich zwischen die zwei Stühle zwängte, in der festen Absicht, dass beide Menschen ihn streicheln und tätscheln sollten. Stella fing an zu lachen. »Er ist schrecklich, und du ermutigst ihn noch.« Denver kraulte ihn bereits an den Ohren und der Brust, zwei Lieblingsstellen des Airedale.

Denver grinste sie an. »Das hat er sich redlich verdient, weil er es mit dir aushält, Stella. Warum fährst du ihn denn durch die Gegend, wenn du noch nicht mal dein morgendliches Quantum Kaffee intus hast?«

Ohne zu zögern, deutete Stella auf den See. »Siehst du dasselbe, was ich sehe, Denver? Schau genau hin. Versuch mal, das zu malen. Es ist völlig unmöglich.« Sie ließ ihre Frustration durchklingen. Wer sagte denn, dass sie nicht schauspielern konnte, wenn sie musste? Schließlich hatte sie auch gelernt, ihr Lächeln nicht zu verlieren, als die Fischer ihr nach der Übernahme des Resorts so wenig Respekt erwiesen hatten. »Manchmal beobachte ich den See aus verschiedenen Blickwinkeln, um eine bessere Vorstellung von den Farben zu bekommen. Das glänzende Zusammenspiel verändert sich unentwegt.« Das stimmte. Sonst fuhr sie eher um den See, um sich von der Schönheit der Natur inspirieren zu lassen.

Denver schaute sie so lange stumm an, dass sie spürte, wie sie ohne Grund rot wurde. Vielleicht lag es an dem bewundernden Blick, mit dem er sie maß. »Ich lerne ständig etwas Neues über dich, Stella. Ich hatte keine Ahnung, dass du malst.«

»Aber schlecht. Ich bin keine Künstlerin, deshalb erzähle ich auch niemandem davon«, sagte sie. Vorsichtig trank sie noch einen Schluck Kaffee. Er schmeckte furchtbar. »Wer hat den denn gemacht?«

Denver brach in sein lautes, warmes Lachen aus, das so ansteckend war. »Bruce. Ich habe ihm gesagt, er soll Zahra bloß niemals anbieten, Kaffee für sie zu machen. Da war er beleidigt.«

»Wenn ich nicht so süchtig nach Kaffee wäre, würde ich diese Brühe ausspucken, aber ich kann es mir nicht leisten, so eine Gottesgabe zu vergeuden.«

Denver spie seinen Kaffee auf den Boden. »Du bist ja noch verrückter, als ich dachte.«

Lässig winkte sie mit der freien Hand ab, während sie mit

der anderen den Becher festhielt. »Das stimmt leider, aber es ist mir egal. Wie oft kommt ihr zwei hierher?«

Denver zuckte mit den Achseln. »Nicht so oft, wie wir möchten. Dank dir und deinen Plänen hat Bruce jetzt dauernd was zu tun. Mit unseren entspannten Jagd- und Angeltagen ist es vorbei.«

»Das kauf ich dir nicht ab, Denver. Du bist doch auch ein Workaholic.«

Sorgfältig studierte Stella den Verlauf des Ufers und prägte ihn sich ein. Diese Bäume. Hatte sie die gesehen? Erkannte sie sie wieder? Und was war mit den Felsen, die aus dem Wasser ragten? Schnell sah sie zu Bruce hinüber. Genau wie der Angler in ihrem Albtraum hatte er sich noch weiter vom Ufer entfernt. Sie konnte sehen, dass er eine Anglerhose trug. Das Schilf und die anderen Pflanzen sahen so aus wie in ihrem Traum, aber das galt für die gesamte Vegetation auf dieser Seite des Sees.

»Du wirst noch deinen Kaffee verschütten«, bemerkte Denver milde. Er nahm ihr den Becher ab. »Warum starrst du Bruce so an?«

»Ich habe mir gerade vorgestellt, wie es sein muss, ein Fisch zu sein.« Sie musste rasch improvisieren. »Gerade bist du auf der Suche nach Essen noch friedlich umhergeschwommen, und in der nächsten Sekunde wirft irgendein gemeiner Kerl einen Haken aus und hat dich an der Angel. Dann kämpfst du um dein Leben. Wenn du eine nette kleine Fischfamilie hast, wirst du sie nie wiedersehen. Bruce wirkt zwar wie ein lieber Kerl, ist aber trotzdem ein übler Fischkiller. Ich sollte Zahra vor ihm warnen.«

Denver schaute sie an, als wäre ihr ein zweiter Kopf gewachsen. Stella konnte es ihm nicht verdenken. Offenbar lag ihr es nicht, Detektiv zu spielen, dazu war sie wohl nicht clever genug. Beim Anblick von Denvers Miene hätte sie am liebsten laut losgelacht.

»Eine nette Fischfamilie? Ein übler Fischkiller? Meine Güte, Stella, was ist denn mit dir los?«

»Ach, ich habe bloß eine lebhafte Fantasie«, sagte sie. »Deswegen angle und jage ich nicht. Hin und wieder töte ich mal eine Spinne, aber meist fange ich sie nur und lasse sie draußen wieder frei.«

Stöhnend barg Denver den Kopf in einer Hand. »Oh nein.«

»Doch. Meine sehr gesunde Vorstellungskraft gaukelt mir vor, dass alle Spinnen im Haus miteinander verwandt sind und sich zu einer Armee zusammentun, um über mich herzufallen, wenn ich schlafe, sodass ich in einer einzigen Nacht eine Allergie entwickle – eine furchtbare Art zu sterben – und an meinem eigenen Erbrochenen ersticke oder auf ähnlich unangenehme und unweibliche Weise umkomme.«

Denver prustete los. »Unweiblich?«

»Na ja. Wenn ich schon sterbe, möchte ich wenigstens gut aussehen und nicht voller roter Pusteln sein. Das wäre nicht sehr würdevoll. Falls du mich finden solltest, Denver, will ich doch anständig aussehen. Vienna erzählt mir immer, was für einen schrecklichen Anblick die Toten bieten, die ihr bergt. Ich weigere mich, so abzutreten. Sollte eine Spinnenarmee mitten in der Nacht dafür sorgen, dass ich am ganzen Körper entsetzliche Ausschläge kriege, möchte ich wenigstens sicher sein, dass meine Leiche nicht entsprechend horrormäßig aussieht. Falsch – also ich meine, sie würde so aussehen, wenn ich zuließe, dass mich die Spinnen angreifen und ich an ihren Bissen sterbe.«

Denver gab ihr den Kaffeebecher zurück. »Hier trink. Du redest dummes Zeug.« Er schaute auf den Hund herunter. »Ist sie morgens immer so, Bailey?«

Froh, dass sie Denver erneut abgelenkt hatte, legte Stella die Hände wieder um den Becher. Dann nahm sie einen weiteren ordentlichen Schluck von dem bitteren Gebräu. »Mag Bruce dieses Zeug wirklich? Zahra ist genauso verrückt nach Koffein wie ich. Aber ich denke, wenn sie das hier tränke, würde sie hintenüberfallen. Nicht, dass ich denke, dass es so weit kommt.«

Die Erheiterung wich aus Denvers Gesicht, sodass nur das raue Äußere blieb, das die meisten Menschen abschreckte. Auf der linken Seite verunstalteten schwache, aber unübersehbare Pockennarben seine wettergegerbte Haut. Darüber waren aus der Nähe weitere seltsame Narben zu erkennen, die wie Abschürfungen aussahen, so als wäre er mit Kinn und Wange über ein Pflaster geschrammt.

»Warum sagst du das, Stella?«

»Bruce ist in Zahras Nähe so schüchtern, dass er es nicht fertigbringt, sie zum Essen einzuladen. Zahra ist in einem sehr kleinen Dorf in Aserbaidschan aufgewachsen. Sie ist zwar schon lange hier und hat die amerikanische Staatsbürgerschaft, aber ihre Kindheit hat sie nicht hier verbracht. Und unsere Kindheit prägt uns, Denver, das weißt du. Zahra wird nicht plötzlich aus sich herausgehen und Bruce um eine Verabredung bitten. Vielleicht flirtet sie mit ihm, vor allem, wenn sie etwas getrunken hat, aber weiter wird sie nicht gehen. Sie mag jetzt Amerikanerin sein, aber sie wird niemals so forsch sein, den ersten Schritt zu machen. Und Bruce geht nicht so entschieden vor, wie es bei ihr nötig wäre. Deshalb bewegt sich bei den beiden leider nichts.«

Denver streckte die Beine aus und lächelte sie an. »Darum trinkt sie wohl so viel. Ich muss dir sagen, dass ich ein wenig besorgt war und sie im Auge behalten habe, weil ich Angst hatte, dass sie vielleicht Alkoholikerin ist. Ich habe Bruce sogar mal davor gewarnt, aber das ist nicht gut angekommen.«

Sein Lächeln wurde zu einem Grinsen. Seine Augen waren hellbraun, fast schon bernsteinfarben, und wenn er sie so anlächelte, nahmen sie die Farbe von gebranntem Whiskey an. Sein Haar war sehr dick und ebenfalls hellbraun mit blonden Strähnen von der vielen Zeit in der Sonne.

»Vielleicht sollten wir die beiden ein Wochenende lang in deine kleinste Hütte sperren und sehen, was passiert«, schlug er vor.

Stella kicherte los, auch wenn ein kleiner Teil von ihr über den Vorschlag nachdachte. »Wenn wir das nur könnten.«

»Mag sie ihn wirklich?«, fragte Denver plötzlich ganz ernst.

»Oh ja, *wirklich*«, erwiderte Stella, und ihr Ton war dabei nicht weniger ernst als seiner.

3

Eine Hand auf Baileys Kopf kam Bruce mit finsterer Miene vom Ufer hochgestapft und warf seinen gewaltigen Schatten über sie. »Du sitzt in meinem Stuhl, Denver, und du hast Stella meinen Lieblingskaffeebecher gegeben.«

Stella musterte ihn. Die Anglerhose hatte dieselbe olivgrüne Farbe wie die in ihrem Albtraum, doch sie sagte sich, dass das nichts zu bedeuten hatte. Viele Angler hatten solche Hosen. Und überhaupt trug der Mann in ihrem Traum eine Jeanslatzhose unter der Hose. Denver hatte allerdings auch bloß die Anglerhose an, ohne eine Latzhose, was jedoch nicht hieß, dass er keine besaß. Und keiner von ihren Freunden hatte eine Kappe auf, aber so früh am Morgen waren die Strahlen der Sonne auch noch nicht so stark.

»Das war ein Scherz, Stella«, sagte Bruce. »Mach nicht so ein entsetztes Gesicht.«

»Ich wollte ihm gerade sagen, er soll sich einen anderen Stuhl aus seinem Truck holen. Er hat mehrere da drin«, meinte Denver. »Wirklich, Stella, nichts könnte ihn weniger kümmern.«

Machte sie etwa schon wieder ein erschrockenes Gesicht? Diese Albträume hatten sie aus dem Gleichgewicht gebracht. Sie versprach sich selber, dass sie sich wieder in den Griff bekommen würde. Das hier waren ihre Freunde.

Wenn sie sie retten wollte, musste sie besser werden. Sehr viel besser.

»Entschuldige, ich habe nur gerade an Spinnen und Fischfamilien gedacht.« Abwehrend wedelte sie mit einer Hand. »Frag besser nicht. Es reicht schon, dass Denver mich für verrückt hält. Haben die Fische heute Morgen denn gut angebissen?«

Denver stand auf, und Bruce ließ sich sofort in den frei gewordenen Stuhl sinken. Sein Freund zeigte ihm den Stinkefinger, ging zu Bruce' Auto und zerrte einen weiteren Stuhl heraus.

»Nicht besonders«, erwiderte Bruce. »Aber eigentlich war es mir gleich, ob ich heute Morgen etwas fange oder nicht. Ich wollte einfach hier rauskommen und mich entspannen. Manchmal wird es bei der Arbeit hektisch, und nach einer Weile hält mein Hirn das Chaos nicht mehr aus. Dann brauche ich einen Neustart.«

Stella fand es interessant, dass es ihm genauso ging wie ihr. Bei ihr stellte der Sonnenaufgang auch jeden Morgen alles wieder »auf Anfang«. »Das brauchen wir doch alle hin und wieder, nicht?«

Bruce nickte und blickte sich um. »Bist du allein da?«

Stella verzog keine Miene. Denver setzte sich ihnen gegenüber in seinen Stuhl und betrachtete sie mit einem leichten Grinsen, das ihr verriet, dass er ganz genau wusste, worauf Bruce hinauswollte.

»Was glaubst du denn, wen sie in ihrem Auto versteckt hat?«, fragte Denver.

Verärgert starrte Bruce ihn an. »Du gehst mir so auf die Eier, Denver.«

Stella drückte sich aus ihrem Stuhl hoch. »Ich schau mir

mal die Farben auf dem Wasser an und versuche herauszufinden, was ich beim Mischen meiner Farben falsch mache. Ich bemühe mich jetzt schon so lange, das richtig hinzukriegen, wenn ich den See male, aber ich schaffe es einfach nicht. Ihr zwei könnt ohne mich weiterstreiten.« Ihre Malerei war eine gute Ausrede, der beste Vorwand, sich die Felsen und Gräser genauer anzusehen.

Eilig ging sie zum Ufer hinunter und blickte langsam daran entlang. Sie wollte es aus allen Richtungen sehen, so wie durch die Kameralinse in ihren allnächtlichen Träumen, die ihr verschiedene Blickwinkel zeigte. Deshalb sollte sie eigentlich imstande sein herauszufinden, ob der Mord genau hier passieren würde. Doch sie bezweifelte es, denn es wäre ein zu großes Glück gewesen, gleich beim ersten abgeschiedenen Platz, den sie überprüfte, fündig zu werden. Die Stelle lag etwas abseits und war Ortsfremden nicht bekannt, nur ein paar Einheimische kamen hierher, was für einen Mordanschlag natürlich ideal war.

Sie war sehr froh, dass sie Denver erzählt hatte, dass sie malte, auch wenn nur wenige ihrer Freunde das wussten, und es ihr so sehr viel lieber war. In diesem Fall aber lieferte ihr das einen guten Grund, den Ufersaum zu studieren und sich jedes Detail einzuprägen. Ihr Gehirn speicherte alles in Bildern ab. Manchmal war das gut, aber nicht immer, denn es gab Dinge in ihrer Vergangenheit, die sie lieber vergessen wollte.

Sie verdrängte alle anderen Gedanken und begann, sorgfältig jeden einzelnen Bereich des Angelplatzes in Augenschein zu nehmen. Man konnte davon ausgehen, dass auch andere Angler normalerweise da parkten, wo Denver und Bruce ihre Autos abgestellt hatten, und dann direkt zum

Wasser gingen. Das hieß, sie konnte ihre Betrachtung auf die Stelle beschränken, an der die beiden geangelt hatten. Zuerst wollte sie Bruce' Standort ins Visier nehmen. Er war am weitesten in den See hinausgewatet und hatte zwischen Felsen im Schilf gestanden.

Um große Felshaufen an Land herum ging sie in dieser Richtung näher ans Ufer heran, wo sie die aus dem Wasser ragenden Steine besser sehen konnte. Dabei ermahnte sie sich, langsam und gleichmäßig weiterzuatmen. Es war seltsam, wie viel Angst sie empfand, obwohl sie sich immer wieder sagte, dass diese Stelle ganz sicher nicht die war, an der in ihrem Traum der Mord geschah. Dennoch, irgendetwas tief in ihrem Innern wusste, dass sie es war. Sie *spürte* es.

Die Steine im Wasser waren genauso geformt wie die, die sie gezeichnet hatte. Je genauer sie sie betrachtete, desto schneller schlug ihr Herz. Dann konzentrierte sie sich auf das Schilf und die aus dem Wasser ragenden Pflanzen. Manche wuchsen schräg und manche pfeilgerade um die eiförmigen Felsen herum. Die einen dicht an dicht zusammen, die anderen dort, wo das Wasser an die Granitfelsen schlug. Es war wie ein Déjà-vu.

Doch nicht Bruce. Oder Denver. Warum sollte irgendjemand einen von den beiden töten? Die zwei waren allseits beliebt, allerdings musste Bruce manchmal Mitarbeiter entlassen. Und was war mit Denver? Er hatte ein paar Feinde, weil er hin und wieder in Kneipenschlägereien geriet. Genau wie Bruce. Und Sam, auch wenn es bei ihm nicht so viele waren, trotzdem war auch er dafür bekannt, dass er sich gelegentlich prügelte. Angelte Sam ebenfalls hier? Sie hatte keine Ahnung. Wie viele Einheimische kamen wohl hierher?

Vielleicht sollte sie an dieser Stelle campen. Wie viele Tage blieben noch, bis es zum Mord kam? Einer? Höchstens zwei. Sie konnte doch hier ein Zelt aufschlagen. Dann konnte niemand den Ort als Angelplatz nutzen. Und der Mörder nicht auf die Art töten, wie er es vorhatte. Aber was würde er dann tun? Würde er merken, dass sie ihm auf den Fersen war? Das wäre möglich.

»Stella?«, rief Bruce. »Hast du Hunger? Ich hab was zu essen.«

Langsam erhob sie sich aus der Hocke. »Ich treffe mich zum Mittagessen mit Zahra und sollte besser losfahren, aber danke für das Angebot.« Als Bruce ein langes Gesicht zog, bekam sie Mitleid mit ihm. »Ein paar von uns gehen heute Abend im *Grill* tanzen. Ihr zwei könnt gern dazustoßen.«

Sofort nickte Bruce. »Wir kommen.«

»Ich muss erst auf meinen Terminplan gucken«, sagte Denver.

»Wir kommen«, wiederholte Bruce entschlossen.

Lachend begleitete Denver sie zu ihrem Auto und sah zu, wie sie die Hintertür öffnete, damit Bailey hineinspringen konnte. »Wenn Zahra nicht in der Nähe ist, kann er ganz schön herrisch werden. Ich schätze, er würde schnurstracks ins Krankenhaus marschieren und meine Operationen verschieben, nur damit ich mit ihm in irgendeiner Bar abhänge und er die ganze Nacht seine Freundin anschmachten kann.« Er tat so, als würde er flüstern, weil Bruce ihnen gefolgt war.

Wütend sah Bruce ihn an. »Daran ist doch nichts Verkehrtes.«

»Sie ist aber nicht deine Freundin, solange du sie nicht fragst«, erklärte ihm Denver. »So kannst du nur andere Männer finster anstarren, um sie von ihr fernzuhalten.«

»Na und? Es funktioniert doch«, erwiderte Bruce zufrieden.

»Aber sicher nicht ewig«, meinte Stella, während sie hinter das Lenkrad glitt. »Du solltest dich besser bald entscheiden, was du tun willst.« Sie startete den Wagen und setzte zurück, um zu drehen.

»Warte, was soll das heißen?«, rief Bruce ihr nach. »Willst du mir irgendwas sagen?«

Stella winkte ihm im Rückspiegel zu und reagierte nicht auf das, was er ihr, die dicken Fäuste in die Seiten gestemmt, nachrief. Er war doch ein erwachsener Mann. Wenn er nach all den Hinweisen, die Zahra, Denver und Stella ihm gegeben hatten, immer noch nicht begriff, was los war, verdiente er Zahra nicht. Stella hatte ohnehin das Gefühl, dass ihre Freundin ihn bereits aufgegeben hatte und versuchte, sich von ihm zu lösen, zumindest im Kopf, und sie konnte es ihr nicht vorwerfen.

Wenn eine Frau Kinder wollte, musste sie eben auf ihre biologische Uhr achten. Die Anzahl der Eizellen war schließlich begrenzt. Sie hatte sich darüber informiert und dann damit abgefunden, ein Leben ohne Kinder zu führen. Doch das wünschte sie Zahra nicht, denn ihre Freundin träumte von einer Familie. Es war ja nicht so, als wären sie noch zwanzig. Sie hatten alle schon die dreißig überschritten.

Das Resort war ein gutes Stück von der Stadt entfernt, daher hatte sie viel Zeit, während der Fahrt darüber nachzudenken, was sie tun sollte, um den Mord an dem Angler zu verhindern. Doch es blieb dabei, das Einzige, was ihr einfiel, war, mehrere Tage an der Stelle zu campen. Sie konnte nur hoffen, dass der Zeitablauf derselbe blieb wie bei den Serienkillern, von denen sie früher geträumt hatte. Das würde ihr zwei Tage geben, ehe dieser zuschlug.

Wenn der Mörder keinen Zugang zu dem von ihm ausgesuchten Tatort hatte, brachte ihn das vielleicht von seinem Vorhaben ab, und er musste mit der Planung von vorne anfangen. Das gäbe ihr Zeit, alles, was sie aufgeschrieben und gezeichnet hatte, in Ruhe durchzugehen – ohne diese wahnsinnige Angst. Je ruhiger sie war, desto methodischer und rationaler konnte sie Jagd auf den Killer machen.

Zahra wartete bereits in ihrem Lieblingslokal, in der Ecke an der Rückseite des kleinen Cafés, wo man, wie die Einheimischen wussten, das beste Frühstück und Mittagessen in der ganzen Stadt bekam. Eigentlich wurde dort eher Essen zum Mitnehmen verkauft, aber es gab auch ein paar Tische in Nischen im hinteren Bereich. Der Boden war in einem schwarz-weißen Schachbrettmuster gefliest, und die Tischtücher auf den Holztischen bestanden aus schwarz-weiß kariertem Papier, das man einfach abreißen und neu auflegen konnte.

Das Sunrise Café gehörte ihrer Freundin Shabina Foster und wurde auch von ihr betrieben. Shabina war etwas über eins sechzig groß und hatte dichtes schwarzes Haar, das ihr bis zur Taille reichte, wenn sie es offen trug. Doch meist flocht sie es zu einem Zopf, den sie wie eine Acht auf dem Kopf feststeckte. Sie hatte wundervolle Haut und verblüffend blaue Augen, die von schwarzen Wimpern gerahmt wurden. Aber obwohl sie umwerfend schön war, war sie erstaunlich schüchtern. Die Firma ihres Vaters galt inzwischen als Nummer eins, wenn irgendwo auf der Welt Ölquellen brannten. So hatte er in Saudi-Arabien ihre Mutter kennengelernt.

Doch Shabina sprach nur selten über ihre Eltern oder darüber, wie die zwei zusammengekommen waren. Einmal hatte sie ihnen erzählt, dass ihr Name auf Arabisch »Auge des Sturms« bedeute. Ihre Mutter finde, das passe gut zu ihr. Es hatte sich so angehört, als habe das etwas mit ihrer Familiengeschichte zu tun. Aber Stella wusste nur, dass Shabinas Mutter niemals nach Saudi-Arabien fuhr und dass ihre Großeltern nie in die Staaten kamen. Auch ihre Tanten, Onkel und Cousins hatte Shabina nie kennengelernt. Anscheinend hatten alle ihre Freundinnen Geheimnisse, und das war okay. Vielleicht erlaubte ihnen gerade das, befreundet zu sein.

Stella winkte Shabina nur, denn gerade war ihre Freundin zu beschäftigt, um mit ihr zu reden, aber später, wenn der Andrang vorüber war, würde sie sicher an ihren Tisch kommen. Eilig ging Stella nach hinten und schob sich auf die Sitzbank Zahra gegenüber. »Du bist früh dran.«

Zahra nickte und musterte sie mit ihren dunklen Augen. »Ja, ich baue Überstunden ab. Meine Termine waren nicht so wichtig, dass ich sie nicht verschieben konnte. Ich dachte, es wäre schön, ein bisschen mit dir zu reden.«

Das klang nicht nach Zahra. Sonst arbeitete sie ununterbrochen, hielt sich an ihren Plan und hakte einen Termin nach dem anderen ab. Dabei wirkte sie ganz entspannt, doch das war ein Teil ihres Charmes. Sie konnte einem mit Engelsmiene das Auto unter dem Hintern wegstehlen. Wenn sie beide zusammen ins Fitnessstudio gingen und sich einen Trainer teilten, brachte Zahra ihn immer dazu, sie vom Haken zu lassen, wenn sie zu den härteren Übungen kamen, obwohl sie kein Problem damit gehabt hätte. Wenn Stella dagegen dachte, sie würde gleich sterben, nahm der Trainer sie prompt noch mehr ran, denn sie hatte weder Zahras reizenden Akzent noch ihr bezauberndes unschuldiges Lächeln.

»Ist was mit dir?«, fragte Stella.

»Ich brauchte nur ein Gespräch unter Frauen.«

Stella betrachtete Zahra argwöhnisch. Auf dem Tisch stand ein Teller mit frittierten Zucchini, eins von Shabinas speziellen Gerichten. Bei ihr bekam man nicht einfach irgendwelche alten fetttriefenden Gemüsesticks, diese hier schmeckten ganz leicht, so als hätten sie nie einen Tropfen Fett gesehen und könnten einen unmöglich auch nur eine Kalorie zunehmen lassen. Shabina kochte so gut, dass sie einen dazu brachte, das zu glauben.

»Perfekt. Ich nämlich auch. Ich werde campen gehen und suche jemanden, der mitkommt«, sagte Stella geradeheraus. Zahra war ein Fünf-Sterne-Luxusweibchen, weil sie als Kind genug Hunger und Schmerzen für ein ganzes Leben gehabt hatte, aber wenn Stella sie dazu nötigte, ging sie dennoch mit ihr wandern und klettern.

Zahra kniff die tiefbraunen Augen zusammen. »Was soll das heißen? Willst du in eine deiner Hütten ziehen? Oder in ein Zelt? Was genau hast du vor? Nachts ist es nämlich inzwischen ziemlich kalt, oder hast du das nicht bemerkt?«

»Ich möchte am See zelten und habe schon den perfekten Platz gefunden.«

Dramatisch sank Zahra auf dem Tisch zusammen und vergrub das Gesicht stöhnend in den Armen. »Du bist wohl nicht ganz richtig im Kopf. Niemand möchte noch zelten. Du hast ein wunderschönes Haus. Und Gästehütten. Da haben wir doch die freie Wahl. Aber zelten am See?« Zahra hob den Kopf und schaute Stella verständnislos an. »Sag mal, ist das etwa eine Retourkutsche dafür, dass ich mit dir über den John Muir Trail wandern sollte und abgesprungen bin, weil ich dachte, ich wäre krank?«

Stella verdrehte die Augen. »Keiner hat geglaubt, dass du mit mir gehen würdest. Ich jedenfalls nicht eine Sekunde. Ich dachte nur, du wolltest vielleicht auf den Mount Whitney, weil du immer davon redest, aber es war ganz klar, dass du niemals den ganzen Weg gehen würdest, vor allem, weil es einen Monat dauern sollte. Und du warst nicht krank.«

»Ich hätte es aber geschafft«, erklärte Zahra und salzte die Zucchini, ohne sich damit aufzuhalten, sich zu rechtfertigen.

Stella nahm ihr den Salzstreuer ab. »Du hättest es nicht nur geschafft, dir wäre es sogar viel leichter gefallen als mir. Du hast bloß keine Lust, dich einzuschränken.«

»Ich mag eben Duschen und Toiletten«, bemerkte Zahra. »Daran ist doch nichts auszusetzen. Alle vernünftigen Menschen mögen solche Dinge.«

Stella lachte und schaute dann zu der jungen Kellnerin auf, die ihnen zwei Teller hinstellte.

»Ich hab schon für dich bestellt«, erklärte Zahra. »Du isst ja immer dasselbe. Du guckst eine Viertelstunde in die Speisekarte und nimmst dann genau das, was du beim letzten Mal hattest. Das ist echt nervtötend.«

»Also, da redest du wohl von dir, Schätzchen. Du machst das. Ich schaue nie auf die Speisekarte.«

Zahra verdrehte die Augen und lachte. »Okay, du hast recht. Ich mach das so gern, weil alles so gut klingt. Beim Klamottenkaufen ist es dasselbe. Wenn du in einen Laden gehst, willst du schnell fertig werden. Ich dagegen möchte mich stundenlang umsehen. Ich muss gar nichts kaufen, ich gucke nur gern. Shabina geht's genauso. Und Harlow ebenfalls, nur dass sie auch gern etwas kauft. Da scheint sie wie ihre Mutter zu sein. Raine ist eher wie du. Sehr zielstrebig. Sie trifft ihre Auswahl schon vorher. Sie ist übrigens wieder da.«

Raine bezeichnete sich vage als Programmiererin. Sie arbeitete »irgendwie« für die Regierung, mehr sagte sie nicht dazu. Auch sie gehörte zu dem engen Kreis von Freundinnen mit Geheimnissen, was bedeutete, dass die anderen sie nicht allzu viel fragten, wenn sie nicht von sich aus auf etwas zu sprechen kam. Meist war sie in der Ausbildungsbasis der Marine beschäftigt, die ungefähr fünf Stunden Fahrt entfernt war. Sie war schrecklich schlau. Superclever. Sam hatte sich gleich gut mit ihr verstanden, und das wollte etwas heißen, denn sie war eher eine stumme Beobachterin. Einmal, als sie noch bei der aktiven Truppe gewesen war, hatte sie sogar Raketen programmiert, doch das war vorbei, inzwischen schrieb sie Programme, die nur wenige verstanden oder zu sehen bekamen. Zumindest glaubte Stella das. Wer wusste es schon genau?

»Raine zeltet doch gern«, meinte Zahra und drehte hausgemachte Nudeln auf ihre Gabel. »Die kommt sicher mit uns.«

Genau deshalb würde Zahra immer ihre beste Freundin sein. Sie wollte bei dieser Kälte eigentlich nicht campen, würde es aber ihr zuliebe tun. Stella lächelte sie an. »Glaubst du wirklich, sie kommt mit, obwohl sie gerade erst zurückgekommen ist?«

»Auf einen Mädchenausflug?« Zahra ließ das kleine geheimnisvolle Lächeln aufblitzen, das Männer so unwiderstehlich fanden. »Aber klar. Wir haben dabei doch immer so viel Spaß. Wir könnten auch noch Shabina fragen. Das kommt zwar ein bisschen plötzlich für sie, aber vielleicht findet sie ja eine Vertretung. Sie hat inzwischen gute Mitarbeiter.«

»Harlow muss heute Nacht arbeiten. Ich wollte eigentlich,

dass sie und Shabina mit uns zum Tanzen in den *Grill* gehen. Ich hab heute Morgen unser Kaffeetrinken verpasst.«

Zahra zuckte die Achseln. Dann schloss sie die Augen und stöhnte genüsslich über die Pasta in ihrem Mund. »Ich schwöre, dass ich Shabina heiraten würde, wenn ich so gestrickt wäre. Niemand kocht so wie sie.«

Da musste Stella ihr zustimmen. Shabina bot täglich nur eine kleine Auswahl von Gerichten an, aber jedes einzelne davon war perfekt. »Vielleicht kann Vienna mitkommen. Ich schreibe ihr und Harlow, um zu hören, ob sie später am Abend dazukommen wollen. Ich könnte ihnen ihre Zelte aufbauen. Und wenn sie heute keine Zeit haben, dann vielleicht morgen. Ich wollte drei Tage campen.«

Stella hoffte, dass das lang genug war. Wenn der Zeitablauf so blieb wie bei den anderen beiden Malen, als sie Serienmorde vorausgesehen hatte, würde das Töten bald beginnen. Sie träumte stets fünf Nächte hintereinander, und zwei Tage später wurde dann eine Leiche gefunden. So lief das immer. Doch diesmal wollte sie den Killer mit ihrem Mädchenzeltlager aus dem Konzept bringen – hoffentlich konnte sie genug Freundinnen dafür gewinnen, um jeden Angler zu verscheuchen, der nach einem ruhigen Plätzchen suchte.

»Wir sind ja nicht weit vom Resort weg, also kannst du in den Wellnessbereich gehen, wenn ich arbeiten muss, falls es einen Notfall gibt oder so was.« Stella spürte, wie Zahra sie erstaunt anschaute. Diese Frau sah zu viel und kannte sie zu lange. Normalerweise nahm Stella sich frei, wenn sie zelten ging. Legte ihr Telefon weg und wollte nicht einmal mehr über die Arbeit reden.

»Ich liebe deinen Wellnessbereich«, entgegnete Zahra. »Aber ich bringe auch meine Tarotkarten mit, damit ihr

Zugang zu eurem inneren Kompass findet. Die Lesung wird euch helfen, euer wahres Ich zu erkennen.«

Stella aß weiter und vermied es, ihre Freundin anzusehen, denn Zahra nahm Tarot sehr ernst. Und sie sprach auch nicht von den anderen Frauen, sondern von ihr. Zahra hatte gemerkt, dass irgendetwas sie bedrückte, und ihre Art zu helfen bestand darin, ihre Freundin dazu zu bringen, das Problem durch eigene Kraft zu lösen. Man konnte nie wissen, vielleicht half es ja? Im Moment wollte Stella jedenfalls jede Hilfe annehmen, die sie bekommen konnte.

Sie musterte Zahra mit einem liebevollen Lächeln, wechselte dann aber das Thema. »Du bringst die Tarotkarten mit, und Vienna will sicher pokern, um uns unser Geld aus der Tasche zu ziehen.«

»Bestimmt. Ich glaube, sie mogelt, aber ich habe sie noch nie dabei ertappt«, meinte Zahra.

Stella prustete los. »Vienna würde niemals beim Kartenspielen betrügen, aber sie ist vom Spielteufel besessen. Sie fährt sogar nach Vegas und macht dort bei Pokerspielen mit hohen Einsätzen mit. Manchmal gewinnt sie auch. Denn unsere nette kleine OP-Schwester kann durchaus Zähne zeigen. Keiner nimmt sie ernst, weil sie aussieht wie ein Supermodel, aber das ist ein riesengroßer Fehler.«

Zahra blickte auf und zog die dunklen Brauen auf die Art zusammen, die alle Männer anbetend auf die Knie fallen ließ, aber sie bemerkte es nie. Ganz anders als ihre Freundinnen, die sich insgeheim darüber amüsierten, weil Zahra völlig ahnungslos schien.

»Vom Spielteufel besessen? Das habe ich noch nie gehört, und ich lebe schon lange in diesem Land. Ich pokere auch manchmal.«

»Aber ganz schrecklich«, bemerkte Stella, wobei das noch höflich ausgedrückt war. Zahra spielte nur, wenn die anderen sie dazu drängten, denn sie war keine Spielverderberin. Deshalb würde sie auch draußen am See zelten, wenn die Temperaturen noch weiter fielen, weil sie wusste, dass Stella es auf jeden Fall tun würde, ob jemand mitmachte oder nicht. So war sie eben, absolut loyal.

»Ich spiele nicht schrecklich«, verteidigte Zahra sich. Dann lachte sie los. »Na gut, vielleicht doch, aber Poker ist so langweilig. Die Hälfte der Zeit habe ich keine Ahnung, worum es eigentlich geht.« Sie aß noch mehr Pasta und stöhnte noch lauter. »Und wenn wir Durak spielen, gewinne ich.«

»Das stimmt. Weil du das Spiel magst und dabei aufpasst. Sonst plapperst du nur ununterbrochen. Wohl weil du uns ablenken willst, aber das klappt nicht.«

Zahras schokoladenbraune Augen weiteten sich. »Ich plappere *nie* beim Kartenspielen.« Sie sah nicht nur entrüstet aus, sie klang auch so.

Shabina schob sich neben ihr auf die Bank. »Doch, das tust du, *ya mamma*.« Sie nannte Zahra immer so, *kleine Mamma*. Es war eine liebevolle Bezeichnung aus Saudi-Arabien, die Shabinas Mutter für ihre Tochter verwendet hatte. »Aber wir finden es großartig. Weil deine Geschichten so lustig sind.«

Als Stella Zahras Gesichtsausdruck sah, lachte sie schallend, denn Zahra fand sich selber nicht lustig. Dabei brachte sie sich mit ihrem losen Mundwerk immer wieder in Schwierigkeiten, redete sich aber genauso schnell wieder heraus.

»Wir gehen heute Abend in den *Grill*, um ein bisschen zu trinken und zu tanzen, und danach campen wir drei Nächte am See. Ich hätte Zeit, für uns alle Zelte aufzubauen«, versuchte Stella, sie zu ködern. »Ich weiß, dass das sehr kurzfristig ist, aber ich muss wirklich mal raus. Es ist schließlich recht nah am Resort.« Was aber dennoch für die, die in der Stadt wohnten, eine ziemlich weite Strecke war, wenn sie tagsüber an die Arbeit mussten.

»Zum *Grill* komme ich definitiv mit«, sagte Shabina sofort. »Gebt mir eine Stunde, um zu klären, ob ich es hinkriege, auch beim Zelten dabei zu sein. Falls Vaughn für mich einspringen kann, geht das in Ordnung. Ich könnte auch eine kleine Auszeit vertragen. Und ich kann dir beim Aufbauen helfen. In ein paar Stunden kann ich hier bestimmt weg.«

Beim nächsten Bissen stöhnte Zahra wieder recht laut. Das brachte ihr ein paar sehr interessierte Blicke von den beiden Männern am Nebentisch ein, die ihr völlig entgingen. Stella und Shabina wechselten wissende Blicke. Sie waren an Zahra und ihre Anziehungskraft gewöhnt. Die Frau konnte nichts dafür. Selbst wenn sie heftig flirtete, schien es ihr gar nicht bewusst zu sein.

Der andere Männermagnet in ihrer Gruppe war Vienna. Wenn sie eine Straße entlangging, geriet schon mal der Verkehr ins Stocken. Der Unterschied war, dass ihr das bewusst war – allerdings völlig egal. Sie war sehr intelligent und unabhängig, wie alle Frauen in ihrem Kreis. Sie trainierte hart und betrieb dieselben Sportarten wie die anderen, die alle geschworen hätten, dass sie, wie Zahra, dabei nicht einen Tropfen Schweiß verlor.

»Mensch, Zahra, wenn du so weitermachst, wirst du noch wegen unsittlichen Benehmens eingesperrt«, warnte Stella.

Zahra prustete los. »Ich kann nicht anders. Diese Nudeln sind sooo lecker.«

Shabinas Gesicht leuchtete auf, und ihre Augen glänzten. »Das ist das Schönste, was du mir sagen kannst. Neulich hat ein Kunde sein Geld zurückverlangt, nachdem er alles aufgegessen hatte. Er hat behauptet, er hätte sich den Magen verdorben und noch nie etwas so Schlechtes vorgesetzt bekommen.«

»Willst du mich veräppeln?«, fragte Zahra erzürnt. »Ich hoffe, du hast ihm sein Geld nicht zurückgegeben. Der wollte doch nur umsonst essen. Was für ein Arschloch. Hast du die Polizei gerufen?«

»Er hat ja nicht richtig Theater gemacht, und als ich ihn gebeten habe zu gehen, ist er auch abgehauen. Allerdings hat er mich wohl angezeigt.« Eine leichte Röte färbte die wunderschöne dunkle Haut, die sie von ihrer Mutter geerbt hatte.

Stella lehnte sich zurück und betrachtete Shabina aufmerksam. »Gehe ich recht in der Annahme, dass rein zufällig ein gewisser Detective bei dem Polizisten war, der dieser Klage nachgegangen ist? Ich frage mich, warum wohl?«

»Ein Detective ermittelt in allen möglichen Fällen, auch bei einem versuchten Giftanschlag, der mir anscheinend vorgeworfen wird«, bemerkte Shabina und hob das Kinn, während sie mit den dichten, rabenschwarzen Wimpern ihre leuchtend blauen Augen verdeckte.

»Hat er wirklich behauptet, du hättest versucht, ihn zu vergiften?«, fragte Stella, der das Lachen verging.

Shabina nickte. »Offenbar meint Mr. Watson – so heißt der Kunde –, ich käme aus dem Iran oder dem Irak oder aus Afghanistan und wäre hier, um etwas auszuspionieren, wahrscheinlich das Ausbildungszentrum der Marine gleich um die Ecke.«

»Gleich um die Ecke?«, wiederholte Zahra. »Du meinst die Marinebasis fünf Stunden weit weg?«

»Warte mal«, sagte Stella mit gerunzelter Stirn und sah

Shabina in die Augen. »War das *Sean* Watson? Der für den Fish & Wildlife Service arbeitet? Das macht doch keinen Sinn. Hat er dir schon öfter Ärger gemacht, Shabina? Er ist dir doch sicher schon häufiger über den Weg gelaufen. Wir kennen ihn schließlich alle.«

Shabina zuckte die Achseln. »Er wollte vor einiger Zeit mit mir ausgehen, aber irgendwas an der Art, wie er mich gefragt hat, hat mich gestört. Dabei ist er ziemlich attraktiv. Und mein Typ. Ich habe auch überlegt, nur mir gefiel nicht, wie er mich ansah, oder vielleicht war es seine Ausdrucksweise. Ich kann euch nicht genau sagen, warum ich abgelehnt habe. Es war nicht mal eine barsche Zurückweisung. Ich habe bloß erwidert, ich könnte es gerade nicht einrichten, vielleicht ein andermal.«

»Und wie hat er reagiert?«, fragte Zahra, die dunkelbraunen Augen groß vor Sorge.

»Er hat mich mit einem verächtlichen Grinsen von Kopf bis Fuß gemustert, als wäre das eine Majestätsbeleidigung. Dann hat er sich einfach auf dem Absatz umgedreht und mich stehen lassen. Seitdem taucht er einmal die Woche hier auf und beschwert sich über das Essen. Meist schickt er es mindestens zweimal zurück. Ich habe mir angewöhnt, schnell aus der Hintertür zu schlüpfen, sobald ich ihn kommen sehe. Wenn ich nicht da bin, isst er einfach auf und geht.« Sie zögerte. »Vor ungefähr sechs Monaten ging es dann mit diesen kleinen Belästigungen los. Nicht oft, nur so einmal im Monat. Zum Beispiel war quer über das Café gesprüht »Geh zurück in dein Land«. Was auch immer das heißen soll. Ich bin hier geboren, und meine Mutter ist nicht mal von beiden Seiten Araberin. Jedenfalls habe ich das bei der Polizei gemeldet, und wir haben die Schmiererei noch am selben Morgen überstrichen.«

»Du hast kein Wort davon gesagt«, meinte Stella.

»Ich weiß.« Shabina seufzte. »Es hat einen bitteren Nachgeschmack hinterlassen. Bei den anderen Vorfällen war es ähnlich. Meist mutwillige Zerstörung. Vor Kurzem habe ich noch ein paar Überwachungskameras anbringen lassen, sowohl im Café als auch außerhalb. Ich hab Lawyer gebeten, mir zu helfen. Er hat sie für mich installiert und die Apps auf mein Handy, mein iPad und meinen Computer runtergeladen, damit ich gewarnt werde, falls irgendjemand sich hier zu schaffen macht.«

Mit gerunzelter Stirn sah Zahra Shabina immer noch sorgenvoll an. »Warum hast du denn nicht Bales Sicherheitsfirma eingeschaltet?«

»Der ist doch mit Sean Watson befreundet«, antwortete Stella an Shabinas Stelle. »Weißt du nicht mehr, dass er vor einem halben Jahr kurze Zeit mit Harlow ausgegangen ist? Dann hat sie die Beziehung abrupt beendet und nie wirklich verraten, warum. Sie haben sich nur ein paar Mal getroffen. Vielleicht sollten wir mal mit ihr reden.«

»Er lädt sie immer noch andauernd ein«, sagte Shabina. »Ich habe mitbekommen, wie er ihr Nachrichten geschickt hat. Meistens ignoriert sie die, aber manchmal antwortet sie ihm sehr knapp. Einmal habe ich sie gefragt, warum sie ihn nicht blockiert, wenn er sie mit seinen ständigen Nachrichten nervt, da hat sie nur mit den Schultern gezuckt und gesagt, dass sie ihn nicht verärgern will.«

Stella musterte Shabinas Gesicht. Sie war eine wunderschöne Frau. Genau wie Harlow. Obwohl die beiden ganz unterschiedlich waren. Harlow mit ihrem roten Haar und den jadegrün glänzenden Augen war wie eine faszinierende Flamme. Die Sommersprossen auf ihrer Nase und den Wangen unterstrichen ihre Schönheit noch. Sie war groß, langbeinig und schnell, wenn sie wollte, auch wenn sie stets graziös wirkte, selbst auf Stilettos – das habe sie bei unzähligen Wohltätigkeitsveranstaltungen gelernt, die sie als Tochter eines Senators besuchen musste, hatte sie ihnen lachend erklärt.

»Ich habe Harlow und Vienna geschrieben und sie gefragt, ob sie sich nach ihrer Schicht mit uns treffen wollen«, sagte Stella. »Ich fände es großartig, wenn wir mal wieder alle zusammen wären. Das kommt nicht mehr oft vor.«

»Wenn wir heute Abend in den *Grill* gehen, können wir aber nicht mehr zelten«, gab Zahra zu bedenken. »Dann trinken wir ja was, und wie sollen wir dann zu unserem Lager kommen?«

Stella seufzte. »Dann bleib ich eben nüchtern.«

»Oh nein«, sagten Shabina und Zahra gleichzeitig und brachen dann in Gelächter aus.

Stella zog die Brauen hoch. »Was ist?«

»Du bist zum Totlachen, wenn du was getrunken hast, und es kommt so selten vor«, bemerkte Zahra. »Das lassen wir uns nicht entgehen.«

»Tja, ich werde auf jeden Fall heute Nacht in meinem Zelt schlafen.«

»Dann frag Sam, ob er uns fährt«, schlug Zahra mit einem kleinen schelmischen Lächeln vor. »Oder Denver. Die beiden würden alles für dich tun.«

»Haha, sehr witzig«, sagte Stella, die merkte, dass ihr heiß wurde und sie von unten nach oben langsam rot anlief. »Du bist so gemein. Wir gehen doch nur in den *Grill*, damit du Bruce treffen kannst.«

»Nein, weil es dort die besten Moscow Mules gibt«, korrigierte Zahra sie. »Und weil ich gern tanze.«

Shabina lachte. »Und gern Bruce' dicke Muskeln beäugst.«

Zahra verdrehte die Augen und zuckte mit den Schultern. »Er ist echt groß, also gibt es viel Platz für Muskeln, aber er redet nicht.«

»Meiner Erfahrung nach«, sagte Shabina, »kann das ganz gut sein. Je weniger sie reden, desto mehr tun sie. Und du stehst doch auf Action, oder?«

Zahra seufzte. »Irgendwann sollte er aber auch mal was sagen. Zum Beispiel mich zum Essen einladen. Er schafft es ja kaum, mich zum Tanzen aufzufordern. Und wenn ich denke, dass wir uns bestens amüsieren, geht er einfach weg, dann sind wir wieder genauso weit wie vorher. Aber solange er mich mit Beschlag belegt, wird mich niemand anders fragen, weil er alle anderen Männer so finster anstarrt.«

»Er geht sogar noch weiter«, bemerkte Shabina. »Ich habe gehört, wie er einem Kerl, der dich angebaggert hat, drohend sagte, er soll dich in Ruhe lassen, sonst würden sie draußen weiterreden. Und das hat er todernst gemeint.«

Zahra setzte sich gerader hin. »Wie bitte? Das kann er doch nicht machen. Wollte der Typ mich etwa zum Tanzen auffordern?«

Stella stieß sie unter dem Tisch mit dem Fuß an. »Ich kann mich noch an den Abend erinnern. Der Kerl hat dich nicht in Ruhe gelassen, ganz egal, wie oft du ihm gesagt hast, er soll abhauen. Er hat immer wieder versucht, dich anzutanzen. Da hat Bruce ihn sich geschnappt und kurz mit ihm gesprochen. Danach habe ich den Burschen nicht mehr auf der Tanzfläche gesehen.«

Zahra schien besänftigt zu sein. »Na, dann war es ja wohl in Ordnung.« Sie blickte auf, weil eine Frau kam und sich auf Stellas Seite an den Tisch setzte. »Raine. Wie hast du uns gefunden?«

»Wo solltet ihr sonst sein? Hier gibt's das beste Essen und den besten Kaffee. Da braucht man nicht lange nachzudenken.« Sie stupste Stella an. »Du willst heute Nacht zelten? Nach dem Abend im *Grill*?«

Raine war eine zierliche Blondine mit sonnengebleichtem Haar, das sie normalerweise offen trug. Sie achtete nicht besonders auf ihr Aussehen, was hieß, dass sie es nicht nötig hatte. Sie verfluchte ihre großen, graublauen Augen mit den goldenen Wimpern und Brauen, zumindest behauptete sie das immer. Aber Stella fand ihre Augen wunderschön.

Alles an Raine hatte etwas Wildes und vermittelte den Eindruck, dass sie schwer zu bändigen war. Sie war mit Leidenschaft unabhängig, und auch wenn sie noch so viel Angst vor etwas hatte – oder gerade dann –, arbeitete sie so lange daran, bis sie imstande war, es zu tun. Sie liebte das Bouldern und konnte sich stundenlang mit den Problemen an den Felsen beschäftigen. Das traditionelle Klettern hasste sie eigentlich. Sie vertraute niemandem das andere Ende ihres Seils an und hatte ziemliche Höhenangst. Trotzdem ließ sie sich nicht davon abbringen. Sie hatte sogar Parasailing gemacht, obwohl sie sich anfangs davor fürchtete, aber am Ende hatte sie es geliebt.

Raine war ohne Begleitung über den John Muir Trail gewandert, wobei sie einige Wochen in der Wildnis unterwegs gewesen war, und hatte den Gipfel des Mount Whitney mehrere Male bestiegen. Außerdem war sie auf dem Mount Shasta gewesen und dann nach Europa gefahren, um allein in den Alpen zu wandern. Sie war auch nach Island geflogen und in einen ruhenden Vulkan geklettert, hatte Eishöhlen in Rumänien besucht und im Hinterland Touren unternommen. Das Gleiche hatte sie auch schon in Thailand gemacht.

»Du siehst müde aus, Raine. Du musst nicht unbedingt mit uns zelten«, sagte Stella. »Das Lager ist nah am Resort. Du könntest in eine von den Hütten gehen, mal ordentlich durchschlafen und dich uns dann morgen Abend anschließen. Wir dachten, wir zelten drei Tage.«

Stella hatte Gewissensbisse, weil sie ihre Freundinnen nicht ins Vertrauen zog. Aber was sollte sie ihnen sagen? Es gab ja noch keinen Mord. Oder eine Leiche. Und auch keine Erklärung, die nicht ihre ganze Welt auf den Kopf stellen würde. Im Moment ergab nichts einen Sinn. Der Mörder musste ein Fremder sein, nicht jemand, der in der Stadt wohnte und arbeitete.

Doch es gab jede Menge Aushilfsjobs in der Gegend. Stella presste die Finger an die Schläfen. Und diese Leute kamen und gingen. Selbst in ihrem Resort. Sie beschäftigte zwar immer dieselben Mitarbeiter, aber die blieben nicht das ganze Jahr. Trotzdem konnte sie sich niemanden, den sie kannte – nicht mal diejenigen, die sie nicht besonders mochte –, als Serienkiller vorstellen. Allerdings hätte ein Fremder keinen Angelplatz gekannt, den nur sehr wenige Einheimische nutzten?

»Alles in Ordnung mit dir, Stella?«, fragte Raine.

»Ja, ich habe nur über das nachgedacht, was Shabina uns gerade erzählt hat. Ich weiß, dass Zahra manchmal wegen ihrer Herkunft mit Vorurteilen konfrontiert wird, aber immer nur von Fremden. Zuerst fragen die sie nach ihrem Akzent, und dann benehmen sie sich ihr gegenüber seltsam. Aber ich hätte nie gedacht, dass jemand Shabina so behandelt.«

»Lasst mich raten«, sagte Raine. »Es ist einer von vier Kandidaten. Entweder Bale Landry oder Sean Watson, Jason Briggs oder Edward Fenton. Allein oder mit den anderen zusammen. Die Jungs sind seit dem College befreundet und glauben, sie wären Frauen haushoch überlegen. Sie waren in einer Studentenverbindung, in der Listen von Studentinnen aufgestellt wurden, besonders gerne von denen, die aus anderen Ländern zu stammen schienen. Die Mitglieder der Verbindung sollten mit so vielen Frauen schlafen, wie sie konnten, egal wie. Also spielten sie den Studentinnen etwas vor, verabredeten sich mit ihnen oder machten sie einfach bei einer Party betrunken. Falls das Opfer noch Jungfrau gewesen war, gab es Extrapunkte.«

»Das ist ja widerlich«, meinte Stella. »Es gab eine ganze Studentenverbindung, die es darauf angelegt hat, Frauen emotional so zu verletzen? Das ist so unfassbar ekelhaft, dass sich mir der Magen umdreht.«

»Für die Jungs war es ein Spiel, bei dem Punkte gesammelt wurden«, fuhr Raine fort. »Wenn ich euch alles darüber erzählen würde, käme euch wirklich das Kotzen. Ich würde gern behaupten, es wäre Kinderkram gewesen, aber meiner Meinung nach ist man, sobald man aufs College geht, verantwortlich für das, was man tut. Dann sollte man moralische Leitlinien haben, die den vieren offenbar fehlen, wenn es um Frauen geht. Ich bin sicher, dass sie fremdgehen, wenn sie verheiratet sind. Deshalb war ich erschrocken, als Harlow mit Bale ausging.«

»Und da hast du sie gewarnt.«

»Ich habe es ihr sogar bewiesen. Normalerweise tu ich so was nicht, aber ich wollte nicht, dass eine meiner besten Freundinnen in eine solche Falle tappt. Als sie ihm den Laufpass gegeben hat, war er sehr zornig.«

»Wissen die vier, dass du etwas damit zu tun hast, dass Harlow Bescheid über sie wusste?«, fragte Shabina.

»Sie hat Bale nicht verraten, dass sie von diesem dummen Spiel weiß, oder auch nur von seiner Freundschaft mit den anderen. Sie hat sich nicht mehr mit ihm verabredet. Harlow hat hier nie eine Beziehung gehabt, deshalb war es nicht schwer für ihn zu glauben, dass sie vielleicht kalte Füße gekriegt und das Weite gesucht hat«, meinte Raine.

»Sean hat sich vor einiger Zeit mit Shabina verabreden wollen«, mischte Zahra sich ein. »Sie hat Nein gesagt, und seither ist er eklig zu ihr. Neulich hat er sogar die Polizei gerufen und ihr vorgeworfen, ihn vergiften zu wollen. Und rat mal, wer hier aufgetaucht ist, um diese Vorwürfe zu überprüfen?«

»Nicht schon wieder dieses Thema«, ging Shabina dazwischen. »Ich hol mal Nachtisch. Raine? Hast du was bestellt?«

»Ich hatte keinen Hunger auf Mittagessen, aber ich habe um einen Kaffee gebeten. Nachtisch hätte ich aber gern, was auch immer es heute gibt.«

Shabina stand auf und tat ihr Bestes, um Zahra böse anzufunkeln. »Wag es ja nicht, hinter meinem Rücken über mich zu reden, sonst kriegst du nichts. Es gibt nämlich zufällig dein Lieblingsdessert.«

Zahra reagierte mit dem schelmischen Lächeln, mit dem sie fast immer ungestraft davonkam. Shabina ging raschen Schrittes fort, blickte sich dabei aber mehrmals mit strengem Gesicht nach ihr um.

Raine lachte laut auf. »Ich nehme an, das war Craig Hollister. Somit sprechen wir eigentlich über ihn, nicht über Shabina.«

Zahras Augen leuchteten auf. »Stimmt. Ja, Craig ist gekommen, aber viel mehr hat sie sich nicht entlocken lassen. Du hast nicht zufällig mal ein paar Informationen über ihn eingeholt, oder?«

Raine machte ein entrüstetes Gesicht. »Nein, das hab ich bisher noch nicht, weil er nett zu Shabina ist, aber ich weiß nicht, ob sie so besonders an ihm interessiert ist. Wenn ich herumschnüffeln soll, müsst ihr mich schon auf eine sehr viel interessantere Person ansetzen.«

Zahra schüttelte den Kopf. »Dann auf Sam. Ich schätze, über den würdest du sehr Interessantes herausfinden.«

Stella stockte der Atem. Sie wollte nicht, dass Sam ins Fadenkreuz rückte. Sie wusste nicht, warum, es war ihr einfach nicht recht, wenn Raine jetzt plötzlich anfing, ihre Computerkenntnisse in Bezug auf ihn zu erproben. Aber sie hielt den Mund. Sam war ein Einzelgänger, der eigentlich nur jagen, angeln und klettern ging. Und sicher auch tauchen. In all diesen Dingen war er zwar kein Experte, aber ausreichend versiert.

Raine verzog das Gesicht. »Sam ist doch langweilig. Der sagt kein Wort. Der ist noch schlimmer als Bruce.«

»Niemand ist schlimmer als Bruce«, erklärte Zahra. »Und Sam tanzt nur mit Stella, das ist doch romantisch.«

Raine kicherte. »Oder sie lässt es sich einfach nicht anmerken, wenn er ihr auf die Füße tritt.«

Sam trat ihr nie auf die Füße. Niemals. Und Stella konnte sich auch nicht vorstellen, dass er es jemals tun würde. Er wusste immer viel zu genau, wo seine Füße waren – und sie war sich auch nicht ganz sicher, ob ihre Freundin die Wahrheit gesagt hatte. Raine bekam alles mit. Sam musste schon deshalb interessant für sie sein, weil er so für sich blieb und mit niemandem sprach, also warum gab sie es nicht zu?

4

Harlow und Vienna schafften es, zur Lagerstätte hinauszufahren und zusammen mit Raine, Zahra und Stella einen Platz für ihre beiden Zelte zu finden. Jeder Angler sollte sofort sehen, dass der Bereich voller Camper war. Sie stellten einen Picknicktisch neben die Feuerstelle und bequeme Stühle darum herum, dann stapelten sie daneben schon einmal Holz für die Nacht oder den Morgen.

Nur wenige fuhren über diesen besonderen, sehr holprigen Waldweg, um zu angeln, deshalb hatte Stella keine Sorge, dass sich in ihrer Abwesenheit jemand an den Zelten zu schaffen machen würde. Wenn dieser Ort also so abgelegen war, dass nur Denver und Bruce regelmäßig dort hingingen, war dann einer von den beiden das Ziel des Anschlags?

Ihren Rucksack, den Schlafsack und ihre Kühlbox hatte sie im Auto, als sie vor dem *Grill* parkte, wo sie sich mit Zahra, Raine und Shabina treffen wollte. Vienna und Harlow hatten versprochen, nach ihren Schichten im Krankenhaus am Morgen zu ihnen zu stoßen. Die laute Musik, die wie immer durch die Bar dröhnte, lud jeden dazu ein, das Tanzbein zu schwingen.

Zahra winkte ihr so überschwänglich zu, dass sie beinah von ihrem Stuhl gefallen wäre. Es war ihr gelungen, den größten runden Tisch direkt an der Theke und gleich rechts neben der Band zu besetzen. Das war ihr Lieblingstisch, denn an ihm war für fast alle von ihnen Platz, und noch mehr konnten sich an die Theke oder auf die Blumenbank hinter dem Tisch setzen. Bruce und Denver saßen bereits auf den Barhockern vor dem Tisch. Auch Sam saß an der Theke, aber an seinem üblichen Platz, in einer Ecke. Raine und Shabina waren schon bei Zahra am Tisch, also winkte Stella ihren Freundinnen kurz zu und ging zuerst zu Sam.

»Hey.« Sie kletterte auf den Barhocker neben ihm. Sam war immer so warm. Sie wusste nicht, ob es daran lag, dass er so kompakt war, noch muskulöser, als man es auf den ersten Blick sah, oder ob er einfach von Natur aus so heiß war. Immer, wenn sie sich ihm näherte, kam es ihr so vor, als würde ihre Körpertemperatur um ein paar Grade steigen.

Seine dunklen Augen musterten sie auf seine besondere Art, so als sähe er alles an ihr, auch das, was sonst niemand bemerkte. »Stella.«

»Wir wollen heute Nacht campen. Unsere Zelte haben wir schon an der ausgesuchten Stelle aufgeschlagen, aber ich befürchte, dass wir zu viel trinken und es nicht mehr bis dahin schaffen.« Sie stützte sich mit einem Ellbogen auf dem Tresen ab, legte das Kinn in die Hand und schaute zu ihm auf. Sie hatte Sam noch nie alkoholisiert gesehen. Er trank nie mehr als ein Bier, höchstens zwei, an einem heißen Tag. Er hielt sich meistens an Wasser, bis auf den Kaffee am Morgen. Doch selbst den gönnte er sich nur selten.

»Hast du vor, heute Abend was zu trinken?«

»Ja, aber ich muss nicht, Sam. Nicht, wenn es dir Umstände macht.«

»Wo ist euer Zeltplatz?«

Als sie es ihm sagte, beobachtete sie sein Gesicht ganz

genau. Sie hätte wissen müssen, dass es ihr nicht viel helfen würde. Seine Miene verriet nicht das Geringste.

»Das ist kein Zeltplatz, sondern ein Angelplatz, *Satine.* Denver hat ihn mir vor einem Jahr gezeigt. Niemand geht dahin.«

»Genau. Aber bei Sonnenaufgang ist es wunderschön dort. Wir haben einen Picknicktisch und eine Feuerstelle und werden ganz allein sein, niemand wird uns stören.«

Sam streckte eine Hand aus. »Nur ihr vier? Was ist mit den anderen beiden?«

Stella ließ ihre Autoschlüssel in seine Hand fallen. »Die müssen arbeiten. Sie kommen morgen früh direkt ins Lager. Ich danke dir, Sam.«

»Kein Problem.«

Stella rutschte von ihrem Hocker, blieb dann aber stehen und drehte sich um, obwohl sie nicht wusste, warum. Sie hätte es nicht tun sollen. »Wirst du heute Abend mit mir tanzen?«

Wieder glitt sein dunkler Blick über sie hinweg. Sie hätte schwören können, dass diesmal ein Anflug von Besitzerstolz darin lag, vielleicht war es aber doch nur eine optische Täuschung. Ein Schauer rieselte über ihren Rücken. Es fühlte sich an, als wären all ihre Nervenenden plötzlich sensibilisiert und in höchster Alarmbereitschaft. Ihr Herz schlug schneller, und sie schaffte es gerade noch, sich davon abzuhalten, eine Hand auf die Brust zu pressen.

Sie hatte ihn noch nie gefragt, ob er mit ihr tanzen würde. Niemals. Er hatte sie am Morgen schon darauf hingewiesen, dass sie sich anders benahm als sonst. Und das hier war wirklich untypisch für sie. Sie wusste nicht genau, warum sie seine Reaktion sehen wollte. Bis auf einen Kommentar hatte er doch gar nichts über ihr Zeltlager gesagt, und nun schaute er sie doch genauso an wie immer, nur … ein wenig anders.

»Tanze ich nicht immer mit dir?«

Das stimmte. Einmal. Aber das hatte sie nicht gemeint, oder? Sie wusste es nicht mehr. Sie nickte. Plötzlich war sie sehr verwirrt. Wieder einmal verstört von den Albträumen. Davon, dass sie so sicher war, dass ein Serienkiller ihre Freunde belauerte – auch Sam. Von ihren neuerdings so verworrenen Gefühlen.

Sam strich ihr übers Haar. Nur zart. Doch es kam ihr so vor, als würde sie von einer glühend heißen Welle überrollt, deren Hitze sich tief in ihrem Innern konzentrierte und sie, hungernd nach Sex mit ihm, zurückließ. Schockiert fuhr sie sich mit der Zungenspitze über die Lippen und trat einen Schritt zurück. Was zum Teufel war mit ihr los? Sie hatte doch noch gar nichts getrunken, also konnte auch niemand ihr etwas ins Glas getan haben. Sie hatte tatsächlich so auf Sams Berührung reagiert.

Stella hoffte nur, dass er nicht wirklich ihre Gedanken lesen konnte, so wie sie manchmal vermutete, denn im Moment herrschte in ihr ein großes Chaos aus Gefühlen und Lust. Rasch drehte sie sich um und lief zu dem Tisch, an dem ihre Freundinnen bereits saßen, ihre Getränke, Fritten und Salsa vor sich. Auch auf sie wartete schon ein Cocktail. Bruce und Denver hatten sich auf ihren Hockern umgedreht, um am Gespräch teilnehmen zu können.

Am liebsten tranken sie alle Moscow Mules. Die Fritten und die Salsa waren hausgemacht. Auch das machte den *Grill* so beliebt. Normalerweise war die Band gut, zumindest reichte es zum Tanzen. Die Stadt lag so weit ab vom Schuss, dass bessere Bands sich nicht gerade darum stritten, bei ihnen aufzutreten, aber sie hatten ein paar recht anständige, denn im Ort wohnten mehrere gute Musiker, die sich zusammengetan hatten, und die Einheimischen, Stella eingeschlossen, tanzten gern zu ihrem Sound.

»Harlow hat ein paar wunderschöne Vasen gemacht«, erzählte Raine gerade, als Stella neben ihr Platz nahm. »Ehe ich zu meinem letzten Trip aufgebrochen bin, sind wir zu Judy und Tom gegangen, und Judy hat uns gezeigt, wie man töpfert. Harlow hat so viel Geduld und Liebe zum Detail. Jedes einzelne Stück, das sie macht, ist wunderschön.«

Stella konnte das nur bestätigen. Harlow hätte ihre Töpferwaren mit Leichtigkeit verkaufen können, und hin und wieder boten Tom und Judy in ihrem Laden in der Stadt auch etwas von ihr an. Raine töpferte gern kleinere, klassische Sachen, perfekt geformte Schalen oder Becher für ihr Zuhause oder ihre Freunde. Sie hatte nicht vor, sie zu verkaufen, aber sie verschenkte sie gern.

Besonders liebte sie Tiere, deshalb versuchte sie, wenn sie den »perfekten« Kaffeebecher oder die »perfekte« Suppentasse für eine Freundin machte, auch deren Hund oder Katze auf dem Getöpferten abzubilden. Unglücklicherweise war sie sehr anspruchsvoll und streng mit sich selber, daher fing sie oft mehrmals mit einem Teil an, ehe sie endlich so zufrieden war, dass sie es hergeben konnte.

»Was hat sie denn diesmal gemacht?«, fragte Shabina.

»Glasierte Vasen, und die sind atemberaubend, alle mit verschiedenen Sonnenaufgängen am See drauf. Du weißt ja, wie gut sie mit einer Kamera ist. In den letzten paar Jahren hat sie Fotos von Sonnenaufgängen rund um den See gemacht und sich jetzt welche für ihre Töpfereien ausgesucht«, sagte Raine voller Bewunderung.

»Ich hoffe, das bringt sie ihrem Traum näher«, murmelte Zahra.

»Ihrem Traum?«, wiederholte Raine. »Harlow spricht doch nie über so was. Obwohl sie dieses tolle Fotoatelier hat und hin und wieder großartige Bilder an Kunstgalerien verkauft.« Sie schob Stella ihr Glas zu. »Du bist hintendran. Du musst aufholen.«

Zahra zuckte die Achseln, trank von ihrem Moscow Mule und nickte im Takt der Musik mit dem Kopf. »Ach, was soll's.« Sie sprang auf, ging um den Tisch herum und tat das Undenkbare, sie stellte sich vor Bruce. »Komm, tanz mit mir.«

Der große Mann fiel fast von seinem Barhocker, so hastig kam er ihrem Wunsch nach. Zahras Hand verschwand vollständig in seiner Pranke, als er sie zur Tanzfläche vor der Band führte, die bereits voller Menschen war. Direkt danach trat Lawyer Collins, ein in Knightly geborener und aufgewachsener Mann, der Computer reparierte und in seinem Laden Handys und Laptops verkaufte, an ihren Tisch und forderte Raine auf. Denver rutschte von seinem Barhocker, und seine bernsteinfarbenen Augen suchten Stella, doch Sam kam ihm zuvor, fasste sie am Handgelenk, zog sie sanft von ihrem Stuhl hoch und führte sie, eine Hand auf ihrem unteren Rücken, zur Tanzfläche. Ein Blick über die Schulter verriet ihr, dass Carl Montgomery sich Shabina holte und Denver sich mit einem schiefen Grinsen auf dem Gesicht wieder auf seinen Barhocker sacken ließ.

Sam zog sie eng an sich, ihr Rücken an seiner Vorderseite, während die Musiker einen Beat heraushämmerten. Der Mann konnte wirklich tanzen. Er schien einfach Rhythmus im Blut zu haben und zu wissen, wie man sich bewegte. Mehr noch, er hinderte alle anderen daran, sie anzurempeln, egal, wie betrunken sie waren. Sie war spät gekommen, und die Leute, die Alkohol tranken, spürten schon längst die Wirkung und benahmen sich entsprechend hemmungsloser.

Sams Körper war so nah an ihrem, dass sie seine Wärme spürte. Er war immer so unfassbar heiß. Seine Energie hatte er heruntergeregelt, also warum war seine Körpertemperatur so hoch? Er legte einen Arm um sie, direkt unter ihren Brüsten, und drückte sie an sich. Er hatte schon unzählige Male mit ihr getanzt, aber nie auf diese Weise. Sie spürte jede harte Linie an ihm, und sofort wurde ihr bewusst, dass er ein Mann war und sie eine Frau. Das hatte sich schon lange angebahnt, und die angenehme Lockerheit zwischen ihnen kam ihr ganz natürlich und gut vor.

Sie ließ nicht viele Menschen an sich heran – jedenfalls nicht richtig. Doch Sam hatte ihre Schutzwälle überwunden. Er hielt immer sein Wort. Immer. War absolut verlässlich. Wenn er sagte, dass er etwas erledigen würde, tat er es. Wenn etwas falsch lief und ein Gast Ärger machte, tauchte er plötzlich an ihrer Seite auf, stumm, aber so einschüchternd, dass alle Schwierigkeiten sich in Luft auflösten. Sie wusste nicht, wann sie begonnen hatte, ihn als einen wichtigen Menschen in ihrem Leben zu betrachten. Und zwar wichtig für sie als Frau. Denn das war er. Das ließ sich nicht leugnen.

Gegen Ende des Abends kletterte Stella auf den Barhocker neben Denver, wie sie es oft tat, wenn Bruce und Zahra miteinander tanzten. Ihr war klar, dass sie nicht mehr ganz nüchtern war, aber Denver schien es ähnlich zu gehen, obwohl das eigentlich nicht seine Art war.

»Alles okay, Den?«

»Ich hab vor etwa einer Woche einige Neuigkeiten von

meiner Familie erfahren, an denen ich immer noch knabbere«, gab er zu.

Sonst redete Denver nie über seine Familie. Er sprach so leise, dass sie sich ihm zuneigen musste. »Ich bin für dich da, wenn du sie mit mir teilen möchtest.«

Sie hatten sich schon über vieles unterhalten, denn Denver war da wesentlich offener als sie. Deshalb hatte sie oftmals Schuldgefühle, aber sie war aus gutem Grund so distanziert, und das würde sich auch nicht ändern. Als sie kurz aufschaute, sah sie Sam in seiner Ecke – mit einem Glas Wasser in der Hand. Er wartete darauf, sie und die Mädels zum Zeltplatz zu fahren. Vielleicht konnte sie sich später kurz mit ihm austauschen, wenn sie schon einen Killer fangen wollte. Irgendjemandem musste sie ja vertrauen.

Denver seufzte. »Mein alter Herr und sein Bruder, mein Onkel Vern, haben sich gestritten und sich gegenseitig erschossen. Echt dumm, aber unvermeidlich.«

Er schüttelte den Kopf und berichtete das, als berühre es ihn nicht, doch Stella konnte sehen, dass dem nicht so war, denn seine Hände zitterten, als er sie um sein Glas legte. Normalerweise trank er Bier, aber im Moment Schnaps.

»Sie haben sich gegenseitig umgebracht. Beide waren verblutet, ehe Hilfe kam. Meine Mutter ist gestorben, als ich beim Militär war, deshalb habe ich jetzt den ganzen verdammten Scheiß geerbt. Alles. Die Rechtsanwälte haben mich kontaktiert und mir Bescheid gesagt, so habe ich erfahren, dass sie beide tot sind.«

Stella wusste nicht genau, was sie dazu sagen sollte. »Hast du einem von ihnen nahegestanden?«

»Oh Gott, nein. Ich bin Soldat geworden, um von ihnen wegzukommen und Geld für mein Medizinstudium zu verdienen. Ich war wild entschlossen, Anästhesist zu werden. Das wollte ich schon immer.«

»Dann warst du Offizier, oder? Musst du ja, wenn du in irgendeiner Armee-Einheit Arzt warst.« Stella nippte an ihrem Drink und sah Denver mitleidig an.

»Ja, das war die einzige Möglichkeit, mein Ziel zu erreichen. Meine Familie hat zwar Geld, aber sie wollte mir die Ausbildung nicht bezahlen – und was anderes auch nicht. Glaub bloß nicht, dass Menschen, nur weil sie reich sind, keine beschissenen Familien haben.«

Stella hatte Denver noch nie so verbittert erlebt. Sie ließ den Blick über sein Gesicht wandern. Er sah so aus wie immer, nur in seinen Augen war ein Hauch von Schmerz. Sie nickte. »Das verstehe ich, vielleicht besser, als du denkst.« Doch mehr würde sie von ihrer Vergangenheit nicht preisgeben.

Sie kam aus einer wohlhabenden Familie, und ihre traurige Geschichte war durch alle Zeitungen im Land gegangen. Und als ob das noch nicht genug gewesen wäre, war sie später auch noch Gegenstand einer Episode dieser dummen Fernsehreihen gewesen, noch dazu nicht besonders korrekt dargestellt. Stella wusste also ganz genau, dass mit Geld aufzuwachsen nicht garantierte, dass man eine angenehme Kindheit hatte.

»Tja, du hast es auch allein weit gebracht, Denver, und das sollte dir zeigen, wie stark du bist. Das sage ich mir auch immer wieder. Ich bin stolz auf die Person, zu der ich geworden bin. Ich hoffe, du bist es auch. All deine Freunde, ich inklusive, schauen zu dir auf. Wenn deine Familie dich nicht zu schätzen wusste, vergiss sie.«

Denver grinste sie an. »Das ist typisch für dich, Stella. Du hältst immer zu deinen Freunden. Jetzt habe ich eigentlich keine Familie mehr.« Er machte eine ausholende Armbewegung. »Ich schätze, ich sollte mich damit begnügen. Bei meinem ersten Besuch habe ich beschlossen, hier mein Zuhause einzurichten. Es war der einzige Ort, an dem ich echten Frieden gefunden hatte.«

Das verstand Stella. »Hört sich so an, als hättest du eine Menge Geld geerbt. Du könntest überall hingehen.«

Denver zuckte die Achseln. »Ich führe ein einfaches Leben, und es gefällt mir. Ich verdiene sowieso einen Haufen Geld. Ich überlege mal, was ich mit dem Erbe anfangen kann. Wir könnten es hier fürs Krankenaus nutzen und vielleicht eine Stiftung gründen. Ich rede mal mit Zahra und Vienna. Zahra weiß, was das Hospital braucht, und Vienna kennt sich mit dem Bedarf bei den Such- und Rettungsteams aus.«

»Aber brich nichts übers Knie, Denver. Selbst wenn du eine schwierige Zeit mit deiner Familie hattest, kann der Verlust dich doch zu völlig unerwarteten Zeiten hart treffen. Das weiß ich aus eigener Erfahrung. Meine Mutter und ich haben uns nicht nahegestanden, trotzdem war ihr Tod ein herber Schlag für mich. Du musst dir Zeit zum Trauern und Nachdenken geben.«

»Scheint so.« Denver klang skeptisch. Er trank sein Glas leer und hielt es hoch. Der Barkeeper kam, um es aufzufüllen. »Was geht eigentlich bei Sam und dir ab?«

Stella runzelte die Stirn. »Ich weiß nicht genau, was du damit meinst. Er ist heute Nacht unser Fahrer.«

»Er tanzt sonst nie mehr als einmal mit dir. Höchstens zweimal. Und normalerweise begrapscht er dich nicht dabei.«

Stellas Stirnrunzeln vertiefte sich. »Daran kann ich mich gar nicht erinnern.« Sie zog ihr Handy aus der Tasche.

Hast du mich beim Tanzen begrapscht?

Sie sah zu, wie Sam sein Handy hervorholte und aufs Display schaute. Er verzog keine Miene, nicht einmal, als er ihr zurückschrieb.

»Doch, das hat er. Und er hat auch enger mit dir getanzt als sonst. Du solltest dich vor ihm in Acht nehmen, Stella.«

Wenn ich dich begrapsche, *Satine*, wirst du dich daran erinnern, und es wird nicht in der Öffentlichkeit passieren.

Ein kleiner Schauer rieselte über ihren Rücken. Ungläubig schaute sie ein zweites Mal aufs Handy. Jep. Er hatte das Wort *wenn* benutzt. Es war verrückt, aber schon dieser Text machte sie wach und lebendig. Oder es lag an zu vielen Moscow Mules. Sie musste mit dem Trinken aufhören. Stattdessen nahm sie noch einen Schluck, weil das Pochen zwischen ihren Beinen einfach so köstlich war, nachdem sie sich so lange gefühlskalt und einsam gefühlt hatte. Sam hatte sie langsam erweckt. Wenn er sich ihr zu schnell genähert hätte, wäre sie weit weggelaufen, doch irgendwie hatte er sie aus der Deckung gelockt und einen Zugang zu ihr gefunden.

»Ich dachte, Sam wäre dein Freund.« Sie näherte sich Denver noch mehr und wandte ihm ihr Gesicht zu, weil sie befürchtete, dass Sam Lippen lesen konnte. Das hatte sie schon immer vermutet – also schon nach den ersten Begegnungen. Dass er entweder Lippen lesen konnte oder auch eine seltene psychische Gabe hatte, nur eine andere als sie.

Denver ließ den Blick zu Sam hinüberschweifen und sah dann wieder sie an. Er wirkte besorgt. »Ich sage ja nicht, dass ich ihn nicht mag. Das tue ich. Es ist nur so, dass man mit einem Geist nicht richtig befreundet sein kann, Stella, und genau das ist er.«

»Ähm, nein, er ist aus Fleisch und Blut, Denver. Er sitzt

gleich da drüben und arbeitet sich im Resort halb tot. Er ist, so wie du, bei der Rettungsmannschaft dabei und drückt sich vor nichts. Das hast du mir selber erzählt.«

»Beim Militär sind Leute wie er manchmal nötig. Sie werden gerufen, wenn alles andere fehlschlägt. Hin und wieder haben wir sie gesehen. Sie sind wie Schatten und jagen wie Wölfe, immer allein und stets lautlos. Aber meistens konnte man sie nicht sehen, nur spüren. Sie machen dir den Weg frei, wenn du festsitzt. Oder befreien dich aus einer schlimmen Lage.«

»Ist das nicht etwas Gutes?«

Denver zögerte. »Unter den richtigen Umständen, ja. Aber Geister werden auch für andere Aufgaben gebraucht, außerhalb des Militärs. Sie leben meist nicht lang, sondern sterben früh. Und sie sollen auch nicht lang leben, weil sie nur für eins trainiert haben. Man macht psychologische Tests mit ihnen, und wenn sich herausstellt, dass sie fit für das sind, was die Regierung von ihnen will, werden ihnen besondere Aufgaben zugeteilt.«

»Damit behauptest du, dass sie so schnell verbraucht werden, wie die Regierung sie nutzen kann.«

Denver nickte. »Wenn sie nicht mehr mitmachen, werden sie oft gejagt und getötet, weil es ein zu großes Risiko darstellt, sie frei herumlaufen zu lassen.«

»Denkst du wirklich, Sam wäre einer von diesen ›Geistern‹?«

Stella achtete darauf, nicht zu Sam hinüberzuschauen. Er hatte darum gebeten, sein Geld schwarz zu bekommen. Was würde wohl passieren, wenn sie ihm sagte, sie wolle sich lieber ans Gesetz halten? Würde er dann gehen? Sie konnte Raine bitten, Nachforschungen über ihn anzustellen, doch dann würde ihre Freundin wissen, dass sie misstrauisch geworden war, und den Grund dafür erfahren wollen, und das wollte sie nicht. Was konnte sie ihr schon sagen?

Denver seufzte und fuhr sich mit einer Hand durchs Haar. »Ja, ich denke schon. Er ist in allem zu gut. Zu still. Zu wachsam. Ich weiß gar nicht genau, wie ich das erklären soll.«

»Soll ich mir seine Papiere zeigen lassen?«

»Diese Kerle haben unzählige Ausweise. Die haben sie immer zusammen mit Geld an allen möglichen Orten versteckt. So können sie innerhalb von Minuten verschwinden. Wenn er ein Geist ist, hat er Kontakte, die ihn überall hinbringen, wo er hinwill.«

»Vielleicht möchte er nur in Ruhe gelassen werden, wie wir anderen auch. Wir sind hierhergezogen, weil wir an diesem Ort in Frieden leben können, Denver. Du hast es selber gesagt. Wir alle haben die Chance verdient, unser Leben so zu führen, wie wir möchten. Du hast eine Familie hier. Du gehörst zu uns. Und Sam auch.«

Sie deutete auf ihre Freunde in der Bar. Sie lachten lauthals, hielten sich aneinander fest und waren glücklich in ihrem Kreis auf der Tanzfläche. »Da sind wir. Wir kriegen das zusammen hin, ja? Das haben wir immer. Ich bin sehr traurig, dass deine Familiengeschichte dich eingeholt hat und so schlecht ausgegangen ist. Ich schwöre, ich weiß, wie das ist. Das habe ich dir nicht gewünscht, aber es ist nun passiert. Stütz dich auf uns. Du bist immer für uns da gewesen. Nun lass uns für dich sorgen. Hast du eigentlich schon mit Bruce darüber geredet?«

Denver legte einen Arm um sie. »Ach, Schatz. So was tun Männer nicht. Wir werden vor unseren Freunden nicht gefühlsduselig. Das ist schlechter Stil.«

Stella lachte. »Männer sind ja so dumm. Du kannst deinem

Freund nicht sagen, dass du der Letzte aus deiner Familie bist? Hast du keine Cousins? Oder Geschwister? Vielleicht Halbgeschwister? Das habe ich mir immer gewünscht.«

»Nicht dass ich wüsste.« Denver rieb sich den Nasenrücken. »Alles ist möglich, aber nach dem, was die Anwälte sagen, ist niemand vorgetreten und hat behauptet, er wäre mit mir verwandt, um auch ein Stück vom Kuchen zu kriegen. Denn es ist ein großer Kuchen. Es geht um Millionen. Hunderte von Millionen.«

Überrascht wich Stella zurück und schaute ihm in die Augen. »*Hunderte* von Millionen?« Plötzlich war die lockere Unterhaltung nicht mehr so locker. Wann genau hatten ihre Träume angefangen? An welchem Tag? Denver angelte an der Stelle, wo der Mord geschehen würde. Was, wenn er das Ziel des Anschlags war, weil er so viel Geld hatte? Sie hasste es, dass ihr sofort diese Gedanken durch den Kopf schossen, aber Geld war ein großer Anreiz. Ein riesiger. Und Hunderte von Millionen?

»Bei so viel Geld musst du vorsichtig sein, Denver. Mach ein Testament und steck es in eine Stiftung oder so ähnlich. Sonst passiert dir vielleicht noch was.« Stella nahm noch einen Schluck von ihrem Moscow Mule, doch diesmal kippte sie ihn förmlich herunter. Es konnte sein. Dass ein Außenstehender für Informationen bezahlte, die ihn an Denver herankommen ließen. Ein Cousin? Womöglich ein entfernter. Hatte der Rechtsanwalt Denver nicht das Testament vorgelesen? Dann wusste er, wo ihr Freund sich aufhielt. Ihr schwirrte der Kopf. Sie konnte nicht mehr klar denken.

»Sei doch nicht so ängstlich, Schätzchen. Keiner weiß von dem Geld. Und keiner weiß, wo ich bin. Ich schwöre dir, ich bin in Sicherheit.« Denver fasste nach ihrem Kinn, drehte ihren Kopf in seine Richtung und hauchte ihr einen Kuss auf einen Mundwinkel und dann aufs Kinn.

Stella wünschte, sie würde irgendetwas empfinden. Egal was. Aber der Funke sprang nicht über. Denver zog sich zurück und lächelte sie an, dabei strich er ihr mit dem Daumen übers Gesicht, als könne er damit den Ausdruck dort löschen.

»Hör auf damit, sonst kriegst du noch Sorgenfalten.«

Plötzlich schob Sam seine Hand unter ihr Haar und legte sie um ihren Nacken. Auch ohne sich umzudrehen, wusste sie, dass er das war. Dann lehnte er sich von hinten an ihren Rücken und massierte die Anspannung aus ihr heraus, bis kleine elektrische Funken über ihre Haut tanzten. Sie hatte definitiv zu viel getrunken. Sie musste den Mund halten, sonst plapperte sie noch etwas Schreckliches aus, zum Beispiel, dass er wahrscheinlich der heißeste Mann auf der Welt war.

»Warum sollte Stella denn Sorgenfalten kriegen, Denver?«, fragte Sam.

Er kam ihr so nahe, dass sein Atem Strähnen ihres Haars bewegte. Ihren Mund sollte sie besser halten und den Moment genießen, denn wenn sie zu tief Luft holte, sog sie seinen Duft in ihre Lunge, und das traute sie sich nicht. Nicht bei dieser Stimme an ihrem Ohr. Diesem sonoren leisen Tenor, der über ihre Haut strich und sich danach tief in ihr einnistete.

»Sie ist besorgt um mich«, sagte Denver zu laut und etwas undeutlich. Er drehte sich auf dem Barhocker ein wenig zur Seite und zog die Brauen zusammen. »Oh Mann. Dieser Bastard Bale Landry und seine ekelhaften Freunde sind heute Abend hier, und Sean starrt Shabina auf eine Weise an, die mir nicht gefällt. Ich hab die nicht reinkommen sehen, du etwa, Sam?«

Sofort versuchte Stella, von der Theke wegzukommen, aber Sam ließ es nicht zu. Das fiel ihm bei seiner Größe nicht schwer, außerdem lag seine Hand noch auf ihrem Nacken und hielt sie fest.

»Mach jetzt kein Theater, Schatz. Lass uns erst feststellen, was sie vorhaben, ehe wir einen Streit anfangen.«

Denver stand auf, strauchelte und fing sich wieder. »Sie sind immer hässlich zu Zahra und Shabina. Meist zu Shabina. Bruce ist bei Zahra, und wenn der bei ihr ist, kommt ihr niemand blöd.«

Das stimmte. Bruce war einfach zu groß, ein Berg von einem Mann, der hauptsächlich aus Muskeln bestand. Und alle in der Gegend wussten, dass er schwer in Zahra verliebt war, sodass ein falsches Wort zu ihr einen leicht auf die falsche Seite seiner sehr kräftigen Faust bringen konnte. Bruce tanzte mitten im Pulk, umgeben von Shabina, Zahra und Raine. Ihnen war noch nicht aufgefallen, dass Bale, Sean, Edward und Jason auf die Theke zusteuerten. Die vier Männer bestellten Bier und drehten sich dann um, um den anderen beim Tanzen zuzusehen.

»Was glaubst du, warum sie andauernd Shabina und Zahra so anmachen?«, fragte Stella. »Außerdem habe ich das Gefühl, dass Bale Harlow einschüchtert, obwohl das praktisch unmöglich ist, aber mich sind sie noch nie irgendwie angegangen. Und ich frage mich, warum.«

Über ihren Kopf hinweg wechselte Sam einen Blick mit Denver. Der seufzte und tätschelte ihren Arm. »Ach, Süße, niemand wird dich angreifen, wenn er glaubt, dass er es dann mit uns beiden zu tun bekommt. Und das würde er.«

Stella legte den Kopf in den Nacken und schaute erst zu Denver und dann zu Sam auf. Das war ein großer Fehler, denn sie hatte definitiv zu viel intus. Der Raum begann, sich zu drehen. Schnell streckte sie einen Arm aus, um sich an etwas Stabilem festzuhalten. Gleichzeitig umklammerte sie mit der anderen Hand ihren Drink. Das Glas hatte sich wie durch ein Wunder wieder gefüllt. Sie erwischte Sams Arm. Eine ausgezeichnete Stütze. Sehr muskulös und stark. Bewundernd streichelte sie die Muskeln.

»Ich muss da rüber, Sam. Irgendjemand muss doch vernünftig sein.«

»Du hast im Moment ein bisschen zu viel intus«, erwiderte Sam. Eigentlich hörte *er* sich vernünftig an, was sie ärgerte, denn sonst war doch immer *sie* die Stimme der Vernunft. Sie betrank sich nie. Manchmal war sie allerdings ein wenig beschwipst, so wie in diesem Augenblick, wo sie ziemlich sicher war, dass ihre Clique sie brauchte, um die bösen Jungs abzuwehren, die sich auf sie eingeschossen hatten. Es gab jede Menge Frauen, mit denen diese Männer tanzen konnten, aber nein, Bale und seine armen Loser mussten sich mit ihren Freunden anlegen. Das war so ärgerlich.

Sam schlang einen Arm um ihre Taille. »Junge Frau.«

»Alter Mann.« Wütend schaute sie ihn an. »Meine Freundinnen brauchen mich.«

»Sam und ich schaffen das schon. Du bleibst hier sitzen und benimmst dich.« Jetzt stand auch noch Denver Sam bei.

Stella schaute ihn ebenfalls wütend an. Sie hätte wissen müssen, dass er die Seiten wechseln würde, der Verräter. Nur weil Sam diesen sturen Blick hatte.

»Süße.« Denver fing an zu lachen und hob kapitulierend beide Hände. »Wenn Blicke töten könnten, würde mich jetzt der Blitz treffen. Der einzige Grund, warum wir nach dem letzten Streit zwischen deiner Mädchenclique und Bale und seinen Kumpels nicht des Lokals verwiesen wurden, ist, dass Alek ein bisschen in dich verknallt ist. Weil du seine Bar mit deinem Geschäftsplan gerettet hast und den *Grill* zu dem gemacht hast, was er heute ist. Deshalb bist du sein Augenstern.«

Stella hatte einen Anlaufpunkt gesucht, zu dem ihre Urlaubsgäste gern gingen, und das Lokal mit der Idee gerettet, abends Livemusik ins Programm zu nehmen und Speisen zu servieren, die besser als das übliche Baressen waren. Aber sie hatte bei der Planung auch Hilfe gehabt, vor allem Shabina hatte an der Speisekarte mitgearbeitet. Und auch die anderen Freunde hatten um sie herum gesessen und sich verschiedene Gerichte ausgedacht, die sie selber gern essen würden, wenn sie zum Tanzen gingen.

Raine hatte eine Broschüre entworfen und eine PowerPoint-Präsentation, die sie Alek zeigen konnte. Es hatte funktioniert, und er hatte sich bereit erklärt, es einen Monat lang mit dem Essen und dem Tanzen zu versuchen, um herauszufinden, ob neben den einheimischen Gästen auch die von ihr versprochenen aus ihrem Resort kommen würden. Der Erfolg war erstaunlich gewesen, und seitdem war der *Grill* so beliebt, dass Alek zusätzlich zu den Aushilfen zur Hochsaison eine feste Kraft einstellen musste.

Sam hielt seinen Mund so nah an ihr Ohr, dass sie ihn trotz der laut dröhnenden Musik hören konnte. »Bleib, wo du bist, Stella. Bale und seine Freunde sind gefährlich, wenn sie trinken, besonders wenn Frauen ihnen die Stirn bieten.«

Denver nickte zustimmend. »Sie lassen sich von keiner Frau etwas sagen, sonst zahlen sie es ihr auf sehr öffentliche

Weise heim. Du hast neulich schon eine Konfrontation mit ihnen gehabt und brauchst nicht noch eine.«

Stella sah zu, wie die beiden Männer in Richtung Tanzfläche steuerten. Denver wirkte, als wäre er wieder nüchtern, und ging sicheren Schrittes neben Sam her. Und Sam wirkte wie immer … gefährlich. Für sie würde er stets hervorstechen, ganz egal, wo er sich befand. Dass er ein Geist sein sollte, ergab keinen Sinn. Sie konnte die Augen nicht von ihm losreißen, als er sich so wachsam anpirschte wie ein Raubtier an seine Beute.

Sie verstand Männer wie Bale und seine Freunde nicht. Alle besaßen sie florierende Geschäfte oder zumindest solche, die in der kleinen Stadt über die Runden kamen, während so viele andere sich mit drei Jobs durchschlugen. Warum glaubten sie, sie wären Frauen überlegen? Besonders solchen wie Shabina und Zahra? Die beiden arbeiteten hart. War ihr einziges Verbrechen, dass sie eine Verabredung mit einem dieser Männer abgelehnt hatten? Mobbte Bale tatsächlich Harlow? Die Tochter eines Senators? Würde er das wagen?

Stella wandte den Blick nicht von Denver und Sam, die lässig zur Theke an der Tanzfläche schlenderten und sich direkt neben Bale und seinen Freunden Platz verschafften. Zufrieden stellte sie fest, dass den Kerlen ihr höhnisches Grinsen verging, als die zwei auftauchten, auch wenn es Sean nicht davon abhielt, Shabina, die in seiner Nähe tanzte, etwas Gemeines zuzurufen.

Shabina sah umwerfend aus. Sie war von Natur aus graziös und hatte ein sehr gutes Rhythmusgefühl. Selbstvergessen gab sie sich mit Zahra, Raine und Bruce der Musik hin, die schlanken Arme hocherhoben und die Augen geschlossen.

Das hüftlange, dunkle Haar fiel ihr wie ein Wasserfall aus glänzender Seide über den Rücken.

Stella beobachtete Seans Gesicht. Sie mochte vielleicht beschwipst sein, aber dennoch war sie äußerst aufmerksam. Der Mann starrte Shabina unentwegt an. Es gab also einen Grund dafür, warum er trotz der Hausverbote ständig im Sunrise Café auftauchte. Schon möglich, dass er sich für überlegen hielt und sich das auch gern einredete, aber er war wie besessen von ihrer Freundin. Schnell schaute sie zu Sam hinüber. Auch er hatte Seans Gesichtsausdruck bemerkt, denn ihm entging nie etwas.

Stella stieß den Atem aus. Sam wäre ein so großartiger Verbündeter. Er sah alles, und er war vorsichtig. Er hörte ihr zu und wog das, was sie sagte, sorgfältig ab. Wenn sie ihn als Verdächtigen ausschließen konnte – und ehrlich gesagt hatte sie nicht eine Minute ernsthaft geglaubt, dass er ein Serienmörder war –, dann war er die Person, die sie ins Vertrauen ziehen wollte. Er passte zu ihr. Sie wusste nicht warum, aber so war es.

Sie richtete ihre Aufmerksamkeit auf Denver. Er hatte sie wegen Sam gewarnt, aber auf eine sanfte, nicht auf eine gemeine Weise. Denn trotz seiner Warnung mochte und respektierte er Sam. Er passte einfach so auf sie auf wie ein Bruder. Obwohl sie allen gegenüber distanziert war und als Einzelgängerin galt. Denver hatte diese Grenzen immer akzeptiert. Und Sam auch. Nur dass der sie plötzlich zu übertreten schien.

»Ist hier besetzt?«

Stella blickte auf. Carl Montgomery, dem die ortsansässige Baufirma gehörte, rutschte auf den Barhocker neben ihr. Er war um die vierzig, mit dunklem Haar und leuchtend blauen

Augen. Und wie die meisten, die in der Stadt lebten, war er Jäger. Er arbeitete hart und verlangte dasselbe von seinen Leuten. Carl hatte einige der Hütten in ihrem Resort gebaut, und sie waren genauso geworden, wie sie es sich vorgestellt hatte, wenn nicht besser.

Sie warf ihm ein Lächeln zu. »Dich sehe ich hier ja nicht besonders oft, Carl. Was für eine nette Überraschung.«

»Was trinkst du?«

Stella schaute ihr Glas an. »Moscow Mule, aber ich denke, davon habe ich schon ein paar zu viel gehabt. Ich bin schon deutlich angeschlagen.«

»Eine Nacht feiern wird dich schon nicht umbringen. Du arbeitest zu hart.« Er beugte sich über die Theke, um die Aufmerksamkeit des Barkeepers zu erregen. »Ist ja brechend voll hier.«

Stella schaute sich um. Jeder Tisch war besetzt. Und die Barhocker auch. Selbst auf der Tanzfläche drängten sich die Leute. An den Wänden saßen Menschen, die sich gut gelaunt unterhielten und mit den Füßen den Takt der Musik mitklopften. Und auch draußen im überdachten Innenhof, wo wegen der kalten Nachtluft die Heizgeräte angestellt waren, waren keine Tische mehr frei.

»Ja, das kann man wohl sagen.« Zufrieden war sie sich dessen bewusst, dass sie mitgeholfen hatte, das zu bewerkstelligen. Sie hatte es sich zur Aufgabe gemacht, jedes Geschäft in der Stadt in Augenschein zu nehmen, um herauszufinden, was sie tun konnte, um jedem einzelnen zu größerem Erfolg zu verhelfen, insbesondere wenn es schwächelte. Die Menschen hier waren ihre Freunde geworden, und sie glaubte daran, dass sie durch gegenseitige Unterstützung alle den Kopf über Wasser halten konnten.

»Du weißt ja, dass du mir meinen besten Arbeiter geklaut hast.« Mit dem Kinn deutete Carl auf Sam. »Ich hatte gehofft, ihn zu meinem Vorarbeiter machen zu können. Männer wie er kommen nicht alle Tage vorbei. Er kennt sich mit Bauen aus.«

Stella grinste ihn an. »Das habe ich gesehen. Und bei Motoren ist er auch gut. Du hast ein wenig zu lange damit gewartet, ihm ein anständiges Angebot zu machen. Ich wollte nicht zu spät dran sein. Er kann das Resort praktisch allein betreiben.« Sie schnitt eine Grimasse. »Es sei denn, er muss mit einem Gast reden, das ist nicht so sein Ding. Ich würde jedenfalls nicht behaupten, dass seine sozialen Kompetenzen so ausgeprägt sind wie seine Fähigkeit, einfach alles zu reparieren, was kaputt ist.«

Sie lachte leise. Das war die reine Wahrheit. Meistens vermied Sam es, den Gästen zu begegnen. Das war nicht sein Job. Dafür hatte sie andere. Er arbeitete im Hintergrund, um das Resort am Laufen zu halten, und hatte ihr, als er den Job annahm, gleich sehr deutlich zu verstehen gegeben, dass er kein geselliger Mensch war.

Carl stimmte in ihr Lachen ein. »Da hast du recht. Er ist kein großer Redner. Aber er arbeitet hart. Anscheinend ist er gerade dahinten und macht Sean und Ed die Hölle heiß. Was zum Teufel stimmt bloß nicht mit diesen Jungs? Wenn die noch einmal gegenüber Shabina ausfällig werden, ramme ich ihnen meine Faust in den Rachen, und ich hab mich nicht mehr geprügelt, seit ich zwanzig war. Oder achtzehn. Aber ich bin ziemlich sicher, dass es noch in der Highschool war.«

»Dann kennst du sie ja schon lange. Sind sie immer so gewesen?«

Der Barkeeper stellte Getränke und eine Platte mit ausgebackenen Zucchini, Pilzen und Käsestangen vor sie hin.

»Danke, Lucca«, sagte Carl und schob ihm ein ordentliches Trinkgeld zu.

Lucca grüßte dankend und machte eilig weiter, nachdem er den Geldschein zusammengeknüllt eingesteckt hatte, wie er es immer machte, wenn er gerade dabei war, mehrere Drinks gleichzeitig zu mixen. Alek, der Besitzer, hatte ihn vom Fleck weg engagiert, als er in der Stadt aufgetaucht war, und ihm genug Geld geboten, um ihn dort zu halten – eine kluge Entscheidung.

»Bedien dich, Stella. Ich kann das nicht alles selber essen, sonst muss ich in einen dieser dummen Mädchenkram-Kurse gehen, die Harlow gibt.«

Stella tauchte einen Zucchinistick in Marinarasoße. Das schmeckte lecker. Nicht so köstlich, wie bei Shabina, aber trotzdem gut. Alek hatte seine eigenen Rezepte von der Familie seiner Mutter, und sie waren sehr wichtig für den *Grill*. Hier bekam man nicht nur fettiges Essen.

»Redest du von Harlows Yoga-Kursen? Warte nur, bis ich ihr erzählt habe, dass du sie als Mädchenkram bezeichnest. Das ist absurd. Hast du denn jemals einen ausprobiert? Nimm doch Privatstunden, wenn du dich davor fürchtest. Das ist wirklich nicht leicht, nicht mal für Anfänger, obwohl so viele Leute das denken. Schließlich beansprucht man alle Muskeln, dehnt sie …«

»Harlow gibt auch Privatstunden?«, unterbrach sie Carl.

Stella nahm einen Schluck von ihrem Cocktail. Sie sollte es lassen, aber er ging so glatt runter, und das hier war zu gut, um wahr zu sein. Carl Montgomery war hinter Harlow her. Wer hätte das gedacht? Der Mann war immer so zugeknöpft. Er kam nur selten in den *Grill*, und wenn, hing er nicht mit ihrer Clique ab. War nie mitten im Geschehen. Eher bei denen am Rande. Daher kannte sie ihn zwar, aber nicht besonders gut.

»Ja, natürlich.« Sie schaute zur Tanzfläche hinüber, weil ihr eine Bewegung ins Auge fiel. Carl rutschte von seinem Barhocker herunter.

Sean schob sich durch die wenigen Leute, die ihn von Shabina trennten, und drängte sich von hinten fordernd an sie. Sie versuchte, ihn wegzustoßen, aber er riss sie einfach an sich und stieß mit den Hüften gegen sie.

Automatisch versuchte Stella, zu ihrer Freundin zu laufen, aber es waren zu viele Leute dazwischen. Sie zwängte sich zwischen zwei Männern hindurch und an einer Frau vorbei, die direkt vor ihr stehen geblieben war, doch als sie den Rand der Tanzfläche erreichte, war der Tumult bereits vorüber.

Bale, Ed und Jason hatten Sean bei den Armen gepackt und führten ihn nach draußen, während Bruce, Sam, Denver und Aleks Türsteher Jeff ihnen nachsahen. Zahra und Raine brachten Shabina zu ihr, und Stella warf ihre Arme um sie.

»Diesem Kerl sollte mal jemand ein oder zwei Lektionen in gutem Benehmen erteilen«, meinte sie. »Alles in Ordnung?«

»Ja, es ist ja nicht so, als wäre es das erste Mal, dass ein Mann eine von uns antanzt. Das passiert doch andauernd.« Shabina lächelte Carl an. »Ich wusste nicht, dass du heute hier bist.«

Er deutete auf die Platte mit dem Essen. »Nur zu, meine Damen. Was möchtet ihr trinken?« Wieder machte er den Barkeeper auf sich aufmerksam.

Nur Minuten später hatte Carl sie alle zum Lachen gebracht. Stella gefiel es, dass er den Vorfall mit keinem Wort erwähnte und sie alle aufmunterte. Denver und Bruce schlossen sich ihnen an. Sam ging zu seinem üblichen Platz in der Ecke und behielt ihre Gruppe im Auge. Früher hatte sie immer gewollt, dass er zu ihnen kam, und es absolut seltsam gefunden, dass er für sich blieb, aber jetzt gefiel ihr die Vorstellung, dass er über sie wachte – dass er nüchtern blieb und sie sich über nichts anderes Sorgen zu machen brauchte als darüber, eine gute Zeit mit ihren Freunden zu verbringen – weil er auf sie aufpasste.

5

Als Stella erwachte, hatte sie hämmernde Kopfschmerzen. Gott sei Dank war es noch dunkel. Bailey drückte ihr seine nasse Nase ins Gesicht, und sie tätschelte ihn geistesabwesend. Hatte sie letzte Nacht daran gedacht, ihn rauszulassen, ehe sie sich schlafen gelegt hatte? Natürlich hatte sie das, schließlich war sie eine verantwortungsvolle Hundebesitzerin, aber offensichtlich musste er wieder nach draußen. Stöhnend setzte sie sich auf und presste eine Hand gegen die Stirn. Das, was sie heute durchmachen musste, hatte sie wirklich verdient.

Sie sah sich um und erkannte, dass sie in ihrem Bett war. Auf dem Nachtschränkchen stand eine Flasche Wasser, und zwei weiße Tabletten lagen daneben. Sam. Er hatte die vier Frauen in ihren SUV geladen und sie ins Resort gefahren statt zum Zeltlager. Auf dem Rückweg hatten sie aus vollem Hals gesungen und hysterisch gelacht, hauptsächlich weil Stella, nachdem Bruce, Denver und Carl gegangen waren, schockierenderweise zugegeben hatte, wie gut Sam ihr gefiel und was sie sich von ihm erhoffte.

Wieder stöhnte sie und bedeckte das Gesicht mit den Händen. Hoffentlich hatte sie leise gesprochen, als sie ihren Freundinnen immer wieder gesagt hatte, wie heiß sie ihn fand. Er hatte ein Stück von ihnen entfernt gesessen, und der

Lärmpegel war hoch gewesen, deshalb hatte er bestimmt nichts mitbekommen. Sie kippte so viel Wasser wie möglich in sich hinein und stieg aus dem Bett.

Sie war noch angezogen, nur ohne Schuhe. Zumindest war ihr die Demütigung erspart geblieben, sich übergeben zu müssen. Rasch ließ sie den Hund vor die Tür und überlegte, ob sie Sam wohl angesehen hatte, als sie in ihrem beschwipsten – okay, mehr als beschwipsten – Zustand ihren Freundinnen anvertraut hatte, wie toll sie ihn fand. Sie war sich sicher, dass er Lippen lesen konnte. Das wäre ihr peinlich. Andererseits gab es vieles, was ihr peinlich sein sollte. Sie überließ Bailey seinem Geschäft und ging kurz unter die Dusche, um einen klaren Kopf zu bekommen.

Die Moscow Mules hatten sie alle glauben lassen, ganz hervorragend wie Kosaken tanzen zu können. Also waren sie mit vor der Brust gekreuzten Armen auf der Tanzfläche in die Knie gegangen und hatten die Beine hochgerissen. Leider waren sie dabei aber nur immer wieder albern kreischend auf den Hintern gefallen. Es war ein toller Abend gewesen.

Auf der Rückfahrt hatte Sam es mit ausdrucksloser Miene stoisch über sich ergehen lassen, dass sie alle vier dauernd Grimassen schnitten, um einander zu ermahnen, den Mund zu halten, damit er bloß nichts von Stellas heimlicher Schwärmerei erfuhr. Dann hatten sie wieder losgeprustet, und als Sam nicht darauf reagierte, hatten sie noch lauter gekichert.

Stella zog eine Jeans und ein T-Shirt an und versuchte, sich zu erinnern, ob sie sich auch in seiner Gegenwart mit den Mädels über ihn unterhalten hatte. Sie hatte die anderen öfter gefragt, ob sie aus Versehen ausgeplaudert hatte, wie scharf sie ihn fand und was sie in einer »schwachen« Minute mit ihm anstellen würde. War das in der Bar, im Auto oder in ihrem

Haus gewesen? Sie wusste nur noch, dass Zahra ihr immer wieder versichert hatte, sie habe vor Sam kein Wort über ihn gesagt. Dann hatten die andern mit ernster Miene genickt und anschließend alles verdorben, indem sie sich wieder vor Lachen bogen und fragten, wie sie das wissen sollten, wenn sie selber so betrunken waren.

Nachdem Stella sich einen Zopf geflochten hatte, zog sie Laufschuhe an und machte sich auf die Suche nach dem Hund. Sam war für gewöhnlich lange vor allen anderen auf. Da sie ihn aber nirgends sah, ging sie zum Bootsverleih hinunter. Bernice Fulton war auch immer früh zur Stelle und überprüfte, ob die Boote sauber waren und genügend Schwimmwesten an Bord hatten. Sie kümmerte sich sehr genau um ihre Aufgaben und hatte es sicherlich nicht verdient, von ihrer Chefin zurechtgewiesen zu werden.

Bernice und Roy Fulton arbeiteten bereits fünf Jahre im Resort, und Stella hatte großes Glück gehabt, das Paar zu finden. Die beiden gehörten zu den wenigen Mitarbeitern, die sie das ganze Jahr über beschäftigte. Roy kannte sich mit allem aus, was mit Fischen zu tun hatte, und hatte dieses Wissen gern mit ihr geteilt. Als sie die Idee hatte, Angelwettbewerbe zu veranstalten, war er mehr als bereit gewesen, sie zu unterstützen. Roy hatte dafür gesorgt, dass der Wettbewerb mit jedem Jahr ein wenig interessanter wurde, und inzwischen kamen die Angler von weit her, um an dem Ereignis teilzunehmen.

Bernice konnte zwar keine Bootsmotoren reparieren, aber sie war sehr erfahren im Umgang mit den Gästen, bei denen sie sehr beliebt war. Sie brachte es fertig, ihnen alle möglichen Dinge aus ihrem Zusatzangebot zu verkaufen, wenn sie sich Kajaks oder Kanus, Paddel- oder Ruderboote ausliehen, um zu angeln oder einen Ausflug zu machen.

»Hey, Stella«, begrüßte Bernice sie mit ihrem üblichen Lächeln. Sie war in den späten Fünfzigern und stets gut gelaunt. Sie hatte nur wenige Falten, die ihr Alter verrieten, und die stammten hauptsächlich davon, dass sie viel in der Sonne war, obwohl sie sich ihr nie ohne einen breitkrempigen Hut und reichlich Sonnencreme aussetzte. Ihre Hüte waren allesamt bezaubernd, und niemand trug sie mit mehr Stil als Bernice.

»Guten Morgen, Bernice. Auch wenn ich noch keinen Kaffee gehabt habe, also im Grunde nicht sagen kann, ob er wirklich gut ist«, grüßte Stella zurück. »Du siehst wie immer reizend aus.«

Das stimmte. Bernice trug eine weiche gelbe Jeans, die bis zu den Waden hochgekrempelt war und einen Pulli mit blauen, weißen und gelben Streifen und einem U-Boot-Ausschnitt. Ihre gelben Stiefel passten zum Pulli, und irgendwo hatte sie sicher auch eine Sonnenbrille, die zu ihrem Outfit passte.

»Danke, meine Liebe.« Bernice nahm das Kompliment gerne an. »Roy hat Kaffee im Angelshop, aber du weißt ja, dass der nicht besonders gut ist.«

Stella wusste nur zu genau, dass Roys Kaffee außer Koffein alles fehlte, was auch nur im Entferntesten gut an Kaffee war. »Ich wollte mich dafür entschuldigen, wie ich neulich mit dir geredet habe. Das war daneben. Du hast es nicht verdient, dass ich meinen echt schlechten Tag an dir auslasse, und genau das habe ich getan. Ich hoffe, du kannst mir verzeihen, Bernice. Du bist eine gute Freundin, und ich weiß, dass ich dich gekränkt habe, als ich dich so angeschnauzt habe.«

Bernice' Augen verschleierten sich, dann warf sie die Arme um Stella. »Ach, Süße, denk dir nichts dabei. Ich hab doch gewusst, dass du einen furchtbaren Tag hattest. Roy hat mir erzählt, wie unverschämt einige der Gäste zu dir waren. Das hat mir sehr leidgetan.«

Stella drückte sie fest. »Das ist kein Grund, mich an jemandem abzureagieren, der mir am Herzen liegt. Entschuldige bitte.«

Bernice klopfte ihr auf den Rücken, schniefte leicht und ließ sie dann wieder los. »Keine Sorge. Trotzdem weiß ich deine Entschuldigung zu schätzen. Sie bedeutet mir viel. Sam hat gesagt, du möchtest ein paar Tage mit deinen Freundinnen campen gehen. Ich finde das gut. Du brauchst dringend etwas Erholung.«

»Hast du ihn heute Morgen schon gesehen? Wo ist er? Er sollte uns gestern Nacht eigentlich zu unseren Zelten bringen.«

»Heute noch nicht. Aber gestern Abend, als er euch alle nach Hause gebracht hat. Da hat er Roy gesagt, dass er die Nacht an eurem Campingplatz verbringen will, um auf eure Sachen aufzupassen, weil er befürchtet, dass ihr alle mit einem dicken Schädel aufwacht. Er dachte, er könnte dann auch etwas angeln gehen. Du weißt ja, dass er dazu nur selten Zeit hat. Denver kommt vielleicht dazu, wenn es ihm nicht zu schlecht geht. Anscheinend hat er mehr als üblich getrunken, aber er wollte Sam noch vor Sonnenaufgang dort treffen.«

Bernice redete weiter, doch Stella verstand kein Wort mehr. Sie spürte, wie sie kreidebleich wurde. Sam und Denver waren *angeln*. Sie hatte zwei Menschen, die sie liebte, an genau den Ort geführt, an dem der Mörder sein Opfer haben wollte.

»Ich muss gehen, Bernice«, murmelte Stella und rannte zur Garage neben dem Haupthaus, in der Sam ihren Wagen geparkt hatte. Sie nahm an, dass sie wie eine Verrückte wirkte, aber es kümmerte sie nicht. Sie musste so schnell wie möglich zu den Männern, ehe ihnen etwas Böses zustieß. »Bailey!« Sie riss die Hintertür des Wagens auf.

Der Hund kam gelaufen und sprang sofort auf seinen Platz. Stella schlug die Tür wieder zu und lief zur Fahrerseite. Wo war der Autoschlüssel? Sie hatte ihn gestern Abend Sam gegeben. Wo würde er ihn hingelegt haben? Wahrscheinlich auf ihr Nachtschränkchen. Fluchend rannte sie in ihr Schlafzimmer, und natürlich, da lag er, wie erwartet. Sam hatte ihr Wasser zum Dehydrieren, Aspirin gegen die Kopfschmerzen und selbstverständlich ihren Schlüsselbund neben das Bett gelegt.

Sie fuhr wie eine Irre. Sie kannte ihr Fahrzeug und wusste genau, was sie ihm auf der Straße um den See abverlangen konnte. Dem Himmel sei Dank, dass Bailey sie geweckt hatte, ehe die Sonne aufging. Gerade schob sie sich am Himmel empor, und die beiden Männer angelten – oder zumindest Sam, falls Denver noch nicht da war. Das Auto schlitterte ein wenig, als sie eine enge Kurve viel zu schnell nahm. Sie durfte jetzt bloß keinen Unfall bauen.

Mit der flachen Hand schlug Stella aufs Lenkrad und betete stumm. Sie wusste nicht, zu wem. Das letzte Mal, als sie hilflos zugesehen hatte, wie Menschen starben, hatte sie aufgehört, an irgendjemand anders als sich selber zu glauben. Aber vielleicht halfen Gebete ja doch. Wer wusste das schon? Sie wollte nicht noch jemanden verlieren. Weder Sam noch Denver. Niemanden.

Sie bog in den holprigen Waldweg ein, der zum See führte. Matsch spritzte auf und zwang sie, das Tempo zu drosseln. Sie parkte hinter Sams Auto und sprang aus dem SUV.

Denvers Wagen war nirgends zu sehen. Sam war bereits am Angeln. Er trug eine Kappe und eine Anglerhose. Genau wie in ihrem Albtraum war er bis zu den Steinen im Schilf hinausgewatet. Sie ließ Bailey aus dem Auto, lief zum See und rief nach Sam.

Vielleicht lag es an der aufkommenden Brise, die an ihren Haaren zerrte, dass ihr die Tränen kamen. Sam war viel zu weit weg, um sie zu hören. Ihr Blick glitt über die vom Wind aufgeraute Seeoberfläche und blieb wie magisch angezogen an der dunklen Stelle hängen, an der Sam seine Angel ausgeworfen hatte. Natürlich hatte er sich dafür genau den Punkt ausgesucht, wo das Wasser einen kleinen Strudel bildete und so einen guten Fischgrund schuf.

Die Sonne war inzwischen aufgegangen und übergoss den See wie jeden Morgen mit wunderschönen Farben. Heute hatte sie sich verschiedene Purpurtöne ausgesucht, von leichtem Lavendel über sattes Magenta und Burgunder bis hin zu tiefem Dunkelrot. Stellas Herz hämmerte, denn sie spürte die dunkle Bedrohung näher kommen. Sie bildete sich das nicht ein. Der Killer war da, unter Wasser, und schwamm auf Sams Angelhaken zu wie ein Schatten.

Sie sah, wie Sam leicht den Arm bewegte, genau wie der Angler in ihrem Traum. Dann ging er, vorsichtig mit dem Fisch an seiner Leine kämpfend, weiter in den See hinaus. Stella hatte das Gefühl, in Zeitlupe zu laufen. An den Zelten, dem Picknicktisch und der Feuerstelle vorbei. Dabei schrie sie immer wieder, dass er aus dem Wasser kommen und die Angelrute loslassen solle. Doch er war zu weit draußen. Hastig befreite sie sich von ihrer schweren Jacke. Um Hose und Schuhe auszuziehen, blieb ihr keine Zeit.

Sam bewegte sich mit dem »Fisch« am Haken noch weiter

vom sicheren Ufer fort ins Schilf. Sie bildete sich ein, den Jagdeifer in seinem Gesicht zu sehen. Plötzlich stolperte er und verlor das Gleichgewicht, was bei Sam nie, niemals vorkam. Dann fiel er abrupt auf den Rücken, genau wie in ihrem Albtraum, und schlug mit dem Kopf auf einem Felsen auf.

Er war ein großer Mann, daher brauchte der Killer mehrere kräftige Rucke, bis er Sams bewegungslosen Körper unter Wasser gezogen hatte, was ihr Zeit genug gab, den restlichen Weg zu bewältigen. Ohne zu zögern, stürzte sie sich in den See und tauchte unter.

Das eisige Wasser war wie ein Schock. Aber es machte ihr nichts aus. Sie merkte die Kälte kaum, als sie auf den Killer zuhielt, der Sam ertränken wollte. Sam war trotz der Kopfwunde nicht völlig ausgeknockt und wehrte sich instinktiv, wenn auch mit fahrigen Bewegungen.

Stella traf von hinten auf den Killer, versuchte, ihm die Sauerstoffflasche vom Rücken zu reißen, und wünschte, sie hätte ein Messer dabei, um die Luftzufuhr zu durchtrennen. Heftig zerrte sie an der Flasche und an seiner Maske, an allem, was ihn ablenken konnte. Da drehte er sich herum und schlug ihr ins Gesicht. Schnell schob sie sich zwischen ihn und Sam, entschlossen, den Mörder nicht an den fast Bewusstlosen heranzulassen. Dann griff sie wieder an und versuchte, ihm die Maske herunterzureißen. Diesmal zog er die Beine an und stieß sie ihr so fest in den Bauch, dass sie zurückgeschleudert wurde. Dann machte er sich eilig davon und verschwand im tieferen Wasser.

Stella versuchte, sich zu bewegen, weiterzuschwimmen, sich zu rühren, aber sie schaffte es nicht. Also rollte sie sich einfach unter Wasser zusammen. Ihr Verstand arbeitete so träge, dass sie nicht darauf kam, was sie als Nächstes tun musste. Doch ehe sie erkannte, dass sie durch das eisige Wasser fast komplett gelähmt war, packte Sam sie und zog sie mit sich. Zusammen stolperten sie ans Ufer, ließen sich dort fallen, wobei sich Sam praktisch über sie warf und sie mit seinem Körper deckte. Dann pfiff er Bailey herbei, und der Hund legte sich auf seinen Befehl hin brav an ihre andere Seite. So warteten sie, nach Luft schnappend, darauf, ihre Muskeln wieder bewegen zu können.

»Wir müssen dich aus den nassen Sachen rauskriegen«, sagte Sam schließlich. »Ich mache Feuer, damit wir uns wärmen können.«

»Das schaff ich schon, Sam. Was ist mit deinem Kopf? Du hast ihn dir schlimm angeschlagen, als der Kerl dir die Füße weggezogen hat.« Sie zitterte so heftig, dass sie dachte, ihre Zähne würden zerbrechen, weil sie so fest aufeinanderschlugen. Die Vorstellung, dass sie ihr jeden Augenblick stückweise aus dem Mund fallen würden, war schrecklich.

»Ich denke, einmal in deinem Leben solltest du es zulassen, dass ich für dich sorge. Ich weiß, dass du eine unabhängige Frau bist und niemanden brauchst, trotzdem bleibst du jetzt hier liegen, mit Bailey als Wärmflasche, während ich Feuer mache. Aber zuerst ziehe ich dich aus und bringe dir meinen Schlafsack«, sagte er in einem Ton, der keinen Widerspruch duldete.

Stella wandte den Kopf und sah ihn über die Schulter an. Etwas in seinen dunklen Augen warnte sie davor, sich mit ihm anzulegen, und sie war ohnehin viel zu erschöpft, um sich zu streiten. Sie wusste auch gar nicht, ob sie es schaffte, auf die Beine zu kommen, denn sie bekam das ununterbrochene Zittern nicht in den Griff. Daher nickte sie nur und legte den Kopf erschöpft wieder ab. Wer hätte gedacht, dass der Mann sich als so herrisch entpuppen würde, wenn er endlich mal anfing zu reden?

Mühsam setzte Sam sich auf und griff nach dem Saum ihres T-Shirts. »Kannst du die Arme hochnehmen? Wenn nicht, schneide ich dir das runter.«

Stella hob die Arme über den Kopf und bemühte sich, den Oberkörper so weit aufzurichten, dass er ihr das nasse T-Shirt abstreifen konnte. Dann kam ihr BH an die Reihe. Und schließlich ihre Schuhe und die Jeans. Danach lief Sam los und kehrte umgehend mit einem Schlafsack zurück, in den er sie einhüllte, bevor er dem Hund erneut befahl, sich dicht neben sie zu legen. Als das Zittern endlich aufhörte, hatte Sam bereits das Feuer entfacht, sich trockene Sachen angezogen und Kaffeewasser aufgesetzt.

Er brachte ihr den Rucksack aus ihrem Zelt. »Wenigstens hast du da drin trockene Klamotten.«

»Deine Kopfwunde blutet immer noch.« Sie vermied es, seinem Blick zu begegnen. Nicht, weil sie in ihrem Schlafsack nackt war, sondern, weil sie hierhergefahren war und sich wie eine Irre in den See gestürzt hatte, als wüsste sie von dem Killer unter Wasser. Wie sollte sie ihm das erklären?

»Es wird schon besser. Zieh dich an, komm ans Feuer und trink etwas Kaffee. Das hilft bei dir immer.«

»Was meinst du damit, es wird schon besser? Lass mich mal sehen. Muss das genäht werden? Wir sollten Harlow oder Vienna einen Blick darauf werfen lassen. Oder in die Notaufnahme fahren.«

»Ich kümmere mich schon drum, Stella.« Er drehte sich um und ging zurück zum Feuer.

Sie konnte es nicht mehr aufschieben. Sie hatte es ihm doch längst sagen wollen. Es gab keine Ausrede mehr. Er war intelligent und hörte gut zu. Immer. Blieb ruhig und verarbeitete das, was sie sagte, ohne sie zu unterbrechen. Sie hatte ihm schon gestern anvertrauen wollen, dass ein Serienkiller anfangen würde, in der Sierra zu töten, aber so, dass die Morde wie Unfälle wirkten, was es schwer machte, ein Muster zu erkennen.

Doch ihm das zu sagen bedeutete, dass sie über ihre Vergangenheit reden und ihre Geheimnisse lüften musste. Andererseits hatte Sam selber Geheimnisse, denn auch er sprach nie über seine Vergangenheit. Nicht einmal mit ihr. Er würde sicher nicht so verärgert und gekränkt sein, wie es von ihren Freunden wohl zu erwarten war. Trotzdem, die Vorstellung, zurückzugehen und all die Dinge wieder hervorzuholen, die sie vergraben hatte, machte sie krank. Sie hatte sich selber versprochen, dass sie diese Türen nie wieder öffnen würde. Aber wie sollte man einen Mörder ignorieren?

Langsam setzte sie sich auf und stellte erstaunt fest, dass ihr Körper nicht mitmachen wollte. Ihre Muskeln fühlten sich steif und schwer an. Bailey drückte sich an sie, und sie umarmte ihn dankbar für seine Treue. Auf seine Gesellschaft und seinen Beschützertrieb konnte sie immer zählen. Er wäre in den eiskalten See gesprungen, wenn sie zu lange unter Wasser geblieben wäre. Als sie einmal mit einem Kanu gekentert war, hatte er auch nicht gezögert.

Sie zog eine gefütterte Leggings und einen langen Pulli an. Sam hatte ihr auch die pelzgefütterten Stiefel mitgebracht, die er in ihrem Zelt gefunden hatte. Die zog sie nachts an, um warme Füße zu behalten, wenn sie mit Bailey nach draußen ging. Vorsichtig stand sie auf und registrierte befremdet, wie unsicher sie nach wie vor war. Sam saß in einem Campingstuhl am Feuer, und als sie sich ihm und den wärmenden, knisternden Flammen näherte, kam ihr Kaffeeduft entgegen.

Sie streckte die Hand nach der Kanne aus. Nichts roch so gut wie Kaffee am Morgen, besonders wenn man so fror wie sie gerade und vielleicht auch ein wenig ängstlich war. Na gut, sehr ängstlich. Okay, krank vor Angst. Der Wangenknochen, an dem der Killer sie getroffen hatte, pochte, und direkt unter ihren Brüsten, wo er sie getreten hatte, schmerzte der Bauch. Ihre Haut brannte, und ihre Muskeln taten weh. Einfach nur aufzutauen reichte womöglich nicht.

Lässig zog Sam die Kanne aus ihrer Reichweite und deutete auf den Campingstuhl, den er auf der anderen Seite des Feuers aufgestellt hatte. »Setz dich und leg die Decke um. Dann kannst du Kaffee haben.« Er goss etwas von dem Göttertrank in einen Becher.

Stella konnte die Augen nicht von der tiefdunklen Flüssigkeit lösen. Sie war so gierig danach, dass sie Sam nicht einmal böse ansah, weil er sie so bevormundete. Sie ließ sich einfach gehorsam in den Stuhl sinken und zog die Decke um sich.

Mit einem leichten Kopfschütteln reichte Sam ihr den Becher. »Du bist ein echter Junkie.«

»Ich weiß. Es ist hoffnungslos.« Stella wollte nicht lügen. Sie liebte Kaffee. Und sie kannte sich damit aus. In der Stadt machte Shabina den besten Kaffee, aber der, den sie für sich selbst machte, war wirklich auch sehr, sehr gut. Das hatte sie notgedrungen gelernt. »Es macht mir nicht mal was aus. Ich hoffe sogar, dass sich das niemals ändert.«

Sam lächelte halbherzig und deutete auf den See. »Gerade hat jemand versucht, mich zu töten, und du wusstest, dass das passieren würde«, sagte er mit sanfter Stimme. Ohne Anklage oder Wertung. Nur zur Feststellung.

Das sah ihm ähnlich. Stella nahm einen Schluck Kaffee, zwinkerte mehrmals, um den plötzlichen Schleier vor ihren Augen zu entfernen, und blickte über den See. Der launische Wind hatte abgeflaut, deshalb wirkte die Oberfläche in der frühen Morgensonne wie ein strahlend schönes, tiefgrünes Juwel.

»Irgendjemandem musst du vertrauen, Stella. Warum dann nicht mir? Ich habe dir gesagt, dass ich für dich vieles tun würde, was ich für niemanden sonst tun würde, und das war ernst gemeint, aber du musst mit mir reden. Wenn du mich nicht an dich ranlässt, kann ich dir nicht helfen.«

»Ich weiß nicht wie. Ich weiß nicht, wo ich anfangen soll.

»Schau mich an, Stella.«

Sie hätte ihn fast umgebracht. Sie war so selbstsüchtig gewesen, sich diesen freien Abend zu gönnen und zu glauben, dass niemand an dieser Stelle angeln würde, wenn sie dort Zelte aufschlug. Und der Killer dann kein Opfer hätte. Stattdessen hatte sie ihm Sam wie auf einem Silbertablett serviert. Sie allein. Sie hatte ihn dem Mörder direkt in die Arme getrieben.

»Ich hätte dich verlieren können«, flüsterte sie. Tränen rannen ihr übers Gesicht. Sie konnte nicht mehr aufhören zu weinen, obwohl sie normalerweise niemals vor irgendjemandem Schwäche zeigte. Denn das brachte nichts. Das hatte sie schon in jungen Jahren gelernt. »Ich hätte dich fast umgebracht.«

»Schau mich an, Stella«, wiederholte Sam, ohne den Tonfall oder die Lautstärke zu ändern. Wenn überhaupt war seine Stimme noch sanfter geworden, doch der absolut entschlossene Unterton verriet ihr, dass er nicht nachgeben würde, bis er seinen Willen bekommen hatte.

Also zwang sie sich, die feuchten, verklebten Wimpern zu heben. Sein Gesicht wirkte hart und undurchdringlich, voller Ecken und Kanten, doch die Weichheit in seinem Blick passte nicht zu den starren Zügen. Ihr Magen schlug einen Purzelbaum, der mit dem bei einer Achterbahnfahrt nicht zu vergleichen war, und ihr Herz schmolz dahin.

Sie vertraute niemandem. Das stand fest. Und sie hatte Gründe dafür. Gute Gründe. Wie war es Sam in den letzten beiden Jahren nur gelungen, ihre Schutzmechanismen zu unterlaufen? Wie war es so weit gekommen?

»Ich war nicht bewusstlos. Als ich den Zug an meiner Leine spürte, wusste ich, dass etwas nicht stimmte. Außerdem habe ich dich heranstürmen sehen. Es gehört nicht wahnsinnig viel dazu, um dahinterzukommen, dass du aus einem bestimmten Grund genau hier zelten wolltest. Weil niemand hier angeln sollte, stimmt's?«

Sosehr sie sich auch bemühte, sie konnte den Blick nicht von seinem lösen. Ungläubig schüttelte sie den Kopf.

»Ich habe gemerkt, dass jemand nach meinen Knöcheln greift, und hab mich mitziehen lassen. Der Schlag auf den Kopf hat mich zwar eiskalt erwischt, aber längst nicht ausgeknockt. Ich hatte ein Messer dabei, meine Süße. Niemand hätte mich umgebracht. So leicht bin ich nicht zu töten.«

Stella stieß den Atem aus. Wenn sie sich einfach herausgehalten hätte, hätte Sam den Mörder vielleicht ausgeschaltet oder ihn wenigstens abgeschreckt, und alles wäre vorüber. Stattdessen hatte sie mit ihrem übereilten Eingreifen nur erreicht, dass der Killer weiter frei herumlief.

»Das macht alles bloß noch schlimmer. Jetzt ist der Kerl da draußen und tötet jemand anders. Und er wird nicht damit aufhören. Es wird nicht leicht sein, ihn aufzuhalten. Tut mir leid, Sam. Ich wusste nicht, dass du hier rausgefahren warst. Ich dachte, wenn wir hier Zelte aufstellen, kommt niemand her, um zu angeln. Denver und Bruce haben beide gestern Abend viel getrunken, und sie sind die Einzigen, die meines Wissens regelmäßig an dieser Stelle fischen.«

Stella rieb sich die pochenden Schläfen, erst die linke, dann die rechte, und trank noch einen Schluck Kaffee. »Es tut mir wirklich leid.«

»Das braucht es nicht, Stella. Rede einfach mit mir. Schau dir deinen See an, trink deinen Kaffee, denk daran, dass du mir vertrauen kannst, und rede mit mir.« Wieder deutete Sam auf den See.

Stella atmete tief ein und sog den Duft der Sierra ein. Die frische Bergluft der Morgenstunden. Den Geruch des Feuers. Sams. Baileys. Selbst den der Zelte. Dann betrachtete sie die unglaubliche Schönheit des Zuhauses, das sie sich ausgesucht hatte. All diese Pracht. Die Bäume und die Farben rund um den Sunrise Lake.

Sie befeuchtete ihre Lippen. »Ich wünschte, es würde vernünftig klingen, aber das wird es nicht, deshalb weiß ich noch nicht, wie ich es dir so sagen soll, dass du mir glaubst.« Sie wollte so ehrlich wie möglich sein.

Sie ließ den Blick auf der Seeoberfläche ruhen, während die wunderschönen Purpurtöne zu verschiedenen Rotabstufungen wurden. Dann schaute sie zum Himmel empor. Wolken waren aufgezogen, nur kleine Spitzenwölkchen, nichts Bedrohliches. Weiße und graue, die ständig die Form veränderten. Aus den Bäumen an den Bergen kroch feiner Nebel und streckte seine gespenstischen Finger nach dem See aus. Sollte das ein böses Omen sein? Glaubte sie überhaupt an so etwas?

»Stella, du bist so vernünftig, wie man nur sein kann. Rede mit mir.«

Zweimal öffnete sie den Mund, um es zu tun, weil sie sich wirklich mitteilen musste. Aber Sam redete ja auch mit keinem. Also schloss sie den Mund jedes Mal wieder und schüttelte den Kopf. Doch Sam sagte nichts Ermunterndes, sondern wartete einfach stumm. Nah an dem Schilf rund um die Felsen, wo Sam unter Wasser gezogen worden war, sprang ein Fisch aus dem Wasser und klatschte wieder hinein. Wenn sie genau genug hinschaute, meinte sie, Blut auf einem der Steine sehen zu können. Ihr Magen drehte sich um. Sie stellte den Kaffeebecher ab und schlang die Arme um sich selbst.

»Ich glaube, an dem Felsen dahinten ist Blut«, flüsterte sie.

»Höchstwahrscheinlich. Das werden wir dem Sheriff zeigen. Wir müssen das melden, Stella.«

Sie schloss die Augen. Natürlich hatte er recht. Aus dieser Geschichte würde sie nicht herauskommen. »Ich hab manchmal Albträume.«

Was für ein großartiger Anfang. Albträume. Sie hatte bei mehr als einer Gelegenheit einen gequälten Ausdruck in Sams Augen gesehen, der die starke Vermutung nahelegte, dass auch er unter Albträumen litt.

»Solche, wie ich sie erst ein paar Mal in meinem Leben gehabt habe. Es begann, als ich noch klein war. Vier oder fünf Jahre alt. Vielleicht auch sechs. Zuerst waren es nur Fragmente, aber als ich älter wurde und die Träume häufiger, wurden sie genauer. Als ich sieben war, konnte ich genug Details sehen, um sie zu zeichnen oder aufzuschreiben.«

Sie legte die Stirn in Falten und überlegte, wie sie es erklären sollte. »Da ich noch ein Kind war, begriff ich zuerst nicht, dass die Träume fünf Tage hintereinander kamen. Am ersten

Tag sah ich nur einen kleinen Ausschnitt von einer Szene, wie bei einem Kinotrailer. Doch jede Nacht ging die Linse weiter auf, bis ich tatsächlich sah, wie ein Serienmörder tötete. Aber ihn selbst sah ich nie, nur die Umgebung und manchmal genug vom Opfer, um es identifizieren zu können.«

Sie vergrub eine Hand in Baileys Fell, weil sie Trost brauchte. Sofort legte der Hund seinen großen Kopf in ihren Schoß. Sie spürte, dass Sam sie ansah, schaute aber nicht zu ihm hinüber. Sie musste einen Weg finden, ihm das alles auf ihre Weise zu erzählen.

»Gewöhnlich wurde zwei Tage nach Ende dieser Traumserie jemand auf die Art ermordet, die ich in meinem Traum gesehen hatte. Ich war noch ein kleines Mädchen und ahnte nicht, dass meine Albträume wahr wurden. Ich hatte zwar meiner Mutter davon erzählt, aber sie hat mir nie verraten, dass das wirklich passierte. Später, als ich sie gefragt habe, warum sie nicht zur Polizei gegangen ist, hat sie gemeint, niemand würde einem Kind glauben, und sie hätte unser Leben nicht ruinieren wollen.«

Stella rieb die Hände an den Beinen und wappnete sich, Sams Blick zu begegnen. Die Anklage in seinen Augen. Immerhin redete sie von vier Jahren. In denen es viele Morde gegeben hatte. Doch sie hätte wissen müssen, dass Sam niemals über dieses kleine Mädchen urteilen würde. Sein kantiges, männliches Gesicht war ausdruckslos, und der finstere Blick zeugte von eigenen verborgenen Geschichten.

»Meine Mutter hat mir nicht die Wahrheit gesagt. Ich fing immer so an« – sie senkte die Stimme noch mehr – »*Mami, Daddy tut wieder etwas Schlimmes.* Aber dann wurde sie böse auf mich. Sie wollte nicht, dass ich das sage. Oder jemandem davon erzähle. Wir waren sehr wohlhabend, und sie hatte sehr viele Freunde, Verabredungen, die sie einhalten musste, Tennisspiele, die auf sie warteten. Sie wollte nicht mit Albträumen behelligt werden, die nicht wahr sein konnten, auch wenn sie es besser wusste. Also hat sie meine Nanny gefeuert, damit ich niemanden vorwarnen konnte, wenn Daddy wieder etwas Schlimmes vorhatte.«

Stella schaute auf ihre Hände hinunter. »All die Leben, die im Laufe dieser Jahre vielleicht hätten gerettet werden können. Es kann schon sein, dass die Cops einem kleinen Mädchen nicht zugehört hätten, aber einer hätte ja vielleicht gereicht. Meine Mutter fing an zu trinken. Ich war sieben, als ein Lehrer mir glaubte und mich zur Polizei brachte. Da wurde mein Vater schließlich überführt. Meine Mutter trank sich zu Tode. Damit meine ich, dass sie Selbstmord begangen hat. Als der Medienrummel sich gelegt hatte und niemand bereit war, die Tochter eines Serienkillers aufzunehmen, wurde ich in Pflege gegeben.«

Stella war dankbar dafür, dass Sam kein Mitleid äußerte. Sie ließ die Finger in Baileys Fell ruhen und den Blick auf dem Nebel. Da die Sonne nun am Himmel stand, waren die lavendelblauen gespenstischen Finger knallrot geworden, sodass es so aussah, als würden sie blutige Kratzer in den See ritzen. Was man auch großartig hätte finden können, brachte sie zum Schaudern.

Das würde sie Sam nicht erklären. Schließlich lief ihr millionenschweres Resort deshalb so gut, weil sie ausgeglichen und gut organisiert war, und nicht, weil sie zu Fantastereien neigte. Die Albträume brachten sie aus dem Gleichgewicht.

»Ein paar Jahre ging alles gut, aber dann, als ich sechzehn war, fing es wieder an. Und immer mit demselben Satz. *Mami,*

Daddy tut wieder etwas Schlimmes. Das hörte ich mich immer deutlich sagen, und dann sah ich einen Teil eines Mordes. Jede Nacht ein bisschen mehr. In der fünften Nacht schließlich die ganze Szene, danach hörten die Träume auf. Einige Tage später hörte ich von einem Mord, der genauso begangen worden war, wie ich ihn geträumt hatte. Ich hab's gelesen oder in den Nachrichten gesehen.«

Stella presste die Finger auf den Mund. Ihre Hand zitterte. Plötzlich war sie wieder der verängstigte Teenager, dem klar war, dass das Theater von vorn anfangen würde, wenn sie zur Polizei ging. Aber wenn sie nicht ging, war sie vielleicht verantwortlich dafür, dass noch mehr Menschen ums Leben kamen. Trotzdem wollte sie keine traurige Berühmtheit erlangen. Sie hasste das Rampenlicht.

Sie zwang sich, ruhig weiterzuatmen, als sie sich daran erinnerte, wie schwer es gewesen war, diese Entscheidung zu fällen. »Ich wollte niemandem davon erzählen, aber ich fühlte mich schuldig am Tod dieser Menschen. Womöglich konnte ich Leben retten, wenn ich über meine Träume sprach, also bin ich doch zur Polizei gegangen. Dort hat man mich ausgelacht. Ich war froh darüber, doch das Morden ging immer weiter. Und meine Albträume auch. Meine Pflegemutter war sehr mitfühlend und hat mich in Therapie geschickt. Ich wollte den anderen gern glauben, dass diese Morde wegen der Geschichte mit meinem Vater die Albträume erst auslösten, aber ich wusste es besser. Ich sah die Morde schon, bevor sie passierten.«

Stella seufzte und trank ein paar Schlucke Kaffee. Sie war dankbar, dass ihr Lieblingsthermobecher Getränke ewig warm hielt. »Am Ende kam das FBI zu mir und stellte mir alle möglichen Fragen. Meine Pflegemutter und meine Therapeutin waren dabei und bestanden darauf, dass die Agenten versprachen, meinen Namen aus der Sache herauszuhalten. Danach ließen sie mich all meine Träume ganz genau nachzeichnen und sagten mir, ich solle sie kontaktieren, falls ich noch einen hätte, und anfangen, jede Kleinigkeit, an die ich mich erinnern könne, festzuhalten. Der Serienkiller wurde gefasst, und das FBI versuchte auch, sein Versprechen zu halten, doch leider bekamen die Medien Wind davon, und die Story war zu gut, um sie sich entgehen zu lassen. Mein Name war überall.«

Verstohlen schaute sie zu Sam hinüber. Er blickte über den See. Erleichtert stieß sie die Luft aus, die sie unwillkürlich angehalten hatte. Auf ihn konnte man sich genauso verlassen wie auf die Sierra. Er war ihr Hort des Friedens. Ihr Fels. Selbst wenn die Welt um sie herum zusammenstürzte, er blieb gelassen. Ruhig. Zuversichtlich. Immer.

»Schließlich erbte ich ein großes Vermögen. Genug Geld, um so zu leben, wie ich es mir vorstellte. Danach hab ich offiziell meinen Namen geändert und ein Studium abgeschlossen. Irgendwann bin ich dann hier gelandet. Das Resort hat mir ausnehmend gut gefallen, deshalb habe ich dort als Managerin angefangen und es mit viel harter Arbeit wieder auf Kurs gebracht. Der Besitzer war schon älter und wollte es gern loswerden. Also habe ich ihm ein Angebot gemacht und es vor vier Jahren gekauft, auch wenn wir es damals niemandem gesagt haben. Ich mag es nämlich nicht, wenn man mir in die Karten schaut.«

Sam schwieg so lange, dass sie schon dachte, er würde nichts darauf sagen. Er trank seinen Kaffee und schaute nachdenklich über den See. Dann richtete er den Blick auf sie. »Die Albträume haben wieder angefangen.«

Stella nickte. »Genau.«

»Deswegen konntest du nicht mehr schlafen und hast Bernice angeblafft.«

»Trotzdem keine gute Ausrede, Sam. Ich habe mich bei ihr entschuldigt.« Wenn sie doch nur nicht … Stella zwinkerte die Tränen weg und trank ihren Kaffee. »Ich konnte nicht glauben, dass hier in unserem wunderschönen Zuhause ein Serienkiller sein Unwesen treiben könnte. Er wird es wie Unfälle aussehen lassen, und sein erstes Opfer sollte eigentlich ein Angler sein. Ich wusste, dass mir höchstens zwei Tage blieben, den potenziellen Tatort zu finden, deshalb habe ich mich rasch auf die Suche gemacht. Es war reines Glück, dass ich diesen Platz entdeckt habe, weil er so abgelegen ist und so selten besucht wird.«

»Du hattest fünf Nächte nacheinander so schreckliche Albträume und hast Zahra kein Wort davon gesagt?«

Wieder presste Stella die Finger auf den Mund und schüttelte, die Augen auf Sams Brust gerichtet, abwehrend den Kopf. »Wenn ich das erzählt hätte, hätte ich ihr alles sagen müssen«, flüsterte sie. »Und wenn ich nicht so blöd gewesen wäre, wärst du jetzt nicht hier, Sam.«

»Diese Denkweise bringt uns nicht weiter, Süße. Wenn wir einen Serienmörder fangen wollen, müssen wir ihm einen Schritt voraus sein. Dir Vorwürfe zu machen, dass du mich dazu gebracht hättest, hier zu angeln, obwohl ich mir von niemandem was vorschreiben lasse, ist komplett überflüssig, findest du nicht?«

»Ich kann nichts an ihm beschreiben«, gestand Stella. »Nicht ein Detail, das uns helfen könnte, ihn zu identifizieren. Ich war so darauf konzentriert, zu dir zu kommen, dass ich mir nichts gemerkt habe. Außerdem war das Wasser trüb, weil der Grund aufgewühlt war, sodass man kaum etwas sehen konnte. Mir war kalt, und ich hatte furchtbare Angst, nicht rechtzeitig zu dir zu kommen. Ich habe nicht mal daran gedacht, ein Messer mitzunehmen.«

»Der Mörder kennt diese Angelstelle, aber viele, die jedes Jahr herkommen, wissen von den besten Plätzen. Wenn irgendjemand zum Angelshop geht und nachfragt, gibt Roy ihm eine Karte, wo sie verzeichnet sind, und erklärt auch noch den Weg dorthin«, bemerkte Sam.

»Das stimmt«, gab Stella zu. Daran hatte sie gar nicht gedacht. »Wenn der Killer in einem Taucheranzug im See herumschwimmt, muss er sich ja wenigstens ein wenig hier auskennen. Falls er aus der Gegend stammt, was könnte ihn dazu bringen, zum Mörder zu werden?«

»Wenn du mit dem FBI zusammengearbeitet hast, weißt du das wahrscheinlich besser als ich. Ich schätze, dass Serienkiller aus verschiedenen Gründen morden. Aus Wut. Weil es ihnen Spaß macht. Oder weil sie gierig nach Geld, Macht oder Sex sind. Vielleicht auch nur, weil sie Aufmerksamkeit wollen. Das klingt für mich alles logisch genug, aber ob Serienmörder überhaupt logisch denken? Wer zum Teufel weiß das schon?«

Bedrückt starrte Stella auf den See. Ihren wunderschönen See. »Wer auch immer sich diesen Mord ausgedacht hat, er hat sich viel Mühe gegeben, um ihn wie einen Unfall aussehen zu lassen. Er ist in eiskaltem Wasser bis zu diesem abgelegenen Ort getaucht, um die Gerichtsmedizinerin, den Sheriff und alle anderen zu täuschen.«

»Wenn er ein Serienmörder sein müsste, um deine Albträume auszulösen, heißt das, dass er mehr als einen Menschen umbringen will, richtig?«, meinte Sam.

Stella nickte. »Ich krieg nicht bei jedem Mord Albträume. Nur bei Serienmorden, und ich muss mich ganz in der Nähe des Killers aufhalten. Das ist mir bisher nur zweimal passiert.«

»Wenn der Kerl die Morde wie Unfälle aussehen lassen will, können wir Lust auf Sex und das Verlangen nach Aufmerksamkeit als Auslöser ausschließen.«

»Denver geht immer mit Bruce hier angeln. Es ist ihr Lieblingsplatz. Er hat gerade einen Haufen Geld geerbt. Und damit meine ich Millionen. Viele Millionen. So viele, dass jemand ihn vielleicht deswegen umbringen will.«

Wieder schwieg Sam und dachte nach. »Aber wenn Denver das Ziel wäre, wäre die Sache damit erledigt. Dann bräuchte der Killer nicht weiterzumorden.«

»Es sei denn, er möchte seine Spuren verwischen, indem er es so aussehen lässt, als wäre Denver nur einer von vielen, falls die sogenannten Unfälle als Morde erkannt werden«, bemerkte Stella.

Sie hatte das Gefühl, dass das ein wenig zu weit hergeholt war, aber wer wusste schon, was im Kopf eines Serienmörders vorging? »Ich bin einfach heilfroh, dass Denver und Bruce gestern zu viel getankt haben.«

Sie schaute Sam an und lächelte, denn nun war ihr warm, und sie hatte Kaffee. Ihr Hund saß neben ihr, und selbst die Farben auf dem See waren wieder wunderschön und alles andere als bedrohlich. Und da war Sam, mit dem sie das alles besprechen konnte.

Der schüttelte den Kopf. »Ach, Frau.«

»Ach, Mann.« Ihr Lächeln verschwand. »Ich möchte mich nicht auf dich verlassen, um dann festzustellen, dass du abgehauen bist. Es wäre besser, nichts anzufangen und einfach allein mit allem fertigzuwerden, als mich auf dich zu stützen, und dann läufst du weg, während ich davon ausgehe, dass du hierbleibst.«

Stella schaute zu ihm hinüber, obwohl es ihr schwerfiel. Sie musste es wissen. Sie war kein Feigling. Natürlich war an seinem Gesicht nichts abzulesen. Er war ein Meister darin, seine Gefühle zu verbergen.

»Ich bin ein schwieriger Fall, Stella, deshalb lasse ich niemanden an mich heran. Weil es einfach keine gute Idee ist. Aber du … du hast es geschafft, zu mir durchzudringen. Vielleicht weil wir beide ein wenig Schaden genommen haben. Du fragst nie. Bedrängst mich nie. Und es macht dir nichts aus zu schweigen. Du akzeptierst mich einfach. Als ich in diese Berge kam, habe ich zum ersten Mal seit Jahren wahren Frieden gefunden. Und dann habe ich noch dich getroffen. Schon allein, dir nahe zu sein, bringt mir innere Ruhe. Wenn das alles ist, was ich jemals bekomme, bin ich damit zufrieden. Und wenn du mir mehr anbietest, nehme ich es gerne an und werde nicht so dumm sein, es jemals wegzuwerfen.«

Das war nicht unbedingt eine Liebeserklärung wie bei Shakespeare, aber Stella brauchte auch keinen Poeten, sondern einen Mann, der sein Wort hielt. Wenn Sam sagte, dass er bleiben würde, dann war das so. Und wenn er erklärte, sie sei die Richtige für ihn, meinte er es.

Stella nickte und lächelte wieder. »Ich möchte, dass du bleibst, Sam. Ich weiß nicht, wie gut ich in einer richtigen Beziehung bin, die anders ist, als die, die wir haben, aber ich würde es gern ausprobieren.«

»Ich hatte nicht vor, dich zu verlassen, Stella, es sei denn, du wirfst mich raus oder nimmst dir einen Mann. Weißt du eigentlich, dass Sean und Edward ausgebildete Sporttaucher sind und Jason und Bale bei ihnen Stunden genommen haben?«

Nein, das war ihr neu. »Na großartig. Vielleicht sind sie dann alle Serienkiller.« Sie rieb sich die Wange. »Das sähe ihnen ähnlich, ein paar Menschen zu ermorden, nur um zu sehen, ob sie damit durchkommen.«

»Wir müssen den Sheriff rufen und ihm sagen, was passiert ist«, meinte Sam. »Notiere oder zeichne alles, was dir noch einfällt. Ich mach es genauso.«

»Sind deine Papiere denn in Ordnung?« Es war ihr sehr peinlich, das zu fragen.

Er nickte. »Ja, kein Problem. Alles im grünen Bereich. Ich bin Sam Rossi.«

6

Griffen Cauldrey, der Stellvertreter des Sheriffs, kam zu ihnen heraus und nahm die Meldung auf. Stella kannte den Mann sehr gut. In den letzten Jahren hatte sie immer mal wieder beim Sheriff anrufen müssen. In einem Resort, das so groß war wie ihres, tauchten an unterschiedlichen Stellen Leichen auf, die meist ertrunken waren. Alkoholkonsum und Wasser vertrugen sich nicht besonders gut miteinander.

Griffen war seit fünfzehn Jahren mit seiner Frau Mercy verheiratet, und die beiden hatten Zwillingssöhne, die von ihrem Vater als »kleine Teufelsbraten« bezeichnet wurden, aber stets liebevoll. Die Jungs waren inzwischen zehn und konnten schwierig sein, aber sie hatten Respekt vor ihren Eltern und hörten auf sie, besonders wenn Griffen sie zur Ordnung rief. Wie die meisten Familien in den Countys Mono und Inyo liebten die vier Sport im Freien, und Griffen und Mercy hatten ihren Kindern alle Sicherheitsregeln beigebracht.

Der Deputy untersuchte den Tatort wie üblich sehr genau und stellte ihnen beiden unauffällig immer wieder dieselben Fragen. Er machte mehrere Fotos von Sams Hinterkopf und bestand darauf, dass er zum Arzt ging, damit alles dokumentiert wurde.

»Du hättest es besser wissen müssen, Stella«, schimpfte Griffen. »Er hätte sofort versorgt werden müssen.«

Sie nickte und deutete mit dem Kinn auf Sam. »Sag ihm das, nicht mir. Ich könnte mir vorstellen, dass er auf dich besser hört. Er spielt gern den harten Kerl.«

»Ich hab eine Rettungsmannschaft angefordert, die uns mit Suchbooten und Taucherausrüstung aushelfen wird. Außerdem erkundigen wir uns, ob irgendjemand vielleicht gesehen hat, wie ein Mann im Taucheranzug aus dem See gekommen ist. Die Chancen, ihn jetzt noch zu finden, sind recht gering, aber vielleicht haben wir Glück, und jemand hat was bemerkt. Wir haben nicht genug Leute für so was. Da müssen wir uns auf Freiwillige verlassen, und bis die hier sind und ich sie eingeteilt habe, wird dieser Kerl längst weg sein. Hast du irgendwelche Feinde, Sam?«

Der zuckte die Achseln. »Nicht dass ich wüsste.«

»Erzähl mir noch mal, warum du so früh am Morgen hier rausgekommen bist.« Griffen betrachtete das Lager mit den Zelten.

Stella seufzte. Das war das dritte Mal. »Wir wollten hier campen, also haben wir die Zelte aufgebaut und unsere Sachen hiergelassen, weil wir abends in den *Grill* wollten. Vienna und Harlow hatten im Krankenhaus zu tun und daher erst spät frei, deshalb sollten sie erst am Morgen zu uns stoßen, aber Raine, Zahra, Shabina und ich wollten eigentlich letzte Nacht hier schlafen. Als mir klar wurde, dass wir alle dabei waren, zu viel zu trinken, habe ich Sam gefragt, ob er uns fahren kann, und ihm meine Autoschlüssel gegeben. Ich bin früh wach geworden und habe im Bootsverleih mit Bernice geredet, da hat sie mir gesagt, dass Sam die Nacht hier verbracht hat, um auf unsere Sachen aufzupassen. Es war mir schrecklich peinlich, dass er das tun musste, wo er uns doch schon zum Resort gebracht hatte und wir ein wenig überdreht waren.«

Sie zog eine Grimasse, warf Sam einen entschuldigenden Blick zu und hoffte, sich nicht zu sehr zum Narren gemacht zu haben. Wie immer war sein Gesicht praktisch ausdruckslos, obwohl sie eine Spur von Erheiterung in seinen dunklen Augen zu sehen glaubte. Doch wenn dem so war, war das Aufblitzen schnell wieder verschwunden.

»Ich bin hergefahren, habe Bailey rausgelassen und bin zum See gelaufen. Hauptsächlich, weil ich Kaffee wollte. Ich hatte noch keinen gehabt, und Sam kocht immer welchen. Er angelte und war bis zum Schilf rausgewatet. Dann stürzte er plötzlich schwer und ging unter. Ich habe nicht nachgedacht, ich bin einfach in den See gesprungen. Erst da habe ich bemerkt, dass noch jemand im Wasser war und Sam zu ertränken versuchte. Er trug einen Taucheranzug und hat mich hierhin geschlagen.« Sie deutete auf ihren Wangenknochen. »Und mich getreten.« Sie zeigte auf ihren Bauch. »Dann war er auf einmal weg. Ich hab gar nicht daran gedacht, mir irgendetwas an ihm zu merken. Ich wollte nur zu Sam. Ich dachte, er wäre vielleicht bewusstlos.«

Sie wollte diese Momente im kalten Wasser nicht noch einmal durchleben – wie sie um Sams Leben gebangt hatte und von der finsteren, unheimlich über ihr ragenden Gestalt so heftig attackiert worden war, dass sie sich fast rückwärts überschlagen hätte. Ehe sie Zeit zum Denken gehabt hatte, war alles schon vorbei gewesen.

»Warum hat er nicht versucht, mich umzubringen, Griffen?« Sie runzelte die Stirn und setzte sich aufrechter hin. »Das wäre doch gar nicht so schwer gewesen. Schließlich hatte er einen Taucheranzug an. Er hätte mich einfach unter Wasser festhalten können.«

»Ich war nicht bewusstlos.« Sam gab ihr die Antwort. »Ich

hatte mein Messer aus dem Gürtel gezogen. Zugegeben, ich war ziemlich langsam und vielleicht ein wenig desorientiert von dem Schlag auf den Kopf, aber mir war klar, dass er auf dich losgehen wollte.«

Sie hatte gar nicht bemerkt, dass er ein Messer in der Hand gehabt hatte. Jetzt, wo sie versuchte, sich an Details zu erinnern, begriff sie, dass Sam eigentlich eher sie aus dem Wasser gezogen hatte als umgekehrt.

»Ich schätze, ich habe keine allzu gute Figur abgegeben.« Sie grinste Griffen schwach an und schlang die Hände um ihren Thermobecher. »Ich hatte meinen morgendlichen Kaffee noch nicht gehabt, sonst hätte ich bestimmt besser reagiert.«

Griffen blieb noch ein paar Minuten bei ihnen und brach dann auf, um die Suche nach dem Angreifer zu organisieren. Die Leute aus der Gegend waren daran gewöhnt, bei Bedarf freiwillig zusammenzukommen, um der Polizei zu helfen. In diesem Fall würden sie in Zweierteams arbeiten, sowohl auf dem See als auch am Ufer, um jemanden zu finden, der vielleicht irgendetwas gesehen hatte, womit sie den Gesuchten identifizieren konnten.

Harlow kam im Zeltlager an und warf einen Blick auf die Beule an Sams Hinterkopf. »Vienna hilft Griffen dabei, die ganzen Freiwilligen loszuschicken. Denver und Bruce ärgern sich schwarz, dass sie nicht hier waren. Denver meinte, er wollte eigentlich heute Morgen mit dir angeln, Sam, aber er hatte einen kleinen Kater. Er ist zwar losgefahren, musste aber mehrmals anhalten, weil ihm schlecht geworden ist.« Sie bemühte sich, nicht zu lachen, als sie das sagte. Alle wussten, dass Denver nicht in bester Verfassung war, wenn er zu viel getrunken hatte.

Harlow hatte einen kleinen Erste-Hilfe-Kasten dabei, den sie nun öffnete und dann Sam zum Halten gab. »Natürlich sitzt ihr zwei einfach hier rum, als wär nichts gewesen, und trinkt Kaffee. Bringt dich denn nichts aus der Ruhe, Sam?«

»Doch, wenn Stella morgens ihren Kaffee nicht kriegt.«

Eine kleine Pause trat ein. Überrascht schaute Harlow von der Schwellung an Sams Hinterkopf auf, die sie vorsichtig betastet hatte. »Du machst Spaß, oder? Ich glaube, das ist noch nie vorgekommen.«

»Es ist vorbei mit dem Spaß, wenn Stella keinen Kaffee kriegt.«

»Das ist ja so wahr«, stimmte Harlow ihm zu.

»Ich sitze direkt vor eurer Nase, falls ihr das noch nicht bemerkt habt«, meckerte Stella. »Mein Gott. Ein kleiner Schlag auf den Kopf und Sam hält sich für einen Komiker.«

»Ich war schon immer lustig«, erwiderte er, ohne eine Miene zu verziehen. »Dazu brauchte es so was nicht.«

Harlow prustete los und schüttelte den Kopf. »Ich bin platt. Ich kann es kaum erwarten, Vienna das zu erzählen. Schon bei der Vorstellung, dass Sam einen Witz reißt, wird sie sich totlachen.«

»Jetzt ermuntere ihn nicht auch noch weiter, Harlow.« Stella legte den Kopf in den Nacken und schaute den ziehenden Wolken nach. Es tat so gut, am Leben zu sein. »Vienna ist eben manchmal unvernünftig. Schließlich steht sie auf Katzen.«

Harlow musste noch mehr lachen. »Was soll das heißen? Katzen sind doch viel vernünftiger als Hunde. Bailey wäre ins kalte Wasser gesprungen, um deinen kleinen Hintern zu retten, und mein dummer kleiner Beagle Misha hätte dasselbe getan. Viennas Katze dagegen hätte nur verächtlich die Nase gerümpft und sich klugerweise zurückgehalten.«

»Da hat sie recht, mit Bailey«, meinte Sam.

Der Airedale hob den Kopf und sah mit seinen braunen Augen zu Stella auf. Sie kraulte ihn hinter den Ohren. »Weil du so treu bist, nicht wahr, mein Junge? Du hättest mich gerettet. Viennas Miezmiez hätte sie ertrinken lassen.«

»Redest du mit diesem Riesenvieh immer in Babysprache?«, wollte Harlow wissen. »Sollte Bailey nicht so was wie ein scharfer Wachhund sein?«

»Ich spreche nicht in Babysprache mit ihm«, widersprach Stella. Dabei tat sie es die ganze Zeit.

»Doch«, gab Sam Harlow recht und griff vor ihren Augen nach Stellas Hand.

Seine Hand war warm. Seine Finger stark. Was Harlow auch hatte sagen wollen, es blieb ihr im Halse stecken, als sie das sah. Es war das erste Mal, dass Sam in irgendeiner Form öffentlich kundtat, dass er Anspruch auf Stella erhob, wenn man Händchenhalten so bezeichnen konnte. Dabei war er eigentlich gar nicht der Typ für diese Geste, denn er war viel zu reserviert, um vor allen Leuten irgendwie seine Zuneigung zu zeigen.

Harlow schaute sich Sams Wunde näher an. »Das hier ist nicht so schlimm, wie es sein könnte. Kopfverletzungen bluten oft stark, sodass sie viel schrecklicher wirken, als sie sind. Siehst du vielleicht etwas verschwommen?«

»Nein. Ich hab nur leichte Kopfschmerzen an genau der Stelle, wo die Beule ist. Aber eigentlich ist es eher ein Pochen, als könnte ich dort meinen Herzschlag spüren.«

Stella war überrascht, dass Sam so ausführlich Auskunft gab, wenn auch sehr sachlich. Harlow stellte ihm noch einige

Fragen, und er antwortete ihr, während sein Daumen so zart über ihre Hand strich, dass es sie glühend heiß durchfuhr und sich alles in ihr nach ihm sehnte. Nur wegen dieser kleinen Geste.

Sie wagte es nicht, ihn anzusehen. Es war zu lange her. Viel zu lange. Sie hatte nie eine richtige Beziehung gehabt und wusste nicht, wie sie reagieren sollte. Harlows Fragen hörte sie wie aus weiter Ferne. Sie bekam zwar noch mit, wie ihre Freundin erklärte, dass sie die Wunde nicht einmal kleben müsse, doch von da an konzentrierte sie sich ganz auf dieses leichte, wundervolle Streicheln. Aber vielleicht erschien ihr das Leben auch so schön, weil sie am frühen Morgen von einem Campingstuhl aus beobachten konnte, wie die Sonne auf den Sunrise Lake schien und das Wasser in fantastische Farben tauchte. Voller Freude darüber, dass Sam noch lebte. Dass der Killer sein Ziel verfehlt hatte und dass der Mann, der ihr so am Herzen lag, nicht das erste Opfer sein würde. Denn es gab Gott sein Dank kein Opfer.

»Erde an Stella«, rief Harlow. »Dieser See hypnotisiert dich ja förmlich. Hör mir mal zu. Sam schaltet bei so was auf Durchzug, und er muss Antibiotika nehmen. *Alle* Tabletten, bis keine mehr da ist. Wir wissen nicht, welche Keime auf diesem Felsen oder im Wasser waren. Ich habe ihm für den Anfang schon mal eine Spritze gegeben und zur Sicherheit auch eine antibiotische Salbe auf die Wunde aufgetragen.«

Sie hielt ihrer Freundin die Tube hin, sodass Stella gezwungen war, entweder Sam ihre Hand zu entziehen oder ihren Kaffee abzustellen. Sam half ihr aus dem Dilemma, indem er sie losließ, damit sie Harlow die Tube abnehmen konnte.

»Die solltest du zwei Tage lang mehrmals am Tag auf die Wunde streichen. Danach reicht frische Luft.«

Sam streckte beinah träge eine Hand nach der Tube aus und hätte es fast geschafft, sie Stella wegzuschnappen, ehe sie begriff, was er vorhatte.

»Ach, Frau.« In seiner Stimme lag ein knurrender Unterton.

»Ach, Mann.« Finster sah sie ihn an. Sein Ton wirkte auf sie. Allerdings alles andere als einschüchternd.

»Ich bin keine fünf mehr.«

»Das ist ja das Problem. Harlow weiß, dass man dir nicht zutrauen kann, dich selber um deine Wunden zu kümmern, weil du dich für einen tollen Hecht hältst und glaubst, du brauchst Antibiotika nicht so sehr wie normale Menschen. Also werde einfach ich das übernehmen und auch überwachen, dass du die Pillen auch nimmst.«

Harlow brach in Gelächter aus, nahm Sam den Erste-Hilfe-Kasten ab und klappte ihn wieder zu. »Ich muss einen Bericht über dich schreiben und über deine Verletzungen auch, Stella. Aber das hier ist großartig. Ich habe euch zwei noch nie so miteinander reden hören.«

»Ich habe keine Verletzungen«, widersprach Stella und schaute ihre Freundin mit gekrauster Stirn an. »Griffen hat dir das nicht richtig erklärt. Der Möchtegern-Killer hat mich zwar geschlagen, aber unter Wasser, also konnte er mir auch nicht richtig wehtun. Ich bin eher überrascht zurückgewichen und auf Distanz gegangen. Deshalb konnte er die Beine anziehen und mir in den Bauch treten. Er hatte Flossen an, hat mich aber trotzdem hart genug getroffen, um mich nach hinten zu stoßen.«

Automatisch fasste sie sich an die Wange. Warum tat es ihr da so weh? Das war ungewöhnlich. Das Wasser hatte die Kraft des Schlages doch abgeschwächt. Er war nicht hart genug gewesen, um sie ernstlich zu verletzen, dennoch schmerzte die Wange. Sie war nicht geschwollen, aber empfindlich. Stella strich mit den Fingern über die kleine Stelle, an der es besonders wehtat. Sie war sehr klein. Und auch nicht schlimm getroffen, aber definitiv ein wenig wund. Was bedeutete das? Der Mann hatte Handschuhe getragen. War darunter vielleicht ein Ring gewesen? Etwas Schweres, das an genau dieser Stelle gelandet war?

Sie schaute zu Sam hinüber. Seine Augen begegneten ihren. Er wusste Bescheid. Das könnte eine weitere Spur sein. Keine besonders gute, aber wenn der Angreifer einen Ring getragen hatte, war es ein schwerer gewesen, kein Ehering. Das mussten sie sich aufschreiben, und sie musste in sich hineinspüren und überlegen, welche Form er gehabt haben könnte. Ihn vielleicht sogar zeichnen.

Mit sanften Fingern untersuchte Harlow ihr Gesicht. Stella tat ihr Bestes, um keinen Schmerz zu zeigen, hauptsächlich weil sie spürte, wie Sams Blick auf ihr ruhte. Sie wusste, dass ihm nicht viel entging, und sie konnte ihre Gefühle nicht so gut verbergen wie er. Er sollte nicht wissen, wie schlecht es ihr ging, vor allem weil in seinen dunklen Augen etwas zu lauern schien. Irgendetwas, das sie nicht richtig zu fassen bekam und das ihr ein wenig Angst einflößte.

»Süße«, sagte Harlow. »Hier hat er dich getroffen, oder?« Ihr Daumen strich über Stellas Wangenknochen. »Seltsam, dass er unter Wasser so viel Schaden anrichten konnte. Es ist keine echte Verletzung, aber eine leichte Schwellung. Jetzt steh mal auf, damit ich mir deine Rippen und den Bauch ansehen kann.«

Stella zögerte. Sie wollte sich vor Sam nicht so zeigen. Widerstrebend stellte sie ihren Thermobecher auf den Boden und hätte sich wie damals als Fünfjährige fast auf die Fingerknöchel gebissen, damit sie nichts sagte. Das war eine dieser Angewohnheiten, die abzulegen sie sich so sehr bemüht hatte, und nun war sie nach ein paar Albträumen schon wieder dabei, gegen diese alten, verhassten Muster anzukämpfen.

Sie zog ihren Pulli hoch. »Da gibt es eigentlich nichts zu zeigen. Er hat mich bloß hart genug getreten, um mich abzuwehren, damit er wegschwimmen konnte. Er war offensichtlich nicht in der Lage, Sam zu ertränken, und nachdem wir zu zweit waren, muss er beschlossen haben, schnell zu verschwinden.«

Harlow untersuchte Stellas Rippen und den Oberbauch, wo sie den heftigen Tritt abbekommen hatte, und Stella versuchte, nicht zusammenzuzucken, als Harlow genau den Punkt betastete, an dem es am meisten schmerzte.

»Unter Wasser konnte er mich mit einem solchen Kick eigentlich nicht richtig verletzen«, sagte Stella noch einmal. »Wahrscheinlich wollte er mich eher wegstoßen.« Sie ließ den Pulli wieder sinken.

»Ich verstehe nicht, warum er nicht einfach einen Speer oder eine ähnliche Waffe benutzt hat«, meinte Harlow. »So ist er doch ein großes Risiko eingegangen. Jetzt ist praktisch der ganze Bezirk alarmiert. Bestimmt trägt ab sofort fast jeder eine Waffe. Alle Angler wurden bereits über Facebook gewarnt. Aber das wird sie nicht davon abhalten, ihrem Sport nachzugehen. Wahrscheinlich wird der See sogar morgen knallvoll sein mit Booten und Männern und Frauen, die dort fischen wollen. Die machen sich sicher schon alle auf den Weg.«

Stella seufzte. »Ich weiß.« Natürlich hatte sie auch eine Waffe. Schon seit sie alt genug war, um schießen zu lernen. Und sie hatte nie aufgehört zu üben. Die Bilder von den schrecklichen Dingen, die ihr Vater und der andere Serienmörder ihren Opfern angetan hatten, waren ihr fest ins Hirn gebrannt. Ganz egal, wie sehr sie sich bemühte, sie zu vergessen, sie schaffte es nicht. Aber das Schlimmste war, dass ihre Albträume sich bewahrheitet hatten. Menschliche Wesen hatten anderen menschlichen Wesen so etwas angetan. Ihr Vater, der sie hätte lieben und beschützen sollen, hatte Menschen, die von anderen geliebt wurden, so etwas angetan. Wie sollte sie jemals wieder irgendjemandem vollkommen vertrauen?

Sie hatte das Gefühl, dass der Killer die Gegend oft besuchte und vielleicht regelmäßig hier angeln und jagen ging. Womöglich wohnte er dann sogar in ihrem Angelcamp oder auf einem der vielen Plätze mit Zelten und Wohnmobilen, die sie ebenfalls vermietete. Vielleicht gewährte sie selber dem Killer Unterschlupf. Jedenfalls musste er ihr nah sein, sonst hätte sie diese Albträume ja gar nicht.

Bailey gab Laut, um die Ankunft eines Wagens anzukündigen. Sofort stand Sam auf und suchte seine Sachen zusammen, während Zahra und Shabina aus Shabinas RAV4 sprangen. Keine von den beiden sah aus, als hätten sie die Nacht durchgefeiert.

»Wo ist Raine?«, fragte Harlow.

»Die Rettungsteams wurden gerufen, um bei der Suche nach dem Kerl zu helfen, der hier heute Morgen sein Unwesen getrieben hat«, erklärte Shabina und musterte Sam und Stella. »Sie suchen in Booten nach Tauchausrüstungen und reden mit jedem, der auf dem Wasser ist, in der Hoffnung, dass irgendjemand etwas Außergewöhnliches beobachtet hat. Seid ihr beide in Ordnung?«

»Harlow hat uns gerade für völlig gesund erklärt«, sagte Stella und folgte Sam zu seinem Auto. »Bist du sicher, dass du fahren kannst? Ich könnte dich doch zurückbringen, und eine von den anderen folgt uns mit deinem Wagen.« Sie versuchte, sich ihre Ängstlichkeit nicht anmerken zu lassen.

Sam hatte die Tür zu seinem Auto bereits geöffnet und seine Sachen auf den Beifahrersitz geworfen. Nun drehte er sich zu ihr um und überraschte sie damit, dass er ihr Gesicht in beide Hände nahm. Ihr wurde abwechselnd heiß und kalt.

»Mir geht's gut. Ich muss jetzt arbeiten. Du amüsierst dich mit deinen Freundinnen und denkst mal ein paar Tage an nichts. Das wird dir guttun. Ich kümmere mich um das Resort.« Er senkte den Kopf und hauchte ihr einen Kuss auf die Lippen.

Eine kurze Berührung, aber sündhaft schön. In ihrem Bauch stoben unzählige Schmetterlinge auf, und ihr wurde so flau im Magen, dass sie eine Hand darauf presste und sich fragte, warum sie nie in ihrem Leben auf einen anderen Mann so reagiert hatte. Dabei hatte Sam sie nicht mal richtig geküsst, doch das schien keine Rolle zu spielen.

Er stieg ein, schloss die Tür, ließ das Fenster herunter und sah sie mit seinen dunklen Augen an. »Du musst schon einen Schritt zurückgehen, damit ich fahren kann, *Satine*. Ich bleib nicht hier, wenn es von Frauen nur so wimmelt.«

Das brachte sie zum Lachen. »Du läufst weg.«

»Ganz genau, und zwar so schnell ich kann.«

Kopfschüttelnd trat Stella beiseite, hob eine Hand und sah zu, wie er gekonnt lässig drehte und davonfuhr. Fast sofort fühlte sie sich unbehaglich, so als würde sie beobachtet. Sie verschränkte die Arme vor der Brust und blickte suchend in die Runde. Gut möglich, dass sich weiter oben, ein gutes Stück von ihnen entfernt, jemand in den Bäumen versteckt hatte. Wenn die Person sie von diesem Aussichtspunkt aus gut sehen wollte, musste sie natürlich ein Fernglas haben. Nicht allzu weit weg gab es auch eine Felswand aus Granit, die bis zu den Bäumen reichte. Die Gesteinsbrocken, die herausragten, boten gute Versteckmöglichkeiten. Und natürlich war da noch der See. Jeder mit einem Boot konnte sie von dort oder von einem nahe gelegenen Punkt am Ufer gut im Auge behalten.

»Willst du wie von Sam hypnotisiert den ganzen Tag da stehen bleiben, Stella«, fragte Zahra, »oder kommst du her und erzählst uns, was hier los ist? Es sah nämlich gerade so aus, als hätte er dich geküsst.«

Stella spürte, wie sie rot wurde, als sie zu ihren Freundinnen zurückging. »Nein, hat er nicht.« Doch sie musste sich anstrengen, um sich nicht an die plötzlich kribbelnden Lippen zu fassen. »Ich weiß nicht genau, was ihr gesehen haben wollt, aber ihr täuscht euch.« Sie stemmte die Hände in die Seiten und betrachtete Shabina und Zahra mit ihrem klaren, strahlenden Teint. »Ihr wart heute Morgen erst mal im Wellnessbereich, nicht?«

Die beiden schauten einander an und fingen an zu lachen.

»Während ich fast von einem Irren getötet worden wäre, habt ihr im Luxus geschwelgt«, warf Stella ihnen vor, heilfroh, von Sams Abschiedskuss ablenken zu können. »Und ihr schämt euch nicht mal.«

Shabina setzte ihre Sonnenbrille auf. »Ach, wenn du verletzt worden wärest, wären wir natürlich erschüttert, aber es ist ja alles gut gegangen, also gibt es keinen Grund, nicht dankbar dafür zu sein, dass wir uns heute Morgen etwas erfrischen konnten.«

»Ich hatte ein furchtbares Erlebnis.« Entrüstet warf Stella sich in ihren Campingstuhl.

»Aber immerhin mit Sam, dem heißesten Kerl auf dem Planeten«, meinte Zahra. »Das hat sie gestern Abend behauptet, Harlow. Immer wieder. Sie hat ständig gesagt, er wäre der heißeste Mann auf der Welt.«

»Das habe ich ganz sicher nicht«, widersprach Stella, befürchtete aber das Gegenteil. Vielleicht war das sogar auf der Rückfahrt gewesen. Mit Sam am Steuer. Dann konnte er es kaum überhört haben. Sie stöhnte laut auf. »Bringt mich einfach um.«

Harlow prustete los. »Hast du gestern etwa zu viel getrunken?«

»Ja, offensichtlich. Lasst uns nicht mehr darüber reden. Ich krieg schon Kopfschmerzen, wenn ich nur daran denke.« Stella holte ihre Sonnenbrille aus ihrem kleinen Rucksack, um sich dahinter zu verstecken.

»Anscheinend hat es sich ja ausgezahlt, dass du in deinem angeheiterten Zustand so von ihm geschwärmt hast«, bemerkte Harlow. »Immerhin hat er mit dir Händchen gehalten.«

»Was?« Vor Überraschung sprang Zahra fast in die Luft. »Du willst uns wohl veräppeln. Wir sind deine besten Freundinnen, und du lügst uns an. Dann war das gerade tatsächlich ein Kuss beim Abschied.«

Shabina zog ihre Sonnenbrille herunter und sah Stella über den Rand hinweg an. »Ich schreibe jetzt sofort an Vienna und Raine, damit sie auf dem Laufenden sind. Über das Küssen und das Händchenhalten. Was ist denn noch so alles passiert? In den paar Stunden heute Morgen? Dann ist es gut, dass wir ins Spa gegangen sind, Zahra. So haben wir die beiden praktisch verkuppelt. Wenn wir früher gekommen wären, wäre es vielleicht nie so weit gekommen.«

Stella konnte nicht anders, sie musste lachen. So war es immer, wenn sie sich trafen. Sie konnten von einer Sekunde zur andern von ernst auf lustig umschalten, ohne einander je dabei zu kränken.

Vienna und Raine stießen erst am Nachmittag zu ihnen, und als alle da waren, richteten sie das Zeltlager so ein, wie es ihnen gefiel. Vienna sah müde aus, deshalb schlugen die anderen ihr vor, sich etwas auszuruhen, während sie das Essen kochten, doch wie üblich bestand Vienna darauf mitzuhelfen. Sie spielten Karten und redeten bis tief in die Nacht. Stella war immer noch beunruhigt und drehte öfter eine Runde mit Bailey, um zu sehen, ob er irgendwelche Hinweise auf einen Beobachter in ihrer Nähe fand. Der Hund, der sonst so entspannt war, schien ebenfalls unruhig zu sein. Er knurrte zwar nicht und zeigte auch nichts an, aber er blieb wachsam. Niemand sonst schien das Unheil, das in der Luft lag, so deutlich zu wittern wie Stella. Sie versuchte, es auf ihre Albträume zu schieben.

Eine nach der anderen gingen ihre Freundinnen in ihre Zelte. Doch sie blieb mit Bailey draußen und patrouillierte rund um das Lager und dann unten am Seeufer, um sich zu vergewissern, dass sie alle in Sicherheit waren. Sie holte sogar ihre Pistole aus dem Versteck in ihrem Auto, lud sie und steckte sie in ihren Rucksack, den sie immer dabei hatte.

Als sie zum Lager zurückkam, war das Feuer heruntergebrannt, und nur Raine saß noch davor. Stella nahm sich eine Decke und zog ihren Stuhl ein wenig zurück, damit der Feuerschein nicht auf ihr Gesicht fiel. Sie ahnte, dass Raine aus einem bestimmten Grund auf sie gewartet hatte – weil sie allein mit ihr reden wollte.

»Schlafen die anderen schon?«

Ihre Freundin nickte. »Du bist heute Nacht ziemlich unruhig.«

»Ich hab irgendwie das Gefühl, dass wir beobachtet werden. Wahrscheinlich nur wegen dem, was heute Morgen passiert ist, aber ich werde es nicht los.« Bailey legte seinen Kopf in ihren Schoß, und Stella kraulte ihm die Ohren.

»Ich habe heiße Schokolade gemacht.« Raine reichte ihr ihren Thermobecher. »Das dürfte dich warm halten.«

»Möchtest du über irgendwas reden?« Stella fand es am besten, es gleich hinter sich zu bringen.

»Wie weit geht das mit dir und Sam eigentlich?«, fragte Raine leise und schaute sich um, als könnten die anderen sie hören, obwohl alle schliefen und sie und Stella ein gutes Stück von ihnen entfernt saßen, doch man konnte nicht vorsichtig genug sein.

Stella erstarrte. Schließlich war das Raine, und sie wusste vieles, von dem andere keine Ahnung hatten. »Wieso?«

»Ihr zwei habt euch immer so benommen, als wärt ihr sehr gute Freunde, aber jetzt hat Shabina mir geschrieben, ihr hättet euch geküsst und Händchen gehalten. Das scheint mir mehr als Freundschaft zu sein. Hast du eine Beziehung mit ihm? Oder war das nur Spaß? Im *Grill* gestern hat es so ausgesehen, als wollte er dich beschützen.«

»Er beschützt jeden«, erwiderte Stella, um der Frage auszuweichen. »Das liegt in seiner Natur.«

»Nein, das tut es nicht«, widersprach Raine. »Nur wenn man zu ihm gehört. Und er lässt nur wenige an sich heran. Nicht einmal uns, obwohl wir uns jetzt schon ein paar Jahre kennen.«

Stella legte den Kopf schief und musterte das Gesicht ihrer Freundin im schwindenden Licht des Feuers. »Du nimmst doch normalerweise jeden unter die Lupe, mit dem wir näher zu tun haben. Ihn auch?«, fragte sie neugierig, denn falls dem so war, hatte Raine es ihr nicht gesagt.

Raine schüttelte den Kopf und sah sich noch einmal vorsichtig um. »Nein.«

»Warum nicht? Ich wette, du weißt über die Leute in der Stadt mehr als jeder andere. Warum nicht auch über Sam? Warum hast du dich da zurückgehalten, wo du ihm doch ziemlich offensichtlich nicht richtig traust?« Stella bemühte sich, nicht aggressiv oder streitlustig zu klingen.

Vor ihr saß Raine. Ihre Freundin. Die sie länger kannte als Sam und die ihr stets treu zur Seite gestanden hatte. Wenn Raine ihr etwas zu sagen hatte, musste sie ihr zuhören, ganz egal, wie gern sie mit Sam zusammen sein wollte. Schließlich hatte auch Denver sie vor ihm gewarnt, obwohl ihr immer noch nicht ganz klar, was er eigentlich hatte andeuten wollen. Raine würde ehrlich sein und nicht insgeheim dabei andere Ziele verfolgen. Stella wollte es vielleicht nicht hören, und es konnte schmerzhaft sein, doch dann war das bestimmt keine Absicht.

Raine runzelte die Stirn. »Nein, es geht nicht um Vertrauen, Stella. Du hast mich falsch verstanden. Du bist meine Freundin, und ich möchte nicht, dass du verletzt wirst. Sam ist ein Typ, auf den man sich verlassen kann, wenn man zu seinem Freundeskreis gehört, aber dieser Kreis ist klein. Und er wird auch niemals viele Leute hineinlassen. Wenn du dazu gehörst, schätze dich glücklich, denn er wird dich mit seinem Leben verteidigen. Er wird dich niemals anlügen und dich nie verlassen.«

»Aber? Ich höre da ein *Aber.* Es gibt doch einen Grund dafür, dass du ihn nicht überprüft hast. Und mich vor ihm warnst, denn das hier ist eine Warnung, oder?« Stella zwang sich, die Unterhaltung fortzusetzen, obwohl sie wusste, dass Raine es dabei belassen hätte, denn ihre Freundin drängte sich nicht auf. Sie hatte sich bei keiner von ihnen ins Leben eingemischt, obwohl es für sie ganz leicht gewesen wäre. Doch sie war keine Klatschtante und konnte schweigen wie ein Grab.

Raine seufzte und strich sich das lange, sonnengebleichte Haar aus dem Gesicht, eine Geste der Unsicherheit, die bei ihr selten war. »Ich wusste, dass ich nichts über ihn finden würde, und ich wollte keine Aufmerksamkeit erregen.« Sie zögerte. »Männer wie er haben nämlich für solche Fälle Vorkehrungen getroffen. Sie werden benachrichtigt, wenn jemand hinter ihnen herspioniert. Er wird Freunde haben, die ihm Bescheid geben, falls jemand in seine Akten schauen will. Und ich möchte nicht mitten in der Nacht Besuch bekommen.«

Stella sank das Herz. »Was heißt das?«

Nervös rieb Raine sich übers Bein und schaute zum See. »Offenbar ist er hergekommen, um einfach sein Leben zu leben. Er möchte in Ruhe gelassen werden. Wenn ich Aufmerksamkeit auf ihn lenke, wäre er sicher nicht besonders glücklich, und ich könnte es ihm nicht verdenken. Er hat ausgedient.«

»Denver hat behauptet, er wäre das gewesen, was einige beim Militär einen *Geist* nennen. Er hat mehr als nur angedeutet, dass Sam in Notfällen aufgeräumt hätte, nicht nur für die Armee, sondern auch für andere Auftraggeber.«

Stella ließ ihre Freundin nicht aus den Augen. Raine hatte kein Pokerface wie Vienna und fühlte sich im Moment sichtlich unwohl.

»Woher soll Denver so etwas wissen? Es sei denn, Sam

hätte es ihm gesagt – und wir wissen beide, dass er das niemals tun würde. Also hat Denver keine Ahnung. Ich stochere auch nur im Dunkeln herum, weil ich deine Freundin bin und möchte, dass du dir ganz sicher bist, ehe du dich mit Sam zusammentust. Ich sage nicht, dass das schlecht wäre, nur, dass du wissen solltest, mit wem du dich einlässt. Das ist dein gutes Recht.«

»Sollte ich Angst vor ihm haben?«

»Hast du das?« Raine schaute ihr direkt in die Augen.

Stella antwortete nicht gleich, denn Raine verdiente eine ehrliche Antwort. Sie dachte an all die Male, die sie in den letzten zwei Jahren mit Sam allein gewesen war. Hatte sie da gelegentlich Angst vor ihm gehabt? Sie hatte zwar wie bei jedem anderen überlegt, ob er der Mörder aus ihren Albträumen gewesen sein könnte, ehe sie auch ihn von der Liste ihrer Verdächtigen gestrichen hatte, aber sie hatte nie ernsthaft geglaubt, dass er ein Serienkiller sein könnte. Sie schüttelte den Kopf. »Nein, niemals. Im Gegenteil, ich fühle mich bei ihm sehr sicher.«

Raine nickte. »Dann hast du deine Antwort, Stella, und ich meine. Ich brauche ihn nicht zu überprüfen.«

»Das möchte ich auch nicht. Darum wollte ich dich gar nicht bitten, ich habe mich nur gefragt, warum du es nicht getan hast.«

»Weil er gefährlich ist und ich mich nicht mit ihm anlegen möchte. Außerdem bin ich der Ansicht, dass er es sich mehr als verdient hat, ein neues Leben anzufangen, so wie er es hier getan hat.«

Stella trank einen Schluck Schokolade. »Hast du denn eigentlich mich überprüft?«, fragte sie leise und äußerlich ruhig, doch ihr Herz klopfte so heftig, dass ihre Brust schmerzte und sie das schlimme Gefühl hatte zu wissen, wie man sich bei einem Herzinfarkt fühlte.

Raine seufzte und nickte, ließ den Blickkontakt aber nicht abreißen. »Es tut mir leid. Das ist das Blöde bei meinem Job. Im Grunde muss ich alle Leute überprüfen, mit denen ich Zeit verbringe. Aber ich habe niemals mit irgendjemandem darüber gesprochen. Ich kann den Mund halten und habe dein Geheimnis bewahrt.«

»Selbst vor unseren Freundinnen?« Stella deutete auf die Zelte.

Raine legte die Stirn in Falten. »Selbstverständlich. Das geht niemanden etwas an. Wenn du es jemandem erzählen möchtest, ist das deine Entscheidung, nicht meine oder die eines anderen.«

Stella war nicht sicher, wie sie es fand, dass Raine wusste, wer sie wirklich war und was ihr Vater getan hatte. Sie spürte, wie sie rot wurde, und war dankbar dafür, dass ihr Gesicht im Dunkeln lag. Raine hatte sie immer akzeptiert und war ihr eine gute Freundin gewesen, doch dass sie ihre hässliche Vergangenheit kannte, war ihr unangenehm.

So hatte es früher stets angefangen – eine Person hatte davon gehört, und dann ging es los. Das Geflüster. Das Spießrutenlaufen. Der Medienrummel. Doch das war Raine gegenüber nicht fair, denn sie hatte jahrelang kein Wort darüber gesagt, nicht einmal zu ihren engsten Freunden.

Raine räusperte sich. »Ich kann nur vermuten, was Sam getan hat, und ich spekuliere nicht gern, aber nehmen wir mal an, Denver hätte recht und er wäre einer von diesen Geistern. Ein besseres Wort fällt mir auch nicht ein.« Sie presste die Lippen aufeinander, schaute sich erneut um und blickte sogar nach oben, als könnte eine Drohne über ihnen schweben.

Stella setzte sich gerader hin und vergaß die Sorgen darüber, dass noch mehr Menschen von ihrer Vergangenheit erfuhren. Wenn Raine so nervös war, musste es einen Grund dafür geben, denn das passierte ihr sonst nur, wenn sie eine Panikattacke bekam, weil sie zu hoch geklettert war, und dann fluchte sie wie ein Seemann.

»Männer in diesem Metier leben meist nicht lang. Nicht, weil sie in ihrem Job nicht gut wären, sondern gerade deswegen. Sie schaffen sich Feinde. Sie werden weltweit auf wichtige Ziele angesetzt, deshalb sind sie im Besitz von Informationen, die nie an die Öffentlichkeit gelangen dürfen. Sie sind in allen Vernehmungs- und Tötungsmethoden geschult und wirklich so geisterhaft, wie Denver sie beschreibt. Wenn die hinter dir her sind, wirst du sie nicht mehr los.«

Stella hielt still. »Sam sollte mich also besser einweihen? Ist es das, was du mir sagen willst?«

»Ja, falls er so einer ist, aber ich habe keine Ahnung. Jedenfalls hat heute Morgen jemand versucht, ihn auf sehr seltsame Art zu ermorden. Er beim Angeln, Stella, und da wollte ein Taucher ihn so töten, dass es wie ein Unfall aussieht? Männer, die das getan haben, was er vielleicht für sein Land getan hat, haben sich Feinde gemacht. Und diese Feinde hören niemals auf, nach ihnen zu suchen. Sie finden Wege, die Akten ihrer Todeskandidaten so zu manipulieren, dass sie verfolgen können, wenn eine wie ich Zugriff darauf haben will. So könnten sie Sam auf die Spur kommen und dann einen Auftragskiller auf ihn ansetzen. Falls Sam also das ist, was Denver glaubt, hat er vielleicht eine Zielscheibe auf dem Rücken, und wenn du dich mit ihm zusammentust, bist du womöglich auch in Gefahr.«

Raine streckte die Arme aus und spreizte die Finger. »Ich

will dir keine Angst vor ihm machen, weil ich tatsächlich nichts über ihn weiß, aber vielleicht solltest du ihn direkt fragen. Er könnte auch einfach ein Veteran sein, der eine schwere Zeit hinter sich hat und nur seine Ruhe haben will.«

»Würde dieser Auftragskiller auch andere töten und die Morde wie Unfälle aussehen lassen, um seine Tat zu vertuschen?« Sam hatte ihr keinen Anlass zu der Annahme gegeben, dass der Killer es speziell auf ihn abgesehen haben könnte. Aber warum auch? Schließlich hätte er gar nicht an diesem Ort sein sollen. Raine blickte immer noch zum Himmel empor. Sollte das heißen, dass irgendein Dienst imstande war, sie zu überwachen? Und auf diese Weise Sam zu entdecken? Stella hielt den Atem an und wartete.

Raine runzelte die Stirn. »Nein, wozu? Sie würden einen Profi schicken, der die Zielperson tötet und unentdeckt verschwindet. Falls es einen Zeugen gäbe, müsste er den wahrscheinlich ebenfalls töten, aber sicher nicht wahllos noch viele mehr. Und diese Geister sind auch keine Massenmörder. Sie schalten nur bestimmte Bedrohungen für die nationale Sicherheit aus. Bosse von Drogenkartellen oder Anführer von Terroristenzellen. Sie töten nicht einfach jeden, Stella. Jemand, der Rache an ihnen nehmen will, würde keine Aufmerksamkeit auf sich ziehen wollen.«

Ein Auftragsmörder hätte nicht im Voraus wissen können, dass Sam zu den Zelten fahren würde. Sam hatte die Möglichkeit nicht erwähnt, weil es sie nicht gab.

»Ein Auftragskiller hätte doch gar nicht wissen können, dass Sam hier sein würde«, argumentierte Stella logisch. »Schließlich angelt er nicht regelmäßig hier.«

»Es sei denn, Sam wurde schon länger beobachtet oder

verfolgt. Das wäre immerhin denkbar«, beharrte Raine. »Ich meine ja nur, dass du mal mit ihm reden solltest.«

Stella nickte und trank noch einen Schluck Schokolade. »Danke, Raine. Ich weiß es zu schätzen, dass du mir das gesagt hast. Es ist ja nichts Neues für dich, dass ich bei Beziehungen vorsichtig bin. Aber Sam und ich, wir schleichen jetzt seit zwei Jahren umeinander herum. Ich fand ihn von Anfang an sehr attraktiv.«

»Jeder konnte sehen, dass die Chemie zwischen euch stimmt«, gestand Raine mit einem kleinen Lächeln. »Wir haben schon Wetten darauf abgeschlossen, ob du wohl heimlich mit ihm schläfst und es einfach nicht zugibst.«

Erstaunt hob Stella die Brauen. »Wirklich? Nein, ich habe mich beherrscht. Ich wollte das, was wir haben, nicht zerstören. Außerdem sollte er den ersten Schritt machen.«

Immer noch leicht lächelnd, schüttelte Raine den Kopf. »Wie denn, wenn du dich so abschottest?«

Dagegen konnte Stella nichts sagen, schließlich hatte sie sich vor so ziemlich allen abgeschottet.

»Aber jetzt hat er ihn gemacht?«, hakte Raine nach.

Stella nickte. »Er hat mir zu verstehen gegeben, dass er gern mehr von mir möchte.«

Aber wie konnte sie nach all dem, was Raine und Denver zu bedenken gegeben hatten, eine gute Beziehung mit ihm führen? Mit einem Geist auf der Flucht gab es keine Zukunft. Beim ersten Anzeichen dafür, dass jemand ihn ausfindig gemacht haben könnte, musste er verschwinden. Und sie liebte ihr Resort. Sie hatte hart gearbeitet, um sich an diesem Ort ein Zuhause zu schaffen. Außerdem liebte sie die Sierra. Sie würden auch nie Kinder haben können, selbst wenn sie es wollten, weil die bei der Flucht ein Hindernis waren. Sam hatte schon einmal angedeutet, dass es ein Problem geben könne. Sie musste unbedingt mit ihm reden.

»Ich geh jetzt ins Bett«, sagte Raine. »Danke, dass du dir meine Ansprache angehört hast, ohne böse zu werden, Stella.«

»Ich danke dir, dass du mich gern genug hast, um sie mir zu halten.« Offenbar hatte Raine befürchtet, damit ihre Freundschaft aufs Spiel zu setzen, aber dennoch ihren Sorgen Ausdruck verliehen.

Stella blieb noch lange allein am Feuer sitzen, während es zu roter Asche verglühte. Am Himmel schwebten Wolken vorüber, die hin und wieder den Mond verdeckten, ehe sie weiterzogen. Sie streichelte den Hund, bis sie so schläfrig war, dass sie in ihr Zelt gehen musste.

Schon früh am Morgen bekam Vienna einen Anruf. James Marley, einer aus der Gegend, war nicht nach Hause gekommen und ging auch nicht an sein Handy. Der Mann war siebzig Jahre alt und hatte vier Kinder, drei Söhne und eine Tochter. Dazu sieben Enkel, die er jeden Tag anrief, wenn auch nur für ein paar Minuten. Außerdem nahm er sie oft mit zum Angeln – seiner Lieblingsbeschäftigung.

Auch James war gestern Morgen zum Angeln gefahren, und seitdem hatte niemand mehr von ihm gehört. Seine Tochter Sadie war ihn suchen gegangen, als er sich nicht wie üblich gemeldet hatte. Sie hatte einige seiner bevorzugten Fischgründe angesteuert und irgendwann seinen Truck entdeckt, aber nicht ihn. Also hatte sie ihre Brüder alarmiert, und die hatten alles stehen und liegen lassen und sofort die ganze Umgebung und den See abgesucht, ihn aber nicht gefunden.

Daraufhin hatten sie beim Sheriff angerufen und der wiederum bei den Rettungstrupps.

Stella winkte Raine und Vienna zum Abschied und versicherte ihnen, dass sie ihre Zelte abbauen und wieder ins Resort bringen würde. Sie hatte ein ungutes Gefühl im Bauch. War der Killer etwa von Sam zu James geschwommen und hatte dann ihn ermordet? Wie weit mochte James von ihnen entfernt gewesen sein? Sie hatte keine Ahnung. Sie fühlte sich schuldig. Es war ihr nicht in den Sinn gekommen, dass dieser Irre sein Opfer einfach durch eine andere Person ersetzen würde. Sie hoffte sehr, dass sie falschlag und James heil und gesund irgendwo da draußen war, aber sie wusste es besser. Dieses schreckliche Grummeln in ihren Eingeweiden verriet ihr, dass er das erste Opfer des Serienmörders genau hier in ihrer geliebten Sierra geworden war.

7

Stella saß in ihrem Lieblingssessel, der von der Decke der Veranda mit Ausblick auf den See hing. Zu dieser Abendzeit waren alle Boote zurück, und in der Marina war es ruhig. Die meisten Gäste hatten sich zum Schlafen bereits in die Hütten zurückgezogen, nur bei einigen wenigen heftig Feiernden ging es hoch her, was ihr immer einige Sorgen bereitete. Sich betrunken im See zu tummeln war keine gute Idee, schon gar nicht bei Nacht. Wenn einer von diesen Partylöwen beschloss, allein schwimmen zu gehen oder auch nur ins Wasser hinauszuwaten, konnte sie womöglich morgen früh den Sheriff wegen der nächsten Wasserleiche anrufen.

Es war schon schlimm genug, dass James Marley immer noch vermisst wurde. Vienna und ihr Rettungsteam, einschließlich Sam, hatten zwei Tage in Folge den See nach ihm abgesucht. Stella wollte nicht, dass noch mehr Menschen umkamen, vor allem wenn das vermeidbar war.

Das Wasser im See war erstaunlich kalt, selbst für diese Jahreszeit. Sie hatte alle, die in Booten hinausfuhren oder angeln wollten, davor gewarnt, doch die Feierwütigen behaupteten manchmal, sie seien »wie Eisbären« und könnten nackt ins Wasser rennen. Die beiden Hütten, die so viel Lärm machten, bereiteten ihr bereits seit mehreren Tagen Kopfschmerzen. Gott sei Dank fuhren die Bewohner in zwei

Tagen in die Stadt zurück. Dann würden sie hier schließen und erleichtert aufatmen, weil die Saison vorbei war und sie und ihre Mitarbeiter sich eine Weile erholen konnten.

»Ich bin froh, wenn ich die von hinten sehe«, murmelte sie und brachte den Stuhl zum Schwingen.

Sam folgte ihrem Blick. »Ich hab Patrick und Sonny gesagt, sie sollen nachts ein Auge auf sie haben, und werde auch selber ein paar Extrarunden drehen, damit wir sie heil hier rauskriegen.« Noch machten die beiden Wachleute zusammen die Nachtschicht, doch sobald die letzten Gäste fort waren, würden die anderen beiden auf Zeit angestellten Wachmänner nach Hause fahren, und Sonny würde die Nachtschicht übernehmen und Patrick die am Tag.

Sam trug ausgefranste Jeans und einen weiten, dunklen Pulli mit Zopfmuster, unter dem ein dunkles T-Shirt hervorlugte. Seine Jacke stand offen, sodass man das dicke Innenfutter sehen konnte. Sein ein klein wenig widerspenstiges Haar fiel ihm in die Stirn, und seine Augen glänzten im Dunkeln. Er sah so aus wie immer und dennoch anders, weil sie ihn nun viel genauer wahrnahm.

»Du kriegst nie genug Schlaf. Du bist doch kein Wachmann, Sam.«

»Ich brauch auch nicht viel Schlaf. Das war schon immer so. Von Kindheit an. Es hat meine Mutter in den Wahnsinn getrieben.«

Seine Mutter hatte er noch nie erwähnt, andererseits hatte sie bis gestern auch nie von ihrer gesprochen. Sie nahm an, der Zeitpunkt war so gut wie jeder andere, um offen mit ihm zu reden.

»Sam, ich möchte nicht in deiner Vergangenheit herumschnüffeln, die ist ganz allein deine Sache. Es ist nur so … ein paar Leute haben mir etwas gesagt, was mir ein wenig Sorgen macht, wenn das mit uns weitergehen soll …« Sie unterbrach sich.

Sie *hasste* solche Gespräche. Ihr wäre es viel lieber, wenn Sam von sich aus von seiner Vergangenheit erzählte, so wie sie es getan hatte, und sie ihn nicht dazu zwingen müsste. Andererseits wollte sie ihm nicht ihr Herz öffnen, wenn danach ihre Welt aus den Fugen geriet. Vielleicht war es ohnehin längst zu spät. Sie hatte sich ihm bereits weiter geöffnet als ihren Freundinnen, und das jagte ihr große Angst ein.

Seine dunklen Augen musterten sie mit dieser überraschenden Sanftheit, die er nur für sie reserviert zu haben schien. »Ach, Frau.«

»Ach, Mann«, antwortete sie inzwischen automatisch.

»Ärger mich nur nicht.«

Stella musste trotz der Ernsthaftigkeit ihres Anliegens lachen. »Jemand hat den Verdacht geäußert, du könntest so etwas wie ein ›Geist‹ sein und dich vor der Regierung verstecken. Du hast mich darum gebeten, dich unter der Hand zu bezahlen, und behauptet, du hättest gewisse Fähigkeiten. Zugegeben, ich habe dich nicht gefragt, ob dir bei uns nur eine sexuelle Beziehung vorschwebt oder eine verbindliche, dauerhafte Partnerschaft, aber bei mir ist es eher Letzteres. Ich lasse Leute nicht nur für Sex in mein Leben. Ich meine, auch wenn ich mit dir vielleicht Sex haben würde, ohne dass wir uns näher kennenlernen müssten.«

So etwas lag ihr gar nicht, schon allein deswegen, weil sie ihm nicht zu nahetreten wollte. Sie hatte kein Problem damit, ein Thema anzusprechen, wenn sie es für nötig hielt, aber das hier fühlte sich falsch an – als wolle sie Antworten auf Gerüchte, die sie irgendwo aufgeschnappt hatte.

»Es ist einfach so, wenn das wahr wäre und du gejagt würdest …«

Sam schüttelte den Kopf. »Ich weiß nicht, wie solche dämlichen Geschichten in die Welt gesetzt werden, Süße. Manche Menschen sind halt Angeber und denken sich so einen Mist aus, um sich wichtigzumachen.« Ein Hauch von Spott lag in seiner Stimme. »Wenn Regierungsdienste heutzutage eine Person aufspüren wollen, ist das kein großes Problem. Selbst jemand mit meinen Fähigkeiten wird am Ende gefasst. Ja, ich habe für die da oben gearbeitet, aber die finden mich gut. Ich selbst mich nicht immer so besonders. Manchmal fällt es mir sogar nachts schwer zu schlafen. Und was die Dienste angeht, für die ich tätig war, die wissen, wo sie mich finden können. Gelegentlich fragen sie mich immer noch, ob ich aushelfen würde. Aber ich lehne jedes Mal ab, und sie respektieren das. Ich habe genug getan. Die werden mir keinen jungen Schnösel auf den Hals hetzen, der mich umbringen soll. Das ist zwar eine gute Geschichte für einen Film, aber die Realität sieht anders aus.«

Stella zog in ihrem leicht hin und her schwingenden Korb die Knie an. Das Mondlicht, das über den See fiel, ließ die Oberfläche schimmern, als wäre sie aus Glas. Wenn es die laute Musik, die aus den beiden Hütten dröhnte, nicht gegeben hätte, wäre die Nacht sehr friedlich gewesen. Doch das erregte Geplapper und Gelächter, das über den See hinweg bis zu ihnen schallte, wurde noch lauter, ehe es sich so anhörte, als wären die Feiernden nach drinnen gegangen oder hätten wenigstens kurz die Türen geschlossen.

Die Arme vor der Brust verschränkt, die Beine ausgestreckt, lehnte Sam am Geländer und wirkte sehr entspannt, obwohl sie wusste, dass er stets wachsam war. Vielleicht fühlte sie sich deshalb so sicher bei ihm. Gerade drückte Bailey sich an ihn. Der Hund hatte Sam von Anfang an so behandelt, als gehöre er zur Familie, was nur sehr selten vorkam.

»Und was uns beide angeht und das, was wir miteinander aufbauen wollen, hoffe ich, dass wir uns einig werden. Ich möchte eine Zukunft mit dir, ganz gleich, wie du dir sie vorstellst.«

Stellas Magen beruhigte sich. Denver hatte zu viel getrunken, als er diese Geistergeschichte erzählt hatte. Das tat er normalerweise nicht, und es hatte ihn nicht davon abgehalten, wie immer freundlich zu Sam zu sein und sich sofort mit ihm zusammenzutun, um Sean und Bale in ihre Schranken zu weisen. Nach diesem Zwischenfall schien er seine düsteren Andeutungen vollkommen vergessen zu haben.

Und was war mit Raine? Die neigte nicht zu Räuberpistolen und war auch nicht ernsthaft der Ansicht gewesen, Sam sei ein von der Regierung gesuchter Geist. Sie hielt es für wahrscheinlicher, dass Feinde, die er sich bei seiner Arbeit gemacht hatte, hinter ihm her waren. Das ergab auch mehr Sinn.

»Macht es dir denn nichts aus, mit einer Frau zusammen zu sein, die hin und wieder plötzlich Albträume bekommt und behauptet, dass ein Serienkiller in der Gegend herumschleicht?« Sie versuchte, es leicht dahinzusagen, aber mit einem Mal hatte sie einen Kloß im Hals und ihr Magen zog sich schmerzhaft zusammen. Raine glaubte, Sam hätte Feinde, aber das war nichts gegen ihre. Sie würde ihr Leben lang mit dem Fluch leben müssen, dass sie es mitbekam, sobald ein Killer ihr zu nah war.

Sam stieß sich vom Geländer ab, brachte die wenigen Meter, die sie trennten, in seinem geschmeidigen Schlendergang hinter sich und stellte sich so dicht neben ihren Hängesessel, dass er mit seinen Beinen dessen Bewegung stoppte. Dann beugte er sich zu ihr herab, nahm ihr Gesicht in seine großen Hände und schaute ihr tief in die Augen. »Ich habe es dir doch schon gesagt, Stella, und ich hab's ernst gemeint. Ich bin mit allem zufrieden, was ich bekommen kann. Du nimmst mich doch auch so an, wie ich bin. Es macht dir nicht aus, dass in mir ebenfalls etwas ein bisschen lädiert ist. Du willst nicht die ganze Zeit mit mir reden. Du lässt mir einfach meinen Raum. Das ist ein sehr seltenes Geschenk. Du bist ein sehr seltenes Geschenk.«

Hauchzart glitt sein Daumen über ihre Unterlippe, doch sie spürte es so intensiv wie alle seine Berührungen. Vielleicht hatte sie sich so schwer in ihn verliebt, weil er wusste, wer sie wirklich war, wer hinter der Maske der Person steckte, die sie erschaffen hatte. Er kannte sie durch und durch, sogar ihre Ängste und Schwächen, die er auch zu akzeptieren schien.

Sie wusste nicht, wer sich zuerst bewegte. Gut möglich, dass sie es war. Er war so unwiderstehlich. Jedenfalls war sie im nächsten Moment auf den Füßen, eng an ihn gepresst, ihr Mund mit seinem verschweißt, und seine Hand auf ihrem Hinterkopf hielt sie still, während heiße Leidenschaft aufloderte und außer Kontrolle geriet.

Niemand hatte sie je so geküsst wie Sam. Die Welt um sie herum verschwand, und der einzige Anker, den sie noch hatte, war der Mann, an den sie sich klammerte. Dieser Rausch der Sinne hatte etwas sehr Schönes und Surreales, jedes Nervenende an ihrem Körper erwachte und reagierte auf ihn. Sie fühlte sich so lebendig. Wie die richtige Stella. Zwischen ihnen knisterte es vor Spannung. Seine Anziehungskraft war so groß, dass ihre Knie nachgaben und sie förmlich dahinschmolz.

Sam hob als Erster den Kopf und stützte sie. »Lass uns reingehen, bevor wir nicht mehr aufhören können, Stella.«

Sie war nicht sicher, ob sie mit den weichen Knien gehen konnte, aber das war auch nicht nötig. Er nahm sie einfach auf die Arme, drückte sie an seine Brust und trug sie ins Haus. Stella hatte das Gefühl zu schweben, und tief in ihrem Innern brannte ein Feuer, das flüssige Lava durch ihre Adern strömen ließ. Kaum dass sie auf dem Bett saß, begann sie, ihn auszuziehen. Sie wollte Haut an Haut mit ihm sein. Er war immer so warm. So heiß. Genauso heiß wie das Feuer in ihr.

Dann hatte sie, was sie so dringend brauchte. Sie war allein mit ihm. Endlich. Sie hätte wissen müssen, dass er im Bett genauso sein würde wie außerhalb. Selbstsicher. Geduldig. Geschickt. Großzügig. Fordernd. Liebevoll und lüstern. Genau und gründlich – eben typisch Sam. Er sprach nicht viel, nur mit seinem Körper, und das beherrschte er perfekt. Er sagte ihr alles, was sie brauchte, alles, was sie hören wollte, und mehr.

Stella lehnte am Geländer und blickte über den See. Bailey, dieser verräterische Hund, war bei Sam, doch das überraschte sie nicht besonders. Sie sollte froh sein, dass Sam so oft seine Kontrollgänge machte und dafür sorgte, dass die Betrunkenen nicht in den See stürzten und ertranken. Außerdem verhinderte er, dass sie vor lauter Feierlaune ihre Waffen rausholten und in den Himmel ballerten.

Sam hatte zwar nicht gern mit Gästen zu tun und würde sich nie mit Steuern oder geschäftlichen Dingen befassen, doch er sorgte dafür, dass die Wachleute gut aufpassten und alles reibungslos funktionierte. Wenn die Zufahrtsstraßen geräumt werden mussten, wandte sie sich an Sam. Ohne es zu bemerken, hatte sie sich in kurzer Zeit daran gewöhnt, sich stets auf ihn zu verlassen.

Sie hatte die Nacht schon immer gemocht und war nie nervös oder ängstlich gewesen, wenn sie allein gewesen war – bis die Albträume wieder angefangen hatten. Sam hatte ihr geholfen, etwas Stress abzubauen, doch aus irgendeinem Grund lief es ihr plötzlich kalt den Rücken hinunter und sie bekam eine Gänsehaut. Genauso wie an der Angelstelle, als sie das Gefühl gehabt hatte, beobachtet zu werden.

Langsam richtete Stella sich auf, ging zu den Verandastufen und pfiff nach Bailey. Dann kam der Hund immer sofort angelaufen. Sie fühlte sich einfach sicherer, wenn er in der Nähe war. Argwöhnisch zog sie sich in den Schatten zurück. Sie wünschte, sie hätte ihr Nachtsichtfernglas dabei. Das Licht auf der Veranda hatte sie nicht angemacht, doch das hieß nicht, dass sie im Dunkeln nicht gesehen werden konnte, falls jemand da draußen war. Derjenige konnte ebenso gut ein Nachtsichtfernglas haben.

Sie wartete und wurde immer nervöser. Die Minuten schienen zu langsam zu verrinnen. Wenn jemand da draußen war, würde Sam es herausfinden. Bei so etwas hatte er eine Art sechsten Sinn. Aber was war, wenn jemand ihn hinterrücks überfallen hatte? Und er in diesem Moment irgendwo verletzt lag? Oder im See trieb? Im kalten Wasser? Ihre Fantasie überschlug sich, sie musste damit aufhören. Dann hätte Bailey schließlich Alarm geschlagen.

Stella holte mehrmals tief Luft. Sie hatte sich doch auf so einen Fall vorbereitet. Sie wusste, wie man mit einer Pistole umging. Und wie man sich selbst verteidigte. Sich mit einem Messer zu Wehr setzte oder sich wenigstens bestmöglich bei einer Messerattacke verhielt. Vorbereitet zu sein bedeutete zwar nicht unbedingt, dass man im echten Leben richtig reagierte, aber sie vertraute darauf.

Außerdem wanderte und kletterte sie und trainierte auch für diese Sportarten. Ganz besonders liebte sie das Bouldern. Sie achtete darauf, sich körperlich fit zu halten, und plante ihre Klettertouren so präzise wie möglich. Sie ging nicht einfach los, sondern übte vorher. Sie hoffte, dass sie sich auf Situationen, in denen der Selbstschutz im Vordergrund stand, mit der gleichen Sorgfalt vorbereitet hatte. Zweimal die Woche ging sie zum Schießstand. Sie hatte einen Trainer für den Nahkampf ohne Waffen und dreimal die Woche einen für den mit Waffen. Vermutlich kämen ihr auch das Laufen, das sie hasste, und die vielen Fitnessübungen, die sie morgens und abends absolvierte, bei einem Angriff zugute.

Plötzlich kam Bailey aus der Dunkelheit geschossen, sprang die Treppe hoch und stieß sie mit der Schnauze an. Unendlich erleichtert ging sie in die Hocke und schob beide Hände in sein Fell. »Du bist zu mir zurückgekommen, Baby. Wo ist Sam? Ist er in Ordnung?«

»Ich bin hier, Süße«, sagte Sam mit sanfter Stimme aus dem Dunkeln.

Er stand unterhalb der Veranda und schaute durch das Geländer zu ihr auf. Er war nicht außer Atem, aber man konnte sehen, dass er gejoggt oder gerannt war, um schnell bei ihr zu sein.

»Irgendjemand ist da draußen und beobachtet mich. Ich spüre es«, meinte Stella misstrauisch. Sie war sich sicher und hielt sich hinter Bailey, um nicht gesehen zu werden.

»Ich glaube, du hast recht«, erwiderte Sam. »Aber ich kann ihn nicht aufstöbern und der Hund auch nicht.«

Stella war dankbar, dass Sam nicht versuchte, sie zu beschwichtigen. Das hätte sie gehasst. »Könnte er auf dem Wasser sein? In einem Boot?«

»Möglich, er könnte sich aber auch in irgendeiner von diesen kleinen Felshöhlen verbergen, von denen aus man mit einem Fernglas direkte Sicht auf das Haus hat. Oder in einer der Hütten hausen. Bailey hat mich bei mehreren Kontrollgängen zu denen, die leer stehen, begleitet, aber wir haben nichts Verdächtiges entdeckt.«

»Als du wach geworden bist, hast du auch gemerkt, dass wir beobachtet werden, deshalb hast du Bailey mitgenommen«, riet Stella.

»Stimmt. Ich hab etwa zwei Stunden geschlafen, und als ich aufgestanden bin, um meine Runde zu drehen, hab ich ihn mitgenommen. Ich dachte, es macht dir nichts aus.« Verlegen schüttelte er den Kopf. »Ich hätte dir eine Nachricht da lassen sollen.«

»Glaubst du, es ist der Killer?«

»Warum sollte der dich beobachten? Er kann doch von deinen Albträumen gar nichts wissen.«

»Weil ich am Angelplatz war und ihn davon abgehalten habe, dich umzubringen.«

Sam schloss eine Hand um die dicken Stäbe des kunstvollen Geländers. »Zugegeben. Dadurch, dass du in einen eiskalten See gesprungen bist, um mich zu retten, hast du reichlich Aufmerksamkeit erregt.«

»Ich konnte doch nicht wissen, dass du gar nicht ohnmächtig warst und ihn außer Gefecht setzen wolltest.«

Sam fasste durch die Stäbe und legte eine Hand an ihre

Wange. »Hat sich das etwa verärgert statt dankbar angehört? Dann glaub mir, Stella, ich bin sehr dankbar, dir so viel zu bedeuten, dass du dein Leben für mich riskiert hast.«

»Ich glaube, ich fühle mich einfach nur schuldig, dass ich im Weg war.« Sie deutete über Baileys Kopf hinweg auf den See. »Der Killer ist immer noch da draußen. Wenn er wirklich James Marley ermordet hat und sich so verhält wie die anderen beiden Killer früher, wird er sehr bald wieder töten. Wenn ich mich nicht eingemischt hätte, hättest du ihn vielleicht aufhalten können.«

»So darfst du nicht denken, Stella, und das weißt du auch.« Sam seufzte. »Hier draußen ist es zu kalt. Geh mit Bailey rein. Ich komme durch die Hintertür. Heute Nacht werden wir dieses Phantom nicht mehr aufspüren, also hat es keinen Zweck, seinetwegen noch mehr Schlaf zu verpassen.«

»Du brauchst nicht in meinem Haus zu schlafen, wenn du lieber in deine Hütte gehen würdest«, zwang Stella sich zu sagen, obwohl sie sich viel sicherer fühlte, wenn er da war. Doch nur weil er gerade mit ihr geschlafen hatte, sollte er nicht glauben, sie ginge davon aus, dass er bei ihr bleiben wollte.

»Ich habe meine Sachen hier, und du hast noch mehr schöne Zimmer, wenn du mich in deinem nicht haben möchtest. Mach dir um mich keine Sorgen. Mir wäre es lieber, wenn wir zusammen sind, solange diese seltsamen Dinge hier vorgehen.«

Stella nickte, obwohl sie nicht wusste, ob ihr diese Antwort gefiel. Was genau wollte er damit sagen? Dass er wieder gehen würde, wenn alles vorbei war? Oder dann nicht länger im Haupthaus bleiben wollte? Und seit wann traute sie sich nicht mehr, ihn einfach geradeheraus zu fragen? Warum war sie so zurückhaltend? Weil sie keine Ahnung von Beziehungen hatte. Warum sagte sie ihm nicht einfach, dass er bei ihr schlafen sollte?

Sie war seit mehreren Jahren sehr gut mit fünf Frauen befreundet, doch keine von ihnen wusste, wer sie wirklich war. Das sollte ihr etwas sagen. Abgesehen von Raine, doch die zählte nicht, weil sie nichts davon gewusst hatte, dass Raine ihre wahre Identität kannte. Nicht einmal Zahra, ihrer Seelenverwandten, hatte sie reinen Wein eingeschenkt. Sie verriet nie etwas über ihr wahres Ich. Das schützte sie jederzeit sehr sorgfältig.

Stella richtete sich auf und befahl Bailey, an ihrer Seite zu bleiben, damit der Hund nicht zu erkennen gab, dass Sam auch da war. Im Haus angekommen, lehnte sie sich an die schwere Haustür und wartete, ohne die Alarmanlage einzuschalten, weil Sam noch von hinten hereinkommen musste. Das Licht machte sie auch nicht an, denn das war das Erste, was man ihr beigebracht hatte. Wenn die Fenster erhellt waren, konnte jeder, der draußen war, hineinschauen und man selber nicht hinaus.

»Was ist mit dir, Stella?«

Erschrocken zuckte sie zusammen, obwohl sie Sam erwartet hatte. Hastig presste sie eine Hand auf ihr wild klopfendes Herz. Im Haus war es sehr viel wärmer als draußen, sodass es ihr in ihrem Pullover fast zu warm war. Das konnte aber auch an Sam liegen, der viel zu dicht vor ihr stand.

»Ich denke bloß nach.« Sie schaute zu ihm auf. »Ich habe mir echt angewöhnt, mich bei allem hier auf dich zu verlassen. Mir war gar nicht klar, wie sehr.«

Sams dunkle Augen musterten ihr Gesicht. »Ist das etwa ein Problem?« Er streckte eine Hand nach ihr aus. »Ich bin eben ein sehr zuverlässiger Mensch.«

Erstaunt starrte sie auf die seltsame Narbe quer über der Innenfläche, dann reichte sie ihm ihre Hand, die komplett in seiner großen Pranke verschwand. Sam führte sie ins Schlafzimmer und deutete auf das Bett.

»Du ziehst dich jetzt um, und ich mache dir heiße Schokolade. Die lässt dich wieder einschlafen.«

Stella sah ihm nach. Dann zog sie den Pullover aus und schlüpfte in einen dünnen Pyjama. Sie mochte keine schwere Nachtwäsche. Seltsam, wie viel Sam über sie wusste. Wann hatte er herausgefunden, dass heiße Schokolade ihr beim Einschlafen half, besonders wenn sie unruhig war? Er wusste immer, wann sie einen schlechten Tag hatte, selbst wenn sie sich vorher noch nicht begegnet waren. Eigentümlich, wie sehr er auf sie eingestimmt war. Der einzige andere Mensch, der sie fast genauso gut kannte, war Zahra.

Stella saß mitten auf dem Bett, oben am Kopfende, und dachte darüber nach, was sie tun sollte, wenn Sam sie verließ. Solche Überlegungen hatte sie auch angestellt, als sie Angst gehabt hatte, dass Zahra beschließen könnte umzuziehen. Sie wusste, dass ihre Freundin gelegentlich befürchtete, von ihrer Vergangenheit nicht so frei zu sein, wie sie dachte, und dann plötzlich den Drang verspürte abzuhauen. Stella kannte nur einen Teil ihrer Geschichte. Dass Zahras Eltern eine Heirat für sie arrangiert hatten – wie in ihrem kleinen Dorf üblich – und dass sie dann weggelaufen war. Die Folgen waren so fatal gewesen, dass Zahra nie wieder zurückgehen und ihre Familie nie wiedersehen konnte. Ihre Verwandten hatten sich von ihr losgesagt. Wann immer Stella darüber nachdachte, dass sie Zahra verlieren könnte, geriet sie in Panik, genauso wie jetzt bei der Vorstellung, Sam zu verlieren.

»Was ist los, *Satine*?«, fragte Sam und reichte ihr eine große Tasse Schokolade. »Rede mit mir.«

Sie verzog das Gesicht. »Beziehungen sind schwierig, wenn man nie eine gehabt hat.«

Sam setzte sich in einen Sessel auf der anderen Seite des Zimmers und streckte die langen Beine aus. Sie war sicher, dass in seiner Tasse keine heiße Schokolade war.

Sie zuckte die Achseln und versuchte, lässig zu wirken. »Ich verlass mich in vielen Dingen auf dich, und der Gedanke, dass du weggehen könntest, macht mir ein wenig Angst.«

Er nahm einen Schluck aus seiner Tasse und sah sie über den Rand hinweg an. »Wieso denkst du, ich würde weggehen?«

»Ich weiß nicht. Irgendwann geht doch jeder, oder?« Das klang lahm und gar nicht nach ihr. Sonst war sie ehrlicher, und sie wollte doch, dass sie ehrlich zueinander waren. »Ich habe nicht verstanden, warum du gesagt hast, du willst lieber hierbleiben, solange so seltsame Dinge geschehen. Das hört sich an, als ob du wieder weggehst, wenn es vorbei ist.«

Seine dunklen Augen ließen ihre nicht los. »Du musst jetzt tapfer sein, Baby. Ich möchte so lange wie möglich bei dir bleiben. Das habe ich dir doch deutlich gesagt. Ich ziehe in dein Haus, um auf dich aufzupassen und da zu sein, wenn diese Albträume wiederkommen, nicht, um dich zu bedrängen. Ich will nicht, dass du denkst, ich erwarte irgendetwas von dir. Würde ich lieber bei dir bleiben? Ja. Und hoffentlich gelingt es mir, dich dazu zu verführen, dass ich in deinem Bett liegen bleiben darf, ehe du mich rauswirfst. Wenn nicht, muss ich mir wohl etwas mehr Mühe geben.«

So viel also zu ihren Zweifeln.

»Vienna hat die Leiche gefunden«, sagte Denver und legte mitfühlend eine Hand auf Viennas Schulter, während er Stella berichtete, was an Tag drei der Suche vorgefallen war.

Vienna hielt den Kopf gesenkt und starrte weiter in ihren Drink, das hübsche Gesicht eine unleserliche Maske. Niemand hätte vermutet, dass sie trotz ihrer klassisch schönen Züge und der Mannequinfigur leicht Mitglied im Hochintelligenten-Club Mensa sein könnte und mehrere Patente verkauft hatte, durch die ihre Ideen zu wahren Goldminen geworden waren. Dazu gewann sie oft hohe Summen beim Kartenspielen in Vegas, besonders beim Pokern.

Außerdem war sie eine großartige Krankenschwester, spezialisiert auf den Notfallbereich. Nur ihre Liebe zur Sierra hielt sie in ihrer kleinen Stadt. Seit ein paar Jahren leitete sie den Rettungsdienst, und dank ihres Organisationstalents war es ihr gelungen, nicht nur dringend gebrauchte Ausrüstung und Fördermittel zu bekommen, sondern auch neue Helfer, die sich, wie Sam und ein paar andere, auf verschiedenen Gebieten sehr gut auskannten.

»Wenn wir dem Sheriff helfen, werden wir vorher als Deputys eingeschworen«, erklärte Bruce. »Ich wundere mich immer ein wenig, dass Sean und Bale nicht vom Blitz erschlagen werden, wenn sie diesen Eid leisten. Die beiden waren übrigens an dem Morgen, an dem Sam angegriffen wurde, auch auf dem See angeln. In Bales Boot. Griffens Leute haben das Boot und ihren Truck nach einer Taucherausrüstung durchsucht. Sie haben berichtet, dass keiner von beiden nass war, aber zu dem Zeitpunkt stand die Sonne schon hoch am Himmel.« Er schien enttäuscht zu sein, dass man den beiden den Anschlag nicht anhängen konnte.

»Ich vergesse andauernd, dass sie auch zur Rettungsmannschaft gehören«, meinte Stella.

Vienna schaute auf. »Bale und Edward sind hier aufgewachsen und beide erfahren im Schnee. Außerdem gehen sie jagen und angeln und kennen die Gegend wie ihre Westentasche. Jason und Sean sind seit dem College mit ihnen befreundet und wohnen seit ein paar Jahren in der Stadt. Sie sind ziemlich oft zusammen und sehr verlässlich, wenn es darum geht, Menschenleben zu retten, besonders Bale und Edward. Dabei sind sie sehr professionell.«

Denver nickte. »Das stimmt. Sosehr sie mir auch manchmal auf den Wecker gehen, bei unseren Einsätzen gibt es nichts zu meckern. Die vier kannten James Marley. Wir alle kannten ihn.«

»Er war ein guter Mann«, sagte Raine. »Ein Familienmensch. Das kann unmöglich ein Unfall gewesen sein, nachdem alles genauso abgelaufen ist wie bei Sam. Ich habe mir da, wo er geangelt hat, die Felsen angesehen, und Griffen hat haufenweise Fotos gemacht. Es gab eine Spur, die so aussah, als wäre er auf den Algen an einem Felsen ausgerutscht.«

»Das ist mir auch aufgefallen«, bemerkte Sonny Leven, der jüngere der beiden Wachmänner im Resort. Auch er stammte aus dem kleinen Nachbarort. Nur dass er ihn nie verlassen hatte, nicht einmal, um aufs College zu gehen. Stella wusste, dass er seinen Vater unterstützte und deshalb nie woanders eine Schule besucht hatte. Diese Chance hatte er nie gehabt. Wie so viele andere hatte er in zahlreichen Jobs gearbeitet, ehe er die Festanstellung bei ihr bekommen hatte. »Und auf einem anderen Stein, an dem er sich wohl den Kopf angeschlagen hat, war Blut.«

Stella sah Sonny scharf an, denn sein Tonfall war etwas merkwürdig. Sie hatte vergessen, dass er nicht weit weg von James Marley wohnte, nur ein Stück weiter die Straße hinunter. Sie konnte sich vage daran erinnern, dass es zwischen Marley und Sonnys Vater irgendeinen Streit gegeben hatte, wusste aber nicht, was die Ursache und wann das gewesen war. Jedenfalls vor ihrer Zeit.

So wie heute war es immer, wenn aus einem Rettungseinsatz eine Bergung geworden war. Dann trafen sich alle, die dabei gewesen waren, im *Grill* und tauschten sich mit gedämpften Stimmen aus, besonders wenn sie den Toten gekannt hatten. Das half ihnen, die aufkommende Trauer besser zu bewältigen.

»Wir mussten ewig im Schilf herumlaufen«, erzählte Carl Montgomery. »Alle wussten, dass er irgendwo da drin sein musste, und wir wollten nicht ohne ihn zu seiner Familie zurück, aber das Schilf war so dicht, dass man kaum hindurchkam und nicht viel sah.«

»Ich bin auf ihn draufgetreten«, sagte Vienna leise. »Das war furchtbar, aber so habe ich ihn gefunden.«

Ein leichter Schauer rieselte über Stellas Rücken. Wie entsetzlich. Nach all dem, was Vienna schon mitgemacht hatte, all den Operationen und traumatisierten Menschen, all den Rettungseinsätzen und Leichen, die sie nach Hause gebracht hatte, wunderte Stella sich, dass ihre Freundin so erschüttert war. Andererseits war James Marley nicht irgendwer, sondern ein sehr beliebter und respektierter Mitbürger, der vielen ein guter Freund gewesen war.

»Ein Unfall ist eine Sache«, fuhr Vienna fort, »aber sich vorzustellen, dass irgendjemand einen Mann wie James absichtlich brutal ermordet, ist schlichtweg grauenhaft.«

»Das Schlimmste ist«, warf Harlow ein, »dass es tatsächlich wie ein Unfall aussieht. Als wäre er ausgerutscht und auf den Kopf gefallen. Er hat eine Schädelwunde, durch die er durchaus desorientiert oder bewusstlos geworden sein könnte. Es gab keine Hinweise auf einen Kampf und keine Anzeichen dafür, dass jemand ihn ertränkt haben könnte. Nur einen Finger, der zweimal gebrochen ist, aber um den hatte sich die Angelleine gewickelt. Die Todesursache ist Ertrinken.«

»Diese Angelschnur war überall«, sagte Denver. »Um das Schilf und um seine Hose gewickelt, sodass sie ihn unter Wasser gehalten hat. Es sah so aus, als wäre er mit den Wellen ein paar Mal hin und her gerollt und hätte sich so darin verfangen.«

Bale kam herein, bestellte ein Bier und setzte sich ein paar Barhocker entfernt neben Denver, der ihn grüßte. »Wollte dem alten Mann hier nur meinen Respekt erweisen«, murmelte Bale. »Hat mir ein paar Mal geholfen, als ich noch ein Kind war.«

»Tja«, sagte Carl, »ich muss zugeben, dass es bei mir genauso war. James war ein Familienmensch, und auch wenn er im Alter etwas verschroben geworden ist, hat er am Ende doch immer das Richtige getan.«

»Und ganz besonders mochte er seine Enkel«, sagte Raine. »Ich habe gehört, dass er sie jeden Tag angerufen hat. Sogar die Kleineren. Und sie gern mit zum Angeln genommen hat. Er war sehr geduldig mit ihnen.«

»Ich habe manchmal mit seinen Söhnen zu tun. Das sind gute, anständige Kerle. Die Tochter kenne ich nicht …« Carl verstummte, als hätte er Dinge über sie gehört, die er nicht wiederholen wollte.

»Die lügt«, sagte Bale. »Schon immer, schon in der Schule.«

Stella fragte sich, ob das stimmte. Sie schaute zu Carl, dem sie eher glaubte. Er sagte nichts dazu, stritt es aber auch nicht ab.

»Warum hat es denn so lange gedauert, ihn zu finden?«, fragte Sonny Leven. »Ich meine, seine Familie hatte das Wasser in dem Bereich doch längst abgesucht, weil sie seinen Truck dort gefunden haben, oder? Die waren schon vor uns da. Was meint ihr, warum haben sie ihn nicht entdeckt?«

»Das Schilf steht dort wirklich sehr dicht«, erwiderte Vienna. »Wir haben die Leiche auch nicht gesehen, obwohl sie direkt unter der Oberfläche war. Das Schilf hat sie verborgen.«

»Es gibt da auch überall große Steine«, meinte Bruce. »Die kann man in all dem Schilf nicht sehen, und außerdem sind sie unter Wasser grün.«

»Aber hätte die Angelleine nicht auf dem Wasser treiben müssen?«, fragte Sonny nach.

»Du glaubst doch wohl nicht, dass seine eigene Familie ihn um die Ecke gebracht hat, oder?«, fragte Carl.

Sonny schüttelte den Kopf. »Nein, ich find's nur komisch, dass keiner ihn in so flachem Wasser gesehen hat, selbst wenn es dort so viel Schilf gibt.« Als neuestes Mitglied der Rettungsmannschaft versuchte er zu lernen.

Stella wusste, dass die Retter ihre Erfahrungen immer so aufarbeiteten, dennoch machte es sie krank. Sie fühlte sich schuldig, auch wenn es keinen Grund dafür gab und es den Rettern ähnlich ging. Abrupt stand sie auf und entfernte sich von den andern, sie brauchte frische Luft. Obwohl ihr Verstand ihr sagte, dass das Ganze nicht ihr Fehler war, bedrückte sie das Ganze. Sie sagte sich, dass es unmöglich gewesen war vorauszusehen, dass der Killer sich nach dem Mordversuch an Sam sofort ein anderes Opfer suchen würde. James war meilenweit entfernt gewesen, also musste ein Boot im Spiel sein. Und die mussten auf Anhängern zum See gebracht und zu Wasser gelassen werden. Irgendwem musste doch irgendwas oder irgendwer aufgefallen sein. An dem Morgen waren so viele Leute unterwegs gewesen.

Sie trat aus der Bar hinaus in den Abend. Es wurde schon kälter, besonders nachts. Sie verschränkte die Arme vor der Brust und ging schnell ein Stück die Straße hinunter, um warm zu bleiben. Sie wollte nicht weit laufen.

Das hier war eine Stadt, in der die meisten Anwohner jagten und fischten. Und Waffen besaßen. Jetzt, wo einer aus ihren Reihen höchstwahrscheinlich ermordet worden war und der Sheriff dazu aufgerufen hatte, nach einem Verdächtigen mit Taucherausrüstung Ausschau zu halten, fühlten sie sich mitnichten vom Angeln abgehalten, sondern taten sich dabei schwer bewaffnet zu Paaren zusammen, um dem Killer das Handwerk zu legen.

Sie hatte nicht einmal die Hälfte des Häuserblocks hinter sich, als Jason Briggs, Bales Freund, plötzlich hinter ihr auftauchte. »Du solltest nicht allein draußen sein, Stella. Hier ist es nicht sicher.«

Erschrocken machte sie einen Satz und drehte sich um. Unter Bales Freunden kannte sie Jason am wenigsten. Er sagte nur selten etwas, besonders wenn er mit seiner Clique zusammen war, und hielt sich stets im Hintergrund. Er war mit den anderen zum College gegangen und Ingenieur geworden, und da ihm die Sierra so gut gefiel, war er geblieben. Hauptsächlich, weil er so gern klettern ging.

»In der Bar ist es manchmal ziemlich stickig. Gerade reden

die Leute vom Einsatzteam darüber, wie sie James Marley gefunden haben. Das macht mich traurig.«

Unheilschwangere Wolken brauten sich vor dem Mond zusammen und türmten sich so hoch auf, dass sie die Sterne verdeckten. Das Wetter änderte sich schnell. Der Winter stand kurz bevor.

»Ich kannte ihn nicht, aber Bale und Edward haben gesagt, er wäre meist ziemlich cool gewesen. Mit Edward hat er zwar vor ein paar Monaten ein wenig Streit gehabt, aber da ging es um das lose Mundwerk seiner Tochter. Offenbar hatte sie was dagegen, als Edward und Sean auf dem Parkplatz vor dem Baumarkt etwas beredet haben. Sie hat es wohl mitbekommen und ihnen den Mund verboten. Oder so ähnlich. Da haben die beiden ihr gesagt, sie soll sich um ihre eigenen Angelegenheiten kümmern und dass sie kein Recht hätte, ihnen vorzuschreiben, was sie in der Öffentlichkeit sagen können und was nicht. Dabei ist es wohl ein wenig hitzig geworden, ehe die beiden abgehauen sind. Sie haben gedacht, damit wäre die Sache erledigt, aber die Frau ist direkt zu ihrem Papa gelaufen, und der war dann richtig angepisst.«

Stella konnte nicht beurteilen, ob sich der Vorfall tatsächlich so zugetragen hatte oder ob Jason ihn eben so schilderte, wie er ihm berichtet worden war. Sie mochte Sean und Bale nicht, also waren die beiden aus ihrer Sicht immer die Bösen. Aber nur weil sie die zwei nicht leiden konnte, machten sie nicht zwangsläufig alles falsch. Wenn sie draußen eine private Unterhaltung geführt hatten, von der James Marleys Tochter nur etwas aufgeschnappt hatte, hatte die Frau wirklich kein Recht, ihnen über den Mund zu fahren.

»Schade, dass die beiden eine schlechte Erfahrung mit ihm gemacht haben, wo er doch sonst immer so nett war. Er hat einfach sehr gut auf seine Familie aufgepasst und sie auf ihn. Ich verstehe das alles nicht.« Das war die reine Wahrheit.

»Menschen sind eben nicht immer vernünftig«, erwiderte Jason. »Hoffentlich war es wirklich nur ein Unfall und kein Mord.«

Als jemand die Tür öffnete, war die Musik aus dem *Grill* plötzlich lauter zu hören. Dann kam Sam mit diesem geschmeidigen Raubtiergang auf sie zu, der ihn so gefährlich wirken ließ.

Jason schaute kurz zur Bar, beugte sich, den Blick auf Sam gerichtet, zu ihr herab und flüsterte ihr ins Ohr: »Sag Shabina, sie soll nicht mehr allein in den Wald gehen, um Vögel zu beobachten. Das ist im Moment keine gute Idee.« Dann ging er eilig weiter, als wäre er ihr nur im Vorbeigehen begegnet.

Mit klopfendem Herzen sah Stella ihm nach. Ihr Mund war trocken geworden. Shabina war eine begeisterte Vogelkundlerin und wanderte oft auf der Suche nach seltenen Vögeln und ihren Gelegen durch den Wald. Aber sie sprach nicht viel über dieses Hobby, sondern behielt es für sich. Also musste jemand sie beobachten. Sean? Höchstwahrscheinlich. Deshalb wusste Jason davon. Sean schien von Shabina besessen zu sein, und nicht auf eine gute Art, wenn es das überhaupt gab. Die Lage wurde immer unübersichtlicher. Was war nur aus ihrem friedlichen Nachbarstädtchen geworden?

»Du hast deine Jacke vergessen, Stella«, sagte Sam und hielt sie ihr so hin, dass sie hineinschlüpfen konnte.

Die ungewohnt zuvorkommende Geste rührte sie. Widerstandslos ließ sich hineinhelfen und merkte erst, als er den Reißverschluss zuzog, wie kalt ihr gewesen war. Anschließend reichte er ihr die Handschuhe, die in den Taschen der

Jacke gesteckt hatten. Wie immer wartete er, ob sie bereit war zu reden, ließ sie entscheiden, was sie ihm erzählen wollte, behielt dabei aber Jason im Auge.

Und er war nicht der Einzige, dessen Blick Jason folgte. Auch Denver war aus der Bar gekommen, vermutlich um ebenfalls nach ihr zu sehen. Er lehnte an der Hausecke und schaute Jason hinterher. Stella trat näher an Sam heran und hob den Kopf, um ihm zu berichten, was Jason ihr anvertraut hatte, da überlief es sie plötzlich kalt.

»Sam?«, fragte sie unsicher und richtete den Blick auf das Dach der Bar. Da oben bewegte sich etwas. Irgendjemand beobachtete sie. Und mit ihnen Jason und Denver.

»Schau mich an, Süße. Als wären nur wir hier. Ich hab's gleich gemerkt, als ich rauskam.«

»Was geht hier vor? Warum benehmen sich alle so komisch? Weißt du, wer da auf dem Dach ist?«

»Das sind Bale und Sean. Edward ist auf der anderen Straßenseite, einen Block weiter oben in einem geparkten Wagen. Keine Ahnung, warum sie die Bar überwachen. Diese Jungs wissen, dass die Retter immer hier zusammenkommen, um alles zu besprechen und zu verarbeiten. Manchmal kommen sie sogar dazu und hören sich alles an, auch wenn sie sich nie am Gespräch beteiligen. Bale ist drinnen geblieben, bis du gegangen bist. Dann ist er hinten raus, und Denver ist ihm gefolgt. Er muss die Feuerleiter hochgestiegen sein, um sich auf dem Dach mit Sean zu treffen.«

»Wie kannst du das alles wissen? Als ich hier rausgekommen bin, ist mir rein gar nichts aufgefallen. Jason hat mich richtig erschreckt, als er plötzlich hinter mir auftauchte. Er hat mir gesagt, ich soll Shabina davor warnen, alleine Vögel zu beobachten. Sie geht doch dauernd in den Wald.

Anscheinend wird sie verfolgt. Jason hat gemeint, sie soll aufpassen. Er hat es mir unauffällig zugeflüstert, so als wüsste er, dass man uns beobachtet.«

»Sicher weil er seine Freunde kennt. Er ist ein Risiko eingegangen, indem er dich angesprochen hat. Ich schätze, Sean wäre nicht gerade begeistert. Shabina sollte wirklich vorsichtig sein. Ich glaube, Sean ist auf sie fixiert.«

Stella seufzte. »Und ich hab die ganze Zeit geglaubt, mein kleines Stück vom Paradies wäre absolut perfekt, obwohl all diese schrecklichen Dinge hier vorgehen, von denen ich gar nichts wusste.«

Sam legte einen Arm um sie und drehte sie herum. »Möchtest du nach Hause?«

Er hatte den Nagel auf den Kopf getroffen. Wenn sie weiter mit den anderen über James Marley redete, machte sie sich nur noch mehr Vorwürfe.

Sam brachte sie zum Auto und hielt ihr die Tür auf. Sie stieg ein und legte mit nachdenklich gerunzelter Stirn den Sicherheitsgurt an. »Sam, könnte es dem Killer egal sein, ob der Sheriff herausfindet, dass er Marley ermordet hat? Ich dachte, wenn er sich die Mühe macht, es wie einen Unfall aussehen zu lassen, will er es unbedingt verbergen, aber vielleicht liege ich falsch.«

Sam warf ihr einen kurzen Blick zu und fuhr los. »Nicht unbedingt. Der Kerl ist clever. Was für einen Unterschied macht es schon, wenn Griffen oder sonst wer einen Verdacht hat, aber keine Beweise? Wenn dieser Killer noch mehr Menschen umbringt, jeden weiteren Mord auch als einen Unfall tarnt und niemand ihm etwas nachweisen kann, kommt er ungeschoren davon und fühlt sich allen überlegen.«

»Glaubst du, er ist von hier?«, fragte Stella leise. Aus Angst vor der Antwort hielt sie den Atem an. »Ich meine, könnte es jemand sein, der regelmäßig herkommt?«

»Das halte ich für wahrscheinlich. Jemand, der hier angelt oder jagt oder beides. Vielleicht auch klettert. In diesen Bergen kann man ja alle möglichen Sportarten betreiben. Womöglich kommt er schon eine ganze Weile her«, sagte Sam. »Dann hat irgendetwas in ihm den Drang ausgelöst zu töten, und er hat hier angefangen, oder vielleicht schon woanders, und macht hier jetzt weiter.«

Das war denkbar, aber es fühlte sich für Stella nicht richtig an. »Du denkst, er hat schon früher getötet?«

Erst nach einer halben Meile antwortete Sam. »Der Typ hat das alles sehr sorgfältig geplant, Stella. Ich kann mir nicht vorstellen, dass er zum ersten Mal mordet.«

»Du meinst also nicht, dass er in Panik geraten ist, als ich mich ins Wasser gestürzt habe, um dich zu retten? Gerät ein erfahrener Killer überhaupt in Panik?«

»Hatte er Angst, oder ist er einfach nur abgehauen, weil er es nicht auf dich abgesehen hatte?«, überlegte Sam. »Bisher wissen wir nicht einmal, ob er sich seine Opfer aussucht. Vielleicht möchte er keine Frauen töten. Oder zumindest keine schönen. Oder keine mit Kurven. Oder mit blonden Haaren und blauen Augen. Wer weiß?«

Sam hatte recht. Sie tappten im Dunkeln. Stella seufzte. Sie konnten nichts anderes tun als abwarten. Aber der Staatsanwalt würde ganz sicher keinen Mordfall auf den Tisch bekommen, ganz gleich wie sorgfältig der Sheriff ermittelte. Was hatten sie schon, um zu beweisen, dass James Marley das Opfer einer Gewalttat geworden war? Es sah doch so aus, als wäre er nur ausgerutscht, bewusstlos geworden und ertrunken.

Trotz der Attacke auf Sam war es möglich, dass die beiden Fälle gar nichts miteinander zu tun hatten. Das war zwar unwahrscheinlich, aber man konnte so argumentieren. Schließlich gab es keinen Hinweis darauf, dass irgendjemand seine Hand im Spiel gehabt hatte.

Wie üblich musste sie also warten, bis der Killer beschloss, erneut zuzuschlagen.

8

M*ami, Daddy tut wieder etwas Schlimmes.*

Es war sehr dunkel, doch plötzlich ertönte Gelächter, und ein Licht ging an, in dessen Schein ein Zeltlager zu erkennen war. Ein junger Mann überprüfte den Rucksack einer Frau, um sicherzustellen, dass er richtig saß, damit das Tragen für sie auf diesem Abschnitt der Wandertour möglichst komfortabel war. Die Frau schien sich mit solchen Dingen nicht so gut auszukennen wie er. Offenbar lag dem jungen Mann daran, dass sie den Ausflug genoss.

Er hatte hellbraunes, kurz geschnittenes Haar, so als wäre er Polizist oder kürzlich noch Soldat gewesen. Er hielt sich sehr gerade, die Schulter auf gleicher Höhe, und hatte eine schlanke, drahtige Figur. Locker umrundete er die Frau und schaute nach, ob ihre Wasserflasche voll war.

Sie hatte das blonde Haar zu einem dicken Pferdeschwanz zusammengebunden, der hinten aus ihrer Schirmmütze ragte. Der Mann reichte ihr ihre Handschuhe, und sie streifte sie über. Die Handschuhe hatten die gleiche Farbe wie die schmalen, pinkfarbenen Streifen an ihrer Jacke, den Schuhen, der Mütze und der Sonnenbrille. Beide trugen Stirnlampen, um den Weg auszuleuchten.

Durch die Lichtkegel rauschten herbstliche Farben, denn ringsherum fielen massenweise goldene, rote, orange und grüne Blätter von den Bäumen, die wirbelnd auf dem Boden des Lagers landeten und ihn bedeckten. In der Ferne schien dunkel Wasser zu glänzen, doch dann machte der Mann die Laterne vor den Zelten aus und stürzte das Lager wieder in Dunkelheit. So abrupt wie die zwei Rucksacktouristen, der Mann vorneweg, nur vom Licht ihrer Stirnlampen geleitet, einen unsichtbaren Pfad einschlugen, schloss sich die Kameralinse wieder.

Stella erwachte an die Bettdecke geklammert und keuchend nach Luft ringend. Nicht schon wieder. Sie setzte sich auf und steckte den Kopf zwischen die Knie, damit ihr nicht übel wurde. Dann schlang sie die Arme um sich selbst und wiegte sich hin und her, um das Kind in sich zu beruhigen, dieses kleine Mädchen, das so grausame Morde vorhersah. Das Mädchen, das ihrer Mutter davon erzählt hatte, dem aber niemand glauben wollte.

Sie war allein. Und das musste so bleiben. Niemand durfte davon erfahren. Sie durfte niemals mit irgendjemandem darüber reden. *Wehe, du sagst auch nur ein Wort, Stella.* Sie hatte die strenge Stimme ihrer Mutter immer noch in den Ohren. *Wenn du irgendjemandem davon erzählst, werfen sie dich den Löwen zum Fraß vor. Möchtest du das? Dann kann ich dir nicht mehr helfen. Sie schneiden dir die Haare ab und hacken dich in kleine Stücke, du kennst das ja. Ich hab dir doch mal gezeigt, wo die Löwen wohnen. Du hast gesehen, wie sie dich angestarrt haben. Das steht dir bevor, wenn du nicht still bist.*

Stella erinnerte sich noch an den Tag, an dem ihre Mutter sie zu einem Käfig gezerrt hatte, in dem Löwen vor Hunger und Wut furchterregend brüllten. Ein Mann hatte von ihrer Mutter Geld bekommen, viel Geld, und sie dann dafür mit rohem, blutigem Fleisch in den Händen im Zugang zum Käfig stehen lassen. Ihre Mutter hatte ihr weisgemacht, es wären die Überreste eines kleinen Mädchens, das den Mund nicht gehalten hatte. Als ein Löwe gegen die Tür des Käfigs gesprungen war, hatte der Mann das Fleisch lachend mit einem langen Stab hineingeschoben, während sie nur noch geschrien hatte.

Stella schlug die geballte Hand vor den Mund und versuchte, nicht an ihren Schluchzern zu ersticken. Sie war nie wieder in einen Zoo gegangen. Nie. Weder als Kind noch als Teenager. Und auch nicht als Erwachsene. Und sie hatte nie jemandem verraten, was ihre Mutter getan hatte.

Nun musste sie es wieder mit einem Killer aufnehmen. Der weiter töten würde. Den Mann? Die Frau? Beide? Wo waren die zwei mit ihren Rucksäcken? Sie schienen so glücklich miteinander zu sein. Wie konnte sie diesen Mörder bloß aufhalten?

»Ich bin da, Süße.« Sams leise Stimme, die aus dem Dunkeln kam, wirkte beruhigend und tröstend.

Sie spürte, wie die Matratze sich unter seinem Gewicht neigte, als er sich neben sie setzte und sie in seine Arme nahm, rückwärts auf seinen Schoß zog und sie, das Kinn auf ihrem Kopf, sacht hin- und herwiegte. Auch Bailey legte tröstend seinen Kopf auf ihren Oberschenkel.

»Wieder ein Albtraum?«

Stella nickte und hielt sich an seinen Beinen fest. Sie musste seine Stärke spüren. Die Sicherheit, die er ihr gab.

»Sie hat mir gesagt, ich darf niemandem davon erzählen. Ich habe versucht, das zu vergessen. Ich habe es mir nicht erlaubt, daran zu denken, solange es zu vermeiden war.« Sie warf ihm einen Schulterblick zu.

Er schlang die Arme fester um sie und wiegte sie weiter. Seine Lippen nah an ihrer Schläfe küssten sie sanft und ermutigend.

»Als ich klein war und versucht habe, ihr davon zu erzählen, hat sie immer behauptet, ich bilde mir das ein. Dass Daddy so was nie tun würde und alles nur in meinem Kopf wäre. Später wurde sie dann böse und hat mir gesagt, ich sollte nie darüber reden, sonst würde ich unsere Familie zerstören. Manchmal hat sie mich auch am Kopf festgehalten, mir tief in die Augen geschaut und mich immer wieder wiederholen lassen, dass ich nie jemandem verraten würde, dass Daddy öfter etwas Schlimmes macht.«

»Wie alt warst du da?«

»Vier, als die Albträume anfingen. Fünf, als sie mir verboten hat, darüber zu reden. Ich weiß noch, dass sie mich deshalb zu Hause unterrichten lassen wollte. Und sie hat mich davor gewarnt, Daddy jemals zu sagen, dass ich Bescheid wusste.« Weil es ihr gerade so frisch im Gedächtnis war und ihr Herz so raste, zwang sie sich, trotz ihres trockenen Mundes von dem schrecklichen Besuch im Zoo zu berichten. Sie hatte wirklich geglaubt, den Körper eines toten Mädchens in den Händen zu halten.

Sam schwieg so lange, dass sie schon dachte, er würde nichts dazu sagen. Er hielt sie einfach nur fest, die Wange an ihrem Kopf, und wiegte sie in seinen Armen. Sie spürte seinen warmen Atem auf ihrer Schulter. Plötzlich regte er sich und küsste sie zärtlich aufs Ohr und auf die pulsierende Ader an ihrer Schläfe.

»Du musst ein sehr tapferes Mädchen gewesen sein. Du warst allein und voller Angst und wolltest trotzdem das Richtige tun. Bei all dem, was ich im Laufe der Jahre erlebt habe, war mein moralischer Kompass nicht immer gut ausgerichtet, auch wenn ich wohl sagen kann, dass ich mich stets bemüht habe, Gerechtigkeit zu üben, nicht Rache.«

Bei diesen bewundernden Worten wurde ihr etwas wärmer, denn innerlich war ihr sehr kalt. Dennoch konnte sie die Unruhe, die unweigerlich auf solche Albträume folgte, nicht abschütteln.

Sam holte tief Luft, wie um die eigenen Dämonen zurückzuhalten, dann griff er nach der Wasserflasche auf dem Nachtschränkchen, öffnete sie und reichte sie ihr. »Hast du je mit deinem Vater darüber gesprochen?«

Stella bemühte sich, das Zittern, das sie schüttelte, zu unterdrücken. »Nein. Das, was ich in meinen Träumen sah, war zu entsetzlich. Er hat seine Opfer gequält. Ich war noch ein Kind, und diese Bilder haben sich mir tief ins Gedächtnis gebrannt. Ich bekam Angst vor ihm, und das Letzte, was ich jemals getan hätte, war, mit ihm über meine Träume zu reden. Meine Mutter musste sich dauernd etwas Neues ausdenken, um zu erklären, warum ich mich vor ihm versteckte, wenn er von seinen Geschäftsreisen zurückkehrte. Glücklicherweise war er an Kindern nicht besonders interessiert.«

Sam machte keine Anstalten, sie zum Weiterreden zu ermuntern. Sie wusste auch nicht, ob sie es gekonnt hätte. Sie hatte nie jemandem davon erzählt, dass ihre Mutter ihr verboten hatte, über ihre Albträume zu sprechen, und nachts in ihr Zimmer gekommen war und ihr immer wieder eingebläut hatte, nur ja den Mund zu halten. Sie hatte mit aller Kraft versucht, das zu vergessen.

»Ich wollte mich nicht daran erinnern«, murmelte sie. »Das, was mein Vater getan hat, war schon schlimm genug, aber jetzt, als Erwachsene, begreife ich, dass meine Mutter sich durch ihr Schweigen und dadurch, dass sie auch mich dazu zwang, zu seiner Komplizin gemacht hat. Sie wollte ihre gesellschaftliche Stellung nicht verlieren. Sie wusste besser als ich, was die Familie eines Serienkillers zu erwarten hatte, und weil sie mit diesem Makel nicht leben wollte, ließ sie kaltblütig Menschen sterben.«

Stella legte den Kopf an Sams Brust. »Und ich mache es jetzt genauso. Ich sage nichts, damit ich mein Resort an diesem schönen Ort behalten kann. Meinen sicheren Hafen. Ich tue genau dasselbe wie sie. Und ich hasse mich dafür. Wenn ich nicht zu Griffen gehe und ihm sage, wer ich bin und dass ich von einem Killer träume, der hier sein Unwesen treibt, werden wir den Kerl nicht fangen, und es werden noch mehr Menschen sterben. Er will die Morde wie Unfälle aussehen lassen, und wenn er nicht so wütend gewesen wäre, weil ihm der erste geplante Mord misslungen ist, hätte er James Marley nicht auf genau die gleiche Weise umgebracht.«

»Sie könnten höchstens wegen des Angriffs auf mich feststellen, dass Marleys Tod verdächtig ist«, meinte Sam. »Aber es sieht tatsächlich alles nach einem Unfall aus. Dieser Killer ist gut. Wäre der Fehlschlag nicht gewesen, hätte niemand Verdacht geschöpft. Du bist unser Ass im Ärmel. Dieser Kerl hat keine Ahnung, dass du ihm auf der Spur bist. Wenn bekannt würde, wer du bist, ist es damit vorbei. Und wenn du es Griffen verrätst, werden wir es auch vor den Leuten und den Medien nicht mehr geheim halten können, das weißt du. Die spekulieren jetzt schon, ob es nicht doch ein Mord war. Sie können es nur nicht beweisen. Das ist eine andere Lage, Stella. Wir müssen den Mund halten, damit wir einen Vorteil haben, sonst haben wir keine Chance, den Killer zu fangen.«

Sie hatte nichts dagegen. Sie war nicht wild darauf, sich zu erkennen zu geben. Je mehr Leute Bescheid wussten, desto größer war die Wahrscheinlichkeit, dass ihr Leben durcheinandergeriet. Griffen Cauldrey war ein Freund, zumindest hatte sie ihn in den letzten Jahren sehr gut kennengelernt, und sie hielt ihn für fair, aber er würde den Sheriff informieren müssen und der Sheriff das FBI.

Stella holte tief Luft. »Ich muss Zahra einweihen. Sie ist meine beste Freundin und würde sehr gekränkt sein, wenn ich ihr nicht sage, wer ich wirklich bin. Ich habe schon etliche Male mit dem Gedanken gespielt, es aber nicht getan, weil …« Sie unterbrach sich, weil sie sich an das Gefühl erinnerte, wie ihre Mutter sie immer in die Wangen gekniffen hatte. Erst jetzt wurde ihr klar, dass auch diese Kindheitserinnerungen sie davon abgehalten hatten. »Ich muss Zahra einweihen.«

Sam schwieg sehr lange. Zu lange. Das hieß, dass er nicht ihrer Meinung war. Und sie wusste auch, warum. Zahra neigte dazu, sich zu verplappern, und manchmal war sie zu vertrauensselig, aber wenn nötig, konnte sie ein Geheimnis bewahren. Wenn Zahra versprach, niemandem ein Wort davon zu sagen, würde sie es mit ins Grab nehmen. So war sie eben. Jedenfalls brauchte Stella als selbstständige Frau Sams Einverständnis nicht.

»Weiß irgendeine von den anderen Bescheid?« Ehe Stella antworten konnte, seufzte er, legte seine langen Finger auf ihren Nacken und begann mit einer langsamen Massage. »Raine. Sie hat dich überprüft, und zwar gründlich.«

Stella wollte den Kopf drehen, doch die Massage hinderte sie daran, und da sie sich so gut anfühlte, hielt sie still und ließ sich verwöhnen. »Wie kommst du darauf?« Raine hatte Sam also richtig eingeschätzt und er sie. Am liebsten hätte sich

Stella nur wieder mit dem ganzen Ablauf im Resort befasst. Schon das hatte sie für kompliziert gehalten. Und nun bekam sie es mit einem Killer zu tun.

»Sie wird nichts sagen.«

»Im Gegensatz zu Zahra, bei der man es nicht weiß?« Diesmal war ihr nicht nur die Massage egal, sondern auch die Tatsache, dass er der einzige Mensch war, der ihr je mitten in der Nacht geholfen hatte, wenn die Welt um sie herum zusammengebrochen war. Zahra war ihre beste Freundin und hatte ihr immer beigestanden, und sie würde nicht zulassen, dass Sam so tat, als könne man ihr nicht trauen.

»Ach, Frau«, sagte er amüsiert. Seine dunklen Augen glänzten im Mondlicht, das durch das Fenster fiel.

Ihr Magen schlug einen überraschenden Purzelbaum. So hatte er sie noch nie angesehen. Seine harten Züge waren weich geworden, und sein Blick wanderte über ihr Gesicht, als wolle er sie mit Haut und Haaren verschlingen.

»Ach, Mann«, gab sie leise zurück.

»Meinst du, ich könnte nicht in sie hineinsehen? Ich habe den größten Teil meines Lebens damit verbracht, andere zu durchschauen, um am Leben zu bleiben. Zahra liebt dich nicht nur, sie ist auch sehr treu. Ich schätze, sie würde sich eher einen Arm ausreißen, als dich zu verraten.«

Als ein kurzes Lächeln seine geraden, weißen Zähne aufblitzen ließ, wäre Stella fast von seinem Schoß gefallen. Das war so ungewöhnlich, dass es ihr vorkam wie ein Geschenk. Ihre Finger berührten sanft seinen Mund. »Wofür war das?« Denn dann würde sie es wieder tun, sooft es ging. Sie mochte seine Menschenkenntnis, was Zahra betraf.

»Weil du so ein aufbrausendes Temperament hast. Das bringt mich manchmal zum Lachen.«

»Mein Temperament bringt dich zum Lachen?« Sie schaute ihn so böse an, wie sie konnte. »Ich bin die Ruhe in Person. Wenn ich mich mal aufrege, dann nur ein kleines bisschen.«

»Dreh dich um und lass mich weitermassieren. Du regst dich immer furchtbar auf, wenn irgendjemand was gegen deine Freundinnen sagt. Selbst wenn es nicht böse gemeint ist.«

»Ich habe auf das *Aber* gewartet, mit dem du das Kompliment für Zahra einschränken wolltest. Ich hab es an deinem Tonfall gehört. Also?« Sie drehte sich wieder um, weil sie gern massiert wurde. Wer lehnte das schon ab?

Sam nahm ihr die Wasserflasche aus den Händen und stellte sie auf das Nachtschränkchen zurück, ehe er wieder nach ihren Schultern fasste. Er hatte große Hände und starke Finger. »Wenn sie Alkohol trinkt, hat sie sich nicht im Griff. Dann achtet sie nicht auf das, was sie redet.«

»Das kann man von jedem sagen.«

Er beugte sich vor und brachte seinen Mund so nah an ihr Ohr heran, dass seine Lippen es streiften. »Oh nein. Du himmelst mich vielleicht an, aber du würdest niemals deine wahre Identität enthüllen.«

Stella hatte das Gefühl, von unten nach oben rot anzulaufen. Vorsichtig versuchte sie durchzuatmen. Offenbar hatte sie also in seinem Beisein von ihm geschwärmt.

»Sie hat doch keinen Grund, es irgendjemandem zu erzählen.«

»Nicht einmal Bruce?«

»Nicht einmal ihm«, sagte Stella im Brustton der Überzeugung.

Schweigend knetete Sam ihr die Anspannung aus den Muskeln, während sie Bailey kraulte, dessen großer, schwerer

Kopf immer noch auf ihrem Oberschenkel ruhte. Die Finger in seinem lockigen Fell, lauschte sie den Geräuschen der Nacht. Anscheinend war es Sam gelungen, sie von ihrem Albtraum abzulenken, indem er sie zum Reden gebracht und ihre Gedanken in andere Bahnen gelenkt hatte.

»Nein, würde sie nicht«, stimmte er ihr schließlich zu. Dann umfasste er ihre Taille, hob sie locker hoch und setzte sie auf der Matratze ab. »Ich mach dir jetzt eine heiße Schokolade. In der Zeit kannst du zeichnen und aufschreiben, was du gesehen hast. Wenn ich wiederkomme und du fertig bist, erzählst du mir alles.«

Bis jetzt hatte er sie noch gar nicht nach dem Albtraum gefragt. Als er weg war, knipste Stella die kleine Lampe neben ihrem Bett an, schloss die Schublade an ihrem Nachtschränkchen auf und holte ihr Tagebuch und ihren Skizzenblock heraus. Dann ließ sie den Traum Revue passieren. Die Gesichter waren nicht zu erkennen, nur das blonde Haar der Frau und ihre sportliche Kleidung. Die war recht schick gewesen, als wäre es ihr bei der Auswahl eher auf das Aussehen als auf die Tauglichkeit angekommen. Vielleicht eine Anfängerin? Sie ging also normalerweise nicht mit dem Mann wandern, deshalb hatte er sich so um sie bemüht. Er hatte so gewirkt, als befände er sich auf vertrautem Terrain; sie nicht, aber sie war bereit zu der Tour und freute sich darauf, sie mit ihm zu unternehmen.

Die erste kurze Szene hatte ihr nur sehr wenig gezeigt. Stella bemühte sich, sich so viel wie möglich zu vergegenwärtigen. *Konzentrier dich.* Den Rucksack der Frau. Den des Mannes. Ihre und seine Wanderschuhe. Er hatte eine Armbanduhr getragen – sie nicht. Und beide hatten dicke Jacken angehabt. Seine war teuer, eine gute Marke für Outdooraktivitäten. Von welcher Marke die Jacke der Frau war, wusste sie nicht. Vielleicht würde eine ihrer Freundinnen das erkennen. Oder sogar die Frau oder den Mann.

Sie zeichnete die beiden Menschen so genau, wie es bei der unförmigen Kleidung, die den Körperbau kaschierte, möglich war. Dann machte sie eine Skizze von dem wenigen, das sie von dem Zeltplatz gesehen hatte, einschließlich des Eindrucks von Wasser in der Ferne, der Bäume und der bunten Blätter auf dem unebenen Boden. Das war nicht viel. Als sie endlich den Kopf hob, merkte sie, dass Sam wieder da war und ihr über die Schulter schaute und dass die heiße Schokolade in ihrem Lieblingsbecher auf ihrem Nachtschränkchen stand.

Stumm studierte Sam ihre Skizzen eine Weile. »Den Zeltplatz erkenne ich nicht, aber ich gehe auch nicht viel wandern. Du und Raine, ihr macht das doch wesentlich öfter als die anderen aus unserer Clique.«

Stella hatte noch nie gehört, dass er sich zu ihrer Clique zählte. Aber er hatte recht. Meist nahm sie Raine mit, besonders wenn es eine lange Tour werden sollte. Sie gingen beide gern auf ein- oder zweiwöchige Wanderungen in den Bergen und Wäldern und zelteten dann. Manchmal, wenn sie genug Urlaub hatten, blieben sie auch länger weg.

»Ich hab es mir immer wieder angeschaut, vor allem das viele Wasser im Hintergrund, aber mir fällt nichts dazu ein. Ich dachte, ich zeige es Raine, vielleicht erkennt sie ja irgendetwas wieder.« Stella strich ihr Haar zurück und griff nach der Schokolade. »Es ist unglaublich frustrierend, so wenig zu sehen, und praktisch unmöglich, ohne stark hervorstechende Merkmale einen bestimmten Ort ausfindig zu machen.« Sie rieb sich die Stirn. »Das hier ist nichts. Wir sind in der Sierra.

Da gibt es ewig lange Wanderwege und unzählige Lagerplätze.«

»Wenigstens hast du eine Art Warnung bekommen. Das ist doch wenigstens etwas. Wenn es dich nicht gäbe, wüssten wir wahrscheinlich nicht mal, dass hier ein Killer am Werk ist. Wer weiß, mit wie vielen Morden er dann ungestraft davonkäme.« Sam klang so wie immer. Ruhig und unerschütterlich wie ein Fels.

Stella holte tief Luft. »Du hast recht, ich muss das aus einem anderen Blickwinkel betrachten, wenn wir diesen Kerl überführen wollen.«

Sam, der sonst so beherrscht war, begann, rastlos hin und her zu laufen. Stella beobachtete ihn über den Rand ihres Bechers hinweg. »Was ist los?«

»Ich habe verstanden, dass du mit Zahra reden musst, aber du darfst nicht eine Sekunde vergessen, dass dieser Mann ein Mörder ist. Wenn er herausfindet, dass du eine Bedrohung für ihn darstellst, wird er dich ins Visier nehmen. Und das ist das Letzte, was wir wollen. Wenn du tot bist, kannst du niemandem mehr helfen.«

»Das werde ich ganz sicher nicht vergessen«, beruhigte sie ihn. »Schließlich habe ich schon zweimal mit Serienmördern zu tun gehabt, das hat mir gereicht. Ich möchte nicht noch einem zu nahe kommen. Zahra wird nichts sagen, Sam. Ich hab eher Angst davor, Griffen einzuschalten. Er wird keine andere Wahl haben, als es seinem Boss zu melden, der es dann weitermelden muss. Dann geht der Zirkus los.«

»Im Moment haben wir eigentlich gar nichts Richtiges für Griffen.« Sam zögerte. »Vielleicht könnte ich meine Kontakte nutzen, damit uns jemand hilft.«

Überrascht blickte Stella auf. Der Albtraum hatte sie mitten in der Nacht hochschrecken lassen, und wenn der Mond nicht durchs Fenster geschienen hätte, hätte sie Sams Gesicht von ihrem Platz aus gar nicht sehen können. Doch auch so lag es zum größten Teil im Dunkeln, was ihm etwas leicht Lauerndes verlieh. Fast wünschte sie, Denver und Raine hätten nie etwas zu ihr gesagt. Der Albtraum und die Erinnerungen an ihre Kindheit hatten sie schon nervös genug gemacht, da mochte sie in Sam nicht auch noch den angeblichen »Geist« sehen.

Wenn das, was ihre Freunde über ihn gesagt hatten, stimmte, waren ihm gnadenlose Feinde auf den Fersen. Harlow hatte ihr erzählt, dass ehemalige Drogenfahnder, die durch ihre verdeckten Ermittlungen Drogenringe ausgehoben hatten, mitsamt ihren Familien gejagt wurden. Falls Sam wirklich Terroristenzellen und Drogenkartelle auseinandergenommen hatte, würde er bis ans Ende der Welt verfolgt werden. Dann war es ein großes Risiko für ihn, mit seinen Freunden Kontakt aufzunehmen, um ihr zu helfen – ein Opfer, das er für sie bringen wollte. Natürlich stellte er es ihr nicht so dar, weil er seine Vergangenheit herunterspielte, doch sie war ziemlich sicher, dass sie mit ihren Vermutungen nicht weit danebenlag.

»Ich glaube, das ist noch nicht nötig, Sam. Was könntest du deinen Leuten denn mehr erzählen als Griffen? Helen McKay ist hier die beste Geländeläuferin. Sie hakt einen Gipfel nach dem anderen ab, läuft Hunderte von Meilen im Jahr und kennt etliche Wege in dieser Gegend und im Yosemite Park.«

Sam blieb vor ihr stehen und schüttelte den Kopf. »Stella«, sagte er warnend.

»Ich dachte, ich könnte ihr die Skizze vom Zeltlager zeigen und ihr sagen, dass ich male und eine vage Erinnerung an einen tollen Platz habe, den ich auf Leinwand bannen möchte, mich aber nicht mehr erinnere, wo er ist. Vielleicht kann sie mir helfen.«

Sam dachte darüber nach und nickte dann. »Das ist eine gute Idee. Falls sie Freunde hat, die mit ihr laufen, kann sie die ja auch noch fragen, nur sollten wir vielleicht warten, bis wir ein paar Details mehr haben.«

Viel mehr konnte Stella nicht tun. Das mit dem Killer war immer ein Katz-und-Maus-Spiel. Das war das Schlimmste daran.

»Ich drehe mal eine Runde ums Gelände. Willst du mitkommen?«

Das machte er jede Nacht. Er schien nicht so viel Schlaf zu brauchen wie andere. Stella nickte und sprang auf, um eine warme Jogginghose und ein Sweatshirt über die spärliche Bekleidung zu ziehen, in der sie geschlafen hatte. Für Sam brauchte sie sich nicht schick zu machen. Ihm schien es egal zu sein, wie sie aussah. Wenn sie sich hübsch machte, gefiel es ihm sichtlich. Doch wenn nicht, schien er sie immer noch wunderschön zu finden – zumindest gab er ihr das Gefühl.

Bailey folgte ihnen nach draußen, obwohl man ihm anmerkte, dass er sie für leicht verrückt hielt, weil sie ihren Schlaf unterbrachen, um über das ganze Anwesen zu laufen und dann auch noch auf den Pier hinaus, wo sie doch bequem im Bett liegen könnten. Stella fiel auf, dass sie zum ersten Mal in ihrem Leben nach einem dieser schrecklichen Albträume zufrieden und sogar mit sich im Reinen war.

Zahra saß ihr gegenüber am Tisch und tunkte ihre frittierte Zucchini in Shabinas unglaublichen und äußerst geheimen Dip, der die Cafégäste immer wiederkommen ließ. Stella beobachtete sie. Normalerweise war ihre Freundin ein offenes Buch für sie. Doch im Moment hielt Zahra ihr Feengesicht mit den dunklen, ausdrucksvollen Augen und dem hübschen Schmollmund gesenkt und schaute auf die Zucchini im Dip, als bekäme sie dort alle Antworten, die sie brauchte.

Stella lehnte sich zurück und schaute sich um. Sie hatten sich absichtlich spät, fast schon zur Ladenschlusszeit, zum Mittagessen verabredet, damit die meisten Gäste bereits gegangen waren und sie an ihrem Lieblingsplatz hinten im Café nicht belauscht werden konnten. Sie hatte Shabina schon vorher gefragt, ob sie dort für sie reservieren würde, und Shabina hatte keine Fragen gestellt, sondern einfach zugesagt und erklärt, dass sie den Tisch danach selber abräumen würde.

Die gespannte Stille schien sich endlos zu dehnen, bis Zahra endlich Stella ansah. »Hast du gedacht, nach dieser Enthüllung würde ich anders über dich denken?«, fragte sie leise mit deutlichem Akzent.

Unwillkürlich presste Stella die Finger auf den Mund und ertappte sich dann dabei. »Nein, ich hab dir nichts davon erzählt, weil ich versucht habe, von diesem kleinen Mädchen und ihrer Familie loszukommen. Das zu vergessen, was meine Mutter mir verboten hat zu sagen. Ich habe mir das Leben aufgebaut, das ich führen wollte, und war glücklich damit.«

Zahras Blick wanderte zurück zu ihren Zucchinistreifen. Sie tunkte einen weiteren in den Dip und rührte darin herum. »Warum hast du es mir gerade jetzt verraten?«

Stella holte tief Luft. »Das mit meinem Vater fing mit Albträumen an. Obwohl ich noch so klein war. Ich hatte immer fünf hintereinander, und jedes Mal sah ich mehr von dem, was passierte. Dann hörten die Träume auf, und zwei Tage später starb jemand auf genau diese Weise. Ich war nur ein kleines Mädchen, deshalb habe ich mich meiner Mutter anvertraut.«

Sie fing an, sich hin- und herzuwiegen, und musste sich dazu zwingen, damit aufzuhören. Schließlich war sie kein kleines Kind mehr. Und sie hatte Verbündete. Zahra, die sie nicht verurteilte und bereit war, ihr zu helfen, auch wenn sie nicht wusste, was los war. Und Sam und Raine. Sie konnte das schaffen.

»Also hast du die Morde gesehen, bevor sie passiert sind.«

Stella nickte. »Das ging jahrelang so. Es fing an, als ich vier war, aber mein Vater wurde erst verhaftet, als ich acht, beinahe neun war. Da war meine Mutter bereits schwer alkoholabhängig, und als er sich schuldig bekannte, um der Todesstrafe zu entgehen, hat sie sich umgebracht. Der Medienrummel war zu viel für sie. Sie hatte sich darauf verlassen, dass er nicht verurteilt werden würde und sie ihr gesellschaftliches Leben weiterführen könnte. Aber als ihre Freunde sie ächteten, wurde sie bitter und böse, vor allem auf mich, weil ich meinen Vater trotz ihres Verbotes verraten hatte.

Als ich als Teenager in einem Pflegeheim war, hatte ich plötzlich wieder solche Albträume. Ich wollte es nicht glauben, musste aber feststellen, dass in meiner Umgebung wieder ein Serienkiller am Werk war. Das Muster war dasselbe. Fünf Nächte träumte ich, danach passierte ein oder zwei Tage gar nichts, bis dann eine Leiche gefunden wurde. Ich habe versucht, mich aus dem Rampenlicht herauszuhalten, aber die Medien haben wie zuvor Wind davon bekommen. Es war die Hölle. Da habe ich mir geschworen, das nie wieder mitzumachen. Ich habe meinen Namen geändert und mir einen friedlichen Ort gesucht, an dem ich mein Leben führen kann.«

Stella nahm sich auch einen Zucchinistreifen, aber sie hatte keinen Appetit mehr. Also ließ sie ihn auf ihren Teller fallen und sah Zahra traurig an. Sie konnte nicht mehr weiterreden.

Zahra seufzte. »Dass du plötzlich zelten wolltest, obwohl wir uns schon im *Grill* verabredet hatten, war sehr seltsam. Bruce hat mir erzählt, dass er an der Stelle am liebsten angelt und ständig mit Denver dort hingeht. Du hast einen Traum gehabt und wolltest ihn davon abhalten, nicht wahr?«

Stella nickte. »Leider habe ich zu viel getrunken. Ich dachte, Sam würde uns nach Hause bringen und im Resort bleiben, aber nein, er musste wieder mal supernett sein und auf unsere Sachen aufpassen. Er hat nicht viel Gelegenheit zum Angeln, weil er dauernd arbeitet, deshalb dachte er, er hätte frühmorgens, ehe wir dort auftauchen würden, ein wenig Zeit dafür. Als ich von Bernice erfahren habe, wo er ist, bin ich sofort ins Auto gesprungen und hingerast. Ich hatte schreckliche Angst, zu spät zu kommen.«

»Der Killer hätte eigentlich entweder Bruce oder Denver ermordet«, überlegte Zahra. »Die beiden angeln nicht immer zusammen, weil Denver so viel im Krankenhaus zu tun hat, und Bruce hat nur morgens Zeit. Deshalb hätte es wohl ihn getroffen. Wahrscheinlich hast du ihm das Leben gerettet.«

»Aber James Marley nicht. Das habe ich nicht vorausgesehen. Wie soll man auch darauf kommen? Dass der Killer nach Sam direkt James überfällt und sich dann in Luft auflöst? Wie macht er das? Sam hat doch gleich den Sheriff gerufen, und danach sind alle Boote und Autos kontrolliert worden.«

»Er könnte seine Ausrüstung doch im See versenkt haben. Der ist sehr groß, und bis der Sheriff alle zusammengetrommelt hat und da hinkommt … Realistisch betrachtet muss man zugeben, dass der Killer, falls er je zuvor hier gewesen ist, sicher gewusst hat, dass es nicht leicht sein würde, eine gute Suchmannschaft zusammenzustellen. Er hatte stundenlang Zeit wegzukommen.«

Zahra hatte recht. Unglücklicherweise war es ein schöner Tag zum Angeln gewesen, sodass etliche Boote auf dem See gewesen waren und viele Angler am Ufer. Es war ja nicht so, als ob der Sheriff Hunderte von Leuten hätte, die er ausschicken könnte. Und niemand hatte damit gerechnet, dass der Killer gleich nach der ersten Attacke auf genau die gleiche Weise noch einmal zuschlagen würde.

»Was hast du jetzt vor?«, fragte Zahra.

Stella zuckte die Achseln. »Ich weiß es nicht. Ohne Beweise kann ich nicht viel tun. Nach allem, was ich höre, gibt es nicht genug, um von einem Mord auszugehen. So wie es aussieht, gibt es nur einen Grund, dass man es überhaupt in Betracht zieht, nämlich weil wir den Angreifer gesehen haben, aber natürlich können wir ihn nicht identifizieren.«

»Bist du denn sicher, dass es ein Mann war?«

Stella nickte. »Ganz sicher.«

Zahra seufzte. »Wenn Bruce das Opfer sein sollte, war es wenigstens keine Frau, die ihn umbringen wollte, weil er sie nicht beachtet.« Verschmitzt grinste sie Stella an. »Du kannst der Polizei eigentlich nicht viel sagen, oder? Und das solltest du zu diesem Zeitpunkt auch nicht. Wenn herauskommt, wer du bist, ist der Killer nur gewarnt, und wir verlieren den Vorteil, den wir haben.«

»Das sehe ich genauso. Und Sam auch. Ich musste ihn einweihen, als der Mörder ihn fast erwischt hätte und ich mich so selbstlos in dieses *eiskalte* Wasser geworfen habe.«

»Ich bin sicher, er ist dir entsprechend dankbar. Schließlich hat er dich geküsst.«

Darauf ging Stella nicht ein. »Raine muss immer alle in ihrem Umfeld überprüfen. Deshalb weiß sie schon seit Jahren über mich Bescheid. Aber sie hat nie etwas gesagt. Sie behält alles für sich.«

Erschrocken fuhr Zahra hoch. Ihre dunklen Augen waren fast schwarz geworden. Sie zog die Brauen zusammen. »Was soll das heißen, sie muss alle überprüfen?«

»Na, wegen ihrer Arbeit. Alle, mit denen sie näher zu tun hat. Das wären dann wir. Aber sie redet nicht drüber«, sagte Stella beruhigend, als sie so etwas wie Panik in Zahras Gesicht aufflackern sah.

»Wie weit mag das gehen?« Hektisch schweifte Zahras dunkler Blick durch den Raum, als wolle sie jeden Augenblick aufspringen und weglaufen. Sie wirkte völlig verängstigt.

Da begriff Stella, dass ihre Freundin selber Geheimnisse hatte, die womöglich genauso schrecklich waren wie ihre. »Ich habe keine Ahnung. Meine Vergangenheit ist sehr gut dokumentiert. Wie es bei dir ist, weiß ich nicht. Aber was dir auch Sorgen bereitet, wenn keiner davon weiß, nichts darüber geschrieben wurde und keiner Bilder davon hat, wird sie nichts finden können.«

Zahra holte tief Luft. »Ich möchte nicht mit ihr tauschen. Bestimmt ist ihr das unangenehm, alle auszuspionieren.«

»Bestimmt«, erwiderte Stella. »Es ist schwierig für sie. Sicher ist das auch ein Grund dafür, dass sie sich immer ein wenig abseitshält. Aber was ich noch zu unserem Thema sagen wollte …« Mit gerunzelter Stirn tunkte Stella ihren Zucchinistreifen in den Dip und biss ein Stück ab. »Wir haben ja nun keinen großen Freundeskreis und dürfen mit niemandem darüber reden. Weder mit Bruce noch mit irgendjemand sonst. Mit niemandem, Zahra!«

Zahra nickte. »Verstanden. Ich komme aus einem Ort, wo ein falsches Wort über Leben und Tod entscheiden kann. Also werde ich keine Fehler machen, wenn es um dein Leben geht. Wir sind jetzt in einer Situation, in der wir keinem trauen können, bis wir sicher sind, dass er auf unserer Seite ist, aber woher sollen wir das wissen?«

»Ich hatte heute Nacht wieder einen Albtraum. Von zwei Rucksacktouristen. Aber der Zeltplatz war so winzig, dass es unmöglich war, ihn wiederzuerkennen. Außerdem war es sehr dunkel. Ich weiß, dass ich schon mal da war, nur gibt es in der Sierra etliche Wanderwege. Aber ich glaube, der Killer bleibt hier, in unserem County, also besteht die Möglichkeit, dass ich doch noch herausfinde, wo er zuschlagen will.«

Da Zahra nicht gerne Wandern ging, kam sie nur manchmal mit zum Zelten oder zu Ausflügen, die bloß einen Tag oder ein Wochenende dauerten, aber nie auf wochen- oder monatelange Touren. Sie wollte auch nicht auf den John Muir Trail. Das war nicht ihr Ding. Sie unterstützte ihre Freundinnen zwar gern, wenn sie so etwas planten, aber mehr hatte sie mit »Wandern« nicht am Hut.

»Dann hast du ja noch vier Chancen, den Tatort aufzuspüren, richtig?«, fragte Zahra.

Stella hatte diese Albträume nie als »Chancen« betrachtet, doch genau das waren sie. Weitere Hinweise. Größere Ausschnitte des Bildes. »Wenn alles so läuft wie in der Vergangenheit, ja, dann müsste ich in den nächsten vier Nächten jeweils einen Albtraum haben und mehr von dem sehen, was der Killer sieht.«

»Warte.« Zahra setzte sich gerader hin. »Blickst du wirklich durch die Augen des Killers?«

Stella schüttelte den Kopf. »Nicht direkt. Es ist eher so, als wäre ich eine Zuschauerin, eine Zeugin, die vom Rande aus zuguckt. In diesem Fall befinde ich mich hinter dem Paar. Deshalb kann ich die Gesichter nicht erkennen. Es ist frustrierend. Ich kann meine Position nicht verändern, um mehr von dem Wanderweg zu sehen. Es ist unmöglich, die Kameralinse zu bewegen.«

»Schaust du denn tatsächlich durch eine Kameralinse?«, fragte Zahra.

Darüber hatte Stella nie nachgedacht, und niemand hatte sie je danach gefragt. Sie war keine Fotografin und wusste nichts über Kameras. Sie schaffte es kaum, mit ihrem Handy ein Selfie zu machen. Ihre Freundinnen lachten sie immer aus, wenn sie es versuchte. Aber sie hatte unzählige Bilder von Bailey gemacht. Und vom See, besonders bei Sonnenaufgang.

»Keine Ahnung. Es ist doch ein Traum. Woher soll ich das wissen? Und was macht es für einen Unterschied?«, fragte Stella und blickte sich um. Mit einem Mal brauchte sie dringend Kaffee.

Shabina war damit beschäftigt, ihre Maschinen zu reinigen, doch nun schaute sie auf, als hätte sie einen sechsten Sinn, wenn es um ihre Gäste ging. Rasch nahm sie eine

Kanne, kam damit zu ihnen und schenkte Stella ihr duftendes Lieblingsgetränk ein.

»Danke. Du bist unvergleichlich.«

Shabina lachte. »Ich hab neuen gemacht, nur für dich. Deshalb ist die Kanne so klein.« Dann drehte sie sich um und ließ sie wieder allein, ohne sich danach zu erkundigen, warum dieses Gespräch eigentlich auf gar keinen Fall belauscht werden sollte. Es schien sie nicht im Geringsten zu stören, dass sie nicht in die Unterhaltung einbezogen wurde.

Stella trank einen Schluck. Der Kaffee war sehr heiß. Im Grunde zu heiß, aber genauso mochte sie ihn. »Was soll das bringen? Ich hab mich auf das konzentriert, was ich durch die Linse sehe, nicht auf das Ding selber.«

Zahra beugte sich über den Tisch. »Aber was wäre, wenn du die Linse selber weiter stellen könntest? Wenn du dich an irgendwelche Bezeichnungen auf der Linse oder der Kamera erinnern könntest, wärst du vielleicht imstande, den Blickwinkel jedes Mal ein bisschen zu verändern.« Sie zuckte die Achseln und tunkte ihre Zucchini erneut in den Dip.

Stella lehnte sich zurück und sah sie erstaunt an. Nicht in hundert Jahren wäre sie darauf gekommen, ihre Träume verändern zu wollen. Jedenfalls nicht diese. Sie war zu schockiert von ihnen. Hatte zu viel Angst. »Das ist brillant, aber ich habe nicht die geringste Ahnung von Kameras und Linsen.«

»Immerhin zeichnest du das, was du siehst. Harlow weiß viel über Fotografie. Sie ist gut, Stella, richtig gut. Falls du irgendwelche Markenzeichen entdeckst, kann sie dir vielleicht sagen, um welches Modell es sich handelt und wie du den Blick erweitern oder verändern kannst, wenn auch nur ein bisschen.«

Stella biss sich auf die Unterlippe und versuchte, sich an all die Male zu erinnern, bei denen sie durch diese Linse geschaut hatte. Sie hatte sich immer auf das konzentriert, *was* sie sah, die furchtbaren Details, und sich dazu erzogen, alles im Gedächtnis zu behalten. Nun bemühte sie sich, ihre Sicht zu verengen und bis auf die Linse alles andere auszublenden.

»Ehrlich gesagt, bin ich immer viel zu erschüttert, um an die Linse zu denken, aber vielleicht bringt es ja was. Das Problem ist nur, falls mir etwas dazu einfällt, müsste ich zu Harlow gehen. Und wie du weißt, ist Harlow, wie alle Mädels in unserem Kreis, superintelligent und schnell von Begriff. Sie wird ahnen, dass irgendetwas im Busch ist, erst recht nach diesem Mordanschlag. Inzwischen hegen doch alle den Verdacht, dass James Marley ermordet wurde, aber niemand kann es beweisen.«

Zahra zuckte mit den Schultern. »Mag sein, aber wie soll sie eine Frage nach einer bestimmten Kameralinse damit in Verbindung bringen?«

»Ich habe sie in meinem ganzen Leben noch nie nach so etwas gefragt, Zahra. Ich habe null Interesse am Fotografieren. Ich bin zwar zu ihren Ausstellungen gegangen, aber das ist es auch schon. Ihr macht euch doch diesbezüglich dauernd über mich lustig, aber es macht mir nichts aus. Ich habe keinerlei Ambitionen, da besser zu werden, und das weiß sie«, bemerkte Stella.

Zahra betrachtete sie mit diesem geheimnisvollen, faszinierenden Halblächeln, das jeden einzelnen Mann in ihrem Umkreis in den Bann schlug. Stella fand dieses besondere Lächeln, das nichts verriet, aber jeden dazu verlockte, mehr über Zahra wissen zu wollen, zauberhaft.

»Du kannst Harlow nicht an der Nase herumführen,

Zahra«, meinte Stella. »Manchmal bist du ein echtes Luder. Was hat Harlow dir eigentlich getan?«

»Sie war sehr gut zu mir«, erwiderte Zahra ernst. »Wenn sie nicht gewesen wäre, hätte ich es nie geschafft, in dieses Land zu kommen. Oder eingebürgert zu werden und aufs College gehen zu dürfen. Ich schulde ihr eine Menge. Sie war mir eine gute Freundin.«

»Aber?«, hakte Stella nach.

Zahra schüttelte den Kopf. »Ich habe meine Meinung über sie nie geändert. Es ist einfach kompliziert zwischen uns. Hin und wieder nehme ich sie ein bisschen auf den Arm, und sie nimmt das sehr sportlich.«

»Sie fährt nie nach Hause. Niemals. Ihre Mutter kommt sie ab und an besuchen, aber sie erwidert diese Besuche nicht.« Stella ließ es nicht wie eine Frage klingen, denn falls Zahra wusste, warum Harlows Vater, dieser überaus beliebte Senator, nichts mehr mit seiner Tochter zu tun hatte, wollte sie sie nicht in Verlegenheit bringen.

Harlow war eine sehr gute OP-Schwester, doch ihre wahre Liebe war das Fotografieren gewesen. Sie hatte es nicht nur gelernt und im College entsprechende Kurse belegt, sie hatte auch als Praktikantin bei Meistern sowohl der alten Schule als auch der digitalen Fotografie gearbeitet. Sie war dabei gewesen, sich einen Namen zu machen, als sie urplötzlich auf die Schwesternschule gewechselt und diese Karriere verfolgt hatte. Dann war sie in die Sierra gekommen und geblieben. Dort wurde sie gebraucht und konnte auch solche Fotos machen, wie sie sie so gern machte – neben ihrer Arbeit, die ihr viel bedeutete.

»Heute Nacht achte ich mal auf irgendwelche Hinweise an der Linse«, versprach Stella. »Dann notiere ich alles und hoffe, dass Harlow mir helfen kann. Danke für dein Verständnis, aber vor allem dafür, dass du meine Freundin bist. Ich hab dich jetzt wirklich gebraucht. Und als deine Freundin muss ich dir sagen, dass du nun schon seit einer halben Stunde mit demselben Zucchinistreifen in diesem Dip herumrührst. Dann kannst du die Schale auch austrinken.«

Zahra schnitt eine Grimasse und ließ die Zucchini auf ihren Teller fallen. »Der Dip ist so lecker.«

»Das habe ich begriffen.«

9

Mami, Daddy tut wieder etwas Schlimmes.

Der Mann gab in der sehr frühen Morgenstunde ein gleichmäßiges Tempo vor, die junge Frau folgte dichtauf. Es war noch dunkel, deshalb hatten beide ihre Stirnlampen an. Hin und wieder blickte der Mann über die Schulter, als wolle er sich vergewissern, dass es der Frau gut ging. Sie schaute sich mehr um, als darauf zu achten, wohin sie ihre Füße setzte. Der Lichtkegel, den ihre Lampe warf, schweifte hierhin und dorthin, weil sie trotz der Dunkelheit versuchte, ihre Umgebung zu betrachten.

Der heftig blasende Wind schnitt beiden in die Wangen, zerrte an ihrer Kleidung und trotz der Schirmmütze auch an den Haaren der Frau. Blätter wirbelten um das Paar auf dem Weg nach oben. Der Mann bewältigte den Anstieg locker und gekonnt, die Frau schien Schwierigkeiten zu haben. Unter der Blätterdecke gab es viele Steine, die unter den Sohlen ihrer Wanderschuhe wegrutschten, weil sie nicht aufpasste, wohin sie trat.

Das schwankende Stirnlicht der Frau richtete sich auf die Bäume ringsum und, als diese zurückblieben, auf die Granitwände, die neben ihr emporragten, und den felsigen Boden, an dem die bunten Blätter klebten. Die Frau wandte sich nach rechts und links, einmal sogar so schnell, dass sie stolperte und auf ein Knie fiel. Sofort drehte der Mann um und rannte zu ihr. Er half ihr auf die Füße, und sie berieten sich kurz. Dann bestand er darauf, dass sie etwas Wasser trank, was sie auch unter seiner Aufsicht tat. Er deutete auf den Weg, den sie gekommen waren, doch die Frau schüttelte den Kopf und zeigte in die Richtung, in die sie wollten. Da nickte er und ging weiter, wenn auch widerstrebend.

Der Pfad schien stetig bergauf zu führen. Zweimal wandte der Mann sich noch um und sagte etwas, und die Frau nickte und trank noch mehr Wasser. Er achtete darauf, dass sie nicht dehydrierte. Das hieß, sie würden lange unterwegs sein. Nun war die Frau etwas vorsichtiger, hielt ihr Licht vor den Füßen auf den Boden gerichtet, konnte sich aber nach ein paar Minuten wieder nicht davon abhalten, sich umzuschauen und verschiedene Felsformationen anzuleuchten. Dennoch blieben die Eindrücke von diesem Abschnitt des Weges kurz und verschwommen.

Plötzlich begann die Linse, sich wieder zu schließen, und es war noch nicht einmal hell geworden. Stella wollte rufen, dass das nicht fair sei, zwang sich aber, alles bewusst wahrzunehmen. Nicht mehr nur passiv und verängstigt zuzuschauen. Zum ersten Mal versuchte sie, den Traum zu verändern, ihn zu verlängern, indem sie sich auf die Linse konzentrierte, um herauszufinden, ob sie wirklich durch eine Kamera blickte. Stumm verfluchte sie sich dafür, dass sie sich nicht für Fotografie interessierte. Was stimmte nicht mit ihr, wo doch alle anderen Menschen auf der Welt versessen auf Selfies waren?

Sie veränderte ihren Blickwinkel, um eventuell einen Teil der Kamera zu erspähen. Gab es irgendwo eine Anzeige? Einen Knopf? Sie versuchte, sich alles einzuprägen, damit sie eine genaue Skizze machen konnte. Dann war die Linse zu.

Obwohl sie so ruhig geblieben war, hatte sie die Kinderstimme in ihrem Kopf deutlich gehört. Sie bemühte sich, an die Oberfläche zu kommen und aus dem Albtraum aufzutauchen.

Ihr Herz schlug zu schnell. Das Blut dröhnte in ihren Ohren. Ihr Atem ging keuchend, ihre Lunge brannte. Sie rang mit der Bettdecke, strampelte sich hektisch frei, setzte sich abrupt auf und schnappte nach Luft.

Mit wildem Blick schaute sie sich in ihrem Schlafzimmer nach etwas Vertrautem um, an dem sie sich festhalten konnte. Bailey lag auf der anderen Seite in seinem Körbchen. Sam saß wie ein stummer Wächter in einem Sessel direkt gegenüber. Er sah stark und unbesiegbar aus und hatte diesen starren Gesichtsausdruck, der so furchtbar einschüchternd wirkte. So undurchdringlich hatte sie seine Miene noch nie gesehen, aber sie wusste genau, dass er sie nur aufsetzte, damit niemand auf die Idee kam, ihr zu schaden.

»Stella?«, fragte er leise und zärtlich.

Dies war das erste Mal, dass sie nicht hysterisch schluchzte und sich hin- und herwiegte. Sie hatte den Traum durch ihre Willenskraft ein klein wenig verlängert. Von nun an wollte sie darin eine Chance sehen, den Killer zu fangen. Ihn daran zu hindern weiterzumorden.

»Ich glaube, ich bin okay«, sagte sie. Ihre Stimme zitterte, und sie war nicht ganz sicher, ob das stimmte, aber sie hoffte es. Rasch strich sie sich das feuchte Haar aus dem Gesicht. Auch ihre Hände zitterten.

Kleine Schweißtropfen rannen ihr nicht gerade attraktiv über Stirn und Dekolleté. Sie hatte zwar mit der Bettdecke gekämpft, hatte aber diesmal auf mehrere Lagen verzichtet, weil sie aus Erfahrung wusste, was kommen würde. Doch immerhin schrie sie nicht und war auch nicht katatonisch, ihr Verstand arbeitete ganz normal.

»Du bist die stärkste Frau, die ich kenne, Stella«, sagte Sam voller Respekt und Bewunderung. »Natürlich bist du okay. Du schaffst das, Süße.«

Schon allein zu wissen, dass er an sie glaubte, gab ihr Kraft. Sie war bei diesem Kampf nicht allein. Sie hatte Sam und Zahra und sogar Raine, falls sie sie brauchte. Raine würde ihr glauben und ihr auf jede erdenkliche Weise helfen.

»Sag mir, was du gesehen hast, solange es dir noch frisch im Gedächtnis ist«, forderte Sam sie auf.

Es gefiel ihr, dass er sie nicht in Watte packte. Von ihm kam kein *Denk nicht mehr dran.* Eher ein *Raus damit. Stell es dir noch ein Dutzend Mal vor, wenn es nötig ist. Schreib es nieder. Zeichne es.* So war er eben.

»Es war dunkel. Ich konnte nicht viel sehen. Sie trugen beide Stirnlampen. Sie hat mit ihrer überall hingeleuchtet, deshalb hab ich ein paar Blicke aufs Gelände erhascht, aber nicht viele. Am Ende, als die Linse zuging, habe ich mein Bestes getan, um den Traum zu verlängern, und mir die Linse angeschaut. Ich glaube, ich kann ein bisschen von dem, was mir dabei aufgefallen ist, zeichnen. Aber ich weiß nicht, ob das etwas hilft.«

Sams starre Miene wurde weicher, seine Augen begannen zu leuchten, und sein Mund verzog sich zu einem Lächeln. »Du hattest recht mit Zahra. Sie hat dir geholfen, nicht? Ob wir etwas davon haben oder nicht, sie hat eine echt gute Idee gehabt.«

»Sie hat gemeint, Harlow weiß über Kameras und Fotografie mehr als jeder andere im County. Harlow ist wirklich gut, Sam, aber wenn ich zu ihr ginge, wäre noch jemand eingeweiht«, sagte Stella zögernd.

Sam hatte so darauf gepocht, die Zahl derer, die von ihrer Vergangenheit wussten, möglichst klein zu halten, damit der Killer nichts davon erfuhr. Und sie selber wollte auch nicht, dass noch mehr Menschen darüber Bescheid wussten, doch andererseits wollte sie nicht so werden wie ihre Mutter und alles tun, um ihr Leben zu schützen und andere sterben zu lassen, obwohl sie sie vielleicht retten könnte. Zur Polizei zu gehen war im Augenblick zwecklos, doch Harlows Unterstützung konnte hilfreich sein, falls sie tatsächlich etwas über die Kamera herausfand.

Sam trommelte mit den Fingern auf seinen Oberschenkel, ließ den dunklen Blick nachdenklich über ihr Gesicht wandern und richtete ihn dann auf das dünne, sportliche T-Shirt, das sie im Bett getragen hatte. Es war alt und schäbig, aber auch weich und behaglich, und sie brauchte es, wenn ihr ein Albtraum bevorstand. Der Baumwollstoff war noch feucht von ihrem Schweiß und klebte an ihrer Haut, sodass er mehr enthüllte, als er verbarg.

»Mir gefällt es nicht, dass du das alles durchmachen musst, Stella. Du bist meist von Frauen umgeben, und wir wissen, dass der Killer ein Mann ist. Diese Frauen sind seit mehr als fünf Jahren mit dir befreundet, manche sogar noch etwas länger, und sie stehen dir alle treu zur Seite. Ich kann mir nicht vorstellen, dass eine von ihnen dich an die Medien verrät, schon gar nicht Harlow. Aber falls wir sie einweihen, möchte ich dabei sein. Da sie deine Freundin ist, entscheidest du darüber, doch wenn du dich dazu entschließt, will ich dabei sein.«

Stella hob eine Braue. Langsam beruhigte sie sich. Nur weil sie sich mit Sam unterhielt. »Warum?«

»Weil ich den Menschen Angst einjage. Ist dir das noch nicht aufgefallen? Ich muss gar nichts sagen, ich brauche mich nur direkt neben dich zu setzen, und die Botschaft kommt an.«

Stella runzelte die Stirn und versuchte, seinen Tonfall einzuordnen. Der samtene Klang seiner Stimme wirkte auf sie wie ein Streicheln, gleichzeitig hatte sie aber auch einen drohenden, sehr erschreckenden Unterton, obwohl Sam nicht laut geworden war. Er sprach immer leise, doch seinen Anweisungen wurde trotzdem prompt gehorcht. Das hatte sie bemerkt, wenn er mit aufsässigen Betrunkenen sprach. Die hörten sofort auf ihn, ganz egal, wie stark ihr Rausch war.

»Welche Botschaft?« Herausfordernd schaute sie ihm direkt in die Augen. Er sollte es ihr sagen. Sie hatte keine Angst vor ihm – weder jetzt noch irgendwann sonst.

»Dass niemand dir Böses tun sollte. Sonst bekommt er es mit mir zu tun. Und das will keiner.«

Seine Ehrlichkeit ließ sie erschauern. Kämpferisch reckte sie das Kinn. »Wusstest du eigentlich, dass Raine jeden überprüfen muss, mit dem sie zu tun hat?«

Sam kreuzte die Arme vor der Brust. Er wirkte vollkommen entspannt. »Das überrascht mich nicht.«

»Und sie hat es auch bei allen gemacht, nur bei dir nicht. Sie hat gemeint, sie wolle keine schlafenden Hunde wecken. Und dass sie nicht mitten in der Nacht Besuch von dir bekommen möchte. Würdest du das in dem Fall machen? Oder falls irgendjemand mich verrät?«

»Oh ja«, erwiderte er, ohne zu zögern.

Stellas zitternde Finger vergruben sich in der Bettdecke. »Das möchte ich nicht, Sam. Wie du schon sagtest, du hast deinen Dienst geleistet. Sollte irgendetwas schiefgehen, ich bin ein großes Mädchen und kann damit umgehen. Wir können damit umgehen, ohne dass du wieder mit diesen Menschen zu tun bekommst, wo auch immer sie sind oder waren. Wir sind beide hergekommen, weil die Sierra uns etwas sehr Schönes und Einzigartiges bietet, etwas, das wir woanders nicht finden konnten. Hier bin ich glücklich und zufrieden. Und ich glaube, du auch. Wir haben neu angefangen und uns etwas Gutes aufgebaut. Das kann uns niemand wegnehmen, nicht einmal dieser Serienmörder.« Sie schenkte ihm ein kleines Lächeln. »Verstehst du mich?«

Zögernd lächelte er zurück. »Du bist die Beste. Ein großes Geschenk. Mach jetzt deine Notizen und Skizzen. Ich hole dir Schokolade.« Er stand auf und ging einen Schritt, blieb dann aber stehen, drehte sie wieder um und sah sie mit seinen dunklen, unergründlichen Augen stumm an.

»Was ist?«

Sam schüttelte den Kopf. »Ich möchte dich nicht verlieren. Auf keinen Fall. Wenn ich Unsinn rede oder Mist baue, hab Geduld und sag mir, was ich falsch gemacht habe und wie ich es wieder in Ordnung bringen kann.« Er blieb noch einen Moment stehen, dann drehte er ihr den Rücken zu und schlenderte aus dem Zimmer, wie nur er es konnte.

Langsam atmete Stella aus. Was Liebeserklärungen anbelangte, war das nicht schlecht gewesen, eben typisch Sam, und sie würde sie annehmen, denn dieser Mann meinte jedes Wort ernst. Außerdem brachte er ihr Herz zum Schmelzen, wenn er so überraschende Dinge tat, wie Lachs für sie zu grillen, wenn sie am Ende eines langen Tages so müde war, dass sie sich nur noch in ihrem Hängekorb zusammenrollen und an nichts mehr denken wollte. Wenn er ihr ein eiskaltes Bier brachte oder, ohne sich zu beschweren, zum zehnten Mal ihren Lieblingsfilm anschaute. Denn so etwas tat er. Er kaufte ihr Bücher, die sie mochte, Leckerlis für Bailey und dachte daran, genau die Schokolade zu besorgen, die sie liebte. Dabei machte er keine große Sache daraus. Die Bücher tauchten wie zufällig auf ihrem Nachttisch auf, die Schokolade in der Küche und die Leckerlis vor Baileys Nase. Sam war einfach sehr rücksichtsvoll und stets auf sie und den Hund bedacht.

Stella knipste ihre Nachttischlampe an und holte den Skizzenblock und ihr Tagebuch aus der Schublade. Sobald es im Schlafzimmer hell war, beschlich sie wieder dieses unheimliche Gefühl, dass irgendjemand sie beobachtete. Sie wünschte, sie hätte sich blickdichte Rollos angeschafft statt solche, durch die man den See sehen konnte. Sie liebte ihre Ausblicke und hatte sie sich nicht nehmen lassen wollen.

Sie schaute aus dem Fenster. Das war dumm, oder? Sich so etwas einzubilden? Nur weil sie einen Albtraum gehabt hatte. Sie hob eine Hand und stellte fest, dass sie immer noch zitterte. Sie konnte also nicht behaupten, diese Träume hätten keine Nachwirkungen mehr, nur weil sie aktiv geworden war und Sam und Zahra ihr halfen.

Sie zwang sich, sich ganz genau zu erinnern, und schrieb alles nieder, dann fing sie an zu zeichnen. Darin war sie besser. Wenn sie an ihren Bildern arbeitete, fielen ihr immer neue Details ein. Dann verlor sie sich fast darin und überlegte nicht, ob sie die Sichtweise des Mörders oder die der Zuschauerin zeigten, sie wurden einfach zu einer künstlerischen Darstellung zweier Rucksacktouristen, die am frühen Morgen zu einer Wanderung aufbrachen.

Für die Dunkelheit benutzte sie Kohlestift, dann füllte sie für jeden flüchtigen Blick auf den Wanderweg ein eigenes Quadrat, fast so wie ein Comiczeichner. Indem sie jeden einzelnen Eindruck wie ein neues Bild behandelte statt als Teil eines größeren, konnte sie sich besser auf das konzentrieren, was das Licht ihr enthüllt hatte. Adern im Gestein. Spalten im Fels. Die unterschiedlichen Blätter der Bäume und Büsche. Sie hatte festgestellt, dass ihr beim Malen immer neue Erinnerungen kamen. Offenbar speicherte ihr Unterbewusstsein wesentlich mehr, als ihr klar war.

Sie schlug eine leere Seite auf und fing an, die Linse zu zeichnen, durch die sie gespäht hatte, mitsamt der Rundung, die ihr am Rand aufgefallen war. Vielleicht das Stück eines Knopfes, der ihr zwar nichts sagte, aber anderen hoffentlich. Jedenfalls schaute sie nicht durch ein Handy. Sie zeichnete dieses runde Stück so genau wie alles andere, bis hin zu der seltsamen kleinen v-förmigen goldenen Markierung darauf.

Als sie wieder aufschaute, stand Sam an der Rückwand des Zimmers, ein Stück weit entfernt von dem Lichtschein, den die Lampe neben ihrem Bett warf. Dass er nicht näher gekommen war, um die Schokolade auf ihren Nachttisch zu stellen oder um zu sehen, was sie zeichnete, ließ kalte Schauer über ihren Rücken rieseln.

Sie schaute auf die Reihe der Fenster, die den See überblickten. Dann knipste sie mit einem leisen Seufzen die Lampe wieder aus, sodass der Raum erneut in ein Halbdunkel versank, denn trotz der Wolken, die vor dem Mond vorbeizogen, reflektierte der See genug Licht, um in ihrem Schlafzimmer etwas zu sehen.

»Du spürst es auch, nicht wahr? Wir werden schon wieder beobachtet.«

Statt einer Antwort stellte Sam ihre Tasse auf einen Tisch zwischen zwei Sesseln. »Trink deine Schokolade und behalt Bailey bei dir. Ich stelle die Alarmanlage an, bevor ich nach draußen gehe. Du hast eine Waffe hier, oder? Im Auto hast du jedenfalls eine.«

Stella nickte, das Gesicht vom Fenster abgekehrt. »In einem kleinen Versteck in der Wand, gleich rechts vom Bett. Es ist schwer zu entdecken. Darin verwahre ich mehrere Waffen, um sie schnell zur Hand zu haben.«

»Hol eine Pistole raus. Lade sie und entsichere sie, aber erschieß mich nicht, wenn ich wiederkomme«, sagte Sam mit einem Anflug von Heiterkeit in der Stimme. »Falls Bailey anschlägt, weißt du, dass ein Fremder in der Nähe sein muss.«

»Sei vorsichtig, Sam.« Was sollte sie sonst sagen? War das da draußen der Killer? Wusste er von ihr?

Stella legte das Tagebuch und den Skizzenblock in die Nachttischschublade zurück und verschloss sie. Dann stand sie auf und ging durchs Zimmer. Als sie an Sam vorbeikam, griff er plötzlich nach ihrem dünnen T-Shirt, seine Finger streiften ihre Brüste, und ihr Herzschlag beschleunigte sich. Erstaunt sah sie ihn an, während er sie langsam, aber unaufhaltsam an sich zog.

Als er sich mit vor Leidenschaft brennenden Augen über sie beugte, stockte ihr der Atem. Sie empfand etwas, das zu benennen sie sich in diesem Moment fürchtete, wenn er möglicherweise gleich mit einem Serienkiller konfrontiert wurde. Da sie ihn nicht in eine Rüstung stecken oder unsichtbar machen konnte, stärkte sie ihn, indem sie sich ihm völlig hingab und den Kuss derselben namenlosen Leidenschaft, die sie in Sams Augen gesehen hatte, erwiderte.

»Könnte er deinetwegen hier sein?«, fragte sie leise, die Hände flach auf seiner Brust. »Weil der Mordanschlag nicht geklappt hat? Könnte sein Stolz verletzt sein?«

»Ich bin nicht so leicht zu töten«, sagte Sam beruhigend und küsste sie noch einmal leicht. »Ich will, dass du eine Pistole griffbereit hast. Und behalt Bailey bei dir im Zimmer.«

Ihr wäre es lieber gewesen, er hätte den Airedale mitgenommen. Sie würden sich wohl noch einen Hund anschaffen müssen. Die heiße Schokolade in der Hand, sah sie Sam nach, während ihr das Herz bis zum Hals schlug. Dann wurde ihr klar, dass er ihr nicht richtig geantwortet hatte. Man konnte nicht genau wissen, wer sie beobachtete, aber irgendjemand war da draußen, und dass zusätzlich zu einem Serienkiller plötzlich noch ein Stalker auf der Bildfläche auftauchen könnte, wäre ein zu großer Zufall.

Stella ging zum Bett zurück, stellte ihre Schokolade auf den Nachttisch und drückte so, dass es durchs Fenster nicht gesehen werden konnte, mit dem Daumen auf den Knopf, der die Tür des sehr geschickt in der Wand verborgenen Safes per Fingerabdruckscan aufklappen ließ. Sie hatte immer wieder geübt, bis sie den Knopf blind fand. Bei Tageslicht musste sie ihn suchen, so gut fügte er sich in die Holzwand ein.

Sie holte eine Pistole aus dem Versteck, lud sie und legte sie verstohlen neben sich, für den Fall, dass der Stalker immer noch in ihr Schlafzimmer schaute. Dann nahm sie ihre Schokolade und trank sie langsam. Bailey schob seinen großen Kopf auf das Bett, weil er merkte, dass sie sich nicht wohlfühlte.

»Dir gefällt es auch nicht, dass er allein draußen ist, was, mein Großer?«, sagte sie liebevoll und kraulte ihn hinter den Ohren. Dann seufzte sie, trank noch einen Schluck, lehnte sich an das Kopfbrett und versuchte, sich keine Sorgen um

Sam zu machen. Sie hätte darauf bestehen sollen, ihn zu begleiten. »Seit wann verschanze ich mich eigentlich im Haus, Bailey?«

Sie gehörte nicht zu den Frauen, die in ihrem Zimmer blieben und Däumchen drehten, während andere sich Gefahren aussetzten. Abrupt sprang sie auf, ignorierte das überraschte Bellen des Hundes und nahm das Nachtsichtfernglas vom Haken neben dem größten Fenster auf der Seeseite. Sie mochte die Aussicht. Das Haus stand auf erhöhtem Grund und bot einen guten Überblick über das Wasser, die Marina und einen Großteil des vorderen Grundstücks – die schönere Hälfte, auf der es keine Hütten und Campingplätze gab, nur zauberhafte Ufersäume.

Sie stellte sich ans Fenster und ließ durch das Fernglas den Blick langsam am See entlangwandern, um herauszufinden, ob irgendetwas verdächtig wirkte. Dann kamen die Stege der Marina an die Reihe. Zentimeter um Zentimeter überprüfte sie ihr Land. Plötzlich bemerkte sie eine Bewegung unter den Bäumen in der Nähe des Bootsverleihs.

Als sie das Fernglas scharf stellte, sprang Sams Bild sie an. Ein zweiter Mann, dünner und etwas kleiner, zielte mit einer Pistole auf ihn. In dem Augenblick, in dem Sam dem Mann blitzschnell die Beine wegtrat und ihn im Fallen entwaffnete, kamen zwei weitere Männer hinter den Bäumen hervor. Den einen schlug Sam mit dem Pistolenknauf nieder, den anderen nahm er in den Schwitzkasten und hielt ihm die Pistole an den Kopf.

Mit verkrampftem Magen sah Stella zu. Die zwei auf dem Boden blieben, wo sie waren, und machten keine Anstalten zu flüchten. Sie hatte das Gefühl, dass Sam die drei Männer kannte, zumindest den, den er mit der Pistole bedrohte. Doch dann ließ er seinen Gefangenen los und trat einen Schritt zurück.

Der Mann, den er niedergeschlagen hatte, blieb am Boden sitzen und hielt sich den Kopf. Der Jüngere, den er von den Füßen geholt hatte, sprang auf und ging auf Distanz. Er trug Jeans und Sweatshirt, und sein ganzes Benehmen verriet, dass er stinksauer war.

Den dritten, tadellos gekleideten Mann, der den Pistolenlauf am Hinterkopf gehabt hatte, schien das alles nicht zu kümmern. Er war der Einzige, der redete, und ganz offensichtlich der Chef. Offenbar hatte er viel zu sagen und deutete währenddessen erst auf den See und dann zum Himmel, wobei er einmal den Kopf schüttelte. Dann hielt er inne, als warte er auf eine Antwort von Sam, und als die ausblieb, machte er eine ausholende Geste, die das gesamte Resort, die Marina und Sams Hütte einbezog. Am Ende zeigte er auf ihr Haus.

Sam blieb ruhig und rührte keinen Muskel. So hatte sie ihn schon unzählige Male erlebt. Sie wusste genau, wie sein Gesicht jetzt aussah. Wie eine Maske mit kalten, leblosen Augen. Er hörte zwar zu, würde aber nichts sagen.

Sie hatte ihn seit mehr als zwei Jahren heimlich beobachtet und kannte seine Körpersprache. Obwohl er vollkommen entspannt wirkte, konnte er jederzeit so explodieren wie vor ein paar Minuten. Doch erst als der ältere Mann auf ihr Haus gedeutet hatte, hatte er reagiert. Er war dem Fingerzeig nicht mit dem Blick gefolgt, doch seine Haltung hatte sich kaum merklich verändert. Sie hatte das Gefühl, als sei er jetzt nicht mehr neutral, sondern gefährlich, doch die Veränderung war so subtil, dass sie nicht hätte sagen können, warum sie das glaubte.

Der Mann auf dem Boden musste die Bedrohung ebenfalls gespürt haben, denn er schaute plötzlich hoch, rappelte sich auf und ging von Sam weg zurück zu dem älteren Mann, als wolle er ihn beschützen. Der jüngere Mann umkreiste Sam argwöhnisch. Der würdigte ihn keines Blickes, sondern konzentrierte sich ganz auf den Anzugträger. Nach einem großen Bogen um Sam kehrte der jüngere Mann an die Seite des älteren zurück.

Stella fragte sich, was das alles zu bedeuten hatte. Sie zwang sich, ruhig weiterzuatmen. Sam hatte gewusst, dass es diese Männer waren, die draußen lauerten, und nicht der Serienkiller. Er hatte sie ihre Pistole holen lassen, weil er die Besucher kannte und nicht wollte, dass sie ins Haus kamen und mit ihr redeten.

Dies war nicht das erste Mal, dass er nachts allein nach draußen gegangen war, wenn sie sich beobachtet fühlte. Waren das immer diese Männer gewesen? Hatten die drei auch zugesehen, als sie mit ihren Freundinnen am See gezeltet hatte? Mit einem Mal verspürte sie den Drang, Sam auszusperren und einfach mit Bailey und ihrem wild klopfenden Herzen allein zu sein. Unglücklicherweise kannte Sam den Code der Alarmanlage. Hatte sie etwa Angst vor ihm?

Plötzlich hob Sam wachsam den Kopf, und alle drei Männer wandten sich dem Weg zu, der zum Bootsverleih führte. Stella bewegte ihr Fernglas in die Richtung. Sonny Leven drehte gerade eine seiner nächtlichen Wachrunden. Normalerweise hielt er sich dabei vom Haupthaus fern, überprüfte aber mehrmals die Marina. Er war noch ein Stück weit weg, näherte sich aber recht schnell. Als sie wieder zu Sam und den anderen zurückschwenkte, waren sie wie vom Erdboden verschluckt.

Stella suchte alle Bäume und Büsche sehr sorgfältig ab, aber nichts schien fehl am Platz zu sein. Es gab keinen Hinweis darauf, dass irgendwelche Männer in ihr Resort eingedrungen waren und sich mit Sam getroffen hatten. So viel zu ihren beiden Wachleuten. Von einem solchen geheimen Treffen mitten in der Nacht bekamen sie nichts mit.

»Was meinst du, Bailey? Soll ich Sam erschießen, wenn er reinkommt, und dem Sheriff erzählen, ich hätte ihn für einen Einbrecher gehalten?«

Sie hängte das Nachtsichtfernglas zurück an seinen Platz, ging wieder ins Bett und schloss die Hand um den beruhigenden Knauf, der ihr so vertraut war.

»Das ist genau der Grund, warum ich Menschen nicht an mich heranlasse«, erklärte sie dem Hund. »Jetzt stecken wir in einem Riesenschlamassel. Und das ist deine Schuld. Du hast ihn von Anfang an gemocht. Wenn du böse geknurrt hättest, hätte ich ihn gar nicht erst eingestellt.«

Wenigstens wusste sie jetzt, dass sie nicht von dem Serienkiller beobachtet wurde. Das war eine Erleichterung. Und Sam hatte noch eine Gelegenheit, ihr die Wahrheit zu sagen. Vielleicht kam er ja wieder und gestand ihr, dass er gerade drei Männer getroffen hatte, die er von früher kannte, und sich ein wenig mit ihnen unterhalten hatte. Sollte sie das nicht abwarten?

Die Minuten, die verstrichen, kamen ihr wie Stunden vor, in denen sie sich alles Mögliche vorstellte, auch dass die Männer Sam ermordet hatten und gerade seine Leiche beiseiteschafften. Sie konnte sich nicht erklären, wie die drei auf ihrem Anwesen ein und aus gehen konnten, ohne dass ihre Wachleute etwas davon bemerkten. Dennoch war sie dankbar, dass keiner von den beiden mit den dreien aneinandergeraten war, denn sie hatte das Gefühl, dass diese Männer brandgefährlich waren.

Plötzlich riss Bailey den Kopf hoch. Dann stellte er sich in ihre Schlafzimmertür und schaute in den Flur. Ein Blick auf die Alarm-App verriet ihr, dass die Hintertür geöffnet worden war. Sie schloss die Finger fester um ihre Pistole. Offenbar lebte Sam noch.

Beim Hereinkommen wirkte er sehr selbstbewusst, und so gelassen und entspannt wie immer. Als hätte er nur einen Nachtspaziergang gemacht. Sein dunkler Blick wanderte über ihr Gesicht nach unten, musterte sie von Kopf bis Fuß und verharrte kurz auf der Hand mit der Waffe, ehe er sich wieder auf ihre Augen richtete. Der Hund stupste ihn mit der Schnauze an, und Sam kraulte ihn automatisch hinter den Ohren, ohne sie aus den Augen zu lassen.

Stella wartete darauf, dass er etwas sagte, aber er schwieg. Sie hätte es wissen müssen. Er sagte nie etwas. Das war nicht sein Ding. Er verplapperte sich nicht. Und normalerweise war das Schweigen zwischen ihnen sogar angenehm, aber diesmal nicht. Diesmal war die Stille zum Zerreißen gespannt.

Sam schüttelte den Kopf, dann ließ er sich in den Sessel gegenüber sinken und griff nach dem Wasserglas, das er auf dem kleinen Tisch daneben abgestellt hatte. »Willst du die Waffe weglegen oder lieber benutzen?«

Dass er dabei, ganz typisch Mann, leicht amüsiert klang, ärgerte sie so sehr, dass sie nahe dran war, dicht an seinem Ohr vorbei in die Wand zu schießen, aber sie wusste, dass er nicht einmal mit der Wimper zucken würde.

»Ich überleg es mir noch.«

Ohne den Blickkontakt zu unterbrechen, trank er sein Wasser. Er wirkte alles andere als besorgt, aber das war auch nicht seine Art. Und er blieb weiter stumm und bot ihr nichts an, schon gar keine Erklärung.

Stella überlegte, was er getan – oder eher nicht getan – hatte, als er mit den drei Eindringlingen unter den Bäumen gestanden hatte. Er schien erst unruhig geworden zu sein, als der Anzugträger auf ihr Haus gezeigt hatte. Da war seine Haltung angespannter geworden, und das war nicht nur ihr aufgefallen, sondern auch den andern.

Stumm fixierte sie Sam. Es gab so vieles, was sie nicht wusste. Sie hatte aber auch nie gefragt, ihn in gutem Glauben eingestellt, und er hatte sie kein einziges Mal enttäuscht. Sie war wegen des Albtraums etwas durcheinander gewesen, und beide hatten sie das Gefühl gehabt, beobachtet zu werden. Er hatte sie also immer noch nicht enttäuscht, daher gab es keinen Grund, ihre Meinung über ihn zu ändern.

Sie fragte ihn nicht, was draußen passiert war, weil sie befürchtete, dass er ihr eine Lüge auftischen würde. Aber er war nicht ihre Mutter oder ihr Vater und auch keiner von den Schulfreunden, die sie ausgeschlossen hatten, sobald sie herausgefunden hatten, wer sie wirklich war. Er war Sam.

Stella entlud die Waffe und schloss sie wieder im Safe ein. »Ich habe allen Ernstes darüber nachgedacht, dir wegen deiner widerlichen männlichen Überheblichkeit einen Denkzettel zu verpassen.«

»Siehst du, du bist ziemlich aufbrausend.«

Seine dunklen Augen, in denen sich das Licht des Sees spiegelte, funkelten amüsiert. Das bekam sie nicht oft zu sehen, und ein lächerlich schwummriges Gefühl in der Magengrube war die Folge. Stella verdrehte die Augen.

Wieder entstand eine Pause. Sie war an der Reihe. Er wartete darauf, dass sie ihn fragte, aber sie wusste nicht, ob sie den Mut aufbrachte. Sie würde es nicht ertragen können, wenn er sie anlog und sie enttäuschte. Sein Schweigen war normal. Er redete nicht über seine Angelegenheiten – nicht einmal mit ihr. Und diese Männer betrachtete er ganz sicher als seine Angelegenheit.

Sie schaute auf die Bettdecke, die sie geistesabwesend in den Händen knetete, und sagte sich, dass sie es wissen musste, ehe es zu spät war. Doch ein anderer Teil von ihr flüsterte ihr ein, das sei dumm, Sam sei kein Lügner. Höchstwahrscheinlich würde er ihr nicht antworten, wenn sie nichts davon wissen sollte, aber er würde nicht lügen.

»Ach, Frau.« Er klang gereizt.

»Ach, Mann.«

»Spuck's endlich aus.«

Entschlossen hob sie die Lider und schaute ihm wieder direkt in die Augen. »Wer war da draußen?« Ihr Herz schlug zu fest und zu schnell.

»Ich habe darüber nachgedacht, ob es gut ist, wenn du das weißt, oder eher nicht.«

Stella blinzelte. Damit hatte sie nicht gerechnet. Er hatte also bereits in Erwägung gezogen, es ihr zu erzählen. Das war doch etwas. Und nein, er würde sie nicht belügen. Ihr fiel ein Stein vom Herzen. Sie tat sich schwer damit, anderen zu vertrauen. Sehr schwer. Auch bei ihm und ihren Freunden. Darüber musste sie hinwegkommen.

»Waren diese Männer schon mal hier, Sam?«

»Nein. Das war das erste Mal. Und nur weil sie da waren, kann ich nicht behaupten, dass nicht noch jemand das Haus beobachtet. Jedenfalls hat es sich so angefühlt, als ich losgegangen bin.«

Ein Schauer lief über Stellas Rücken. »Glaubst du, diese

Männer waren es auch, die mir und meinen Freundinnen nachspioniert haben, als wir gezeltet haben? Denn irgendjemand hat es getan.«

»Ich weiß es nicht«, erwiderte Sam mit einer gewissen Schärfe. »Ich hab den dreien gesagt, sie sollen nicht wiederkommen und sich von dir und deinen Freundinnen fernhalten.«

Ihr Magen zog sich plötzlich zusammen. »Haben die etwa eine von den anderen bedroht?« Sie machte sich größere Sorgen um ihre Freundinnen als um sich selbst.

»Einer hat gemeint, er kennt Raine. Ohne dass ich ihn danach gefragt hätte. Das hat mir nicht gefallen, und das habe ich ihm klargemacht.«

Sam hatte nur mit dem älteren Mann gesprochen, aber er hatte den jüngeren Mann attackiert, als der etwas gesagt hatte. Der musste es also gewesen sein, deshalb hatte Sam ihn niedergeschlagen. Und sie hatte gedacht, weil der Kerl ihn mit einer Waffe bedroht hatte.

Schützend legte sie eine Hand vor ihren Hals. »Warum sollte er etwas von Raine erwähnen?«

Sam zuckte die Achseln. »Er wollte mich testen. Aber das ist für ihn nicht gut ausgegangen.«

Plötzlich kam Stella ein Gedanke. »Wissen diese Männer etwa genauso über mich Bescheid wie Raine?«

Sam seufzte. »Nein, Stella, woher denn? Und selbst wenn es so wäre, würden sie nichts davon sagen, es sei denn, sie wären der Ansicht, dass es mich dazu bringen könnte, das zu tun, was sie von mir wollen.«

Sie presste die Lippen zusammen. »Sie wollen, dass du hier weggehst, nicht? Dieser Mann, der ältere, wollte dir keinen anderen Job anbieten, er wollte, dass du mich verlässt.«

Sams Lippen verzogen sich zu einem echten Lächeln, ein seltener Moment bei ihm. Es war atemberaubend. Zumindest in ihren Augen. Weil es nicht besonders oft vorkam und ihn völlig veränderte.

»Du hast uns beobachtet.«

»Irgendjemand musste doch im Hintergrund auf dich achten, falls die Lage zu brenzlig geworden wäre.«

Sam lachte laut. Das war noch schöner und wunderbar anzuhören. »Ja, wir hatten tatsächlich eine kleine Auseinandersetzung, Süße.«

»So klein kam sie mir gar nicht vor. Wer waren diese Leute, Sam?«

»Na gut, aber zuerst versprichst du mir, dass du bei mir bleibst.« Das Lächeln war verschwunden, sein Gesicht wieder völlig ausdruckslos.

»Schon vergessen, dass mein Vater ein Serienmörder ist? Das habe ich dir gestehen müssen, und ich knabbere immer noch daran, dass ich es auch meinen Freunden sagen muss.« Dass er in irgendeiner Funktion für die Regierung gearbeitet hatte, war nichts Neues für sie, also würde sie nicht besonders schockiert sein.

»Du solltest dein Wort besser halten, denn ich werde dich daran erinnern.«

Sie hatte Sam noch nie nervös erlebt. Nie. Fast wünschte sie, er würde nicht weiterreden. Sie wusste, wie es war, wenn man seine Geheimnisse aus sehr guten Gründen hüten wollte. Manche Dinge sollten nicht ans Licht kommen. Sam war auf der Suche nach einem neuen Leben, einem Neuanfang viel herumgekommen. Dabei hatte er nur seine Ruhe haben wollen.

»Waren das Bundesagenten, Sam?«, fragte sie sanft, damit

er verstand, dass sie ihn unterstützen würde, selbst wenn diese Männer versuchten, ihn dazu zu überreden, zurückzukommen und wieder für sie zu arbeiten.

Sam schüttelte den Kopf. »Oh nein, weit daneben, Stella. Der ältere Herr, den du da draußen gesehen hast, war mein Vater, Don Marco Rossi. Der, den ich umgehauen habe, war sein Stellvertreter und der Großmäulige sein Leibwächter.« Stumm musterte er sie mit seinen dunklen Augen, während sie diese Erklärung verdaute.

Stella runzelte die Stirn. »Ich will nicht so tun, als hätte ich noch nie von Don Rossi gehört, aber warum ist es dir so unangenehm, mir zu sagen, wer dein Vater ist, wenn meiner wegen seiner Verbrechen im Gefängnis sitzt?«

»Wie viele Menschen hat dein Vater in vier Jahren getötet? Fünf? Was glaubst du, wer mir das meiste von dem, was ich kann, beigebracht hat? Denkst du, ich habe mein Handwerk beim Militär gelernt? Nein, bei meinem Vater. Er hat mich von klein auf eingearbeitet.«

Sam nahm noch einen großen Schluck Wasser und strich Bailey übers Fell, während Stella daran dachte, wie alle aufgehorcht hatten, als sein Vater auf ihr Haus gezeigt hatte. War das eine Drohung? Wäre Sam daraufhin fast auf seinen eigenen Vater losgegangen? Das würde er doch wohl nicht tun.

»Was ist zwischen dir und deinem Vater schiefgelaufen?«, fragte sie.

Sam drehte den Verschluss wieder auf die Wasserflasche und drückte sie sich an die Stirn. »Meine Familie besitzt etliche Stripclubs, und mein Vater sah keinen Grund, nicht an den Freuden in den Hinterzimmern teilzuhaben. Und zwar ziemlich oft. Meine Mutter war sehr liebenswert, Stella. Die beste. Sie liebte große Feste mit vielen Freunden und reichlich Essen, das sie selber kochte. Wir hatten offensichtlich Geld, aber sie kümmerte sich immer selber um alles. Bei allem, was sie tat, war sie mit ganzem Herzen dabei. Sie liebte auch meinen Vater und stimmte alles im Haus perfekt auf ihn ab.«

Es war nicht zu überhören, dass er in der Vergangenheitsform von seiner Mutter sprach. Stella hatte Mitleid mit ihm. Er wirkte so einsam und so weit weg. Sie nahm an, dass auch er einen Großteil seines Lebens allein verbracht hatte.

»Sie hat ihn so oft gebeten, mit diesen Besuchen in den Clubs aufzuhören oder zuzulassen, dass sie die Scheidung einreicht. Dann hat er ihr gesagt, das ginge sie nichts an, eine Scheidung würde es nicht geben, dass er ihr doch ein schönes Heim biete und jede Nacht nach Hause käme. Das müsse reichen. Ich habe versucht, mit ihm zu reden, als ich mir echte Sorgen um meine Mutter gemacht habe, da hat er mich von ein paar Männern zusammenschlagen lassen, weil ich mich eingemischt habe. Er hat gemeint, ich hätte kein Recht dazu, schließlich würde ich mich auch oft in den Clubs herumtreiben, und er hatte recht. Damals habe ich viel für ihn gearbeitet. Zu viel. Wenn ich heute auf diese Zeit zurückblicke, begreife ich, wie leicht es war, mich zu dem zu machen, was ich bin, weil ich ihn als Kind bewundert habe und so sein wollte wie er.«

Stella wusste, wie es war, wenn man die Liebe und Zuneigung eines Elternteils gewinnen wollte. Sie hatte es auch immer wieder versucht. Das war natürlich.

Sam schüttelte den Kopf. »Eines Abends hatten sie einen schrecklichen Streit. Er wollte noch spät in einen Club, nachdem sie ihm gerade ein besonders feines Abendessen serviert hatte. Es war nämlich ihr Geburtstag. Sie wollte, dass er zu Hause blieb, bei ihr, aber er lehnte das ab. In dem Club gab es ein neues Mädchen, das er ausprobieren wollte. Das hat er Mom zwar nicht gesagt, aber er weigerte sich zu bleiben, und darüber hat sie sich sehr geärgert. Dann wurden sie handgreiflich, sie schlug ihn, und er schlug zurück. Als ich dazwischengegangen bin, ist er abgehauen.«

Wieder presste Stella die Lippen zusammen, damit sie ihm nichts Tröstendes sagte. Dies war nicht der Moment zu reden, sondern zuzuhören.

»Ich habe sie eine Weile in den Armen gehalten, als sie weinte, dann wurde sie ganz ruhig. Sie sagte mir, sie sei müde. Sehr müde. Und ich solle bitte niemals eine Frau so behandeln, wie sie behandelt worden sei – wenn ich eine Frau finden würde, sollte ich mir ganz sicher sein, dass ich sie wirklich so sehr liebe, dass ich nur mit ihr zusammen sein möchte, sonst sollte ich es lieber lassen. Das habe ich ihr versprochen. Dann hat sie mir gesagt, dass sie mich liebt, und ist nach oben gegangen.«

Stella spürte, wie ihr Herzschlag sich beschleunigte. Sie hatte ein sehr schlechtes Gefühl.

»Mein Vater kam zum ersten Mal, seit ich denken konnte, erst am nächsten Morgen nach Hause. Ich war gerade nach oben gegangen, um nach Mom zu sehen, als ich ihn vorfahren hörte. Ich klopfte an Moms Tür, aber sie antwortete nicht. Da habe ich die Tür aufgemacht und sie auf ihrem Lieblingsplatz sitzen sehen. Vor dem Fenster mit Blick auf den Garten. Sie war zusammengesackt und trug noch dieselben Kleider wie am Abend zuvor. Auf der Bank und den Kissen war Blut, sogar auf dem Boden. Praktisch überall.

Ich bin zu ihr gelaufen, obwohl ich wusste, dass es zu spät

war. Sie hatte dagesessen und war einfach verblutet, nachdem sie sich die Pulsadern aufgeschnitten hatte. Ich hab sie auf die Arme genommen und hin- und hergewiegt, und als mein Vater reinkam und sie mir abnehmen wollte, hätte ich ihn am liebsten umgebracht. Ich habe ihm gesagt, dass das seine Schuld war. Dass er ihr das angetan hätte. Genauso gut hätte er ihr die Pulsadern selber aufschneiden können. Gleich nach der Beerdigung bin ich fortgegangen, zur Armee, und hab es bis zu den Rangern geschafft. Danach wurde mir ein sehr riskanter, aber lukrativer Job angeboten, der sehr viel befriedigender war, wenn man – wie ich – einiges wieder gutmachen wollte. Außerdem war es so weiter unmöglich, mich aufzuspüren, selbst mit den Mitteln meines Vaters. Danach habe ich mich treiben lassen, hauptsächlich weil ich herausfinden musste, wie viel von meinem Erzeuger in mir steckt. Ich habe viele Dinge getan, die ich nie wieder rückgängig machen kann. Aber ich möchte nicht so sein wie er.«

»Komm leg dich zu mir, Sam. Vielleicht können wir nicht schlafen, aber so sind wir uns wenigstens nahe. Und das brauchen wir für den Rest dieser Nacht. Ich zumindest.«

»Ich hab ihm gesagt, er soll dich verdammt noch mal in Ruhe lassen.« Sam zog sich die Schuhe aus.

Stella schlüpfte unter das Oberbett, überließ ihm aber die Steppdecke. Als Sam neben ihr lag und sie im Arm hielt, bettete sie den Kopf an seine Schulter. »Warum war dein Vater so aufgeregt?«

»Er hat erfahren, dass jemand versucht hat, mich zu ertränken. Er wollte, dass ich nach Hause komme.«

Stumm dachte Stella darüber nach. »Dann muss er dich lieb haben, Sam, sonst wäre er nicht persönlich hergekommen, um dich dazu zu überreden.«

»Natürlich mag er mich. Er mochte auch meine Mutter. Aber er könnte sich mit dir und deinen Freundinnen zum Essen an einen Tisch setzen und dann nach Hause fahren und anordnen, dass ihr alle gefoltert werdet, damit ihr wisst, dass es keine gute Idee ist, sich mit seiner Familie anzulegen. Und das Schlimmste ist, ich bin durchaus imstande, dasselbe zu tun.«

Er nahm sie fester in die Arme. »Ich bin hierhergekommen, um ein anderes Leben zu führen, ein anderer Mensch zu werden. Nicht so, wie ich erzogen wurde, und auch nicht so, wie die Regierung mich haben wollte. Dann habe ich diesen Ort gefunden und dich.«

»Und niemand wird dir das wegnehmen, Sam«, sagte Stella entschieden und sich ihrer Sache ganz sicher.

10

Harlow Frye hatte leuchtend rotes Haar und jadegrüne Augen. Die Sommersprossen, die ihre Nase und die hohen Wangenknochen sprenkelten und sich großzügig auf ihren Schultern und Armen verteilten, steigerten ihre Schönheit noch. Sie war groß, langbeinig und sehr kurvig und konnte, je nach Kleidung, Frisur oder Make-up, wie eine elegante Verführerin oder wie das Mädchen von nebenan wirken. Doch trotz all der verschiedenen Looks stach sie immer hervor wie eine Flamme. Darum kam sie nicht herum, nicht bei diesem Haar.

Heute hatte sie die dichte rote Mähne zu einem einfachen Pferdeschwanz zusammengebunden. Sie trug nur wenig Make-up, eine hochgekrempelte Jeans und einen goldenen Pulli mit kleinen Perlenknöpfen. Die weichen Lederstiefel passten farblich zu ihrem Pullover. Stella hatte keine Ahnung, wo ihre Freundin solche Outfits auftrieb.

Harlow studierte die Skizzen, denen im Grunde nicht viel zu entnehmen war, und verdaute, was Stella ihr soeben über ihre wahre Identität eröffnet hatte. Derweil bohrte Stella unter dem Arbeitstisch im Fotoatelier die Fingernägel durch die Jeans in ihre Schenkel. Sie hatte Sam gesagt, sie wolle allein mit Harlow reden, deshalb war er nach einem kurzen Nicken, das seine Verstimmung über diese Entscheidung sehr deutlich zum Ausdruck brachte, im Resort geblieben, um sicherzustellen, dass die letzten Gäste ohne irgendwelche Zwischenfälle abgereist waren. Die Anlage war nun offiziell eine Weile geschlossen, eine echte Erleichterung. Heute Nacht würde es eine Party für die fest angestellten Mitarbeiter geben, die sich diese Pause redlich verdient hatten, danach würden sie und Sam ebenfalls freihaben. Hoffentlich hatten sie dann Zeit, ihre Beziehung zu festigen und den Serienkiller zu fangen.

»Wann hast du diese Albträume, Stella, und bist du dir dabei bewusst, dass du träumst? Nimmst du aktiv daran teil?«, fragte Harlow, die Augen immer noch auf die Skizze gerichtet, die Stirn nachdenklich gerunzelt.

»Bislang nicht«, gab Stella zu. »Ich hatte immer zu viel Angst, aber beim ersten Mal war ich noch klein und beim zweiten ein Teenager. Die Albtraum-Serie über den Angler kam so überraschend, dass ich mich nur darauf konzentriert habe, den Ort des geplanten Anschlags wiederzuerkennen. Zahra ist auf die Idee gekommen, dass ich die Linse vielleicht weiter stellen könnte. Daran habe ich nie gedacht. Und ich bin auch nie darauf gekommen, mir die Linse anzusehen.«

»Hast du irgendwann mal einen Traum ändern können?«

»Ich habe mich oft selber geweckt, indem ich mir gesagt habe, dass ich träume, aber verändert habe ich nie was. Wenn mir ein Traum gefallen hat, habe ich mir allerdings vor dem Zubettgehen gewünscht, dass ich ihn weiterträume, und das hat dann funktioniert«, gestand sie.

»Das mit deinem Vater tut mir leid, Stella.« Zum ersten Mal blickte Harlow auf und schaute ihr ehrlich betroffen in die Augen. »Aber wir können uns unsere Eltern nicht aussuchen, oder? Gott sei Dank sind sie nicht unbedingt so wie wir.« Wieder betrachtete sie die Skizze. »Das hier bringt mir nicht viel, aber du könntest ja ein wenig experimentieren, obwohl ich weiß, dass dich das Fotografieren nicht interessiert.« Als sie wieder aufschaute und sah, dass Stella sich abwehrend schüttelte, musste sie trotz der ernsten Lage lachen.

Beschämt schlug Stella die Hände vors Gesicht und lugte zwischen den Fingern hervor. »Du willst mir jetzt echt eine Kamera in die Hand drücken, oder?«

Harlow musterte sie. »Warum hast du so eine Aversion dagegen? Meinst du, das kommt von den vielen Kameras, die auf dich gerichtet waren, nachdem dein Vater überführt wurde?«

Stella nahm die Hände herunter und überlegte. »Nein, bei uns lungerten immer Reporter herum. Meine Mutter war in mehreren Wohltätigkeitsorganisationen und verschiedenen Vorständen – Oper, Ballett, Theater. Sie war sehr kunstinteressiert. Darüber wurde in zahlreichen Artikeln in Zeitungen und Zeitschriften berichtet. Damals galt mein Vater noch als ein attraktiver Philanthrop. Die beiden waren ein schönes Paar und erregten überall, wo sie hinkamen, Aufsehen, also warteten immer Kameras auf sie. Und auf mich, sobald ich das Haus verließ.«

Harlow nickte verständnisvoll. »Ich weiß, wie das für ein Kind ist. Mein Vater war, seit ich denken kann, in der Politik.« Sie schnitt eine Grimasse. »Man durfte um Gottes willen keinen Dreck an den Schuhen haben oder sie im Garten verschrammen, es konnte ja sein, dass jemand unangekündigt ein Familienfoto machen wollte. Das ist ein Grund dafür, dass ich mich nicht mit Porträts abgebe.«

Stella wusste, dass Harlow nur selten Menschen fotografierte. Und wenn, dann waren es private Bilder, nur von ihren

Freunden bei ihren Aktivitäten. Es waren Harlows Landschaftsfotos, die den Leuten den Atem raubten und ihr so viel Lob einbrachten.

»Das war bei mir auch so, wenn nicht noch schlimmer. Meine Mutter hatte sehr strenge Regeln für das, was ich anziehen durfte und was nicht. Wahrscheinlich trage ich deshalb jetzt andauernd Jeans und nur wenig Schminke. Mein Vater hat ihr einmal zu Weihnachten einen Fotoapparat geschenkt. Es war das neueste Modell, und all ihre Freundinnen hatten auch einen. Aber meine Mutter benutzte ihren nicht, sie wollte nur mit den anderen mithalten.«

Stella schaffte es nicht, an dem langen Arbeitstisch sitzen zu bleiben. Sie musste aufstehen und herumgehen. Hier gab es so viel Interessantes zu sehen, denn Harlow war sehr kreativ. Stella staunte immer wieder darüber, wie man so schöne Töpferwaren machen konnte und so ausgefallene Fotografien. Sie wirkten so real, dass man das Gefühl hatte, mittendrin zu stehen. Eins dieser großartigen Fotos hatte sie sich gekauft und rahmen lassen. Es zeigte einen Blick auf den See am frühen Morgen, in dem Moment, in dem die Sonne hervorkam und ihre Farben über den See warf. Es war fantastisch. Sie hätte es für kein Geld der Welt verkauft. Dennoch hatte sie Harlows kreative Seite nie ganz zusammenbringen können mit der rein praktischen Arbeit der Krankenschwester, die ungerührt Wunden zusammennähte.

Außerdem kletterte Harlow sehr gut. So wie Stella lieber an Felsen, aber auch sie stieg gelegentlich mit ihren Freundinnen auf Berge, obwohl sie das nicht besonders mochte. Harlows Hündin Misha, eine Beagledame, lag zusammengerollt in ihrem Körbchen neben der Tür zum Garten, von dem aus man zum Kanal kam, an dem Harlow alle paar Stunden mit der Hündin Gassi ging. Misha schien den Zeitplan verinnerlicht zu haben und ließ nicht zu, dass Harlow ihn vergaß. Vielleicht behielt sie Stella deshalb bei ihrer Wanderung durch das Atelier im Blick.

»Misha und Bailey sind gute Freunde, Harlow, aber gerade schaut deine Kleine mich so misstrauisch an, als wollte ich eins deiner Bilder stehlen«, sagte Stella unwillkürlich. »Wenn du mich für eine Kunstdiebin hältst, gibt es aber keine Leckerlis, Misha.«

Als die Hündin ihren Namen und das Wort *Leckerlis* hörte, klopfte sie erwartungsvoll mit dem Schwanz auf ihr Bett.

»Misha guckt jeden so an«, gestand Harlow. »Wohl um alle Besucher zu verjagen, damit wir ihrer Lieblingsbeschäftigung nachgehen können, was, wie du weißt, bei jedem Wetter G-A-S-S-I gehen ist. Oder in ihrem Fall eher G-A-S-S-I laufen.«

Stella lachte. »Sie ist einfach superclever. Eines Tages lernt sie noch sprechen.«

»Sie ist nur dann clever, wenn es ihr passt. Jetzt hör auf abzulenken und erzähl mir von der Kamera, die deine Mutter hatte. Sie hat sie zwar nicht benutzt, aber irgendetwas ist damit.«

Stellas Lächeln verblasste. Alte Erinnerungen wieder aufleben zu lassen machte keinen Spaß. Wie war es diesem Serienmörder nur gelungen, so vieles aufleben zu lassen, was nicht einmal in all den Monaten der Therapie, die sie als Teenager und als Studentin durchgemacht hatte, zur Sprache gekommen war. Plötzlich fielen ihr Szenen aus ihrer Kindheit wieder ein, die sie absichtlich vergessen und weggesperrt hatte. Und manches sollte auch hinter verschlossenen Türen bleiben.

»Ich erinnere mich an so viele Sachen, an die ich nie wieder denken wollte, Harlow. Ich möchte nichts mehr von meiner Mutter wissen und erst recht nichts von meinem Vater. Nachdem ich ihr von meinen Träumen erzählt hatte, hat sie angefangen zu trinken, um sich zu beruhigen. Zuerst war es nur der Versuch, mit einem Kind zurechtzukommen, das schreckliche Visionen hatte, doch dann hat sie begriffen, worum es dabei ging. Vielleicht hatte sie aber auch schon die ganze Zeit einen Verdacht, ich weiß es nicht.«

Harlow stand ebenfalls auf und ging zum Fenster. »Wir vergleichen das immer mit den Lebensumständen heute, aber damals waren Frauen längst nicht so unabhängig. Meine Mutter hat mich darauf hingewiesen, dass die Zeit, als unsere Eltern jung waren, nicht mit unserer zu vergleichen ist. Unsere Mütter sind anders erzogen worden, und es gab noch nicht so viel Hilfe für Frauen. Früher glaubten einige Eltern, wenn sie ein Kind auf die Welt gebracht hatten, hätten sie das Recht, alles mit ihm zu tun, was sie wollten.«

Stella musste ihr zustimmen. »Der Fotoapparat stand immer auf der Kommode meiner Mutter. Ich fand ihn wunderschön, und eines Tages konnte ich nicht widerstehen. Ich habe meistens bei ihr im Zimmer gesessen, wenn sie sich fertig gemacht hat, um auszugehen. Ich habe gern zugesehen, wie sie sich schminkte und ihren Schmuck anlegte. Da habe ich sie einmal gefragt, ob ich ein Foto von ihr machen dürfte.«

Harlow drehte sich zu ihr um. »War das, bevor deine Albträume anfingen oder danach?«

»Ich war noch so jung.« Stella legte die Stirn in Falten, rieb sie und versuchte, sich zu erinnern. Dann schaute sie aus dem Fenster auf den Kanal und wünschte sich, sie wäre draußen. Sie fühlte sich so beengt. So als würde sie wieder beobachtet.

Sie machte sich selber verrückt. »Ich weiß es nicht. Ich weiß nur noch, dass ich ihr gern beim Ankleiden zugesehen habe, jedenfalls ziemlich häufig. Und dann mochte ich das plötzlich nicht mehr.«

»Deine Albträume haben angefangen, als du vier warst? Und richtig los ging es dann, als du fünf warst. Das ist belegt. Als dein Vater verhaftet wurde, stand es so in der Zeitung. Er wurde zwar erst überführt, als du älter warst, aber deine Albträume fingen schon früher an.« Harlow ging quer durch den Raum zu einem Regal und begann, die Kameras, die dort griffbereit lagen, zu inspizieren.

Stella sank das Herz. Sie blieb absichtlich da, wo sie war, nah am Fenster auf der gegenüberliegenden Seite. »Ja, ich war fünf.«

»Du könntest aber schon mit vier versucht haben, deine Mutter zu fotografieren. Vielleicht hast du sogar noch Erinnerungen daran, wie du als Dreijährige mit deiner Mutter ins Theater gegangen bist. Oder zum Ballett. Deine Mama hat dich bestimmt hin und wieder mitgenommen. Und da könntest du Tratsch gehört haben, Gerüchte – und das hat wiederum deine Erinnerung daran verstärkt, was deine Mutter gesellschaftlich alles so gemacht hat. Mir ist schon aufgefallen, dass du fast alles für dich behältst. Das scheint eine deiner Begabungen zu sein.«

»Eher ein Fluch«, murmelte Stella. »Das alles ist ein Fluch.«

»Nicht, wenn du damit einen Mörder enttarnen und Leben retten kannst.«

»Ich habe meinen Vater nicht enttarnt – und Miller später auch nicht.«

»Am Ende doch«, bemerkte Harlow. »Du konntest doch nicht von Anfang an alles richtig machen. Und jetzt genauso wenig. Du musst begreifen, dass du keine Schuld an diesen Todesfällen hast. Da draußen ist ein Killer, und wenn du das nicht wüsstest, würde er weitermorden, ohne dass irgendjemand ihn aufhält. Als Krankenschwester kann ich auch nicht jeden retten. Das weiß ich. Nicht mal meine Lieblingspatienten, ganz egal, wie sehr ich mich anstrenge. Auch jeder Polizist muss irgendwann damit klarkommen. Jeder Soldat und jede Soldatin.«

»Aber der Tod ist für mich … nicht akzeptabel. Ich fühle mich verhöhnt, wenn ich diese Leute im Stich lasse, diese armen Menschen, deren Familie sie liebt.«

»Mir geht es genauso. Und den meisten Ärzten sicher auch. Deine Albträume sind Hinweise darauf, wie du ihn entlarven kannst. Er weiß nichts von dir, und du bist ihm schon auf der Spur. Hoffentlich merkt er nichts davon, bis wir ihn haben. Das ist das Wichtigste, Stella. Überleg dir gut, wen du ins Vertrauen ziehst. Sicher denkst du öfter darüber nach, die Polizei einzuschalten, aber wenn du das zu früh machst, verschwindet der Mörder. Auf Nimmerwiedersehen. Diese Gegend ist wie dafür geschaffen. Das muss dir klar sein, bevor du zum Sheriff gehst.«

»Ich möchte nicht so werden wie meine Mutter, Harlow. Ich möchte für meinen inneren Frieden keine Menschenleben opfern.«

»Aber wenn du zu früh zur Polizei gehst, tust du genau das, Stella. Denk darüber nach. In dem Fall taucht das FBI hier auf, der Killer macht sich aus dem Staub, und du bekommst dein Leben zurück. Nur dass er dann woanders hingeht. Dann wird keiner gewarnt, weil dieses Monster eine neue Spielwiese hat, auf der er seine Morde wie Unfälle aussehen lassen kann, und du bist nicht da, um seine Masche aufzudecken. Dann würde er nicht hierbleiben. Warum auch? Vor allem, wenn er nur manchmal herkommt.«

Stella kreuzte die Arme vor der Brust und lehnte sich an eins der bodentiefen Fenster. Von allen Argumenten, die sie davon abhalten sollten, Griffen Bescheid zu sagen, war dies das Beste, denn Harlow hatte recht. Stella spürte es.

»Das ist vernünftig, Harlow, aber das bist du ja immer. Sam meint auch, ich soll noch nichts sagen. Und Zahra ist der gleichen Ansicht. Sonst habe ich noch niemanden von dem neuen Traum erzählt. Ich überlege noch, was ich sagen soll, wenn ich es doch tue. Ich dachte, ich rede mit Raine über die Wanderwege und Zeltplätze. Sie begleitet mich oft und kennt das Wegenetz besser als ich.«

»Ich habe hier ein paar Kameras, die sehr beliebt waren, als deine Mutter jung war. Ich guck mal in einem Katalog nach, ob die irgendwelche Knöpfe hatten, die so ähnlich aussehen wie der in deiner Skizze, Stella.«

Typisch für Harlow, dass sie das anbot. Sie war sehr aufmerksam und wusste genau, wie ungern Stella Fotos machte und wie sehr sie es hasste, eine Kamera auch nur anzufassen. »Meine Mutter hat mir das mit dem Foto zwar erlaubt, aber natürlich wusste ich nicht, wie man das macht, da hat sie es mir gezeigt. Ich hab wahrscheinlich nur mit dem Apparat herumgespielt und hindurchgelinst und ihr gesagt, wie schön sie aussieht. Da hat sie mich freundlich angelächelt und eine Hand danach ausgestreckt. Also hab ich ihn ihr gegeben. Später, als sie mich ins Bett gebracht hat, hat sie mich mehrmals geküsst und gesagt, sie nähme es mir nicht übel, dass ich die Kamera kaputt gemacht hätte. *Weißt du nicht mehr, dass du sie fallen gelassen hast?* Dann hat sie mich noch mal geküsst und gemeint, dass so was eben vorkommt. Dabei hat mein Vater mit gerunzelter Stirn im Türrahmen gestanden. Er solle nicht so ärgerlich sein, hat sie ihn besänftigt, ich sei doch noch ein kleines Mädchen. Schließlich hat sie ihm sogar die Arme um den Hals geworfen und ihn geküsst.«

Stella konnte sich noch daran erinnern, wie kalt ihr Vater sie angesehen hatte. In dem Moment hatte sie zum ersten Mal Angst vor ihm gehabt. Sie war sicher, dass sie die Kamera nicht zerbrochen hatte. Da hatte sie begriffen, dass ihre Mutter log. Das hatte ihr Angst eingejagt, und sie hatte sich sehr einsam gefühlt. Sie wusste nicht mehr, wie alt sie damals gewesen war.

»Der Zeitpunkt, an dem wir herausfinden, dass unsere Eltern Monster sind – wie dein Vater – oder Schwächen haben – wie deine Mutter –, ist nie der richtige«, meinte Harlow, den Blick auf den Katalog gerichtet, den sie studierte. Dann schaute sie kurz auf. »Glaubst du etwa, irgendeine von uns käme aus einer normalen Familie? Hat nicht jeder seine eigenen Dämonen? Wissen wir, was normal ist, oder haben wir nur ein Bild im Kopf, weil Filme uns vorgaukeln, dass es so was gibt?«

Stella hob eine Braue. »Das ist eine gute Frage, und ich habe keine Antwort darauf, aber ich glaube nicht, dass viele Menschen einen Vater haben, der ein Serienmörder ist.«

»Ich denke, diese Geschichte mit der Kamera ist passiert, *bevor* du die Albträume bekommen hast, Stella, also kannst du deiner Mutter dafür danken, dass sie dir hilft, einen Serienkiller aufzuhalten. Ich weiß, dass es schwer ist, das durchzustehen, wenn es passiert, aber wenigstens hältst du am Ende Mörder vom Töten ab. Ich hab hier einen Knopf, der es sein könnte. Versuch in deinem nächsten Traum mal, ihn ein wenig nach rechts zu drehen, vielleicht wird das Sichtfeld dann größer. Wenn nicht, keine Sorge, dann versuchen wir es weiter. Du benutzt nur deinen Geist, nicht deine Hände, also kannst du auch nichts kaputt machen. Krieg bloß keine Panik deswegen. Stell dir einfach vor, ich wäre bei dir und würde für dich knipsen. Dass ich den Knopf drehe.«

»Du bist so klug«, sagte Stella voll ehrlicher Bewunderung. »Misha ist aufgestanden und läuft hin und her. Ich glaube, damit will sie dir etwas sagen. Ich hole Bailey, wenn du so weit bist.« Sie war jedenfalls mehr als bereit, sich die Beine zu vertreten.

Am See verbrachte sie Stunden damit, hinter den Leuten sauber zu machen. Sie hatte Glück, dass bei größeren Aufräumaktionen Freiwillige mit eigener Ausrüstung anrückten, um ihr zu helfen – so war das in der Gemeinde, in der sie lebte, denn Abfall lag immer herum. Jeden Morgen, wenn sie mit Bailey Gassi ging, nahm sie einen Müllbeutel mit. Und am Abend, wenn die letzten Camper gegangen waren und sie alles abgeschlossen hatten, ebenso.

Sie war daran gewöhnt, immer in Bewegung zu sein. Auch nur für kurze Zeit still zu sitzen, machte sie nervös – gerade jetzt. Während der Saison blieb keine Zeit für Pausen. Und wenn sie mal einen Tag freinahm, ging sie klettern oder wandern. Hin und wieder brauchte sie eine kleine Auszeit, um einen klaren Kopf zu bekommen. Sonst war sie jede Minute des Tages beschäftigt, von Sonnenaufgang bis weit nach Mitternacht. Sam hatte ihr einen Großteil der Last abgenommen, und sie hatte im Laufe der Jahre eine sehr gute Mannschaft um sich geschart. Auch das war eine große Hilfe. All ihre Angestellten arbeiteten hart, und sie schätzte jeden einzelnen von ihnen.

Misha sprang ungeduldig gegen die Hintertür, als Stella vorn rausging, um Bailey aus dem Auto zu holen. Er hatte schon auf sie gewartet und freute sich auf den Spaziergang. Auf ihr Kommando sprang er aus dem Wagen und rannte dann quer durchs Atelier zu Misha, die ihn mit lautem Kläffen begrüßte.

Stella bemerkte, wie sie zufrieden vor sich hin lächelte. Das war etwas, was sie an Hunden so mochte. Sie lebten im Augenblick und hatten an allem, was sie taten, tierischen Spaß. Misha und Bailey liebten es, am Kanal entlangzulaufen, und der Weg, den Harlow und Stella nahmen, war ihnen bestens vertraut. Sie mussten nicht angeleint werden. Jeder kannte die beiden und wusste, zu wem sie gehörten. So konnten sie zusammen Fangen spielen und alles, was kreuchte und fleuchte, interessiert beäugen.

Auf dem tiefer gelegenen Uferpfad war es wesentlich wärmer. Stella trug einen leichten Pulli über ihrem T-Shirt, den sie sich um die Taille binden konnte, falls es ihr zu heiß werden würde. Das Oktoberwetter hatte die Anzahl der Insekten dezimiert, was sehr angenehm war, trotzdem hatte sie immer ein Abwehrspray dabei. Und ein Zeckenschutzmittel, obwohl sie das, wenn sie ehrlich war, bei Bailey konsequenter anwandte als bei sich selber. Ihr Hund war stets geschützt.

»Wo ist eigentlich Vienna? Ich dachte, sie hätte ein paar Tage frei. Wollte sie ihrer Katze nicht beibringen, mit Misha spazieren zu gehen?«

»Sie wurde ins Krankenhaus gerufen, kurz bevor du dich gemeldet hast, ein Notfall. Denver musste auch hin. Ein großer Unfall, zwei Trucks sind frontal zusammengestoßen. Hat sich schlimm angehört.«

»Das ist ja schrecklich.«

»Und was ihre Katze und das Spazierengehen anbetrifft, tja, das lief nicht so gut. Diese zimperliche kleine Prinzessin wollte lieber auf Misha reiten, als selber zu laufen.«

Die beiden Frauen schauten einander an und prusteten los. Die Katze war Viennas Liebling und total verwöhnt. Das Tier bestimmte alles in Viennas Leben, auch wenn sie das nie zugab. Sie redete immer davon, dass sie die Katze dazu bringen wolle, bei den abenteuerlichen Spaziergängen mit den Hunden mitzukommen. Aber die Katze hatte kein Interesse. Sie lebte in einem »Palast« und war so wählerisch, dass sie das meiste Futter, das man ihr anbot, ablehnte. Außerdem wollte sie ständig gestreichelt und gekrault werden, wenn Vienna in der Nähe war. Und wenn ihr Frauchen zu lange wegblieb, war sie beleidigt und zog sich schmollend für längere Zeit in eine Ecke zurück. Alle fanden, dass »Prinzessin« der richtige Name für diese Katze war, und liebten es, Geschichten von ihr zu hören.

Der Spaziergang am Kanal entlang war sehr beruhigend, selbst bei dem schnellen Tempo, das Harlow mit ihren langen Beinen vorgab. Stella machte das nichts aus, obwohl sie keine Läuferin war. Wenn sie wegen Bailey eine Weile joggen musste, tat sie es, und sie lief auch widerstrebend ihre Runden, um in Form zu bleiben, aber sie gehörte nicht zu den Menschen, die das liebten. Sie würde niemals eine Bergläuferin werden, die einen Gipfel nach dem anderen abhakte. Sie konnte stunden-, tage-, wochenlang wandern, gern auch monatelang, aber auf den Vorschlag, laufen zu gehen, reagierte sie unweigerlich mit einem dicken, fetten *Ächz*.

Die Bäume wiegten sich sanft im Wind und verloren ein paar Blätter, die träge kreiselnd auf den breiten Pfad oder ins

Wasser fielen. Überall explodierten Farben. Rot und Orange, Grün und Braun. Die Ebenen ringsum glänzten golden. Die Gräser waren so hoch, dass sie sich gen Boden neigten. Einige Halme hatten noch ihre bläuliche oder grünliche Färbung, doch die meisten waren braun oder hatten diesen wunderbaren herbstlichen Gelbton angenommen.

Ein einsamer Graureiher stakste auf der Suche nach Essen mit seinen langen, dürren Beinen durch den Kanal. »Hast du die anderen verloren?«, rief Stella. »Du solltest längst weg sein. Beeil dich besser, mein Freund, bevor das Wetter umschlägt.«

Harlow grinste. »Sprichst du immer mit Tieren?«

»Ziemlich oft«, gestand Stella. »Die geben wenigstens keine Widerworte.«

Die beiden Frauen lachten und setzen ihren Spaziergang mit den Hunden fort.

In den folgenden Nächten gab Stella sich alle Mühe, das zu tun, was Harlow ihr aufgetragen hatte, um ihren Blick zu erweitern. Doch in der dritten Nacht versagte sie völlig. Sie konnte den Knopf nicht bewegen und war so nervös, dass sie kaum etwas Neues mitbekam. Am Ende war sie frustrierter denn je. Immerhin war das Licht besser gewesen als beim letzten Mal, das gab ihr Hoffnung für die kommende Nacht.

Mami, Daddy tut wieder etwas Schlimmes.

Das Paar schien weitergewandert zu sein. Selbst im schwachen Schein der Stirnlampe der Frau sah es für Stella so aus, als wäre sie diesen Weg selber schon mehr als einmal gegangen. Fast spürte sie das vertraute Gewicht eines Rucksacks auf dem Rücken. Bei diesem dritten Mal hatte sie das Gefühl, dass auch andere Augen dem Paar folgten. Während sie am Rand stand und zuschaute, wie die beiden steil bergauf anstiegen, wurden sie von noch jemandem beobachtet. Und sie konnte nichts dagegen tun.

Stella erschauerte vor Furcht. Der Mörder war dem Paar auf den Fersen. Konnten die zwei ihn denn nicht spüren? Warum nicht? Seine Nähe war doch so bedrohlich. Sein Energiefeld so stark. Schlich er sich schon an die beiden heran? Sie versuchte, ihnen eine Warnung zuzurufen. Eiskalte Finger glitten über ihr Rückgrat. Würde gleich vor ihren Augen ein Mord geschehen? Jetzt schon? So früh? Das konnte nicht sein. Dann hielt der Mörder den Zeitplan nicht ein.

Verzweifelt versuchte sie, die Linse weiter zu stellen, um einen Blick auf den Killer zu erhaschen, doch die Dunkelheit ringsherum verbarg ihn. Je stärker sie zitterte, desto stärker zitterte auch die Linse. Sie hatte Angst, der Mörder könnte gemerkt haben, dass sie da war und nach ihm suchte. Dann wusste er, dass er nicht allein war. Wenn sie ihn entdeckte, konnte er dann auch sie entdecken? Bei der Vorstellung wurde ihr eiskalt.

Genauso abrupt, wie der Albtraum begonnen hatte, war er zu Ende, die Linse schloss sich und ließ die beiden jungen Leute am frühen Morgen allein mit einem Killer, der sie jagte und entschlossen war, sie zu töten.

»Nein, nein, nicht aufhören. Verdammt, nicht aufhören.«

Um sich schlagend erwachte Stella mit tränennassem Gesicht, voller Angst, nichts Hilfreiches gesehen zu haben, und wütend auf sich selber, weil es ihr nicht gelungen war, das

Paar zu warnen. Rasch setzte sie sich auf und versuchte, Atem zu schöpfen, da keine Luft in ihre brennende Lunge drang. Ihr Herz klopfte so heftig, dass ihr Brustkorb schmerzte.

»Stella, du bist zu Hause. Mach die Augen auf und atme tief durch.«

Sie schüttelte Kopf. Er hatte keine Ahnung. Er wusste nicht, wie das war. Er konnte nach all seinem Training ruhig und überheblich auf der anderen Zimmerseite in seinem dummen Sessel sitzen und tun, was auch immer man ihm beigebracht hatte, um so etwas nicht an sich heranzulassen, aber sie konnte das nicht. Sie schaffte es nicht. Die Arme um den Bauch geschlungen, wiegte sie sich vor und zurück. Es kümmerte sie nicht, dass sie wieder einmal völlig zusammenbrach.

Dann war Sam da, zog sie auf seinen Schoß, nahm sie fest in die Arme, drückte ihren Kopf an seine Brust und wiegte sie weiter. Er stellte keine Fragen und ließ sie weinen. Es war typisch für ihn, dass es ihm nichts ausmachte, dass sie völlig verschwitzt war. Sanft legte er eine Hand um ihren Hinterkopf und rieb ein paar Strähnen ihres Haars zwischen seinen Fingern.

Irgendwann gelang es ihr, sich zu beruhigen und nur noch laut zu schniefen. Da reichte er ihr ein Taschentuch, damit sie sich die Nase putzen konnte. »Heute Nacht habe ich nicht das Gefühl, dass wir beobachtet werden, du?« Das war das Einzige, was ihr einfiel, um davon abzulenken, dass ihr Gesicht rot und fleckig war und sie schrecklich aussah. Sie hatte sein T-Shirt nass gemacht.

»Stimmt, draußen ist es ruhig, niemand da.«

Erleichtert atmete Stella langsam aus. Es fühlte sich gut an, in Sams Armen zu liegen und seinen Duft einzuatmen.

Sie hatte das Gefühl gehabt, den Serienmörder riechen zu können, und das kalte Schaudern auch nach dem Aufwachen nicht aus den Knochen bekommen, aber Sam hatte es vertrieben.

»Dies ist das erste Mal seit dem Mordanschlag, dass ich mich nicht beobachtet fühle. Meinst du, das war dein Vater oder irgendjemand, den er geschickt hat? Ist deshalb niemand mehr da?« Sie strich mit der Wange über Sams Brust und legte das Ohr an sein Herz.

Er zögerte. »Ich wünschte, es wäre so, aber nein. Letzte Nacht waren seine Leute zum ersten Mal hier und er wohl auch. Aber jemand anders war da. Das heißt nicht, dass es der Serienmörder war, denn der hat keinen Grund, dich oder mich im Auge zu behalten. Höchstens mich, weil ich ihm durch die Lappen gegangen bin. Ich bin noch nie so lange an ein und demselben Ort geblieben. Mir war klar, dass mein Vater mich dann irgendwann finden würde, aber du bist hier und ich deshalb auch.«

Stellas Herz machte einen Satz, obwohl das nur eine ganz sachliche Erklärung gewesen war. »Das mit deiner Mutter tut mir sehr leid, Sam. Wirklich. Ich habe gesehen, dass dein Vater aufs Haus gezeigt hat und du dich darüber geärgert hast. Will er, dass du zurückkommst und wieder für ihn arbeitest?« Sie befeuchtete ihre plötzlich trocken gewordenen Lippen, doch inzwischen hatte sie viel mehr Vertrauen in ihre Beziehung zu Sam als noch vor einigen Tagen. »Hat er mich bedroht, damit du mit ihm gehst?«

Sam schwieg einen Moment und rieb dabei weiter ihre Haarsträhnen. »Ich möchte, dass du mich immer so anschaust wie gerade jetzt. Als wäre ich ein guter Mann. Deshalb bin ich hierhergekommen. Denn das wollte ich immer sein. Wenn einer von denen dich bedroht hätte, hätte ich sie getötet, das kannst du mir glauben. Auf der Stelle. Alle.«

Stumm wartete er auf ihre Reaktion. Aber Stella zögerte. Nun wusste sie, wo er herkam. Und auch – oder zumindest glaubte sie das – was er in den letzten zehn Jahren gemacht hatte, denn er hatte Instinkte und Fähigkeiten, die andere nicht hatten. Deshalb war es normal, dass er sie beschützte, wenn sie in Gefahr schwebte.

Schließlich nickte sie verständnisvoll. »Was hat er dann hier gewollt?«

»Dass ich zurückkomme«, gab Sam zu. »Und ihm eine Chance gebe, unser Verhältnis wieder zu kitten.«

Stella versteifte sich, ohne es zu wollen. Sie wünschte ihm zwar, dass er sich wieder mit seinem Vater versöhnte, wenn er das wollte, aber sie wollte nicht, dass er sie verließ. Niemals. »Verstehe. Und warum hat er aufs Haus gezeigt?«

»Ich habe ihm gesagt, dass ich nie wieder für ihn arbeiten würde. Dass meine Frau hier wohnt und ich hier zu Hause bin. Dass ich hier Frieden gefunden hätte, und das gebraucht habe. Du gibst mir diesen Frieden, Stella. Du und dieser Ort. Er wollte dich kennenlernen. Ich habe gesagt, ein andermal. Und als er darauf bestehen wollte, habe ich ihn nicht besonders höflich aufgefordert zu gehen. Du hast mit diesem Serienkiller schon genug zu tun. Außerdem war es mitten in der Nacht. Darauf habe ich ihn auch hingewiesen. Da hat er zugegeben, dass er dachte, ich würde ihn nicht sehen wollen, und Angst hatte, dass ich wieder verschwinde und er mich dann nie mehr finden könnte.« Sam spielte immer noch mit ihrem Haar.

Das war ziemlich viel auf einmal. Noch einmal strich

Stella mit der Wange über Sams Brust. »Was machst du da eigentlich?«

»Dein Haar ist wie Seide. Ich finde es wunderschön.« Er küsste sie auf den Scheitel. »Ich sollte dir vielleicht sagen, dass ich darüber nachdenke, heute Nacht bei dir im Bett zu schlafen statt auf dem Boden vor deiner Schlafzimmertür.«

Wieder machte ihr Herz einen Satz. Dann fing es an zu rasen. »Du hast auf dem Boden geschlafen? Ich dachte im Gästezimmer. Es gibt doch mehrere hier.«

»Ich wollte sichergehen, dass ich dich höre, wenn du einen Albtraum hast.« Er strich ihr übers Haar.

Sie schmiegte sich an seine Brust, weil sie sich davor fürchtete, ihn anzusehen. »Das hättest du auf jeden Fall gehört.« Schließlich war er außergewöhnlich wachsam, besonders wenn es um sie ging.

»Mag sein.« Es klang, als würde er lächeln. »Lässt du mich?«

»Was?« Konnte ihr Herz noch fester schlagen?

»Bei dir bleiben?« Er legte eine Pause ein und küsste sie noch einmal auf den Scheitel. »Für immer. Ich mache keine halben Sachen, Stella. Wenn du mich haben willst, bleiben wir zusammen. Aber wenn du noch nicht so weit bist, ist das auch okay. Ich kann warten.« Sein sonst so lockerer Ton war hart geworden. Und sein Körper noch härter.

Stella schlang die Arme um seinen Hals, verschränkte die Finger in seinem Nacken und schaute ihn an. Dann stockte ihr der Atem. Seine Augen waren voller Gefühle. Tiefer Gefühle. Für sie.

»Sag es, Stella, dann gibt es kein Zurück mehr.« Er küsste sie zärtlich und schaute sie wieder an, mit dieser umwerfend feurigen Leidenschaft in den Augen, an die sie sich wohl nie gewöhnen würde.

»Gern, ich möchte, dass du bei mir bleibst.«

»Und …«, hakte er nach, fasste in ihr Haar und zog sanft ihren Kopf zurück, um sie mit noch dunkleren Augen zu mustern.

Sie lächelte ihn an. »Ich gehöre zu dir und du zu mir. Wir sind zusammen. Und leben im selben Haus. In einer Beziehung. Wie immer du sie nennen willst. Jetzt küss mich, und tu es endlich.«

Er hob eine Braue. »Was?«

»Ich warte schon ziemlich lange darauf.«

»Du hast mir nach dem ersten Mal kein Zeichen mehr gegeben. Und auch da hat es ewig gedauert, bis ich grünes Licht bekommen habe. So lange sollte es nicht noch mal dauern.«

»Ich wollte unsere Freundschaft nicht riskieren.«

»Du hättest mich nicht an dich rangelassen, wenn wir vorher Sex gehabt hätten«, warf er ein. »Dann hätte ich nie eine Chance gekriegt.«

Da hatte er recht. Sehr recht sogar. Er kannte sie so gut. Doch dann konnte sie nicht mehr denken, weil er sie mit seinen Küssen um den Verstand brachte. Nun begriff sie, warum er immer so heiß war. Er verbrannte die rastlose Energie, mit der er sonst nachts seine Runden durchs Resort drehte, indem er sich nun mit beträchtlichem Geschick ihrem Körper widmete, bis sie, nach Luft ringend und zu müde, um noch einen Muskel zu regen, zufrieden auf ihm zusammensackte, nur um zwei Stunden später wieder geweckt zu werden und von vorn anzufangen.

Die vierte Nacht war insofern anders, als dass sie nun Sam hatte, mit dem sie reden konnte, wenn sie bei dem Versuch, sich auf den nächsten Albtraum vorzubereiten, ein wenig unruhig wurde. Sie dachte schon daran, als sie ins Bett ging, stellte sich vorher vor, was sie sehen würde und was sie tun sollte. Das machte sie so nervös, dass ihr vor dem Einschlafen übel war.

Sam war ruhig wie immer und sprach sehr sachlich mit ihr. »Es spielt keine Rolle, wenn es nicht klappt, Stella. Tu das, was du immer getan hast. Achte auf jedes Detail und präg es dir ein. Das kannst du. Und wenn du aufwachst, machst du deine Notizen und Skizzen und zeigst sie Raine. Sie konnte gestern nicht kommen, weil sie nicht in der Stadt war, aber morgen ist sie da und trifft sich mit dir, um sich deine Aufzeichnungen anzusehen. Falls ihr zwei den Weg nicht erkennt, gehst du zu dieser Frau, die immer auf die Berge läuft, und erzählst ihr, dass du Malerin bist. So wie du es vorhattest. Sobald du erfahren hast, wo der Weg ist, gehen wir hin.«

Es war so tröstlich, ihn einfach nur bei sich zu haben. Stella wollte nichts verpassen, weil sie sich bemühte, irgendetwas an ihrem Traum zu ändern, andererseits hielt sie es für eine sehr gute Idee, das Blickfeld zu erweitern, also lag sie vor dem Einschlafen lange Zeit wach und dachte darüber nach, wie sie den Knopf leicht nach rechts drehen könnte.

Voller Furcht, dass die gestrige Katastrophe sich wiederholen könnte, starrte sie an die Decke. Die Nacht war *so* schrecklich gewesen. Na ja, bis auf hinterher. Aber das lag nur daran, dass Sam die Lage gerettet hatte. Sie lauschte dem Ticken der Uhr. Atmete er überhaupt? Lebte er noch? Jedenfalls schnarchte er nicht. Sie etwa? Der Hund schnarchte ungeniert. Sie drehte sich auf die Seite, starrte die Wand an und wollte sich dann doch lieber Sam zudrehen.

Rasch legte er einen Arm auf ihren Bauch und hielt sie auf dem Rücken fest. »Ach, Frau«, sagte er warnend.

»Ach, Mann. Du liegst auf meiner Bettseite«, beschwerte sie sich, als wäre es seine Schuld, dass sie nicht schlafen konnte.

Abrupt riss er die Bettdecken weg, mit denen sie sich warm hielt, weil er darauf bestanden hatte, dass sie nackt schlief. Das machte doch niemand – nur er. Sie hatte entdeckt, dass er im Bett ziemlich herrisch war, doch das hatte auch Vorteile, die sie sehr genoss.

»Du liegst immer mitten im Bett, Stella, du hast keine Lieblingsseite. Ich schlafe einfach näher an der Tür, um dich beschützen zu können.«

Ehe sie auch nur daran denken konnte zu protestieren, spreizte er ihre Beine und schob seine breiten Schultern dazwischen. Dann katapultierte sein Mund sie in eine andere Galaxie, denn er machte keine halben Sachen. Viel später, als sie es, erschöpft, befriedigt und unfähig, sich zu rühren, nicht fertigbrachte, sich zuzudecken, säuberte er sie mit einem warmen Waschlappen und einem Handtuch. Dann wickelte er sich um sie und zog sie so dicht an seinen warmen Körper, dass sie glaubte, die Decken, die er über sie zog, nicht mehr zu brauchen.

»Jetzt schlaf, Schätzchen«, raunte er und küsste sie auf die Schläfe.

Die Hitze, die Sam verströmte, die natürlichen Geräusche der Nacht, das Summen der Insekten und das Klatschen, mit dem die Wellen ans Ufer schlugen, schläferten sie ein.

Mami, Daddy tut wieder etwas Schlimmes.

Diesmal war sie auf das Paar auf dem Wanderweg vorbereitet. Es war hell geworden. Ein früher Morgen mit gräulichem Licht. Nebelverhangen. Die beiden gingen im Gleichschritt, die Frau gab das Tempo vor. War da schon Schnee, oder kündigte er sich erst an?

Es gab keine Bäume mehr. Nur noch übermannshohe Felsen. Der schmale Pfad wurde manchmal etwas breiter und verengte sich dann plötzlich wieder. Was war das für ein Fels? Granit. Ganz sicher. Der Nebel, der das Paar umwaberte, sah aus wie Dampf- oder Atemwolken. Stella fand, dass er wie lebendig wirkte.

Sie dachte, das gruselige Gefühl, das sie hätte, käme von diesem Nebel, doch dann wurde ihr klar, dass sie den Killer spürte. Das Paar war nicht allein auf dem Wanderweg. Der Mörder war ganz in der Nähe. Sie konnte ihn fast riechen. Und er pirschte sich definitiv an das Pärchen heran. Sie versuchte herauszufinden, wo er war, verhielt sich ganz still und bewegte den Kopf hin und her wie eine Wünschelrute, um festzustellen, ob die schauderhaften Schwingungen in irgendeiner Richtung stärker waren.

Als sie allein über den John Muir Trail gewandert war, hatte sie fast einen Monat in der Wildnis verbracht. Sie ließ sich nicht leicht einschüchtern, aber an diesem Morgen fühlte sich alles unheimlich an. Plötzlich hörte sie gedämpfte Schritte. Und gedämpfte Stimmen. Moment. Was war das? Waren etwa andere Wanderer in der Nähe? Hatte sie richtig gehört? Kam irgendjemand den Pfad herunter? Oder herauf? *Es gab eine Chance.* Vielleicht konnte sie die anderen Leute zeichnen und identifizieren. Der Killer würde doch bestimmt keinen Doppelmord begehen, wenn er dabei gesehen werden konnte, nicht? Oder gehörte er selber zu diesen Neuankömmlingen?

Mit klopfendem Herzen versuchte Stella, die Linse ein wenig weiter zu öffnen. *Nun mach schon, du Scheißkamera.* Warum war sie nur zu dumm dazu, diesen Knopf zu drehen? Sie hätte es locker geschafft, den Berg hochzulaufen und sich dem Killer entgegenzustellen, aber das hier? Sie blieb also dabei, sich jedes neue Detail einzuprägen, sobald es im Licht erkennbar war, um es später zeichnen zu können, doch zugleich versuchte sie, ihre Eindrücke vom Killer abzuspeichern.

Was hatte Harlow noch gesagt? Dass sie sich vorstellen sollte, Harlow fotografiere den Weg. Konnte das klappen? Stella stellte sich ihre Freundin hinter der Linse vor. Das war ganz leicht, denn die machte ständig Fotos, wenn sie bei ihren Ausflügen dabei war. Meist mit ihrem Handy. Es wäre eher seltsam gewesen, sie ohne eine Kamera in der Hand zu erleben.

Zu Stellas Überraschung erweiterte sich das Blickfeld langsam ein wenig. Zugegebenermaßen nicht sehr, aber sie war begeistert. Es fühlte sich an wie ein kleiner Sieg. Nun sah sie viel mehr und erkannte den Weg sofort. Sie würde ihn gleich zeichnen und Raine zeigen. Wenn sie doch jetzt nur noch ein Bild von irgendjemand anders bekommen könnte. Selbst wenn es nur ein Schattenriss war. Doch das würde der Frühnebel wohl nicht gestatten. Plötzlich schloss sich die Linse wieder, und der Traum war vorbei.

Als Stella die Augen aufschlug, war sie bei klarem Verstand. »Sam? Sam, bist du wach?« Sie drehte sich um und stellte fest, dass er nicht da war. Nicht mehr bei ihr im Bett. Sie hätte es wissen müssen. Er schlief niemals lang.

»Ich warte schon, *Satine*. Offenbar hast du etwas entdeckt.«

»Sie sind auf dem Hauptwanderweg zum Mount Whitney. Den bin ich mit Raine auch schon zweimal gegangen. Aber sie war noch öfter da. Er hat neunundneunzig Kehren, und das Pärchen befindet sich auf denen unter dem Gipfel. Dort verschwinden Wanderer häufig, jedenfalls öfter, als man denkt. Vielleicht kann Raine genauer eingrenzen, wo der Killer voraussichtlich zuschlagen wird.«

»Ich bin auch beim Rettungsdienst von Mono County, Süße. Also ist mir das bekannt. Aber die meisten haben sich einfach nur verlaufen und sterben glücklicherweise nicht gleich.«

Allerdings versuchten immer mehr unerfahrene Wanderer, den Gipfel zu erreichen, ohne zu wissen, was sie sich da vornahmen, und ohne die richtige Ausrüstung. Deshalb stieg die Zahl der Todesopfer unaufhaltsam.

»Dafür gibt es nur eine beschränkte Anzahl von Genehmigungen«, sagte Stella. »Womöglich finden wir die beiden auf diese Weise und können sie rechtzeitig aufhalten, auch wenn sie uns sicher für übergeschnappt halten, wenn wir behaupten, dass ein Serienkiller sie umbringen will.«

»Wir könnten ihnen doch einen Batzen Geld für ihre Genehmigung bieten«, schlug Sam vor, »dann nehme ich den Platz des Mannes ein.«

»Du meinst, *wir* nehmen die Plätze der beiden ein.«

Doch Sam schüttelte bereits den Kopf. »Auf keinen Fall, Stella. Du wirst dich nicht in Gefahr bringen.«

»Dieser Mörder verfolgt das Pärchen. Er würde sofort merken, wenn ihr die Plätze tauscht«, gab sie zu bedenken. »Das wird nicht funktionieren. Wir müssen die beiden finden und sie dazu bringen, von dem Berg zu verschwinden.«

»Dann sucht er sich jemand anders. Wir müssen ihm einen Ersatz anbieten.«

Stella hasste es, dass Sam recht hatte. »Erst mal müssen wir sie finden, Sam. Wir können während der Suche entscheiden, was wir tun wollen.«

11

Raine O'Mallory schüttelte den Kopf und beugte sich mit gerunzelter Stirn über die Bilder, die Stella gezeichnet hatte. »Ich glaube nicht, dass das der Hauptwanderweg ist. Meiner Meinung nach haben sie am oberen Guitar Lake ein Lager aufgeschlagen und sind von da aus losgegangen. Es ist schwer zu sagen, weil man nur kleine Ausschnitte sieht, aber ich glaube, sie steigen von der anderen Seite her auf den Mount Whitney. Wenn du recht hast und die Frau nicht besonders erfahren ist, ist das viel kürzer für sie. Dann gehen sie zum Trail Crest, lassen ihre großen Rucksäcke dort und nehmen nur einen kleinen mit zum Gipfel.«

Stella legte die Stirn in Falten. »Aber sie haben normale Rucksäcke auf dem Rücken.«

»Warte bis heute Nacht. Wenn sie die dann noch dabeihaben, liege ich falsch, aber etwas an diesem Gelände sieht für mich immer mehr so aus wie das am oberen Guitar Lake. Der Mann ist ein routinierter Wanderer, Stella. Würde er eine ungeübte Begleiterin in dieser Jahreszeit über den JMT auf den Berg bringen? Nein. Ganz sicher nicht.«

Das war deutlich. Und Raine hatte recht. Es schneite zwar noch nicht, aber das würde es bald, und dann war die Frau nicht richtig angezogen.

»Der Mann weiß, dass das Wetter da oben sehr schnell

umschlagen kann. Manchmal ist der Wind richtig fies. Und du hast selbst erlebt, wie es dort in einem Gewittersturm ist. Er ist sehr früh am Morgen aufgebrochen, und erst in der vierten Nacht hast du andere Menschen in der Nähe gehört. Er ist diesen Weg schon früher gegangen, wahrscheinlich mehr als einmal, und will sichergehen, dass die Frau ihn ohne Schwierigkeiten bewältigt. Du hast gesagt, sie gibt das Tempo vor, das heißt, er will sie nicht überfordern. Ich schätze, er hat einfach die leichteste Route gewählt, um ihr die Berge zu zeigen, die er liebt, ohne dass sie sich zu sehr anstrengt.«

»Ich bin so froh, dass ich dir diese Bilder gezeigt habe. Ich dachte wirklich, sie wären auf den Kehren unterwegs. Wegen dem Granit.«

Raine betrachtete die letzte Zeichnung aus verschiedenen Blickwinkeln. »Immerhin hattest du recht damit, dass sie auf den Mount Whitney wollen. Du sagst, da waren noch andere?«

»Ich konnte sie nur hören, gesehen hab ich sie nicht.«

»Wenn die beiden die großen Rucksäcke wirklich am Trail Crest zurücklassen und mit kleinen weitergehen, kommen sie an einem sehr gefährlichen Engpass vorbei, an dem es auf beiden Seiten steil nach unten geht. Da könnten sie leicht über die Kante gestoßen werden. Es würde nicht schwer sein, dort einen Unfall vorzutäuschen, selbst wenn andere in der Nähe sind, weil noch eine Kehre folgt. Falls die Frau einen Anflug von Höhenangst hätte, kann der Killer sogar so tun, als würde er helfen wollen. Da oben kann sehr viel schiefgehen.«

Stella stützte den Kopf auf die Hände. »Sam versucht, die Namen der Leute in Erfahrung zu bringen, die eine Genehmigung zum Aufstieg bekommen haben, aber ich habe ihm gesagt, dass die beiden den Hauptweg benutzen.« Sie schickte ihm schnell eine Nachricht. »Ich weiß nicht mal, ob es eine Liste gibt.«

»Vielleicht finde ich das heraus«, meinte Raine. »Ich kann mich in fast alles einhacken. Ich tu mein Bestes, um die Namen zu besorgen.« Sie legte die Bilder auf den Tisch und lehnte sich auf ihrem Stuhl zurück. »Also, wie geht es dir? Du machst eine schwere Zeit durch, du Arme.«

»Sagen wir einfach, ich bekomme nicht viel Schlaf. Aber ich möchte dieses Pärchen nicht verloren geben. Ich kann diesen Killer spüren. Er ist da, und ich schaffe es nicht, die beiden zu warnen.« Sie erschauerte leicht. »In den ersten Nächten war er noch nicht da, aber gestern war er ganz nah.«

Raine sprang auf. Sie war nicht sehr groß, aber so energiegeladen, dass sie nicht nur ein Gespräch, sondern einen ganzen Raum beherrschen konnte, wenn sie wollte. Stella hatte erlebt, wie sie von einem stummen Halbschatten in der Ecke urplötzlich zu einer resoluten Respektsperson wurde, die mit ihrem brillanten, messerscharfen Verstand irgendjemanden, meist einen Mann, herausforderte, der mit wichtigtuerischer Überheblichkeit andere herunterputzte, weil er glaubte, etwas besser zu wissen. Meist hielt sie sich am Anfang noch zurück, doch sobald man sie unterschätzte – und das geschah immer –, hatten ihre Gegner nichts mehr zu melden.

Sie sah sehr jung aus mit ihrem rotblonden, glatten Haar, das ihr bis zur Taille reichte. Meist band sie es achtlos zu einem Pferdeschwanz zusammen oder flocht es, damit die seidige Masse ihr nicht ins Gesicht fiel. Sie hatte blaugraue Augen, goldene Wimpern, Sommersprossen auf der Nase und einen vollen, schön geschwungenen Mund, und wegen ihrer geringen Größe machten die meisten Menschen bei der ersten Begegnung den Fehler, sie mit einem Kobold oder einer süßen kleinen Fee zu vergleichen. Doch jeder, der sie kannte, konnte darüber nur lachen. Denn Raine war eine Kämpferin, eine Amazone.

Stella schaute sich in Raines einstöckigem Haus am Stadtrand um. Es stand auf einem Morgen Land mit ordentlichen kleinen Beeten und einem Gewächshaus, weil sie gern das ganze Jahr über ihr eigenes Essen anpflanzte und auch gern mit ihren Händen in der Erde grub.

Ihr Anwesen spiegelte ihren Charakter. Das Haus mit den drei Schlafzimmern war immer ordentlich, allerdings voller Trainingsklamotten, die in jedem Raum zu finden waren, selbst in ihrem Büro. Das war sehr groß und enthielt die neuesten Computer und eine Reihe von Bildschirmen, aber auch ein Laufband, das sie tatsächlich benutzte, während sie arbeitete. Stella hatte es einmal ausprobiert, und das war kein Spaß, selbst wenn man das langsamste Tempo einstellte.

Raine wanderte nicht nur gern, sie fuhr auch gern mit dem Mountainbike. Joggen mochte sie auch nicht, schon gar nicht auf Berge, aber sie boulderte gern, und wenn man sie drängte, ging sie sogar klettern. Sie war eine Problemlöserin, und beim Bouldern war ihr Gehirn so beschäftigt, wie sie es brauchte.

Das, was Raine an ihrem Haus besonders liebte, abgesehen von dem vielen Platz für die Beete ringsherum, war ihr geheimer Innenpool. Sie liebte es zu schwimmen. Sie amüsierte sich immer darüber, dass sie als junges Mädchen grüne Haare gehabt hatte, weil sie dauernd in gechlortem Wasser geschwommen war und erst später herausgefunden hatte, was sie machen musste, damit ihr Haar sich nicht verfärbte. Der Pool war geheizt, deshalb war Raines Haus im Winter der bevorzugte Treffpunkt für die Freundinnen. Stella musste zugeben, dass auch sie sich in diesen Pool verliebt hatte.

Baileys allerbester Freund auf der ganzen Welt war Daisy, Raines Jack-Russell-Terrier. Das kleine Weibchen begleitete Raine in der Regel überallhin, selbst wenn sie mit Hubschraubern zur Arbeit unterwegs war oder Hunderte von Meilen wanderte. Manchmal kam Daisy auch in Raines Rucksack, doch meist rannte die lebhafte Hündin bei ihren Touren im Kreis um sie alle herum. Wenn Daisy nicht mit Raine mitkommen durfte, blieb sie bei Stella und Bailey im Resort. Im Moment lief sie mit Bailey im Garten herum und kläffte hin und wieder vor lauter Freude, wenn die zwei hin und her jagten und sich auf jedes Insekt und jede Eidechse stürzten, die es wagte, sich auf Daisys Terrain zu begeben.

Stella musste lächeln. »Die beiden da draußen sind so süß zusammen. Freut mich, dass sie so tolle Freunde sind. Diese Hunde können einfach ihr Leben leben, ganz unkompliziert. Sam kann das auch. Vor allem zerbricht er sich nicht den Kopf über Dinge, die noch nicht passiert sind. Aber das, was ich gerade mitmache, hat mich ernsthaft erschüttert. Ich habe mir hier ein schönes Leben aufgebaut. Und nicht nur das, ich habe auch zum ersten Mal Freunde, die mir am Herzen liegen. Das ist die reine Wahrheit. Das hatte ich noch nie. Ich habe in der Sierra meinen Frieden gefunden. Irgendetwas an dieser Landschaft berührt mich.«

Raine nickte langsam. »Das verstehe ich. Mir geht es genauso. Deshalb habe ich mich hier niedergelassen. Ich könnte überall arbeiten, aber hier bin ich am liebsten. Es gibt einen Grund dafür, warum ich so oft wandern gehe. Im Wald zu sein, oder auf dreitausend Metern Höhe, und die ständigen Veränderungen der Natur zu beobachten, ist ein unglaubliches

Erlebnis. Hier fühle ich mich lebendiger als irgendwo sonst und genauso aufgehoben wie du. Dieser Killer ist nur eine vorübergehende Störung, Stella. Die Berge existieren schon sein Jahrtausenden. Wir sind wie Ameisen, die darauf herumkrabbeln. Und dieser Killer ist ein Nichts. Er ist nur zufällig da, und am Ende wirst du ihn vertreiben. Aber die Sierra wird bleiben und ihre Schönheit auch. Darauf kannst du dich verlassen, und auf den Frieden, den sie dir bringt, weil sich das niemals ändern wird. Auch der Killer kann das nicht ändern. Niemand kann das.«

Stella hielt den Blick auf die zwei Hunde gerichtet, die sich, nun übermütig strampelnd, auf dem goldenen Gras wälzten. Neben der kleinen Terrierhündin wirkte Bailey wie ein Bär und ziemlich lächerlich, wenn er so mit den riesigen Beinen ruderte. Sie lachte über das Pärchen. Die zwei machten sich offensichtlich keine Gedanken um einen Serienmörder.

»Du bist zur Universität Berkeley gegangen, nicht wahr, Stella? Nach der Highschool bist du dort direkt angenommen worden.«

Raines nachdenklicher Tonfall veranlasste Stella, sich zu ihrer Freundin umzudrehen. »Ja, warum?«

»Weißt du, dass damals in der Nähe des Campus ein Killer umging?«

Stella nickte zögernd und schlang die Arme um ihre Taille, weil der Magen ihr in die Kniekehlen zu rutschen drohte. Plötzlich wünschte sie, Sam wäre da. Ihr Verstand scheute zurück vor dem Thema, auf das Raine hinauswollte. Sam nahm Rücksicht auf so etwas; ihre Freundin nicht.

»Ja, natürlich, die Nachrichten waren ja voll davon. Er hatte es auf einen besonderen Typ abgesehen. Mütter mit sportbegeisterten Kindern. Nicht berufstätige Frauen, die sich zu Hause um die Kinder kümmerten und sie zum Training und zu allen Spielen fuhren. Er folgte ihnen nach Hause, fesselte das Kind oder die Kinder an einen Stuhl und ließ sie zusehen, während er die Mutter folterte und schließlich tötete. Die Kinder ließ er am Leben, aber sie waren danach selbstverständlich völlig traumatisiert. Wie könnte man das vergessen?«

»Und da hattest du keine Albträume? Du hattest nichts damit zu tun, obwohl es in deiner Nähe geschah, in derselben Stadt?«

»Es ist eine große Stadt.«

»Stella«, sagte Raine sanft und leise und schüttelte den Kopf. Ihre graublauen Augen waren voller Mitleid, ließen sie aber nicht los. »So groß nun auch wieder nicht. Der Killer hat mehrmals ganz in deiner Nähe zugeschlagen. Es war einer von den Wachmännern auf dem Campus.«

Nun schlug Stellas Herz viel zu schnell. Sie wollte flüchten. *Sag es nicht. Denk es nicht mal. Sag es nicht.* Wenn Raine das aussprach, was sie zu verdrängen versuchte, musste sie sich dem Problem stellen. Sie machte den Mund auf, um Raine zu sagen, dass der Campus sehr groß gewesen war, doch sie hatte einen Kloß im Hals, der sie zu ersticken drohte.

»Warum hattest du Albträume, als du noch so klein warst, fünf, sechs, sieben Jahre alt? Und dann wieder als Teenager? Denn da ging es wieder los, oder? Damals warst du in Pflege, in der Highschool und hattest gute Noten, sogar sehr gute, und plötzlich fing alles von vorne an. Du wusstest vor allen anderen von dem Serienmörder. Damals warst du fünfzehn, und außer deiner Pflegemutter hat dir niemand geglaubt. Sie hat dich sofort zur Polizei gebracht.«

»Meine Pflegemutter war ziemlich cool. Ich weiß nicht,

was ich ohne sie getan hätte. Meine Welt war völlig aus den Fugen geraten, als meine leibliche Mutter Selbstmord beging und ich bei dieser Frau unterkam. Es sollte nur vorübergehend sein, aber am Ende hat sie mich bei sich behalten, obwohl ich so durcheinander war.«

Stella hatte nie wieder an diese Zeit gedacht. Sie hatte vermieden, in Gedanken an jenen Tag zurückzukehren, an dem sie mit neun Jahren ihre Mutter gefunden hatte, die an einer Mischung aus Alkohol und Tabletten gestorben war. Anne Fernandez hatte ihr schönstes Kleid angehabt, Make-up und Frisur saßen perfekt. Sie trug sogar ihre Lieblingsschuhe, silberne High Heels, und den Schmuck, der ihr am besten gefiel.

»Meine Pflegemutter Elizabeth Donaldson hatte einen Hund, einen riesigen Wuschel, den sie nachts immer bei mir schlafen ließ. Sie war eine außergewöhnliche Frau. Zu der Zeit traute ich niemandem, schon gar nicht Erwachsenen, aber es schien sie nicht zu stören, wenn ich mich weigerte, mit ihr zu reden oder irgendetwas von mir preiszugeben. Als ich mich nach und nach ein wenig öffnete, hat sie mir immer aufmerksam zugehört. Sie hat alles stehen und liegen lassen und so getan, als wäre das, was ich sagte, das Wichtigste auf der Welt, und hat sich nicht ein einziges Mal abfällig geäußert. Irgendwann haben wir dann richtig über alles miteinander geredet und diskutiert. Ich wusste gar nicht, wie das geht, bis sie es mir sehr geduldig beigebracht hat. Also, um deine Frage zu beantworten, als ich ihr von meinen Albträumen erzählt habe, hat sie mir geglaubt und mich zur Polizei gebracht. Aber *die* hat mir nicht geglaubt.«

»Obwohl sie wussten, wer du warst?«

»Gerade *deswegen*. Für die war ich nur ein Mädchen in der

Highschool, das Aufmerksamkeit wollte. Und war das nicht der beste Weg? Welches Mädchen hätte nicht so im Scheinwerferlicht stehen wollen?« Stella nahm sich fester in den Arm. »Ich hasse es, in meine Vergangenheit zu blicken. Andere haben vielleicht schöne, glückliche Erinnerungen, aber meine sind scheiße.«

»Nicht alle«, widersprach Raine. »Immerhin hattest du Elizabeth Donaldson. Hört sich so an, als wäre sie eine sehr nette Frau gewesen.«

Da musste Stella ihr zustimmen. Es war ihre eigene Schuld, dass sie versucht hatte, alle Erinnerungen an ihr früheres Leben als Stella Fernandez auszulöschen. Ihr Leben im College hatte sie mit dem Namen Stella Harrison begonnen und dann einfach so weitergemacht. Dabei hatte sie Elizabeth gar nicht vergessen wollen. Sie hatte ihren Namen auch erst geändert und ihr Treuhandvermögen angefasst, nachdem Elizabeth an Brustkrebs gestorben war. Sie war bis zum bitteren Ende an der Seite ihrer Pflegemutter geblieben. Elizabeth war es gewesen, die sie darauf hingewiesen hatte, dass sie ganz legal ihren Namen ändern könne. Sie verdankte dieser Frau so unendlich viel, und doch hatte sie sie letztlich so lange verleugnet.

»Ja, ich hatte Elizabeth und habe meine Erinnerungen an sie. Selbst als sie todkrank war, besaß sie noch sehr viel Würde und Anmut. Ich hatte schreckliche Angst davor, sie zu verlieren.« Stella zwinkerte, weil ihr urplötzlich die Tränen kamen. »Danke, dass du mich daran erinnert hast, Raine. Ich möchte das nicht mehr verdrängen. Sie hat mir so viel beigebracht.«

Raine nickte. »Ich bin froh, dass du sie hattest, Stella.« Sie holte tief Luft. »Die Frau hat das Leben bei den Hörnern gepackt, und du hast das von ihr gelernt. Sie hat dir diese Kraft gegeben, nicht wahr?« Ihr Ton war sanft, fast schon mitleidig, aber sie hatte den Nagel auf den Kopf getroffen.

»Ich weiß, worauf du hinauswillst.« Stella strich über die Gänsehaut an ihren Armen. »Ich habe schon unzählige Male darüber nachgedacht, warum ich diese Albträume bekomme. Warum bei dem einen Serienkiller und bei dem anderen nicht. Wenn es nur um die Nähe ginge, ja, dann hätte ich von diesem Mörder träumen müssen, als ich im College war, aber das habe ich nicht.«

Der vertraute kalte Schauer rieselte über ihren Rücken, wie immer, wenn sie auf der richtigen Spur war – aber das wollte sie gar nicht sein. Sie biss sich auf die Lippe und mied Raines Blick, ihr Magen zog sich zusammen.

»Natürlich hatte ich körperlichen Kontakt mit Jose Fernandez, meinem Vater. Ich habe mit ihm im selben Haus gewohnt, und er hat mich manchmal hochgehoben. Schließlich waren wir eine Familie«, fuhr sie fort.

»Aber zu dem Mörder, den du als Teenager in deinen Albträumen gesehen hast, gab es keine Verbindung«, sagte Raine. »Ich habe nachgeforscht. In den Akten vom FBI habe ich nichts dazu gefunden. Ich habe mir sogar die Polizeiberichte von damals angesehen, als deine Pflegemutter dich dazu ermuntert hat, von deinen Albträumen zu erzählen. Da war nichts, was darauf hindeutete, dass du körperlichen Kontakt mit dem Mörder hattest.«

Stella drückte eine geballte Hand gegen ihre Brust. Es auszusprechen bedeutete, dass sie sich eingestand, auch *diesen* jetzigen Serienmörder zu kennen. Dass sie ihn *berührt* hatte. Das war ihr tief im Innern schon immer bewusst gewesen, aber sie hatte es noch nicht wahrhaben wollen.

»Elizabeth trank gerne Kaffee und nahm mich oft mit in ihr Lieblingscafé. Um alles auszudiskutieren, wie sie es nannte. Ich glaube, sie wollte es mir schmackhaft machen, indem sie es mit diesen Besuchen verband. Der Mörder verkehrte auch dort und war ein paar Mal zur gleichen Zeit da. Mir ist er nur aufgefallen, weil er einmal auf dem Rückweg zu seinem Tisch sein Portemonnaie verloren hat. Ich stand hinter ihm in der Reihe. Ich habe es aufgehoben und ihm gebracht. Als ich es auf seinen Tisch gelegt habe, hat er mir gedankt, und als ich weggehen wollte, hat er mich am Arm festgehalten und mich gefragt, ob er uns zu einem Kaffee einladen könne. Ich fand das nett, habe aber dankend abgelehnt. Also hat er mich berührt. Nicht lange, aber es gab einen körperlichen Kontakt.«

»Du hast gesagt, du hast ihn öfter in diesem Café gesehen. Hat er dich noch mal angefasst?«, fragte Raine.

Stella nickte. »Obwohl er nicht oft gleichzeitig mit uns da war. Vielleicht vier oder fünf Mal. Elizabeth hat nie mit ihm gesprochen. Ich glaube, sie hat ihn nicht mal bemerkt. Aber einmal bin ich auf vergossenem Kaffee ausgerutscht, als ich unsere Getränke holen wollte, und da hat der Mann mich aufgefangen. Ich weiß noch, dass ich damals lachend gesagt habe, jetzt wären wir quitt.«

»Das war, bevor das Morden anfing, oder?«

»Ja, soweit ich weiß, ging das erst ein Jahr später los. Zu der Zeit ist bei Elizabeth Brustkrebs diagnostiziert worden, was unser Leben natürlich völlig verändert hat.« Stella schluckte schwer. »Wir dachten, sie hätte den Krebs besiegt. Sie hatte sich beide Brüste abnehmen lassen und eine Chemo gemacht, danach wurde uns gesagt, sie könne entlassen werden. Sie hatte noch ein paar Nachuntersuchungen, aber alles sah gut aus.«

»Das tut mir so leid, Stella. Jetzt verstehe ich auch, warum du dir kaum Gedanken darüber gemacht hast, ob du den Killer vielleicht kennst.«

»Er sah damals anders aus, aber ich habe ihn trotzdem erkannt, als sie ihn verhaftet haben. In meinen Albträumen habe ich ihn aber nie gesehen. Ich habe es damals nicht für wichtig gehalten, dem FBI zu melden, dass ich ihn mal in einem Café getroffen hatte. Es war mir einfach egal, weil Elizabeth so krank war. Ich wollte nur, dass es ihr besser geht.«

Raine seufzte. »Der Mörder muss also Kontakt mit dir gehabt haben.«

Stella nickte. »Das scheint leider so zu sein, aber in der Saison komme ich mit vielen Menschen zusammen, Raine.« Daran hielt sie sich fest, weil sie nicht wollte, dass einer ihrer Freunde der Killer war. Das war absolut unmöglich. Daran klammerte sie sich.

»Du bist dir aber sicher, dass wir nach einem Mann suchen.«

»Ganz sicher.«

»Und der ist nicht Sam.« Raine ließ sie nicht aus den Augen. »Du bist absolut sicher, dass der Mörder in deinen Träumen nicht Sam ist.«

Stella zögerte keine Sekunde. »Oh ja. Sam würde mich mit seinem Leben verteidigen.«

Raine entspannte sich sichtlich. »Du hast gute Instinkte. Ich freue mich, dass du ihn hast, weil er dir sehr guttut. Wen hast du bislang eingeweiht?«

»Shabina und Vienna noch nicht. Ich versuche, das behutsam anzugehen und nur denen etwas zu erzählen, die Bescheid wissen müssen, um den Killer nicht zu alarmieren.

Ich weiß nicht, wer er ist, aber selbst wenn er nicht hier wohnt oder arbeitet, wenn er nur zufällig hier ist – er ist da. Es ist schwer, die Gesichtszüge unter Kontrolle zu halten, wenn man nicht weiß, ob man womöglich mit einem Mann spricht, dessen Morde man vorausgesehen hat.«

Ihre größte Angst war, dass dieser Mörder aus dem Ort kam und sie ihn alle kannten.

»Du musst Vienna einweihen. Sie leitet den Rettungsdienst. Wenn sie gerufen wird, muss sie wissen, womit sie es zu tun hat.«

Stella rieb sich die plötzlich pochenden Schläfen. »Und was dann? Behandelt sie es dann wie einen Mord statt wie einen Unfall? Was ist, wenn der Killer das sieht? Wenn er nah genug dran ist, um ihr auch etwas zu tun? Ich will nicht, dass Vienna plötzlich in sein Visier gerät.«

»Du weißt doch, dass Vienna jeden Unfall genauestens untersucht, als könnte ein Verbrechen dahinterstecken. Da ist sie sehr umsichtig, das weiß jeder. Sie wäre die Erste vor Ort, sollten wir dieses Pärchen nicht retten können. Und dann wüsste sie, wonach sie suchen muss, und könnte Beweise sammeln. Wir müssen ihr vertrauen.«

»Selbstverständlich vertraue ich ihr«, meinte Stella. »Aber sie bringt sich immer in Gefahr. Sie setzt bei diesen Rettungen regelmäßig ihr Leben aufs Spiel. Seilt sich an einem Steilhang ab, weil irgendein Idiot sich überschätzt hat. Oder geht in einem Schneesturm los und riskiert ihr Leben für eine Familie, die bei diesem Wetter nie hätte losfahren sollen. Ich weiß, was Vienna bereit ist zu tun, um andere in Sicherheit zu bringen. Ihre eigene ist ihr egal. Sobald ich ihr sage, was ich träume, wird sie auf den Whitney steigen.«

»Ich glaube, das würden wir alle«, meinte Raine. »Sag es ihr morgen, nach deinem Traum. Dann weißt du, ob die beiden ihre Rucksäcke am Trail Crest zurückgelassen haben. Ich versuche inzwischen, die Namen der Paare zu finden, die in den nächsten zwei Tagen den Gipfel erreichen wollen, damit wir dem Killer zuvorkommen. Mehr können wir nicht tun.« Raine blickte aus dem Fenster. »Die Hunde waren sehr geduldig. Lass uns jetzt mit ihnen spazieren gehen und das alles eine Weile vergessen.«

Stella war mehr als froh darüber.

Mami, Daddy tut wieder etwas Schlimmes.

Nun war klar, dass die beiden Wanderer mit Tagesrucksäcken auf dem Rücken zum Gipfel des Mount Whitney unterwegs waren. Stella konnte sie im frühen Morgenlicht erspähen. Graue Streifen schimmerten durch das, was bisher unerbittliche Dunkelheit gewesen war, und die zwei knipsten ihre Stirnlampen aus, während sie in gleichmäßigem Tempo voranschritten.

Hin und wieder bat die Frau den Mann anscheinend stehen zu bleiben, dann schauten sie sich zusammen die weite, beeindruckende Aussicht an. Stella war mehr als einmal dort gewesen und kannte ihn gut. Er war jeden anstrengenden Moment des Aufstiegs wert. Nichts reichte an die Schönheit der Sierra heran, und vom Mount Whitney hatte man, abgesehen vom Triumph des Erreichens, einen atemberaubenden Blick, der einem das Gefühl vermittelte, auf der Spitze der Welt zu stehen. Vom Trail Crest waren es nur noch etwa zwei Meilen zum Gipfel. Es gab lediglich eine weitere Kehre, die den beiden Wanderern Schwierigkeiten bereiten konnte, und bislang hatte Stella die Anwesenheit des Killers nicht gespürt.

Er war ihnen vom Trail Crest aus nicht gefolgt. Wartete er womöglich darauf, dass das Paar wieder abstieg?

Ihr Herzschlag beschleunigte sich, also bemühte sie sich sofort, sich wieder zu beruhigen. Dies konnte die letzte Nacht für ihre Spurensuche sein, also durfte sie nicht in Panik geraten. Es ging doch darum, alle möglichen Informationen zu sammeln, um diese beiden Menschen zu retten. Sie zwang sich, weiter zuzusehen und sich jedes einzelne Detail, jede noch so winzige Felsformation, die sie in dem schwachen Licht erkennen konnte, für später einzuprägen, damit sie das Paar hoffentlich rechtzeitig fanden, wenn sie es am Trail Crest verfehlten.

Die Frau zeigte keine Anzeichen von Höhenkrankheit. Sie war vielleicht neu in diesem Sport, hatte sich aber wohl auf diese Bergtour vorbereitet. Wahrscheinlich hatte ihr Partner ihr erklärt, wie wichtig das war, oder solche Höhen machten ihr einfach nichts aus.

Jedenfalls war mit Höhenkrankheit nicht zu spaßen, selbst erfahrene Wanderer fielen ihr zum Opfer. Man musste auf die ersten Symptome achten. Kopfschmerzen, Übelkeit, Atemnot. Beine, die sich weigerten, zu kooperieren, ganz egal, wie viel Willenskraft man aufwandte. Stella wusste das, weil sie es selbst erlebt hatte, obwohl sie langsam gegangen war und sich richtig ernährt hatte. Trotzdem war alles über zweitausendfünfhundert Metern ein Risiko für sie, mit einer Fünfzigfünfzig-Chance. Sie versuchte immer, etwa alle dreihundert Meter auszuruhen, wenn sie so etwas wie den Mount Whitney anging, doch das war keine Garantie dafür, dass sie die Höhenkrankheit nicht bekam, die sie manchmal dennoch erwischte, und sei es auch nur in milder Form.

Die Frau sagte wieder etwas zu dem Mann, der daraufhin

stehen blieb, zu ihr zurückkehrte und sich gemeinsam mit ihr die Morgendämmerung anschaute. Die Sonne war noch nicht hoch genug gestiegen, um den Granit zum Strahlen zu bringen. Der Mann deutete auf den Gipfel und sagte der Frau offenbar, dass es sich lohnen würde, wenn sie es auf den Gipfel schafften, um den Sonnenaufgang zu sehen. Sie nickte, und die beiden setzten ihren Weg fort.

Da spürte Stella sie plötzlich. Die bedrohliche Schwingung in der Luft. Wie einen dunklen Schatten auf diesem wunderschönen Morgen. Eine unheilvolle, hinterhältige Präsenz, die sich in dieses zauberhafte Bild schlich. Sie konnte nicht sagen, wo er war. Hinter dem Paar? Davor? Sie müsste ihn doch sehen können. Wo war er nur?

Sie atmete mehrmals tief durch, um ruhig zu bleiben. Es war nicht so, als gäbe es viele Versteckmöglichkeiten. Das frühe Morgenlicht enthüllte immer mehr, deshalb konnte der Killer sich nicht sehr viel länger im Dunkeln verbergen. Suchend spähte Stella durch das Grau.

Das Paar stieg weiter auf, und als die beiden um die letzte Kehre kamen, saß jemand an der Felskante, der sich, den Kopf in den Händen, einen Rucksack neben sich, vor und zurück wiegte und offensichtlich höhenkrank war. Es war nicht ungewöhnlich, dass man so kurz vor dem Gipfel nicht imstande war, die letzten fünfhundert Meter zu bewältigen, oder glaubte, sie nicht schaffen zu können. Ihre Beine hatten sie auch schon einmal im Stich gelassen.

Stella musterte den Kranken, als das Paar sich ihm näherte. Es handelte sich um einen Mann, auch wenn es unmöglich war zu sagen, wie groß er war oder was für eine Figur er hatte. Er trug eine dunkle Regenjacke, deren Kapuze sein Haar und sein Gesicht verdeckte. Je näher das Paar ihm kam, desto schlimmer wurde das Gefühl der unmittelbaren Bedrohung.

Stella versuchte, dem Paar zuzurufen, dass es auf Distanz bleiben solle, doch der Mann war bereits zögernd stehen geblieben und sprach mit dem Killer, der den Kopf schüttelte und andeutete, dass ihm übel sei.

Da nahm der Mann seine Wasserflasche und ging zu dem Killer, und die Frau folgte ihm. Stella stieß einen Warnruf aus, doch er war nicht zu hören. Sie konnte nur hilflos zusehen, wie der Mörder, der die Höhenkrankheit nur vorgetäuscht hatte, blitzschnell aufsprang, den jungen Mann mit beiden Händen packte und ihn am Rande des Abgrunds einen Moment taumelnd festhielt, ehe er ihn hineinstieß. Dabei schien er seltsamerweise noch nach dem linken Ringfinger des jungen Mannes zu greifen.

Die Frau war starr vor Schreck. Der Killer hatte nicht einmal zwei Sekunden gebraucht, um ihren Freund zu ermorden. Sie hatte es scheinbar noch gar nicht richtig realisiert. Als er sich ihr zuwandte, wollte sie schreien, doch er war sofort bei ihr, hielt ihr den Mund zu und drängte sie zur Kante, wo er sie ebenfalls einen Moment lang festhielt.

Stella mochte sich nicht vorstellen, was dieses arme Mädchen fühlte, wenn es nach unten schaute und ihm klar wurde, dass es jetzt sterben würde. Sie verstand nicht, was der Killer tat, aber er schien auch die Frau am Ringfinger zu packen und sie furchtbar langsam in den Tod zu schicken. Dann war die Frau weg, aus Stellas Blickfeld verschwunden, und nur der Killer war noch da, der gebückt kontrollierte, ob er auch keine Spuren hinterlassen hatte.

Er ging nicht zum Gipfel, sondern mit gesenktem Kopf und zusammengezogenen Schultern vom Berg herunter, als wäre er bereits oben gewesen und nun auf dem Rückweg zum Trail Crest. Die Linse klappte zu, und sie konnte nichts dagegen tun, obwohl sie es versuchte.

Sie hatte ihn nie deutlich gesehen. Kannte weder sein Gesicht noch seine Größe. Kein einziges besonderes Kennzeichen. Es hätte jeder sein können. Der Mann war gesichtslos, ging gebeugt unter seine Kapuze versteckt und würde zweifellos vortäuschen, höhenkrank zu sein, sollte ihm jemand begegnen. Wenn er andere Wanderer kommen hörte, würde er sich hinlegen, zusammenrollen, sie weiterwinken und ihnen versichern, dass er sich bereits erhole und genügend trinke. So würden auch diese Leute weder sein Gesicht noch seinen Körperbau sehen.

Als Stella erwachte, hätte sie ihre Frustration am liebsten laut herausgeschrien, aber zumindest wusste sie nun, dass das Paar die großen Rucksäcke am Trail Crest lassen würde. Zwischen diesem Albtraum und dem tatsächlichen Mord gab es ein Fenster von zwei Tagen. In der Zeit mussten sie den Trail Crest überwachen, dann konnten sie das Paar sicher davon abhalten, den Berg zu besteigen.

Sie versuchte, nicht an James Marley zu denken. Wenn sie dieses Pärchen retteten, würde der Killer sich dann einfach ein neues suchen?

»Stella, du weißt doch, was du jetzt tun musst«, sagte Sam gelassen und so beruhigend wie immer. »Alles genau festhalten. Heute wirst du mit Vienna reden. Raine hat versprochen, sich um diese Genehmigungen zu kümmern. Dann gehe ich mit Vienna auf den Whitney. Das können wir leicht erklären. Wir sind vom Rettungsdienst und brauchen einen schnelleren und besseren Weg, um Menschen in Not zu helfen. So kann Vienna unsere Anwesenheit an den zwei Tagen begründen.«

Stella wusste, dass Sam sie nicht dabeihaben wollte, aber sie wäre gern mitgegangen. »Du hast recht, es ist einfach nur schlimm zuzusehen, wie zwei unschuldige Menschen ermordet werden. Er hat so getan, als wäre er höhenkrank, und sie haben ihm *helfen* wollen. Ich finde es furchtbar, dass ihre Hilfsbereitschaft ihnen zum Verhängnis werden soll.«

»Ich weiß, Süße«, sagte Sam leise. »Wir werden ihn daran hindern.«

Stella hoffte sehr, dass ihnen das gelang, denn es kam ihr so vor, als wäre der Killer irgendwie unbesiegbar. Völlig skrupellos und ohne Angst vor Entdeckung. Normalerweise waren so früh am Morgen mehrere Wanderer auf diesem Weg, aber anscheinend hielt die Glückssträhne dieses Mörders weiter an.

Vienna Mortenson sah aus wie ein Supermodel, groß, blond und umwerfend. Ihre skandinavische Abstammung zeigte sich an ihrem hellen Haar und den großen grünen Augen. Sie kam nicht aus reichem Hause, hatte aber durch Kartenspielen viel Geld verdient und damit ihre Ausbildung zur Krankenschwester finanziert. Sie war eine ernst zu nehmende Gegnerin beim Pokern und spielte hin und wieder mit hohen Einsätzen in Vegas, auch wenn sie sich, wenn möglich, unauffällig verhielt. Sie meinte, es sei nicht gut, die Aufmerksamkeit der falschen Menschen zu erregen. Manche seien sehr schlechte Verlierer.

Stella wusste sehr wenig über Viennas Leben, nur dass sie

eine Mutter hatte, der sie Geld schickte, damit sie ihre Miete und ihren Lebensunterhalt in Las Vegas bezahlen konnte. Die Mutter lebte wohl mit jemandem zusammen, aber Stella hatte nicht die geringste Ahnung, wer diese Person war, weder ob es sich um eine Verwandte handelte noch sonst etwas Genaueres, und Vienna sprach nie darüber.

Ihr Haus war klein, aber sehr ordentlich, und alles befand sich an seinem Platz. Jedes einzelne Möbelstück war sorgfältig ausgewählt worden. Vienna nahm sich Zeit, wenn sie neue Stühle für das Wohnzimmer oder den Küchentisch haben wollte. Bei solchen Entscheidungen im persönlichen Bereich ließ sie sich nicht drängen, doch in einer Krise reagierte sie blitzschnell und traf entsprechend die nötigen Entscheidungen, die den betroffenen Menschen das Leben retteten.

In diesem Haus regierte Viennas weiße Perserkatze. Princess hatte in jedem Zimmer ein Körbchen. Dazu ein Schloss zum Klettern und überall Kratzbäume in jeder Form, die dem wählerischen Tier gefallen könnten. Im Moment stolzierte das kleine Weibchen arrogant umher, um Stella zu demonstrieren, dass sie hier der Boss war, besonders weil Stella nach Bailey »stank«.

Stella wagte es nicht, ihren Hund in Viennas Haus zu bringen. Er hatte gute Manieren und hätte sich in einer Ecke zusammengerollt und geduldig darauf gewartet, dass sein Frauchen wieder aufbrach. Das wusste Stella, weil sie es ausprobiert hatte. Doch Princess duldete keinen Hund in ihrem Heim. Sie hatte ihn in die riesigen Pfoten gebissen, war an seinem Hinterteil hochgeklettert und hatte sich in seinen Rücken gekrallt, um ihn bis zur Haustür zu reiten.

Danach hatte Bailey ihr unmissverständlich zu verstehen

gegeben, dass er, sollte er sich nicht angemessen wehren dürfen, im Wagen bleiben würde und sie diese gemeine Katze und ihr Frauchen allein besuchen könne. Er würde sie *nicht* beschützen.

»Bailey wirkt ziemlich traurig da draußen«, meinte Vienna, drehte sich vom Fenster weg zu ihrer Katze und starrte sie so böse an, wie sie konnte. Was nicht viel hieß.

Falls Vienna sich jemals entschließen sollte, Kinder zu bekommen, würde das, fürchtete Stella, ein Problem werden. »Ach, dem geht's gut. Der schmollt nur. Weil Princess die einzige Katze ist, die sich nicht in ihn verliebt hat. Er versteht nicht, warum sie ihn für einen Barbaren hält.«

»Das mit deinem Vater tut mir leid«, sagte Vienna plötzlich. Dann ging sie quer durchs Wohnzimmer und betrachtete die Skizzen, die Stella gemacht hatte. »Ist er noch im Gefängnis?«

»Ja. Ich habe zwar keinen Kontakt zu ihm, aber ich verfolge, was mit ihm ist, damit ich nicht überrumpelt werde, falls er plötzlich wie durch ein Wunder rauskäme.«

Vienna ließ sich in einen ihrer wunderschönen und sehr bequemen Sessel sinken. Bei ihr gab es kein Leder. Sie mochte üppige Polster, dicke Füllungen auf robusten Rahmen, die Jahre zu halten versprachen; ihre Sessel glitten auf Rollen dahin oder warteten mit bequemen Fußstützen auf. Wo sie solche Möbel fand, wusste Stella nicht, aber sicher hing es damit zusammen, dass all ihre Entscheidungen gut überlegt waren.

»Ich denke, Sam hat recht, wir zwei sollten da hochgehen. Das wäre doch was ganz Normales für uns. Niemand würde Fragen stellen, Stella.«

»Hast du denn Zeit dazu?«

»Morgen habe ich frei, und für übermorgen kann ich tauschen. Das machen wir dauernd. Ich kann doch sagen, bei dem Wetter böte sich eine gute Gelegenheit für die Erkundung. Bald fangen die Ferien an, da wird sich sicher jemand zum Tauschen finden lassen.«

»Es ist schrecklich, sich vorzustellen, dass der Killer sich dann andere Opfer sucht, so wie bei Marley«, meinte Stella.
»Davor habe ich auch große Angst. Dass ich zwei Leute rette und damit andere zum Tode verurteile.«

»Oh nein«, sagte Stella vorwurfsvoll. »Das darfst du nicht denken, sonst wirst du verrückt. Betrachte es als eine Chance, Leben zu retten. Vielleicht nicht dieses oder nächstes Mal, aber denk nur, wie viele Menschen er töten wird, wenn wir ihn nicht schnappen.«

»Das sagen Sam und Raine auch.«

»Und sie haben recht. Jedenfalls werden Sam und ich, falls wir das Pärchen am Trail Crest nicht mehr erwischen, von da aus zum Gipfel hochgehen. Dank deines Traumes wissen wir ja, worauf wir achten müssen. Vielleicht können wir andere davor warnen, einem anscheinend höhenkranken Alleinwanderer zu Hilfe zu kommen. Wir werden uns in einiger Entfernung zu ihm hinsetzen und nur mit ihm reden. Das müsste ihn maßlos frustrieren.«

»Er ist brandgefährlich.«

»Ich dachte, Sam auch. Oder etwa nicht?«

Stella dachte kurz nach und nickte dann langsam. »Ja, ich glaube, das könnte er unter gewissen Umständen sein. Wenn zum Beispiel jemand versuchen würde, dir etwas zu tun.«

»Gut zu wissen.«

»Das heißt aber auch, wenn du mit ihm da hochgehst, lässt

du dich auf keinen Fall von ihm trennen. Du musst bei ihm bleiben, egal, wen ihr trefft. Ganz egal, ob du die Person kennst und wie gut.«

Vienna zog die weizenblonden Augenbrauen zusammen. »Was willst du damit sagen? Hast du etwa unsere Freunde in Verdacht? Oder einen Bekannten?«

Stella seufzte und rieb sich über die Gänsehaut, die plötzlich ihre Arme überzog. »Es macht mich krank, das zuzugeben, aber ich denke, ich bekomme diese Albträume nur, wenn ich körperlichen Kontakt mit dem Mörder hatte. Ganz in meiner Nähe ist einmal ein Serienkiller umgegangen, bei dem ich keine Albträume bekommen habe, die anderen hatte ich berührt.«

Vienna schaute wieder auf die Skizzen und schlug ihre eleganten Beine übereinander. Sie trug eine weiche, burgunderrote Yogahose mit kleinen Biesen am Saum, die sie sehr nobel aussehen ließen. Hinten wurde sie mit mehreren gekreuzten Bändern in einem dunkleren Rotton zusammengehalten. Ihr cremefarbener Pulli hatte unterschiedlich große Punkte in anderen Rottönen. Alles an ihr wirkte stilvoll und raffiniert, und dabei war sie gleichzeitig erfahren und kompetent, wenn sie in den Bergen unterwegs war.

»Das tut weh, Stella.«

»Das brauchst du mir nicht zu sagen.«

»Es könnte aber trotzdem jeder sein, oder? Schließlich checkst du bei dem großen Angelwettbewerb in deinem Resort jedes Jahr alle Männer und Frauen ein, die sich daran beteiligen. Du nimmst die Leute in Empfang, die deine Hütten mieten. Und wenn du in der Stadt bist, bist du dauernd in den Geschäften unterwegs, unterhältst dich mit jedem, nimmst Broschüren mit und hilfst ihnen bei allen möglichen

Verbesserungen. Es muss nicht unbedingt einer aus deinem engen Freundeskreis sein.«

»Nein.« Stella rieb sich weiter die Arme.

»Warum sollte denn jemand, den wir kennen, plötzlich anfangen zu morden?«

»Ich weiß es nicht, Vienna. Warum tun Menschen das, was sie tun? Ich glaube zum Beispiel nicht, dass mein Vater in meinen ersten Lebensjahren getötet hat, aber ganz sicher, nachdem ich fünf war. Warum ab da? Darüber hat er nie gesprochen.«

»Warst du jemals versucht, ihn zu fragen?«

Stella schüttelte den Kopf. »Ich konnte ihn damals nicht mal anschauen. Ich habe die Tür zu meiner Kindheit geschlossen und seitdem Angst, sie wieder zu öffnen. Das alles war hart genug. Ich habe mich auch an Dinge über meine Mutter erinnert, die ich gar nicht mehr genauer wissen wollte. Das Letzte, was ich möchte, ist, mich mit meinem Vater auseinandersetzen zu müssen.«

»Das verstehe ich«, sagte Vienna. »Ich bin auch dafür, nach vorne zu schauen und die Vergangenheit da zu lassen, wo sie hingehört. Sam und ich sollten noch heute Nacht aufbrechen. Wenn dieses Paar gegen zwei Uhr morgens am Trail Crest auftaucht, müssen wir da sein. Anhand der Skizzen kann ich nicht beurteilen, um welche Tageszeit sie da vorbeikommen. Hat Raine dir eine Liste mit den Genehmigungen gegeben?«

»Ja. Von allen, die eine für beide Tage haben. Ich sag ihr, sie soll sie dir aufs Handy schicken.« Stella schrieb bereits eine Nachricht und seufzte, als sie eine Antwort bekam. »Die arme Raine. Sie haben ihr schon wieder einen Hubschrauber geschickt. Sie versucht, noch vor dem Morgen zurückzukommen, um bei mir zu sein und mit mir zu warten, aber offenbar muss sie arbeiten. Sie schickt dir die Liste gleich.«

»Dann muss ja etwas Größeres vorgefallen sein.«

»Wann immer ich etwas von irgendwelchen terroristischen Aktivitäten irgendwo auf der Welt lese, ist Raine plötzlich wie vom Erdboden verschluckt«, sagte Stella mit gesenkter Stimme, obwohl sie nicht wusste, warum. Es war nicht so, als wäre noch jemand im Haus. »Bitte sei vorsichtig da oben, Vienna, und weiche Sam nicht von der Seite. Versprich mir das.«

»Aber sicher. Ich habe eine Scheißangst vor diesem Kerl.«

12

»Hallo Stella, hier sind zwei Männer am Tor, die sagen, sie wollen dich sprechen. Einer heißt Marco Rossi?«, sagte Patrick Sorsey mit blecherner Stimme, als er vom Pförtnerhaus anrief. »Eigentlich wollte er zu Sam, aber der ist nirgends aufzutreiben, und es ist verdammt früh für Besucher.«

Stella schaute zu Raine hinüber. Wenigstens war sie nicht allein. Raine war gerade erst gekommen, kurz bevor die Sonne aufging. Stella hatte das Gefühl, dass Sam nicht einverstanden sein würde, andererseits konnte sie seinen Vater nicht abweisen. Außerdem war der Besuch eine willkommene Abwechslung, während sie auf Nachricht darüber warteten, ob es gelungen war, das Paar vor dem Killer zu erreichen.

Es gab für die zwei Tage, in denen der Killer wahrscheinlich zuschlagen würde, so viele Namen auf der Genehmigungsliste. So viele Fragezeichen. Vienna und Sam waren zum Trail Crest aufgestiegen, um zu sehen, was sie tun konnten, um das Pärchen zu finden und es hoffentlich davor zu bewahren, getötet zu werden.

»Bitte bring ihn zum Haus.« So blieb ihr gerade noch genug zu Zeit, um den Schlafanzug aus- und eine Jeans anzuziehen und im Wohnzimmer Feuer zu machen. Es war zu kalt, um Sams Vater auf der Veranda stehen zu lassen, obwohl Sam ihr sicher vorwerfen würde, dass sie genau das hätte tun sollen – oder einfach seine Rückkehr abwarten, ehe sie seinem Vater Zutritt gewährte.

»Sams Vater ist hier«, zischte sie, während sie die Pyjamahose abstreifte, aufs Bett warf und rasch in ihre Lieblingsjeans stieg. Hastig nahm sie einen Pulli mit Zopfmuster, den sie über ihr T-Shirt zog, und eilte ins Wohnzimmer, um das Feuer anzuzünden.

»Sam hat einen Vater?«, fragte Raine.

»Sehr witzig.« Stella nahm sich die Zeit, ihrer Freundin einen bösen Schulterblick zuzuwerfen. »Er wird nicht begeistert sein, dass ich ihn reingelassen habe. Sie haben sich wohl verkracht. Ich bin ihm auch noch nie begegnet. Hast du eine Waffe dabei?«

Raine hob eine Braue. »Natürlich.«

»Ich wollt's ja nur wissen«, sagte Stella mit finsterem Blick. »Das alles ist verrückt. Ich bin wegen der Warterei auf Nachricht von Vienna und Sam sowieso schon total neben der Spur.«

»Dann ist das doch eine gute Ablenkung«, meinte Raine pragmatisch.

»Er ist ein Mafiaboss, Raine. Vielleicht möchtest du hinten rausgehen. Er wird einen Leibwächter dabeihaben, und ich möchte nicht, dass du Probleme bei der Arbeit kriegst.«

Wieder hob Raine eine Braue. »Du weißt schon, dass meine Familie ursprünglich aus New York kommt, oder? Also ist es nicht so, als würde ich mich mit so was nicht auskennen. Wir sind zwar später nach Kalifornien gezogen, aber da war ich schon erwachsen.«

Raine erzählte selten von ihrer Familie, nur dass sie eine glückliche Kindheit gehabt hatte. Stella wusste, dass ihr Vater tot war, ihre Mutter aber noch lebte. Trotzdem fuhr Raine in den Ferien nie nach Hause, sondern verbrachte sie mit Stella, Shabina, Denver, Vienna und Zahra und seit Neuestem auch mit Sam in der Sierra. Stella war immer sehr froh um diesen Freundeskreis. Keiner von ihnen war jemals allein, und sie feierten zusammen. Sie hatten ihre eigene Familie gegründet.

»Es ist gar nicht, dass ich unbedingt glaube, er wäre gefährlich oder so, er ist bloß mitten in der Nacht hier aufgetaucht, und deswegen hat sich Sam ziemlich aufgeregt.«

»Das kann ich mir vorstellen, vor allem nach dem, was hier vorgefallen ist.« Raine blieb strikt neutral und schaute aus dem Fenster. Bailey hatte angeschlagen, und Daisy sprang fröhlich kläffend auf und ab. Die kleine Jack-Russell-Hündin liebte Besuch, aber wenn es sich um Fremde handelte, beäugte sie sie knurrend und misstrauisch.

Stella bedeutete Bailey, in seine Ecke zu gehen, aber wachsam zu bleiben. Er würde sich von Daisys Mätzchen nicht ablenken lassen und ihre Gäste im Auge behalten, für den Fall, dass sie ihm befahl einzugreifen, oder er den Eindruck bekam, dass die Fremden eine von seinen Schutzbefohlenen attackieren wollten. Raine brachte Daisy ins Schlafzimmer und schloss die Tür mit dem scharfen Befehl, ruhig zu bleiben.

»Soll ich Kaffee machen?«

»Lass uns erst mal sehen, wie es läuft«, meinte Stella und ging zur Tür, holte tief Luft und öffnete sie beim ersten Klopfen.

»Stella, das ist Mr. Rossi. Er ist gekommen, um Sam zu sehen, hat aber darum gebeten, dich sprechen zu dürfen, als ich ihm sagte, dass Sam nicht da ist«, meldete Patrick noch einmal. Offensichtlich war er neugierig und missbilligte das alles sehr.

»Danke, Patrick. Ab hier übernehme ich.« Stella wartete, bis der Wachmann sich widerwillig zurückgezogen hatte, ehe sie ihre Aufmerksamkeit Sams Vater zuwandte. Er musterte sie mit sehr dunklen Augen. Sams Augen, auch wenn der Blick nicht so intensiv war wie bei seinem Sohn. »Ich bin Stella Harrison. Möchten Sie nicht reinkommen?«

»Marco Rossi. Das ist Lucio Vitale«, stellte der ältere Mann seinen Leibwächter vor. »Vielen Dank, ich bin dankbar für ein paar Minuten Ihrer Zeit.«

Stella trat zurück, um die beiden Männer ins Haus zu lassen. Marco war ein attraktiver Mann, das dunkle Haar von silbernen Strähnen durchzogen. Man konnte sehen, dass sein Sohn nach ihm kam, auch wenn Sam viel kantiger war. Marco wirkte kraftvoll, Sam eher gefährlich. Der Leibwächter Lucio hatte mehr Ähnlichkeit mit Sam, insofern als er die gleiche düstere Energie ausstrahlte, auch wenn er sehr entspannt zu sein schien.

Lucios Augen wanderten von Stella zu Bailey und registrierten alles im Raum, jedes Fenster, jede Tür und jeden Fluchtweg. Offenbar war ihm klar, dass sie bewaffnet war, dann trat Raine in sein Blickfeld, und ein überraschtes Wiedererkennen flackerte in den dunklen, gnadenlosen Augen, die sich nun auf sie richteten.

Lucio war vor Marco hergegangen. Der Anzug, den er trug, war mindestens so teuer wie der seines Bosses, doch obwohl Marco in seinem so viel Macht ausstrahlte, wirkte Lucio bedrohlicher. Selbst Bailey ließ ihn nicht aus den Augen.

Stella lächelte Sams Vater freundlich an. »Hat Sam Sie erwartet?«

Marco schüttelte den Kopf. »Ich habe mich in der Stadt

einquartiert, etwa eine Stunde von hier, und wollte doch noch einmal versuchen, mit ihm zu sprechen, ehe ich nach Hause fahre. Es ist Jahre her, dass wir Gelegenheit dazu hatten.«

Stella bedeutete den beiden Männern, in den Sesseln vor dem Sofa Platz zu nehmen. »Das ist meine Freundin Raine O'Mallory. Raine, das sind Marco Rossi, Sams Vater, und Lucio Vitale.«

»Freut mich, Sie kennenzulernen, Mr. Rossi. Vitale kenne ich bereits«, erwiderte Raine. »Ich komme aus New York.« Mit einem hintergründigen Lächeln in ihrem kleinen Koboldgesicht setzte sie sich aufs Sofa und betrachtete Marco, ohne Lucio einen Blick zu gönnen.

»Sie sind aber nicht Sean O'Mallorys Tochter, oder?«, fragte Marco, indem er Stella gegenüber Platz nahm, sodass sein Leibwächter sich Raine gegenübersetzen musste.

»Doch, Sean war mein Vater.«

»Schade, dass er tot ist«, sagte Marco. »Er war ein guter Mann. Hat bei Geschäften immer sein Wort gehalten. Als er nach Kalifornien gezogen ist, habe ich gedacht, er ginge in Pension.«

»Das war auch so. Aber es gab jemanden, der etwas dagegen hatte.«

»Wie geht es Ihrer Mutter? Sie ist ganz bezaubernd.«

»Ich habe sie seit Jahren nicht mehr gesehen«, erwiderte Raine in unverändertem Tonfall.

Stella beobachtete Lucio, der, so wie Sam, mit starrer Miene und kaltem Blick zuhörte, doch als Raine das sagte, flackerte irgendetwas für einen kurzen Moment in seinen Augen auf und verschwand sofort wieder. Dabei bemerkte sie, dass sie nicht schwarz waren, sondern blau, von einem ungewöhnlich tiefen Marineblau. Und so, wie sie Raine im

Moment ansahen, hätte sie ihre Freundin gerne gebeten, ja nicht weiterzureden.

»Es gibt da eine Strafe, die schlimmste, die verhängt werden kann, wenn jemand die Familie verrät. Die kann furchtbarer sein als der Tod. Man wird aus der Familie geworfen und für tot erklärt. Dein Name wird von niemandem je wieder ausgesprochen, und du wirst nicht mehr beachtet, selbst wenn du vor deinen Verwandten stehst und um Vergebung bittest. Ein solcher Verrat wird nicht verziehen.«

Marco hob eine Braue. »Ich kann mir nicht vorstellen, wie Sie Ihre Familie hätten verraten können.«

Raine betrachtete ihn mit ihrem rätselhaften Lächeln. »Damals war mir nicht klar, welche Art von Geschäften mein Vater machte. Ich war noch sehr jung und eine Frau, deshalb dachte man offenbar, ich wäre zu dumm dazu.«

»Aber nein, meine Liebe, Ihr Vater wollte Sie nur beschützen. Ganz sicher. Alle Väter wollen ihre Töchter beschützen.«

»Auch vor Schwindlern? Vor Männern, die sie benutzen, um an Informationen zu kommen, mit denen sie ihre Familie ruinieren und ihre Väter ermorden können? Ich war sehr naiv und habe mich in den falschen Mann verliebt. Ich dachte, es wäre Liebe. Können Sie sich vielleicht vorstellen, wie absolut dämlich sich Ihre Erklärung anhört, nachdem mein Vater tot ist und meine Familie mich verstoßen hat? Die Sache ist aber die, ich bin nicht dumm. Ich bin sogar ziemlich gescheit. Hätte mein Vater mich eingeweiht, wäre ich vor solchen Männern gewarnt gewesen. Jetzt, da ich meine Lektion gelernt habe, weiß ich, dass Männer Frauen die ganze Zeit anlügen. Mehr noch, mir ist es gelungen, so viele Informationen und Beweise zu seinen Todesumständen zu bekommen wie irgend möglich.«

Stella hoffte, dass Raine Marco damit nicht irgendwie herausforderte. Ihre Freundin glaubte doch hoffentlich nicht, dass Sams Vater irgendetwas mit dem Tod ihres Vaters zu tun hatte. Sie selbst fühlte sich bei dieser Unterhaltung ziemlich verloren, konnte aber aus irgendeinem Grund den Blick nicht von Lucio lösen, so gespannt war sie auf seine Reaktion. Er hatte kein Wort gesagt, schien jedoch mit dem Verlauf dieses Gesprächs ebenso unzufrieden zu sein wie sie.

»Oh nein, Raine.« Marco beugte sich vor. »So was ist sehr riskant. In solche Dinge sollten Sie sich nicht einmischen.«

Verärgert zog Raine die Brauen hoch. »Wirklich faszinierend, Mr. Rossi. Wollen Sie mir etwa weismachen, dass Sie im umgekehrten Fall den Mann, der die Hinrichtung Ihres Vaters angeordnet hat, nicht verfolgen würden? Denn wir wissen doch beide, dass der Killer nicht aus eigenem Antrieb gehandelt hat. Der gedungene Verbrecher zählt nicht, er ist nur eine Waffe. Der, der hinter dem Auftrag steckt, ist der wahre Mörder. Und ganz sicher würden Sie hinter dieser Person her sein.«

»Das ist etwas anderes.« Marco wedelte großspurig mit der Hand.

Stella stöhnte und bedeckte kurz die Augen, denn sie wusste, dass das für Raine wie ein rotes Tuch war.

»Weil ich eine Frau bin und Sie ein Mann? Weil ich meinen Vater nicht so lieben sollte wie Sie Ihren? Weil ich ihm gegenüber nicht genauso loyal sein sollte? Erklären Sie mir, warum, Mr. Rossi«, verlangte Raine. »Das verstehe ich nicht ganz.«

»Kurz gesagt, Raine«, versuchte er es sanft, »schon allein die Nachforschungen könnten dazu führen, dass Sie ebenfalls ermordet werden. Man braucht die richtigen Quellen. Man muss wissen, was man tut. Und wenn man seine Antworten gefunden hat, muss man imstande sein, die Sache zu Ende zu bringen.«

Raine sah ihn mit diesem besonderen Lächeln an, das alles und nichts bedeuten konnte. »Und wer sagt, dass ich diese Quellen nicht habe? Und die richtigen Mittel, wenn ich die Antworten auf meine Fragen gefunden habe? Sie sollten Frauen nicht unterschätzen, Mr. Rossi. Das ist das, was am Ende jeden Mann in die Bredouille bringt.«

Marco starrte sie ein paar Sekunden sprachlos an und brach dann in Gelächter aus. »Sie sind wirklich die Tochter Ihres Vaters. Blitzgescheit. Ich glaube, mit Ihnen möchte ich nicht zu oft diskutieren.«

»Das möchte niemand«, stimmte Stella zu. »Hätte einer von Ihnen gern einen Kaffee?«

Beide Männer nickten. Sofort bot Raine an, den Kaffee zu kochen. Lucio machte eine Bewegung, als wolle er aufstehen.

Raine reckte das Kinn. »Ich brauche keine Hilfe. Es dauert nur eine Minute. Irgendjemand Milch oder Zucker?«

Stella hatte den Eindruck, dass Lucio und Raine definitiv keine Freunde waren. Sie hatte keine Ahnung gehabt, dass Raine für ihre Familie »tot« war. Sie hatte immer so liebevoll davon gesprochen und ihre Kindheit als glücklich bezeichnet. Am liebsten hätte Stella deswegen geweint. Wie konnte man Raine vorwerfen, dass sie sich in einen Mann verliebt und ihm von ihrer Familie erzählt hatte, wenn sie nicht wusste, was ihr Vater machte? Sie hatte doch nicht wissen können, dass sie ihm Hinweise gab, die sie nicht hätte preisgeben sollen. Nie wieder etwas mit ihr zu tun haben zu wollen, kam Stella wie eine schrecklich harte Strafe vor. Wie konnten ihre Mutter und ihre Brüder Raine das nur antun? Das verstand Stella nicht, andererseits hatte auch ihre Mutter sie im Stich gelassen, nachdem die Taten ihres Vaters ans Licht gekommen waren.

»Ihre Freundin ist eine interessante Frau«, sagte Marco.

»Ja, sie ist brillant«, erwiderte Stella. »Sie hat einen außergewöhnlich hohen IQ.«

»Was machen die Leute hier oben eigentlich?« Marco schaute durch die Fenster in ihrem Wohnzimmer, die alle einen guten Ausblick boten. »Ich habe selbst gesehen, wie schön die Landschaft ist, aber in der Stadt habe ich so viele junge Menschen gesehen. Gibt es in dieser Gegend genug Arbeit für alle? Verdient ihr alle genug zum Leben?«

Stella lehnte sich zurück und zog die Beine unter den Po. »Ich werde nicht so tun, als wüsste ich nicht, wer Sie sind. Und Sie sind sicher nicht hergekommen, um Ihren Sohn zu sehen, ohne zuvor Informationen über mich einzuholen. Also wissen Sie, dass dieses Resort und das meiste Land um den See herum mir gehört. Sam arbeitet das ganze Jahr über für mich. Dazu beschäftige ich noch ein Ehepaar und die Wachmänner dauerhaft. Alle anderen sind Aushilfskräfte.«

»Ich habe erst kürzlich herausgefunden, dass mein Sohn hier ist. Deshalb bin ich sofort hierher aufgebrochen, weil ich befürchtete, dass er weiterziehen würde. Wir sind seit Jahren nicht gut aufeinander zu sprechen, und dies war die erste echte Gelegenheit, mit ihm zu reden. Aber es war nicht klug von mir, mitten in der Nacht aufzutauchen.«

»Warum haben Sie es dann getan?«

»Ich dachte, es wäre ihm bestimmt unangenehm, wenn Sie erfahren, wer sein Vater ist.« Marco zuckte die Achseln. »Nicht, dass mir selber das unangenehm wäre, aber wir haben uns im Streit getrennt.«

Stella nickte. »Ich verstehe Ihre Beweggründe. Kennt Sam die auch?«

Marco seufzte. »Nein. Wir sind gleich auf dem falschen Fuß gestartet.«

»Ich habe vom Fenster aus zugesehen. Er war definitiv nicht begeistert, dass Sie hier mit Ihrem Gefolge erschienen sind.« Sie sah Lucio an und nahm sich vor, Raine zu erzählen, wie mühelos Sam ihn entwaffnet hatte.

Plötzlich ertönte das Alarmsignal des Rettungsdienstes, und Stella stockte der Atem. »Sam«, flüsterte sie und sprang auf. Sie spürte, wie alle Farbe aus ihrem Gesicht wich. »Raine«, rief sie und ging zwei Schritte in Richtung Küche. Die Tür stand weit offen, und als Raine in Sicht kam, machte sie ein mitfühlendes Gesicht. Stella war wie erstarrt.

»Es tut mir leid, Schatz, aber der Rettungsdienst wurde zum Mount Whitney gerufen.«

Stella biss sich auf den Daumen. »Sam? Vienna? Hat einer von den beiden sich bei dir gemeldet?« Sie bekam kaum noch Luft.

Raine schüttelte den Kopf. »Noch nicht. Du kennst doch Sam. Ihm wird nichts passieren, und er wird es auch nicht zulassen, dass Vienna was passiert.«

»Was zum Teufel ist los mit meinem Sohn?«, wollte Marco wissen.

Stella drehte sich rasch nach ihm um. Er war von seinem Platz aufgesprungen. Sie hatte Sams Vater fast vergessen. Bailey knurrte leise zur Warnung. Lucio hatte den Hund im Blick und eine Hand in seinem Jackett. Stella beruhigte Bailey mit einer Handbewegung.

»Sam ist mit unserer Freundin Vienna heute auf dem Whitney«, erklärte Raine an Stellas Stelle, weil ihre Freundin immer noch völlig verwirrt war. »Vienna ist die Leiterin des hiesigen Rettungsdienstes, und Sam gehört auch dazu. Sie sind da raufgegangen, um bessere Rettungsmöglichkeiten aufzutun. Und gerade gab es einen Alarm. Die beiden sind gute Kletterer und Wanderer. Sie wissen, was sie tun, aber immer mehr Touristen, die das nicht wissen, versuchen, zum Gipfel zu gelangen, deshalb müssen erfahrene Bergsteiger wie Vienna und Sam ihnen zu Hilfe kommen.«

Raine redete einfach drauflos und sagte alles, was ihr in den Sinn kam, um Stella Zeit zu geben, sich zu fangen. Dann vibrierte Stellas Handy. Hastig riss sie es aus der Gesäßtasche ihrer Jeans und starrte auf die einzigen zwei Worte, die ihr im Augenblick etwas bedeuteten. *Nichts passiert.*

Ihre Beine drohten den Dienst zu versagen. Sie schaute zu Sams Vater hinüber und blinzelte, um die Tränen zurückzuhalten. »Er ist in Sicherheit. Der Alarm gilt nicht ihm.«

Raine kam mit traurigem Blick aus der Küche. »Nein, um zwei Wanderer. Vienna hat den Sheriff gerufen.«

Stella schüttelte den Kopf. »Das kann nicht sein. Sie wollten sie doch am Trail Crest aufhalten.«

»Stella …«, begann Raine sanft.

»Ich weiß. Ich weiß. Und ich bin dankbar dafür, dass es nicht Sam oder Vienna getroffen hat. Ich brauch nur eine Minute. Ich habe das Gefühl zu ersticken.« Sie konnte nicht in diesem engen Raum bleiben, sonst würde sie sicher weinen oder irgendetwas sagen, was sie vor Wildfremden nicht sagen sollte. »Wenn Sie mich entschuldigen würden.«

Sie wollte nur noch weg und den Adrenalinschub abbauen, der sie zum Zittern brachte. Schnell ging sie Richtung Haustür. »Bailey, bei Fuß.« Sie konnte nur hoffen, dass Raine ihr verzieh, dass sie sie mit den beiden Männern allein ließ. Allerdings kam sie nur bis zur Veranda. Es war sehr kalt, und obwohl sie Jeans und Pulli anhatte, war sie für einen Aufenthalt im Freien nicht richtig angezogen.

Stella lehnte sich gegen das Geländer und bedeckte das Gesicht mit den Händen. Der Serienmörder hatte trotz allem gewonnen. Trotz ihrer Vorkehrungen war es ihm gelungen, zwei unschuldige Menschen zu töten, die nur vorgehabt hatten, vom Mount Whitney aus den Sonnenaufgang zu bewundern. Wie hatten Sam und Vienna die beiden nur verpassen können? Sie waren doch am Trail Crest gewesen. Direkt vor Ort. Und hatten auf das Paar gewartet. Was war da schiefgegangen?

Bailey drückte seinen großen Kopf an ihre Hüfte, und sie kraulte ihm geistesabwesend die Ohren.

»Stella?«

Vor Schreck wäre sie fast aus der Haut gefahren. Der Hund hatte sie davor warnen wollen, dass sie nicht mehr allein war. Überrascht wandte sie sich Sams Vater zu. Er musterte sie voller Sorge.

»Ich will nicht so tun, als würde ich verstehen, was hier vorgeht, aber offenbar ist irgendetwas Schlimmes passiert. Kann ich irgendwie helfen?« Er reichte ihr eine ihrer Jacken, die immer an Haken neben den Türen hingen, damit sie sich Tag und Nacht rasch eine schnappen konnte, falls es im Resort einen Notfall gab.

»Danke«, antwortete sie automatisch. »Nein, Sie können nichts tun. Es tut mir leid, dass ich mich so aufführe, aber Sam geht's gut. Manche Wanderer aus der Stadt haben keine Ahnung, was man braucht, um auf den Gipfel des Whitney zu gelangen. Vienna und Sam wollten herausfinden, wie man sie besser schützen …« Unfähig zu lügen winkte sie ab, wusste aber nun nicht mehr weiter. »Er wird erst spät zurückkommen.«

»Bei mir wurde ein Herzleiden diagnostiziert«, platzte Marco heraus und blickte zur geschlossenen Haustür, als wollte er sich vergewissern, dass sie von niemandem belauscht wurden. »Deshalb habe ich mich entschlossen, mich zurückzuziehen, was in meinem Geschäftsbereich riskant sein kann. Sam ist mein einziger Erbe.«

Betroffen wandte Stella sich ihm ganz zu und kehrte dem See und der aufgehenden Sonne mit ihren goldenen Farben den Rücken. Hoffentlich glaubte Marco nicht, dass Sam in seine Fußstapfen treten würde.

Hastig schüttelte Sams Vater den Kopf. »Ich weiß, was Sie denken. Sam will mit meinen Geschäften nichts zu tun haben. Er ist schon vor langer Zeit ausgestiegen. Nein, ich werde jemand anders als Nachfolger benennen. Allerdings würde ich im Ruhestand gern in der Nähe meines Sohnes wohnen und die Gelegenheit bekommen, unsere Beziehung zu kitten.«

»Warum sind Sie dann nicht schon früher zu ihm gegangen?«

»Ich würde gern sagen, es lag daran, dass wir beide so stur sind, aber die Wahrheit ist, trotz all meiner Verbindungen habe ich ihn nicht finden können.« Es klang stolz und frustriert zugleich. »Ich wusste nicht mal, ob mein einziges Kind noch am Leben ist.«

Das erklärte, warum er Sam mitten in der Nacht aufgesucht hatte, als er endlich wusste, wo sein Sohn sich befand. Wahrscheinlich hatte er tatsächlich Angst gehabt, dass Sam verschwinden würde, sobald er merkte, dass er aufgespürt worden war.

»Mr. Rossi, obwohl ich eine Fremde für Sie bin, muss ich Sie fragen, wie krank Sie sind.« Denn, wenn nötig, würde sie wohl ein gutes Wort für ihn einlegen. Vater und Sohn hatten sich jahrelang nicht gesehen. Falls Marco starb, verzieh Sam es sich womöglich nie, dass er sich nicht wenigstens zu einem Gespräch mit ihm zusammengesetzt hatte.

»Noch liege ich nicht im Sterben. Ich hatte einen Herzinfarkt, und die Ärzte haben mir mitgeteilt, dass meine Essgewohnheiten und der Mangel an frischer Luft und körperlicher Betätigung mit daran schuld sind, dass mein Herz sehr schwach ist. Deshalb wollte ich in Pension gehen, falls ich meinen Sohn finde und ihn eventuell dazu überreden kann, mich in seiner Nähe zu dulden. Zu wissen, dass er eine Freundin hat, macht es leichter. Die Gegend hier oben ist wunderschön, auch wenn ich nie auf dem Land gelebt oder mich jemals danach gesehnt habe.«

Trotz der Umstände musste Stella lächeln. Der Mann war offensichtlich ein Stadtmensch. Sie konnte sich nicht vorstellen, dass er sich in der Sierra wohlfühlte. »Hier gibt es nicht viel Abwechslung, Mr. Rossi. Wenn Sie hierherziehen möchten, selbst wenn Sie sich in Knightly etwas kaufen, wird es doch nicht so sein wie in der Großstadt«, versuchte sie, ihn zu warnen.

Marco nickte. »Das ist mir bewusst.« Er zögerte. »Ich habe vor zwei Jahren jemanden kennengelernt. Wir leben nicht zusammen, aber ich denke, wenn ich in Rente gehe und aus New York wegziehe, könnte sie bereit sein mitzukommen.«

Damit wären die beiden aus der Gefahrenzone heraus, interpretierte Stella. Wer auch immer die Frau war, offenbar hatte sie mit dem, was Marco sein Leben lang betrieben hatte, nichts zu tun. Ehrlich gesagt, kannte sie sich damit auch nicht besonders gut aus, aber sie kannte Sam. Er würde nicht allzu erfreut darüber sein, dass sein Vater gekommen war und in seiner Abwesenheit mit ihr gesprochen hatte.

»Wissen Sie, Sam möchte sicher selber mit Ihnen über all das reden.«

Marco seufzte. »Ja, aber er wird von der Idee nicht allzu begeistert sein. Ich hatte gehofft, dass Sie sich für mich einsetzen, falls mein Sohn sich weigert, mich zu sehen. Ich denke, auf Sie wird er hören.«

Stella begriff, wie charmant und einnehmend dieser mächtige, attraktive ältere Herr auf Frauen wirken konnte, wenn er um Hilfe bat. Dieser Mann wusste genau, was er tat, wie er sein Aussehen und seine Stimme einsetzen musste. Sie hatte den Eindruck, dass er im Laufe der Jahre seinen Charme sehr, sehr oft hatte spielen lassen.

»Falls er mich besuchen kommt, bestehen Sie doch einfach darauf, ihn zu begleiten. Dann wird er viel mehr darauf achten, wie er mich behandelt und was er sagt. Wenn Sie dabei sind, haben wir eine bessere Chance, uns wieder zu vertragen.« Die Bitte klang sehr aufrichtig.

Dennoch schüttelte Stella leicht lächelnd den Kopf. »Ich sage Ihnen jetzt mal etwas, Mr. Rossi. Ich würde Sam niemals in den Rücken fallen, unter gar keinen Umständen. Ich werde ihn nicht in die Irre führen oder versuchen, ihn von irgendetwas zu überzeugen. Er ist ein erwachsener Mann. Außerdem ist er sehr intelligent, und ich glaube nicht, dass er aufbrausend ist oder irgendetwas tut, ohne nachzudenken. Falls er früher dickköpfig war, hat er sich verändert. Heute ist er nachdenklich und ruhig. Ich denke, er wird Ihnen zuhören und ernsthaft versuchen, das, was zwischen Ihnen steht, auszuräumen. Dafür brauchen Sie mich nicht. Aber wenn Sam mich dabeihaben will, komme ich natürlich mit.«

Marco Rossi war es nicht gewohnt, dass man ihm etwas abschlug. Das stand ihm ins Gesicht geschrieben, aber es gelang ihm, seine Verärgerung mit einem falschen kleinen Lächeln zu kaschieren. »Ich hoffe, Sie gehören nicht zu den Frauen, die glauben, ihr Mann hätte keine Geheimnisse vor ihnen.«

»Ich weiß nicht, worauf Sie hinauswollen. Ich will gar nicht alles von ihm wissen. So sieht unsere Beziehung nicht aus.« Mit einem leichten Schaudern deutete Stella zur Tür. »Es ist sehr kalt hier draußen. Vielleicht sollten wir wieder reingehen.« Sie wartete nicht darauf, ob Marco mitkam, sondern ging voran, öffnete die Tür, schickte Bailey ins Haus und trat dann zur Seite, damit er hereinkommen konnte.

Raine saß mit untergeschlagenen Beinen auf dem Sofa und sah so aus wie immer, wie ein netter, unschuldiger kleiner Kobold. Mit ihrem sorglos zurückgebundenen rotgoldenen Haarschopf wirkte sie mädchenhafter denn je. Stella war sich nicht sicher, ob Raine diesen Look kultivierte oder einfach wirklich so war, aber es funktionierte. Die meisten Menschen hielten sie für harmlos. Niemand betrachtete sie als Bedrohung. Verstohlen schaute Stella zu Lucio hinüber. Sie war nicht sicher, ob er das genauso sah, aber vielleicht lag das auch nur an der unterschwelligen Spannung im Raum.

»Alles in Ordnung?«, fragte Raine.

»Ja, hast du was Neues gehört?«

»Nein, aber ich habe auch nicht damit gerechnet. Sie werden versuchen, die Leichen zu bergen, und das wird eine Weile dauern.«

Stella seufzte. »Es tut mir leid, Mr. Rossi. Sam wird wahrscheinlich den Rest des Tages auf dem Whitney sein. Ich weiß nicht, wann Sie nach New York zurückkehren wollen, aber wenn er wiederkommt, wird er erschöpft sein. Schließlich müssen sie bei der Bergung an den Felsen hinunterklettern, um zu den Toten zu gelangen.«

Schon allein das zu sagen machte sie krank. Sie verstand immer noch nicht, wie das passieren konnte. Wie hatten Sam und Vienna das Pärchen am Trail Crest verpassen können?

»Wir können noch ein paar Tage bleiben. Ich schreibe Ihnen auf, wo wir abgestiegen sind«, entgegnete Marco.

Plötzlich klingelte Raines Handy, und sie ging sofort ran, sprang vom Sofa und lief in die Küche. Doch man konnte sie trotz ihres Flüstertons verstehen.

»Ich bin beschäftigt. Ich war doch gerade erst da, General. Ich habe die ganze Nacht durchgearbeitet, und das, was ich hier gerade zu tun habe, ist wichtig.« Eine kleine Pause entstand. »Jack soll den Job übernehmen. Er ist gut. Er kann das.«

An den Küchentresen gelehnt hörte Raine ihrem Gesprächspartner zu. Stella konnte sie durch die offene Tür sehen. Sie wirkte gereizt. »Das hier ist keine sichere Leitung. Sie haben mich auf dem Handy angerufen. Ja, weil ich nicht zu Hause bin. Nein, ich habe Ihnen doch gesagt …« Sie seufzte tief. »Es geht doch immer um die nationale Sicherheit. Gut. Es würde eine Stunde dauern, nach Hause zu fahren. Also schicken Sie mir den Helikopter in einer Stunde, damit ich Zeit habe, hier fertig zu werden. Und sagen Sie Dante, dass er mich zuerst nach Hause bringen muss. Da packe ich ein paar Sachen zusammen, dann kann er mich zu Ihnen fliegen. Mehr werde ich Ihnen nicht anbieten. Schließlich habe ich auch noch ein anderes Leben, falls Sie es noch nicht wussten, und das dreht sich nicht nur um Sie.« Raine schnitt eine Grimasse. »Sehr lustig.« Verärgert steckte sie das Handy wieder ein und kam ins Wohnzimmer zurück.

»Tut mir leid, Stella. Ich hab noch knapp eine Stunde, dann ruft mal wieder die Arbeit.«

»Du hast seit Tagen nicht mehr geschlafen«, wandte Stella ein. »Die müssen dir doch mal eine Pause gönnen.«

Raine zuckte die Achseln. »Ziemlich viele Krisenherde im Moment.«

Mit gerunzelter Stirn schaute Marco sie an. »Jemand schickt einen Helikopter für Sie? Und so sprechen Sie mit einem General? Etwa beim Militär? Sichere Leitungen? Die nationale Sicherheit? Was um alles in der Welt tun Sie?«

Raine lachte leise und machte eine abwiegelnde Geste. Sie wirkte so unschuldig und jung, wie nur sie es fertigbrachte. »Wenn Sie das so aufzählen, hört es sich tatsächlich ziemlich dramatisch an. Ich arbeite tatsächlich für die Regierung, also schickt sie mir manchmal, wenn irgendetwas schnell erledigt werden muss, einen Hubschrauber, weil ich so weit ab vom Schuss wohne. Den Rest sollten Sie nicht überbewerten.«

Sie schnitt ein Gesicht. »Ich weiß nicht genau, wie ich Peter am besten beschreiben soll. Er wird gern *General* genannt. So könnte ich doch mit einem echten General nicht umspringen, nicht wahr? Jedenfalls nicht, ohne in Schwierigkeiten zu geraten. Peter ist einfach eine Dramaqueen. Er spielt *andauernd* Videospiele deshalb spricht er auch so wie in diesen lächerlichen Fantasiewelten. Aber ich werde sehr gut für meine Arbeit bezahlt, deshalb sind wir am Ende beide zufrieden.«

Stella fand, dass ihre zwei Besucher nicht völlig überzeugt wirkten, auch wenn ihre Freundin die Augen verdrehte, als wäre Peter der dümmste Mann auf der Welt.

»Was arbeiten Sie denn so?«, hakte Marco nach.

Raine zuckte die Achseln. »Was meine Kollegen machen, weiß ich nicht, aber ich beherrsche eine gewisse Computersprache sehr gut. Wenn Programme abstürzen und schnell wieder zum Laufen gebracht werden sollen, gilt das immer als Notfall, obwohl es in Wahrheit keiner ist. Dann komme ich und löse das Problem. Meistens kann ich das aus der Entfernung, doch letztens musste ich ins Hauptbüro, um da eins wieder hochzufahren.«

»Möglicherweise irgendein Virus?«, fragte Marco, als würde er sich mit so etwas auskennen. »Man sollte doch meinen, dass Regierungscomputer am besten gegen solche Angriffe geschützt sind.«

Stella hielt die Luft an und hoffte, dass Raine ihm nicht den Kopf abriss. Doch ihre Freundin lächelte nur gelassen und riss die Augen auf, als hätte Marco ihr gerade einen guten Tipp gegeben. »Warum habe ich daran nicht gedacht? Ich werd wohl noch mal mit Peter reden müssen.«

Marco schwieg einen Moment und fing dann an zu lachen. »Sie sind eine echte O'Mallory. Natürlich haben Sie daran gedacht. Also war es kein Virus.«

Wieder lächelte Raine. »Nein. Manchmal wird ein Programm von jemandem verbessert, der nicht an alle Möglichkeiten denkt, die es zum Abstürzen bringen könnten. Und wenn das während einer Verbindung passiert, bei der Daten übermittelt werden, sind die hinterher unleserlich.« Sie zuckte die Achseln. »Nicht gerade der aufregendste Beruf der Welt, aber ein guter, sicherer Job.«

Marco nickte. »Ich weiß kaum etwas darüber, wie Computerprogramme arbeiten, nur dass sie funktionieren, und darauf verlassen wir uns inzwischen.«

Raine musste ihm zustimmen. »Vielleicht zu sehr.« Sie trank einen Schluck Kaffee. »Lucio, du hast mir noch gar nicht erzählt, was du in letzter Zeit so gemacht hast. Wenn ich mir deinen Anzug anschaue, sieht es so aus, als hätten sich deine beeindruckenden Fähigkeiten bezahlt gemacht.«

Marco zog eine Braue in die Höhe. »Welche davon mag Miss O'Mallory meinen?«

»Ich habe keine Ahnung.« Lucio klang gelangweilt.

Stella musterte sein Gesicht. Seine Augen waren ausdruckslos, aber unter dem tiefen Blau schwelte eine rachsüchtige Wut, die Stella Angst machte, Angst um Raine. Offenbar mochten die beiden sich nicht nur nicht – sie waren erbitterte Feinde. Marco schien es jedoch nicht zu bemerken, und Lucio erweckte nicht den Eindruck, als wolle er ihn darauf aufmerksam machen.

»Als ich noch in New York wohnte, war er bei den Damen sehr beliebt, Marco«, erklärte Raine. »Er konnte sie sich praktisch aussuchen. Sie fraßen ihm aus der Hand. Ein einfacher Weg, die Leiter hochzusteigen. Hast du dich nicht so ausgedrückt, Lucio? Es ist lange her, also trügt mich meine Erinnerung vielleicht, aber ich meine, das hättest du damals gesagt. Frauen seien so berechenbar.«

Nun hob Stella eine Augenbraue. »Ich nehme an, als wir jung waren, waren wir alle ziemlich blauäugig und glaubten an all diesen Märchenkram.«

»Das kommt davon, wenn Väter zu fürsorglich sind, Marco«, bemerkte Raine, ohne darauf einzugehen, dass Lucio nicht geantwortet hatte. »Es ist besser zu wissen, dass Männer lügen, als es auf die harte Tour lernen zu müssen, meinen Sie nicht?«

»Sie sind zu zynisch geworden, Mädchen«, wandte Marco ein.

»Das glaube ich nicht. Ich bin der Ansicht, dass es gut ist, realistisch zu sein, du nicht, Stella? Ich höre lieber die Wahrheit als Lügen. Seien Sie ehrlich, Marco, wenn Sie eine Tochter hätten, würden Sie dann nicht wollen, dass sie wüsste, worauf sie sich einlässt, wenn man sie mit einem Mann verheiratet, der sie mit ziemlicher Sicherheit betrügen wird? Oder dass sie es merken würde, wenn der Mann, mit dem sie sich trifft und von dem sie glaubt, dass er sie liebt, ihr eigentlich nur etwas vormacht? Möchten Sie, dass sie enttäuscht wird und dass ihre Welt irgendwann zusammenbricht? Besser, man geht mit weit offenen Augen durchs Leben, oder?«

Marco legte die Stirn in Falten. »Ihr jungen Frauen seid so unabhängig. Was meinst du, Lucio? Sollten Frauen beschützt werden? Würdest du deine Tochter beschützen?«

Ein knappes Lächeln entblößte Lucios leuchtend weiße Zähne, erhellte seinen finsteren Blick aber kein bisschen. »Ich habe keine Kinder, Marco, und auch keine Frau. Wie sollte ich ohne echte Erfahrung darüber urteilen?«

»Ich schätze, das ist eine weise Antwort in Gegenwart zweier so hübscher Frauen. Wir sollten jetzt gehen. Danke, dass Sie uns so früh am Morgen empfangen haben, Stella.« Marco stand auf, und Lucio tat es ihm nach. »Es war sehr schön, Sie beide kennenzulernen.«

»Hat mich auch gefreut, Sie kennenzulernen«, erwiderte Stella und führte die zwei Männer zur Tür. Erleichtert sah sie zu, wie sie die Veranda hinabstiegen und zu ihrem Auto gingen. Erst jetzt bemerkte sie, wie angespannt sie gewesen war, solange der Besuch in ihrem Haus gewesen war.

Sobald der Wagen außer Sicht war, schloss sie die Haustür, lehnte sich mit dem Rücken daran und sah Raine an. »Danke, dass du bei mir warst. Ohne dich wäre das für mich sehr schwierig geworden. Ich weiß, dass ich dich damit in eine blöde Lage gebracht habe, denn ganz offensichtlich kennst du Lucio schon länger.«

»Aus New York, als ich noch klein war. Ich war Irin. Er Italiener. Beide katholisch. Sagen wir einfach, wir zwei kamen nicht gut miteinander aus.« Raine nahm die Kaffeetassen und trug sie in die Küche. »Er war damals sehr stolz auf sein gutes Aussehen und ist heute noch genauso eingebildet. Sobald ihr beide aus der Tür wart, hat er sich doch ernsthaft erdreistet, mir Vorschriften zu machen. Als ob wir immer noch Kinder wären und ich alles tun würde, was er mir sagt.«

»Hattet ihr mal was miteinander?«, fragte Stella, die Raine in die Küche gefolgt war und nun am Tresen lehnte.

»Das geht bei Lucio nicht. Dazu ist er zu umtriebig. Und das sagt er auch jeder Frau, mit der er anbandelt.«

»Du bist ziemlich sauer auf ihn, Raine, und das kenne ich gar nicht an dir. Du kannst zwar fies werden, wenn Männer sich arrogant und überheblich gebärden, aber du bist nie so feindselig, wie du es gerade bei ihm warst. Wobei Mr. Rossi davon offenbar nichts mitbekommen hat.«

»Oh doch, dem entgeht nicht so schnell etwas. Lass dich von ihm nicht täuschen, Stella, das ist kein netter Mann. Mag sein, dass er wirklich hergekommen ist, um seinen Sohn zu sehen, aber er ist jahrelang der Kopf eines Verbrechersyndikats gewesen. Er hat alle möglichen Verbrechen begangen, von kleinen Betrügereien bis hin zu Mord. Ich weiß nicht, ob Männer wie er tatsächlich selber töten, aber ganz sicher ordnen sie Morde an. Heutzutage versuchen sie, unter dem Radar der Polizei zu bleiben, also begehen sie vielleicht nicht mehr dieselben Verbrechen wie früher, aber das heißt nicht, dass sie eine weiße Weste haben.«

»Das mit deinem Vater tut mir leid, Raine. Ich hatte keine Ahnung. Auch nicht von den Problemen mit deiner Familie. Du sprichst doch immer so liebevoll von ihr. Es muss schwer sein, sie nicht mehr sehen zu dürfen, vor allem deine Mutter.«

»Ich hab mich zum größten Teil damit arrangiert. Manchmal tut es noch so weh, dass ich mich in den Schlaf weine, aber im Grunde ist es ihre Wahl. Meine Familie hat sich dazu entschieden, mich nie mehr zu sehen, obwohl sie weiß, dass ich von den Geschäften meines Vaters keine Ahnung hatte.« Raine reckte das Kinn und zuckte mit den Schultern. »So gerne ich alles, was zum Tod meines Vaters geführt hat, rückgängig machen würde – es geht nicht. Es ist passiert. Ich habe jemanden kennengelernt, mich in ihn verliebt und ihm erzählt, dass ich mich abends mit ihm treffen könne, weil mein Vater unterwegs sein würde, um im Lagerhaus nach dem Rechten zu sehen. Ich wusste nicht, dass der Mann auf genau diesen Hinweis gewartet hatte. Ich ging zu dem Date mit meinem angeblichen Verlobten, während der meinen Vater im Lager grün und blau prügelte, nachdem er seine Leute getötet hatte. Dann hat sein Clan die Schiffsladung übernommen. Danach sind wir nach Kalifornien gezogen. Aber irgendjemand hat trotzdem einen Killer auf meinen Vater angesetzt.«

»Glaubst du, das war Mr. Rossi?«

»Noch weiß ich nicht, wer das war. Vielleicht einer von denen, mit denen mein Vater Geschäfte gemacht hat. Dabei hat so mancher viel verloren. Söhne, Brüder oder Cousins. Und viel Geld. Besser sie hätten mich töten lassen. Das wäre gerechter gewesen.« Raine seufzte. »Deshalb lebe ich in der Sierra. Hier finde ich meinen Frieden, Stella. Und hier haben wir uns eine eigene Familie aufgebaut. Mit unseren vielen

Geheimnissen sind wir vielleicht etwas seltsam und gestört, aber wir funktionieren, wir arbeiten und helfen einander.«

Sie konnten den Helikopter heranrauschen hören. Er würde in einer Wiese mit genügend Abstand zum Haus aufsetzen. Raine blickte auf ihre Uhr. »Ich sollte wohl besser den Hund rauslassen. Daisy muss ihr Geschäft verrichten und sich austoben, ehe wir in diesen Vogel steigen.«

»Pass auf dich auf, Raine.«

»Du auch. Ich hoffe, Sam ist nicht zu verärgert darüber, dass sein Vater ohne ihn bei dir war.«

Das hoffte Stella auch.

13

Waren denn alle vom Rettungsteam in der Nähe?«, flüsterte Stella Sam ins Ohr. »Das kommt mir ein bisschen seltsam vor.« Sie bemühte sich, nicht argwöhnisch zu Sean, Bale, Edward und Jason hinüberzuschauen.

Immerhin hatte Sean einen guten Grund, im Park zu sein – er arbeitete dort. Und sie nahm an, dass seine Freunde ihn in der Zeit besuchen durften. Jedenfalls sprach nichts dagegen. Yosemite war ein wunderschöner Nationalpark, und die Zeltplätze dort wurden bald geschlossen. Sie hatte nur den Verdacht, dass die vier vor allem lüstern nach den Camperinnen schielten.

Denver führte öfter Wanderer über einige weniger ausgetretene Pfade und war anscheinend mit einer kleinen Gruppe Touristen im Park gewesen, sodass er ebenfalls nicht weit weg war, als der Notruf einging.

Auch Stellas Nachtwächter Sonny Leven hatte mit seinem Bruder eine Tour durch den Park gemacht. Sie hatten eine Genehmigung dafür gehabt, über die hintere Seite des Whitney aufzusteigen. Ob das alles Zufall war?

»Es waren ja nicht alle da, aber es war gut, dass sie uns so schnell helfen konnten«, sagte Sam. »Die Bergung war nicht leicht.« Er klang müde, und Stella schmiegte sich aufmunternd an ihn. Er ärgerte sich genauso sehr wie sie, dass es ihnen nicht gelungen war, das Pärchen zu retten – vielleicht sogar mehr.

»Während wir auf den Sheriff warteten, hat Vienna beide Leichen untersucht. Sie hatten etliche gebrochene Knochen. Das war zu erwarten – bis auf eine Besonderheit. Da du uns erzählt hattest, dass der Killer beide an den Fingern festgehalten hat, hat sie da genauer hingesehen und festgestellt, dass bei beiden Toten der Ringfinger der linken Hand an exakt der gleichen Stelle zweimal gebrochen war.«

Stella runzelte die Stirn und legte ihren Kopf an seine Schulter. Sam schlang einen Arm um sie. Plötzlich wurde es einen Moment still im Raum. Einige Leute an der Theke hatten aufgehört, sich zu unterhalten, und starrten sie beide überrascht an. Doch sie löste sich nicht von Sam und wartete weiter darauf, dass die Bergungsmannschaft mit der üblichen Aufarbeitung des Einsatzes begann.

»War James Marleys Ringfinger nicht auch zweimal gebrochen? Wegen der Angelschnur oder so?«, fragte sie.

»Ich glaube nicht, dass die Angelschnur daran schuld war. Ich schätze, das ist die Signatur des Killers, aber wir können es nicht riskieren, hier belauscht zu werden.«

Stella barg das Gesicht an seinem Hals und sagte sehr leise: »Du hast recht, aber ich muss wissen, warum ihr sie am Trail Crest verpasst habt. Das verstehe ich nicht, Sam. Du und Vienna, ihr wart doch da.«

Er küsste sie auf die Schläfe und aufs Ohr. »Das Pärchen hatte eine Genehmigung für drei Wanderer. Der Bruder des Mannes wollte mitkommen, war aber in letzter Minute verhindert. Wir haben nur nach Genehmigungen für zwei Personen gesucht.«

Stella schloss die Augen. So ein einfacher Fehler. Eine Kleinigkeit, die all ihre Bemühungen zunichtegemacht hatte.

»Wir müssen noch darüber reden, dass mein Vater unangekündigt bei dir aufgetaucht ist und du ihn auch noch reingelassen hast.«

»Ich habe schon damit gerechnet, dass du das für keine besonders gute Idee halten würdest.« Sie setzte sich wieder auf und nippte an ihrem Mojito. Doch mit einem Mal schmeckte er ihr nicht mehr, und sie schob ihn von sich.

Der *Grill* war voller Bergretter, die an der Theke und dem großen runden Tisch saßen und sich an den verschiedenen Appetithappen bedienten, die Alek Donovan, der Besitzer, in seiner Küche kreiert hatte, zur Einstimmung auf die einfachen Snacks der Bar. Fast alle Tische waren besetzt, aber da Vienna vorher angerufen hatte, hatte Alek ihnen ihren Lieblingstisch frei gehalten, obwohl er normalerweise keine Reservierungen annahm.

»Ich bin nicht gut darin, jemanden abzuweisen«, gab Stella zu. »Und dass er dein Vater ist, machte es mir noch schwerer. Außerdem war er sehr höflich. Raine war bei mir, und auch Bailey war die ganze Zeit im Zimmer. Ich hab dir nicht Bescheid gesagt, weil ich wusste, dass ihr etwas Gefährliches vorhattet, nicht, weil ich irgendetwas vor dir verheimlichen wollte.«

»Das ist mir klar, Stella.« Abwartend sah Sam sie an. Offenbar ging er davon aus, dass sie ihm berichten würde, was sein Vater gewollt hatte.

»Er hat mir gesagt, dass er in Rente geht und dass er gern näher bei dir wohnen würde. Außerdem wollte er, dass ich mitkomme, wenn du ihn besuchst, damit du ruhig bleibst.«

Sams Miene veränderte sich nicht, und auch sein Blick

blieb unverändert auf ihr Gesicht gerichtet. »Was hältst du davon?«

»Ich glaube es nicht nur, ich *weiß*, dass du mich dazu nicht brauchst, und das habe ich ihm auch gesagt. Und dass ich dich nicht hintergehe. Vielleicht ist er wirklich krank. Er sagte, er hätte eine Herzattacke gehabt. Aber ich kenne ihn nicht gut genug, um zu beurteilen, ob er die Wahrheit sagt oder nicht, das musst du selber entscheiden.«

»Hat er dir Angst gemacht?«

»Nein, ganz und gar nicht. Er war sehr zuvorkommend und charmant. Er hatte einen Mann dabei. Lucio Vitale. Kennst du ihn?«

»Seit meiner Kindheit. Er kommt aus einer sehr armen Familie und musste sich den Weg nach oben erarbeiten. Sein Vater und seine beiden älteren Brüder wurden ermordet. Also war er schon sehr früh für seine Mutter und seine Schwestern verantwortlich, ich weiß von mindestens einer Schwester. Er hat sich nach oben gekämpft, und das meine ich wörtlich. Es war nicht leicht für ihn. Allerdings hat es mich nicht überrascht zu sehen, dass er es geschafft hat. Ich schätze, er ist ein Underboss oder Capo, nicht Marcos Leibwächter, obwohl sie ihn immer so vorstellen.«

»Du hast ihm seine Waffe abgenommen.«

»Weil Marco ihm keinen Spielraum ließ, als er sagte, dass auf mich nicht geschossen werden soll. Zum einen. Zum anderen, weil ich die Jahre, die wir uns nicht gesehen habe, damit verbracht habe, um mein Leben zu kämpfen. Lucio nicht. Er mag viel trainieren, aber wenn du jeden Tag dein Leben riskiert hast, behältst du gute Reflexe. Du solltest ihn jedenfalls keine Sekunde lang unterschätzen.«

»Ich unterschätze niemanden. Die zwei haben mir geholfen,

die Zeit herumzukriegen. Außerdem war Raine mit dabei. Offenbar kennt sie Lucio aus New York, wo ihr Vater bei der irischen Mafia war. Er ist als Rentner nach Kalifornien gezogen, dann aber trotzdem von einem Auftragskiller getötet worden. Ihre Familie gibt ihr die Schuld daran, deshalb ist Raine tot für sie. Im wahrsten Sinne des Wortes. Dein Vater kannte übrigens ihren.«

Sam schüttelte den Kopf. »Das wird ja immer komplizierter, Stella. Ich rede mit ihm, aber mir wäre es lieber, wenn du auf Abstand bleibst, bis ich weiß, was er wirklich hier macht.«

»Damit habe ich kein Problem.« Ihr machte schon die Sache mit dem Serienmörder genug zu schaffen.

Plötzlich schob Zahra sich zwischen die Theke und Stellas Barhocker. »Was flüstert ihr denn da miteinander? Sam guckt so ernst, als dulde er keinen Widerspruch.«

Stella musterte ihn. »Finde ich auch.«

Erstaunt zog Sam die Brauen hoch. »Wie gucke ich? Was meinst du denn damit, Zahra?«

»Genau das, was ich gesagt habe. Dass du aussiehst, als dürfe dir niemand widersprechen, wie ein echter Tyrann.« Zahra lächelte ihn spitzbübisch an. »Glücklicherweise sagst du nie was, dann kannst du Stella ja schlecht herumkommandieren. Du sieht nur danach aus.«

»Gute Einschätzung«, murmelte Sam.

Harlow beugte sich über Stellas Schulter. »Ihr drei scheint es euch hier ja recht gemütlich zu machen. Trinkst du gar nichts, Stella?«

»Du kannst den Mojito haben.« Stella deutete auf ihren Drink. »Ich glaube, ich bleibe heute lieber bei meinem geliebten Kaffee. Ich komme mir immer so komisch vor, wenn ich schon mittags Alkohol trinke.«

Harlow griff nach dem Drink und nahm einen ordentlichen Schluck. Mit gerunzelter Stirn sah Zahra ihr dabei zu. Dann nahm sie Harlow das Glas plötzlich weg.

»Was ist los, Süße? Du trinkst doch sonst auch mittags nichts. Jedenfalls nicht so viel. Möchtest du dich nicht an einen Tisch setzen?«

Harlow zog ein trauriges Gesicht. »Ich sorge mich nicht nur um euch, sondern auch um etwas anderes. Ich weiß nicht mehr, was ich glauben soll. Habt ihr die Nachrichten verfolgt? Der Krieg zwischen Aserbaidschan und Armenien um dieses kleine Stück Land ist wieder aufgeflammt.«

»Der Präsident hat doch einen Vertrag unterzeichnet, der die Kämpfe beenden soll«, meinte Zahra.

Harlow nickte. »Genau. Das hat er. Ich habe einige meiner Informationsquellen gebeten, etwas eingehender nachzuforschen, nur um sicherzugehen, dass alles ruhig bleibt. Es ist Jahre her, aber es war schwierig, dich aus dem Land herauszubekommen. Dieser Mann, der so entschlossen war, dich niemals gehen zu lassen, Zahra, ist inzwischen ein hohes Tier beim Militär und hat einen ganzen Apparat zur Verfügung. Wenn dieser Streit vorbei ist und er den Präsidenten, einen General oder irgendeine andere mächtige Person um Unterstützung bittet, würde sie ihm wohl kaum verweigert werden, oder?«

Erschrocken sah Stella mit an, wie Zahra leichenblass wurde. Beruhigend drückte Sam sie fester an sich. Es kam ihr so vor, als würde nach und nach ihre ganze Welt aus den Fugen geraten. In nur wenigen Wochen hatte der Serienmörder nicht nur ihr Leben, sondern auch das ihrer Freunde auf den Kopf gestellt – oder zumindest fühlte es sich so an.

»Wie heißt dieser Mann, Zahra?«, fragte Sam.

Zahra schüttelte den Kopf. »Es ist nicht nur seine Schuld.« Sie hob die langen Wimpern und schaute Harlow an. »Wirklich nicht. Ruslan war der Sohn des Dorfältesten in unserer kleinen Gemeinde. Seine Mutter stammte aus der Türkei, aber er wurde in Russland erzogen. Sein Leben war nicht leicht. Er hat einen Namen, der zwar auch in Aserbaidschan vorkommt, aber eher in Russland. Und da er dort ausgebildet worden war, befürchteten manche aus dem Ältestenrat, dass er sich vielleicht uns gegenüber nicht loyal verhalten würde. Das wurde noch verstärkt dadurch, dass er generell schwer einzuschätzen schien. Er war durch eine harte Schule gegangen und hatte gelernt, keine Gefühle zu zeigen.«

»Du musst ihn nicht in Schutz nehmen, Zahra«, meinte Harlow.

»Tu ich auch nicht, ich möchte nur, dass ihr versteht, dass das Leben da, wo ich herkomme, sehr viel anders ist. Dort haben Frauen keine Pässe. Und wir können auch nicht kommen und gehen, wie wir wollen. Wir tragen Kleidung, die unsere Väter und später unsere Männer für anständig halten. Ehen werden arrangiert, und es kommt nur sehr selten vor, dass ein Paar sich vorher verliebt, zumindest in dem Dorf, in dem ich aufgewachsen bin.«

»Ist es für Männer denn einfacher? Haben sie ein Mitspracherecht bei der Auswahl der Braut, oder ist das Sache der Älteren?«, fragte Sam.

»Manchmal dürfen sie etwas dazu sagen«, erwiderte Zahra. »Aber nicht immer. Ich glaube, in meinem Fall hat Ruslan seinen Vater darum gebeten, mich zu bekommen. Als Dorfältester konnte er sich jede unverheiratete Frau für seinen Sohn aussuchen. Es wäre Wahnsinn gewesen, sich ihm zu widersetzen.«

»Aber du kannst nicht mit Sicherheit sagen, ob die Idee von Ruslan kam oder von seinem Vater«, hakte Sam nach.

Zahra schüttelte den Kopf. »Woher denn? Eines Morgens, als ich in den Collegeferien zu Hause war, sagte mein Vater mir plötzlich, dass ich nicht mehr zur Schule gehen dürfte und mich von Kopf bis Fuß verhüllen müsste, wenn ich aus dem Haus gehen wollte. Als ich protestierte, wurde er ziemlich gewalttätig. Das war für mich neu und schockierend, um es milde auszudrücken.«

Einen Moment lang sah es so aus, als würde sie weinen, doch dann schob sie ihr Haar zurück und hob das Kinn. »Dann hat er mir gesagt, dass ich Ruslan Islamow heiraten würde und mich von nun an nur noch bedeckt zeigen dürfe, damit ich lerne, wo mein Platz als Frau ist. Ruslan hätte ihm gesagt, dass es seine Pflicht sei, mich das zu lehren, weil ich mich unanständig kleiden, meine Meinung frei äußern und mich insgesamt wie eine Hure benehmen würde. Dass ich eine Schande für meine Familie wäre.« Zahra blickte auf ihre Hände hinunter.

Harlow legte einen Arm um ihre Schulter. »Du hast niemandem Schande bereitet, schon gar nicht deiner Familie. Du hast nichts falsch gemacht. Du hattest nicht mal einen Freund.«

»Also, was ist passiert? Warum ist dieser Mann immer noch ein Problem für dich?«, wollte Sam wissen.

Stella fand es interessant, dass trotz seiner leisen Stimme alle auf ihn hörten. Er blieb immer ruhig, hatte aber definitiv etwas Autoritäres, weswegen Zahra ihn scherzhaft als »Tyrann« bezeichnet hatte. Es war schwer, seinem befehlsgewohnten Ton zu widerstehen.

»Es war, als wäre ich nach so viel Freiheit in einem Gefängnis gelandet. Ich habe versucht zu tun, was mein Vater von mir verlangte, aber es war schwierig. Ich habe mir immer eine eigene Meinung gebildet und mag es nicht, wenn man mir den Mund verbietet. Aber ich wusste, wenn ich mich gegen diese Ehe wehrte, würde meiner Familie eine harte Zeit bevorstehen, deshalb habe ich beschlossen, die Hochzeit durchzuziehen, hatte aber das Gefühl, dass ich wenigstens einmal mit Ruslan reden sollte. Ich kannte ihn nicht und dachte, wenn ich mich mit ihm zusammensetze und ihn frage, was er sich von unserer Heirat verspricht, könnte ich mich vielleicht damit abfinden.«

Ziemlich hilflos schaute sie zu Harlow hinüber.

»Glücklicherweise bin ich sie besuchen gekommen. Das war schon vorher geplant, und da es als eine Ehre galt, die Tochter eines Senators beherbergen zu dürfen, hat ihr Vater sie nicht gezwungen, mir abzusagen.«

Zahra nickte. »Also bin ich eines Tages spät in der Nacht zu Ruslans Haus gegangen. Ich war voll verschleiert, nur meine Augen waren zu sehen. Er öffnete mir die Tür, hielt mich aber für eine andere Frau, die er erwartete und die ihn offenbar betrogen hatte, und ehe ich etwas sagen konnte …« Sie schluckte schwer, schüttelte den Kopf und setzte erneut an. »Es war so schlimm, dass ich fast dabei gestorben wäre. Irgendwie habe ich es geschafft zu flüchten und Harlow eine Nachricht zu schreiben. Sie hat mir gesagt, wo ich sie treffen soll, denn sie hatte einen Wagen und einen Chauffeur. Es war das erste Mal, dass ich dankbar dafür war, so verhüllt zu sein, dass niemand mich erkennen konnte. Dann hat Harlow es mithilfe ihrer Familie hingekriegt, mich aus dem Land zu bringen. Und jetzt bin ich in den Vereinigten Staaten. Ich habe viel Glück gehabt und stehe für immer in ihrer Schuld.«

Sie hatten nicht erfahren, was Ruslan ihr angetan hatte, doch die panische Angst in ihrem Gesicht und ihre bebende Stimme sprachen Bände. Zu Stellas Überraschung rückte Harlow noch näher an Zahra heran und drückte sie schützend an sich. Da die beiden immer so wirkten, als hätten sie sich irgendwie entzweit, war Stella froh, dass Zahra sich getröstet an Harlow kuschelte, auch wenn das bedeutete, dass allein schon die Erinnerung an früher ihr schwer zusetzte.

»Ich möchte nur sichergehen, dass ich das richtig verstehe, Zahra«, meinte Sam. »Ruslan Islamow hat also Verbindungen nach Russland, in die Türkei und auch zu deinem Heimatdorf in Aserbaidschan. Das ist wichtig.«

Wieder fiel Stella auf, wie eindringlich seine Stimme wirkte. Und Zahra reagierte auch auf den sanften Druck, denn sie nickte und grub ihre kleinen Zähne in ihre Unterlippe.

»Kann sein. Er ist in der Armee sehr schnell aufgestiegen. Er ist praktisch schon als kleines Kind auf diversen Militärakademien gedrillt worden.«

»War er dafür auch mal in der Türkei? Ist er älter als du?«

»Ja, ungefähr zehn Jahre«, bestätigte Zahra leise. »Ich hab immer gemerkt, wenn er bei seinem Vater zu Besuch war. Er war auch nicht leicht zu übersehen. In seiner Gegenwart verhielten sich alle Männer sehr vorsichtig. Es lag wohl an seinem Auftreten. Manche Frauen flirteten mit ihm und hätten ihn gern als Ehemann gehabt. Also baten sie ihre Väter zu seinem zu gehen, aber Ruslan hat immer abgelehnt. Ich bin buchstäblich auf der Straße in ihn hineingerannt. Ich war laufen gegangen und hatte nicht auf den Weg geachtet, da bin ich mit ihm zusammengestoßen. Er hat mich aufgefangen, ehe ich stürzen konnte. Doch die verächtliche Art, wie er mich und mein Outfit dabei musterte, war sehr erniedrigend.

Er hat kein Wort gesagt, aber bei seinen späteren Besuchen … beobachtete er mich manchmal, und das war mir unangenehm.«

Wenn sie nervös war, redete Zahra immer zu schnell und zu viel.

Geistesabwesend strich Sam Stella über den Hinterkopf. »Zahra, kannst du dich daran erinnern, ob irgendjemand jemals erwähnt hat, dass Ruslan in die Türkei gefahren ist, um dort beim Militär zu trainieren?«, fragte er noch einmal sanft und leise.

Zahra zog die dunklen Brauen zusammen. »Ich weiß noch, dass er mehrmals in der Türkei war. Die Familie seiner Mutter lebte dort. Er ist immer länger geblieben, aber ich habe nicht weiter darauf geachtet.«

»Raine müsste das herausfinden können«, mischte Stella sich hilfsbereit ein.

Sofort nickte Harlow. »Stimmt. Raine findet alles heraus.«

Zahra reckte das Kinn. »Ich weiß nicht, warum ich schon bei der Erwähnung seines Namens zusammenbreche. Es ist doch dumm zu glauben, dass er nach all dieser Zeit noch nach mir sucht. Wahrscheinlich hat er längst eine andere Frau und drei oder vier Kinder.«

»Auch das müsste Raine herausfinden können«, meinte Harlow.

»Was ist denn hier los?«, fragte Bruce, der tapsig näher kam und Harlow beiseitedrängte, um seinem Schwarm näher zu sein. »Alles in Ordnung, Zahra?«

Denver folgte ihm grinsend, und das Kopfschütteln, mit dem er zu Stella und Sam hinüberschaute, verriet ihnen, dass Bruce nicht davon abzuhalten gewesen war, nach seiner Liebsten zu sehen.

»Alles gut«, sagte Zahra und schenkte ihm ein Lächeln. »Und bei dir? Läuft es bei der Arbeit?«

Bruce nickte. »Wir haben ordentlich zu tun. Wir kriegen andauernd neue Aufträge, und das ist schön, aber es bedeutet auch, dass ich einen verlässlichen Partner brauche. Ich habe Denver gefragt, aber der interessiert sich nur für Menschen, tot oder lebendig.«

Stella hob eine Augenbraue und stieß Denver mit dem Fuß an. »Tot oder lebendig? Damit meint Bruce doch hoffentlich nicht deine Arbeit beim Rettungsdienst. Das wäre nämlich im Moment ziemlich unpassend.«

»So unsensibel bin ich nun auch wieder nicht«, erwiderte Bruce betreten und blickte Denver so finster an, als wäre er schuld an der Wende, die das Gespräch genommen hatte.

Denver zuckte mit den Achseln, sah dabei aber ein wenig verloren aus. »Ich bin gerade in der Midlife-Crisis. Ich mag meine Arbeit im Krankenhaus, aber manchmal füllt sie mich trotz all dieser zusätzlichen Rettungseinsätze nicht richtig aus, wisst ihr? Ich habe versucht, bei Griffen mitzufahren, um zu sehen, ob ich vielleicht eine Karriere als Gesetzeshüter anstreben sollte. Ich bin auch eine Weile mit Sean mitgegangen, wie sein Job als Parkwächter so ist. Und als ich mit Vienna darüber gesprochen habe, hat sie mir vorgeschlagen, hin und wieder Martha bei den Autopsien zu helfen. Aber ich bin nach wie vor unentschieden. Vielleicht sollte ich noch mal zur Uni gehen und Chirurg werden.«

»Du bist ja verrückt«, meinte Bruce. »Hör auf mit diesem gruseligen Zeug und steig bei mir in der Brauerei ein. Wenn du nicht mehr bei den Bergrettern bist, denkst du auch nicht mehr ständig über all die Leute nach, die sich in Gefahr bringen. Du weißt doch, dass die meisten von ihnen sich selber in diese Klemme gebracht haben. Dann müsst ihr ausrücken und euer Leben riskieren, um sie zu retten oder tot zu ihren Familien zurückzubringen.«

Bale, Edward und Sean traten zu ihnen, und Bale mischte sich sofort ein. »Darüber diskutieren wir ständig. Wo zieht man die Grenze, wenn man weiß, dass man zu viele Leben aufs Spiel setzt, um jemandem zu helfen, der es besser hätte wissen müssen?«

Vienna drängte sich durch die Männer und baute sich neben Stella auf. »Diese Frage stellt sich jeder Retter, ehe er losgeht. Das ist doch nicht neu.«

»Aber Vienna«, beharrte Bruce. »Schau dir doch an, wie viele Menschen aus der Stadt hier hochkommen, um den Whitney zu besteigen, ohne auch nur die geringste Erfahrung zu haben. Das sollten sie nicht. Auf keinen Fall. Sie lesen davon, wie cool es ist, auf den Berg zu klettern, schauen sich ein paar Bilder an und meinen, das könnten sie auch. Dabei haben sie weder die nötige Ausrüstung noch die richtige Kleidung.«

»Stimmt«, sagte Bale. »Leider. Jedes Mal, wenn wir uns umdrehen, hängt wieder irgendein Idiot am Berg fest, und einer von uns, meist Sam oder Denver, muss unter Einsatz seines Lebens zu ihm hinunterklettern. Und bedankt der sich dann überhaupt dafür? Ach was. Diese Leute interessiert nur, ob sie schöne Fotos gemacht haben.«

»Wie viele von diesen arroganten Selbstdarstellern stürzen eigentlich ab, weil sie Selfies machen?«, fragte Sean. »Musstest du nicht neulich erst zwei Mädels davon abhalten, das Sicherungsseil am Half Dome loszulassen, damit sie eins machen konnten, Vienna? Es war reines Glück, dass du an dem Morgen da unterwegs warst.«

Dem konnte Vienna nicht widersprechen. Die beiden hatten ihre Handys bereits in der Hand gehabt, um sich gegenseitig zu knipsen. Sie hatten sich sogar mit ihr gestritten, bis sie laut geworden war und ihnen praktisch befohlen hatte weiterzuklettern. Erst als ein Mädchen bei dem Versuch, das Handy wieder in die Tasche zu stecken, beinahe abgestürzt wäre, waren die beiden zur Vernunft gekommen.

»Langsam wird das tatsächlich zu einem Albtraum«, sagte Vienna. »Trotzdem dürfen wir die Menschen nicht sterben lassen, Bruce.«

»Ich möchte aber keinen von meinen Freunden verlieren«, erwiderte der.

»So habe ich dich ja noch nie erlebt.« Mit großen braunen Augen schaute Zahra zu ihm auf.

»Ich melde mich auf der Stelle zum Rettungsdienst, wenn du das möchtest, Zahra«, lenkte Bruce hastig ein. »Wenn du findest, dass die Männer und Frauen, die hier die Wanderwege bevölkern und locker den Berg raufgehen, ohne sich ordentlich darauf vorzubereiten, sodass unsere Leute ihr Leben riskieren müssen, gerettet werden sollen, dann bin ich dabei.«

»Oh nein, Bruce«, bemerkte Denver. »Dann müssten wir dich ja auch noch retten.«

Alle lachten, selbst Bruce. Dann zuckte er die Achseln. »Egal, ich würde es versuchen.« Offenherzig sah er Zahra an.

»Bruce hat doch recht«, griff Bale das Thema wieder auf. »Die Hubschraubercrews müssen auch andauernd solche Entscheidungen treffen.«

»Stimmt«, gab Vienna zu. »Das wird mehr und mehr zu einer Frage, der wir uns stellen müssen, auch wenn es uns nicht behagt. Wie viele andere Leben sind wir bereit zu opfern, nur weil ein Mensch so sorglos war?«

»Ich gebe zu, einmal war ich auch ein ganz schöner Idiot«, sagte Edward leise. »Ich hatte beschlossen, mir mal einen Hurrikan näher anzusehen. Mann, war das eine blöde Idee. Als Bergretter ist mir klar geworden, was für ein Risiko diejenigen eingegangen sind, die mich aus diesem Riesenscheiß rausgeholt haben. Gott sei Dank ist mir nichts passiert, aber eine Weile stand es echt auf der Kippe.«

»Du warst einmal ein solcher Idiot?«, frotzelte Bruce und stieß ihn in die Seite. »Wenn das alles ist, das kann ich toppen. So was ist mir in meinem langen Leben schon öfter passiert.«

»Lass uns auf das Problem mit deinem Geschäft zurückkommen«, sagte Stella. »Wie willst du das lösen, Bruce? Du hast doch einen guten Manager. Kann er das nicht übernehmen?«

Bruce schüttelte den Kopf. »Ich brauche einen Partner. Genesis kennt sich in dem Bereich nicht aus und hat auch kein großes Interesse daran. Ich brauche jemanden, der mich entlastet.«

»Und da ist ein Anästhesist genau der Richtige?«, zog Harlow ihn auf.

Bruce grinste sie an. »Denver kann praktisch alles, wenn er will.«

»Ich hab dir doch schon gesagt, dass ich nicht zur Verfügung stehe, Kumpel«, wehrte Denver ab. »So gern ich dir auch helfen würde, aber nach knapp einer Woche würde ich durchdrehen.«

Bruce nickte Bale und Sean zu. »Jason Briggs ist doch Ingenieur und noch dazu ein verdammt guter. Er hat den nötigen Verstand, und für ihn könnte die Arbeit hier oben knapp werden, besonders in den Wintermonaten. Ihr kennt ihn doch. Er ist ein harter Arbeiter. Ich habe ihn mir genau angesehen.«

Stella war gelinde gesagt entsetzt. Jasons Name war der letzte, mit dem sie in diesem Zusammenhang gerechnet hätte. Bruce wollte einen von diesen fiesen Kerlen zu seinem Geschäftspartner machen? Mit hochgezogener Augenbraue sah sie zu Denver hinüber, um ihm zu vermitteln, dass er mit seinem Freund reden müsse. Doch Denvers Blick sagte ihr, dass er das bereits versucht hatte, ohne Erfolg. Er hatte zwar ein schlechtes Gewissen, aber er wollte nicht alles noch schlimmer machen, indem er einen Job annahm, den er ganz sicher vermasseln würde.

Sean und Bale grinsten breit. »Jason ist einer der härtesten Arbeiter, die man finden kann, Bruce«, meinte Bale. »Da kannst du jeden fragen, bei dem er beschäftigt war.«

»Hab ich«, erwidert Bruce. »Ich habe mich über ihn erkundigt. Und er weiß es. Aber ich habe ihm noch nicht gesagt, warum. Er denkt, ich möchte etwas erledigt haben.«

»Also, ernsthaft, Bruce«, legte Sean nach. »Wenn du dich mit ihm zusammentust, wirst du es niemals bereuen. Er ist clever, liebt die Gegend, und er möchte bleiben und sich hier niederlassen. Er hat auch schon ein Auge auf ein Haus geworfen, das zum Verkauf steht.«

Wenn Stella nicht gewusst hätte, dass Jason dick mit Bale, Sean und Edward befreundet war, wäre sie inzwischen fast selbst dafür gewesen, dass Bruce ihm eine Chance gab, aber was den Umgang mit Frauen anging, waren die vier wirklich schrecklich. Sie wollte nicht, dass Bruce davon angesteckt wurde, vor allem weil Zahra aus einem anderen Land kam und aus irgendeinem Grund wie ein rotes Tuch auf die Kerle wirkte. Sie konnte sich zwar nicht vorstellen, dass deren

Einstellung auf Bruce abfärben würde, aber falls doch, wäre das fatal.

Denver schien zu wissen, was sie dachte, aber sie waren ja auch schon seit Jahren befreundet. Er schüttelte leicht den Kopf, als wolle er ihr mitteilen, das sei unmöglich. Dann stieß er Zahra mit dem Fuß an. »Was ist los, Kleine? Du wirkst so nüchtern.«

»Manche müssen halt arbeiten«, entgegnete sie. »Ihr Ärzte tut doch nur so. Ich geh jetzt wieder ins Krankenhaus. Mach du nur weiter und leg dein Hirn in Alkohol ein.«

»Du bist doch bloß neidisch, Süße.«

Zahra strahlte ihn mit ihrem umwerfenden Lächeln an. »Natürlich.« Dann schaute sie Harlow an. »Danke für alles. Ich weiß das zu schätzen.«

»Ich schreibe jetzt Raine.«

»Nur zu«, ermunterte Zahra sie und verabschiedete sich mit einem Winken.

Bruce lief hinter ihr her. »Ich begleite dich.« Ehe sie protestieren konnte, ging er bereits an ihrer Seite hinaus.

»Suchst du wirklich nach einer anderen Arbeit, Denver?«, fragte Stella. »Es ist ja nicht so, als gäbe es viele Anästhesisten in der Gegend. Du bist hier eine Art König.«

»Ich will meinen Brotjob ja nicht ganz aufgeben«, antwortete er. »Aber Marthas ist interessanter.«

Stella schauderte leicht. »Du hörst dich an wie Vincent, der Helfer bei der Tierärztin, wenn er über Operationen redet. So begeistert. Aber erspar mir die Einzelheiten.«

»Ich vergesse immer wieder, wie empfindlich du bei manchen Dingen bist«, neckte Denver sie.

Sonst war sie nicht so zimperlich. Schließlich hatte sie zwangsläufig immer wieder mit aufgedunsenen Wasserleichen zu tun, wenn Feierbiester trotz aller Ermahnungen zu viel getrunken hatten und dann in den See gefallen waren, ohne dass jemand in der Nähe war, um sie wieder herauszufischen. Dennoch konnte sie sich nicht vorstellen, diese Leichen zu obduzieren. Sie hatte es kaum geschafft, Frösche zu sezieren. Getan hatte sie es zwar, aber sie mochte das überhaupt nicht. Und sie würde ganz sicher niemals menschliche Körper aufschneiden.

»Möchtest du das wirklich tun?«

Denver zuckte die Achseln. »Nein. Nachdem ich ein paarmal dabei gewesen bin, ist mir klar geworden, dass ich das auch nicht tagein, tagaus machen möchte. Ich bin einfach unruhig. Vielleicht brauche ich eine lange Auszeit.«

Stella lachte. »Na, da bist du hier ja goldrichtig.«

Er zog die Brauen zusammen. »Das stimmt.«

Früher war Stella nie nervös gewesen, wenn sie allein im Resort war. Bevor sie Sam eingestellt hatte, war sie mit aufmüpfigen Betrunkenen mitten in der Nacht allein fertiggeworden oder hatte einen ihrer Wächter hinzugeholt. Sie war nicht besonders ängstlich. Heute allerdings fühlte sie sich unbehaglich, lief rastlos durchs Haus und schaute nach draußen, weil sie das unbestimmte Gefühl hatte, dass jemand ihr gefolgt war.

Sam war in der Stadt geblieben, um mit seinem Vater zu reden. Sie hatte in Knightly noch einige Einkäufe getätigt, ein paar Vorräte abgeholt und dann die einstündige Rückfahrt ohne Schwierigkeiten hinter sich gebracht. Hier oben in den Bergen war es wesentlich kälter. Die Höhe garantierte Schnee und Eis, während die Stadt davon oft verschont blieb.

Bei ihrer Rückkehr war es noch nicht besonders spät gewesen, doch nun war die Sonne untergegangen, und es wurde langsam dunkel. Sie hatte aufgepasst, aber auf der Straße hinter sich niemanden gesehen. Trotzdem war sie immer unruhiger geworden, und selbst jetzt, wo sie im Haus war und die Lebensmittel weggeräumt hatte, ließ dieses Gefühl nicht nach.

»Was meinst du, Bailey? Sollen wir uns hier einsperren oder lieber einen kleinen Spaziergang übers Gelände machen?« Sie strich dem Hund über den Kopf. Er schien genauso unruhig zu sein, doch vielleicht war er auch nur wegen ihres Verhaltens so besorgt und wachsam.

Wie zur Antwort tappte Bailey zu einem Fenster und schaute hinaus. Stella seufzte. Schade, dass Sam gerade in dieser Nacht weg war, aber er hatte nun mal wichtige Familienangelegenheiten zu regeln. Sie war sicher, dass der Stalker wieder da war. Sie hatte die Alarmanlage aktiviert, doch das hatte nichts zu bedeuten. Ein guter Scharfschütze konnte ohne Probleme durch eins der vielen Fenster an ihrem Haus schießen und sie töten, wenn das seine Absicht war. Sie hasste, dass sie sich in ihrem Haus wie in einer Falle gefangen fühlte.

Schließlich entschied sie sich, mit ihrem Wächter eine Runde zu drehen, so wie sie es häufiger tat. Wenn der Beobachter sie ein wenig kannte, würde ihm das nicht ungewöhnlich erscheinen. Sonny hatte Dienst, und sie schrieb ihm eine Nachricht. Sicher war er schon im Resort unterwegs. Er antwortete immer direkt und würde zum Haus kommen, um sie abzuholen.

Während sie wartete, kraulte sie Bailey hinter den Ohren. Sie war so dankbar dafür, dass sie diesen Hund hatte. Sonny meldete sich nicht. Die Zeit schien immer langsamer zu vergehen. Mit klopfendem Herzen rief sie Sonny schließlich an. Normalerweise ging er immer sofort ran. Er war sehr gründlich und zuverlässig, manchmal fast etwas übereifrig. Er mochte seinen Job. Anders als Patrick ließ er bei seinen Nachtgängen keinen einzigen Bereich aus. Er kannte jeden Zentimeter des Anwesens, was ihn bei der Suche nach einem Betrunkenen oder einem Kind unersetzlich machte.

Sonny nahm den Anruf nicht an. Jetzt war sie ernsthaft besorgt. Das war völlig untypisch. Sie sah online nach, wann er sich eingeloggt hatte. Er war vor ihr im Resort angekommen und hatte Patrick rechtzeitig abgelöst. Leise vor sich hin fluchend, tat sie das Einzige, was ihr unter diesen Umständen übrig blieb. Doch vorher schrieb sie schnell Sam.

Sonny antwortet nicht. Befürchte, dass ihm etwas zugestoßen ist. Ich geh ihn suchen und ruf Griffen an.

Warte auf die Polizei.

Sonny könnte verletzt sein.

Ein solches Risiko konnte sie nicht eingehen, das wusste Sam. Er musste ihr genauso vertrauen wie sie ihm. Sie rief im Büro des Sheriffs an und hoffte, dass irgendjemand kommen konnte. Meistens war das in zehn Minuten zu schaffen.

Vorsichtshalber bewaffnete Stella sich mit zwei Pistolen, schob ein Messer in ihren Stiefel und trat aus der Haustür. »Bailey, such Sonny«, befahl sie dem Hund und jagte ihn los.

Sofort stürzte Bailey sich in die zunehmende Dunkelheit. Stella lief hinter ihm her und schickte ein Stoßgebet zum Himmel, dass Sonny gesund und munter war, nur über Handy nicht erreichbar, obwohl ihre Nachricht als angekommen markiert war. Der Hund rannte um den See herum zu einem Wäldchen, in dem er verschwand. Dorthin führte weder Weg noch Steg. Der Boden war uneben und, auch wenn es noch nicht komplett dunkel war, ziemlich tückisch. Stella wollte nicht stürzen oder sich einen Knöchel verstauchen. Sie joggte zwar weiter, aber so langsam, dass sie sehen konnte, wohin sie ihre Füße setzte.

Plötzlich bellte Bailey wütend und erschreckend laut, dann jaulte er ebenso plötzlich vor Schmerzen, immer wieder. Stella blieb die Luft weg, doch sie lief trotzdem schneller und schlug alle Vorsicht in den Wind. So hatte Bailey noch nie geheult, nicht ein einziges Mal in all den Jahren. Es hörte sich an, als litte er Todesqualen. Doch als er still wurde, war es noch schlimmer.

Im Wäldchen angekommen wurde sie langsamer, zückte ihre Waffe und ihr Handy und leuchtete damit über den Boden. »Sonny? Bailey?«, rief sie. Es war ihr egal, ob der Angreifer sie hörte. Er würde ja auch das Licht sehen. Dennoch hielt sie die Pistole eng am Körper, in der Hoffnung, dass er nicht bemerkte, dass sie bewaffnet war.

Als sie einen Blutspritzer auf ein paar Blättern entdeckte, blieb ihr fast das Herz stehen. Doch sie widerstand dem Drang vorzupreschen, ohne sich vorher umzusehen. Mit der Handytaschenlampe in der Hand drehte sie sich einmal um die eigene Achse und leuchtete sogar noch in die Bäume, ehe sie weiter in das Wäldchen eindrang. Bailey lag auf der Seite, wimmernd vor Schmerz, Blut verklebte sein Fell und sammelte sich unter ihm. Neben ihm lag Sonny, der gerade anfing, sich zu rühren, und versuchte, sich aufzusetzen, dann stöhnte er laut und barg den Kopf in den Händen.

Hastig lief Stella zu den beiden, leuchtete aber noch einmal in die Runde, um sich zu vergewissern, dass der Angreifer fort war. Aber allzu weit weg konnte er noch nicht sein.

Bailey hatte vier Stichwunden, die ihr direkt auffielen. Fluchend zog sie erst ihre Jacke und dann ihr Sweatshirt aus und band es fest um ihn herum.

»Bist du schwer verletzt, Sonny? Jeden Moment kommt der Sheriff. Ich muss Bailey zur Tierärztin bringen, sonst überlebt er das nicht. Entweder du begleitest mich, oder du wartest hier auf die Polizei.«

Sonny wirkte verwirrt, aber soweit sie sehen konnte, war er unverletzt. Sie konnte ihn auf keinen Fall allein lassen, es war ja möglich, dass der Angreifer noch irgendwo lauerte. Warum hatte er auf Bailey eingestochen und nicht auf Sonny? Der war anscheinend niedergeschlagen worden.

Nun fasste er sich an den Hinterkopf, stöhnte erneut und schaute zu ihr auf. »Was ist passiert?«

»Ich glaube, irgendjemand hat dir auf den Kopf gehauen. Ich muss Bailey zum Arzt bringen.« Sie hatte der Tierärztin bereits geschrieben, dass sie in der Klinik auf sie warten solle, es ginge um einen Notfall. Stella betete, dass Bailey die einstündige Fahrt überlebte. Er hatte so viel Blut verloren.

Plötzlich strich ein kräftiger Lichtstrahl über sie hinweg. »Stella?«, rief Griffen Cauldrey laut. »Wo bist du?«

»Im Wäldchen«, schrie sie zurück. »Wir brauchen Hilfe.«

Zwei Stiefelpaare kamen eilig näher, dann kniete Griffen neben ihr und Deputy Mary Shelton neben Sonny. Dankbar überließ sie Sonny Marys Obhut und konzentrierte sich auf Bailey.

»Hol eine Plane. Da legen wir ihn drauf und tragen ihn zum Auto. Sag der Ärztin, dass wir Blutkonserven brauchen«, befahl Griffen. »Ich komme den Berg schneller runter als du. Mary? Wirst du allein mit Sonny fertig?«

»Ja, geht nur«, erwiderte Mary. »Ich schaff das schon.«

»Der Angreifer könnte noch in der Nähe sein«, warnte Stella sie.

»Ich bin vorsichtig«, versprach Mary.

In Notfällen reagierte Stella sehr umsichtig, und da sie keinen Zweifel hatte, dass Griffen wusste, was zu tun war, rannte sie zum Schuppen, schnappte sich eine Plane und lief zurück, denn sie durfte keine Zeit verlieren. Am liebsten hätte sie Bailey auf den Armen zum Auto getragen, aber er war zu groß, und wenn ein Hund so starke Schmerzen hatte, konnte er gefährlich sein.

Beruhigend sprach sie auf ihn ein, während sie die Plane unter ihn bugsierte. Es war so schwierig, dass Sonny und Mary mit anpacken mussten. Bailey bleckte zwar die Zähne, schnappte aber nicht nach ihnen. Wahrscheinlich hatte er nicht mehr genug Kraft, und das jagte ihr eine Mordsangst ein.

»Zieh deine Jacke wieder an«, ermahnte Griffen sie, ehe sie Bailey anhoben.

Stella hatte nicht nur die vergessen, sondern auch die Pistole, die obenauf lag. Sie steckte die Waffe zurück ins Holster und streifte die Jacke wieder über. Erst da wurde ihr bewusst, wie kalt ihr gewesen war. Zusammen trugen sie Bailey zum Polizeiwagen. Dann bat sie Sam, in die Klinik zu kommen, und Zahra, den anderen Bescheid zu sagen. Wenn ihr Hund das nicht überstand, wusste sie nicht, was sie tun würde. Bailey war seit Jahren ihr treuer Begleiter. Ihre Familie.

»Er ist stark«, sagte Griffen.

»Er hat zu viel Blut verloren«, murmelte sie.

»Was zum Teufel ist hier passiert?«

»Ich weiß es nicht genau. Ich hatte dieses seltsame Gefühl, dass irgendjemand mich aus der Ferne beobachtet. Und das nicht zum ersten Mal. Sam denkt das auch. Also habe ich Sonny geschrieben, aber er hat nicht geantwortet. Das macht er sonst immer. Dann habe ich ihn angerufen. Aber er ging nicht ran. Da hab ich sofort bei euch Alarm geschlagen, auch wenn ich nicht warten konnte, bis ihr kommt. Er hätte ja verletzt sein und Hilfe brauchen können. Also habe ich Bailey befohlen, ihn zu suchen. Dann hörte ich ihn angriffslustig bellen und kurz danach jaulen. Als ich ihn fand, lag er blutend am Boden, und Sonny kam gerade zu sich und versuchte, sich aufzusetzen. Sonst habe ich niemanden gesehen.«

»Verdammt noch mal, Stella, der Messerstecher war sicher noch in der Nähe. Er hätte auch auf dich losgehen können.«

»Ich weiß. Aber ich war bewaffnet. Ich hatte Angst, dass er Sonny umbringt. Ich musste nachsehen. Ich hab doch vorher dafür gesorgt, dass ihr euch auf den Weg macht.«

Griffen antwortete nicht weiter, sondern drückte aufs Gaspedal und brachte sie in Rekordzeit zur Klinik.

Dr. Amelia Sanderson hatte das Gebäude von ihrem Vorgänger, dem alten Dr. Fiddleson, gekauft, der vor etwa zwei Jahren in Pension gegangen war. Die Stadt hatte mehrmals versucht, Tierärzte anzulocken, war aber so abgelegen, dass die mit Familie sich dagegen entschieden und die ohne befürchteten, dort keine Chance zu haben, einen Partner zu finden.

Nur Amelia hatte die Praxis übernehmen wollen, doch da sie ihre Ausbildung damals gerade erst abgeschlossen hatte, besaß sie nicht das nötige Geld, deshalb hatten ein paar Einheimische, darunter auch Stella, es ihr vorgestreckt. Niemand hatte sich Sorgen gemacht, dabei etwas zu verlieren, denn fast jeder in der Stadt hatte Haustiere, die Farmer und Rancher ihr Vieh und die Jäger ihre Hunde. Sie brauchten unbedingt einen Tierarzt, und Amelia arbeitete hart. Vincent Martinez, ihr Helfer, war dankbar, seinen Job zurückzuhaben, dazu beschäftigte sie noch zwei Angestellte in Vollzeit und einen in Halbzeit. Das war gut für die Stadt.

Amelia wies nie einen Patienten ab, ganz egal, wie spät es war. Sie warf nur einen Blick auf Bailey, dann schoben sie, Vincent und John McAllister, ein weiterer Mitarbeiter, den sie zu Hilfe gerufen hatte, den Hund eilig in den OP.

Für Stella begann die längste Nacht ihres Lebens. Sam hatte sie bereits erwartet. Als Bailey an ihm vorbeigeschoben wurde, hatte er ein grimmiges Gesicht gemacht und Blicke mit Griffen und Amelia getauscht. Allen war anzusehen gewesen, dass sie keine großen Hoffnungen hegten. Dann hatte Sam einen Arm um sie gelegt und sie zu dem bequemsten Sofa geführt, das es im Wartezimmer gab. Und nun saß sie da und fühlte sich innerlich hohl und leer.

»Er war so klein, als ich ihn aus dem Tierheim geholt habe«, flüsterte Stella.

»Er ist stark«, erwiderte Sam.

Etwa eine Stunde später traf Zahra ein und brachte Kaffee und Decken. Eine davon wickelte sie um Stella und reichte ihr und Sam einen Becher Kaffee, ehe sie sich auf einen Stuhl neben dem Sofa setzte. Sie stellte keine Fragen, saß nur still bei ihnen und las etwas auf ihrem Tablet.

Als Nächstes kamen Harlow und Shabina mit Desserts aus dem Café. Sie stellten die Platte zusammen mit einer weiteren großen Kanne Kaffee auf den kleinen Tisch, auf dem die Zeitschriften lagen. Dann setzten sie sich auf zwei Stühle vor den Fenstern und hielten mit den anderen Wache.

Eine Viertelstunde später erschienen Vienna und Raine, die liebevoll mit Stella redeten und in Sams Gesicht nach einer Spur von Hoffnung suchten, ehe sie die letzten beiden Stühle neben der Tür besetzten. Da man offensichtlich nicht besonders zuversichtlich sein konnte, folgten sie Zahras Beispiel und warteten einfach schweigend und lesend.

Als Letzte kamen Denver und Bruce, zwei Stunden später, damit war das Wartezimmer zum Bersten gefüllt. Sie mussten sich Campingstühle aus ihren Autos holen und sie im »Büro« aufstellen, wo die Rezeptionistin sonst die Patienten empfing. Das war der einzige Bereich, in dem noch Platz war.

Keiner ging, obwohl die Operation fast die ganze Nacht dauerte. Gegen vier Uhr morgens kam Amelia aus dem OP, um mit Stella zu reden. Erschöpft schaute sie sich im Wartezimmer um und schüttelte den Kopf.

»Bailey lebt, Stella. Er ist sehr stark und ein Kämpfer. Das ist gut für uns. Das und dass die Klinge erstaunlicherweise die lebenswichtigen Organe verfehlt hat. Allerdings hat er sehr viel Blut verloren. Wenn ihr ihn nicht so schnell hergebracht hättet, hätte er es nicht geschafft. Es war eine gute Idee, ihm dein Sweatshirt so fest umzubinden. Das hat ihm das Leben gerettet. Er wird jetzt noch hierbleiben müssen. Es gibt eine Wunde, die mir nicht gefällt. Er ist noch nicht ganz über den Berg. Ich bleibe heute Nacht bei ihm. Wenn ich eine Pause brauche, springt Vincent für mich ein. Er hat sich freiwillig dafür gemeldet.«

»Ich kann auch bleiben, wenn du mir sagst, auf was ich achten muss«, bot Stella an.

»Nein, meine Liebe, du fährst jetzt nach Hause. Überlass mir das. Wir bleiben in Kontakt, und du kannst mich jederzeit anrufen, wenn du etwas wissen willst«, sagte Amelia beruhigend. »Weißt du, wer das getan hat und warum?«

Stella schüttelte den Kopf. »Ich habe keine Ahnung. Nicht die geringste. Das alles ergibt keinen Sinn.«

»Dein Hund ist wunderschön. Ich werde für dich auf ihn aufpassen. Ihr solltet jetzt alle nach Hause gehen.«

Stella und Sam standen auf, denn sie wussten, dass die anderen sonst ebenfalls bleiben würden. Essen und Trinken waren fast alle, doch sie boten der Tierärztin an, dass sie sich gerne bedienen könne. Stella war nur dankbar, dass Bailey noch am Leben war. Ihr Blick schweifte über all ihre Freunde, die wie eine Familie für sie waren. Doch als sie ihnen danken wollte, versagte ihr die Stimme.

Denver küsste sie auf den Scheitel, hielt allen die Tür auf und konstatierte dann schlicht: »Es geht doch um Bailey, Stella.«

Das sagte alles.

14

Roy und Bernice Fulton, das Paar, das Vollzeit im Resort arbeitete und auch dort wohnte, hatten eine Nachricht für sie an die Haustür geklebt. Stella war zu müde, um Sam zu fragen, worum es dabei ging, auch wenn sie es hätte tun sollen. Vielleicht war der arme Sonny doch schwerer verletzt, obwohl er, als Griffen ihr dabei geholfen hatte, Bailey für den Transport vorzubereiten, ziemlich viel mit Deputy Mary Shelton gesprochen hatte, wenn nicht sogar geflirtet.

Stella brach auf ihrem Bett zusammen, weinte sich in den Schlaf und bekam nur noch vage mit, dass Sam neben ihr unter die Decke schlüpfte und seinen Körper schützend um ihren schlang. Eingehüllt in seine Wärme, schlief sie schließlich fest ein, und als sie wach wurde, hielt er, wie immer, genau das bereit, was sie brauchte. Kaffee und die neuesten Nachrichten von Bailey. Ihr Hund hatte die Nacht überlebt, eine weitere Bluttransfusion bekommen und schien sich zu erholen. Jede einzelne der vier Stichwunden hatte innen und außen genäht werden müssen. Glücklicherweise war sein Brustkorb nicht verletzt worden, dann wäre er nicht zu retten gewesen. Die Vorstellung, dass jemand ihren Hund auf so gemeine Weise angegriffen hatte, machte sie ganz krank.

Sonny ging es gut. Mary hatte ihn nur ins Krankenhaus gebracht, um sicherzugehen, dass er okay war. Er hatte eine kleine Beule mit Einblutungen am Kopf, aber keine Platzwunde. Man hatte ihm gesagt, er solle nach Hause gehen und sich ausruhen. Dass er nicht ernsthaft verletzt war, war eine Erleichterung. Anscheinend hatte Bailey den Angreifer daran gehindert, was immer er mit Sonny vorgehabt hatte zu vollenden.

Stella duschte und zog sich an, während Sam das Frühstück machte. »Du hast mir gestern Abend ganz schön Angst eingejagt«, sagte er, als er einen Teller mit Rührei vor ihr abstellte. »Ich fand es schrecklich, dass ich nicht zu Hause war und auch nicht schnell genug zu euch kommen konnte, als ihr mich so dringend gebraucht habt.«

Stella wickelte das Rührei in einen warmen Tortilla-Fladen. »Dann lägst jetzt vielleicht du im Krankenhaus. Glaubst du, dass unser Stalker der Killer ist?«

»Die Frage habe ich mir auch schon tausendmal gestellt. Wenn nicht, wäre das bei all dem, was hier gerade passiert, wohl ein zu großer Zufall.«

»Aber das würde bedeuten, dass er meine wahre Identität kennt.« Stella versuchte, sich ihre Besorgnis nicht anmerken zu lassen.

»Nicht unbedingt. Er könnte auch einen anderen Grund haben, dich zu verfolgen. Die Fultons haben uns letzte Nacht eine Nachricht an der Haustür dagelassen. In unserer Abwesenheit ist der Alarm losgegangen. Direkt nachdem Deputy Shelton mit Sonny weggefahren ist. Das heißt, der Kerl hat abgewartet, bis keiner mehr da war. Dann ist er zum Haus hoch und hat versucht reinzukommen. Aber die Alarmanlage war an.«

Stella nickte mit vollem Mund. Sam kochte sehr gut. Ganz egal wann – morgens, mittags oder abends –, er schaffte es immer, schnell irgendetwas Leckeres auf den Tisch zu zaubern.

»Er wollte ins Haus. Erst hat er es an den Türen probiert und dann an den Fenstern. Dabei hat er es geschickt vermieden, komplett von den Sicherheitskameras erfasst zu werden. Als er nicht weiterkam, hat er sich an einem Fenster auf der Rückseite zu schaffen gemacht. An einem von denen im Stiefelraum.«

Stella legte ihren Frühstücksburrito beiseite und schaute Sam schockiert an. »Ist er etwa hier drin gewesen?« Was für eine grobe Verletzung ihrer Privatsphäre. Prüfend sah sie sich in der Küche um. »Glaubst du, er war auch im Schlafzimmer?«

»Nein. Als das Fenster brach, ging der Alarm los, der den Sheriff und die Fultons hergerufen hat. Roy und Bernice sind sofort losgefahren, um zu sehen, was passiert ist.«

»Sie hätten getötet werden können. Ich habe gar nicht daran gedacht, ihnen wegen Bailey und Sonny zu schreiben«, sagte Stella und schlug bestürzt die Hände vors Gesicht. »Was mach ich bloß, Sam?«

»Hier war gestern Nacht einiges los. Du hattest genug damit zu tun, Bailey zu retten. Ich habe dafür gesorgt, dass sie Bescheid wussten. Und ich habe Roy gesagt, dass es keine gute Idee war, sich womöglich mit einem Mörder anzulegen, aber du kennst ihn ja. Er wollte nicht zulassen, dass jemand in dein Haus einbricht. Ich weiß nicht, ob das Schrillen des Alarms oder das Motorengeräusch des Autos den Einbrecher verjagt hat, aber als Roy mit seiner doppelläufigen Schrotflinte hier ankam, war niemand mehr da. Bernice hatte auch ihr Gewehr dabei. Spätestens nachdem die beiden gehört hatten, was Sonny und Bailey zugestoßen war, waren sie mehr als bereit abzudrücken.«

Stella griff wieder nach ihrem Burrito. »Ich frage mich, was der Kerl hier gesucht hat.«

»Ich habe keine Ahnung, aber jetzt wissen wir, dass er ins Haus will. Ich habe das Fenster überprüft. Es ist gesplittert, aber es hat gehalten. Ich habe schon jemanden bestellt, der es repariert. Wir wollen doch nicht, dass es den Winter über so bleibt. Oder dass dieses Haus an irgendeiner Stelle verwundbar ist.«

»Er muss gewusst haben, dass du nicht da warst.«

Sam nickte. »Das war aber auch nicht schwer. Schließlich parke ich immer an der gleichen Stelle. Wenn er schon da war, als du zurückkamst, hatte er gesehen, dass du allein warst. Also sollten wir besser zusammenbleiben, bis diese Geschichte vorbei ist. Vor allem weil Bailey im Moment nicht bei uns ist.«

Stella rutschte der Magen in die Kniekehlen. Sie legte den Burrito wieder weg und trank einen Schluck Kaffee. »Da war so viel Blut, Sam. Ich habe nicht geglaubt, dass es möglich ist, ihn zu retten.«

»Aber er lebt. Amelia ist eine richtig gute Ärztin. Die Stadt kann sich glücklich schätzen, dass sie sich entschlossen hat, hier zu leben.«

Stella nickte. »Wir haben damals lange nach einem Tierarzt gesucht, konnten aber keinen finden, der den alten Fiddleson ersetzen wollte. Dabei ist es hier so schön, und die Praxis lief so gut. Deshalb dachten wir, es wäre kinderleicht, aber offenbar haben die Leute ihre Gründe, nicht mit ihrer Familie hierherziehen zu wollen. Auch lange Arbeitstage sind nichts für jeden. Und manche schienen zu glauben, dass man hier keinen Partner findet.«

Sam schenkte ihr ein kleines Lächeln. »Na ja, du hast ziemlich viele Freundinnen, die alle ganz schön gut aussehen und tolle Jobs haben, aber keine Partner.«

»Weil sie es so wollen, Sam. Nicht jede Frau möchte sich mit einem Mann zusammentun.«

»Du wolltest das auch nicht. Ich musste vorsichtig vorgehen und durfte dich nie merken lassen, dass ich ein Auge auf dich geworfen hatte. Sonst wärst du sofort vor mir weggelaufen.«

»Du hattest kein Auge auf mich geworfen.«

»Oh doch, vom ersten Augenblick an. Du trugst deine Lieblingsjeans, die du immer noch hast. Und dazu ein enges Sweatshirt mit schwarzen und weißen Quadraten drauf. Die Haare hattest du zu einem eher unordentlichen Knoten zusammengebunden, aus dem sie dauernd rausfielen, sodass du sie wieder zurückstecken musstest. Du hattest schwarze Stiefel an und Bailey bei dir, und warst gegenüber der Baustelle, auf der ich arbeitete, stehen geblieben, um mit Zahra und Shabina zu reden. Du hast viel gelacht, und das klingt einfach zauberhaft.«

Stella war sehr überrascht, dass er sich noch daran erinnerte, was sie an dem Tag angehabt hatte, und dass er sich in sie verliebt hatte statt in eine ihrer wunderschönen Freundinnen.

»Also habe ich mir vorgenommen, mehr über dich in Erfahrung zu bringen. Das war nicht besonders schwer. Alle in der Stadt kennen dich. Du wirst hier wie eine Königin behandelt. Weil du so vielen Geschäften geholfen hast. Ich musste nur zuhören. Schnell wusste ich, dass du mit niemandem ausgehst und auch keinen Freund hast. Danach habe ich mich im Hintergrund gehalten und dich beobachtet, um herauszufinden, warum nicht und was du wohl brauchst.«

»Und?«

»Du brauchst einen geduldigen Mann.«

Zu ihrer eigenen Überraschung musste Stella lachen. Mitten in dieser schlimmen Zeit, in der Bailey im Krankenhaus lag, saß sie am Frühstückstisch und lachte. »Ich schätze, das stimmt. Ich kann nicht glauben, dass du noch weißt, was ich anhatte.« Sie trank noch einen Schluck Kaffee. »Wie lief das Gespräch mit deinem Vater?«

»Besser als erwartet. Marco ist sehr kompliziert. Er ist daran gewöhnt, alles zu bestimmen, und geht davon aus, dass seine Befehle befolgt werden. Nun hat er sich in den Kopf gesetzt, eine Beziehung zu mir aufzubauen, was ja in Ordnung ist, nur dass das zu seinen Bedingungen geschehen soll. Er hat offenbar Zeit genug gehabt, darüber nachzudenken, wie das alles vor sich gehen soll. Aber er kennt mich nicht mehr. Das letzte Mal, als wir uns gesehen haben, war ich jung und impulsiv, und er glaubt, ich wäre immer noch so.«

»Aber nachdem er dich wiedergesehen hat, wird ihm doch klar geworden sein, dass du dich verändert hast, Sam.«

»Marco gibt das Heft nicht so leicht aus der Hand. Ich habe ihn reden lassen. Je mehr die Leute reden, desto besser lernt man sie kennen und hört, wenn sie lügen. Er ist allerdings ein Meister, wenn es darum geht, Wahrheit und Lüge zu mischen.«

»Macht er das oft?«

»Ja, eigentlich immer. Und das musste er auch, um am Leben zu bleiben. In seinem Geschäft kann man nicht allzu vielen Menschen trauen. Heutzutage läuft zwar wesentlich mehr im Verborgenen ab als früher, aber es gibt immer jemanden, der dir das, was du hast, wegnehmen will. Er hat mir von seiner Herzkrankheit erzählt. Da hat er nicht gelogen. Und er scheint wirklich in Rente gehen zu wollen. Das ist aber eine haarige Angelegenheit. Manchmal klappt das sogar in diesem Geschäft, aber manchmal eben auch nicht. Das weiß er genau.«

»Warum ist das so?«

»Er kennt alle Geschäftsverbindungen und Geheimnisse. Dinge, die andere hinter Gitter bringen können. Allerdings ist er dafür bekannt, dass er sehr verschwiegen ist.«

»Was ist mit Lucio Vitale? Glaubst du immer noch, dass er nicht sein Leibwächter ist?«

»Ja, auch wenn er meinen Vater wohl beschützen würde. Ich glaube, er hat einen viel höheren Rang. Trotzdem wäre es denkbar, dass er Marco eine Kugel in den Kopf jagt. In diesem gesamten Geschäft herrscht eine verdrehte Vorstellung von Loyalität, obwohl Vitale meiner Meinung nach meinem Vater treu ergeben ist, aus welchen Gründen auch immer. Und falls nicht, wird er, nachdem wir uns wiederbegegnet sind, zweimal nachdenken, ehe er ihn ermordet.«

»Glaubst du, Marco will wirklich in Rente gehen und sich hier niederlassen?«

»Ja, weil er dann eine bessere Chance hat, am Leben zu bleiben«, erwiderte Sam. »In solchen Sachen ist er pragmatisch. Er sagt, er hätte eine Frau kennengelernt, die wohl froh darüber sein würde, mit ihm hierherzuziehen.«

»Und wie geht es dir dabei?«

»Mir ist das im Grunde gleich. Mein Vater tut sowieso, was er will. Man kann ihn nicht aufhalten. Ich werde mein Leben jedenfalls so leben, wie ich möchte. Und hoffentlich mit dir. Denn du bist die Richtige für mich. Wenn er hin und wieder dazukommen will, ist das für mich in Ordnung, aber wenn nicht, dann nicht. Ich kenne ihn nicht mehr, und umgekehrt ist es genauso. Wir werden ja sehen, wie sich das entwickelt.«

Stella nickte und biss sich auf die Unterlippe. Sam kannte seinen Vater besser als jeder andere, aber sie hatte den Eindruck, dass Marco ständig versuchte, Menschen zu manipulieren, und da war er bei Sam an der falschen Adresse. Jedenfalls war sie glücklich, dass Sam sich für sie entschieden hatte. Und sie wollte, dass es immer so blieb.

»Gut, Sam. Fangen wir damit an.« Nervös strich sie sich mit den Händen über die Schenkel und hasste sich gleichzeitig dafür, dass sie ihre innere Unruhe zeigte. »Ich finde es schlimm, dass Bailey nicht hier ist und ich nicht bei ihm sein kann. Seit ich ihn als Welpen bekommen habe, habe ich praktisch jede Minute des Tages mit ihm verbracht. Bestimmt meint er, ich hätte ihn im Stich gelassen.«

»Ach, Stella«, sagte Sam so zärtlich, dass es sie rührte. »Ich hab heute Morgen als Erstes im Krankenhaus angerufen, um mich zu erkundigen, ob Bailey die Nacht überstanden hat.«

»Ja, aber ich will selber mit Amelia reden.«

Sam lächelte. »Natürlich, das weiß ich doch. Ich wäre sehr überrascht, wenn es nicht so wäre. Aber als ich anrief, schlief sie gerade. Vincent ist ans Telefon gegangen. Er meinte, gegen zehn müsste sie wieder wach sein.«

»Ich weiß nicht, was ich ohne Bailey tun würde.« Stella schluckte den dicken Kloß in ihrem Hals herunter und griff nach ihrer Kaffeetasse.

»Er ist tough, Stella, und Amelia ist eine gute Tierärztin. Sie ist die ganze Nacht bei ihm geblieben und hat für ihn gekämpft.«

»Ich wusste, dass sie gut ist. Ich war auch im Auswahlkomitee, und wir haben alles über sie gelesen. In der Schule war sie immer die Klassenbeste, dann machte sie Praktika bei einigen der besten Tiermediziner für Nutz- und Kleintiere. Überall, wo sie gearbeitet hat, stellte man ihr begeisterte Empfehlungsschreiben aus. Sie war schon oft zum Klettern und Wandern in der Sierra gewesen, deshalb war sie interessiert, als die Praxis zum Verkauf stand, konnte aber allein nicht genug Geld aufbringen. Wir wussten, dass wir bei ihrem Arbeitseifer unseren Einsatz schnell zurückbekommen würden. Ich bin sehr froh, dass wir so tatkräftig um sie geworben haben. Sonst hätte …« Sie verstummte.

»Bailey wird es schaffen, Stella«, sagte Sam.

Sein zuversichtlicher Ton wirkte beruhigend. Sie nickte. »Hast du schon mit dem Sheriff gesprochen? Oder mit Sonny?«

»Mit Sonny. Er sagt, ihm geht's gut. Er hat leichte Kopfschmerzen, aber sonst nichts. Ich bin ins Wäldchen gegangen, um nach Spuren zu suchen. Aber wer uns auch beobachtet, er weiß, was er tut. Ich glaube, er lebt schon lange hier, vielleicht ist er sogar hier geboren. Er hinterlässt nicht einmal auf tiefem Gelände einen Fußabdruck. Ich habe nur wenig finden können, ein paar geknickte oder angeknackste Zweige an einem Busch, einige verdrehte Blätter, aber das war alles. Es gibt keine Fährte, der man folgen könnte.«

»Ich frage mich immer noch, was er wohl im Haus wollte«, sagte Stella. »Vielleicht hat er es die ganze Zeit nur beobachtet, um einzubrechen, sobald wir weg sind.«

Sam sammelte die leeren Teller ein und brachte sie zum Spülbecken. »Das würde ich auch gern glauben, aber wir sind ja häufiger im *Grill.* Da hätte er reichlich Gelegenheit gehabt. Du schließt das Haus doch erst seit Kurzem ab. Ich denke, es wäre gut, wenn du dein Tagebuch und deine Skizzen zusammen mit deiner Pistole im Safe einschließt, damit er nicht so leicht rankommt, falls es ihm doch gelingt, hier einzudringen.«

Stella stand auch auf und half beim Abräumen. »Du denkst, er ist der Killer.«

Sam zuckte die Achseln. »Ich bin mir nicht sicher, aber das Timing ist einfach ein arger Zufall. Ich denke, es wäre besser, vorsichtig zu sein.«

Mami, Daddy tut wieder etwas Schlimmes.

Zuerst hörte sie nur viele Geräusche. Vögel, die sich zuriefen. Auf so unterschiedliche Weise, dass es sich um verschiedene Arten handeln musste. Insekten, die summten, und die unvermeidlichen Frösche, die quakten. Am frühen Morgen gab es immer ein misstönendes Konzert dieser Art. Irgendwo kreischte verärgert eine Eule, die kurz vor ihrem Rückzug ein Beutetier verfehlt hatte. Überall flatterten Flügel, und durch die raschelnden Blätter am Boden huschten Nager und Eidechsen.

Das Gelände schien steil zu sein und mit dichtem, langem Gras bewachsen, das meist schon golden oder braun war, nur an manchen Stellen trotz der Kälte noch grün. Bäume wuchsen gen Himmel, ein ganzer Wald, manche mit dicken Stämmen, andere noch klein und dünn, doch fast alle verloren bereits ihre Blätter. Durch die Äste fielen bunte Sonnenstrahlen auf das verrottende Erdreich. Große, verfilzte Sträucher und Farne verstärkten den Eindruck einer urtümlichen Landschaft.

Die Linse richtete sich auf einen Baum mit einem starken Stamm. Die Kamera schwenkte hinauf, bis das untere Ende einer Stahl- oder Aluminiumkonstruktion ins Bild kam, die daraus hervorragte. Sonst waren nur ein paar Holzbalken und darauf ein Paar schmutzige Stiefel zu sehen. Einer davon stand flach auf, während bei dem anderen die Spitze in eine Ritze zwischen den Balken gebohrt war. Über den Stiefeln war der Saum einer robusten Tarnhose zu erkennen, wie man sie auf der Jagd trug. Dann klappte die Linse wie immer viel zu früh wieder zu.

Rasch setzte Stella sich auf und strampelte sich frei. Es war ungewohnt warm im Zimmer, denn im Kamin, den sie selten nutzte, brannte ein Feuer. Sam saß im Sessel gegenüber, die dunklen Augen auf sie gerichtet und bereit, ihr jeden Wunsch zu erfüllen. Inzwischen konnte sie seine Miene, die ihr früher immer ausdruckslos vorgekommen war, etwas besser deuten – er war besorgt.

Sie holte mehrmals tief Luft und fasste sich mit beiden Händen ins Haar. Sie hatte es geflochten, damit es ihr nicht ins Gesicht fiel, trotzdem kam es ihr so vor, als wäre es verschwitzt und wirr. »Er wird schneller und lässt sich zwischen den Morden keine Zeit mehr.«

»Er hat inzwischen Geschmack daran gefunden, oder das, was die Mordgier ausgelöst hat, hat ihn so aus der Bahn geworfen, dass er die Kontrolle verliert. Dann wird er bald Fehler machen.«

Bislang schien der Killer, soweit sie das beurteilen konnte, allerdings nicht allzu viel falsch zu machen. Schließlich hatte er den Doppelmord auf dem Mount Whitney trotz möglicher Zeugen kaltblütig durchgezogen.

Stella schlang ihre Arme um den Bauch und wiegte sich

vor und zurück. »Danke für das Feuer. Ich merke gar nicht mehr, wenn mir kalt ist.«

»Dabei wird es hier oben bald eisig. Es dauert nicht mehr lange, bis es schneit«, meinte Sam.

Stella war dankbar, dass er in seinem Sessel sitzen blieb, sodass sie seine beruhigende Gegenwart spüren konnte, ohne dass er zu ihr herüberkam. Er schien immer zu wissen, was sie brauchte. Beim ersten Aufwachen nach so einem Albtraum war sie meist nah – zu nah – an einer Panik, auch wenn sie immer besser damit zurechtkam. Dann brauchte sie Zeit, um durchzuatmen. Sich einzugestehen, dass sie Angst hatte. Und wie sehr sie es hasste, mit einem Serienmörder in Verbindung treten zu können, auch wenn das hieß, dass sie ihn identifizieren und unschädlich machen konnte.

Sam ließ sie so sein, wie sie war. Er versuchte nicht, sie zu »heilen«, und fragte nicht, ob es ihr gut ging. Er sah ja, dass es nicht so war. Er ließ sie den Albtraum so verarbeiten, wie sie musste, und war für sie da, als stummer Spiegel, dem sie ihre Gedanken anvertrauen konnte. Wenn sie darüber reden wollte, gut. Wenn nicht, auch gut. So war er eben. Stets hilfsbereit. Ihr wurde immer klarer, warum sie so gut zueinanderpassten.

Sie vermisste Bailey, wie er seinen Kopf in ihren Schoß drückte. Ihn hinter den Ohren kraulen zu können und eine Ablenkung zu haben, während sie nachdachte. Der Hund, der sie in all ihren einsamen Jahren begleitet hatte, gab ihr sonst Sicherheit.

»Als ich als Managerin hier angefangen habe, war das Resort ziemlich heruntergekommen. Ich habe in der großen Hütte gewohnt, die damals eine Bruchbude war. Dann habe ich Bailey aus dem Tierheim geholt. Er ist ein Mischling, abgegeben von einem Airedale-Züchter, der sich geärgert hatte, weil eine seiner Hündinnen von einem Hund anderer Rasse gedeckt worden war, deshalb wollte er die Welpen nicht haben. Bailey war der süßeste von allen. Ich habe ihn überallhin mitgenommen, den kleinen, wuscheligen Wonneproppen.«

Sie strich über die Stelle an ihrem Bein, auf die Bailey normalerweise seinen Kopf legte, wenn er sie trösten wollte. »Ich habe Amelia heute bestimmt ein Dutzend Mal angerufen, und sie hat mir versichert, dass es ihm schon sehr viel besser geht. Aber sie will nicht, dass ich ihn besuche, weil sie meint, dass ihn das zu sehr aufregt und sie ihn dann nicht mehr beruhigen kann. Ich möchte ihn nur nach Hause holen. Aber er muss noch ein paar Tage in der Klinik bleiben und sich ruhig verhalten.«

Sam wusste natürlich, dass sie deswegen mit Amelia diskutiert hatte, sich aber am Ende den Wünschen der Tierärztin gefügt hatte. Sie plapperte nur daher, und er ließ sie wie stets gewähren. Stella seufzte und zwang sich, zum wirklich wichtigen Thema zu kommen.

»Ich habe nicht viel gesehen. Ich werde es zeichnen, aber ich habe keine Ahnung, was es war. Vielleicht erkennst du es ja. Und was den Waldabschnitt angeht, es gab keinen Weg oder Pfad, der Hinweise geben könnte. Aber ich habe viele Vogelstimmen gehört. Shabina weiß viel über Vögel, besonders in unserem Gebiet. Wenn sie Hörproben für mich hat, erkenne ich vielleicht welche wieder. Dann kann sie womöglich die Art und den Lebensraum bestimmen.«

»Das ist eine gute Idee.«

Stella strich sich mit einer Hand übers Gesicht, als könne sie damit das Gefühl drohenden Unheils wegwischen, das sie immer überkam, wenn sie diese Albträume hatte. Ein leichter Schauer rieselte über ihren Rücken, und unwillkürlich sah sie sich argwöhnisch um. Am liebsten hätte sie eine Pistole aus dem Safe geholt und sie neben sich gelegt. Verstohlen schaute sie zu der Fensterreihe mit Blick auf den See hinüber.

»Glaubst du, er ist wieder da draußen, Sam?«

»Ja, aber er bleibt auf Distanz. Als du geschlafen hast, habe ich einen Gang übers Gelände gemacht, aber nur innerhalb der Grenzen und bei den Hütten.«

»Nein, Sam«, protestierte Stella. »Nach dem, was Sonny und Bailey passiert ist, darfst du nicht so ein Risiko eingehen. Ganz egal, was du beim Militär getan hast. Dieser Typ macht einem wirklich Angst. Bei dem stimmt irgendwas nicht. Solche Leute sind …« Sie hielt inne, ehe sie *nicht aufzuhalten* gesagt hätte.

Sams dunkler Blick war immer noch auf ihr Gesicht gerichtet. »Ach, mein Schatz.«

Die Art, wie er das sagte, brachte ihr Herz zum Schmelzen, doch das änderte nichts an ihrer Meinung. Wer auch immer da draußen lauerte, er meinte es todernst. Schließlich hatte er mehrmals auf Bailey eingestochen. Und wenn ihr Hund nicht dazwischengegangen wäre, wäre es Sonny vielleicht genauso ergangen. Sie war sicher, dass der Kerl Sam tot sehen wollte. Sie wusste nicht, warum sie davon absolut überzeugt war, aber so war es. Das brachte sie auf einen Gedanken.

»Wenn unser Stalker der Serienkiller ist und er hinter dir oder mir her ist, warum hat er dann keinen von uns angegriffen? Du hast es gerade selber gesagt. Du machst nachts öfter allein einen Rundgang. Da hätte er dir doch locker eine Falle stellen können. Hat er aber nicht. Er hätte auch deinen Tod wie einen Unfall aussehen lassen können, wenn es ihm darum geht. Schließlich bist du fast jede Nacht draußen, manchmal sogar mehrmals.«

Sam überlegte offenbar.

»Sag es einfach.«

»In letzter Zeit habe ich immer Bailey mitgenommen. Das geht nun nicht mehr. Vielleicht greift der Killer mich jetzt an.«

Stella barg das Gesicht in den Händen. »Es wird immer schlimmer.«

»Nein, eigentlich nicht. Es gibt nach wie vor nur ein paar Dinge, die wir beachten müssen, und die haken wir nacheinander ab. Du wirst jetzt wie immer deine Skizzen und Notizen machen und Shabina fragen, ob sie irgendwelche Aufzeichnungen von Vogelstimmen hat, die dir helfen können, die Gegend zu bestimmen, in der der nächste Mord passieren wird. Und was unseren Stalker angeht, der ist ja nun schon eine kleine Weile hier, und wir beide entwickeln bereits ein ganz gutes Gespür, was ihn betrifft.«

Stella musste zugeben, dass Sam recht hatte. Manchmal merkte sie sogar bei einem Besuch in der Stadt, wie ihre Nackenhaare sich aufstellten, weil sie das Gefühl hatte, der Stalker sei in der Nähe.

Sam redete weiter. »Er muss irgendeinen Aussichtspunkt haben. Morgen früh werde ich mal losgehen und auskundschaften, ob ich Hinweise dafür finden kann. Er muss irgendwo oben auf der anderen Seite sein. Es gibt nur wenige Stellen, die eine gute Sicht auf das Haus bieten. Er ist zwar gut darin, seine Spuren zu verwischen, aber vielleicht denkt er da, wo er sich sicher fühlt, nicht dran.«

»Könnte er nicht auf einem Boot sein?«

»Darüber habe ich auch nachgedacht, aber wenn er auf dem Wasser wäre, wäre er zu tief, um viel zu sehen. Das ist bestimmt zu frustrierend für ihn.«

»Und wir würden das Boot höchstwahrscheinlich entdecken, selbst wenn es keine Positionslichter hätte«, stimmte Stella ihm zu.

»Ich glaube, er ist ein gutes Stück entfernt. Vielleicht rechnet er nicht damit, dass ich auf dem Abhang auf der anderen Seite des schmaleren Seestücks nachschaue. Da hat er sich meiner Meinung nach eingenistet. Wenn ich Glück habe, ist er dort nachlässig und hat sich an einer Stelle, wo er sich unbeobachtet fühlt, einen kleinen Beobachtungsposten mit Essen und Trinken eingerichtet. Wenn er da etwas liegen gelassen hat, finde ich vielleicht was mit Fingerabdrücken drauf.«

Mit neu erwachter Hoffnung schaute Stella zu ihm auf. »Glaubst du, das klappt?«

»Alles ist möglich. Niemand ist perfekt. Jeder macht Fehler. Baileys Stichwunden waren sehr tief, und wenn man ein so großes Messer benutzt, schneidet man sich oft selber. Vielleicht hat der Mann geblutet und sich an seinen ›sicheren‹ Ort zurückgezogen, um abzuwarten, bis alle weg sind, und er sich zum Haus schleichen kann. Dann finde ich dort Blut und alles, was er benutzt hat, um die Wunde zu säubern.«

»Darauf wäre ich nie gekommen.« Aber Sam natürlich. So war er eben. Er dachte an Kleinigkeiten, die ihr nie in den Sinn kommen würden. »Schwer zu glauben, dass er danach so dreist war, noch mal zurückzukommen«, fügte sie hinzu und bemühte sich, dabei nicht wieder mit dem Vor-und-zurück-Wiegen anzufangen. Das war eine furchtbar schlechte Angewohnheit. »Man sollte meinen, dass er sich wenigstens eine Nacht Ruhe gönnen würde.«

»Serienmörder und andere Arschlöcher werden anscheinend niemals müde«, meinte Sam.

Stella war erstaunt, dass sie plötzlich losprustete. »Ja, sieht ganz so aus. Machst du mir eine heiße Schokolade, während ich zeichne und schreibe?«

»Ich schätze, die hast du dir verdient.« Sam stand auf, trat ans Bett, hauchte ihre einen Kuss auf die Schläfe und strich ihr mit einem Finger über die Wange.

Es war nur eine flüchtige Geste, doch sie spürte sie bis ins Mark, wie immer, wenn Sam sie berührte. Dann drehte er sich um und spazierte mit seinem geschmeidigen Panthergang aus dem Zimmer. Fasziniert sah sie ihm nach, bis er verschwunden war. Schon bevor sie zusammengekommen waren, hatte sie diesen Gang bewundert. Sam konnte völlig reglos verharren oder lautlos durch Schatten gleiten wie ein Raubtier.

Stella zog die Schublade ihres Nachtschränkchens auf und holte ihren Skizzenblock und ihr Tagebuch heraus. Dann dimmte sie ihre Nachttischlampe herunter und begann, sich sorgfältig so viel wie möglich aus ihrem Traum in Erinnerung zu rufen. Wie immer, wenn sie damit anfing, fühlte es sich so an, als könne der winzige Ausschnitt, den die Linse ihr gezeigt hatte, nicht genug liefern, aber wenn sie die ersten Striche zog und das Bild Gestalt annahm, gab es da mehr zu erkennen, als sie dachte.

Das Gras war lang und bunt gewesen, blau, grün, gelb und rot, und hatte in dichtem Wuchs einen Abhang hinauf bis in die Bäume gereicht. Zwischen dickeren Baumstämmen gab es viele Schösslinge, die um Platz kämpften, doch meist vergeblich, weil sie vom dichten Unterholz und den hohen Bäumen ringsum erstickt wurden. Es war aber bloß ihr eigener

Eindruck, dass die Bäume groß waren, denn die Wipfel hatte sie nicht sehen können. Blätter und Nadeln lagen auf dem Boden, und einige Zweige hatten den Kampf mit dem Wind offenbar verloren.

Das Seltsamste an dem Ganzen aber war diese rätselhafte Metallkonstruktion mit dem Sitzplatz oben in einem Baum. Da musste sie im Internet nachschauen, wenn Sam ihr nicht weiterhelfen konnte.

Als sie mit dem Zeichnen fertig war, nahm sie ihr Tagebuch und notierte alle Details, an die sie sich erinnern konnte, besonders die Melodien, die sie von den Vögeln gehört hatte. Jede einzelne war wichtig. Sie hoffte sehr, dass Shabina ihr mehr dazu sagen konnte.

Sam stellte die heiße Schokolade auf ihr Nachtschränkchen. »Heute habe ich dir etwas Sahne draufgetan.«

Stella griff nach der Tasse. »Und Schokoladenstreusel.« Lächelnd schaute sie zu Sam auf. Er studierte ihre Skizze. »Kannst du mir sagen, was das ist?«

»Sicher. Ein Hochsitz. Auf dem Jäger auf Beute warten. Rotwild oder Elche. Je nachdem, worauf sie gerade aus sind.«

Stella legte die Stirn in Falten. »Wieso habe ich noch nie etwas davon gehört?«

»Weil du nicht auf die Jagd gehst.«

»Fast alle hier gehen für ihr eigenes Essen jagen, Sam. Von Hochsitzen war dabei nie die Rede. Wie hoch sind solche Sitze denn im Baum befestigt?«

»Ich würde sagen, zwischen dreieinhalb und zehn Metern. Kommt darauf an, wie viel Deckung es gibt. Zu dieser Jahreszeit ist es sicher schwieriger, sich gut zu tarnen, weil die Bäume ihre Blätter verlieren.«

»Und wie kommt man auf so einen Hochsitz?«

»Da gibt es verschiedene Methoden. Viele benutzen Ansitzleitern.«

Stella hob eine Braue.

»Ich zeig's dir im Internet. Das wäre das Einfachste, jedenfalls kann man allein von dem wenigen, das du gesehen hast, davon ausgehen, dass der Killer bestimmt hinter einem Jäger her ist.«

»Sam, praktisch jeder, den wir kennen, ist Jäger. So kommen die meisten Leute durch den Winter. Indem sie jagen gehen. Sogar Denver macht das.« Sie stellte ihren Becher wieder ab und drückte die Hände an die Schläfen. Am liebsten hätte sie vor Enttäuschung geschrien. »Sonny geht jagen. Und Griffen auch. Mary ebenso. Sonst können sie ihre Familien nicht ernähren.«

»Diese Stiefel scheinen mir aber für eine Frau zu groß zu sein«, erwiderte Sam so ruhig wie immer. »Also können wir die Frauen, die jagen gehen, ausschließen. Und alle Jäger, die keinen Hochsitz benutzen.«

»Und woher wissen wir, wer einen benutzt?« Wieder schlang Stella die Arme um den Bauch und wiegte sich vor und zurück.

»Schatz, es gibt keinen Grund dafür, sich so früh schon aufzuregen. Wir müssen dem Killer einfach einen Schritt voraus sein und das Ganze wie ein Puzzle betrachten, das zusammengesetzt werden will. Wir haben doch schon alle Teile, und er weiß nichts davon. Er glaubt, er ist so clever, dass niemand ihm auf die Schliche kommen kann.« Sam nahm die Tasse mit der Schokolade und hielt sie ihr hin. »Trink. Das hilft dir beim Denken.«

Stella nahm ihm die Tasse ab. »Wenn der Stalker und der Killer identisch sind, könnte es dann nicht sein, dass er mich beobachtet, weil er weiß, wer ich bin?« Fragend sah sie zu Sam auf, während die Knoten in ihrem Magen sich fester zusammenzogen. »Vielleicht bin ja sogar ich der Trigger. Er hat herausgefunden, was mit mir los ist, und will sich mit mir messen.«

Sam setzte sich auf die Bettkante. Stella versuchte, nicht daran zu denken, dass Bailey sonst von dieser Bettseite aus seinen großen Kopf an sie drückte. Damit sie sich nicht benahm wie ein Baby, trank sie einen Schluck Schokolade und zwang sich, Sam ruhig anzusehen. Er sagte immer die Wahrheit, ganz egal, welche Folgen es hatte. Sie war vielleicht nicht immer imstande, seinen Gesichtsausdruck zu deuten, aber sie konnte sich darauf verlassen, dass er ihr eine ehrliche Antwort gab, wenn sie ihn um seine Meinung bat.

Sams Augen wurden so dunkel, dass sie an schwarzen Samt erinnerten. Dann griff er an ihr vorbei und knipste die Nachttischlampe aus. »Wir müssen ihn ja nicht alles sehen lassen. Leg die Skizzen und das Tagebuch jetzt in den Safe. Ich schirme dich ab, damit er das nicht mitkriegt, falls er ein Nachtsichtgerät hat.«

Stella beugte sich vor und stellte ihre Tasse wieder auf dem Nachtschränkchen ab, sammelte aber gleichzeitig ihre Aufzeichnungen ein und drückte auf den Knopf in der Wand.

»Das ist eine interessante Theorie, Stella. Vielleicht beobachtet der Killer dich deswegen und versucht herauszufinden, was du als Nächstes vorhast.« Sam klang nachdenklich, aber pragmatisch, so wie immer, als könne er der Idee etwas abgewinnen, ohne dass sie ihn sonderlich beunruhigte.

Stella fragte sich, was ihm wohl unter die Haut gehen würde. Nicht, dass sie ihn jemals ärgerlich oder wütend erleben wollte, aber ihr wurde bei dem Gedanken, dass sie jemanden dazu veranlasst haben mochte, wahllos Menschen zu töten, speiübel. Dass Sam dabei so gelassen bleiben konnte, verstand sie nicht. Schnell stopfte sie Skizzenblock und Tagebuch in den Safe, schloss die Tür, setzte sich wieder auf und versuchte, ruhig zu wirken.

»Bringt dich eigentlich nie etwas aus der Ruhe?« Sie bemühte sich, nicht herausfordernd zu klingen.

Sanft schob Sam ihr ein paar Haarsträhnen hinters Ohr, die sich aus ihrem Zopf gelöst hatten. »Doch du. Und alles, was dich aufregt. Und wenn jemand auf Bailey einsticht. Aber ich habe vor langer Zeit gelernt, dass man sich beherrschen muss, wenn man nachdenken will. Ärger ist dabei im Weg und trübt das Urteilsvermögen. Um am Leben zu bleiben, musste ich lernen, immer einen klaren Kopf zu behalten.«

»Das ist leichter gesagt als getan, oder?« Stella schlürfte ihre Schokolade. Dieses Sprichwort ließ sie die Dinge immer etwas gelassener angehen. Das, und Bailey. Und nun auch dieser Mann, in den sie sich mehr und mehr verliebte.

»Mein Körper ist zu einer Waffe gemacht worden. Und ich kann mit allen möglichen anderen Waffen umgehen, aber weißt du, was unsere stärkste ist, Stella? Unser Verstand. Den jeder hat. Der Trick ist, ihn auch zu benutzen. Man darf nicht in Panik geraten. Oder gelähmt sein. In einer Krise muss man sein Hirn einschalten. In den meisten Fällen bleibt man dann am Leben, und die anderen sterben.«

Das konnte Stella nur bestätigen. Sie hatte genug Selbstverteidigungskurse absolviert, bei denen die Lehrer ihr das immer wieder eingebläut hatten. »Dein Verstand ist deine stärkste Waffe. Nutze sie.« Außerdem hatten sie ihr beigebracht, stets wachsam zu sein. Nicht nach unten zu schauen oder auf ihr Handy, wenn sie ging oder lief, sondern sich umzusehen. Auf ihre Umgebung zu achten. Und sie hatte sich immer daran gehalten.

»Es fällt mir schwer, ruhig zu bleiben, wenn ich davon ausgehen muss, dass ein gemeiner Mörder meinetwegen angefangen hat, Menschen zu töten. Aber du hast natürlich recht.«

»Ich glaube nicht, dass er weiß, wer du bist, Stella. Wenn der Stalker der Serienmörder ist, ist er aus einem anderen Grund hier.«

Etwas an seinem Tonfall kam ihr merkwürdig vor. War das nur eine Vermutung? Eine düstere Vorahnung? Oder eine Warnung? »Und was meinst du, aus welchem?« Es würde interessant sein zu erfahren, was Sam dazu sagte, vor allem weil sie das Gefühl hatte, dass er es ihr nicht verraten wollte. »Warum sollte er sonst herkommen?«

Sam seufzte und stand wieder auf. Zum ersten Mal seit sie ihn kannte, wirkte er nervös. »Ich glaube, wir müssen an den Fenstern Sichtschutz anbringen, zumindest im Schlafzimmer.« Unruhig lief er hin und her. »Wenn der Kerl ein Scharfschützengewehr hat, sind wir ein leichtes Ziel.«

Stella lehnte sich an das Kopfbrett. Das unbehagliche Gefühl, beobachtet zu werden, verflüchtigte sich allmählich. »Ich glaube, er geht gerade. Oder ist schon weg.«

»Trotzdem brauchen wir Rollos. Die Vorstellung, dass jemand uns zusieht, wenn ich dich streichle, gefällt mir nicht, Schatz.«

Ein leichter Schauer durchrieselte Stella. Der Gedanke war ihr unverständlicherweise noch gar nicht gekommen. Dabei war sie so auf ihre Privatsphäre bedacht. »Du hast recht. Morgen früh bestelle ich welche.«

Dann wartete sie. Sam lief weiter hin und her wie ein Tiger in einem zu engen Käfig. »Ach, Mann.«

Er blieb stehen und nahm sie ins Visier. Das hätte unangenehm sein können, doch sein Blick vermittelte nichts anderes als ein tiefes Gefühl, das ihr Herz schneller schlagen ließ. Ein Lächeln kräuselte seine Lippen. »Ach, Frau.«

»Spuck's aus«, befahl sie.

»Es wird dir nicht gefallen.«

Sie hob eine Braue.

»Mir gefällt es auch nicht.«

»Vielleicht liegst du ja falsch. Im Moment tappen wir doch noch im Dunkeln«, ermunterte sie ihn.

»Ich glaube nicht, dass ich falschliege. Aber du hast genug schlimmes Zeug am Hals. Ich sollte diese spezielle Vermutung besser für mich behalten.«

»Samuele Lorenzo Rossi.« Sie benutzte den vollen Namen, den er ihr beim Vorstellungsgespräch genannt hatte, im Internet aber nirgends zu finden war.

Er zuckte zusammen. »Nur meine Mutter hat mich so angesprochen, wenn sie ernsthaft böse auf mich war und ich in Schwierigkeiten steckte. Also vor allem, als ich so zwischen zwei und siebzehn Jahre alt war.«

»Ist das dein richtiger Name? Und habe ich ihn korrekt ausgesprochen?«

»Ja. Warum sollte ich dich anlügen? Ich wusste ja, dass ich bleiben würde. Ich habe es dir doch schon gesagt. Mir ist vom ersten Augenblick an klar gewesen, dass du die Richtige für mich bist. Deshalb habe ich mir vorgenommen, dich zu erobern. Also pass gut auf, *Satine*.«

Stella verdrehte die Augen. »Warum konnte ich dann im Internet nichts über dich finden? Da sollte es doch etwas geben, zumindest über dein früheres Leben bei deinem Vater.«

»Bei der Art von Arbeit, die ich gemacht habe, wollte ich nicht, dass etwas auf meine Familie zurückfällt.«

Das war verständlich. »Ich lasse mich nicht von dir ablenken, so interessant es auch ist, dass deine Mutter dich bei deinem vollen Namen genannt hat, wenn sie mit dir schimpfen wollte. Wieso stalkt der Serienmörder mich deiner Meinung nach, wenn es nichts mit meiner Vergangenheit zu tun hat?«

Sam seufzte und setzte sich wieder aufs Bett, dabei sank die Matratze so tief ein, dass Stella fast gegen ihn gekippt wäre. Schnell legte er einen Arm um sie, um sie zu stützen. Oder vielleicht auch, um sie zu trösten, sie war sich nicht ganz sicher. Also wappnete sie sich und fragte sich, ob es eine gute Idee gewesen war, darauf zu beharren, seine Theorie zu hören. Da er offenbar nicht damit herausrücken wollte, hielt er sie wohl wirklich für richtig.

»Dieser Mann ist dir begegnet, Stella. Aber er muss dich nicht unbedingt besonders gut kennen, er könnte dich auch zufällig getroffen haben. Es ist dir nicht bewusst, aber in der Stadt wirst du sehr respektiert. Viele Geschäfte florieren nur deinetwegen. Das bringt Jobs. Du bemerkst es nicht, aber wenn du in ein Restaurant kommst, wirst du direkt zum Platz geführt. Andere müssen warten. Und du brauchst nichts zu bezahlen. Die Besitzer wollen dein Geld nicht, weil du ihnen den Hintern gerettet hast, als sie dabei waren pleitezugehen. Jetzt schaffen sie es durch den Winter und haben danach sogar noch Geld übrig.«

Diese Einschätzung brachte sie in Verlegenheit, obwohl sie die verwahrloste Ferienanlage tatsächlich gerettet hatte. Als sie das Management übernahm, hatte das Geschäft am Boden gelegen, und jede einzelne Hütte, die Campingplätze, der Angelladen, der Bootssteg und sogar die Ausrüstung, alles musste schnellstens auf Vordermann gebracht werden. Der Besitzer hatte zwar Geld gehabt, aber weder das Personal noch die Energie, seine geliebte Anlage weiter am Laufen zu halten. Dass er sie eingestellt hatte, war sein letzter Versuch gewesen, das hauptsächlich von Anglern besuchte Feriendorf offen zu halten. Sie war es gewesen, die die Idee gehabt hatte, daraus ein Luxusresort zu machen, in dem alljährlich ein Angelwettbewerb der Spitzenklasse veranstaltet wurde, zwei Dinge, die auf den ersten Blick nicht zueinander zu passen schienen. Dann hatte sie die einheimischen Ladenbesitzer an Bord geholt und ihre Geschäfte zusammen mit ihrem eigenen auf einen guten Weg gebracht.

»Es könnte auch jemand sein, der nur gelegentlich in der Stadt arbeitet. Oder einer von den Campern oder Kletterern, die du getroffen hast. Du bist sehr offen und gehst auf Menschen zu. Gibst ihnen das Gefühl, wichtig zu sein. Er könnte dich auch angesprochen haben, als du in der Stadt mit ihm um einen Kaffee angestanden hast. So fangen Obsessionen an. Manche Stalker bilden sich ein, sie hätten eine Beziehung mit der Person, von der sie besessen sind.«

Stella presste die Hände auf ihren schmerzenden Magen. »Na toll. Ein Serienmörder hält sich für meinen Freund? Glaubst du das wirklich?«

Sam nickte langsam. »Deshalb hast du seine Gegenwart auch auf dem Zeltplatz und in der Stadt gespürt. Und deshalb ist er manchmal nachts hier draußen. Vielleicht hat er versucht, ins Haus zu kommen, um ein paar Sachen von dir zu stehlen, damit er den Traum weiterspinnen kann.«

Inzwischen war Stella sicher, dass draußen niemand mehr war. Aber es spielte keine Rolle mehr. Es ekelte ihr bei der Vorstellung, dass Sam recht haben könnte. »Ich möchte jetzt nicht mehr darüber nachdenken.« Sie schlang ihre Arme um Sams Nacken und zog seinen Kopf näher an sich. »Küss mich.«

Davon konnte sie nie genug bekommen. Er legte sich auf sie, und dann verschwand die Welt um sie herum, es gab nur noch sie beide. Sie konnte nicht mehr denken, nur noch fühlen, denn Sam hatte eine unnachahmliche Art, sie in Flammen aufgehen zu lassen.

15

Das formelle Speisezimmer in Shabina Fosters Haus war sehr groß. Es hatte eine hohe Decke und Wände, die wirkten, als wären sie aus weißem, goldgeädertem Marmor, und wenn man näher heranging, konnte man sehen, dass es genauso war. Die dicken Blattgoldquadrate an der Decke wurden von schweren Redwoodbalken in vier Teile geteilt. Der Boden passte zum Goldton der Decke und dem der haarfeinen, gezackten Adern in den Wänden. Der Raum war unvergleichlich, doch das traf auf das gesamte Haus zu.

Obwohl das Café in der Stadt ihr gehörte, arbeitete Shabina selbst von früh bis spät dort und bediente die manchmal sehr mürrischen Gäste. Auch der Wagen, den sie fuhr, ein RAV4, war nichts Besonderes in der Gegend, wenn man sich einen viel besseren leisten konnte. Nur wenige wussten, dass sich, wenn Shabina nach Hause fuhr, reich verzierte Tore hinter ihr schlossen. Die Auffahrt führte zu einer Garage, die nicht nur Platz für drei Autos hatte, sondern auch eine Fußbodenheizung. Neben der Garage stand ein Haus mit vier Schlafzimmern, vier voll ausgestatteten Bädern, einer Bibliothek, einem Spielzimmer, einer traumhaften Profiküche, einem repräsentativen und einem etwas kleineren privaten Speisezimmer und vielen anderen Annehmlichkeiten, inklusive Innenpool und Fitnessraum. Shabina hatte sich vor allem in die Küche und das Grundstück verliebt.

Außerhalb des zweistöckigen Hauses schlängelte sich ein grau-weißer Steinpfad durch einen wunderschönen, gut gepflegten Garten mit mehreren Wasserspielen zu einer breiten Veranda, die auf der ganzen Länge von einem Dach beschattet wurde, das Genießer der Nachmittagsbrise vor der gnadenlosen Sonne schützte. Außerdem hielten Gitternetze am Geländer Insekten davon ab, ihre unangenehmen Bisse anzubringen.

Stella liebte Shabinas Haus. Auf den ersten Blick mochte es pompös wirken, aber es war gemütlich und einladend. Wenn sie Bailey dabeigehabt hätte, hätte er sich in dem Speisezimmer sicher mit Shabinas hübschen Jungs vergnügt, drei Dobermännern namens Morza, Sharif und Malik, die ihr überallhin folgten. Stella war schockiert gewesen, als Jason ihr die Warnung zugeraunt hatte, Shabina solle nicht mehr allein in den Wald gehen. Sie hatte doch immer ihre gut erzogenen Hunde bei sich. Wusste das nicht jeder? Oder würden die Hunde ebenso aus dem Weg geräumt werden wie Bailey?

»Was beschäftigt dich, Stella? Du guckst meine Jungs so an, als würden sie sich gleich auf dich stürzen«, sagte Shabina und legte eine der Skizzen zurück auf den glänzenden Kirschholztisch.

Das massive Möbel stand unter einem mehrstufigen Kronleuchter, der aussah, als hingen unzählige Regentropfen daran. Stella hatte sich nie darüber gewundert, dass Shabina in jedem Zimmer Körbchen für die drei Dobermänner hatte, weil sie selbst Hunde so gern hatte. Bailey war praktisch immer bei ihr, und wenn sie ihn ausnahmsweise einmal nicht in ein Haus mitnahm, wartete er meist im Wagen auf sie. Fast alle Freunde ließen ihn gern herein, nur die Prinzessin war eine Ausnahme, und Vienna schämte sich dafür, dass ihre Katze so arrogant war. Deshalb wollte sie unbedingt, dass das eingebildete Biest es sich anders überlegte und Hunde schätzen lernte, was ihre Freundinnen jedoch allesamt für völlig illusorisch hielten.

»Erinnerst du dich noch an Jasons Warnung? Du hast doch immer die Hunde dabei. Nach dieser Sache mit Bailey frage ich mich, ob deine Jungs auch in Gefahr sind. Obwohl es drei sind? Mit denen muss man doch rechnen, wenn man dir etwas tun will. Ich glaube nicht, dass sie weglaufen würden, wenn du angegriffen wirst.«

Shabina richtete ihre auffallenden, tiefblauen Augen auf sie. »Nein, das würden sie nicht. Abgesehen davon, dass sie treue Begleiter sind, sind sie auch ausgebildete Schutzhunde, und ich liebe sie so sehr, dass ich nur selten ohne sie bin. Im Café bleiben sie in einem Raum, aus dem sie mich durch die offene Tür immer sehen können.«

»Wieso erfahre ich das erst jetzt? Bailey kennt zwar einige Kommandos, aber er wurde nie von einem Profi abgerichtet. Deine wohl schon?« Stella schaute zu den drei Dobermännern hinüber.

»Oh ja. Und danach wurde ich im Umgang mit ihnen geschult. Ich habe sie schon als Welpen bekommen, aber mit strengen Anweisungen dazu, wie ich mit ihnen umgehen muss, wenn sie älter werden.«

»Warum brauchst du denn Wachhunde?«

Shabina zuckte die Achseln. »Mein Dad hat auf der ganzen Welt gearbeitet und meine Mutter und mich meist mitgenommen, weil er mehrere Monate an einem Ort bleiben musste. Manchmal gab es dort Gruppen, die Amerikaner nicht mochten. Als ich fünfzehn war, hat man mich auf dem Schulweg gekidnappt. Meine Leibwächter wurden getötet, und ein paar ziemlich üble Kerle nahmen mich mit.«

Hastig wandte Shabina sich ab, weil ihre Lippen anfingen zu zittern. Stella konnte kaum glauben, was sie da hörte. In all den Jahren, die sie Shabina kannte, hatte ihre Freundin immer gelassen und selbstsicher gewirkt. Und nun tat sich in dieser perfekten Fassade plötzlich ein Riss auf. Doch Shabina hatte sich schnell wieder im Griff.

»Wie schrecklich. Ich hatte keine Ahnung.«

»Mein Vater und seine Leute ließen nichts davon verlauten. Sie glaubten, wenn sie den Entführern öffentliche Aufmerksamkeit verschafften, würde alles noch schlimmer werden.« Mit zitternden Fingern strich Shabina sich über den Hals.

Alle drei Hunde hoben den Kopf. Dann tappte der größte, Morza, zu Shabina hinüber und drückte sich mitfühlend an ihr Bein. Stella wusste, dass Hunde sehr sensibel auf die Stimmung ihrer Besitzer reagierten, und diese Erinnerungen konnten für Shabina nicht angenehm sein.

»Waren sie auf Geld aus?«

»Sie haben natürlich Lösegeld verlangt, und mein Vater hat auch gezahlt. Aber sie haben mich nicht freigelassen, sondern ständig neue Forderungen gestellt. Deshalb war allen – auch mir – klar, dass ich nie von ihnen wegkommen würde, wenn man mich nicht befreite. Doch die Aussicht war sehr gering, weil wir dauernd das Quartier wechselten.« Shabinas Finger strichen weiter über ihren Hals, als täte er ihr weh. »Einmal ist es mir gelungen zu fliehen, aber sie haben mich wieder eingefangen. Mitten im Nirgendwo. Ohne Schuhe.

Meine Füße waren so kaputt, dass ich kaum noch laufen konnte. Sie waren echt sauer auf mich, als sie mich gefunden haben. Ich dachte, sie würden mich umbringen, und ich wünschte, sie hätten es getan.«

Das klang nicht gut. Stella runzelte die Stirn, sie war wie hypnotisiert von Shabinas rastlosen Fingern. »Wie lang haben sie dich festgehalten?«

»Ich war fünfzehn, als sie mich entführt haben, und sechzehneinhalb, als ich gerettet wurde. Also fast anderthalb Jahre.« Inzwischen drängten sich alle drei Hunde an ihr Frauchen. Plötzlich schien Shabina es zu bemerken. Lächelnd schaute sie auf die Dobermänner herunter. »Alles in Ordnung, Jungs. Hab mich nur an alte Zeiten erinnert. Entschuldige, Stella. Normalerweise rede ich nicht darüber. Ich versuche eigentlich, diese Tür fest verschlossen zu halten.«

»Und ich dachte, ich hätte ein schreckliche Kindheit gehabt. Das tut mir echt leid, Shabina.«

»Es war hart für meine Eltern. Als ich wieder zu Hause war, wollten sie mich nicht mehr aus den Augen lassen. Und ich wollte nicht von ihnen getrennt sein. Deshalb habe ich, bis ich neunzehn war, bei ihnen im Zimmer geschlafen. Nach der Entführung hat mein Vater meine Mutter und mich rund um die Uhr von einem Haufen Bodyguards bewachen lassen, aber ich fühlte mich trotzdem nie sicher.«

Wieder schaute sie die Hunde an und lächelte. »Dann habe ich bei einem Besuch in der Sicherheitsfirma, in der mein Vater die Leibwächter anheuerte, eine Frau beobachtet, die Schutzhunde ausbildete. Von den Büros aus hatte man einen Blick auf den Trainingsplatz. Ich war völlig fasziniert und hatte zum ersten Mal das Gefühl, wieder durchatmen zu können. Ich wollte gar nicht mehr weg und war sehr froh, als der Boss der Firma mir die Erlaubnis gab, zu der Frau hinunterzugehen.«

Stella wusste, wovon Shabina sprach. Sie hatte sich genauso gefühlt, als ihre Stiefmutter ihr endlich erlaubt hatte, sich einen Hund zuzulegen.

»Als Lisa Fenton mir berichtet hat, was solche Wachhunde können, hat sich mein Leben geändert. Sie hat mir beigebracht, wie ich bei der Arbeit und in ihrer Freizeit mit ihnen umgehen muss. Man konnte sehen, dass ihre Hunde total verliebt in sie waren, aber wenn sie trainierten, waren sie wie Präzisionsmaschinen. Sie fand die Dobies gut für mich, weil sie so sensibel sind und Lisa das Gefühl hatte, dass ich das brauchte.«

»Das hätte ich nie gedacht. Deine Hunde sind doch so lieb«, meinte Stella. »Sie gehen mit uns wandern und klettern und zelten, und ich habe noch nie gesehen, dass sie aggressiv geworden wären. Sie schlagen zwar an, aber das tun schließlich alle Hunde normalerweise.«

»Schutzhunde sollten erst aggressiv werden, wenn es sein muss«, erklärte Shabina. Auf ein Zeichen von ihr entfernten sich die Dobermänner wieder. »Ich tue mein Bestes, um so unabhängig wie möglich zu sein. Meine Eltern kommen oft zu Besuch, und wir sprechen viel online miteinander, aber ich musste meinen eigenen Platz finden und mir beweisen, dass ich allein fertigwerde.« Sie lächelte Stella an. »Ich bin zum Wandern in die Sierra gekommen. Ich wollte auf den Mount Whitney, um herauszufinden, ob ich das schaffe, ohne in Panik zu geraten. Dann bin ich dir begegnet, und du hast mich genauso inspiriert wie Lisa.«

Das war Stella nicht bewusst gewesen.

»Ich habe gedacht, wenn du den Mut aufbringst, einen

heruntergekommenen Laden zu übernehmen, könnte ich doch auch versuchen, mir den Traum von einem Café zu erfüllen. Das Geld hatte ich. Nur meine Angst hielt mich davon ab. Außerdem hatte ich die nötigen Fähigkeiten und den betriebswirtschaftlichen Hintergrund. Dafür hat mein Vater gesorgt, obwohl ich nicht mehr in die Schule gehen konnte. Er hat mich zu Hause unterrichten lassen. Ich konnte sehr lange nicht vor die Tür gehen, und wenn ich es versuchte, endete es meist in einem Fiasko.«

»Aber du hast nicht aufgegeben«, vermutete Stella.

Shabina nickte. »Richtig. Meine Eltern haben mich ermutigt, auch wenn mein Vater mich, wie schon gesagt, lange Zeit mit einem Schutzwall umgeben hat. Zuerst habe ich das auch gebraucht. Aber als ich hierherkam, habe ich meinen Frieden gefunden. Die Gegend hat so etwas Echtes. Hier fühle ich mich mit der Natur verbunden und werde ruhig und gelassen. Ich liebe es, wenn die Vögel singen und der Wind in den Blättern raschelt. Und als ich nach dir auch noch Zahra, Vienna, Harlow und Raine kennengelernt habe, wurde mir klar, dass ich hierhergehöre.«

»So geht es mir auch. Wir haben alle eine seltsame Vorgeschichte. Ich dachte, ihr würdet mich schräg ansehen, wenn ihr erfahrt, dass mein Vater ein mehrfacher Mörder ist, doch stattdessen habt ihr mir gezeigt, warum ihr meine Freunde seid. Es ist mir etwas peinlich, dass ich geglaubt habe, ihr würdet auf mich herabsehen.«

»Es ist doch gut zu verstehen, dass man so einer Vergangenheit entkommen möchte«, sagte Shabina. »Ich rede auch nie über das, was mir zugestoßen ist. Wir alle haben unsere Gründe, hier zu sein, und glücklicherweise haben wir uns zu einer Art Familie zusammengetan. Das war gut für mich, und ich weiß es sehr zu schätzen. Wenn eine von euch mir etwas anvertrauen möchte, in Ordnung, wenn nicht, auch in Ordnung. Ich bin einfach dankbar, dass ich die Sierra für mich entdeckt habe und dass ihr mich in euren Kreis aufgenommen habt.«

Shabina nahm eine weitere Skizze in die Hand. »Was gibt es Neues von Bailey?«

Das brachte Stella zum Lächeln. »Es geht ihm schon viel besser. Jetzt darf ich ihn besuchen. Aber Amelia möchte ihn noch ein paar Tage bei sich behalten, damit er sich nicht überanstrengt. Er bekommt Antibiotika und Schmerzmittel. Wenn ich ihn mit nach Hause nehme, darf er nur rausgehen, um sein Geschäft zu verrichten. Er muss weiter seine Medikamente nehmen und eine Halskrause tragen.«

»Die Nacht im Krankenhaus war wirklich schrecklich«, sagte Shabina. »Ich habe immer wieder daran gedacht, dass es auch einen von meinen Hunden hätte treffen können. Wir alle lieben Bailey. Er ist so ein netter Kerl und hat Sonny beschützt.«

»Sonny war auf seinem Rundgang, er ist ja immer sehr gründlich. Den Angreifer hat er nicht gesehen. Griffen Cauldrey, der Vertreter des Sheriffs – du kennst ihn doch, oder?« Als Shabina nickte, fuhr Stella fort. »Griffen meint, Sonny hätte den Eindringling wohl überrascht. Der hätte ihn kommen hören, sich versteckt und ihn dann niedergeschlagen. Es war reiner Zufall, dass ich Sonny in genau dem Augenblick geschrieben habe und ihn mit Bailey suchen gegangen bin, weil er nicht geantwortet hat. Und als Bailey sich auf den Angreifer gestürzt hat, hat der ihn niedergestochen.«

»Dein Hund muss ihn gebissen haben«, sagte Shabina. »Bei so einem Nahkampf kannst du davon ausgehen. Selbst wenn Bailey kein ausgebildeter Schutzhund ist, ist er doch groß und stark. Und er hat keine Angst. Er ist ein Kämpfer.«

Auch daran hatte Stella nicht gedacht. Bailey war zwar nicht so gut erzogen wie Shabinas Dobermänner, aber immerhin war er gelegentlich von einem Trainer geschult worden. Er hörte auf seine Kommandos und hatte gute Instinkte. Sie hatte sein herausforderndes Bellen noch im Ohr. Natürlich wäre es ihm gelungen, seinen Gegner zwischen die Zähne zu bekommen.

»Wer auch immer sich mit Bailey und Sonny angelegt hat, er muss eine Bisswunde haben, wahrscheinlich sogar eine schwere. Aber er kann nicht zum Arzt oder ins Krankenhaus, vielleicht wendet er sich an eine Krankenschwester. Du solltest mit Vienna reden und sie in der Klinik Bescheid sagen lassen«, schlug Shabina vor, während sie mit den Fingern auf den Tisch klopfte.

»Ich habe mich die ganze Zeit gefragt, warum der Kerl nicht dageblieben ist und erst mich und dann Sonny getötet hat. Das habe ich mir nicht erklären können, aber wenn er verletzt war …« Stella verstummte. »Allzu schlimm kann es allerdings nicht gewesen sein, weil er später versucht hat, bei mir einzubrechen.«

»Wie viel später? Hast du eine Uhrzeit? Du musstest Bailey doch vom Berg herunterbringen, oder? Was war mit Sonny, wer hat sich um ihn gekümmert? Hat ein Notarztwagen ihn zum Krankenhaus gebracht? Wie lange hat es gedauert, bis er ebenfalls weg war?«

»Das ist eine gute Frage. Ich hab gar nicht daran gedacht, sie mir zu stellen. Ich war so mit Bailey beschäftigt, dass ich zu Hause auf nichts mehr geachtet habe. Ich fühlte mich schlecht. Aber ich hätte beachten sollen, wie viel Zeit bis zu dem Einbruch vergangen ist, nachdem wir alle fort waren.« Stella runzelte die Stirn. »Sicher hat Sam das gemacht. Bei so was ist er mir immer einen Schritt voraus.«

»Er denkt einfach nur anders«, sagte Shabina. »Und das ist gut. Je mehr Menschen das Ganze aus verschiedenen Blickwinkeln betrachten, desto besser. Außerdem halte ich es für gut, dass alle daran gewöhnt sind, dass wir Frauen uns öfter treffen. Dann wird es nicht auffallen, wenn wir uns zusammentun, um unsere Ideen auszutauschen.«

»Sam denkt *wirklich* anders«, gab Stella zu. »Und er bleibt immer ruhig. Bei all diesen Albträumen und der Sache mit Bailey und diesem fürchterlichen Stalker brauche ich das. Du kennst mich doch, ich bin nicht besonders schnell eingeschüchtert, aber diese Person macht mir Angst. Nicht nur um mich, sondern auch um Sam und euch.«

»Ich habe viel über Jasons Warnung nachgedacht. Ich gehe jeden Tag mit den Hunden raus. Die brauchen das und ich auch. Aber jetzt bin ich dabei sehr auf der Hut und lasse die Hunde aufpassen. Früher durften sie sich austoben, jetzt sind sie bei der Arbeit. Ich hasse das, aber es ist wohl nötig, weil Jason mehr zu wissen scheint, als er zugibt.«

Mit einem Finger strich Shabina über die Bäume und Gräser auf der Skizze. Stella hatte die Farben sehr gut getroffen und sich in der zweiten Nacht viel Zeit dafür genommen. Die etwas weiter geöffnete Linse hatte ihr mehr vom Gelände gezeigt, aber wieder nur wenig vom potenziellen Opfer. Nur etwas mehr von den Beinen in der Tarnhose. Deshalb hatte sie sich auf die Pflanzenwelt ringsherum konzentriert.

»Ich bezweifle, dass er mir mehr erzählt, wenn ich mit ihm sprechen würde, weil Sean, Bale und Edward ja seine Freunde sind.«

Shabina seufzte. »Das ist wirklich eine merkwürdige Clique. Besonders Sean ist schwer zu durchschauen. Er kommt immer wieder in mein Café. Ich habe das zugelassen und mir vorgenommen, freundlich zu bleiben, egal, was er zu mir sagt oder wie heftig er sich über das Essen beschwert. In der Hoffnung, dass er irgendwann mal damit aufhört. Aber anscheinend hat das alles nur noch schlimmer gemacht. Ich habe keine Ahnung, was es ihm bringt, so gemein zu sein.«

»Ich hab immer gedacht, dass er auf dich steht, aber mit so einem Benehmen kann er bei dir ja nicht punkten.«

Shabina schüttelte den Kopf. »Ich habe dir doch schon mal erzählt, dass er sich mit mir verabreden wollte, ich aber an dem Abend keine Zeit hatte. Obwohl ich gezögert habe, weil ich durchaus Lust dazu hatte. Ich hatte schon lange kein Date mehr gehabt und dachte, es würde mal wieder Zeit. Ich hatte ernsthaft vor, das Essen nur auf ein andermal zu verschieben, aber dann ist er so wütend geworden, und ich komme nicht gut damit zurecht, wenn jemand mich anschreit. Ich glaube, ich war ganz kurz erstarrt, weil ich nicht glauben konnte, dass er deswegen so einen Aufstand macht.«

»Und dann fing er mit seinen Schikanen an?«

Shabina nickte. »Er kam rein, schickte das Essen zurück und beklagte sich lautstark darüber. Am Anfang war ich noch freundlich, aber das hat nicht geholfen. Keine Ahnung, was er für ein Problem mit mir hat, aber manchmal habe ich Angst vor ihm. Ich weiß nicht, ob das an meiner Vergangenheit liegt oder ob es einen guten Grund dafür gibt.«

»Hast du das gemeldet?«

Shabina nickte. »Aber Bale und Sean sind hier geboren und haben Verbindungen zur Polizei. Das macht es etwas schwierig. Ich sage nicht, dass niemand mir zugehört hat, weil ein paar Beamte durchaus dazu bereit waren. Craig Hollister zum Beispiel, einer von den Detectives, kennt die ganze Situation. Er hat sich schon ein paar Mal mit mir darüber unterhalten.« Shabina sah Stella an. »Guck mich nicht so an. Ich bin nicht in ihn verliebt, aber alle scheinen das zu glauben.«

»Warum wirst du dann rot?«

»Weil ihr mich alle so seltsam anguckt, wenn sein Name fällt. Ich kann nichts dafür. Er hat mir gesagt, ich soll aufpassen und darauf achten, nie mit Sean allein zu sein. Aber Sean ist Wildhüter, und ich bin oft im Wald. Seit du mir von Jasons Warnung berichtet hast, bin ich ziemlich nervös. Ich habe sogar darüber nachgedacht, meinen Vater zu bitten, mir Leibwächter zu schicken, aber wenn ich das tue, gehe ich einen Schritt zurück. Und das will ich nicht. Ich habe hart an mir gearbeitet, um so weit zu kommen, und ich will mir das von Sean nicht verderben lassen.«

»Die Saison ist vorbei, und ich habe ein wenig Zeit. Ich könnte doch mit dir spazieren gehen«, bot Stella an. »Wenn wir Hunde und Waffen dabeihaben, kann Sean uns doch nicht viel tun.«

Shabina lächelte sie an. »Du bist eine gute Freundin, Stella. Vielen Dank.« Wieder schaute sie auf die Skizzen und arrangierte sie auf dem Tisch. »Die Bäume hier sind geisterhaft bleich. Es gibt ein sehr großes Gebiet mit toten oder sterbenden Bäumen am Horseshoe Lake. Sie sind vergiftet, und ihre Wurzeln können keinen Sauerstoff mehr aufnehmen. Da stehen überall Warntafeln, die dazu ermahnen, in der Gegend vorsichtig zu sein, weil das Gas, das dort ausströmt, auch für Menschen gefährlich ist, besonders in Höhlen oder an schlecht belüfteten Stellen.«

Stella nickte. »Nach den ersten beiden Albträumen bin ich mir ziemlich sicher, dass das potenzielle Opfer sich in Quadrat D7 befindet, genau dort, wo das Magma ausgetreten ist. Dieses Gebiet ist bei Jägern aus verschiedenen Gründen sehr beliebt, zumindest hat Sam das behauptet.«

Shabina legte die ersten beiden Skizzen von den ersten beiden Albträumen nebeneinander.

Stella drückte eine Hand an ihre Stirn und rieb sich dann die Schläfen. Sie hatte schon geahnt, dass sie Kopfschmerzen bekommen würde, sobald sie anfing, aus diesen Skizzen etwas Konkretes herauslesen zu wollen, denn das schien ein Ding der Unmöglichkeit. »Das Gebiet ist *riesig*.«

»Ja, da am See ist man nach ungefähr sechs Meilen im Wald, und der ist tatsächlich riesig. Der Mörder könnte überall sein, aber wenn dein Jäger einen von diesen transportablen Hochsitzen hat und ihn tragen muss, würde er dann so weit gehen? Ich weiß nicht, wie schwer die sind, aber bestimmt sind sie nicht ganz leicht. Außerdem muss der Jäger etwas dabeihaben, womit er diesen Baum hochkommt, oder? So eine Art Leiter. Die muss er auch mitschleppen. Und sein Gewehr. Das ist ziemlich viel Zeug.«

»Also kann er nicht von hier sein«, meinte Stella. »Keiner von unseren Bekannten würde so jagen gehen.«

»Nein, kann ich mir auch nicht vorstellen.«

Shabina legte die nächsten zwei Skizzen, die den unteren Teil des Hochsitzes mit den Beinen in den Tarnhosen zeigten, neben die ersten beiden. Doch selbst das brachte keine neuen Hinweise auf das Gebiet. Wie denn auch? Die Gegend rund um den Horseshoe Lake war praktisch unberührt. Wie sollte man da einen einzelnen Jäger finden? Oder einen bestimmten Baum?

Eine lange Weile schauten sie beide auf die Skizzen hinunter, obwohl ihnen klar war, dass es einfach unmöglich war, im Inyo-Nationalforst einen Jäger zu finden. Ganz egal, wie viele verschiedene Skizzen Stella anfertigte, es bestand keine Aussicht, auf diese Weise einen bestimmten Bereich einzugrenzen.

»Ich habe dir ja verschiedene Vogelstimmen vorgespielt, und die waren alle aus dem D7-Quadrat in der Nähe des Horseshoe Lake. Von Zugvögeln, die definitiv dort leben, aber das Gebiet ist unüberschaubar.«

Stella biss sich auf die Lippe. »Ich verstehe einfach nicht, warum er es auf diesen speziellen Jäger abgesehen hat. Warum soll es gerade der sein? Was haben diese zufällig ausgewählten Fremden an sich, dass er sie töten will?«

»Braucht er denn einen Grund?« Shabina schüttelte den Kopf. »Ich habe die Männer, die mich entführt haben, genau beobachtet. Zuerst habe ich glauben wollen, dass sie ein höheres Ziel verfolgen. Dann, dass es wenigstens um Rache gehen würde. Oder um Geld. Aber es waren einfach nur gemeine, widerliche Kerle, die sich an ihrer Macht berauschten. Es gab keinen richtigen Grund für das alles. Allerdings waren manche schlimmer als andere.«

»Gab es außer dir noch andere Gefangene?«

Shabina nickte. »Manchmal. Aber die blieben nie lang. Mit der Zeit lernte ich, dass einige von den Entführern beim geringsten Anlass furchtbar gewalttätig wurden, während andere noch einen Rest Anstand hatten. Das blieb nicht lange so, wenn sie weiter mit den gewissenlosen Kerlen zu tun hatten, aber es war interessant zu verfolgen, wie die einen neuen Rekruten in ihre absolut verkommene Welt hineinzogen. Ich schätze, man könnte sie auch Serienkiller nennen. Aber ganz sicher waren sie Mörder und Vergewaltiger.«

Stella stand mit einem Kopfschütteln auf und begann auf und ab zu gehen, plötzlich rastlos. »Diesmal habe ich ein ganz schlechtes Gefühl. Ich hatte von Anfang an den Eindruck, dass ich keine große Chance habe, dieses Opfer zu retten. Ich verstehe nicht, warum der Killer hinter mir her ist, aber nach dem, was mit Bailey passiert ist, muss ich mit allem rechnen. Seit dem Abend, an dem wir zusammen zelten wollten, kommt es mir so vor, als hätte er mich im Visier. Wenn der Kerl weiß, wer ich bin, spielt er vielleicht irgendein ekelhaftes Spiel mit mir.«

Stella ging zum Fenster und schaute in Shabinas wunderschönen Garten. Selbst im Oktober bot er noch ein farbenfrohes Bild. Im Frühjahr gab es dort erstaunlich viel Grün. Sie hatte gar nicht gewusst, dass es so viele verschiedene Abstufungen gab. Nun jedoch dominierten Gold- und Rottöne.

»Ich weiß noch, dass ich als Kind immer dachte, wenn ich nur artig genug wäre, würde mein Vater aufhören, diese schlimmen Dinge zu tun. Wenn ich mich an die Regeln halten würde, meine neue Schuhe nicht schmutzig machte, mein Kleid nicht bekleckerte und nicht weinte, wenn ich hingefallen war und mir wehgetan hatte. Oder wenn ich ohne Protest ins Bett ging. Ich habe mir alles Mögliche vorgenommen, um besser zu werden. Ich wollte so lieb sein, dass mein Vater nichts Böses mehr tun musste.«

Bailey. Sie brauchte ihren Hund. Unwillkürlich streckte sie eine Hand aus, doch es war einer von Shabinas Dobies, der mit dem Kopf daran stieß. »Braver Junge. Du merkst immer, wenn es mir schlecht geht, was, Sharif?« Dankbar dafür, dass der Hund sie in sein Rudel aufgenommen hatte, kraulte Stella ihn hinter den Ohren, wie sie es bei Bailey stets machte. Die anderen Hunde hatten sie ebenfalls akzeptiert, aber Sharif mochte sie besonders.

»Es ist schon seltsam, was wir uns als Kinder zumuten«, meinte Shabina und stellte sich neben sie. »Nach meiner Flucht waren die Entführer sehr sauer auf mich. Sie haben mich grün und blau geschlagen und in eine elende Grube geworfen. Danach wurde ich jeden Tag verprügelt. Aber die Nächte waren noch schlimmer als diese Grube mit den Ratten und Käfern. Mit der Zeit kam ich zu dem Schluss, dass ich das verdient hatte. Weil ich nichts wert war. Ich war nicht dankbar genug für das, was sie mir gaben, und dafür, wie sie mich zuvor behandelt hatten, auch wenn es nicht viel besser gewesen war. Aber vor allem hatte ich es verdient, weil mein Vater wegen mir so viel arbeiten musste, und dann noch in diesen Ländern.«

Stella wandte sich vom Garten ab. Das klang verrückt, aber Kinder hatten die seltsamsten Vorstellungen. Also sagte sie nichts und ließ ihre Freundin weitererzählen, was sie sich als Teenager eingebildet hatte.

Die anderen beiden Hunde nahmen Shabina in ihre Mitte. »Ich fing an zu glauben, dass mein Vater die Firma, die so viel Geld einbrachte, sicher nicht gegründet hätte, wenn ich nicht gewollt hätte, dass er mir neue Schuhe oder einen neuen Rucksack kauft. Es war meine Schuld, dass er so viel verdienen musste. Ich wuchs zu schnell, deshalb brauchte ich andauernd etwas Neues. Wenn ich nicht gewesen wäre, hätte er sich nicht so sehr anstrengen müssen. Und wir hätten nicht in so viele Länder reisen und uns solchen Risiken aussetzen müssen.«

Schweigend schauten die beiden Frauen in den Garten. Stella liebte ihr Haus, aber wenn sie sich ein anderes aussuchen müsste, würde sie in diesem wohnen wollen, schon allein wegen des Grundstücks. Sobald die Tore sich schlossen, kam man sich vor, als wäre man in einer eigenen Welt. So fühlte sie sich im Resort auch.

»Du hast Glück gehabt, dass du dieses Anwesen gefunden hast. Es ist etwas Besonderes.«

»Raine hat es entdeckt.«

»Das ist mir neu.«

Shabina nickte. »Als ich hierherkam, war ich noch sehr ängstlich. Ich wollte mich verändern, aber es fiel mir schwer. Du weißt doch, wie gut Raine am Computer ist. Sie hat alles, was es über mich zu erfahren gibt, in etwa zweieinhalb Minuten herausgefunden. Auch dass ich nach einem Haus auf einem großen Grundstück suche. Den Immobilienmaklern hatte ich zwar gesagt, dass ich einen Garten und genug Land haben wolle, um darauf mit den Hunden trainieren oder spazieren gehen zu können, doch Raine wusste wohl noch besser, was ich brauche. Dieses Haus wurde privat verkauft. Sie hat für mich einen Besichtigungstermin verschafft. Schon auf den ersten Blick war mir klar, dass es genau das war, was ich suchte. Von so einer Küche träumt jeder Koch. Und der Garten ist eine Wucht. Außerdem gibt es Gästezimmer für meine Eltern, denn im Gästehaus wollen sie nicht wohnen.«

»Sie wollen nicht im Gästehaus wohnen?«, wiederholte Stella.

»Nein. Auf keinen Fall. Meine Mutter sagt, sie weigert sich, die Frauengespräche bis tief in die Nacht aufzugeben, und wenn ich ehrlich bin, genieße ich sie auch. Dad dagegen meint, er möchte nachts den Kühlschrank plündern können, weil er ohne mich zu Hause verhungert.«

»Ich dachte, deine Mutter kocht für ihn.«

»Er behauptet, sie hätte aufgehört, *gutes* Essen zu kochen, und würde ihm stattdessen nur noch solches vorsetzen, das angeblich gesund ist.« Shabina lachte. »Natürlich sagt er das, wenn sie dabei ist, dann jagt sie ihn durchs Zimmer, bis er sich von ihr fangen lässt.«

»Hört sich so an, als wären deine Eltern toll.«

»Oh ja, das sind sie. Viele Paare hätten das Trauma, dass das einzige Kind entführt wird und so lange weg ist, nicht überstanden, aber die beiden sind dadurch noch stärker geworden. Das Band zwischen ihnen scheint unzerstörbar zu sein. Das hätte ich auch gern, aber …« Shabina brach ab und schüttelte den Kopf. »Ich schätze, man muss erst einmal mit einem Mann ausgehen oder sich mit ihm anfreunden, ehe man so ein Band knüpfen kann.«

Stella lachte. »Das ist richtig. Der arme Sam, wenn man ihn reden hört, hat er in den letzten zwei Jahren einen geheimen Plan verfolgt, weil ich mir keine Beziehung in meinem Leben vorstellen konnte.«

»Sam ist schwer zu durchschauen«, sagte Shabina. »Ich habe ihn manchmal beobachtet, wenn wir alle zusammen im *Grill* waren. Dann war er auch immer da. Anscheinend ist er mit Denver gut befreundet. Und Carl Montgomery mag ihn ganz offensichtlich auch. Er war nicht besonders glücklich, dass du ihm Sam praktisch vor der Nase weggeschnappt hast. Er hat mir erzählt, wie schwierig es ist, gute Mitarbeiter zu finden, und Sam wäre einer der besten gewesen, die er je gehabt hätte. Geschickt und fleißig. Hier in der Gegend, bei all den Zugezogenen aus der Großstadt, findet man diese Kombination nicht so häufig.«

»Wir sind auch Zugezogene, Shabina«, sagte Stella. »Aber

als wir herkamen, haben wir gar nicht gemerkt, wie misstrauisch man uns beäugt hat.«

»Ich habe mich ja auch gleich hier eingekauft«, meinte Shabina. »Vorher hatte ich kurz ein Haus gemietet, wegen der Hunde. Aber wir sprachen gerade über Sam. Früher saß er immer auf einem Barhocker ein kleines Stück von uns entfernt, mit etwas Abstand zu unserem Tisch, sodass sein Gesicht im Dunkel blieb. Ist dir das nie aufgefallen?«

»Mir ist alles an Sam aufgefallen«, gestand Stella. »Meistens saß Denver neben ihm. Manchmal auch Carl, wenn er da war. Und hin und wieder Craig. Ich wette, der ist dir aufgefallen, wenn er reinkam, auch wenn er nicht in Uniform war.« Stella stieß ihre Freundin in die Seite.

Shabina lachte. »Du bist schrecklich. Verstehst du jetzt, warum ich immer rot werde, wenn eine von euch den armen Craig erwähnt? Aber ich wollte darauf hinaus, dass es unmöglich war herauszufinden, was Sam dachte oder fühlte. Er war nur da, aber nicht so, dass es einem unangenehm war, eher so wie ein Beschützer.«

Das überraschte Stella. »So hast du das empfunden?«

»Ja, meistens. Aber aktiv wurde er nur, wenn Sean und seine Clique mich beim Tanzen beleidigten, dann ging er immer drohend auf sie zu. Er brauchte gar nichts zu sagen. Es reichte, wenn er sie anschaute, dann ließen sie mich sofort in Ruhe und gingen zur Theke zurück. Sam kann einem ganz schön Angst einjagen. Ich muss es wissen, schließlich hatte ich fast mein ganzes Leben lang mit angsteinflößenden Männern zu tun.«

»Ich hab ihn immer nur angestarrt und gehofft, dass ich nicht irgendwas ausplappere, wie zum Beispiel, dass ich ihn total umwerfend und unglaublich süß finde«, gab Stella zu.

»Zahra füllt mich gern mit Moscow Mules ab, wenn sie mit mir in den *Grill* geht, oder noch schlimmer, mit Mojitos, weil ich davon zu viel trinke, ohne es zu merken, und dann Sachen sage, die ich nicht sagen sollte.«

»Du findest ihn süß?«, fragte Shabina.

Stella nickte. »In der ganzen Zeit, in der wir zusammengearbeitet haben, hat er mir nie Fragen gestellt und mich nie bedrängt. Wenn ich nach einem schlechten Tag, an dem ein paar Gäste mich angeschrien haben, nach Hause komme, steht er auf meiner Veranda und grillt wunderbare Sachen, deutet stumm auf eine Kühlbox mit eiskaltem Bier und erwartet nicht, dass ich mit ihm rede. Er sagt dann auch nichts. Ich kann ins Haus gehen und mich umziehen, mich in meinen Hängekorb setzen und mich entspannen, während er das Essen macht. Dann essen wir, und er geht. Manchmal wäscht er sogar noch ab. Und manchmal, wenn der Tag richtig schlimm war, guckt er mit mir noch meinen Lieblingsfilm.«

»Wow, wer hätte gedacht, dass diese schweigsamen Typen im richtigen Moment so nett sein können?«

»Außerdem liebt er Bailey, was sehr wichtig ist, und Bailey liebt ihn auch. Du weißt ja, wie mein Hund bei anderen ist. Er mag Menschen, hängt aber sehr an mir. Er betrachtet Sam wohl als eine Erweiterung von mir. Als wären wir ein und dieselbe Person. Ich weiß nicht, wann das angefangen hat. Ich hab's gar nicht bemerkt, sonst wäre ich wohl eifersüchtig geworden.«

»Wie geht es denn jetzt mit Bailey weiter?«

Stella seufzte. »Mein armer Schatz möchte nach Hause kommen, und das möchte ich auch. Aber Sam sagt mir immer wieder, dass wir doch die beste Pflege für ihn wollen. Und die bekommt er bei Amelia. Trotzdem ist er nicht gern von uns getrennt.«

»Na, solange das mit den Morden noch nicht geklärt ist, ist es doch ganz gut, wenn du ein bisschen mobil bist und dich nichts ans Haus bindet«, meinte Shabina und schaute sich wieder die Skizzen an. »Ich wünschte, ich wäre eine größere Hilfe. Jedenfalls ist das definitiv das Quadrat D7. Dein Jäger ist nicht viel mehr als sechs Meilen gewandert. Ich glaube nicht, dass er tiefer im Wald ist, weil er zu viel Ausrüstung mitschleppt. Und ich bezweifle, dass er von hier ist. Vielleicht kannst du herausfinden, wie der Killer es anstellen will, dieses Opfer zu töten. Das könnte hilfreich sein. Ich meine, der Mann sitzt hoch oben in einem Baum. Der Mörder kann ja wohl schlecht da raufklettern und sich, ohne gesehen zu werden, von hinten an ihn ranschleichen. Deshalb kann er ihn auch nicht runterschubsen. Wie will er ihn umbringen? Hast du eine Ahnung?«

Das war eine gute Frage, die Stella sich auch schon gestellt hatte. Wie kam ein Mörder an jemanden heran, der in einem Hochsitz saß? Wenn er den Baum hinaufkletterte, war das Opfer doch gewarnt. Außerdem wäre ein Jäger bewaffnet. Würde er nicht schießen, wenn er sich bedroht fühlte? Und wie wollte der Mörder so etwas wie einen Unfall aussehen lassen? Meistens schnallten sich Jäger in einem Hochsitz doch an. Das wusste sie, weil sie alles über das Thema nachgelesen hatte, nachdem Sam ihr das mit dem Hochsitz erklärt hatte.

»Jemand, der in einem Baum sitzt, sollte doch jeden kommen sehen, oder?«, fragte Shabina. »Ich weiß nicht besonders viel über Hochsitze, aber wenn sie zu irgendwas gut sein sollen, müssen sie ziemlich weit oben sein.«

»Sam meinte, bis zu zehn Meter.«

»Wie will der Killer dann an sein Opfer herankommen, ohne dass es sich wehrt?«, fragte Shabina.

»Es weiß ja nicht, was er vorhat«, bemerkte Stella. »Vielleicht tut der Killer so, als wäre er ein freundlicher Jäger, der zufällig vorbeikommt.«

»Besuchen Jäger sich denn untereinander? Ist das nicht eher schlecht fürs Geschäft? Wenn ein Jäger in einem Baum auf Wild wartet und ein anderer unter demselben Baum stehen bleibt und mit ihm redet, verjagt er dann nicht alle Tiere?«

»Vielleicht gehen wir ja von falschen Voraussetzungen aus, und der Serienmörder ist der im Hochsitz«, schlug Stella plötzlich vor. »Könnte das sein? Er sitzt da oben und wartet auf einen arglosen Jäger. Lockt ihn vielleicht sogar mit so was wie einem Hirschröhren an, ermordet ihn und lässt es dann so aussehen, als hätte er auf dem Hochsitz gesessen. Macht das Sinn?«

Shabina rümpfte die Nase. »Ich weiß nicht, Stella. Können wir vielleicht herausfinden, wer den Hochsitz gekauft hat? Das müsste sich doch nachverfolgen lassen. Der Killer wird ihn wohl kaum auf die Kreditkartenrechnung des Opfers gesetzt haben können. Aber selbst wenn er bar bezahlt hat, wäre das wohl etwas weit hergeholt.«

Vor lauter Enttäuschung schrie Stella leise auf. »Das Ganze ist so frustrierend. Es ist genauso weit hergeholt zu glauben, dass wir in einem solchen Wald einen einzelnen Baum finden können. Wenn dieser Serienkiller wirklich ein Spiel mit mir spielt, lacht er sich wahrscheinlich gerade kaputt.«

»Ich glaube nicht, dass er es auf dich abgesehen hat.«

»Das sagt Sam auch, aber warum nicht?«

»Warum sollte er? Du hast doch mit deiner Vergangenheit abgeschlossen.«

»Vielleicht war er mit mir in der Highschool. Äußerlich habe ich mich nicht sehr verändert. Ich habe zwar noch nie einen alten Schulkameraden getroffen, aber es könnte sein, dass jemand, den ich nicht bemerkt habe, mich wiedererkannt hat.«

Shabina seufzte. »Meinst du? Daran habe ich nicht gedacht.«

Stella biss sich auf die Unterlippe. »Hast du eine Ahnung, wie viele Menschen hierherkommen, um zu klettern oder zu wandern? In dieser wunderschönen Landschaft kann man unzähligen Sportarten nachgehen. Wir haben immer viele Gäste, und ich bin die ganze Saison über beschäftigt. Ich würde wohl niemanden aus der Zeit erkennen. Damals starb meine Pflegemutter an Krebs, ein Serienkiller ging um und meine ganze Welt brach zusammen.«

»Du hast mir gesagt, der Mörder muss jemand sein, mit dem du körperlich in Kontakt gekommen bist. Auch deshalb wolltest du deinen männlichen Freunden nichts davon erzählen«, bemerkte Shabina.

»Vielleicht bin ich ja mit jemandem von der Highschool in Kontakt gekommen«, sagte Stella. Aber das bezweifelte sie. Damals war sie eigentlich immer für sich geblieben. Sie hatte niemandem getraut, sich mit niemandem angefreundet. Falls sie irgendjemandem aus ihrer Schulzeit körperlich nahe gekommen war, würde sie sich dann nicht daran erinnern? Sie glaubte schon. Schließlich neigte sie dazu, sich jede Kleinigkeit zu merken.

»Mir wäre es lieber, wenn es jemand aus meiner Vergangenheit ist«, gestand sie Shabina. »Nur leider glaube ich das nicht. Ich denke, es ist jemand, den ich hier kennengelernt habe. Jemand aus der Stadt. Der hier arbeitet.«

»Wie Sean.«

Stella versuchte, sich Sean als Serienmörder vorzustellen. Er war unglaublich stark. Aber das traf auf fast alle Bergsteiger zu, und Sean war dazu noch Parkranger. Er kannte sich auch mit Tieren aus, aber alle in der Gegend waren Jäger und kannten sich mit der Anatomie von Tieren aus.

»Was ist mit Edward? Was wissen wir von ihm? Bale ist der Anführer der Clique und Jason eher eine Randfigur. Sean ist ein Arschloch, und Edward ist auch nicht viel besser, nur so ruhig, dass man ihn oft übersieht«, meinte Stella. »Auch er klettert und jagt. Und treibt viel Wintersport, oder? Das ist sein Ding.«

»Er wurde in der Stadt geboren«, sagte Shabina. »So was erfährt man im Café. Seine Großmutter hat ihn aufgezogen, und soweit ich weiß, wohnt er immer noch in ihrem Haus. Er hat es nach ihrem Tod geerbt. Eine Frau aus der Stadt hat vor ein paar Jahren mit einer Freundin beim Essen über ihn gesprochen. Demnach hat er sie nach einer Verabredung mal mit nach Hause genommen. Sie hat gemeint, dort wäre es ganz schön gruselig. Überall lägen Spitzendeckchen, und die Möbel und Bilder wirkten wie aus einer anderen Zeit, so als wäre seit dem Tod seiner Großmutter nichts mehr verändert worden. Außerdem war es dort ziemlich düster, weil alte, schwere Vorhänge vor den Fenstern hingen. Sie mochte auch den Geruch im Haus nicht, er hat sie an Mottenkugeln oder so was erinnert. Jedenfalls hat sie sich nicht entspannen können und ist schließlich gegangen, ehe etwas passieren konnte. Danach ist sie nie wieder mit ihm ausgegangen.«

»Seltsam, mir kommt er recht modern vor. Er hat doch

immer das neuste Spielzeug und die beste Ausstattung«, sagte Stella. »Sein Auto, seine Kletterausrüstung, sein Schneemobil, alles ist vom Feinsten.«

Shabina seufzte. »Lass uns spazieren gehen. So kommen wir nicht weiter. Es tut mir leid, dass ich dir keine größere Hilfe bin.«

»Es war ja nur ein Versuch. Das war mir schon klar, als ich gekommen bin«, gestand Stella. Dann folgte sie Shabina nach draußen, während die drei Dobermänner ihnen vorausliefen. Sie sog die frische Oktoberluft ein und nahm sich einen Moment Zeit, es zu genießen, dass sie nicht beobachtet wurde. Endlich konnte sie sich entspannen. Vielleicht sollte sie für ein paar Tage bei Shabina einziehen, um sich ein wenig zu erholen.

16

Victor Banes Leiche wurde von seinem Bruder Lawrence gefunden, der sich kurz vor Sonnenuntergang auf die Suche nach ihm gemacht hatte. Es sah so aus, als hätte sich Victor bei einem Sturz vom Hochsitz das Genick gebrochen. Sein Bruder war verwirrt wegen des »Unfalls«, weil Victor stets alle Sicherheitsvorkehrungen beachtete.

Lawrence hatte Victors Ausrüstung selber zusammengepackt. Er hatte auch den Hochsitz angebracht und dafür gesorgt, dass sein Bruder bequem saß und alles hatte, was er brauchte, ehe er ihn bei seinem Lieblingssport allein ließ. Victor war ein guter Jäger. Er war es, der für gewöhnlich das Fleisch für den Winter besorgte, und er war stolz auf seine Zielsicherheit. Er hatte Multiple Sklerose und konnte nur noch hin und wieder klettern und wandern gehen, aber er ließ es sich nicht nehmen. Inzwischen jagte er nur noch vom Hochsitz aus, traf aber nach wie vor zuverlässig, weil er nicht schoss, wenn seine Hände zitterten.

Nichts an diesem »Unfall« war erklärbar. Das sagte Lawrence jedem, der es hören wollte, wieder und wieder. Victor hätte niemals versucht, allein von dem Baum herunterzuklettern. Wenn er ein Tier erlegt hatte, gab er über ein Walkie-Talkie Bescheid, dann musste Lawrence kommen. Und für den Notfall hatte er ein Satellitentelefon dabei.

Laut Vienna hatte die Gerichtsmedizinerin es verdächtig gefunden, dass sein linker Ringfinger an genau der gleichen Stelle zweimal gebrochen war wie bei den beiden Wanderern und bei James Marley. Sie hatte sogar den Sheriff kommen lassen, damit er sich das ansah. Doch selbst vier Menschen mit den gleichen Verletzungen schienen ihm nicht genug zu sein, um einen Fall daraus zu machen. Dass jemand aus einem Hochsitz fiel, war nicht ungewöhnlich, und wenn man die Multiple Sklerose dazunahm, konnte man durchaus zu dem Schluss kommen, dass es tatsächlich ein Unfall gewesen war. Daran hatte die Gerichtsmedizinerin bei einem Drink mit Vienna allerdings Zweifel geäußert. Vier Menschen mit exakt den gleichen Verletzungen waren ihrer Meinung nach ein Zufall zu viel. Doch als Vienna nachgefragt hatte, was sie davon halte, hatte die Frau einen Rückzieher gemacht und nur achselzuckend den Kopf geschüttelt.

Stella konnte es ihr nicht vorwerfen. Wie wahrscheinlich war es, dass ein Kletterunfall auf dem Mount Whitney, ein Angelunfall im Sunrise Lake und ein Jagdunfall im Inyo-Nationalforst irgendwie zusammenhingen? Wenn dem Sheriff die gebrochenen Finger nicht reichten, um Ermittlungen aufzunehmen – und das war zu verstehen, was blieb ihr dann noch übrig? Sie machte dem Sheriff auch keinen Vorwurf. Selbst wenn er glaubte, dass Victor womöglich nicht durch einen Unfall zu Tode gekommen war – es gab keine Zeugen. Und keinerlei Spuren, nichts, was auf einen Serienmörder hindeutete. Das war ja gerade das Gefährliche an diesem Killer. Abgesehen von seiner »Signatur« gab es keine Anhaltspunkte für einen Mord.

Stella weinte wegen des Jägers, aber sie hatte sich längst

damit abgefunden, dass sie ihn nicht retten konnte. Sie hatte nicht genug Hinweise gehabt, um ihn rechtzeitig zu finden.

Shabina rief an und fragte, ob sie zu einem Mädelsabend zu ihr kommen wolle. Sam drängte sie zu gehen, weil sie wenigstens eine Nacht freihaben sollte, ehe Bailey zurückkam und der Killer am Ende wieder zuschlug, denn sein Rhythmus wurde immer schneller. Sam fürchtete, das bedeutete, dass er sich nicht mehr im Griff hatte.

Es fühlte sich gut an, einfach in ihre Lieblingsleggings zu steigen, ein langes Sweatshirt überzuziehen und mit ihren Freundinnen Pizza zu essen. Sie vermisste Bailey, aber Shabinas Dobermänner, Raines Terrier und Harlows Beagle waren da. Zahra hatte ihren Hund vor zwei Jahren verloren und konnte sich nicht entscheiden, ob sie sich wieder einen Hund oder lieber eine kleine schwarze Katze anschaffen sollte. Wo sie diese Idee herhatte, wusste keiner. Sie war tieftraurig gewesen, als ihr geliebter wuscheliger Mischling, halb Pyrenäenschäferhund und halb »keine Ahnung was«, gestorben war. Die lebhafte Elara war schwarz, weiß und grau gewesen und ein zwanzig Pfund schwerer Wonneproppen. Zahra sagte immer wieder, wenn sie sich einen neuen Hund zulegen würde, müsse es die gleiche Mischung sein, obwohl Elara ihr viel zugemutet hatte, weil sie ihr Frauchen mehrmals am Tag dazu »gezwungen« hatte, laufen zu gehen. Alle wussten, dass Zahra das nicht mochte. Da war sie wie Stella. Doch für ihre Hündin hatte sie das Opfer unter großem Jammern gebracht.

Stella saß im Schneidersitz auf dem luxuriösen Teppich in Shabinas Wohnzimmer, in dem man praktisch versank. Im riesigen Steinkamin brannte ein Feuer, dessen orangerote Flammen Bilder an die Wände malten. Statt sich in den bequemen Sofas und Sesseln zu lümmeln, hockten alle sechs Frauen auf dem Boden und nutzten die Möbel nur als Rückenstützen. Das hatten sie sich im Laufe der Jahre so angewöhnt. In der Mitte ihres Kreises standen Schalen mit Popcorn und kleinen Schokoriegeln, die Shabina extra für den Abend zubereitet hatte.

»Oh Mann, ich werde heute Nacht so viel zunehmen«, stöhnte Zahra, als sie sich einen nahm. »Ich würde den ja nicht essen, aber ich werde schon dick, wenn ich ihn nur angucke, dann kann ich ihn auch gleich genießen.«

»Es gibt da was, das man Sport nennt«, erwiderte Stella. »Miguel, unser Personal Trainer, müsste doch über deinen Kurzwahlspeicher noch zu erreichen sein.«

»Bitte sag nicht diesen Namen.« Indigniert krauste Zahra die Nase. »Der existiert für mich nicht mehr, seit er mir gesagt hat, ich soll mich mit meinem Mitgliedsausweis anmelden, wenn ich in einen seiner Kurse will.«

Die anderen Frauen brachen in Gelächter aus. »Du ziehst deine Karte doch nie durch im Club«, sagte Harlow. »Du hast sie ja nicht mal dabei.«

»Wenn er immer noch nicht weiß, wer ich bin, stimmt ja wohl was nicht mit ihm.« Zahras dunkle Augen funkelten so angriffslustig wie immer, wenn ihr etwas nicht in den Kram passte. »Miguel Valdez kann sich die Karten, auf die er so wild ist, von mir aus irgendwo hinstecken. Außerdem ist er derart *gemein* zu mir, wenn er das Work-out mit uns macht.«

Stella verdrehte die Augen. »Oh nein. Schon wenn du dich nur einmal ein klein wenig beschwerst, ändert er deine Übungen, aber ich muss trotzdem mit dem grässlichen, schwierigen Programm weitermachen. Dir macht er es immer leicht. Dabei schwitzt du nicht mal, während ich klatschnass bin.

Mein Gesicht ist krebsrot, selbst in meinen Wimpern hängen Schweißtropfen, doch Miguel ist bei dir und hilft dir mit einem tiefen Blick in deine großen braunen Augen galant vom Gerät.«

Wieder fingen die anderen an zu lachen. Harlow warf ein Popcorn nach Zahra. »Stella hat recht. Ich trainiere die ganze Zeit, und du liegst nur rum und beklagst dich, wie schrecklich es ist zu laufen, und wenn du es dann doch tust und dabei *ununterbrochen* redest, gerätst du nicht mal außer Atem, während ich fast tot umfalle.«

Zahra zog die dunklen Brauen hoch und musterte ihre Freundinnen mit einem schwer erstaunten, unschuldigen Blick. Aber niemand nahm ihr den ab.

»Außerdem flirtest du andauernd«, warf Vienna ihr vor. »Es gibt in der ganzen Stadt keinen Mann, ganz egal wie alt, der nicht von dir schwärmt. Ich mühe mich mit drei Einkaufstaschen ab, und du hattest eine. Eine *einzige*. Aber gleich eilen zwei dumme Teenager mit einem ›Oh Zahra, kann ich dir das abnehmen?‹ herbei.« Sie ahmte die Stimmen nach und verdrehte die Augen.

Schmunzelnd zuckte Zahra die Achseln und betrachtete angelegentlich ihre Fingernägel. Selbst das wirkte anziehend. »Ich kann doch nichts dafür, dass diese Jungs so höflich waren. Wenn sie dir helfen wollen, schaust du sie nur böse an und sagst ihnen, dass Frauen heutzutage unabhängig sind. Ich will aber nur unabhängig sein, wenn es mir gefällt. Und Müll rauszubringen gefällt mir nun mal genauso wenig wie Miguels Quälereien. Außerdem hasse ich es zu laufen, wenn ich keinen Hund dabeihabe, und da ich keinen mehr habe, lasse ich es. Ich habe es schon immer gehasst, aber für Elara hab ich's getan.«

»Ich kauf dir einen neuen Hund, das schwöre ich dir«, grummelte Harlow.

»Ich dachte, ich sollte mich vielleicht besser für eine Katze entscheiden. Und weil Vienna eine weiße hat, hole ich mir eine schwarze und nenne sie Matilda.«

»Du brauchst einen Hund, mit dem du laufen gehen kannst«, erwiderte Raine entschieden. »Iss doch noch einen Schokoriegel.«

Gehorsam suche Zahra sich einen aus, biss ein Stück ab und stöhnte begeistert. »Wer braucht einen Mann, wenn wir Shabinas Schokoriegel haben?«

Wieder lachten alle. Dankbar dafür, so gute Freundinnen zu haben, lehnte Stella den Kopf ans Sofa. Sam hatte recht, sie brauchte diese Frauen und das Zusammensein mit ihnen. Das Lachen, das sie teilten. Doch es gab einen Grund für dieses Treffen. Sie spürte die unterschwellige Spannung im Raum. Offenbar legten die anderen es darauf an, dass sie sich wohlfühlte und sich ihnen vertrauensvoll öffnete.

Sie nahm sich auch einen von den Schokoriegeln und sah ihre Freundinnen an. »Ihr könnt genauso gut zum Punkt kommen. Ich merke doch, dass ihr mit mir über irgendetwas reden wollt. Außer Vienna hat keine von euch ein Pokerface.« Sie lachte über ihren eigenen Witz. Es gab ihr zu denken, dass die anderen nicht mitlachten. Sie lächelten nur und sahen dabei eher besorgt aus.

Stella setzte sich gerader hin und betrachtete ihre Freundinnen reihum. Sie wirkten beunruhigt, und keine schien das Thema, das sie bedrückte, ansprechen zu wollen. Bei Zahra blieb sie hängen. Sie hatte nie verstanden, was genau sie vom ersten Moment an so zu Zahra hingezogen hatte. Sie waren sehr unterschiedlich, aber seelenverwandt, auch wenn das komisch klang. Auf Zahra konnte sie sich verlassen.

»Was ist los? Wir haben alle etwas zu trinken und sind entspannt oder sollten es sein, aber ihr seht aus, als würde eurer besten Freundin gleich etwas Schreckliches zustoßen. Ich hab in den letzten Wochen einige schwere Schläge einstecken müssen, also bringt es hinter euch. Sagt's mir.«

Die Frauen wechselten vielsagende Blicke. Stella nahm einen Schluck von ihrer Margarita und wünschte, sie hätte Bailey dabei.

Statt Zahra ergriff Vienna das Wort. »Ich habe mit der Tierärztin über Bailey gesprochen.«

Sofort verkrampfte sich Stella vor Angst, dass Amelia Vienna irgendetwas Schlimmes berichtet hatte, was sie ihr ersparen wollte. Vielleicht dass Bailey an Langzeitfolgen leiden würde.

»Wenn man bedenkt, wie oft auf ihn eingestochen wurde, wie groß und stark er ist und dass die Wunden ihm während eines Kampfes beigebracht wurden, aber keine größeren Schäden an inneren Organen angerichtet haben, muss der, der das Messer geführt hat, genau gewusst haben, was er tat. Er kennt sich offenbar mit Anatomie aus.«

Ohne Vienna aus den Augen zu lassen, legte Stella die Stirn in Falten und versuchte zu begreifen, worauf ihre Freundin hinauswollte. »Du willst mir also klarmachen, dass der Messerstecher ihn nicht töten wollte.«

»Amelia sagt, er hatte ein großes Messer, mit dem das kein Problem gewesen wäre, aber er hat es nicht getan. Er hat ihm keine ernsthaften Wunden zugefügt, obwohl Bailey ihn wahrscheinlich gebissen hat. Der Hund hatte Blut an den Zähnen. Vielleicht hat er sich in einen Arm verbissen. Trotzdem ist sein Gegner während der gesamten Attacke ruhig geblieben. Also muss er sehr stark und sehr gut trainiert sein.«

Vienna schwieg. Die anderen Frauen mieden Stellas Blick. Sie trank noch einen Schluck von ihrem eiskalten Tequila. Morza kam zu ihr herübergetappt und legte sich neben sie. Er war ihr schon immer der liebste von den drei Dobermännern gewesen.

»Hallo, Schatz. Vermisst du Bailey auch so?« Stella richtete den Blick wieder auf Vienna, die anscheinend noch nicht fertig war. »Ich höre.«

»Es war dunkel. Du kamst gelaufen. Der Angreifer hatte nur Sekunden, und dennoch hat er viermal zugestoßen, Stella. Also musstest du Bailey so schnell wie möglich zur Tierärztin schaffen, damit er nicht verblutet. Und ein Notarztwagen würde Sonny wegbringen.«

Stella runzelte die Stirn. »Das ist mir bekannt, ich war dabei, weißt du?«

»Süße«, sagte Zahra sanft. »Denk doch mal nach, wie kaltblütig dieser Angreifer sein musste. Und wie stark. Wie viele Männer kommen da in Betracht?«

»Und wie viele kennen sich mit Tieren aus?«, hakte Vienna nach.

Stella zuckte die Achseln. »Die meisten Männer in der Gegend gehen jagen, um ihre Familie durch den Winter zu bringen. Sie sind sehr stark, weil sie so nicht aus der Form kommen, und kennen sich mit Tieren aus, weil sie sie zerlegen. Da kommt jeder infrage.«

»Kennst du persönlich jemanden, der beim Angriff eines 65 Pfund schweren wütenden Hundes so ruhig bleiben würde? Bailey ist ein Muskelpaket. Also hat der Angreifer ihm absichtlich den Arm in den Mund gesteckt und mehrmals auf ihn eingestochen, während du im Anmarsch warst. Dann hat er Bailey abgelegt und ist verschwunden, hat wahrscheinlich sogar noch zugesehen, wie du dich mit dem Deputy um den Hund gekümmert hast. Wer in deiner Umgebung ist so kräftig und bleibt unter Druck so cool?«

Stella blinzelte. Der Magen rutschte ihr in die Kniekehlen. Sam. Sie redeten über Sam. Sie schaute eine Freundin nach der anderen an. Vienna. Zahra. Shabina. Harlow. Raine. Raine war die Einzige, die nicht überzeugt wirkte. Eigentlich sah sie sogar aus, als lägen die anderen für sie so schwer daneben, dass sie sie für verrückt hielt. Offenbar war sie mit ihren Schlussfolgerungen nicht einverstanden gewesen.

Langsam schüttelte Stella den Kopf. Sie verstand nicht, wie ihre Freundinnen auf diese Idee kommen konnten. Sam war kein Mörder. Schon möglich, dass er tötete, wenn er musste, aber er würde es nicht zum Spaß tun. »Sam ist kein Serienkiller. Denkt ihr nicht, das würde ich wissen? Schließlich schlafe ich mit ihm, Herrgott noch mal.«

Niemand sagte etwas. Stella seufzte und versuchte es erneut. »Erstens war er bei dir, Vienna, als die beiden Wanderer auf dem Whitney in den Abgrund gestoßen wurden.«

»Nein, war er nicht. Wir hatten uns getrennt.«

Entgeistert starrte Stella sie an, nicht weil sie Sam nun für schuldig hielt, sondern weil Vienna sich damit in Gefahr gebracht hatte. »Du hast mir versprochen, dass ihr zwei zusammenbleibt. Hast du eine Ahnung, wie gefährlich das war? Du hättest umkommen können.«

»Der Killer hatte es doch auf ein Paar abgesehen, nicht auf eine einzelne Frau oder einen einzelnen Mann. Zusammen waren wir in größerer Gefahr«, widersprach ihre Freundin. »Ganz offensichtlich hatten wir die ausgewählten Opfer verpasst und wussten nicht warum, also habe wir uns aufgeteilt, um mehr Terrain absuchen zu können. Aber am Ende hat es nichts gebracht. Wir kamen zu spät. Also, nein, er war nicht bei mir.«

»Trotzdem ist Sam kein Serienmörder. Er wurde doch als Erster angegriffen. Erinnerst du dich nicht mehr? Ich war vor Ort und bin ins Wasser gesprungen. Ich habe gesehen, wie ein Taucher versucht hat, ihn zu ertränken. Derselbe, der mich angegriffen hat. Denkst du, ich hab das erfunden, um Sam zu beschützen?«

Stella tat ihr Bestes, um nicht kampflustig zu klingen. Schließlich waren das hier ihre Freundinnen, die sich ernsthaft Sorgen um sie machten. Sie waren nur um ihre Sicherheit besorgt. Und aus ihrer Perspektive war Sam vielleicht eine logische Idee. Sie kannten ihn nicht so gut wie sie, und sie musste zugeben, dass er manchmal durchaus einschüchternd wirken konnte. Man erzählte sich alles Mögliche über ihn. Sogar Denver, sein engster Freund, hatte sie vor ihm gewarnt. Und auch Raine hatte ihr geraten, vorsichtig zu sein.

»Nein, das denkt niemand, Stella«, sagte Vienna. »Aber es ist doch möglich, dass er einen Komplizen hat. Es wäre nicht schwer gewesen, diese Attacke vorzutäuschen. Er hatte nicht mal einen Kratzer. Jedenfalls hat er keinen Schlag abbekommen, der stark genug war, um ihn außer Gefecht zu setzen.«

»Das hat er ja auch nicht behauptet«, meinte Stella. »Er ist es nicht. Einerseits, weil er nicht in mein Haus einbrechen müsste, denn er kennt den Code für die Alarmanlage. Und andererseits, weil es mir aufgefallen wäre, wenn Bailey ihn gebissen hätte. Denn stellt euch vor, ich sehe ihn nackt. Aber vor allem, weil ich ihm vertraue. Er ist es nicht.«

»Da solltest du dir ganz sicher sein, Stella«, mischte Harlow sich ein. »Menschen, die man liebt, können Monster sein.«

»Mein Vater war ein Serienmörder«, erwiderte Stella ruhig. »Ich glaube, ich weiß das sehr genau. Und ich weiß auch, dass Killer große Kraft entwickeln können. So wie die Jäger in der Gegend, die sich mit Tieren auskennen. Oder Kletterer, die in gefährlichen Momenten die Nerven behalten müssen. Von beiden Sorten gibt es hier reichlich. Ich kann euch ohne jeden Zweifel versichern, dass Sam nicht der Mörder ist.«

»Hast du denn seit dem Kampf mit Bailey seine Arme gesehen?«, fragte Vienna nach. »Es tut mir leid, dass ich so hartnäckig sein muss«, fügte sie hinzu, als Stella ihr ein Gesicht schnitt, »aber wir lieben dich und möchten absolut sichergehen, dass du nicht in Gefahr bist.«

Stella nahm noch einen Schluck von ihrer Margarita, dann nickte sie langsam und bedachte ihre Freundinnen absichtlich mit einem Blick, der in Erinnerung an lüsterne Stunden dunkel geworden war. »Oh ja, ich hab seine Arme *und* seine Beine gesehen, einfach *alles* an diesem tollen Kerl. Mehrmals, möchte ich hinzufügen. Da war nirgendwo eine Bisswunde, die ich ihm nicht selber zugefügt hätte. Er hat im Bett nicht gern was an und weckt mich oft auf sehr interessante Weise. Und ihr müsst wissen, dass Sam bei allem, was er macht, außergewöhnlich gut ist. Ist euch das schon mal aufgefallen? Er ist sehr genau und gründlich.«

»Hör auf«, sagte Harlow und presste beide Hände auf die Ohren.

»Nein, denn ihr sollt wissen, dass ich das von ihm gelernt habe. Er hat jeden Zentimeter an mir inspiziert. Ich könnte euch auch erzählen, wie sich das anfühlt. Wie er mich mit diesem köstlichen kleinen Zungenschlag zum Schreien bringt, obwohl er noch gar nicht zu den empfindlichsten Stellen vorgedrungen ist …«

»*Stella*«, jammerte Shabina. »Gönn uns eine Pause.«

»Ich mach das ja nur, damit ihr begreift, dass ich ihn von Kopf bis Fuß untersucht habe, obwohl er sehr groß ist … also … an bestimmten Stellen, deshalb hat es etwas gedauert. Der Hund hat nirgendwo Schaden angerichtet, sonst wäre ich *ziemlich* traurig und hätte mich sofort bei euch ausgeweint.«

»So genau wollten wir es gar nicht wissen«, meinte Raine. »Das wird sogar mir zu viel.«

Zahra warf ein Kissen nach Stella und traf sie mitten im Gesicht. »Ich möchte nicht an sein Gehänge denken, wenn ich ihn das nächste Mal sehe. Halt den Mund.«

Aber Stella hatte zu viel Spaß dabei. Ihre Freundinnen schauten entweder schockiert oder kicherten oder taten beides zugleich.

»Es ist völlig unmöglich, dass Sam der Killer ist, denn er hat nicht mal einen Kratzer von Bailey, nur ein paar von mir, weil ich mich nicht mehr beherrschen konnte, als …«

Ein Hagel von Kissen ging auf sie nieder, als die anderen Frauen anfingen, sie mit allen weichen Wurfgeschossen zu bewerfen, die sie in die Finger bekommen konnten. Fast wäre Stella die Margarita aus der Hand gefallen. Sie schaffte es gerade noch, ihr Glas auf dem Couchtisch abzustellen, bevor sie kreischend gegen die Kissenattacke ankämpfte.

»Die Bilder werde ich nie mehr aus dem Kopf kriegen«, meinte Harlow. »Oh je. Vielen Dank.«

»Ich hätte auch noch deutlicher werden können, aber Sam ist sehr reserviert«, sagte Stella. »Und wer weiß, vielleicht hat er hier Wanzen angebracht, wo er doch angeblich Geheimagent ist.« Den letzten Teil des Satzes flüsterte sie.

Augenblicklich wurden die Frauen wieder ernst, blickten einander konsterniert an und schauten sich dann argwöhnisch im Zimmer um. Raine griff sich eins der herumliegenden Kissen und vergrub das Gesicht darin.

»Er war Geheimagent?«, wiederholte Zahra. »So wie James Bond?«

»Hier kann er keine Wanzen angebracht haben. Mein Sicherheitssystem ist zu gut«, sagte Shabina, dann runzelte sie die Stirn. »Oder Raine? Wäre das möglich?«

Raine versuchte, ein ernstes Gesicht zu machen. »Ich denke, James Bond könnte es schaffen.« Dann prustete sie los. »Ihr seid alle so leicht zu veräppeln.«

Vienna sah sie finster an. »Wir reden über einen skrupellosen Mörder. Und wir sind hilflose Frauen in einem riesigen Haus in einer dunklen und stürmischen Nacht.«

Wie auf Kommando schauten alle zu den Fenstern. Draußen wehte ein kräftiger Wind, aber es regnete nicht, man konnte sogar den Mond und die Sterne sehen.

»Nur mal aus Neugier, wer von euch ist bewaffnet?«, fragte Shabina.

Stella hob ihre Hand. Shabina, Raine, Harlow und Vienna ebenso.

Zahra zog die Augenbrauen hoch. »Echt jetzt? Bin ich die Einzige ohne Pistole?«

»Du hast doch bestimmt was anderes dabei«, erwiderte Stella. »Ich kenne dich, Zahra.«

»Aber nichts so Primitives wie eine Pistole.«

»Es ist also nicht stürmisch, und wir sind nicht hilflos«, fasste Raine die Lage zusammen.

Wieder fingen alle an zu lachen. Vienna zuckte die Achseln und schenkte sich aus dem Krug auf dem niedrigen Couchtisch noch einen Drink ein. »Immerhin ist es dunkel.«

»Pistolen sind primitiv?«, fragte Stella nach. »Seit wann?«

»Die sind zu schwer. Und wenn man wandert und diese schrecklichen Rucksäcke mitnehmen muss, weil ihr alle drauf besteht, wird alles noch schwerer. Ich bin aber Minimalistin«, erklärte Zahra.

Neues Gelächter ertönte. Würdevoll erhob sich Zahra, ging um Stella und die Hunde herum und schenkte sich ebenfalls aus dem Krug nach.

»Ich weiß nicht, warum ihr das alle so lustig findet. Wisst ihr überhaupt, was ich damit meine?«, fragte sie hochnäsig. Dann ging sie zu ihrem Platz zurück und sammelte unterwegs ein paar Kissen auf. »Die sind wirklich schön, Shabina, wo hast du sie her? Du findest immer so tolle Sachen für dein Haus.«

»Baby«, wies Harlow sie zurecht. »Als Minimalistin brauchst du keine Kissen.«

Zahra nippte an ihrem Drink und sah Harlow über den Rand ihres Glases hinweg herausfordernd an. »Oh doch. Ich bin nur für möglichst wenig Sportzeug. Jede von uns hat genug davon, um einen Laden damit aufzumachen. Hast du schon mal irgendetwas von dem Kram, den du zum Klettern brauchst, weggeworfen, Stella? Vielleicht, weil es alt war?«

Stella öffnete den Mund, schloss ihn aber wieder und schüttelte den Kopf. »Jetzt lenk nicht ab. Ich bin nicht diejenige, die behauptet hat, Pistolen wären schwer und primitiv. Was hast du denn für eine Waffe dabei?«

Zahra machte dieses geheimnisvolle Gesicht, mit dem sie locker Modell für ein Gemälde hätte stehen können, für ein schönes Lächeln, rätselhaft und nicht zu deuten. »Eine alte Waffe, die etwas Geschick erfordert, in den richtigen Händen aber tödlich sein kann.«

»Du musstest also lernen, damit umzugehen?«, fragte Shabina.

»Willst du damit sagen, dass du dafür allen Ernstes mehr als nur einen deiner sorgfältig manikürten Finger gehoben hast?«, fragte Vienna zweifelnd.

»Sie hat ja nicht gesagt, dass sie diese Waffe tatsächlich benutzen kann«, bemerkte Raine. »Nur, dass sie sie dabeihat.«

»Ach, ihr Ungläubigen.« Zahra gab ein kurzes arrogantes Schnauben von sich. »Ich bin inzwischen recht gut damit und liebe die Herausforderung. Jedenfalls komme ich besser damit zurecht, als wenn ich versuchen würde, jemanden zu erschießen.« Sie hob einen Arm, zog ihr übergroßes Sweatshirt zurück und ließ ein Armband an ihrem Handgelenk zum Vorschein kommen. Die kleinen, hochglanzpolierten Perlen sahen aus, als wären sie aus schwarzem Onyx oder einem ähnlichen Stein.

»Kann man das wirklich als Waffe benutzen?«, fragte Stella.

Zahra berührte die Perlen und zog den Ärmel wieder herunter. »Ja. Und ich werde jeden Tag besser. Es hat eine Weile gedauert, bis es mir angenehm war, es zu tragen, aber jetzt lege ich es gar nicht mehr ab und übe viel damit. Und zwar seit ich Elara verloren habe. Das gibt mir was zu tun, während ich mir überlege, ob ich mir einen neuen Hund zulegen soll.«

»Das musst du unbedingt«, sagten alle zugleich.

Zahra verdrehte die Augen. »Sieht ganz so aus. Ich weiß

nur nicht, wann. Ich nehme mir immer vor, mich darum zu kümmern, und dann tu ich es doch nicht. Ich möchte nicht zu viel von einem Welpen erwarten. Das wäre dem kleinen Fräulein gegenüber nicht fair. Außerdem möchte ich dieselbe Mischung, und die kriegt man nicht einfach so. Wie denn auch?«

»Jeder Pyrenäenschäferhund sieht anders aus«, erklärte Raine. »Ich habe gründlich recherchiert, Zahra. Sie haben verschiedene Farben und Felle. Und es gibt Tierheime, die Mischlinge anbieten. Vielleicht nicht in exakt der gleichen Kombination, aber du willst doch auch nicht ernsthaft einen jungen Hund, der genauso ist wie Elara.«

Die anderen Frauen nickten zustimmend.

»Ihr habt euch alle schlaugemacht?«, fragte Zahra.

»Selbstverständlich. Wir wollten dir zum Geburtstag einen schenken und waren auch schon in mehreren Tierheimen, aber im Moment haben sie nichts Passendes.«

»Ihr bringt mich zum Heulen. Das ist so nett.« Zahra sah wirklich so aus, als würde sie gleich weinen. »Es wäre schön, wieder eine kleine Freundin zu haben, auch wenn das Laufen eine Qual war. Ich werde ihr wohl beibringen müssen, lieber schön langsam spazieren zu gehen.«

Die Vorstellung, dass gerade ein Hund dieser sehr energiegeladenen Rasse gehen würde, wenn er laufen konnte, brachte alle zum Lachen. Zahra wusste ganz genau, dass solche Hütehunde Bewegung brauchten, und es machte ihr gar nicht ernsthaft etwas aus, sosehr sie sich auch darüber echauffierte.

»Wie in aller Welt bist du eigentlich darauf gekommen, mit Pokern Geld zu verdienen, Vienna?«, fragte Zahra. »Ich hab die ganze Zeit versucht, ein undurchdringliches Gesicht zu machen, obwohl ich wusste, dass wir hierhergekommen sind, um mit Stella über Sam zu reden, aber je mehr ich mich bemühte, desto schwerer fiel es mir. Wenn ich mit einem Haufen Männer, die mich scheitern sehen möchten, um hohe Einsätze pokern würde, wäre ich bestimmt in Schweiß gebadet.«

Vienna zuckte die Achseln. »Ich brauchte Geld und war gut im Kartenspielen. Allerdings ist mein Erinnerungsvermögen besser als meine Rechenkünste. Ich kann mir Karten einfach leicht merken, also ist alles ganz leicht, solange ich die richtigen kriege. Aber es kommt nicht nur auf solche Talente an. Ich kann Menschen ziemlich gut lesen. Das ist auch sehr hilfreich. Außerdem tendieren meine Gegner dazu, mich zu unterschätzen. Das Schwierigste war der Start. Genug Geld aufzutreiben, um sich in ein Spiel einkaufen zu können.« Sie lächelte knapp. »Wenn man dann erst mal anfängt zu gewinnen, geht es nur noch darum, sein Geld zu behalten, denn alle sind darauf aus, es dir wieder abzunehmen.«

»Macht dir das Spaß?«, fragte Raine.

Vienna nickte. »Sehr sogar. Aber ich bin vorsichtig. Ich kenne zu viele Menschen, die spielsüchtig geworden sind. Es geht mir auch nicht in erster Linie darum, Geld anzuhäufen, auch wenn es jedes Mal ein tolles Gefühl ist. Ich möchte eigentlich die Spieler von der fiesen Sorte entlarven. Ich schätze, wenn man mal der war, der immer drangsaliert wurde, weiß man irgendwann auf den ersten Blick, wer das mit anderen gern macht. Ich erkenne diese Typen jedenfalls schon von Weitem.«

»Bale ist auch so einer«, sagte Shabina.

Vienna nickte. »Genau. Er ist ein Angeber, der immer das Sagen haben will. Seine Freunde und alle anderen sollen sich bitte schön nach ihm richten. Wenn nicht, macht er sich solange über sie lustig, bis sie tun, was er will. Ich habe gesehen, wie er das macht, sogar mit seinen besten Freunden. Sie bieten ihm nur selten die Stirn. Am ehesten noch Sean, aber danach verschwindet er meist tagelang im Wald, wahrscheinlich um darauf zu warten, dass Bale über den kleinen Aufstand hinwegkommt.«

»Ich könnte mir vorstellen, dass die Angeber in Vegas noch schlimmer sind als Bale«, vermutete Stella.

»Schlimmer vielleicht nicht«, meinte Vienna nachdenklich, »aber sie haben auf alle Fälle bessere Gründe für ihre Arroganz, denn sie haben Geld, viel zu viel sogar, und sie halten sich für die besten Kartenspieler der Welt. Sie rechnen nicht damit, dass irgendeine Frau daherkommt und ihren Ruf zerstört. Das ist demütigend für sie. Ich meine, sie lächeln und überspielen es gut, aber man kann sehen, wie es unter der Oberfläche brodelt. Ich überweise das Geld immer online auf meine Konten, ehe ich das Casino verlasse, und lasse mich von Sicherheitsleuten zu meinem Wagen bringen. Trotzdem hat man zweimal versucht, mich auf dem Heimweg von der Straße abzudrängen. Und das war kein Spiel.«

»Vienna«, sagte Harlow entsetzt. »Ich hoffe, du bist zur Polizei gegangen. Hast du dir danach wenigstens Leibwächter zugelegt? Du hast doch in Vegas gewohnt. Bist du deshalb hergezogen? Um dich hier zu verstecken?«

Vienna lachte. »So dramatisch ist es nun auch wieder nicht. Ich bin so oft wie möglich in die Berge gefahren, um die Ruhe zu genießen, die ich sonst nirgends fand. Die Sierra hat irgendetwas an sich, das alles entschleunigt und relativiert. Sie zeigt mir, was wahre Schönheit ist und was wirklich zählt. Dass Geld nicht wichtig ist, diesen Angebern eine Schlappe beizubringen aber schon. Wenn ich die frische Luft einatme und zusehe, wie die Sonne über dem See aufsteigt, ist die Welt für mich in Ordnung. Deshalb habe ich mich hier niedergelassen, als sich die Gelegenheit ergab.«

»Und was ist mit deiner Mutter?«, fragte Shabina.

»Es gab eine Zeit, in der wir uns sehr nahestanden und beste Freundinnen waren. Ich dachte, es würde immer so bleiben. Aber dann hat sie jemanden getroffen, und dieser Jemand macht sie sehr glücklich, zumindest behauptet sie das. Und ich gönne es ihr. Ich zahle ihre Miete und schicke ihr Geld für den Unterhalt. Sie schreibt mir und schickt mir selbst entworfene Postkarten, auf denen sie mich einlädt, mich und ihre neue Liebe zu besuchen. Aber wenn ich dann komme, ist sie so nervös, dass ich mich nicht wohlfühle und denke, sie möchte mich wieder loswerden. Also bleibe ich nie länger als ein paar Minuten, und sie versucht nicht, mich zurückzuhalten.«

»Ist ihr Partner denn da, wenn du zu Besuch kommst?«

»Nie.« Vienna schaute in ihr Getränk. »Aber das ist meine Schuld, nicht ihre. Sie hat nie über meinen Vater geredet. Selbst wenn ich nach ihm gefragt habe, hat sie sich geweigert. Ich habe keine Ahnung, wer mein Erzeuger ist. Es ist seltsam, in so eine Leere hineingeboren zu werden. Ich hatte weder Großeltern noch Geschwister. Es gab keine Fotos und keine Geschichten von der Familie. Mom hat überhaupt nie von der Vergangenheit geredet. Es ging immer nur um uns beide.«

Vienna sprach nur selten von früher, daher unterbrach sie niemand. Stella wünschte, Bailey wäre bei ihnen. Da er Vienna sehr mochte, hätte er ihre Stimmung erspürt und sie getröstet. So blieb ihr nichts anderes übrig, als stumm an ihrem Drink zu nippen und ebenfalls abzuwarten.

Vienna schaute wieder auf. Sie hatten kein Licht angemacht, somit beleuchteten nur die niedrigen Flammen im Kamin ihr trauriges Gesicht.

»Ich hab mich so kindisch benommen, als meine Mom mir sagte, dass sie sich verliebt hat. Dabei wollte ich immer, dass sie glücklich ist. Um Himmels willen, ich bin doch eine erwachsene Frau. Ich möchte nicht, dass sie ohne mich und meine Katze allein ist. Es war nur so, dass ich hart gekämpft hatte, um sie am Leben zu halten, und dann sagt sie mir völlig unerwartet, sie hätte die Liebe ihres Lebens getroffen. Eine Frau namens Ellen, die ehrenamtlich im Infusionszentrum arbeitet. Da sind sie sich begegnet.«

Zahra runzelte die Stirn. »Wusstest du, dass sie auf Frauen steht?«

Vienna schüttelte den Kopf. »Sie ist nie ausgegangen. Nicht ein einziges Mal. Weder mit Männern noch mit Frauen. Nicht während meiner Kindheit und auch nicht, als ich schon erwachsen war. Über ihre Sexualität hat sie mit mir nie gesprochen. Ich dachte, ich wüsste alles über sie und wir hätten keine Geheimnisse voreinander, aber anscheinend basierte mein ganzes Leben auf Heimlichkeiten.«

Vienna lächelte zittrig und nahm noch einen Schluck von ihrer eiskalten Margarita. »Dem Himmel sei Dank für diese Drinks. Die bringen einen gut durch die Nacht.«

Zahra hob ihr Glas als Erste. Die andern folgten ihrem Beispiel. Dann tranken sie nachdenklich.

»Du hast Ellen also nie kennengelernt?«, fragte Stella, um Vienna dazu zu bringen weiterzureden.

Die schüttelte den Kopf. »Nein. Mom und ich haben uns fürchterlich gestritten, als sie mir von ihr berichtet hat. Wie ich schon sagte, es war meine Schuld. Ich hab reagiert wie ein eifersüchtiger Teenager, der nicht will, dass seine Mami zu einer Verabredung geht. Ich schäme mich, wenn ich daran denke, wie selbstsüchtig und albern ich war. Damals machte ich tagsüber meine Ausbildung zur Krankenschwester, und abends spielte ich Poker, damit wir die Rechnungen bezahlen konnten. Ich war erschöpft, und gerade hatte wieder jemand versucht, mich von der Straße zu drängen. Genau den Abend hat meine Mutter sich ausgesucht, um mir mitzuteilen, wie froh sie ist. Ich war an einem Tiefpunkt. Ziemlich verängstigt. Suchte Trost und wollte ihren Rat. Ich habe sogar daran gedacht, mit der Ausbildung aufzuhören, um die Arztrechnungen schneller bezahlen zu können und mir nicht zu viel zuzumuten.«

»Oh nein«, murmelte Harlow.

Vienna nickte. »Aber das ist keine Entschuldigung für meine Reaktion. Obwohl meine Mutter, kaum dass ich mich ins Haus geschleppt hatte, über mich hergefallen ist, mich immer wieder umarmt hat und vor Aufregung praktisch auf und ab gehüpft ist. Sie hat gar nicht gemerkt, wie schlecht es mir ging und dass ich geweint hatte. Sie ist einfach mit ihrer Neuigkeit herausgeplatzt. Ich erinnere mich noch, wie ich sie sprachlos angestarrt habe. Ich stand im Flur unserer Wohnung und hatte die Jacke noch an. Ich habe kein Wort herausgebracht. Ich wünschte mir sehr, das wäre so geblieben, aber dann habe ich meine Sprache wiedergefunden und schreckliche Dinge gesagt.«

Ein weiteres Mal wurde es so still im Raum, dass nur noch das Knistern der Flammen zu hören war. Sharif tappte zur Fensterreihe und presste seine Nase an eine Scheibe.

»Das ist sein Zeichen dafür, dass ich die Rollläden schließen soll«, erklärte Shabina. »In der Hinsicht ist er streng.

Immerhin erlaubt er mir, sie oben zu lassen, wenn es stürmt. Er weiß, wie gern ich mir das ansehe.« Mit einer Fernbedienung ließ sie sämtliche Rollläden gleichzeitig herunter.

»Heißt dein Name nicht übersetzt ›Auge des Sturms‹?«, fragte Stella.

»Ja, obwohl mein Vater immer behauptet, ich selber wäre der Sturm.« Shabina lehnte sich wieder mit dem Rücken ans Sofa, und Sharif kuschelte sich an sie.

Vienna runzelte die Stirn. »Von uns allen bist du doch bestimmt die Netteste, Shabina, immer total süß. Warum in aller Welt behauptet dein Vater das?«

»Entschuldige«, mischte Zahra sich ein, die dunklen Brauen zusammengezogen. »Ich glaube, die Süßeste hier bin ich.«

Sofort wurde sie wieder ausgelacht, und sie ließ es ungerührt über sich ergehen, während sie sich die letzte Margarita aus dem Krug einschenkte. »Ihr seid ja schöne Freundinnen. Ich esse euch jetzt die restlichen Schokoriegel weg, also wehe, ihr fasst sie an.«

Stella stand auf. »Ich mach neue Margaritas. Es dauert nicht lang.«

»In der Küche sind noch mehr Süßigkeiten«, rief Shabina ihr nach. »Bring ein paar mir, wenn Zahra uns nichts abgibt.«

»Nur weil ihr so gemein zu mir seid.« Zahra setzte sich wieder hin und nahm sich einen weiteren Riegel. Dann wartete sie, bis Stella zurückgekehrt war und allen nachgeschenkt hatte. »Wie weit ist der Streit zwischen dir und deiner Mom denn gegangen?«

Mit gerunzelter Stirn blickte Vienna in ihr elegantes Stielglas. »Ich hab ihr Beleidigungen an den Kopf geworfen, bis sie mich schließlich auch beschimpft hat. Und irgendwann hat sie dann so etwas gesagt wie, sie hätte ihr ganzes Leben damit vergeudet, sich zu verstecken, weil ein Damoklesschwert über ihrem Kopf gehangen hätte, und wofür? Ich wäre ja nicht mal ihre eigene Tochter. Das waren ihre Worte. Ich weiß es noch ganz genau. Dann bremste sie sich plötzlich, wurde kreidebleich und hielt sich den Mund zu. Ich fragte sie, was sie damit gemeint hätte, und sie meinte, ich hätte mich verhört. Sie hätte das nicht gesagt. Auch wenn ich es mir vielleicht wünschen würde. Pech für mich, ich müsste jetzt einfach mit der Situation zurechtkommen. Danach war sie diejenige, die sehr gemein wurde und wirklich hässliche Dinge sagte. Ich glaube, sie hat das absichtlich gemacht, um mich davon abzuhalten, auf den Teil des Streits zurückzukommen, der mir endlich etwas über meine Vergangenheit verraten hatte.«

Stella war etwas schockiert über Viennas Geschichte, trotzdem konnte sie verstehen, warum ihre Freundin sich so gekränkt gefühlt hatte. Sie hatte ihrer Mutter nahegestanden und alles getan, damit es ihr gut ging. Das musste sich selbst für eine Erwachsene wie ein Verrat angefühlt haben, als ohne Vorwarnung eine dritte Person ins Spiel kam.

Doch inzwischen hätten Mutter und Tochter das klären können. Warum war es ihnen nicht gelungen? Das war schwer nachzuvollziehen. Das alles war doch lange her. Die Mutter hatte schon einmal Krebs gehabt, und Vienna war Krankenschwester, sie musste doch wissen, wie schnell man geliebte Menschen durch Unfälle oder Krankheiten verlieren konnte. Und wie oft Krebs zurückkam.

»Hast du eigentlich seitdem mal versucht, mit deiner Mutter über diese Nacht zu reden?«, fragte Stella so sanft wie möglich.

Vienna nickte. »Ich glaube, deswegen wird sie immer so

nervös, wenn ich bei ihr bin. Sie hat schreckliche Angst davor, dass ich wieder davon anfange. Sie möchte meine Fragen nicht beantworten. Ich nehme mir auch immer vor, keine zu stellen, aber dann frage ich mich selber, ob ich wirklich das Risiko eingehen will, meine Mutter zu verlieren, ohne jemals zu erfahren, woher ich komme, wenn sie tatsächlich nicht meine Mutter ist.« Sie schnitt eine Grimasse. »Aber wenn ich das vor meinen besten Freundinnen laut ausspreche, hört es sich lächerlich an. Selbstverständlich ist sie meine Mutter. Wir sind uns so ähnlich. Vielleicht nicht im Aussehen, aber in allen anderen Dingen. Ich möchte auch keine andere Mutter haben.«

»Hast du auch nicht«, meine Raine. »Sie hat dich großgezogen. Sie hat dich bei jedem Schritt begleitet. Deshalb ist sie deine Mutter, ob sie dich geboren hat oder nicht. Ich bin da Stellas Ansicht, Vienna, du musst einen Weg finden, das zu klären. Vielleicht lädst du die beiden mal zu einem besonderen Dinner zusammen mit uns bei Shabina ein. So kann die Unterhaltung nicht zu persönlich werden. Wir könnten auch beim Vorbereiten helfen.«

»Das ist gar keine schlechte Idee«, sagte Stella. »Meinst du, die beiden würden kommen? Wir könnten ihnen ein Zimmer im Hotel der Stadt spendieren.«

Vienna kämpfte mit den Tränen. »Ihr seid die besten Freundinnen auf der Welt. Ich denke darüber nach, aber vielleicht sollte ich damit warten, bis wir diesen Serienmörder geschnappt haben. Ich möchte nicht, dass Stella ihn eines Nachts im Hotelflur herumschleichen sieht, während meine Mutter dort wohnt.«

Stella nickte. »Stimmt, wir sollten wohl besser noch warten.«

17

Mami, Daddy tut wieder etwas Schlimmes.

Die frühe Morgensonne versuchte, durch die ziehenden Wolken zu scheinen. Die Erde, die Felsen und das überlange gelbbraune Gras waren bedeckt mit herabgefallenen Blättern, Zweigen und Kiefernnadeln, die der Wind dort hingetragen hatte. Dieser Trampelpfad wurde anscheinend nicht oft benutzt, dennoch kam er Stella beim Blick durch die schmale Linse bekannt vor.

Zwei Menschen wanderten über den holprigen Weg. Ihre Schatten glitten über den Boden. Zwei Männer, beide groß, deren Umrisse wohl von Rucksäcken verzerrt wurden.

Es fiel ihr nicht schwer, die Stimmung der Männer einzufangen, denn sie sprühten geradezu vor guter Laune. Beide waren aufgeregt und voller Vorfreude. Sie lachten und unterhielten sich angeregt. Sie kannten einander. Stella bemühte sich, die Worte aufzuschnappen. Oder wenigstens den Klang ihrer Stimmen. Doch sie konnte nichts verstehen. Und das Lachen der Männer? War es möglich, sie daran zu erkennen? Doch ein seltsames Dröhnen in ihren Ohren machte alle Anstrengungen zunichte. Ihr Herz schlug so laut, dass sie fürchtete, die beiden Wanderer könnten es bemerken.

Einer von ihnen schien sich allerdings mehr auf den Tagesausflug zu freuen als der andere. Er war wie berauscht von seiner Gerissenheit und Allmacht. Ihr Instinkt sagte ihr, dass das der Killer war, der Spaß daran hatte, sich für diesen »Unfall« Zeit zu nehmen. Er kannte sein Opfer nicht nur, er war mit ihm befreundet. Das war neu. Stella tat ihr Bestes, um ruhig zu bleiben und die Kameralinse weiter zu stellen. Doch das funktionierte nicht. Es frustrierte sie, dass sie keine neuen Hinweise auf die Schatten bekam oder mehr von dem Pfad sah, über den die Männer mit schnellen Schritten gingen.

Dann schloss sich die schmale Linse wieder, und sie starrte auf eine schwarze Wand.

Mit wild klopfendem Herzen setzte Stella sich auf und rieb sich mehrmals über das Gesicht, um die Angst des Kindes wegzuwischen und sich dem Albtraum als Erwachsene stellen zu können. »Ich kenne die beiden«, murmelte sie und schaute sich nach Sam um.

Sie waren zusammen zu Bett gegangen, und er hatte sie in die Arme genommen, aber wenn sie ihre Albträume hatte, machte er immer das Gleiche – er gab ihr Raum. Er schien instinktiv zu wissen, dass sie das brauchte. Also saß er gleich gegenüber, direkt in ihrer Blickrichtung, damit sie nur aufschauen musste, um ihn zu sehen. Schon allein seine Anwesenheit wirkte beruhigend auf ihren verkrampften Magen und half ihr durchzuatmen, obwohl ihre Lunge schmerzhaft brannte.

Sam fing ihren Blick auf. In seinen dunklen Augen lag so viel Liebe, dass ihr warm ums Herz wurde. Manchmal überraschte sie das, denn das Wort *Liebe* war zwischen ihnen noch nie gefallen. Sie waren doch erst kurze Zeit zusammen. Auch wenn zwei Jahre vielleicht nicht als kurz bezeichnet werden konnten, denn so lange ging das zwischen ihnen schon, obwohl sie nie zugaben, dass ihre Gefühle füreinander in dieser Zeit immer stärker geworden waren.

Sie versuchte zu lächeln, und es gelang ihr mit zitternden Lippen. »Er zieht das Tempo ganz schön an, nicht wahr? Anscheinend hat ihm der letzte Mord keine große Befriedigung verschafft. Es gibt nur einen freien Tag? Ich weiß nicht, ob ich das durchhalte. Vielleicht sollten wir doch mit dem FBI reden.«

»Du bist erschöpft«, entgegnete Sam sanft. »Du bekommst nicht viel Schlaf, seit dem Angriff auf Bailey nie mehr als ein oder zwei Stunden am Stück. Wir wissen doch beide, dass das FBI den Kerl nicht verhaften kann, weil es keine Beweise gibt. Er hinterlässt keine Spuren. Das beste Indiz für einen Mord sind die gebrochenen Finger. Doch selbst der Gerichtsmedizinerin war das zu dünn. Es gibt auch andere Erklärungen dafür.«

»Ich weiß.« Stella stand auf, durchbrach das übliche Muster und ging zu ihm. Sie konnte nicht anders. »Ach Sam.« Sie kletterte auf seinen Schoß, schlang die Arme um seinen Nacken und ließ sich von ihm trösten. »Ich kenne die beiden. Ich weiß es genau. Sie hatten etwas an sich, das mir bekannt vorkam, ich habe es nur nicht zu fassen gekriegt.«

Sie lehnte das Gesicht an seine Brust. So fühlte sie sich geborgen. Sein Herzschlag war stark, seine Brust wie aus Eisen und die Arme, die sie hielten, wie eine sichere Festung. Sie wollte nur eine kleine Weile so bleiben und sich verstecken. Sich sicher fühlen. Nicht daran denken müssen, vielleicht auch diese Runde an den Killer zu verlieren. Oder ihn womöglich als einen Freund zu entlarven, der die ganze Zeit grausam gemordet hat und imstande war, mit jemandem, den er kannte, klettern zu gehen und dabei zu wissen, dass er ihn umbringen wird.

Sam legte eine Hand auf ihren Hinterkopf und strich ihr zärtlich übers Haar. »Ist schon gut, wenn du traurig bist, Süße. Schließlich wirst du einen Freund verlieren. Aber wer es auch ist, wir haben ihn schon in dem Moment verloren, in dem er diesen Weg eingeschlagen hat. Er ist nicht mehr derselbe wie früher, und wir dürfen ihn auch nicht mehr so sehen. Das bedeutet, wir haben ihn längst verloren.«

»Aber ich will nicht zwei Freunde verlieren.« Stella hob den Kopf und sah Sam in die Augen. »Ich bin jetzt schon so oft gescheitert. Das darf mir nicht noch mal passieren. Ich kenne das Opfer. Es hat etwas mit den Stimmen zu tun. Oder dem Lachen. Ich kann es nicht genau sagen. Die Linse ist nicht lange genug offen geblieben, trotzdem hätte ich beide erkennen müssen. Und den Ort, an dem sie waren.«

Sie runzelte die Stirn, biss sich auf Unterlippe und versuchte, sich zu erinnern.

»Du musst das tun, was du immer tust. Zeichnen. Dabei fallen dir die Details wieder ein. Vielleicht klingelt dann was bei dir. Dann schaue ich mir die Skizzen an, und danach zeigst du sie deinen Mädels. Die klettern doch alle.«

Widerstrebend stieg Stella von seinem Schoß. Ohne seine Körperwärme war ihr kalt. Vielleicht trug aber auch die Vorstellung, dass der Killer die Kontrolle verlor, dazu bei. »Er war so begeistert, Sam. So selbstzufrieden. Ich fand es furchtbar, wie fröhlich er sich mit seinem Freund unterhalten hat, obwohl er vorhat, ihn zu töten. Das machte ihm richtig Spaß.«

Sie schlüpfte wieder ins Bett und holte ihren Skizzenblock, das Tagebuch und einige Bleistifte aus dem Wandsafe.

»Heute ist der Stalker nicht da. Wir werden nicht beobachtet. Wenigstens kommt es mir so vor.«

»Mir geht es genauso. Ich habe mich ein bisschen auf der anderen Seeseite umgesehen. Meiner Meinung nach ist der Abhang direkt gegenüber für jemanden, der sich hier auskennt, der beste Platz für einen Beobachtungsposten mit Blick auf dein Haus. Mit den nötigen Vorräten könnte er es dort, bei jedem Wetter einigermaßen geschützt, ewig aushalten.«

»Na großartig.«

»Das Versteck war zu leicht zu finden, wenn man bedenkt, wie intelligent dieser Kerl ist, und dazu noch davon ausgeht, dass er auf dich fixiert ist.«

Stella schauderte es. »Davon möchte ich lieber nicht ausgehen, Sam.«

»Ich weiß, dass das unangenehm ist, aber wenn du mal überlegst, wann du den ersten Albtraum hattest, dann war das genau zu der Zeit, als wir anfingen, uns näherzukommen. Es ist doch möglich, dass er uns zusammen gesehen hat und es ihm nicht gefallen hat, wie wir uns angeschaut haben. Oder zumindest, wie ich dich angeschaut habe. Manchmal verberge ich meine Gefühle für dich nicht so gut, wie ich sollte.«

Stella, die dabei war, die Bettdecke über ihre Beine zu ziehen, hielt überrascht inne und schaute ihn verwundert an. »Ach, Mann.« Sie hatte einen so dicken Kloß im Hals, dass sie Angst hatte, daran zu ersticken.

»Ach, Frau.« Sams samtweiche Stimme war wie ein Streicheln.

»Du guckst mich doch nie verliebt an. Du versteckst deine Gefühle immer sehr gut. Das reizt mich ein bisschen, wenn ich zu viel trinke, und dann … verplappere ich mich.«

Als Sam anfing zu lächeln, schlug ihr Magen einen Purzelbaum. Dann erreichte das Lächeln auch noch seine Augen, und sie schmolz förmlich dahin.

»Ich kann mich noch gut an den Abend erinnern, an dem ich dich und deine Freundinnen ins Resort gefahren habe. Da hast du gesagt, ich wäre umwerfend. Und das Wort *heiß* hast du, glaube ich, auch benutzt.«

»In der Bar?«

Sam nickte. »Sogar mehrmals. Und dann hast du dich rittlings auf meinen Schoß gesetzt und mich zweimal geküsst. Da habe ich beschlossen, dass du wohl genug hattest und dass ich dich besser nach Hause fahren sollte. Viel mehr hätte ich auch nicht aushalten können. Versteh mich nicht falsch, Süße, ich habe jede Sekunde genossen, aber ich war dabei, die Beherrschung zu verlieren.«

Stella schloss die Augen. »Ich hatte wirklich gehofft, dass ich das, was ich *glaubte*, mit dir gemacht zu haben, nicht *wirklich* gemacht habe.« Sie schlug die Augen wieder auf. »Du ziehst mich nicht auf, oder?«

»Ich hab dich einfach ins Auto geschafft. Der Einzige, der an dem Abend keinen Spaß hatte, war ich.«

»Und dann wärst du am nächsten Morgen fast noch ermordet worden.« Mit gerunzelter Stirn strich Stella über ihren Skizzenblock. »Weißt du noch, was in der Woche davor passiert ist? Was wir da gemacht haben? Weil die Albträume schon früher angefangen haben. Wenn unser Umgang miteinander tatsächlich der Auslöser für alles ist, müssen wir zu der Zeit schon gezeigt haben, wie sehr wir uns mögen.«

Ihr Magen verknotete sich. Hoffentlich dachte er nicht an dasselbe wie sie. Sie bewahrte diese besondere Erinnerung bei denen auf, die ihr heilig waren, weil sie so wenige davon hatte. Sie wollte nicht, dass der Serienkiller mit dem Morden angefangen hatte, weil er Zeuge dieses »intimen« Moments zwischen ihnen geworden war.

Sams scharfkantiges Gesicht wurde weich. Wenn er sie mit diesem Blick ansah, den er nur für sie reserviert hatte, wusste sie, dass er ihr gehörte, und fühlte sich beschützt und begehrt.

»Stella, wir kennen uns jetzt seit mehr als zwei Jahren und fahren immer zusammen in die Stadt, um Vorräte für das Resort zu kaufen. Wenn wir uns deine Liste anschauen, die in einem Kauderwelsch verfasst ist, das außer dir keiner entziffern kann, stehen wir nah beieinander, und meine Hand liegt auf deiner Schulter oder um deine Taille, während du deine auf meinen Arm legst, wenn wir nebeneinanderher spazieren. Wir fühlen uns wohl miteinander. Nach dem Einkaufen gehen wir fast jedes Mal essen, es sei denn du triffst dich mit einer Freundin, dann sitze ich meist am Nebentisch und passe auf dich auf. Jeder weiß, was ich für dich empfinde. Jeder. Das gebe ich allen deutlich zu verstehen.«

Stella nickte, weil er die Wahrheit sagte. Im Laufe der Zeit hatte es sich einfach so ergeben, dass sie gemeinsam in die Stadt fuhren. Das erklärte allerdings nicht, was in der letzten Woche so anders gewesen war, dass es die Mordserie ausgelöst hatte, doch sie befürchtete, dass sie den Grund kannte. Sie hoffte, dass sie falschlag, denn es machte ihr Angst, dass es ihr erster Kuss gewesen sein könnte – an dem sie schuld war.

»Wie soll man das denn verstehen? Man sieht dir doch nie an, was du denkst.« Noch einmal widersprach sie ihm, weil sie sich so sehr wünschte, dass der Killer andere Gründe haben möge.

»Was dich angeht, ist die Botschaft für andere Männer sonnenklar. Wie ein großes Finger-weg-Schild. Ist dir nicht aufgefallen, dass keiner sich mehr mit dir verabreden will?«

»Man merkt mir eben an, dass ich nicht daran interessiert bin.«

»Hat sie das vor drei Jahren davon abgehalten?«

Stella legte die Stirn in Falten. »Ich glaube nicht. Ich weiß es nicht mehr. Aber wenn du andere Männer in irgendeinem seltsamen Geheimcode, der mir zwei Jahre lang völlig entgangen ist, davor warnst, mir zu nahe zu kommen, warum hat haben die Morde dann nicht schon früher angefangen?«

»Weil du früher noch unzugänglich warst, Schatz. Du hast dich mir zwar langsam geöffnet, aber das hat außer mir niemand bemerkt. Erst hat der Kerl gedacht, dass wir nur so viel Zeit miteinander verbringen, weil wir zusammen arbeiten. Dann haben wir uns angefreundet. Aber du hast viele Freunde, darunter auch recht viele Männer, und am Anfang schienst du mich nicht viel anders zu behandeln als die. Mit der Zeit hat unsere Beziehung sich dann anscheinend so langsam verändert, dass er sich daran genauso gewöhnt hat wie du.«

Stellas Stirnfalten wurden noch tiefer. »Ich verstehe nicht ganz.«

»Alles in diesen zwei Jahren war sehr sorgfältig geplant. Zum Beispiel habe ich dir beim Lesen deiner Liste immer über die Schulter geschaut, und da ich größer bin als du, musste ich mich vorbeugen, dabei habe ich die Hand auf deine Schulter gelegt, um nicht umzufallen.«

Mit fragend zusammengekniffenen Augen sah Stella ihn an. »Aber du kommst doch nie aus dem Gleichgewicht. In keiner Situation.«

Nun grinste Sam zum allerersten Mal, und ihr Herz setzte beinah einen Schlag aus.

»Nein, eigentlich nicht, aber es könnte ja mal passieren.«

»Du wolltest mich daran gewöhnen, von dir angefasst zu werden.«

Ohne eine Spur von Reue hob Sam eine Augenbraue. »Es hat doch funktioniert. Wie sagt man noch? Im Krieg und in der Liebe ist alles erlaubt. Und um dich rumzukriegen auch.«

Stella saß mitten auf dem Bett, mit dem Rücken zum Kopfbrett, und dachte darüber nach, wie Sam ihr Leben verändert hatte. Nach ihren Träumen war sie kein zitterndes, weinendes Nervenbündel mehr und wiegte sich auch nicht mehr vor und zurück. Er war ein Fels, an den sie sich klammern konnte, dennoch nahm er ihr nichts aus der Hand und erledigte es für sie, sondern wartete, bis sie bereit war, mit ihm zu reden. Außerdem hatte er sich die Zeit genommen, sie vorsichtig und geduldig zu »umwerben«, sich fast unbemerkt in ihr Leben zu schleichen und nach und nach unersetzlich zu machen. Sie war geschmeichelt und zugleich amüsiert.

»Manchmal flößt du einem ein bisschen Angst ein.«

Sam nickte. »Ja, ich bin der Typ Mann, vor dem die besten Freunde warnen.«

Stella lachte. »Oh ja.« Sie wurde wieder ernst. »Wenn du recht hast mit deiner Theorie, dass der Killer auf mich fixiert ist, müssen wir herausfinden, womit das alles angefangen hat, ja?« *Bitte nicht mit unserem ersten Kuss. Lass mir wenigstens den.*

»Es könnte auch eine Kombination von Dingen sein. Gib nicht dir die Schuld, Stella, das ist nicht gut.«

»Tu ich ja nicht. Ich versuche nur, mich zu erinnern, was

ich anders gemacht habe, ob ich dich, kurz bevor die Albträume anfingen, vielleicht anders behandelt habe. Dann könnten wir überlegen, wer dabei war.«

Sie ahnte es bereits, aber sie wollte es nicht wahrhaben, denn sie fand, dass sie sich absolut idiotisch benommen hatte. Sie hatte gehofft, dass niemand es mitbekommen hatte und dass Sam sich nicht mehr daran erinnerte, aber das war natürlich dumm. Sie hatte sich solche Mühe gegeben, nicht mehr daran zu denken, obwohl sie jede Nacht davon geträumt hatte, ehe die Albträume anfingen.

»Du warst mit mir und Bailey in der Stadt unterwegs und konntest dich nicht entscheiden, ob du die Einkäufe erledigen oder mit Raine zu Mittag essen solltest. Wir hatten nicht viel Zeit, weil wir uns im Resort mit jemandem treffen mussten. Da du Raine seit über einer Woche nicht gesehen hattest und auch sonst niemand sie zu Gesicht bekommen hatte, hast du dir Sorgen gemacht. Deshalb habe ich vorgeschlagen, dass ich mich um die Vorräte und um Bailey kümmere und du dich mit Raine in Shabinas Café verabredest. Also hast du ihr geschrieben, und sie hat sofort zugesagt. Da hast du deine Arme um mich geworfen und mich geküsst. Mitten auf der Straße, vor allen Leuten.«

Stella spürte, wie ihr die Röte ganz heiß ins Gesicht stieg. »Hab ich nicht.« Doch, hatte sie. Und sie erinnerte sich noch sehr lebhaft daran. Es hat züchtig angefangen. Als Dankeschön. Eigentlich hatte sie nur flüchtig seine Lippen streifen wollen. Doch dann hatte er so gut geschmeckt. An der Stelle hätten sie aufhören müssen. Er hätte erstarren können oder sie von sich schieben sollen.

Schließlich gehörte er nicht zu den Männern, die Frauen förmlich dazu einluden, sich in ihre Arme zu werfen. Zumindest nicht ihrer Einschätzung nach. Stattdessen hatte sein Arm sich wie eine eiserne Fessel um sie gelegt und sie festgehalten, während er mit der anderen Hand in ihr Haar gefasst hatte, und dann … tja … war sie einfach verloren gewesen. Sie hatte nur noch aus heißen Gefühlen bestanden und völlig vergessen, wo sie war. Ihre Knie waren so weich geworden, dass er sie stützen musste, als sie blinzelnd zu ihm aufschaute wie ein Mondkalb und sich fragte, was da gerade passiert war. Dann wäre sie fast über die Bordsteinkante gestolpert, weil ihre Beine zu Gummi geworden waren. So schrecklich lächerlich hatte sie sich gemacht, wirklich. Sie wollte nicht mehr daran denken.

»Ich bin ziemlich sicher, dass du damit angefangen hast, Sam.«

»Jeder, der uns dabei beobachtet hat, dürfte anderer Meinung sein, *Satine*. Gut möglich, dass ich die Situation ausgenutzt habe, aber angefangen hast ganz sicher du.«

»Glaubst du, irgendjemand hat das gesehen?«

Sam hob eine Braue. »Ist das dein Ernst? Wir waren mitten in der Stadt, auf offener Straße. Du bist hier so was wie eine Königin. Wenn du durch die Stadt gehst, gucken alle dir nach. Und dann hättest du dich um ein Haar auch noch überfahren lassen, wenn ich dich nicht zurückgehalten hätte. Es war fast lustig. Daran wird sich wohl jeder erinnern, der in der Nähe war. Am Ende habe ich dich ins Café gebracht, um sicherzugehen, dass du heil dort ankommst, so benommen warst du.«

»War ich nicht.« Doch.

»Ach, Frau.«

»Also hat der Kerl diesen Kuss gesehen.«

»Anzunehmen.«

»Das hast du von Anfang an gewusst.«

»Ich habe es erst in Betracht gezogen, als klar war, dass er dich beobachtet. Entweder kennt er deine wahre Identität, oder er ist besessen von dir. Wenn er weiß, dass du ihm gefährlich werden könntest, ist er sicher davon ausgegangen, dass du dich an die Behörden wendest. Aber das hast du nicht getan. Immerhin hat er nicht versucht, dich umzubringen. Deshalb glaube ich nicht, dass er von deiner Vergangenheit weiß, das heißt, er ist vielleicht doch nur ein Stalker und nicht auch noch ein Killer.«

Stella musterte Sam. Sie mochte seine Art zu denken, wie er alles analysierte, sie aber ihre Schlüsse selber ziehen ließ. Das war wichtig für sie. Sie wollte nicht, dass andere ihre Probleme lösten, das hatte sie zu lange selber gemacht. Dennoch war es schön, dass es ihn gab und dass sie sich gelegentlich mit ihm besprechen und ihm vertrauen konnte. Und dass es umgekehrt genauso war.

»Ich glaube nur nicht an Zufälle. Dass es einen Stalker *und* einen Killer gibt, die genau zur gleichen Zeit hier auftauchen, halte ich für sehr unwahrscheinlich«, meinte Sam.

Stella versuchte, das ruhig zu verdauen, ohne sich Vorwürfe zu machen. Was dieser Mörder tat, war seine Schuld, nicht ihre. So wie sie nicht für das verantwortlich war, was ihr Vater angerichtet hatte. Diese heilsame Lehre hatte sie dem liebevollen Zuspruch ihrer Pflegemutter zu verdanken, die nicht gewollt hatte, dass ihre Tochter diese Last mit sich herumtrug. Sie hatte es nicht zugelassen, dass Stella weiterhin glaubte, dass sie ihre Familie zerstört und ihre Mutter in den Selbstmord getrieben hatte. An diese weise Erkenntnis würde sie sich klammern, damit sie Leben retten und einen scheinbar unaufhaltsamen Killer an weiteren

Morden hindern konnte. Aber es machte ihr zu schaffen, dass er schöne Erinnerungen beschmutzte, die sie gern in Ehren gehalten hätte.

»An so einen Zufall glaube ich auch nicht, Sam.« Aber wen konnten sie mit diesen »Unfällen« in Verbindung bringen?

In den nächsten Nächten hielt Stella sorgfältig die Details ihrer Albträume fest. Sie zeichnete das frühmorgendliche Sonnenlicht, das über das spärliche Gras auf dem felsigen Grund schien. Es war meist gelbbraun und neigte sich eher, als dass es niedergetrampelt aussah. Die Steine, die im Boden steckten, machten den Pfad uneben. Er war nur schwer auszumachen, als ob nur wenige Menschen ihn benutzten. Doch er war da, wenn auch kaum mehr als dreißig Zentimeter breit. Jetzt, wo die Linse sich weiter geöffnet hatte, war er leichter zu erkennen. Blätter und Pflanzenreste wie Zweige und sogar kleine Äste bedeckten ihn und machten es schwer, die Ränder zu erkennen, doch je größer der Blickwinkel wurde, desto besser konnte Stella die endlosen Kurven und Kehren verfolgen, die scheinbar nirgendwo hinführten.

Die Gegend war offenbar weder bei Einheimischen noch bei Touristen beliebt. Im Oktober war es schon etwas spät fürs Klettern, aber niemand ließ sich schöne Tage entgehen. Während der Saison, wenn sie tagsüber zu beschäftigt war, ging sie selber so oft wie möglich abends ihrem Hobby nach, ehe das Wetter sich wieder änderte. Daher überraschte es sie nicht, dass die beiden Männer das klare, wenn auch kühle Oktoberwetter ausnutzten.

Stella breitete die Skizzen der dritten Nacht auf dem Bett aus, damit Sam sie sich mit ihr anschauen konnte. Er kletterte auch gern. Das hatte sie beide, wie so viele andere, ja ursprünglich an dieser Gegend angezogen. Bergsteiger aus der ganzen Welt erprobten ihr Können an den vielen Felsen, die glücklicherweise jedem gute Bedingungen boten, von Anfängern bis hin zu Experten.

»Besser hab ich es nicht hinbekommen«, sagte sie und kaute besorgt auf ihrer Unterlippe herum. »Drei Nächte, und ich habe nicht viel mehr gesehen als diesen Bergpfad. Da ist der Felsgrund. Aus Granit. Was für eine Überraschung. Ich habe den unteren Teil so genau dargestellt, wie ich konnte. Hier gibt es eine zerklüftete Felsnase. Ich könnte schwören, dass ich die schon mal gesehen habe. Siehst du, wie dieses Rot hier dunkler wird und fast ins Lila übergeht? Das ist kein Schatten. Am Anfang habe ich das gedacht, aber jetzt nicht mehr. Das sind Adern im Gestein.«

Sam drängte sie mit der Hüfte beiseite, setzte sich neben sie und nahm die Skizze in die Hand, um sie genauer zu betrachten. »Da war ich noch nie. Das muss eine abgelegene Gegend sein. Ich hab mir diesen Pfad schon ein paar Mal angeschaut. Über den sind seit Monaten höchstens ein oder zwei Leute gelaufen. Das kann man an den vielen Blättern auf dem Gras sehen. Wenn ich raten müsste, würde ich sagen, dass das wahrscheinlich derselbe Wanderer war, der jetzt da hochsteigt. Oder auch alle beide.«

»Ich weiß, dass ich schon mindestens einmal dort gewesen bin«, sagte Stella. »Ich vergesse nur selten etwas, schon gar nicht einen Ort, an dem ich klettern war.«

»Vielleicht warst du ja aus einem anderen Grund da«, bemerkte Sam. »Da sie zu zweit sind, wollen sie vielleicht bergsteigen. Oder sportklettern. Schau dir die Schatten an. Sie haben Seile dabei.«

Wie alle wussten, kletterte Stella nicht gern mit Seilen. Sie konnte es, aber sie mochte es nicht. Sie löste lieber die Probleme, die sich ihr beim Bouldern stellten. Und zwar allein. Auf eigenes Risiko. »Die Gegend ist wohl wirklich sehr abgelegen. Wenn jemand da klettern will, hat er es sicher von langer Hand geplant. Bestimmt mehrere Wochen, wenn nicht länger, aber das ist nur eine Vermutung.«

Sie presste eine Hand an die Stirn. »Das alles ist so frustrierend.«

Sam griff nach ihrer Hand, löste sie sanft von Stellas Stirn und hielt sie fest in seiner eigenen. »Du machst dich verrückt, Stella. Du musst dich mal ein bisschen entspannen. Du hast alles getan, was du im Moment tun kannst. Morgen Nacht wirst du einen größeren Ausschnitt sehen, der deinem Gedächtnis hoffentlich auf die Sprünge hilft. Wenn nicht, zeigen wir diese Skizzen den anderen, und eine von deinen Freundinnen erkennt den Ort wieder. In der fünften Nacht wirst du dann wie immer ein viel klareres Bild bekommen.«

»Und am nächsten Tag tötet er schon. Er wartet nicht noch einen oder zwei Tage wie die anderen Killer. Er ist zu mordgierig.«

Zärtlich strich Sams Daumen über den Rücken ihrer Hand, die er an sein Herz gedrückt hatte. »Sobald wir wissen, wo die zwei sich befinden, fahren wir hin. Wäre es nicht normal, wenn du dort das Klettern mit Seil üben würdest? Besonders wenn man da nicht gestört wird? Wir stören den Killer und finden heraus, wer es ist.«

Etwas an seinem Tonfall ließ ihr Herz erst stocken und dann schneller schlagen. Obwohl ohne jede Betonung, hatte er leise und sanft mit ihr gesprochen. Ganz ihr Sam. Sie wandte den Kopf und schaute ihm in die Augen.

»Sam?«

»Ja, was ist, Süße?«

Er zog ihre Hand an seinen Mund, knabberte an ihren Fingerspitzen und brachte all ihre Nervenenden zum Prickeln, sodass sie beinah abgelenkt worden wäre. Sie holte tief Luft.

»Dann müssen wir sofort Griffen Bescheid sagen.«

Ohne sie aus den Augen zu lassen, biss er sie in einen Finger. Ihr wurde flau im Magen, und sie spürte die Erregung.

»Was sollen wir ihm denn sagen? Was haben wir für Beweise? Es gibt nichts, was ihn überzeugen könnte.«

»Du kannst den Mörder nicht selber jagen.«

Sam sah sie nur weiter stumm an.

Stella schüttelte den Kopf. »Nein. Das lass ich nicht zu. Das darfst du nicht.«

»Haben wir denn eine andere Wahl? Wir können ihn doch nicht weiter töten lassen. Sobald wir ihn entlarvt haben, ist jeder weitere Mord unsere Schuld. Ohne Beweise können die Cops ihn nicht verhaften. Das weißt du doch. Und für einen Schuldspruch reicht es schon gar nicht. Sie haben nichts gegen ihn in der Hand und werden auch nichts bekommen. Der Kerl ist zu schlau. Es bliebe wieder nur die Hoffnung, dass er beim nächsten Mal Fehler macht.«

»Das kannst du nicht tun.«

»Das ist mein Job.«

»Jetzt nicht mehr. Das Leben hast du hinter dir gelassen. Du bist hergekommen, um dir ein neues aufzubauen, und du hast es geschafft. Bei Notwehr wäre das etwas anderes, aber das ist es ja nicht. Und wehe, du wagst es, den Lockvogel zu spielen. Ich meine es ernst.«

»Er darf nicht am Leben bleiben, Stella«, sagte Sam gelassen und geduldig, ohne den Blickkontakt auch nur eine Sekunde zu unterbrechen.

Sie legte beide Hände um sein Gesicht. »Hör mir zu, Schatz. Wir können nicht Richter und Henker zugleich sein. Das steht uns nicht zu.«

»Mir schon.«

»Jetzt nicht mehr.«

»Doch, ich darf das. Ich habe mich nur entschieden, diese Befugnis nicht mehr zu nutzen. Wir dürfen ihn nicht weitermorden lassen.«

»Und was kommt danach? Gehst du dann ins Gefängnis?«

»Bitte, Stella. Ich kann so was genauso gut wie einen ›Unfall‹ wirken lassen wie dieser Kerl.«

»Aber ich will dich nicht für ihn oder sonst jemanden opfern. Wir müssen uns etwas anderes ausdenken«, beharrte Stella und küsste ihn immer wieder auf den Mund, damit er nicht weiter mit ihr diskutierte.

Sie hatte keine Ahnung, was es mit ihm machen würde, wenn er einen Freund töten musste. Außerdem war er schon eine Weile aus dem Geschäft heraus und vielleicht langsamer als früher. Oder er zögerte eine Sekunde zu lange. Und selbst wenn er den Serienkiller tötete, die Leiche verschwinden ließ oder alles wie ein Unfall aussah, wie wollte er anschließend weiterleben? Er hatte sich endlich mit seiner Vergangenheit arrangiert. Da sollte er nicht wieder von vorn anfangen. Für welche Behörde er auch gearbeitet hatte, womöglich deutete man das dort als ein Anzeichen dafür, dass er wieder zurückkommen wollte. Oder man zwang ihn dann dazu.

»Schatz«, sagte Sam halb knurrend, halb stöhnend. »Sollen wir uns nicht etwas überziehen und einen Spaziergang machen? Heute ist die dritte Nacht, in der wir nicht beobachtet werden. Lass uns das ausnutzen, es sei denn, es ist dir zu kalt.«

Stella wusste, dass er nachts rastlos war. »Hört sich gut an.«

Sie zogen sich beide warme Jacken, Stiefel und Handschuhe an und gingen nach draußen. Es war noch kälter, als Stella gedacht hatte. Als sie überrascht die Luft einsog, lachte Sam.

»Wenn wir zurück sind, geh ich mit Bailey raus. Bist du sicher, dass du warm genug angezogen bist?«

»Ganz sicher.« Am klaren, wolkenlosen Himmel leuchteten die Sterne und die Mondsichel. Stella überließ Sam ihre Hand. Es fühlte sich etwas komisch an, mit ihm Händchen zu halten, aber es gefiel ihr trotzdem. Ihre Finger verschwanden fast in seiner Faust.

»Fühlst du dich nach dem Gespräch mit deinem Vater eigentlich besser, Sam?« Die Frage hatte ihr schon die ganze Zeit auf der Zunge gelegen, dennoch ärgerte sie sich, dass sie damit herausgeplatzt war. »Ich frage nicht aus bloßer Neugier und möchte dich auch nicht bedrängen. Es ist nur so, dass die Ferien bald anfangen und dass Shabina und ich, wie du weißt, dann alle, die noch in der Stadt sind, zum Essen einladen. Ich hatte einfach angenommen, dass du in der Zeit bei mir sein würdest …«

Er drückte ihre Hand. »Zu Recht«, erwiderte er entschlossen.

»Dein Vater ist dein einziger Verwandter. Wenn du ihn dazubitten möchtest, gern. Ich muss es nur vorher wissen. Aber wenn es dir unangenehm ist, lass es. Schließlich kommen wir zusammen, um uns einen schönen Abend zu machen, und dann trinken wir manchmal zu viel und halten uns an Shabinas köstlichem Essen schadlos. Du weißt ja, wie wir sind.«

»Oh ja. Denver und ich gehen immer mit den Hunden Gassi, wenn ihr es übertreibt.«

Stella lachte. »Das stimmt. Aber ich kann mir nicht vorstellen, dass dein Vater mit euch gehen würde. Er hat erzählt, er hätte eine Freundin. Vielleicht kocht sie gern.«

»Am besten liest sie ihm jeden Wunsch von den Augen ab. Das war er nämlich von meiner Mutter gewöhnt.«

»Hat er nie wieder geheiratet?«

»Nein«, sagte Sam und zog sie enger an sich, während sie am Seeufer entlangspazierten. Die leichte Brise zerrte spielerisch an ihrer Kleidung. »Das hat mich überrascht. Ich habe immer gedacht, er würde wenigstens mit einer Frau zusammenziehen, aber das hat er nicht getan.«

»Hast du ihn gefragt, warum er sich nicht von deiner Mutter hat scheiden lassen?«, wagte sich Stella vor. »Das wäre meine erste Frage gewesen. Ich verstehe nicht, warum notorische Schürzenjäger sich überhaupt die Mühe machen zu heiraten. Und wenn sie es trotzdem tun, warum sie dann nicht den Mumm haben, sich wieder zu trennen.« Das sollte Sam indirekt klarmachen, was sie von ihm erwartete.

Als sie ihre Schritte aneinander angepasst hatten, zog Sam ihre Hand an seine Brust. »Ich habe ihn gefragt, warum er sie nicht einfach hat gehen lassen, damit sie mit ihren Leben weitermachen konnte.«

»Und? Hatte er eine Antwort darauf?«

Langsam schüttelte Sam den Kopf. »Zuerst hat er versucht, sich davor zu drücken, und der Kirche und seinem Ehegelübde die Schuld gegeben. Da habe ich ihn darauf hingewiesen, dass er dieses Gelübde andauernd gebrochen hat, also sei ihm das ja wohl scheißegal gewesen. Am Ende hat er dann zugegeben, dass Mom das Haus genau so geführt hat, wie er es mochte. Sie hat immer für seine Bequemlichkeit gesorgt. Außerdem hat ihre Anwesenheit verhindert, dass irgendeine von den Frauen, mit denen er schlief, auf die ›großartige‹ Idee kam, sie könnte die nächste Mrs. Rossi werden.«

Stella konnte sich nur mit Mühe davon abhalten, seinen Vater mit einem sehr hässlichen Ausdruck zu bezeichnen. Aber sie hielt den Mund, denn sie wollte keinen Ärger. Für sie war Marco Rossi jedenfalls ein erstklassiges Arschloch.

»Ich schätze, er dachte, jetzt, wo ich älter bin, würde ich ihn verstehen. Aber das habe ich weder damals noch jetzt, und ich werde es auch nie. Nicht nur, weil es sich um meine Mutter handelt. Mein Vater ist ein selbstsüchtiger Mistkerl, der niemals hätte heiraten sollen. Meine Mutter stammte aus einer mächtigen Familie, deswegen hat er sie genommen. Damit heiratete er sozusagen in ein Königshaus ein. Und ich dachte, er hätte sie geliebt. Er hat behauptet, auf seine Weise hätte er das auch getan. Dass er sie jedenfalls mehr geliebt hätte als jede andere Frau und sich deshalb nicht scheiden lassen wollte. Auch weil ihre Familie das niemals verstanden hätte.«

Mit seinem behandschuhten Zeigefinger rieb Sam sich den Nasenrücken, während das Wasser des Sees sanft ans Ufer schwappte. »Immerhin hat er zugegeben, dass er das oft bereut und er wünschte, er wäre zu Hause geblieben. Aber er hatte sich mit mehreren Freunden im Stripclub verabredet und wollte sich keine Blöße geben, also ist er gegangen. Nachdem er ihren Geburtstag vergessen hatte, hätte er einfach anrufen und absagen sollen.«

»Das ist so traurig, dass sein Ego es ihm nicht erlaubt hat, einen Rückzieher zu machen, obwohl er es gern getan hätte.«

»Genau das habe ich ihm auch gesagt, darauf hat er erwidert, dass die Zeiten damals anders gewesen wären. Männer und Frauen hätten unterschiedliche Rollen gehabt. Sogar die Kinder. Er wäre jedenfalls härter erzogen worden als ich. Wahrscheinlich hat er da sogar recht.«

»Trotzdem macht das ziemlich deutlich, dass er von Frauen nicht viel hält, oder?«, fragte Stella.

»Ich bin froh, dass er nie eine Tochter gehabt hat. Sonst hätte er mit ihr wohl gemacht, was er wollte«, sagte Sam. »Dann hätte ich mich vielleicht darauf vorbereiten müssen, ihn selber aus dem Verkehr zu ziehen. Ich hätte nie zugelassen, dass er meine kleine Schwester wie ein dummes Püppchen behandelt.«

»Der Mann, den er immer dabeihat, dieser Leibwächter oder was er ist, Lucio Vitale, der scheint auch nicht viel Respekt vor Frauen zu haben und sie für dumm zu halten.«

»Seine ganze Familie ist ausgelöscht worden. Es ist eine lange Geschichte, und keine schöne. Ich schätze, er ist ziemlich verbittert und gnadenlos auf Rache aus. Von ihm sollte man sich besser fernhalten. Ich bin nicht überrascht, ihn an der Seite meines Vaters zu sehen, auch wenn es mich etwas wundert, dass Marco ihm vertraut.«

Fragend schaute Stella zu Sam auf. »Denkst du, er würde deinem Vater schaden?«

»Wenn jemals herauskäme, dass Marco bei der Ermordung seiner Familie eine Hand im Spiel hatte, würde er ihn töten, ohne mit der Wimper zu zucken. Dazu noch sehr langsam und sich dabei an Marcos Qual weiden. Vitales Familie ist auf grausame Art gestorben. Zuerst sein Vater. Dann seine älteren Brüder. Danach hat Lucio für seine Mutter und Schwestern den Lebensunterhalt verdient, indem er bei diesen Kämpfen mitgemacht hat, die mit bloßen Fäusten ausgetragen werden.«

Stella runzelte die Stirn. »Was für Kämpfe meinst du?« Ein leichter Schauer rieselte über ihren Rücken, weil sie das schreckliche Gefühl hatte, es zu wissen. »Das ist doch wohl nicht wie in diesen Hollywoodfilmen, wo bis zum Tode gekämpft wird, oder?« Sie versuchte sarkastisch zu sein, damit das nicht wahr war.

»Doch, genauso ist es.«

»Ich dachte, so was gibt es in Wirklichkeit gar nicht. Aber wenn er noch am Leben ist, muss er sie ja alle gewonnen haben.«

»Das hat er, aber nach jedem Kampf hat man ihm das Geld wieder abgenommen, um die Schulden seines Vaters abzutragen. So hatten seine Mutter und seine Schwestern am Ende kein Dach über dem Kopf und nichts zu essen, deshalb musste er noch ganz andere Dinge tun, und dabei hatte immer noch keiner von ihnen ein schönes Leben.«

Stumm gingen Sam und Stella weiter und lauschten den vertrauten Geräuschen der Nachttiere und dem Flüstern des Windes, der die Wasseroberfläche kräuselte. Im Mondschein über dem See schwirrten Fledermäuse umher, die Jagd auf Insekten machten.

»Man hat ja keine Ahnung, wie kompliziert das Leben von anderen ist, nicht wahr?«, fragte Stella. »Seit diese Albträume wieder angefangen haben, habe ich alles Mögliche über meine Freunde erfahren, von Denver bis hin zu Vienna. Sachen, von denen ich noch gar nichts wusste.« Sie sah zu ihm auf. »Auch über dich. Ich schätze, bei jedem gibt es in der

Vergangenheit etwas, das man lieber ruhen lassen möchte. Jetzt habe ich fast Mitleid mit Vitale, dabei will ich das gar nicht. Ich finde, er ähnelt deinem Vater zu sehr. Außerdem glaube ich, dass er Raine das Herz gebrochen hat. Ich bin mir zwar nicht sicher, aber wenn es so ist, ist er indirekt dafür verantwortlich, dass ihr Vater tot ist und sie aus ihrer Familie ausgeschlossen wurde.«

»Ich hoffe, das stimmt nicht«, erwiderte Sam. »Raine scheint mir eher der rachsüchtige Typ zu sein. Und wenn das bei beiden so ist, könnte das eine sehr gefährliche Kombination werden. Besonders wenn die beiden bei unserer Feier am selben Tisch sitzen.«

»Na, da das Gespräch mit deinem Vater nicht so besonders gut gelaufen ist, brauche ich mir darüber ja keine Sorgen zu machen«, sagte Stella einigermaßen erleichtert.

»Eigentlich lief es besser als erwartet. Ich habe vor meinem Besuch seine Krankengeschichte überprüft. Er hat tatsächlich eine Herzschwäche. Ich habe auch ein paar erstklassige Privatdetektive beauftragt, so viel über ihn herauszufinden, wie sie an einem Nachmittag eben schaffen konnten. Er scheint sich wirklich zurückziehen zu wollen. Einen Großteil seines Geldes, das ihm rechtmäßig gehört, hat er auf seine Schwarzgeldkonten überwiesen, und es gab anscheinend mehrere Treffen mit dem Mann, der seine Geschäfte übernehmen soll.«

»Du glaubst also, dass er in Pension geht?«

»Jedenfalls unternimmt er Schritte in die Richtung. Vorsichtige Schritte«, räumte Sam ein, indem er umdrehte und sie sich beide auf den Weg zurück zum Haus machten. »Außerdem hat er sich hier Häuser angesehen und wirklich eine Freundin, die er zu mögen scheint. Sie ist eher in seinem

Alter und scheint an seinem Geld kein Interesse zu haben, auch wenn es noch zu früh ist, um das mit Sicherheit zu sagen. Offenbar hat er in der Hinsicht die Wahrheit gesagt.«

»Also erst mal abwarten und Tee trinken?«

»Ich habe ihm geraten, sich an eine sehr gute Sicherheitsfirma zu wenden, und ihm auch eine Adresse gegeben. Außerdem habe ich ein paar Freunde, die exzellente Personenschützer sind. Ob er meinen Rat annimmt oder nicht, bleibt ihm überlassen. Raines Vater hätte jedenfalls Leibwächter anheuern sollen. Nur weil man in Pension geht, ist man ja nicht aus dem Spiel. Man weiß immer noch sehr viel. Und im Gegensatz zu früher finden die kriminellen Aktivitäten hinter den Kulissen statt, und die Familien wirken nach außen hin sehr seriös und halten sich so bedeckt wie möglich. Niemand möchte Aufmerksamkeit auf sich ziehen. Daher wäre es dumm, einem alten Mann, der in der Sierra lebt, eine Kugel in den Kopf zu jagen. Einen Unfall zu arrangieren wäre da allerdings leicht.«

Sam öffnete Stella die Haustür. Doch ehe sie an ihm vorbei war, legte er eine Hand um ihren Nacken und zog sie, die Augen dunkel vor Begierde, an sich heran. Sofort schlug ihr Herz schneller. Ganz langsam näherte sein Mund sich ihrem, sodass sie ihn aufhalten konnte, wenn sie wollte, doch das ließ sie nur noch heißer brennen.

Dann küsste er sie, und sie nahm außer ihm nichts mehr wahr. Innerhalb von Sekunden schmolz sie wie Eis an der Sonne, dachte an nichts mehr, fühlte sich wie im freien Fall, als ströme Feuer durch ihre Adern und sammle sich in ihrem Unterleib. Dann hob er den Kopf und küsste sie sanft auf die Augen, die Mundwinkel und das Kinn, um ihr die Zeit zu geben, sich so weit zu fangen, dass sie wieder allein stehen konnte.

»Dir muss doch viel zu heiß sein mit all diesen Klamotten. Zieh sie aus und warte im Bett auf mich. Ich geh noch kurz mit Bailey raus.«

Die Rauheit in seiner sonst sanften Stimme war das Einzige, was ihr verriet, dass der Kuss ihn genauso erregt hatte wie sie. Das und sein harter Körper an ihrem. Ein wenig benommen nickte sie.

18

Mami, Daddy tut wieder etwas Schlimmes.

Stella sah Kletterschuhe und Kletterausrüstung, Seile und sogar die Seite eines Rucksacks, der an einem kleinen Findling lehnte. Als die Schuhe sich bewegten, kam der untere Teil eines Felsens in Sicht. Es gab nicht weit entfernt einen Überhang an der Granitwand, der ziemlich weit auskragte. An dem Felsen war sie auch schon hochgeklettert – zumindest hatte sie es versucht. Dass die Erinnerung so vage war, lag daran, dass sie nur einmal dort gewesen war, denn für sie war er viel zu schwierig – und zu hoch.

Sie versuchte, ihre Erinnerungen zu verdrängen und sich auf das zu konzentrieren, was sie sah. Sie musste sich jedes Detail merken, damit sie es später richtig wiedergab. Viele Farben durchzogen den Stein. Rottöne und dunkles Grau, helles Gelb und glänzendes Gold. Im Schein der frühen Morgensonne glitzerte der Granit in allen Schattierungen. Sie erhaschte sogar einen flüchtigen Blick auf ein tiefes Purpurrot in den Ritzen, weil die beiden Männer prüfend daran emporblickten.

Der Felsen war sehr hoch. Als einer der Männer sich leicht zur Seite drehte und die Linse der Bewegung folgte, sah sie einen zweiten, fast ebenso hohen Felsen mit einer zerklüfteten Spitze. Beide Felsspitzen waren breit und lang und sahen aus wie der Traum – oder Albtraum – eines Bergsteigers. Sicher war keiner von ihnen leicht zu erklimmen, aber nur wenige Kletterer würden sich die Chance entgehen lassen, den schwierigen Aufstieg zu wagen und sich auf dem Gipfel in ihrem Triumph zu sonnen. Und das war anscheinend genau das, was das Opfer in letzter Zeit getan hatte – er hatte diesen Aufstieg von langer Hand geplant.

Stella betrachtete das, was sie von der Basis des Felsens sehen konnte. Der Überhang war extrem schwer zu klettern. Man musste praktisch wie eine Spinne kopfüber daran hängen und einen Weg zur oberen Kante finden, um auf eine scheinbar flache Ebene zu gelangen. Es gab Spalten und Vorsprünge, man brauchte nur Nerven, um die richtigen zu finden. Der Granit war alles andere als glatt, bot aber nur kleine Haltepunkte für Finger und Zehen, an denen man sich nach oben ziehen konnte.

Die von den beiden Felsen geworfenen Schatten bewiesen, dass es sich um sogenannte »Highballs« handelte, zehn bis zwölf Meter hohe, wenn nicht noch höhere Exemplare. Sie wollte sich gar nicht vorstellen, wie jemand allein und ohne Seil an ihnen hochstieg. Aber das kam vor. Schließlich gab es viele Freikletterer. Sie dagegen mochte keine großen Höhen und schreckte schon bei dem Gedanken daran zurück. Doch bei der Besteigung von der Hilfe eines anderen abhängig zu sein, kam ihr noch schlimmer vor, nachdem sie wusste, dass der Mörder vorhatte, seinen Freund beim Aufstieg sterben zu lassen.

Als die zwei Männer ihre Vorbereitungen trafen, konnte sie nur Teile des Felsens sehen. Dann begann ein Mann hinaufzuklettern, während der andere ihn von unten sicherte. Ihr Herz fing an zu klopfen. Wieder strahlte der Killer das

Gefühl absoluten Triumphes aus. Die Luft kam ihr schwer und erdrückend vor, als hätte die widerliche Freude des Killers eine unheilvolle, drohende Wolke erzeugt. Er war mit einem Freund gekommen, der ihm gerade sein Leben anvertraute, dabei hatte er die ganze Zeit nur überlegt, wie er ihn so töten konnte, dass es wie ein Unfall aussah. Stella fragte sich, wie er das anstellen wollte, ohne dass er Argwohn erregte.

Sie merkte sich jede einzelne Kleinigkeit, die sie am Felsen und an der Ausrüstung erspähen konnte, ehe die Linse sich wieder schloss und sie erneut eine schwarze Wand anstarrte.

Langsam setzte Stella sich auf. Sie kämpfte nicht mehr gegen ihre Albträume an. Sobald sie die Augen aufschlug, begegnete sie Sams Blick. Sie hatte gewusst, dass er da sein würde, ruhig in seinem Sessel sitzend, sie fest im Blick. Ihr Anker. Sie hatte sich definitiv in ihn verliebt. Schon wenn sie ihn sah, war die Welt wieder in Ordnung.

»Ich hab noch mehr in Erfahrung bringen können. Ich war schon mal an dem Felsen. Ich habe sogar mal versucht, ihn zu klettern. Aber dafür reicht mein Können nicht. Ich wäre niemals allein dorthin gegangen, also muss eine von meinen Freundinnen bei mir gewesen sein. Ich verstehe nicht, wie der Killer den Mord wie einen Unfall aussehen lassen will, ohne dass jeder ihn verdächtigt.«

Ihr Blick hing an Sams. Obwohl sie inzwischen viel besser mit ihren Albträumen umgehen konnte, brauchte sie zuallererst die Verbindung mit ihm. Und er ließ sie nie im Stich. Er war immer da. Sie schaute zu dem großen Körbchen hinüber, in dem Bailey sich zusammengerollt hatte. Auch der Hund blickte sie wachsam an, so treu ergeben wie eh und je. Die schreckliche Attacke hatte ihrem Verhältnis nichts anhaben können. Sie hatte so vieles, wofür sie dankbar sein konnte. Diese beiden und ihre Freunde.

»Diesmal kriegen wir ihn, Sam. Ich weiß es einfach.«

Er nickte. »Du hast noch eine Nacht. Was er auch vorhat, morgen siehst du es. So ist es immer. Bis dahin haben wir herausgefunden, wo er ist. Dann fahren wir hin und tun so, als wollten wir auch dort klettern gehen. Das wäre doch für dich normal. Das Wetter ist wunderschön, und du kletterst nicht gerne so hoch. Da ist dieser Fels doch perfekt zum Üben.«

Mit einem leichten Schaudern öffnete Stella den Safe. »Heute ist er hier. Ich spüre es.«

»Stimmt. Das, was ihn in den letzten drei Nächten davon abgehalten hat, ist offenbar vorbei. Oder er hat sich eine Auszeit genommen.«

Wieder schaute Stella zu Bailey hinüber. »Mir wäre es lieber, wenn du ohne mich nicht nach draußen gehen würdest. Ich weiß, dass du nachts gern deine Runden drehst, aber sonst hattest du immer den Hund dabei. Vielleicht hat der Messerstecher ihn absichtlich verletzt, damit er dich nicht warnen kann.«

Sie verflocht die in ihrem Schoß versteckten Finger und hoffte, dass Sam es nicht merkte. Wie sie auf diese dumme Idee gekommen war, wusste sie selber nicht, denn Sam sah alles. Doch beim Anblick ihrer fest verschränkten Hände wurde seine harte Miene weich.

»Ach, Frau.«

»Ach, Mann«, erwiderte sie automatisch, obwohl der Kloß in ihrem Hals sie zu ersticken drohte. Seine Augen waren dunkel und feurig geworden.

»Weißt du, womit ich mein Geld verdient habe, ehe ich hierherkam?«

Langsam schüttelte Stella den Kopf. »Ich bin keine von den Frauen, die ihrem Mann hinterherspioniert. Ich habe dich nie danach gefragt. Eigentlich weiß ich nur, dass du für die Regierung gearbeitet hast und in deinem Job sehr gut warst.«

Seine Augen wurden noch dunkler und sein leichtes Lächeln immer anziehender. »Aber du hast eine Vorstellung.«

»Ja, könnte man sagen.«

»Ich bin aus einem bestimmten Grund noch am Leben, Stella. Wenn ich nachts allein draußen herumspaziere, wird dieser Mann mich nicht entdecken können, auch wenn er ein Nachtsichtgerät haben sollte. Aber ich könnte mich an ihn heranschleichen. Ich weiß, wo er haust. Ich hab dir gesagt, dass sein Beobachtungsposten direkt gegenüber auf der anderen Seite des Sees ist. Er ist listig wie ein Fuchs und wird verschwinden, wenn er mich nicht mehr sieht, aber er wird es nicht schaffen, mich hinterrücks zu überfallen. Er hat noch nicht herausgekriegt, wer ich bin und wo ich herkomme. Aber er kann so viel recherchieren, wie er will, er wird nichts über mich finden.«

Stella seufzte. »Es gefällt mir trotzdem nicht, Sam.«

Er bekam Lachfältchen um die Augen. »Weil du so lieb bist, Stella. Aber du kannst auch anders.«

»Ich bin ziemlich treffsicher«, bemerkte sie. »Ich schieße gut und würde nicht zögern, wenn ich dich schützen müsste.« Das sah man ihr an.

»Ich weiß. Und ich bin dankbar dafür. Es wäre mir nicht recht, wenn du eine Pistole hättest und nicht damit umgehen könntest.«

»Mir geht es darum, dass ich hier auch von Nutzen sein

möchte. Es soll nicht immer so sein, dass du auf mich aufpasst. Ich bin keine Jungfrau in Nöten.« Sie bemühte sich, nicht kampflustig zu klingen, aber sie gehörte nicht zu den Frauen, die einen Mann brauchten. Sie war unabhängig. Sie hatte das Geschäft wieder angekurbelt und die gute Idee gehabt, Sam einzustellen. Schon möglich, dass sie sich in den letzten zwei Jahren etwas mehr auf ihn verlassen hatte, als sie sollte, aber sie konnte auf eigenen Füßen stehen und, wenn nötig, auch für ihn und Bailey sorgen.

Aus Sams angedeutetem Grinsen wurde ein umwerfendes Lächeln mit seinen strahlend weißen Zähnen. »Ich glaube, man könnte durchaus sagen, dass wir immer Partner waren und gegenseitig aufeinander aufgepasst haben. Nur sind wir im Moment in einer besonderen Situation. Wie du dich vielleicht erinnerst, bist du erst kürzlich in einen eiskalten See gesprungen, um mich zu retten.«

Das stimmte. Stella empfand eine gewisse Befriedigung, wenn sie daran dachte … *aber* … »Da hattest du dein Messer schon gezückt, und wahrscheinlich hättest du es auch geschafft, den Mörder an Ort und Stelle zu töten, wenn ich mich nicht eingemischt hätte«, gab sie zu bedenken.

»Vielleicht. Vielleicht auch nicht. Ich hatte mir tatsächlich den Kopf angeschlagen. Ich war definitiv etwas benommen und nicht darauf vorbereitet, dass er mich unter Wasser zieht. Sag mir, was du heute sonst noch herausgefunden hast.«

»Ich würde sagen, dass die zwei Männer sich sehr gut kennen. Sie sind schon lange befreundet. Das macht dieses Verbrechen noch abscheulicher für mich. Ich hatte auch nicht das Gefühl, dass der Mörder einen persönlichen Groll gegen seinen Freund hegt. Es scheint für ihn eher so etwas wie eine Machtdemonstration zu sein. Eine Art Trip, als täte er das alles nur, weil er es kann. Weil er so klug und gerissen ist, dass niemand ihm je auf die Schliche kommen wird. Er glaubt, er kann jederzeit mit dem Morden aufhören und erst wieder damit anfangen, wenn er Lust darauf hat.«

Sam hörte sich an, als fluche er leise vor sich hin. »Wenn er Lust darauf hat? Ist das dein Ernst? Ich weiß, du kannst spüren, wie er drauf ist.«

»Ja. Diesmal lässt er seinen Gefühlen freien Lauf. Vorher hat er sich immer bis zum letzten Moment beherrscht. Fast so wie ein Raubtier auf der Lauer, das erst ganz am Schluss seine Mordlust befriedigt. Es kommt mir so vor, als wäre er high, wie von sich selber berauscht. Es gefällt ihm, mit seinem Opfer zu spielen.«

»Ich bin zweimal losgeschickt worden, um so einen Killer aufzuspüren, einmal bei den Marines und vier Jahre später bei der Army. Da war jeweils nach einem Trainingslauf und nach einer kleineren feindlichen Begegnung ein Soldat nicht mehr zurückgekommen. Und als sie ihn suchen gingen, fanden sie ihn tot, ermordet. Dem Kommandanten kam der Verdacht, dass der Mörder aus den eigenen Reihen kam, aber ganz egal, welche Fallen sie ihm stellten, er tappte nicht hinein. Da wurde ich gerufen. Natürlich wusste niemand, wer ich war, und die meisten bekamen mich nie zu Gesicht, weil ich sozusagen verdeckte Ermittlungen anstellte.«

Die Augen auf seine gerichtet, wartete Stella gespannt, denn Sam sprach nur selten von seiner Vergangenheit und seinen Einsätzen.

»Ich nehme an, du hast beide entlarvt.«

Sam nickte. »Natürlich. Aber sie kamen nicht vor Gericht.« Dabei wich er ihrem Blick nicht aus. »Das gehörte zu meinem Job. Ich sollte sie dauerhaft aus dem Verkehr ziehen.«

»Musstest du noch andere Serienkiller jagen?«

»Das hängt davon ab, ob du Terroristen und Drogenbosse als Serienkiller bezeichnen möchtest. Jeder hat eine Entschuldigung für das, was er tut, aber wenn ich auf jemanden angesetzt wurde, kannst du davon ausgehen, dass derjenige vorher viele unschuldige Menschen ermordet hatte.«

Am liebsten hätte Stella Sam in die Arme genommen. Nicht nur sie war durch die letzten Gräueltaten in die Vergangenheit zurückgeholt worden, er ebenso. Nur dass er das stoisch und gelassen ertragen hatte. Aber es gab einen Grund dafür, dass er in dem kleinen Ort Knightly in der Sierra Nevada gelandet war. Wie all ihre anderen Freunde war auch er auf der Suche nach Frieden. Er wollte nichts mehr mit seinem Job zu tun haben, und obwohl man es ihm natürlich nicht ansah, spürte sie, wie traurig er war, dass er es wohl übernehmen musste, den Killer zu beseitigen.

»Wir finden heraus, wer der Kerl ist, besorgen uns die nötigen Beweise und übergeben ihn Griffen«, sagte Stella entschlossen.

»Es ist nicht so leicht, solchen Leuten einen Mord nachzuweisen. Deshalb gibt es Männer wie mich. In so einem Fall komme ich ins Spiel.«

»Nein, das ist vorbei. Die Arbeit macht jetzt jemand anders. Du nicht mehr. Du bist raus. Du bist hierhergekommen, um ein neues Leben anzufangen. Genau wie ich. Und Raine und Vienna und überhaupt alle. Du darfst nicht mehr so denken wie früher, Sam.«

Das langsame Lächeln, das seine Augen zum Leuchten brachte, ließ ihren Magen Purzelbäume schlagen. Er war unglaublich sexy.

»So leicht ist das nicht, Süße. So ticke ich halt.«

»Dann musst du dir eben mehr Mühe geben.« Sie musterte ihn mit ihrem strengsten Blick, demselben, mit dem sie Bailey immer zur Räson brachte.

»Fang an zu zeichnen, Stella. Ich dreh meine Runde und geh dann mit dem Hund raus. Der Blick ist übrigens cool. Findet Bailey auch.« Sam stand auf und streckte sich lässig.

Sie schaute ihn noch finsterer und tadelnder an. »Von wegen. Wenn ich ihn so angucke, spurt er *sofort.* Und das solltest du auch, wenn du keinen Ärger kriegen willst.«

Sams Mundwinkel zuckten, und in seinen Augenwinkeln zeigten sich wieder Fältchen, die wahrscheinlich eher von zu viel Sonne herrührten als von zu viel Lachen, aber das störte sie nicht. Sie würde nie genug davon bekommen, sein Gesicht zu betrachten.

»Ich würde zu gern sehen, was passiert, wenn ich nicht gehorche, *Satine.* Du bist geladen bis in die Haarspitzen.«

Sein Lächeln ging ihr durch und durch. Sie presste eine Hand auf ihren Bauch und sah ihn extra wütend an, obwohl sie es schön fand, dass sie trotz der traurigen Umstände so locker miteinander scherzen konnten.

»Ich glaube nicht, dass du das riskieren möchtest«, warnte sie ihn.

Er kam mit seinem geschmeidigen Gang auf sie zu und beugte sich ganz langsam zu ihr herab. Voller Vorfreude hielt sie ihm ihren Mund hin. Er legte seine große rechte Hand an ihr Gesicht und strich mit dem Daumen über ihre Wange, dann trafen sich ihre Lippen.

Ihr Herz setzte einen Schlag aus, ihr Unterleib zog sich zusammen, und ihre Lider schlossen sich. Funken stoben, und sie bekam eine Gänsehaut. Sam schlang die Arme um sie und zog sie an seine Brust. Rasch legte sie ihre Arme um seinen Hals und verschränkte die Finger in seinem Nacken.

Wenn Sam sie küsste, war in ihrem Kopf für alles andere kein Platz mehr. Für nichts und niemanden. Es gab nur noch ihn und die Gefühle, die er in ihr weckte. Er konnte zart oder wild sein, es spielte keine Rolle, wie sie zusammenkamen – sie explodierten einfach in einem Feuerball, und dennoch fühlte sie sich sicher und geborgen. Als gehörte sie einfach zu ihm.

Sam hob den Kopf und hauchte kleine Küsse auf ihr Kinn und ihren Hals. »Du bist so wunderschön, Stella.«

Sie schüttelte den Kopf. »Vielen Dank, aber erst, seit ich dich kennengelernt habe. Ich hatte mich nie so wahrgenommen.«

Er schob ihr eine Haarsträhne hinters Ohr. »Es ist so, glaub mir. Ich bin gleich wieder da. Mach dir keine Sorgen um mich. Ich schließ dich ein, aber du kannst die Schlösser ja per Handy überwachen«, schlug er vor.

»Ich würde lieber dich da draußen überwachen«, meinte sie. »Dann könnte ich sicher sein, dass dir nichts passiert.«

Sam lachte leise. »In der Sekunde, in der der Stalker mich nicht mehr sieht, verschwindet er. Wart nur ab. Ich schätze, es dauert keine fünf Minuten. Dann kriegt er Schiss und haut ab.« Zärtlich streichelte sein Daumen ihr Kinn.

»Also gut.« Ihr blieb nichts anderes übrig, als ihn gehen zu lassen.

»Guck nicht so traurig, Süße. Er schwirrt ab, und ich kehre heil und gesund zu dir zurück. Morgen kommen deine Freundinnen zum Essen, dann kannst du ihnen deine Skizzen zeigen. Eine von ihnen muss mit dir an diesem Felsen gewesen sein und wissen, wie man dort hinkommt. Während die

Mädels bei dir sind, fahre ich in die Stadt und hole Vorräte und noch mehr Leckerlis für Bailey. Wir haben ihn wohl zu sehr verwöhnt.«

Stella verzog das Gesicht. »Du meinst, ich habe ihn zu sehr verwöhnt. Weil es mir so leidtut, dass er still in seinem Körbchen liegen muss, wo er doch viel lieber bei uns wäre. Deshalb nehme ich ihn mit, sobald ich nach nebenan gehe. Solange er einen großen Knochen zum Kauen hat, leckt er nicht an den Nähten.«

»Er trägt doch eine Halskrause.«

»Er hasst dieses Ding. Ich nehme es ihm ab, wenn er nicht allein ist«, gestand sie, mied aber Sams Blick. Sie wollte nicht, dass er sie für schwach hielt, sie konnte es nur nicht ertragen, wenn Bailey sie mit seinen großen Augen so bittend ansah. Dann gab sie sofort nach, allerdings nur, wenn sie bei ihm bleiben und ihn im Auge behalten konnte.

Sam schüttelte den Kopf. »Du bist eine echte Powerfrau, Stella.«

Mit gerecktem Kinn und schmalen Augen sah sie ihm nach, als er zur Tür ging. »Ja, das bin ich. Hast du mal mitgekriegt, wie ich mit Gästen umspringe, die sich zu Unrecht beschweren?«

»Und ob. Das muss man gesehen haben, *Satine*«, erwiderte er halb bewundernd, halb amüsiert. Selbst seine dunklen Augen funkelten vor Erheiterung bei der Erinnerung – oder weil sie gerade selber darüber lachte. Sie konnte zwar, wenn nötig, unglaublich streng sein, aber nicht mit ihrem Hund. Und höchstwahrscheinlich auch nicht mit ihm.

Stella schüttelte ihre Buntstifte aus der Verpackung und begann, so viele Details wie möglich festzuhalten, ehe sie sich ihrem Tagebuch zuwandte. Zwischendurch schaute sie einmal kurz zur Uhr hinüber. Sam hatte recht gehabt. Es waren noch keine sechs Minuten vergangen, als sie sich schon nicht mehr beobachtet fühlte.

Stella konnte recht gut backen, wenn sie wollte, doch in letzter Zeit hatte sie nicht mehr an Backen oder Kochen gedacht. Sie war zu sehr damit beschäftigt gewesen herauszufinden, wer der Serienmörder war und wie sie ihn fassen und überführen konnte. Aber wenn ihre Freundinnen zu Besuch kamen, musste sie ihnen etwas anbieten. Das hatte sie vergessen. Ehe sie in Panik geraten konnte, hatte Sam Käse aus dem Kühlschrank geholt und in der Speisekammer ein paar Päckchen mit Crackern aufgestöbert.

Ihm machte es nichts aus, in der Küche zu helfen. In Wahrheit kochte er sogar mehr als sie, besonders jetzt. Er achtete darauf, dass sie genug aß. Zusammen schnitten sie den Käse auf und arrangierten ihn mit den Crackern appetitlich auf einem Brett. Dann legte Sam das Obst dazu, das er kürzlich gekauft hatte, damit wenigstens etwas Frisches dabei war.

Als die fünf Frauen eintrafen, war Stella nicht mehr so nervös. Sie und Sam waren schon vorher mit Bailey draußen gewesen und hatten ihn in sein Körbchen beordert, und da ihre Freundinnen daran gewöhnt waren, sich bei den anderen wie zu Hause zu fühlen, holten Shabina und Harlow die Limonade aus dem Kühlschrank und stellten den Krug auf den Couchtisch, während Raine das Käsebrett in der Mitte des Sitzkreises auf dem Boden platzierte und sich dann neben den beiden niederließ.

Vienna gähnte. »Entschuldigt, ich bin immer noch furchtbar müde. Ich war zwei Nächte hintereinander im Krankenhaus, weil wir wegen dieser schrecklichen Unfälle so viel operieren mussten. Die Opfer sind auf dem Luftweg vom Berg geholt worden. Ich konnte es kaum glauben. Zwei Autounfälle ohne Fremdbeteiligung. Dr. Teller hat sich selbst übertroffen. Ich weiß nicht, wie er es hingekriegt hat, den Arm des Kindes zu retten, aber er hat es geschafft, und dann hat er noch der Mutter das Leben gerettet. Den Vater haben wir leider verloren. Das war in der ersten Nacht. In der zweiten wurde ein junges Pärchen eingeliefert. Und wieder hat Dr. Teller ein Wunder vollbracht. Ich war sicher, dass das Bein der Frau amputiert werden müsste, aber er hat das verhindert und dazu noch beide am Leben erhalten. Am Ende war es eine lange, aber gute Nacht. In der nächsten habe ich durchgeschlafen, und gestern hatte ich wieder Nachtschicht. Allerdings war die ziemlich ruhig. Trotzdem fühle ich mich, als müsste ich ein paar Jahre an der Matratze horchen.«

»Du hättest zu Hause bleiben sollen«, meinte Stella. »Wir können das doch auch alleine.« Vienna sah wirklich müde aus, was bei ihr nur sehr selten vorkam. »Warum ruhst du dich nicht in einem der Gästezimmer aus?«

»Ist doch gut hier. Ich leg mich auf die Couch, und wenn ich anfange zu schnarchen, schüttet ihr mir einen Eimer Wasser ins Gesicht, ja? Sonst schäme ich mich hinterher in Grund und Boden.«

Die anderen lachten, wechselten aber besorgte Blicke, weil Vienna sich wirklich auf der Couch ausstreckte, was sie normalerweise nie getan hätte. Sie arbeitete oft in der Notaufnahme, war aber die beste OP-Schwester im Krankenhaus, deshalb wurde sie bei einem Notfall häufig zu Hilfe gerufen. Dann ließ sie alles stehen und liegen, ganz egal, was sie gerade getan hatte.

»Ich lass die Damen dann mal allein. Ich hab noch zu arbeiten.« Sam drückte Stella einen Kuss auf den Scheitel und schlenderte zur Tür hinaus.

Zahra sah ihm vom Fenster aus bewundernd nach. »Sam ist wirklich ein echter Hingucker, Stella«, sagte sie.

Stella prustete los. »Komm da weg. Wehe, du machst ihm schöne Augen und flirtest mit ihm, dann beiße ich jedes Mal, wenn ich in deiner Nähe bin, Eiswürfel durch.«

Entsetzt zog Zahra sich vom Fenster zurück. »Ich meine ja bloß. Niemand sollte kaltes Wasser trinken und schon gar keine Eiswürfel reintun.« Schaudernd zog sie die Schultern hoch. »Für mich gibt es nur heißes Wasser mit Zitrone.« Sie nahm sich ein Stück Käse, legte es auf einen Cracker und schob sich das Ganze in den Mund. »Auf Eiswürfeln herumzukauen ist pure Folter.« Sie setzte sich im Schneidersitz neben die anderen.

Stella legte die neuesten Skizzen auf dem Boden des Wohnzimmers aus. »Da war ich schon mal, das bedeutet, dass eine von euch mich dorthin mitgenommen hat. Aber der Aufstieg war eindeutig zu schwer für mich. Erkennt eine von euch auf dem bisschen, was ich zeichnen konnte, den Pfad oder die Felsen?«

Sie bemühte sich, ihren Herzschlag unter Kontrolle zu halten, denn sie baute darauf, dass ihre Freundinnen ihr halfen, die unbekannten Felsen zu identifizieren. Sie lebte zwar schon lange in der Gegend, konnte aber trotzdem nicht sagen, wo sie sich befanden.

Mit gerunzelter Stirn blickte Zahra auf die Skizzen. »Die hab ich noch nie gesehen, und ich geh die ganze Zeit bouldern.«

Das stimmte nicht ganz, denn Zahra kletterte lieber auf traditionelle Art. Wenn man ihr einen Gurt gab, ein paar

Leute für eine Seilschaft, jemanden, der voranging, und jemanden, der hinten aufräumte, war sie glücklich. Bouldern war definitiv *nicht* ihre bevorzugte Sportart, doch sie kam trotzdem mit, wenn Stella dabei Gesellschaft haben wollte.

Raine betrachtete die Skizzen sehr sorgfältig, dann schüttelte sie den Kopf. »Tut mir leid, meine Liebe, die kenne ich auch nicht.«

Shabina beugte sich über Raines Schulter und sah sich die Zeichnungen ganz genau an. »Mir geht's genauso. Ich hab dich da nicht hingebracht.«

So blieben nur Harlow und Vienna übrig. Doch Harlow schüttelte bereits den Kopf. Vienna blieb liegen, streckte aber eine Hand nach den Skizzen aus. Schnell sah sie die Blätter durch, nickte und hielt sie mit geschlossenen Augen in die Höhe.

»Ich war vor drei Jahren mit dir da. Diese Felsen sind selbst bei den Einheimischen nur wenigen bekannt. Man nennt sie ›Twin Devils‹, die teuflischen Zwillingsfelsen. Wenn man auf einem von ihnen steht, kann man endlos weit blicken. Der Weg dahin führt über die alte Hot Springs Road, die keiner mehr benutzt. Immer geradeaus bis zu einer Abzweigung ungefähr sieben Meilen hinter den heißen Quellen. Es gibt kein Schild, weil es nur auf einem unbefestigten Weg weitergeht, der inzwischen größtenteils zugewachsen sein dürfte. Er liegt auf der linken Seite und ist leicht zu übersehen. Es gibt keinen Hinweis darauf, keine Zäune, rein gar nichts. Deshalb nimmt ihn nie jemand. Die meisten haben ihn vergessen, und die, die versuchen, ihn zu finden, haben oft Pech. Er ist flach, deshalb sieht es so aus, als böge man auf eine Wiese ein. Man muss ganz genau hinschauen, um nicht daran vorbeizufahren.«

»Warum ist der Weg nicht markiert?«, fragte Raine.

Vienna räusperte sich, grinste leicht und wurde wieder ernst. »Angeblich ist das ziemlich große Areal, durch das er führt, in Privatbesitz, aber die Eigentümer wohnen nicht hier. Und da es auf dem Grundstück kein Haus und keine Hütte gibt, kommen sie auch nie her. Sie haben es von ihren Urgroßeltern geerbt oder so ähnlich, jedenfalls gehört es der Familie schon seit Ewigkeiten. Da niemand dort hingeht, verkommt das Land immer mehr und wird von wilden Tieren bevölkert. Bären, Berglöwen und Klapperschlangen.«

»Warum wird es nicht verkauft?«, fragte Harlow.

Vienna seufzte. »Wenn man den Gerüchten glauben kann, weil es Streit gibt.«

»Niemand geht dorthin?«, fragte Zahra. »Stehen dort denn Betreten-verboten-Schilder?«

»Früher schon. Aber seit Jahren nicht mehr. Jedenfalls habe ich bei meinem letzten Besuch keine gesehen.«

»*Vienna.* Du wusstest, dass das Privatbesitz ist, und bist trotzdem dort gewesen?«, entrüstete sich Shabina. »Wer hätte gedacht, dass du so ein böses Mädchen bist.«

»Jede von euch.«

»Und mich hast du auch noch mitgenommen«, bemerkte Stella. »Wenn wir erwischt worden wären, hätte ich auf unschuldig plädieren müssen.«

Mit geschlossenen Augen winkte Vienna ab. »Ich hätte selbstverständlich gelogen und behauptet, du wüsstest Bescheid. Wie heißt es so schön? Mitgefangen, mitgehangen. Dann hätten wir im Knast wenigstens etwas Spaß gehabt.«

Stella fing an zu lachen. »Du sagst es.«

»Wir hätten euch schon wieder rausgeholt«, tröstete Zahra sie.

»Danke.« Stella warf ihr eine Kusshand zu. »Sind die zwei Felsen auf irgendeiner Karte verzeichnet?«

»Wenn ja, weiß ich nichts davon. Ein Kletterkollege hat sie mir gezeigt. Er war vor mir Leiter des Rettungsteams, hat Knightly aber verlassen, weil er meinte, irgendwo hinziehen zu müssen, wo er eine größere Auswahl an Frauen hat, mit denen er sich verabreden kann.«

»Meine Güte, Vienna. Was hatte er denn an dir auszusetzen?«, fragte Harlow. »Du warst doch direkt vor seiner Nase.«

»Ich habe ihm einen Korb gegeben.«

»Ach, deshalb ist er gegangen«, sagte Raine. »Ich schau mal bei Google Earth nach, ob ich die Felsen finden kann. Je mehr Infos wir bekommen, desto besser. Hast du schon einen Plan, Stella?«

»Ja. Und zwar einen sehr vernünftigen. Der Killer soll nicht merken, dass wir ihm auf der Spur sind. Deshalb werden Sam und ich so tun, als wollten wir an einem der Felsen Klettern üben. Das dürfte den Kerl vom Morden abhalten.«

»Sam traue ich das zu«, sagte Raine. »Aber du bist nicht gerade schwer zu durchschauen, Stella. Der Killer wird dir ansehen, dass irgendetwas nicht stimmt, besonders wenn er dich kennt.«

»Vielleicht sollten wir alle da hinfahren«, schlug Zahra vor.

»Kommt nicht infrage«, widersprach Stella augenblicklich. »Wenn ihr glaubt, dass ich mich verrate, ist die Gefahr doch noch größer, je mehr von uns da sind. Nein, wir halten uns an den Plan. Sam und ich gehen allein dorthin. Es ist doch eine gute Idee, wenn er mich an einen einsamen Ort bringt, um das Klettern am Seil mit mir zu üben. Ich möchte eben nicht, dass irgendwer mitbekommt, wie viel Angst ich davor habe.

Außerdem ist es für mich genau die richtige Zeit für so was, weil ich gerade das Resort geschlossen habe.«

»Kannst du dich denn davon abhalten, das Opfer zu warnen, wenn es sich um einen Freund handelt?«, fragte Harlow.

Stella fuhr sich mit der Hand durchs Haar. »Ich weiß nicht. Ich hoffe einfach, dass wir die Felsen finden. Außerdem interessiert mich, wie der Killer mit dem Mord davonkommen will. Heute Nacht werde ich ja erfahren, auf welche Weise er ihn als Unfall arrangiert. Sam und ich brechen so früh wie möglich auf. Ich schreib euch dann morgen, was ich gesehen habe und wen wir für den Mörder halten.«

Sie sah ihre Freundinnen der Reihe nach an. »Ihr seid wirklich die Besten. Ich weiß nicht, was ich ohne euch tun würde.«

Mitten in der Nacht setzte Stella sich mit klopfendem Herzen auf und schaute Sam an. »Er sichert ihn. Ganz freundlich. Das Opfer hat diesen Ausflug seit Monaten vorbereitet. Der Killer lässt seinen Freund abstürzen und beseitigt dann alle Hinweise auf seine Anwesenheit. Außerdem bringt er ein Toprope an, damit es so aussieht, als wäre das Opfer allein geklettert. Dieser Kerl hat gesummt, als er seine Fußspuren verwischt und seine Ausrüstung eingesammelt hat.«

Ihr Magen rebellierte, während sie Sam das erzählte. »Ich konnte nicht hören, was er summte, dafür aber genau gesehen, was er getan hat. Allerdings waren immer nur seine Hände im Blickfeld. Er ist sehr sorgfältig vorgegangen. Ich habe sogar gesehen, wie er dem Opfer den Finger gebrochen hat. Bei dem lauten Knacken ist mir schlecht geworden.«

»Sonst hast du nichts von dem Killer gesehen?«

»Nur seinen Schatten am Felsen. Er hat sich viel Zeit dabei gelassen, den Tatort zu manipulieren, und alles so inszeniert, als wäre das Opfer allein unterwegs gewesen. Er wusste, dass niemand ihn dabei stören würde.« Stella bemühte sich, ihre Verbitterung nicht durchklingen zu lassen. »Er war so begeistert von sich. So voller Triumph. Er ist geradezu euphorisch und fühlt sich allen überlegen. Er wird nicht aufhören, Sam. Es gefällt ihm zu sehr.«

»Leider war das bei den beiden Einsätzen, von denen ich dir erzählt habe, genauso. Sobald ich sicher war, dass ich die Killer entlarvt hatte, habe ich sie beschattet und kleine Veränderungen an ihnen bemerkt, wenn sie ein Opfer ins Visier genommen hatten. Manchmal beobachteten sie ihre Beute immer wieder, nur um sich an dem Gefühl, Herr über Leben und Tod zu sein, länger berauschen zu können.«

Stella sah ihn ernst an. »Hin und wieder musstest du Menschen töten. Hast du dich dann auch so gefühlt?«

Sam legte die Stirn in Falten. »Am Anfang war mir jedes Mal etwas übel. Ich hab nie gezögert, aber tief im Innern hatte ich wohl eine Abneigung dagegen. Irgendwann ging das weg, und ich war wie taub. Nachts, wenn ich allein war, spürte ich wieder etwas, aber mit der Zeit hörte auch das auf.« Er hob die Lider und schaute ihr ruhig in die Augen. »Da habe ich beschlossen, dass es Zeit wurde aufzuhören, *Satine*. Ich wollte nicht komplett gefühllos werden. Ich habe meinem Land gedient und mein Bestes gegeben, um das ehrenvoll zu tun. Dabei bin ich Risiken eingegangen, die ich wohl hätte vermeiden sollen. Aber ich war ein dummes Kind, das meinte, es müsse sich für das Blut in seinen Adern schämen und für die Sünden seines Vaters bezahlen.«

»So ging es mir auch lange Zeit. Ich glaube, wir sind uns sehr ähnlich.«

»Das glaube ich nicht, Schatz. Denn du bist etwas ganz Besonderes.«

»Ach, Sam, du hast ja keine Ahnung. Für mich bist du ein Geschenk, mit dem ich nicht gerechnet hatte. Ich dachte immer, ich wäre verantwortlich für die Zerstörung unserer Familie und den Tod meiner Mutter. Ich habe gelernt, niemandem zu erzählen, was in meinem Leben vorgeht. Es ist mir so zur Gewohnheit geworden, dass ich es schwer fand, jemanden an mich heranzulassen.« Sie lächelte ihn unsicher an. »Ich habe gar nicht gemerkt, wie du dich an mich rangemacht hast.«

Sam lächelte ebenfalls. »Das war der Plan.« Er wurde wieder ernst. »Vielleicht ist uns beiden dasselbe eingebläut worden, und deshalb verstehen wir so gut, dass der andere seine Privatsphäre braucht. Ich musste auch immer alles für mich behalten. Und meine Arbeit hat dieses Verhalten noch verstärkt.«

»Deine Zurückhaltung macht dich nur anziehender. Meine Freundinnen finden dich ganz toll«, sagte Stella, um dem Moment die Schwere zu nehmen.

Sam hob eine Braue. »Meinst du etwa die, die dich davon überzeugen wollten, dass ich ein Serienmörder bin?«

»Äh … ja. Mit Ausnahme von Raine. Sie hat das nicht eine Sekunde geglaubt. Ich bin überzeugt, dass sie Informationen hat, die sie mit niemand anderem teilt. Oder einen sechsten Sinn. Jedenfalls ist sie anders, das war sie schon immer. Sie weiß, wie es ist, seine Familie zu lieben und sie zu verlieren. Sie redet dauernd von ihren Eltern und ihren Brüdern. Und ihrer Kindheit. In der sie anscheinend glücklich war. Ich hatte keine Ahnung, dass sie von ihrer Familie verstoßen worden ist.«

»Von der Strafe habe ich gehört«, sagte Sam. »Aber sie kommt mir etwas übertrieben vor, wenn ihr Vater ihr nie erzählt hat, dass er in der Mafia ist. Ich finde es seltsam, dass ihre Mutter sich an die Ächtung hält, die offenbar von ihren Brüdern ausgesprochen worden ist … Es sei denn …« Plötzlich brach er ab.

»Was?«

Sam schüttelte den Kopf. »Ich kenne Raine nicht gut genug. Sie ist immer so still und bleibt meistens beobachtend im Hintergrund, aber sie ist sehr intelligent.«

»Das ist eine Untertreibung, Sam. Sie ist hochbegabt. Und cool. Raine wird mit allem fertig.«

»Könnte es sein, dass sie den Lockvogel für den Mörder ihres Vaters spielt? Dass sie ihre Familie dazu gebracht hat, sie auszustoßen, um ihre Verwandten zu schützen?«

»Wie meinst du das?«

»Wäre es möglich, dass sie ihre Brüder und ihre Mutter dazu überredet hat, sich öffentlich von ihr zu distanzieren, damit der Mörder ihres Vaters denkt, die Familie hätte ihr die Schuld gegeben, sodass er sich nicht mehr um ein kleines Mädchen, das allein in der Sierra lebt, kümmern muss? Sie trifft sich nie mit ihrer Familie. Falls ihre Brüder überwacht werden, wird sich sicher herausstellen, dass sie keine Nachforschungen über den Tod des Vaters anstellen und ihn als den Preis akzeptieren, den man in diesem Geschäft eben bezahlt.«

Stella stockte der Atem. Das war genau das, was Raine tun würde. Höchstwahrscheinlich war sie dabei, geduldig nach der Spur zu suchen, die sie zum Mörder ihres Vaters führte.

»Wenn das so ist, fände sie einen Weg, gefahrlos mit ihrer Mutter und ihren Brüdern zu kommunizieren. Nicht persönlich, aber über ihren Computer«, meinte Stella.

»Ich glaube, deine Freundinnen passen zu dir, Schatz, sie können Geheimnisse bewahren und wissen viel über Liebe und Verlust, genau wie du.«

»Genau wie wir«, korrigierte sie.

Stella starrte auf das wohlbekannte Auto und sah dann bestürzt zu Sam hinüber. »Er will Denver umbringen. Er hat es auf Denver abgesehen. *Unseren* Denver.« Sie konnte es kaum fassen. »Er gehört doch zu uns. Zu unserer Familie. Wir müssen uns beeilen. Oder kommen wir schon zu spät?«

Sie schob die Tür ihres SUVs auf und wollte hinausspringen. Ihr Herz klopfte wie wild, ihr Mund war trocken. Wer würde denn Denver umbringen wollen? Von allen in der Stadt, mit Ausnahme von Vienna, war er der Hilfsbereiteste. Und der Netteste. Und als niedergelassener Anästhesist auch sehr wichtig. Außerdem war er im Bergrettungsteam. Er half den Älteren in der Gemeinde durch den Winter, indem er ihnen vom Fleisch der Tiere, die er erlegt hatte, und von den Fischen, die er gefangen hatte, etwas abgab. Selbst das Gemüse aus seinem großen Garten ging eingemacht an viele Gemeindemitglieder. Er war stets bereit, bei Reparaturen im Haus mitzuhelfen, und begleitete Sam, wenn den beiden zu Ohren kam, dass im Haus eines älteren Menschen das Dach leckte oder der Boden nachgab. Zudem versorgten sie häufig diejenigen, die selber nicht mehr genug Kraft dafür hatten, mit selbst geschlagenem und zerhacktem Feuerholz.

Sam packte sie am Handgelenk und riss sie zurück auf

ihren Sitz. »Moment, Stella. Hol mal tief Luft. So aufgeregt hilfst du ihm nicht. Wenn du deine Rolle nicht spielen kannst, musst du hierbleiben, und ich geh allein los. Der Killer darf nicht merken, dass wir hinter ihm her sind. Denver denkt, er macht mit einem Freund einen Ausflug. Die beiden müssen uns glauben, dass wir hierhergekommen sind, um an deinen Ängsten zu arbeiten. Bis jetzt hat der Killer keinen Grund, misstrauisch zu werden. Absolut keinen. Solange du uns nicht verrätst, wird er es für einen reinen Zufall halten, dass wir ausgerechnet heute hergekommen sind. Wobei das bei diesem schönen Wetter verständlich ist.«

Stella zwang sich, tief durchzuatmen. »Es ist nur, weil es um Denver geht. Er gehört zur Familie. Und in der Gemeinde ist er praktisch unersetzlich.« Sie schaute an Denvers Wagen vorbei zu dem, der davor parkte. »Ich hätte es wissen müssen«, zischte sie. »Oder erraten.« Ein Teil von ihr hatte das vielleicht sogar. »Jason Briggs. Genau der, der Shabina davor gewarnt hat, weiter in den Wald zu gehen.« Sie schaute in Sams ausdrucksloses Gesicht. »Warum?« Wollte er damit vielleicht Verdacht auf seine Freunde lenken? Oder ist er selber hinter Shabina her?«

»Ich weiß es nicht, aber wir müssen los. Lass uns die Ausrüstung ausladen und aufbrechen, damit sie nicht zu viel Vorsprung haben.«

»Du hast recht«, stimmte Stella ihm zu und atmete noch einmal tief durch, um sich zu beruhigen. »Ich will nicht, dass Denver mit dem Klettern anfängt, bevor wir da sind. Es darf jetzt keine Unfälle mehr geben. Nicht, dass der Killer wieder mittendrin seinen Plan ändert, weil etwas dazwischenkommt, wie neulich im See. Wir müssen eine natürliche Erklärung für unser Auftauchen haben, damit Denver nichts passiert.«

Mit so viel Wasserflaschen und Proviant in den Rucksäcken, als wollten sie wirklich den ganzen Tag bleiben, machten sie sich eilig auf den Weg. Stella hoffte, dass es nicht nötig war, solange klettern zu üben, aber für alle Fälle waren sie darauf vorbereitet, dem Killer die Zeit zu stehlen.

Der Tag war wunderschön. Die Sonne schien und warf ihre Strahlen über die Felsen, denen sie immer näher kamen. Die leichte Brise trug ihnen das leise Lachen der beiden Bergsteiger vor ihnen zu. Sam ging etwas schneller, um sie mit seinem breiten Körper vor den zwei Männern abzuschirmen, die sich nun zu ihnen umwandten.

Ein finsterer Blick verunzierte Jasons gerade noch lächelndes hübsches Gesicht, als er sich ganz zu ihnen umdrehte und sie, die Hände in die Seiten gestemmt, erstaunt musterte.

Denver dagegen grinste breit. »Sam. Stella. Was macht ihr denn hier draußen? Und sagt mir jetzt nicht, dass die junge Dame an diesem Ding hochklettern will.«

Stella konnte sich nicht beherrschen und warf sich in seine Arme. Denver drückte sie an sich. »Du willst es mit diesem Felsen aufnehmen?«

»Tja, das ist etwas anderes als Bouldern«, sagte sie an seiner Schulter, weil sie Jason nicht ansehen wollte. Sie befürchtete, dass sie ihn dann mit Blicken erdolchen würde.

»Was macht ihr zwei hier?«, wollte auch Jason wissen.

»Stella hat es nicht so mit Höhen«, erwiderte Sam lässig. »Ich will sie mit einem Seil sichern, während sie hier, wo niemand zusieht, übt, ihre Ängste zu besiegen. Und was habt ihr hier vor?«

Sam wirkte fröhlich und heiter. Als wäre alles in Ordnung. Als würde er sich jeden Tag mit einem Serienmörder unterhalten.

»Ich plane diesen Aufstieg schon seit Monaten«, gestand Jason. »Irgendwann habe ich Denver erzählt, wie langsam es in letzter Zeit mit den Vorbereitungen vorangeht. Da hat er angeboten, heute mit mir zu kommen und mich zu sichern. Klettern ist so viel einfacher, wenn man kein Toprope benutzen muss.«

Stella hörte ihn wie aus weiter Ferne. Sie hatte sich von Denver gelöst, um Jasons Gesicht sehen zu können, wenn er Sam antwortete, und nun bemühte sie sich, das, was er gesagt hatte, mit den Fakten in Einklang zu bringen.

Das konnte doch nicht stimmen. Es musste *Denvers* Projekt sein. Und Jason derjenige, der sich angeboten hatte, die Sicherung zu übernehmen. Das alles ergab keinen Sinn. Sie schaute am Felsen empor, dann wieder zu Jason und schließlich zu Sam. Doch seine wie immer unergründliche Miene half ihr nicht weiter.

Hatte sie gerade richtig gehört? Wieder versuchte sie, Jasons Antwort so zu interpretieren, dass sie zu dem passte, was sie vermutete, doch ganz egal, wie oft sie seine Erklärung im Kopf noch einmal abspulte, es kam immer das Gleiche dabei heraus. Das hier war Jasons Projekt, und Denver hatte sich bereit erklärt, ihn zu sichern.

Bestürzt wandte sie sich ihrem lieben Freund zu und schaute ihm in die Augen.

19

Mami, Daddy tut wieder etwas Schlimmes.

Die Kameralinse fokussierte sich auf einen dunklen Raum. Er schien rechteckig zu sein. Stella tat ihr Bestes, um in dem engen Blickfeld so viele Details wie möglich zu erkennen, obwohl es sehr düster war. Das einzige Licht kam von einer dünnen Taschenlampe, deren Strahl durch den Raum wanderte, doch selbst der war abgeschirmt, so als befürchte die Person mit der Lampe, dass der Schein gesehen werden könnte. Stella erhaschte einen flüchtigen Blick auf eine Polstermatte. Sie sah nur ein kleines Stück davon, aber sie war sicher, dass es sich um ein Crashpad handelte, wie man es zum Bouldern benutzte. Die Linse fing schon wieder an, sich zu schließen. Doch im letzten Moment glitt der Lichtstrahl noch über ein Paar Kletterschuhe in einer Ecke. Dann klappte die Linse zu.

Stella schreckte hoch, kämpfte sich, strampelnd und nach Luft ringend, unter den Decken hervor und sprang aus dem Bett, um den Nachwirkungen des Albtraums zu entkommen. Es kümmerte sie nicht, dass es schon recht kalt war und sie praktisch nichts anhatte, weil Sam sie wie ein Ofen wärmte und er ihr nachts ohnehin alle Kleider auszog.

»Schatz.«

Er saß wie immer im Sessel gegenüber, aber sie gönnte ihm keinen Blick. Sie bemerkte ihn nicht einmal. So wie sie auch den eiskalten Boden unter den nackten Füßen nicht bemerkte und dass Bailey in seinem Körbchen hastig aufgestanden war. Sie rannte einfach los zur Hinterseite des Hauses. Dort war es dunkel, und sie hatte nicht daran gedacht, eine Taschenlampe mitzunehmen. Mit wild hämmerndem Herzen blieb sie vor der Tür zum Stiefelraum stehen. In der Nacht, als Bailey angegriffen worden war, hatte jemand versucht, dort einzubrechen.

»Stella, rede mit mir.« Sam tauchte hinter ihr auf.

Sie zitterte, aber nicht weil ihr kalt war. Sie war wie betäubt – unfähig, irgendetwas zu empfinden. Sie starrte nur stumm die geschlossene Tür an. Sie wollte kein Licht anmachen, denn dann wusste der Killer, falls er sie beobachtete, dass sie ihm auf der Spur war. Sie biss sich auf die Lippe. Sie konnte sich immer noch nicht dazu bringen, ihn beim Namen zu nennen. Oder sich gestatten zu glauben, dass tatsächlich er der Gesuchte war. Ein guter Freund. Einer ihrer besten. Warum nur? Warum hatte er angefangen zu töten? Das war doch völlig irre.

Sie griff nach dem Knauf, um die Tür zu öffnen. Da drückte Sam über ihre Schulter hinweg mit der Hand dagegen, damit sie zublieb.

»Rede mit mir, Stella.«

»Du wusstest, dass er es war, nicht?« Sie fürchtete, dass sich die Frage wie eine Anklage anhörte.

»Nein, aber als Bailey trotz der vier tiefen Stiche nicht lebensgefährlich verletzt war, kam mir ein Verdacht. Dazu braucht man Nerven. Ruhe und Kraft und Kenntnisse der

Anatomie. Irgendwie fiel mir dabei ein, dass Denver in der letzten Zeit bei Autopsien ausgeholfen hatte. Angeblich weil er sich umorientieren wollte. Aber nachdem Vienna wegen deiner Albträume den Sheriff und die Gerichtsmedizinerin auf die seltsame Übereinstimmung mit den gebrochenen Fingern aufmerksam gemacht hatte, hat er urplötzlich das Interesse daran verloren. Ich habe geglaubt, er wollte derjenige sein, der das herausfand, und den Ruhm dafür ernten. Das hat mir keine Ruhe gelassen. Er machte doch schon so viel, warum auch noch das? Und warum hat er es dann so plötzlich wieder aufgegeben?«

»Du hast aber nichts davon gesagt«, beharrte Stella.

»Ich hatte keine Beweise und wollte nicht, dass Denver der Mörder ist. Wie du weißt, habe ich nicht viele Freunde, deshalb bedeutet er mir sehr viel. Also, nein, ich habe es nicht gewusst, aber er hat die nötigen Fähigkeiten, und er war zur richtigen Zeit am richtigen Ort.« Wieder seufzte er. »Und dann waren da noch die Zeiten, in denen der Stalker nicht da war. Gestern war Vienna ziemlich erschöpft. Weil es in zwei aufeinanderfolgenden Nächten einen Unfall gegeben hat und sie erst in der dritten durchschlafen konnte. Und wenn sie im OP war, musste dort auch ein Anästhesist gewesen sein, also wahrscheinlich Denver. Wenn er im Krankenhaus war, konnte er nicht hier sein. Ich habe das überprüft. Er war in der Klinik. Dann habe ich an den Tagen nachgesehen, an denen du dich nicht beobachtet gefühlt hast, und da war er auch jedes Mal in der Klinik.«

»Er ist doch in die Tierarztpraxis gekommen, als Bailey dort operiert wurde.«

»Ja, aber erst sehr spät, und keiner hat darauf geachtet, ob er am Arm verletzt war«, bemerkte Sam.

»Davon hast du kein Wort zu mir gesagt«, flüsterte Stella abgeschreckt, und diesmal klang es wie eine Anklage. »Warum nicht?«

»Gestern, als wir zu den Twin Devils gefahren sind und Jason und Denver getroffen haben, dachtest du zunächst, Jason wäre der Killer, oder?«, konterte er und trat näher an sie heran. Offenbar wollte er ihr nicht antworten. Sam. Es tat ihr in der Seele weh für ihn. Für sie beide.

An ihrem Rücken spürte sie seine Hitze. Sie nickte, schaute sich aber nicht nach ihm um, sondern starrte stur auf die Tür. Und auf die weit gespreizten Finger seiner Hand, die sie zuhielten. Als wäre sie die Büchse der Pandora. Und wenn sie die öffnete …

»Ja«, sagte sie leise. »Dann fing Jason an zu erzählen, wie lange er an dem Projekt gearbeitet hat und dass Denver angeboten hätte, ihm zu helfen, da habe ich zu Denver hinübergeschaut. Und seine Augen gesehen. In dem Moment wurde es mir klar. Er war mitgegangen, um Jason zu töten. Er wollte ihn umbringen und es so aussehen lassen, als wäre Jason allein mit einem festen Seil geklettert. Aber dann sind wir gekommen und haben ihm die Gelegenheit vermasselt.«

Behutsam legte Sam eine Hand um ihren Nacken. »Gestern Abend wolltest du nicht darüber reden.«

Nach ihrer Rückkehr war er für mehrere Stunden verschwunden, und als er wieder da war, hatte er kein Wort gesagt, und sie hatte ihm keine Fragen gestellt. Aus lauter Angst vor dem, was er womöglich getan hatte. Doch jetzt, nach diesem Albtraum, wusste sie, dass Denver noch lebte.

»Du warst während ganzen Rückfahrt so still. Jedes Mal, wenn ich versucht habe, mit dir zu reden, hast du einfach nur den Kopf geschüttelt. Ich musste dir Zeit zum Trauern geben.«

Seine Stimme war sanft. Viel zu sanft und mitfühlend. Das konnte sie im Moment nicht ertragen. Sie durfte nicht noch mehr aus der Fassung geraten. Sam war zu wichtig. Ihr Sam. Sie musste an ihn denken und sich alles, was sie machte, gut überlegen. Also holte sie tief Luft, drehte sich zu ihm um und lehnte sich absichtlich mit dem Rücken an die Tür.

Sie durfte nicht panisch durchs Haus rennen, und Sam durfte nicht mit ihr in diesen Raum gehen oder ihre Skizzen sehen oder mit ihr über den Albtraum reden. Nicht über diesen. Sonst nahm er die Sache in die eigenen Hände. Sicher würde er es als seine Aufgabe ansehen, Denver zu richten. Das hatte er bereits angedeutet. Aber Sam liebte diesen Mann, ob er es zugab oder nicht. Das machte ihn sicher genauso traurig wie sie.

»Das ist für uns beide furchtbar. Für uns *alle*. Wir müssen es den anderen sagen, Sam. Ich weiß noch nicht, wie, aber wir müssen. Jason könnte immer noch in Gefahr sein.«

»Ich habe ihn dazu überredet, in nächster Zeit nicht mehr dort hinzugehen«, beruhigte Sam sie. »Aber das wird andere Kletterer nicht vor Denver retten. Wir müssen darüber reden, Stella, wir können nicht länger warten. Und ich muss wissen, was dich heute so verschreckt hat.«

»Ich hatte einen Albtraum.«

»Das ist mir klar. Aber die hast du öfter.«

»Nicht solche.« Stella wandte den Blick ab, weil sie Sam nicht anschauen konnte, wenn sie log. »Es war ein ganz gewöhnlicher Albtraum, keiner über Serienkiller.«

In der darauffolgenden langen Pause fühlte sie Sams Blick auf sich ruhen und wand sich unwillkürlich unter seiner

Intensität. Sanft fasste er ihr unters Kinn und zwang sie, ihn anzuschauen.

»Ich glaube, wir beide sollten einander beichten, denn du bist wahrscheinlich die schlechteste Lügnerin auf der Welt, und ich verschweige dir nicht gerne etwas, besonders wenn es dir nicht gefallen wird.«

Sofort wusste sie, was er getan hatte. »Du bist zu Denver gegangen.«

»Er ist weg. Wir müssen mit Griffen reden und alle alarmieren. Sonst sind wir schuld, wenn noch jemand stirbt.«

»Du hast recht.« Stella wollte nicht, dass Sam Denver jagte. Sie nahm seine Hand und versuchte, ihn ins Schlafzimmer zurückzuführen.

Doch er rührte sich nicht vom Fleck. »Warum soll ich nicht in den Stiefelraum gucken?«

Stella seufzte. »Das sage ich dir im Schlafzimmer. Ich hab einfach Panik gekriegt.«

»Zwing mich nicht, mit Schimpfwörtern um mich zu werfen, die du nicht magst. Sag's mir einfach, Schatz.«

»Er weiß Bescheid. Gestern an den Felsen, als mir klar wurde, dass das nicht Denvers Projekt war, und ich ihn ansah, hat er erkannt, dass ich ihn durchschaut habe. In dem Albtraum gerade habe ich so einen Stiefelraum gesehen. Und Sachen fürs Bouldern. Und ganz am Schluss Kletterschuhe. Es waren meine, das schwöre ich, Sam. Ich stelle sie immer in dieselbe Ecke. Er ist hinter mir her.«

»Warum sollte ich das nicht wissen?« Sam strich ihr übers Haar.

»Weil ich nicht will, dass du ihn suchst. Er ist dein Freund. Ich wollte von Anfang nicht, dass du dich um diese Sache kümmerst, und jetzt fände ich es noch schrecklicher. Und ich wusste, wenn ich dir sage, dass er es auf mich abgesehen hat, würde nichts dich davon abhalten, ihn auszuschalten.«

Sam legte beide Hände um ihr Gesicht und strich ihr mit dem Daumen zärtlich über die Wange. »Mich kann sowieso nichts davon abhalten. Er muss gestoppt werden. Aber du hast recht. Dass er dich ins Visier genommen hat, macht es für mich noch wichtiger. Wir müssen all deine Freunde warnen und den Sheriff auch.«

»Denver ist imstande, sich ewig lang selber zu ernähren. Er kann überall sein. Er jagt und angelt und kennt jede Höhle und alle alten Jagdhütten, die bei den meisten längst in Vergessenheit geraten ist«, meinte Stella.

»Er könnte sich auch hier aufhalten, im ehemaligen Anglercamp oder in einer der älteren Hütten«, sagte Sam. »In denen, die wir eigentlich renovieren wollten. Er kennt jede einzelne. Er ist ein paar Mal mit mir gekommen, als ich an den Böden gearbeitet habe. Er hat mir sogar bei den Waschbecken und der Elektrizität geholfen.«

»Ich will nicht, dass Sonny oder Patrick in die Nähe dieser Hütten gehen«, warf Stella hastig ein.

»Es hätte ja sein können, dass Denver abgehauen ist«, sagte Sam, »aber da du gerade diesen Albtraum hattest, ist er wohl noch hier. Anscheinend ist er wirklich fixiert auf dich.« Sam klang leicht besorgt.

»Er weiß aber nichts von meiner Vergangenheit«, sagte Stella leise. »Er hat keine Ahnung, dass ich schon als kleines Mädchen von Serienkillern geträumt habe. Wenn er das erfährt, gehen wir das Risiko ein, dass er verschwindet. Meinst du nicht, dass Griffen und Sheriff Rafferty damit direkt zum FBI gehen werden? Das können wir nicht ausschließen, aber wir müssen ihnen trotzdem etwas sagen, damit sie ihre Leute warnen können.«

Sam folgte ihr durch den Flur zum Schlafzimmer. »Ich muss endlich diese Rollos anbringen. Ich habe sie extra anfertigen lassen und ein Vermögen dafür ausgegeben, dass sie schnell geliefert werden.«

»Ehrlich?«

»Ich denke halt an Scharfschützen, *Satine*.«

Stella schlüpfte wieder ins Bett und griff nach ihrem Skizzenblock und ihrem Tagebuch. Sie hatte nicht das Gefühl, dass Denver sie beobachtete. Er war da draußen, aber nicht in der Nähe. Anscheinend hatte er einen gesunden Respekt vor Sam und ging kein Risiko ein.

»Da Denver nichts von deinen Fähigkeiten weiß, könnten wir ihm doch eine Falle stellen, während ich ihm auf der Spur bin. Ich werde dich deshalb nicht belügen, Schatz. Und ich will, dass auch deine Freundinnen es wissen. Shabina sollte jetzt für eine Weile nicht mehr in den Wald gehen.«

»Die Mädels werden außer sich sein.«

»Ich weiß«, sagte Sam. »Gleich morgen früh rufe ich Griffen und Paul Rafferty an. Von deinen Albträumen werde ich ihnen nichts erzählen, aber ich werde ihnen sagen, dass wir uns wegen Denver sorgen, weil er Andeutungen gemacht hat, die uns vermuten lassen, dass er nicht mehr richtig tickt und womöglich diese Morde begangen hat.«

Stella seufzte tief, denn sie wusste, dass sie nicht darum herumkamen, mit der Polizei zu sprechen. Es musste sein. Sie hatten zwar keine Beweise, aber Griffen würde bei seinem Chef sicher ein gutes Wort für sie einlegen. Schließlich hatte auch die Gerichtsmedizinerin dem Sheriff gegenüber ihr Misstrauen geäußert. Vielleicht hatte Sam recht damit, dass ihre Albträume die Sache nur noch verworrener machten.

»Was kann die Polizei denn tun? Solange es keine Hinweise auf ein Verbrechen gibt, kann Denver auch nicht angeklagt werden.«

»Aber der Sheriff kann eine Suchmeldung nach ihm rausgeben und das irgendwie so begründen, dass Denver psychisch labil ist, deshalb sollte man ihm nicht zu nahe kommen, aber sofort die Polizei rufen. Etwas in dieser Richtung.«

Stella hielt bereits alles fest, was die Linse sie hatte sehen lassen. Den Teil des Stiefelraums mitsamt Inhalt, den sie erkennen konnte. Sie zeichnete jedes Detail mit großer Sorgfalt, selbst die Ecken des Schrankes, den Boden und ihre Kletterschuhe.

»Ich finde es schrecklich, dass du das tun musst«, sagte Sam sanft und wischte ihr eine Träne von der Wange, die auf den Block zu tropfen drohte.

»Für dich ist es doch auch schrecklich, Sam«, erwiderte sie abgrundtief traurig.

Bestürztes Schweigen machte sich breit. Stella war die Einzige, die in Shabinas wunderschönem Wohnzimmer mit der hohen Decke und dem prachtvollen Steinkamin noch auf den Füßen stand.

Schützend legte Vienna eine Hand an ihre Kehle. »Das kann nicht sein, Stella. Du musst dich irren. Ein schrecklicher Fehler. Denver gehört …«

»… zur Familie«, beendete Harlow den Satz für sie. »Er ist einer von uns. Ein Teil der Clique.«

»Und er ist Arzt«, fügte Vienna hinzu. »Weißt du, wie viele

Leben er gerettet hat? Ich habe gesehen, wie er um Menschen kämpft. Und immer wieder sein eigenes riskiert, um einem völlig Fremden zu helfen. Nein, du hast dich getäuscht, es muss so sein.«

Wieder wurde es still im Raum, während die Frauen mit so etwas wie dumpfer Verzweiflung versuchten, das, was Stella ihnen soeben berichtet hatte, zu verarbeiten.

»Bist du sicher, dass er dich als Nächstes töten will?«, fragte Raine schließlich.

»Auf wen er es abgesehen hat, weiß ich noch nicht«, gab Stella zu. »Aber das war definitiv der Stiefelraum in meinem Haus. Ich habe meine Kletterschuhe erkannt. Er könnte auch hinter Sam her sein. Oder hinter uns beiden. Das kommt mir wahrscheinlicher vor. Heute Nacht erfahre ich mehr. Sam ist schon zu Griffen und Paul Rafferty gegangen.«

»Habt ihr auch mit Jason gesprochen, um sicherzustellen, dass Denver ihn nicht doch noch hinterrücks angreift?«, fragte Shabina. »Wenn er krank genug ist, dich und Sam töten zu wollen, wird er auch kein Problem damit haben, den ursprünglichen Plan, Jason zu ermorden, weiterzuverfolgen.«

»Sam hat Jason gewarnt. Ich weiß nicht, was er ihm gesagt hat, aber ja, er müsste wissen, dass er vorsichtig sein soll, auch wenn es den meisten Menschen in Knightly schwerfallen wird zu glauben, dass mit Denver etwas nicht stimmt«, meinte Stella.

»Bist du absolut sicher?«, fragte Zahra.

»Unglücklicherweise gibt es keinen Zweifel. Denver hat sich versteckt. Aber er hat die Gegend nicht verlassen, weil er jetzt hinter mir her ist, oder hinter Sam und mir.« Sie blickte auf ihre Hände hinunter. »Ich weiß nicht, warum. Wir waren den ganzen Tag mit ihm und Jason da draußen. Allerdings hat meistens Sam mit ihm geredet. Ich hing ja am Felsen und konnte nicht sprechen.«

»Wie hat Denver denn erkannt, dass du von seinem Mordplan wusstest?«, fragte Raine in ihrer ruhigen Art. Sie saß neben Vienna und hatte mitfühlend eine Hand auf das Knie ihrer Freundin gelegt.

»Als Jason erzählt hat, dass er sich schon seit Monaten mit dem Projekt beschäftigt und Denver angeboten hätte, ihn zu sichern, habe ich immer wieder versucht, mir die Geschichte passend zurechtzubiegen, aber es hat nicht funktioniert. Da ist mir ein kalter Schauer über den Rücken gelaufen, und ich habe Denver angesehen. Der Blick muss wohl anklagend und wissend gewesen sein. Zuerst hat er lächelnd zurückgeschaut, aber dann verblasste sein Lächeln, da sah ich ihn. Den Killer. Und er sah mich. Es war nur ein kurzer Moment, danach war Denver zurück. Trotzdem habe ich mich erschrocken in Sams Arme geworfen und das Gesicht an seine Brust gedrückt, bis ich mich wieder im Griff hatte.«

»Sicher fragt er sich, wie du ihm auf die Schliche gekommen bist«, überlegte Raine.

»Vor einiger Zeit hat Denver behauptet, Sam wäre ein Geist. Es war im *Grill.* Ehe das alles passierte. Da hat er mir erzählt, dass sein Vater und sein Onkel gestorben seien und ihm viel Geld hinterlassen hätten. Und dann hat er gemeint, Sam sei ein Geist und ich sollte mich nicht mit ihm einlassen, weil das zu gefährlich wäre. Er denkt wohl, Sam weiß alles. Danach hat Denver uns immer wieder zu Hause beobachtet. Oder nur mich. Ich bin mir nicht sicher. Vielleicht auch nur Sam. Er hat mir erzählt, Männer wie Sam könnten sich unsichtbar machen. Das schien ihn zu faszinieren. Sam meint,

Denver ist fixiert auf mich, aber ich kriege langsam Angst, dass er auf Sam fixiert ist. Nicht auf sexuelle Weise, sondern eher so, als wollte er sich mit ihm messen.«

Sie wandte sich Raine zu. »Er war eigentlich der Einzige, den Sam an sich herangelassen hat, und das lag hauptsächlich daran, dass Denver die Freundschaft forciert hat. Ihr wisst ja, wie er ist. Entweder er kommt vorbei, oder er lädt dich dauernd zu sich ein. So hat er es bei Sam auch gemacht. Er hat ihm seine Angelstellen gezeigt. Und die besten Jagdreviere. Hat ihm geholfen, wenn er zu viel Arbeit hatte, und mit ihm geredet. Sam sagt nicht viel, aber er ist ein guter Zuhörer, und er mochte Denver.«

»Alle mögen Denver«, meinte Harlow.

»Was genau hat er gesagt, als er Sam als Geist bezeichnet hat?«, fragte Raine. »Kannst du das wiederholen? Mich hast du auch danach gefragt, aber ich kann mich nicht erinnern, was du mir damals von Denver erzählt hast.«

»Er hatte an dem Abend ziemlich viel getrunken. Das macht er nicht besonders oft. Ich war auch nicht mehr nüchtern. Da hat er angefangen, mir zu erzählen, wie sein Vater und sein Onkel gestorben sind. Und dass er eine sehr schlimme Kindheit gehabt hätte. Er hatte noch nie von seiner Vergangenheit gesprochen, deshalb fühlte ich mich richtig geehrt, dass er sich ausgerechnet mir öffnete. Es war ihm anzumerken, dass er etwas verbittert war. Dann hat er davon angefangen, dass Sam und ich ja wohl eine Beziehung hätten. Dass wir sonst nie mehr als einen Tanz miteinander getanzt hätten und dass Sam mich diesmal begrapscht hätte. Ich war etwas böse auf mich selber, weil ich offenbar so beschwipst war, dass ich das gar nicht richtig mitgekriegt hatte, also habe ich Sam geschrieben und ihn gefragt, ob das stimmt.«

»Das hast du ihn wirklich gefragt?«, wunderte sie Harlow, die trotz des ernsten Hintergrunds das Lachen kaum unterdrücken konnte.

»Ich habe doch schon zugegeben, dass ich zu viel getrunken hatte«, verteidigte sich Stella.

»Mach weiter«, forderte Raine.

»Ja, aber sag uns zuerst, was Sam geantwortet hat«, meinte Zahra.

Das wollte Stella lieber für sich behalten. »Das tut nichts zur Sache.«

»Ganz bestimmt nicht«, murmelte Zahra.

»Ich habe Denver ermahnt, dass er doch Sams Freund sei, da hat er gesagt, niemand könnte mit einem Geist richtig befreundet sein, und das sei Sam nun mal.«

Raine zog die Brauen zusammen. »Waren das genau seine Worte? Bist du sicher?«, fragte sie nachdenklich.

Stella nickte. »Ja, weil ich noch gesagt habe, Sam wäre doch aus Fleisch und Blut. Und dass er sich im Resort und im Rettungsteam für nichts zu schade ist, das hätte er mir doch selber erzählt. Aber er hat nur wieder vom Militär angefangen.«

»Moment«, unterbrach Raine sie. »Wieder? Er hatte also schon vorher davon geredet?«

»Ja, als er über sein Leben sprach, hat er erzählt, dass er das Geld seiner Familie nicht angerührt hätte, obwohl sie sehr wohlhabend sei. Er hat selber für seine Ausbildung gesorgt, indem er zur Armee gegangen ist. So ist er Anästhesist geworden. Er war erst Offizier und dann Arzt. Er meinte, Männer wie Sam wären nötig und würden gerufen, wenn alles andere fehlgeschlagen ist.«

Stella ging zu dem Beistelltisch, auf den Shabina Plätzchen, Wasserflaschen und einen Kessel mit heißem Wasser, vor allem für Zahra, angerichtet hatte, nahm eine Flasche und trank daraus, weil sie eine Pause brauchte.

»Stella, ich weiß, dass das hier schwerfällt«, sagte Raine. »Und ich würde auch nicht auf dieser Unterhaltung bestehen, wenn ich sie nicht für wichtig hielte. Kannst du mir noch irgendetwas anderes berichten, was er über Sam als Geist gesagt hat?«

Stella runzelte die Stirn und versuchte, sich zu erinnern. »Irgendetwas darüber, dass sie manchmal wie Schatten wären und wie Wölfe jagen würden, allein und lautlos. Das weiß ich noch, weil es zu Sam passt. Er bleibt wirklich meist im Schatten und ist sehr still. Dass er schwer zu fassen sein soll, ist bei mir hängen geblieben. Denver meinte, dass man diese Geister meist gar nicht sieht, höchstens spürt. Und dass sie einen aus schlimmen Situationen befreien. Ich fand das eine gute Sache und habe das auch gesagt.«

Ihre Freundinnen schauten sie so ehrfürchtig an, als wäre das, was Denver über Sam gesagt hatte, tatsächlich wahr. Stella hoffte, dass Raine einen Grund für ihre Fragen hatte, und ahnte, worauf sie hinauswollte.

»Ich muss wissen, was er über seine Familie gesagt hat. Du hast angedeutet, dass er verärgert war. Ich hätte es gern etwas genauer.«

Stella hasste es, Denvers Vergangenheit vor allen andern ausbreiten zu müssen. Irgendwie fühlte es sich wie ein Verrat an, so dumm sich das auch anhörte. Er hatte seine Geheimnisse nie zuvor geteilt, und eigentlich war sie stolz darauf gewesen, dass er sie dafür ausgesucht hatte, obwohl sie beide betrunken gewesen waren.

»Ich würde das nicht fragen, wenn es nicht wichtig wäre«,

sagte Raine. »Ich bin nicht aus purer Neugier so beharrlich. Wenn ich Denvers Geisteszustand besser einschätzen kann, finde ich vielleicht raus, was er erreichen will.«

Stella wusste nur zu gut, wie Raines Hirn funktionierte. Sie konnte Puzzleteile rasend schnell zusammensetzen. Auch alle anderen sahen Raine gespannt an. Selbst die Hunde schauten wachsam. Stella trank noch einen Schluck Wasser, um sich zu beruhigen.

»Er hat gesagt, vor etwa einer Woche hätten Rechtsanwälte ihn darüber informiert, dass sein Vater und sein Onkel Vern sich gegenseitig erschossen hätten. Das müsse er erst noch sacken lassen. Er bezeichnete das alles als schrecklich dumm, aber eben unvermeidlich. Dabei hat er versucht, so zu tun, als wäre es nicht wichtig und würde ihm nichts ausmachen, aber seine Hände haben ziemlich heftig gezittert. Seine Mutter ist schon gestorben, als er beim Militär war, deshalb hat er jetzt alles geerbt. Er hat durchblicken lassen, dass es sich um eine sehr große Erbschaft handelt.«

»Gebt mir ein paar Minuten«, sagte Raine, öffnete ihren Computer und hackte auf die Tasten ein.

Vienna stand auf und schlang die Arme um sich. »Ich weiß nicht mehr, was ich denken soll. Denver ist der netteste Mann auf der Welt. Ich kann mir nicht vorstellen, dass er Wildfremde vom Mount Whitney schubst oder James Marley ertränkt.« Sie rieb sich mit den Händen über die Arme. »Wie sehr ich mich auch bemühe, mich dazu zu zwingen, daran zu glauben, dass er das getan haben könnte, es gelingt mir einfach nicht.«

»Mir geht es genauso«, sagte Stella. »Nur dass in dem Moment, in dem ich ihm in die Augen schaute, jemand anders zurückgeschaut hat. Und das war nicht mein Denver.

Unser Denver. Das war ein Wildfremder. Ich weiß nicht, wie ich das erklären soll.«

»Wenn Denver aus einer so reichen Familie stammt, warum ist er dann hier?«, fragte Zahra.

Harlow zog eine Braue in die Höhe. »Auch wenn jemand aus reichem Hause kommt, kann es sein, dass in der Familie schlimme Dinge passieren, das weißt du doch, Zahra. Hast du nicht gehört, was Stella gesagt hat? Er wollte nicht, dass seine Familie seine Ausbildung bezahlt. Er ist zum Militär gegangen, um Arzt zu werden.«

»Denver hat eine fürchterliche Vorgeschichte«, meldete Raine. »Ich bin in seiner Krankenakte. Sein Vater und sein Onkel hätten unbedingt strafrechtlich verfolgt werden müssen. Interessant ist auch, dass der Onkel bei drei verschiedenen Gelegenheiten in Verdacht geriet, junge Frauen gequält und getötet zu haben, aber jedes Mal ein hieb- und stichfestes Alibi vorwies. Der Grund für die Verdächtigungen war, dass sein Neffe behauptet hatte, gesehen zu haben, wie sein Onkel eine der Frauen in sein Auto zerrte. Beim zweiten Mal berichtete der Neffe, er hätte seinen Onkel mit der vermissten, gefesselten Frau in einem Lagerhaus gesehen. Beim dritten Mal gab er an, dass der Onkel eine weitere vermisste Frau im Keller eines leer stehenden Gebäudes festgehalten hätte.«

»Haben die Cops dann etwa angefangen, Denver für den Täter zu halten?«, fragte Shabina.

»Zu der Zeit war er noch zu jung. Aber danach haben sie aufgehört, ihm zu glauben. Hört euch das mal an. Als er noch ein Kind war, ist Denver mehrfach ein Finger gebrochen und wieder eingerenkt worden, und zwar immer, nachdem er der Polizei von den jungen Frauen bei seinem Onkel erzählt hatte«, berichtete Raine.

»Wie viele Frauen wurden damals ermordet?«, fragte Stella.

»Ich gucke gerade nach«, meinte Raine. »Wenn ihr mich fragt, würde ich sagen, dass Vater und Onkel beide Mörder waren und sich gegenseitig Alibis gegeben haben. Denver musste dabei von klein auf zusehen, vielleicht haben sie ihn sogar gezwungen mitzumachen. Die zwei waren Monster.«

Stella wandte sich von den anderen ab und ging zum Fenster. Sie wollte nur noch nach Hause, sich mit Bailey und Sam dort einschließen und so tun, als wäre nichts von alledem geschehen. Sie hatte geglaubt, ihre Kindheit sei ein Albtraum gewesen, dabei hatte in Wahrheit Denver eine grausame Kindheit gehabt, die ihm zum Verhängnis geworden war, und nun gab es für ihn keinen Ausweg mehr.

»Er kam her, um Frieden zu finden. Sie sollten nicht mehr an ihn herankommen«, flüsterte sie. »Er wollte nie so sein wie sie.«

»Im Laufe der Jahre hat die Polizei seinen Vater und seinen Onkel öfter verdächtigt, wenn Frauen verschwanden«, fuhr Raine fort, »aber es gab nie genug Beweise, um weiterzuermitteln.« Sie klappte ihren Computer wieder zu. »Was hat Denver noch über Sam als Geist gesagt?«

Stella biss die Zähne zusammen, um keine scharfe Antwort zu geben. Sam war kein Geist, sondern ein Mann aus Fleisch und Blut mit Gefühlen, der ebenfalls einen guten Freund verloren hatte.

»Er hat gesagt, dass solche Geister auch für Aufgaben außerhalb des Militärs eingesetzt würden und normalerweise früh sterben. Wenn sie aber überlebten und den Job aufgäben, würde man sie jagen, weil sie ein zu großes Sicherheitsrisiko darstellten und zu viel wüssten, deshalb wolle die Regierung sie lieber tot sehen.«

»Was impliziert, dass Sam, weil er ja noch lebt, zu gut ist, um entdeckt zu werden, selbst von einem anderen Geist«, folgerte Raine.

»So ungefähr«, stimmte Stella zu, obwohl sie nicht wusste, wie ihnen das weiterhelfen sollte.

»Du musst mit Sam über dieses Gespräch reden.«

Mami, Daddy tut wieder etwas Schlimmes.

Die Fensterscheibe wurde von außen eingeschlagen, dann erschien eine behandschuhte Hand, die sie schnell und effizient weiter zerschmetterte und die Glasscherben auf den Boden des Stiefelraums regnen ließ. Offenbar wusste der Eindringling ganz genau, wo das Türschloss war, und knackte es ohne Rücksicht auf den schrillenden Alarm innerhalb von Sekunden. Anschließend zerrte Denver seine Geisel von draußen herein und stieß sie von hinten so heftig, dass sie zu Boden fiel. Da ihre Hände auf dem Rücken gefesselt waren, konnte Vienna den Sturz nicht abfangen, knallte mit dem Gesicht gegen die Ecke des eingebauten Schrankes und schrie kurz auf.

Denver hockte sich neben sie, schob ihr Haar beiseite und untersuchte ihre Wange. Er ging recht sanft mit ihr um, half ihr aber nicht wieder auf, sondern hielt ihr ein Messer an die Kehle und wartete. Sie war der Köder, der Stella in den Stiefelraum locken sollte, sonst hätte sie ihn niemals betreten. Er hatte ihr vorab eine Nachricht geschickt, und da war sie, schob ganz langsam die Tür auf und steckte verängstigt erst mal nur den Kopf hindurch, um hineinzusehen. Ohne ein Wort ritzte Denver mit der messerscharfen Klinge die Haut an Viennas Hals und ließ eine Linie aus rubinroten

Blutstropfen hervorquellen. Also kam Stella trotz Viennas warnender Rufe wie befohlen ganz herein.

»Denver, was machst du da? Du musst damit aufhören, mein Lieber.« Bittend streckte sie eine Hand nach ihm aus.

Ohne sie anzusehen, stürzte er sich auf sie, riss ihr die Beine weg und stieß schon, während sie neben Vienna zu Boden fiel, auf sie ein. Wieder und wieder, zwanzig, dreißig Mal, drehte das Messer in den Wunden und schnitt sie weiter auf. Nicht ein einziges Mal schaute er ihr dabei ins Gesicht oder auf das Blut, das sich bereits in Lachen sammelte. Auch ihre Schreie schien er nicht zu hören. Aber er wurde weder von der üblichen Begeisterung noch von einem Blutrausch getrieben, sondern stieß zu wie ein Automat.

Eine Minute. Zwei. Mehr als drei hatte er nicht. Dann war er wieder auf den Füßen, riss Viennas Kopf an den Haaren hoch, schnitt ihr die Kehle durch, ließ sie einfach fallen und verschwand. Die Wände waren rot von Blut, und der Boden schwamm darin. Dann schloss sich die Kameralinse abrupt, und alles wurde schwarz.

Vier Albträume später hatte Stella keinen Zweifel mehr daran, dass sie es war, hinter der Denver her war, und nicht Sam.

Stella lehnte sich mit dem Rücken an Sams Brust, blickte über den See und sah zu, wie die Sonne aufging. Ruhig standen sie zusammen am Ende des privaten Stegs, während Gold- und Rottöne die Wasseroberfläche überzogen. Es gab nur wenig Wind, deshalb war sie spiegelglatt und funkelte wie ein riesiger Edelstein. Ganz egal zu welcher Jahreszeit, der Anblick des Sees verfehlte seine Wirkung auf sie nie.

In Sams Armen fühlte sie sich absolut sicher, aber er war nicht da gewesen, als Denver in den Stiefelraum eingebrochen war. Dank ihrer Albträume wussten sie zwar, was Denver vorhatte und wie er es erreichen wollte, doch gefunden hatten sie ihn immer noch nicht. Das Büro des Sheriffs hatte eine Vermisstenmeldung herausgegeben, in der es hieß, man zweifle an seiner psychischen Gesundheit und solle ihn nicht ansprechen, sondern lieber die Polizei rufen, falls man ihn entdecke. Aber niemand hatte sich gemeldet.

Sam hatte an jedem einzelnen Ort nachgesehen, an dem Denver gern jagte oder fischte, und in allen Höhlen, von denen er erzählt hatte, aber keine Spur von ihm gefunden. Dafür kannte Denver sich nicht nur im Wald zu gut aus, sondern auch auf den privaten Grundstücken, wo die meisten Besitzer ja nur eine bestimmte Zeit des Jahres verbrachten. Er war und blieb unauffindbar.

Es war so schön und so ruhig und friedvoll, einfach nur zuzuschauen, wie die Sonne hinter dem See emporstieg. In Sams Armen gelang es Stella, tief durchzuatmen, obwohl sie lange das Gefühl gehabt hatte, keine Luft mehr zu bekommen.

Sam strich mit dem Kinn über ihr Haar. »Geht es dir jetzt besser, Schätzchen?«

Sie hatte stundenlang geweint – zumindest war es ihr so vorgekommen, bis sie keine Tränen mehr hatte. Ihre Augen und ihr Gesicht fühlten sich geschwollen an, doch die kühle Morgenluft wirkte erfrischend. Sam hatte sich von ihrem rotfleckigen Gesicht nicht abschrecken lassen und den Vorschlag gemacht hierherzukommen. Dann hatte er sie bei der Hand genommen und ihr auf dem Weg zum Steg über die Felsen auf dem Boden geholfen.

Sie hatte jedes Detail des Albtraums auf die übliche Art festgehalten und ihm alles darüber erzählt, was ihr einfiel, während sie über ihren verlorenen Freund weinte, der sie und Vienna töten wollte. Und da Sam eben Sam war, hatte er sie in Ruhe trauern lassen, sie einfach nur in seinen Armen gehalten, ihr hin und wieder ein Taschentuch gereicht und dabei die neuesten Hinweise gesichtet. Danach hatte er ihr gesagt, sie solle sich warm anziehen, weil sie beim Kaffeetrinken dem Sonnenaufgang am See zuschauen würden. Das Angebot konnte sie nicht ablehnen.

»Ich bringe dich gleich in die Stadt, Stella. Dich und deinen Hund. Ich will, dass du bei Shabina bleibst, bis ich dich dort abhole. Ich habe sie gebeten, euch alle bei sich aufzunehmen: Raine, Harlow, Zahra und natürlich Vienna.«

Sie schaute ihn über die Schulter hinweg an. Sein Gesicht war wieder einmal unergründlich. »Warum sollen wir bei Shabina bleiben?«

»Weil sie das beste Alarmsystem hat. Dort kann euch nichts passieren«, erwiderte Sam. »Aber für alle Fälle, um ganz sicherzugehen, habe ich ein paar Freunde gebeten, mir zu helfen. Sie werden auf ihrem Grundstück patrouillieren. Da kommt keiner mehr unbemerkt rein oder raus. Und sie werden sich auch nicht mit Shabinas Plätzchen bestechen lassen oder dem Charme einer deiner Freundinnen erliegen. Das sind Profis.«

»Mein Gott, Sam, du weißt, wo er ist, oder?« Stella löste sich aus seinen Armen, drehte sich um und schaute ihn an. »Oh ja. Du weißt es. Und du willst ihn töten.«

Stumm blickte er ihr in die Augen.

Stella schüttelte den Kopf. »Das darfst du nicht, Sam. Wirklich nicht. Sag Griffen Bescheid. Er soll ihn verhaften.«

»Weswegen? Nenn mir einen Grund. Griffen kann ihn nicht verhaften. Es ist ihm nicht nachzuweisen, dass er irgendetwas Unrechtes getan hat.«

»Dann sollten wir zusammen zu ihm gehen. Ihn zu einem Geständnis bringen und es aufnehmen oder so was. Mir egal. Aber du darfst ihn nicht töten. Ich will, dass du bei mir bleibst. Wenn du ihn umbringst, wie willst du dann hierbleiben? Irgendwann wirst du es bereuen und wegziehen wollen.«

»Warum sollte ich es bereuen? Hör mir zu, Schatz«, sagte Sam sanft. »Ich weiß, dass du mich beschützen willst, aber denk dran, dass Denver zur Familie gehört hat. Zu uns. Was hat Raine dir wohl klarmachen wollen? Ihm war bewusst, dass es mit ihm abwärtsging. Er wollte nicht so werden wie sein Vater und sein Onkel. Du warst immer sein letzter Halt, Stella. Und er wusste genau, dass ich ihn jagen und zur Strecke bringen würde, wenn er dich ins Visier nimmt.«

Stella schüttelte den Kopf, denn der dicke Kloß in ihrem Hals machte ihr das Sprechen schwer. »Nein, Sam.«

»Du hast es doch selbst gesagt. Es war kein Triumph- oder Machtgefühl zu spüren. Dieser Albtraum war anders als die anderen. Denver konnte dich und Vienna nicht ansehen. Er will euch töten, weil sein krankes Hirn das für die einzige Möglichkeit hält, mich dazu zu bringen, das alles zu beenden.«

»Das weißt du doch gar nicht«, sagte sie leise.

»Aber ich weiß, dass er es offenbar nicht fertigbringt, sich selber zu töten, deshalb fordert er mich heraus. Es ist ein Spiel, bei dem er die Regeln vorgibt. Deshalb muss ich mich darauf verlassen können, dass ihr alle in Sicherheit seid. Denver glaubt, er kann Vienna zu sich locken, aber das schafft er nicht. Dafür habe ich gesorgt. Direkt nachdem du mir von deinem Albtraum erzählt hast, habe ich einen Freund zu ihr geschickt, der sie sofort zu Shabina gebracht hat. Und bevor er wieder gegangen ist, hat er ihr das Handy abgenommen.« Er lächelte schwach. »Da war sie anscheinend stinksauer. Das Mädchen hat ziemlich viel Temperament.«

»Wo kommen denn so plötzlich all diese Freunde her?«, fragte Stella argwöhnisch, denn bislang schien Sam außer Denver nie einen gehabt zu haben. Doch eigentlich diente die Frage nur dazu, etwas Zeit zu schinden.

»Als mein Verdacht zum ersten Mal auf Denver fiel, habe ich ein paar Freunde angerufen, die mir noch einen Gefallen schuldeten, und sie gebeten, so schnell wie möglich herzukommen. Ich hatte Glück, dass sie alle gerade freihatten und sofort herkommen konnten. Sie haben nur darauf gewartet, dass ich ihnen sage, was sie tun sollen. Denver davon abzuhalten, an Vienna oder eine andere von deinen Freundinnen heranzukommen, ist der zweitwichtigste Punkt auf meiner Liste. Ihn nicht an dich herankommen zu lassen, der wichtigste.«

»Und ihn nicht an dich herankommen zu lassen ist das Wichtigste auf *meiner* Liste«, murmelte Stella. »Du und Raine, ihr denkt anscheinend beide, dass Denver sich dieses Kräftemessen gut überlegt hat, aber das macht alles nur noch schlimmer. Schließlich neigt er dazu, sich für intellektuell überlegen zu halten. Das weißt du genauso gut wie alle anderen. An dem Abend im *Grill*, als er zu viel getrunken hatte und mich vor dir warnen wollte, hat es sich deutlich gezeigt.«

»Worauf willst du hinaus?«

»Er war Offizier, Sam. Und stammt aus reichem Haus.

Ob er das Geld der Familie abgelehnt hat oder nicht, er ist jedenfalls damit aufgewachsen. Jetzt ist er Arzt. Er stand also immer über den andern. Alle haben zu ihm aufgeschaut. Er mag ruhig und bescheiden aufgetreten sein, aber er war eitel. Und daran gewöhnt, mit einer gewissen Achtung behandelt zu werden, sowohl in der Armee wie auch hier.«

Sam unterbrach sie nicht. Das tat er nie. Er ließ sie ausreden. Immer. So blieb ihm nichts, was sie umtrieb, verborgen.

»Denver war nie besonders auf Sex aus. Er hat sich nicht oft verabredet. Hin und wieder ist er mal mit einer Frau ausgegangen, aber es wurde nie etwas richtig Ernstes daraus. Er hatte viel mehr Spaß daran, als Tausendsassa zu gelten. Auch wenn er so tat, als wäre das nichts Besonderes. Er war immer der Erste, der sich bei Rettungseinsätzen freiwillig für die gefährlichsten Klettereien meldete – weil er dann brillieren konnte. Außerdem spielte er gern den Wohltäter. Er war einfach in allem, was er tat, gut. Jeder in der Stadt mochte ihn und sang sein Loblied. Er war eine große Nummer in Knightly. Und dann kamst du.«

Stellas Blick glitt über Sams geliebtes Gesicht. Sie wusste nicht, wer von ihnen beiden recht hatte, aber wer es auch war, Denver würde nicht friedlich gehen. So viel war sicher.

»Er war Offizier und sonnte sich in der Bewunderung seiner Männer, hat ihnen aber wohl einmal nicht aus einem Schlamassel heraushelfen können. Dann kam ein Einzelkämpfer – der als Geist bezeichnet wurde, ohne Rang und in seinen Augen ohne richtige Ausbildung, und seine Männer verlagerten ihre Bewunderung auf diesen Mann, weil er sie im Alleingang gerettet hatte. Was glaubst du, wie Denver sich dabei gefühlt hat, ganz egal, was er dazu gesagt hat?«

Sam nickte nachdenklich. »Das ist eine gute Frage, Stella.«

»Und als er dann hier war und im Mittelpunkt der Aufmerksamkeit stand, wie oft er das auch bestritten hat, was glaubst du, wie er sich wirklich gefühlt hat, als du kamst und durchaus einer von diesen Geistern sein konntest, die ihm damals schon die Show gestohlen hatten? Du warst nur einer, der zufällig hierherkam, einer von denen, die eigentlich nur zum Klettern da sind und danach weiterziehen, aber du bist nicht wieder gegangen. Du bist geblieben und warst auch in allem gut, und obwohl du damit nicht angegeben hast, hat es jeder bemerkt. Selbst Bale und seine Clique haben Respekt vor dir.«

Sam beugte sich vor und küsste sie sanft auf die bebenden Lippen. »Jetzt weiß ich, wovor du mich warnen willst, Schatz, aber am Ende spielt es keine Rolle, welche Falle Denver mir stellen will. Wichtig ist nur, dass ich ihn finde. Mein Freund Rafe sitzt in deinem Auto und wartet darauf, dich und Bailey zu Shabina zu fahren. Deine Freundinnen müssten schon da sein. Ich bring dich jetzt zum Haus zurück, dann packst du eine Tasche, und ich setze dich in den Wagen.«

»Sam …« Stella fragte sich, ob er sich das alles schon vorher überlegt hatte. Vermutlich.

»Lass uns nicht anfangen zu streiten. Du hast deinen Teil getan, und jetzt musst du mich machen lassen.«

Stella wollte ihm widersprechen, doch sie sah selber keine andere Lösung, und sie war nicht der Typ Frau, der eine sinnlose Diskussion vom Zaun brach. Sie konnte Sam nicht helfen, denn was nun kam, war sein Fachgebiet. Offenbar hatte er einen Plan und sie nicht. Sie konnte nur hoffen, dass er wirklich so gut war, wie es schien.

20

Langsam stand Denver auf. Es war unmöglich, ihn in seinem Camp zu finden. Er hatte jeden Ort, an dem er jemals gewesen war, gemieden und sich auch von leer stehenden oder nur zum Jagen oder Angeln benutzten Hütten ferngehalten. Sein Auto war mit Zweigen bedeckt. Es hatte eine spezielle Farbe, die es mit den Blättern und Sträuchern verschmelzen ließ, sodass es selbst aus der Luft nicht zu erspähen war. Er hatte kein Feuer gemacht und auch sonst nichts unternommen, was auf sein Lager aufmerksam machen könnte. Auch seine Kleidung hatte ein Tarnmuster. Aber trotz allem … sein Bauchgefühl sagte ihm, dass er nicht allein war.

Er legte eine Hand auf das Jagdmesser in der Scheide an seiner Hüfte. Er konnte sehr gut damit umgehen. Verstohlen musterte er die Büsche ringsum. Nicht nur seine Sehkraft war außergewöhnlich gut, auch sein Gehör war weit besser als normal, doch die Insekten hatten ihr unentwegtes Summen nicht ein einziges Mal unterbrochen. Eichhörnchen flitzten einen Baum hinauf, um einander die letzten Nüsse als Vorrat für den Winter abzujagen. Vögel huschten von Baum zu Baum. Das Leben im Wald ging weiter, während zur Vorbereitung auf die kommende Jahreszeit Nadeln und Blätter zu Boden fielen.

Ein kalter Schauer lief ihm über den Rücken. Das war ihm noch nie passiert. War das etwa Angst? Die kannte er nicht.

Also musste es Aufregung sein. Denn das Spiel hatte begonnen. Sein Spiel. Er hatte keine Angst davor. Trotzdem zitterten ihm die Beine. Und die Hände. Er wusste nicht, warum. Wenn die Eidechsen um ihn herum weiter durch die verrottenden Pflanzenreste glitten und die Insekten ihr Summen nicht einen Augenblick einstellten, war niemand in der Nähe. Aber wieso kam es ihm dann so vor, als hätte er eine Zielscheibe zwischen den Schulterblättern? Oder zwischen den Augen? Oder auf seinem Herzen? An all diesen Punkten juckte es ihn kurz und dann schließlich noch an der Kehle. Vielleicht wurde er verrückt. Doch die Diagnose konnte nicht stimmen.

Leise vor sich hin fluchend, schnappte er sich seine zwei großen Wasserkanister und ging zu dem schmalen Campeingang. Nur noch ein paar Stunden, dann konnte er seinen Plan in die Tat umsetzen. Aber jetzt brauchte er frisches Wasser. Das war das Einzige, von dem er nicht genug hatte. Doch er hatte das Lager oberhalb eines Wasserfalls aufgeschlagen, der sich gute zwölf Meter über eine Felskante in ein aufgewühltes Flussbecken hinunterstürzte. Es war nicht schwer, dieses Wasser zu reinigen.

Denver trat aus dem engen Kreis an Dickicht heraus, den er sich aus echten Pflanzen geschaffen hatte, und ging über einen Wildwechsel zum Wasserfall. Es war nicht weit, und er achtete darauf, keine Spuren zu hinterlassen. Das Getöse des Wassers, das über den Felsen fiel, wurde immer lauter und hinderte ihn daran zu hören, ob sich jemand an ihn heranschlich. Er musste sich auf seinen sechsten Sinn und seinen Bauch verlassen.

Wie das Wild, das er jagte, blieb er kurz stehen und sog mit erhobenem Kopf die Luft ein, um eventuell lauernde Gefahren zu wittern. Die Insekten und Vögel lärmten weiter.

Der Wind, der über sein Gesicht strich, trug ihm keinen Hinweis auf einen Verfolger zu. Dennoch waren seine Hände kalt. Fast schon klamm. Sein Herz schlug immer schneller, und sein Mund wurde trocken.

Aufmerksam blickte Denver über die vor ihm liegende offene Fläche. Zum ersten Mal in seinem Leben war er starr vor Angst, so wie sonst die Wildtiere in seinem Fadenkreuz. Er hatte keine Ahnung, warum. Da war doch nichts. Es war helllichter Tag, die Sonne schien, und die Vögel sangen. Er versuchte, Luft zu holen, doch seine Lunge und sein Bauch hatten sich derart verkrampft, dass er sich schwach und schwindelig fühlte.

Mehrere Minuten blieb er so stehen und kämpfte mit sich. Er würde sich doch nicht von einem Mythos ins Bockshorn jagen lassen. Das ließ er nicht zu. Das hier war sein Spiel. Mit seinen Regeln. Und er würde es nicht verlieren. Er war der Beste. Immer wieder wiederholte er dieses Mantra, das ihn schon so oft im Leben gerettet hatte. Nach einigen weiteren Minuten gelang es ihm, mehrmals tief Luft zu holen, Angst und Furcht beiseitezuschieben und sich wieder in den Griff zu bekommen.

Er streckte eine Hand aus und wartete, bis sie nicht mehr zitterte, dann grinste er breit. »Wenn du da draußen bist und mich suchst, ich habe keine Angst vor dir, Sam. Du kannst mich nicht finden. Der Wald ist zu groß, und ich bin zu gut. Ich werde dir das Einzige nehmen, was dir auf dieser Welt wichtig ist. Mal sehen, was du draufhast, wenn ein anderer die Regeln bestimmt.«

Er sagte es laut, denn es gab keinen Grund, leise zu sein. Absolut keinen. Er war allein, da war er sich sicher. Vollkommen sicher. Er hatte keine Spuren hinterlassen. Er hatte jeden überlistet, der hinter ihm her sein mochte. Der Inyo-Nationalforst war viel zu groß, um entdeckt zu werden. Außerdem kannte er sich darin sogar besser aus als die Ranger, die seit Jahren dort arbeiteten. Er hatte die Gegend bei seinen Jagd- und Angeltouren und den Rettungseinsätzen unbemerkt erkundet, war dort wandern, campen und klettern gegangen. Er kannte alle Wege. Er hatte den richtigen Zeitpunkt abgewartet und sich gut vorbereitet.

Wie Stella ihm auf die Schliche gekommen war, würde er nie erfahren. Es war der traurigste, aber auch erregendste Moment seines Lebens gewesen, als er an ihren Augen gesehen hatte, dass sie ihn durchschaut hatte. Dass sie *ihn* sah. Den wahren Denver. Mit allem, was in ihm steckte. Diesen Moment spulte er immer wieder vor seinem geistigen Auge ab, um eine Erklärung zu finden. Wie hatte sie das wissen können? Was hatte sie auf seine Fährte gebracht? Er fand es großartig, dass sie erkannt hatte, wozu er fähig war, und gleichzeitig hasste er es.

Hatte sie das von Sam? Hatte der ihn entlarvt und Stella eingeweiht? Nein, sie war so froh gewesen, ihn zu sehen. Die Freude war echt gewesen. Irgendetwas, das er oder Jason gesagt hatte, war der Auslöser für ihren Stimmungsumschwung gewesen, aber das würde bedeuten, dass sie von den anderen Morden wusste, und das konnte nicht sein. Beobachtete sie ihn etwa seit dem Fiasko im See, bei dem er Sam fast erwischt hätte? Das würde wohl für immer ihr Geheimnis bleiben.

Mit wiedergewonnenem Selbstvertrauen watete Denver in das schnell fließende Wasser. An einem sicheren Platz zwischen zwei Felsen genoss er wie immer die Aussicht, ehe er die beiden Kanister füllte. Über dem mächtigen Wasserfall zu stehen, weit oberhalb der Bäume und der Kreaturen, die darin lebten, gab ihm stets das Gefühl, unbesiegbar zu sein.

Das war der Grund, warum dieser Ort ihn angezogen hatte. Hier war sein Machtzentrum. Hier schöpfte er Kraft. Der Wind zerrte spielerisch an seiner Kleidung und verwirbelte das Wasser, das auf die Felskante zurauschte und gleich darauf in einem tiefen Abgrund verschwand.

Die beiden Kanister hingen an einem Seil um seinen Hals. Er drehte bei einem den Verschluss ab und tauchte ihn in das rasch dahinströmende Wasser hinter dem Felsen, von wo aus es ins Nichts fiel. Der Kanister füllte sich schnell, und Denver richtete sich auf, um den Deckel wieder zu- und den anderen abzuschrauben.

Der Wind schien aufzufrischen, denn er blies fester, zerrte in Böen an ihm und seiner Kleidung und sorgte dafür, dass sich seine Nackenhaare aufstellten. Als er sich noch einmal vorbeugte, um den zweiten Kanister zu füllen, trug der Wind ihm eine vertraute Stimme zu. Eine die immer ruhig und leise war. *Der Geist hat dich gefunden.*

Und dann stürzte er. Mit dem Kopf voran. Sich überschlagend. Ohne Kontrolle. Krachte wieder und wieder mit Rücken und Beinen, Kopf und Schultern gegen Vorsprünge in der Felswand, die seine Knochen zertrümmerten. Der Schmerz war unerträglich. Dann schlug er mit der Seite auf den spitzen Steinen auf, die aus dem Fluss unten ragten. Sofort zerrte die eiskalte Strömung an ihm. Seine Rippen hatten seine Lunge perforiert, er spürte, wie sie kollabierte. Er konnte kaum noch atmen. Dann wurde er von der Kraft des Wassers auf einen anderen Stein geworfen, der sich wie ein Dolch in seinen unteren Rücken bohrte.

Nach Luft ringend lag er aufgespießt da und versuchte verzweifelt, etwas zu sehen, ohne den Kopf zu drehen. Sonst wurden die Schmerzen noch größer. Wenn er sich von den Felsen wegrührte, würde ihn die Strömung mitreißen, doch er konnte auch nicht so liegen bleiben, dann würde er sterben. Sein Rückgrat war mehrmals gebrochen, und er hatte eine Wunde am Kopf. Auch sein linker Arm und die Beine waren gebrochen. Aber das war nicht das Schlimmste. Irgendwie war bei der Landung auch die Leber gerissen. Er hatte schwere innere Blutungen.

Er brauchte sofort einen Arzt. Er war selber einer und wusste, dass er bei diesen Verletzungen nicht viel Zeit hatte. Aber er musste auf dieser Felsspitze liegen bleiben, sonst würde er sehr schnell verbluten. Das rauschende Wasser versuchte, ihn davon wegzuzerren, und bei jedem dieser Versuche litt er Höllenqualen.

Denver schaute hoch. Die Sonne schien so hell, dass er die Augen zukneifen musste. Plötzlich fiel ein Schatten über ihn, und sein Herz stockte. Da war jemand. Am Ufer, nicht einmal einen halben Meter entfernt. Der konnte ihm helfen. Trotz der Schmerzen drehte er den Kopf ein kleines bisschen und zwinkerte gegen seine verschwommene Sicht an.

Sam hockte neben ihm und betrachtete ihn so ungerührt, als wäre er nicht mehr als ein Käfer. Sein Gesicht war völlig ausdruckslos. Dabei hatte er die Geschichte, dass Sam ein Geist sei, selber nicht geglaubt.

»Ich hatte recht«, krächzte Denver mühsam, denn er konnte kaum noch atmen, geschweige denn sprechen.

»Als du Stella vor mir gewarnt hast, hast du einiges falsch dargestellt, Denver. Die Regierung will uns nicht töten. Wir sind zu wertvoll. Sie weiß nur gern, wo wir uns aufhalten, damit wir gewisse Jobs für sie erledigen können, wenn sie einen von uns brauchen. Hast du ernsthaft gedacht, ich würde einen Soziopathen nicht erkennen? Ziemlich dumm von dir, meine Frau ins Visier zu nehmen.«

Das konnte Sam doch unmöglich wissen. Niemand wusste davon. »Woher?« Denver hustete Blut. Das war kein gutes Zeichen.

Sam richtete sich auf. »Das spielt keine Rolle.«

»Sie wird es erfahren«, stieß Denver hervor.

»Ich lüge sie nicht an. Die Welt wird sowieso erfahren, was du getan hast. Du hast einen detaillierten Bericht deiner unerreichten Meisterschaft auf deinem Computer hinterlassen – natürlich verschlüsselt. Alle, auch deine Freunde, werden sich damit befassen müssen, wie du bis ins Detail geplant hast, ein weit besserer Mörder zu werden als dein Vater und dein Onkel, und du hattest die Bühne, anders als die beiden, sehr sorgfältig vorbereitet.«

Entsetzt versuchte Denver zu protestieren. So einen Fehler hätte er niemals begangen. Doch nur Blut und Speichel kamen aus seinem Mund und rannen über sein Kinn. Schatten glitten über ihn hinweg, und als er zum Himmel emporschaute, sah er nur noch undeutlich hoch über seinem Kopf Vögel kreisen wie Todesboten.

Wieder hustete er und spuckte noch mehr Blut. Dann blickte er zwinkernd zur Seite. Sam war nicht mehr da. Fast hätte sein Herz ausgesetzt. Er verachtete diesen Mann, aber Sam konnte ihn doch nicht allein hier sterben lassen. War er überhaupt da gewesen? Oder nur Einbildung? Keiner konnte gewusst haben, was er vorhatte. Er war so vorsichtig gewesen. Hatte Jahre gebraucht, um seine Pläne zu schmieden. Und die perfekte Tarnung zu finden. Dann wurde alles schwarz und der Husten schlimmer. Er bekam keine Luft mehr, er würde ersticken. Wo war Sam nur?

Stella saß am Ende des Stegs, blickte über das eisige, saphirblaue Wasser und wartete wie jeden Morgen in der vergangenen Woche auf den Sonnenaufgang. Sieben Tage war Sam nun schon fort, um weiß der Himmel was zu tun, als Gegenleistung für gewisse Gefälligkeiten. Für jemanden, über den sie auch nicht weiter grübeln wollte. Die Luft versprach Schnee, es konnte nicht mehr lang dauern. Sie war jahrelang allein mit dem Schnee zurechtgekommen, das war nicht ihr Problem. Sie musste nur wissen, dass es Sam gut ging. Leider war er irgendwo unterwegs, wo er ihr nicht schreiben konnte, und die Nachrichten, die sie ihm schickte, gingen nicht an das Handy, das er bei sich trug – zu ihrer Sicherheit, nicht zu seiner. Wenigstens hatte er ihr das so erklärt, ehe er gegangen war.

Die Gebirgsbäche, die den Sunrise Lake speisten, brachten wegen der letzten Stürme immer mehr Wasser in den See. Der Wind riss an den wenigen störrischen Blättern, die noch an den Bäumen neben dem Steg hingen, als wäre er fest entschlossen, sie mitsamt dem Rest des rotgoldenen Laubfalls über die Planken zu pusten.

Die Wellen, die an das felsige Ufer und die Stegstützen klatschten, erzeugten eine Art Melodie. Stella hatte es schon immer geliebt, bei dieser Hintergrundmusik den Insekten, Vögeln und Fröschen zu lauschen, die sich frühmorgens miteinander austauschten. Das brachte jedes Mal Ruhe in ihre wirren Gedanken.

In der Woche ohne Sam hatte sie nicht besonders gut geschlafen, doch bei Sonnenaufgang auf dem Steg wurde ihre Angst um ihn kleiner. Wie immer hatte Bailey sich so eng an sie geschmiegt, als wäre nie etwas passiert, als hätten bei ihm nicht erst vor ein paar Wochen vier tiefe Wunden vernäht werden müssen.

Ohne Vorwarnung griff eine Hand nach ihrer Schulter. Fast wäre sie vor Schreck vom Steg gefallen, doch ein Arm, der sich um ihre Taille legte, hielt sie davon ab. Sie erkannte Sam an der Berührung. Auch Bailey wedelte, ohne sich umzuschauen, mit seinem Stummelschwanz.

Stella traute sich kaum, Luft zu holen, und wandte ganz langsam den Kopf, um den Mann anzuschauen, der hinter ihr hockte. *Sam*, versuchte sie zu sagen, aber es gelang ihr nicht.

Er sah so aus wie immer – tough, kantiges, flächiges Gesicht mit eiskalten Augen, die gerade für sie wärmer wurden, und diesem blauschwarzen Dreitagebart, den sie so schrecklich attraktiv fand. Sie zwinkerte mehrmals, um die aufsteigenden Tränen zu unterdrücken. Dann räusperte sie sich immer wieder, damit der dicke Kloß, der sie zu ersticken drohte, verschwand. »Du bist wieder da.«

»Ja, das bin ich, *Satine.*«

»Es war eine lange Woche.«

»Stimmt.«

Sam setzte sich, nahm sie zwischen seine langen Beine und bot ihr seine Brust als Stütze an. Dann legte er das Kinn auf ihre Schulter und legte seine Arme um sie. »Ach, Frau, wir brauchen hier jetzt für eine lange Weile keine Aufregung mehr.«

Stella ließ den See nicht aus den Augen, denn die Sonne begann gerade mit ihrem Aufstieg und warf Farben übers Wasser. Heute waren es wegen des heranziehenden Schnees wunderschöne Blautöne. Das kam nur sehr selten vor, aber wenn, war der Anblick phänomenal. Sie hatte diesen besonderen Moment schon mehrmals auf Fotos eingefangen, aber es war ihr noch nie gelungen, ihn so zu malen, dass er echt aussah, denn auf Leinwand wirkte er zu kitschig.

»Wie sich herausgestellt hat, *Mann*, war nicht *ich* der Grund für die Aufregung, sondern du. Jedenfalls hat sich die Gerüchteküche in Knightly inzwischen beruhigt. Ich fahre nicht mehr hin, weil ich nicht mehr über Serienkiller reden möchte. Und ich denke, jedem, der Denver kannte, geht es genauso.« Sie hielt den Blick weiter auf die Sonne gerichtet, die langsam am Himmel emporkletterte. Je höher sie stieg, desto größer wurde das Blaurot auf dem See. »Wirst du mich noch mal allein lassen?«

Mit dem Kinn schob Sam ihr das Haar aus dem Nacken und küsste sie auf die Ader, die an ihrem Hals pulsierte. »Nein, das war eine einmalige Angelegenheit. Mein ehemaliger Chef hat mir einen großen Gefallen getan, und im Gegenzug hat er mich gebeten, ein kleines Problem für ihn zu lösen. Das hat etwas länger gedauert, als ich dachte, aber jetzt ist es vorbei, und ich muss so was nie wieder tun.«

Stella legte eine Hand auf seine, die vor ihrem Bauch verschränkt waren. »Das war kein kleines Problem, sonst hätte sich längst ein anderer darum gekümmert.«

»Du hast recht, aber jetzt ist alles vorbei, und ich mache das nie wieder.«

Stumm beobachtete Stella, wie die Farben sich auf dem See ausbreiteten. »Ich will nicht, dass du dein Leben für meins riskierst, Sam. Denn das hast du im Grunde getan. Als du einen solchen Gefallen eingefordert hast, wusstest du, was von dir verlangt werden würde. Dabei war es schon gefährlich genug, Denver auszuschalten.«

Sam strich mit dem Kinn über ihr Haar, wobei sich einige seidige Strähnen in seinen Bartstoppeln verfingen. »Ich würde mein Leben jederzeit für deins opfern. Wann immer es sein muss, Stella, deshalb sollten wir die dramatischen Situationen hier auf ein Minimum beschränken.«

Sie liebte Sam. Also musste sie ihn so nehmen, wie er war. Stella legte den Kopf zurück und lächelte ihn an. »Du bist doch derjenige mit dem Vater, der mit seiner neuen Freundin zum Ferienessen kommen will. Das übrigens in Shabinas Café stattfinden wird. Sie hat nichts dagegen, wenn es dir recht ist. Auch wenn sie zu dritt sein werden, weil er seinen Leibwächter mitbringt. Shabinas Sicherheitsvorkehrungen reichen ihm anscheinend nicht aus. Da wird's schon wieder dramatisch, oder?«

Sam seufzte übertrieben laut. »Er benimmt sich halt immer wie eine Diva. Wenn er hierherzieht, wirst du dich noch wundern, glaub mir.«

»Vielleicht wäre es ganz gut, wenn er bei dem Essen dabei ist, weil Denver ja jetzt fehlt. Dein Vater könnte uns helfen, über den Verlust hinwegzukommen«, sagte sie.

»Ach, zum Teufel, er wird jedenfalls für Stimmung sorgen. Obwohl er alle rumkommandiert und immer im Mittelpunkt stehen möchte. Und seine neue Frau? Sobald er Wind davon kriegt, wie toll Shabina kochen kann, wirft er sie vielleicht raus und macht deiner Freundin einen Antrag.«

Stella lachte, denn sie war glücklich, weil die Sonne über ihrem See aufging und ihre Freunde wieder ein Essen planten, mit oder ohne Sams Vater. Doch es hörte sich so an, als würde es mit dem Vater recht lustig werden.

DANKSAGUNG

Wie bei jedem Buch gibt es auch diesmal sehr viele Menschen, denen ich Dank schulde. Brian dafür, dass er sich in unseren produktivsten Stunden immer wieder mit mir misst. Domini dafür, dass sie immer wieder redigiert, ganz egal, wie oft ich sie bitte, dasselbe Buch noch einmal zu überarbeiten, ehe wir es zum Lektorat schicken. Danke ebenso an Mehriban (Mary) Schulz für deine Hilfe, deine unschätzbar wertvollen Informationen und Anregungen bei dieser Geschichte. Denise, weil sie nächtelang aufbleibt und mich schreiben lässt, während sie all das macht, was ich nicht machen möchte. Danke an Denise und Abbie für all die zusätzlichen Angaben, die ich für die Schauplätze brauchte, und an den Sheriff und die Deputys, die bereit waren, sich mit mir über verschiedene Tatorte zu unterhalten. Ich kann Ihnen allen gar nicht genug danken.

In diesem Buch habe ich reale und fiktionale Schauplätze miteinander verwoben. Es gibt also keine Stadt, die Knightly heißt, und keine Twin Devils, die man besteigen könnte. Ein weiterer Dank an Mr. Knightly, den tapferen Hahn, der seine Damen Tag und Nacht vor allen Raubtieren beschützt und mich zu dem Namen meiner Stadt inspiriert hat.

Ich liebe die östliche Sierra Nevada sehr. Diese wunderschöne Landschaft ist unvergleichlich.